OMERTA

DU MÊME AUTEUR
CHEZ SONATINE ÉDITIONS

Seul le silence, traduit de l'anglais par Fabrice Pointeau, 2008.

Vendetta, traduit de l'anglais par Fabrice Pointeau, 2009.

Les Anonymes, traduit de l'anglais par Clément Baude, 2010.

Les Anges de New York, traduit de l'anglais par Fabrice Pointeau, 2012.

Mauvaise étoile, traduit de l'anglais par Fabrice Pointeau, 2013.

Les Neuf Cercles, traduit de l'anglais par Fabrice Pointeau, 2014.

Papillon de nuit, traduit de l'anglais par Fabrice Pointeau, 2015.

Les Assassins, traduit de l'anglais par Clément Baude, 2015.

Un cœur sombre, traduit de l'anglais par Fabrice Pointeau, 2016.

Les Fantômes de Manhattan, traduit de l'anglais par Claude et Jean Demanuelli, 2018.

Le Chant de l'assassin, traduit de l'anglais par Claude et Jean Demanuelli, 2019.

Le Jour où Kennedy n'est pas mort, traduit de l'anglais par Fabrice Pointeau, 2020.

Le Carnaval des ombres, traduit de l'anglais par Fabrice Pointeau, 2021.

R. J. Ellory

OMERTA

Traduit de l'anglais
par Claude et Jean Demanuelli

SONATINE ÉDITIONS

Directeurs de collection : Arnaud Hofmarcher
et François Verdoux
Coordination éditoriale : Marie Misandeau et Hubert Robin

Titre original : *City of Lies*
Éditeur original : Orion Books, Londres

Sonatine Éditions
32, rue Washington
75008 Paris
lisezsonatine.com

Ouvrage réalisé par Cursives à Paris

ISBN 978-2-35584-294-8
N° d'édition : 294 – Dépôt légal : juin 2022

À

Jimmy the Saint

Frank White

Cody Jarrett

Johnny Rocco

Tom Reagan

Jimmy Conway

Sur la centaine de fois où j'ai pensé que New York était une véritable catastrophe, il y en a bien cinquante où je me suis dit : mais quelle belle catastrophe.

Le Corbusier

Vous devez sans arrêt vous mettre en scène. Mais ce sera l'affaire de métamorphoses infinies.

Constantin Stanislavski,
La Formation de l'acteur

1

Un vieil homme qui émerge d'une entrée en rampant à quatre pattes. Comme un chien.

Sons quasi inhumains sortant de la bouche, visage contorsionné, comme si on l'avait empoigné par les cheveux et qu'on lui avait tiré les traits vers l'arrière.

Du sang sur les mains, autour de lui. Du sang sur les genoux. Se traîne jusqu'au bord du trottoir, tombe face contre terre.

Comme un parfum de neige dans l'air, froid et mordant.

On demanderait plus tard aux gens le souvenir le plus précis qu'ils gardaient de la scène, et tous – à tour de rôle et sans exception – parleraient du sang.

La neige ne vint pas. Pas ce soir-là. Dans quelques jours peut-être, à temps pour Noël, qui sait.

Serait-elle déjà tombée qu'il y aurait eu du sang sur la neige, se répandant autour du vieil homme étendu là, agité de soubresauts, l'écume à la bouche, tandis que, tout près de lui, les taxis passaient en trombe, emportant leurs passagers d'un épisode de leur vie à un autre, et que New York émergeait saine et sauve d'une longue journée, avec le vague espoir que la prochaine serait meilleure.

Ce sont des choses qui arrivent, se diraient certains, heureux que la chose ne leur soit pas arrivée, ni à eux ni à quelqu'un de leur connaissance… ce qui était somme toute une consolation.

Des gens étaient poignardés, abattus, étranglés, brûlés vifs, noyés et pendus ; d'autres, tués dans des accidents de la circulation, ou victimes des caprices de la nature ; tous sortaient le matin de chez eux en croyant que ce jour serait en tout point semblable à un autre. Ce qui n'était pas toujours le cas.

Le vieil homme reste étendu sur le trottoir jusqu'à ce que quelqu'un appelle la police : une ambulance qui arrive ; les agents qui aident les toubibs à charger l'homme sur un brancard et à le déposer à l'arrière du véhicule.

« Lui, arrêter l'homme au revolver », dit un Coréen au policier, une fois l'ambulance partie dans un déluge bleuté de barre lumineuse et de phares aveuglants. C'était un dimanche soir ; la circulation était aussi calme qu'elle pouvait l'être.

« T'es qui, toi ? demande le policier.

– Mon magasin de vins et alcools juste là, répond l'homme en tendant le bras. Y avait un type, un voleur… un revolver à la main, et le vieux, l'a foncé dessus…

– Le vieux a essayé d'empêcher un type de dévaliser ta boutique ? demande le policier.

– Comme je dis, m'sieur… voulait voler mon magasin. L'avait revolver. Y pointait sur ma femme. Et puis le vieux arrive dans l'allée, l'a foncé sur lui. Alors le type, il a la trouille et y tire dessus. Y voulait pas tuer personne, mais l'autre il lui fait peur, alors il panique.

– Et le type, il est allé où ?

– Parti, y court dans la rue. »

Le policier jette un œil le long de la rue, comme si cela pouvait servir à quelque chose.

« Il est parti par là ?

– Oui, par là, acquiesce l'homme.

– Il va falloir que tu viennes avec moi… au commissariat pour qu'on enregistre ta déposition. Tu pourrais regarder quelques photos et voir si tu le reconnais ?

– Reconnais qui ?

– Ben, l'homme au revolver… celui qui a essayé de te voler.

– Ah, oui, dit le proprio. Je croyais le vieil homme. »

Le policier secoue la tête. Il se demande parfois comment les gens fonctionnent, comment ils se débrouillent pour arriver sans trop de dégâts à la fin de chaque nouvelle journée.

La femme du propriétaire sortit du magasin un peu plus tard, au bout d'une demi-heure à peu près. Un seau plein d'eau chaude savonneuse dans une main, une serpillière dans l'autre. Elle entreprit de nettoyer le trottoir, évacuant le sang dans le caniveau, tout en pensant elle aussi : *ce sont des choses qui arrivent*, peut-être exactement dans ces termes, peut-être dans des termes voisins. Elle était coréenne. Portait un nom assez court, où abondaient les consonnes au milieu de rares voyelles, et que les gens avaient du mal à prononcer correctement, si bien qu'elle se faisait appeler Kim. Facile à retenir, encore plus facile à dire. Elle était venue en Amérique bien décidée à n'être rien d'autre qu'elle-même. Onze ans plus tard, elle s'appelait Kim et nettoyait un trottoir de New York du sang d'un vieil homme qui, tous les dimanches, venait acheter son vin chez elle et qui avait voulu les aider.

L'incident tomba vite dans l'oubli, simplement parce que des événements de ce genre n'avaient guère d'importance.

On était à New York, après tout. Ville de Sinatra à une époque, elle appartenait aujourd'hui à *Sex and the City* et à Woody Allen. Des drames de cet acabit, on en voyait tous les jours, sous toutes les formes. On écrivait beaucoup sur l'endroit – des gens comme Roth et Auster, Selby et Styron. C'était le centre du monde, un microcosme qui renfermait ce qu'il y avait de plus insensé et de plus beau dans ce monde.

Un endroit où l'on pouvait se faire tirer dessus sans raison ; où une femme du nom de Kim pouvait laver un trottoir du sang d'un homme sans plus de manières que s'il s'était agi du contenu d'une bouteille cassée de Diesel Moscato ; où les raisons qu'on avait de vivre – l'amour et l'argent, voire l'espoir d'une vie meilleure – ne se distinguaient plus de celles qu'on avait de mourir. Braves et bienheureuses, passionnées, souffrantes, croyant obstinément à la chance, des millions de vies en côtoyaient des millions d'autres, dans un tissu si serré que les coutures qui les reliaient entre elles finissaient par ne plus se voir.

Dimanche soir, mi-décembre ; le vieil homme fut transporté en toute hâte à l'hôpital St Vincent, et, en dépit du fait qu'ils ignoraient tout de sa vie, jusqu'à son nom, tous autant qu'ils étaient – le propriétaire du magasin, sa femme, l'officier de police, les toubibs de l'ambulance –, tous prièrent pour qu'il survive, de toutes leurs forces.

Ainsi va la nature humaine ; ainsi va le monde.

Une heure plus tard, peut-être moins. Un homme d'une cinquantaine d'années – cheveux grisonnants, chemise blanche, cravate en soie, traits anguleux volontaires – se tient devant un bureau, repose le téléphone. Regarde en direction de la fenêtre, laquelle domine la rue d'où monte le bruit de la circulation, erratique et anonyme, semblable au souffle saccadé d'une respiration.

Il se retourne pour faire face à une femme plus jeune – cheveux foncés, d'une beauté incontestable, avec cependant au visage une ombre révélatrice de quelque tourment intérieur qui en voile les traits.

« Ils ont tiré sur Edward », dit l'homme. Voix neutre, posée, comme si la nouvelle n'avait rien de surprenant.

La femme, qui a pour nom Cathy Hollander, en a le souffle coupé ; puis elle demande « Qui ça ? Qui a tiré ? Comment il va ? », avant de faire mine de se lever.

L'homme l'arrête d'un geste de la main.

« On ne sait rien, en fait, dit-il. C'est peut-être prémédité, mais peut-être tout aussi bien un manque de chance. Va chercher Charlie Beck et Joe Koenig. Moi, j'ai des coups de fil à passer. Il faut que je fasse venir quelqu'un...

– Quelqu'un ? Qui ça ?

– Son fils, il faut le faire venir de Miami...

– Son fils ?! s'exclame Cathy, incrédule, en fronçant les sourcils. Tu déconnes, ou quoi ? Edward a un fils ? »

L'homme, de son nom Walt Freiberg, opine du chef et ferme les yeux.

« Oui, dit-il dans un murmure, il a un fils.

– Je l'ignorais… », commence Cathy.

L'homme s'empare du combiné et compose un numéro.

« Tu ne savais pas qu'il avait un fils ? Crois-moi, tu n'as rien à envier au reste du monde, personne n'est au courant. »

On décroche à l'autre bout de la ligne.

Walt Freiberg sourit.

« Evelyn ? Walter à l'appareil… Ça fait un bail, hein ? J'ai quelque chose à te demander. »

2

C'était là – parmi beaucoup d'autres choses – le pacte incontournable, l'amère vérité : quand il était ivre, il croyait en Dieu.

Mais depuis quelque temps, John Harper ne buvait pas souvent, si bien que ses crises de foi étaient peu fréquentes et largement espacées. Harper était un de ces bienheureux qui avaient reçu d'emblée la révélation suprême : une fois le vin cuvé, il fallait quand même régler la facture. La petite amie était toujours enceinte ; l'épouse savait toujours que vous l'aviez plaquée pour cette jeune Thaïlandaise de vingt-deux ans aux hanches montées sur roulements à billes. Vous étiez dans la merde jusqu'au cou et le niveau menaçait de continuer à monter. La vie prend un tournant, et, tout à coup, votre bande sonore passe en mode mineur.

Et c'est ainsi que John Harper s'arrêta de boire, et, par voie de conséquence, de croire en Dieu.

Mais, avant cette conversion : visage rougeaud, déplacements bruyants ; migraines ravageuses ne cédant que devant une combinaison de Jack Daniel's et de Darvon Complex ; accès de colère, le plus souvent dirigés contre lui-même ; frustration d'un passionné de mots prisonnier d'une imagination atrophiée. Se nourrissant mal et pas suffisamment – pogos et biscuits à la cannelle, accompagnés à l'occasion d'un cheeseburger de chez Wendy ou Sambo ; virées à la cuisine en pleine nuit en quête, mains tremblantes et tâtonnantes, de Ring-Dings et de céréales Froot Loops, au milieu de grognements à peine humains, et hanté par l'idée que la muse s'était envolée à jamais.

Car, disons-le, John Harper avait un jour écrit un livre. Qu'il avait intitulé *Empreintes profondes* et vendu pour douze mille dollars, payés d'avance, à une petite maison d'édition de Miami. On parla un moment d'en faire un film, qui ne vit jamais le jour. Une sacrée histoire, qui reçut trois lignes de critique dans le *Herald Tribune*, où il apprit qu'il avait un avenir devant lui s'il consentait à resserrer son récit et à épurer sa prose. Il y avait huit ans de cela. Depuis, il avait commencé une dizaine de brouillons, sans jamais rien terminer.

Il vivait maintenant à Miami. Avait quitté New York pour le Sud dans l'espoir de trouver l'inspiration, et avait fini par y rester. Et comme quelqu'un l'avait dit un jour : Miami c'était du bruit, un vacarme assourdissant tassé contre la côte de Floride entre la baie de Biscayne et Hialeah ; avec au-dessous Coral Gables, au-dessus Fort Lauderdale ; et partout, l'odeur des Everglades – prégnante, fétide et envahissante en été, éparse, étale et impitoyable en hiver.

Miami était une promesse systématiquement non tenue ; une catastrophe de bord de mer, juchée sur un doigt de terre accusateur pointé vers quelque chose de parfaitement innocent. L'avait toujours été. Et le serait toujours.

Miami était un signe de ponctuation bavant sur une péninsule d'infortune ; un appendice encombrant.

Mais là où est le cœur, là est ta vraie demeure.

John Harper avait donné son cœur à Miami, et – pour autant qu'il le sût – à ce jour, il ne lui avait pas été rendu.

Ce qui ne l'empêchait pas de gratter encore du papier : des piges pour le *Herald*, qui étaient parfois reprises dans le *Key West Citizen*, *The Keynoter*, *Island Life* ou *The Navigator*. John Harper écrivait des articles à dimension humaine sur l'anacardier, le raisinier de bord de mer, le figuier étrangleur et le gommier rouge, essences que l'on trouvait au Lignumvitae Key Botanical State Park ; sur les gens qui avaient vu des requins, les concours de pêche au squale, les maisons de Tennessee Williams et de Papa

Hemingway à Key West ; sur toutes sortes de menus détails qui absorbaient l'attention le temps d'un battement de cils pour être aussi vite oubliés.

Les autobus Greyhound s'arrêtaient à huit reprises entre Miami et Key West. Traversant Islamorada, Key Largo, Marathon et Grassy Key ; deux trajets – l'un partant du Florida Turnpike pour se terminer à Homestead, l'autre le long de l'I-95 qui devenait la US 1 dans la banlieue sud de Miami. Les deux parcours empruntaient l'Overseas Highway. Il les connaissait tous les deux. Il y avait quelque chose de fascinant dans les îles – ce chapelet de trente et un grains de calcaire et les huit cents îlets inhabités qui les entouraient –, quelque chose qui ne cessait de captiver son imagination. Ici, sur cette péninsule porteuse d'un improbable espoir, il se sentait à des millions de kilomètres des désillusions de New York. Au sud et à l'est, l'Atlantique ; à l'ouest, le golfe du Mexique, quarante-deux ponts, des dizaines de chaussées, une architecture rappelant ici la Nouvelle-Angleterre, là les Caraïbes – vérandas tarabiscotées, belvédères au dernier étage, rambardes de balcons en fer forgé, une population de vingt-cinq mille âmes, un million de touristes par an, le John Pennekamp Coral Reef State Park avec ses étoiles de mer et ses homards, ses éponges et ses holothuries, ses pastenagues, barracudas, crabes et scalaires. Et puis il y avait les Key Largo Dry Rocks, la statue en bronze du Christ des Abysses, les bancs de thons noirs, les nuées de frégates au-dessus de vos têtes qui suivaient le parcours des poissons. Et l'odeur, cette odeur inoubliable de sel, d'algues, de poisson, d'eau croupie et de marais de la mangrove ; le souvenir des pirates et de Ponce de León, les Dry Tortugas, les empreintes des tortues de mer, les récifs, l'eau limpide, les agrumes, les noix de coco.

Tout ce monde à deux cents kilomètres de l'endroit où il se trouvait en ce moment, son petit bureau donnant sur l'arrière de l'immeuble du *Miami Herald*.

John Harper : trente-six ans, ex-romancier, ex-New-Yorkais, cheveux d'un blond terne, menton bien dessiné, yeux gris clair.

Vit seul maintenant, par manque de choix; carnet d'adresses peu rempli, une dizaine de filles peut-être au total, mais toutes, jusqu'à la dernière, chassées de la maison Harper par le besoin de faire autre chose de leur vie qu'attendre que l'humour amer et pince-sans-rire du propriétaire consente à s'adoucir. La dernière s'était retrouvée dehors quelques semaines auparavant. Une gentille fille, teint olivâtre, yeux émeraude. Elle l'appelait « Johnnie », ce qui avait le don de le mettre en boule, mais la liaison n'avait pas duré plus de deux mois. Elle avait trouvé quelqu'un d'autre – un capitaine de bateau, un certain Gil Gibson, qui, partant de Bayside, emmenait des groupes de touristes voir le *Bounty*, le bâtiment de guerre de la marine britannique. Elle emporta un autre petit morceau de ce cœur, celui qui appartenait à Miami, le vola à la dérobée, marchant sur des œufs, car elle savait que John Harper se laissait souvent déborder par les mots, des mots qu'il pouvait alors hurler en serrant les poings. Il n'essaya pas de la retenir, elle serait partie de toute façon; il lui dit simplement que ce serait mieux pour eux deux qu'elle aille se mesurer à la vie et trouve ce à quoi elle aspirait vraiment. Il lui avait menti, comme il s'était menti à lui-même, mais il avait œuvré en vrai professionnel.

Et Harper croyait, voulait croire absolument, qu'un jour la muse reviendrait, et qu'il serait capable d'un récit resserré et d'une prose épurée. Il écrirait alors un roman qui serait primé et lui rapporterait suffisamment d'argent pour lui permettre de quitter Miami et de partir vers le sud sur l'Overseas Highway pour le suivre jusqu'à son terme. Il irait sur la plage le soir venu, et saurait que Hemingway et Williams, John Hersey, James Merrill, Tom McGuane et Phil Caputo... s'étaient tous, à un moment ou à un autre, trouvés exactement là où il se trouverait, et qu'ils avaient contemplé les Keys de Fish Hawk, Sugarloaf, Halfmoon et Little Truman. Il mettrait ses pas dans ceux de ces géants, et là – au point le plus au sud du bloc continental des États-Unis –, John Michael Harper, l'homme à l'ironie amère et à l'humour triste, aux amours perdues et aux nuits solitaires, aux poings serrés et à la machine à écrire muette, à l'avenir prometteur et au potentiel non exploité, saurait qu'il était enfin chez lui.

Ta vraie demeure n'est peut-être pas là où est ton cœur, mais là où – enfin – tu la trouves.

Mais il y a tellement d'éléments qui entrent ici en jeu : rêves, souhaits, espoirs, fantasmes…

La réalité, elle, est moins complexe.

L'affaire est simple. On se présente le lundi matin au boulot.

« John ? »

Dans l'embrasure de la porte s'encadrait Harry. Le genre d'homme qui fait paraître toutes les embrasures de porte trop petites. Harry – autrement dit Harry Ivens, rédacteur en chef adjoint au *Miami Herald* – souriait comme s'il venait juste de comprendre la plaisanterie, une plaisanterie que pratiquement tout le monde avait comprise une bonne demi-heure plus tôt.

« Harry… bonjour, dit John Harper.

– Concours de pêche au gros, annonça l'autre en guise de réponse à son salut. Départ du Blackwater Sound direction Florida Bay, puis au large pour contourner Sandy et cap sur le sud-ouest pour revenir à Marathon… Je te fais pas de croquis, tu as déjà couvert l'événement. Et puis, ce truc tu l'aimes bien, dis pas le contraire… allez, va préparer tes affaires, conclut Harry en souriant à nouveau.

– C'est aujourd'hui ?

– Aujourd'hui, oui.

– Je croyais que c'était prévu pour lundi prochain. »

Harry inclina la tête de côté comme s'il pesait la signification de la remarque de Harper avant de reporter les yeux sur lui.

« On est en décembre, John, c'est la même sortie chaque année, et toujours à la même époque. On sera bientôt à Noël, au cas où tu l'ignorerais. Procure-toi un calendrier et note la date. Ou un ordinateur, bon sang, un portable peut-être… Ça te ferait pas de mal d'être un peu mieux organisé. Enfin quoi, c'est pas Watergate qu'on te demande de couvrir. T'as juste le temps d'avaler un café avant de filer en vitesse si tu veux pas que les bateaux partent sans toi. Appareil photo, n'oublie pas. Les photos ça fait recette... prends-en quelques-unes, et on pourra sortir ton article trois fois de suite dans tous les journaux du coin. » Harry accompagna sa remarque d'un mouvement de tête convaincu. « Bon, faut que j'y aille, mais je t'envie. Une vraie récréation au soleil, en pleine mer, non ?

– Si, si, bien sûr, Harry. »

Harper le regarda quitter la pièce et s'engager dans le dédale de cloisons qui le séparaient de son bureau, puis il fit pivoter sa chaise de façon à tourner le dos à la porte et à faire semblant de contempler le paysage par la fenêtre. Derrière lui, sur le mur, il avait accroché un calendrier orné de photos de Molasses Reef, Mallory Pier, Fort Zachary Taylor et des mouettes de Higgs Beach. Quand il faisait comme s'il voyait tout cela à travers une fenêtre, il lui arrivait parfois de fermer les yeux et d'imaginer l'alizé dans ses cheveux, de retrouver son odeur, d'entendre les cris perçants des oiseaux et le bruit du ressac sur la grève.

Les minutes s'écoulaient dans le silence, puis une voix s'écriait : « Mais, bon Dieu, où est passé Harper ? », et John se retournait, attendait que l'intrus apparaisse à la porte et l'entendait dire : « John, il me faut une trentaine de lignes, en trois sections, pour les pages 6, 9 et 11. N'importe quelle vieille sauce fera l'affaire. Il me faut ça dans l'heure, d'accord ? »

Et John approuvait en souriant, avant dc passer vingt-cinq minutes à pondre sa trentaine de lignes réchauffées destinées à servir de mortier entre les briques, à remplir les vides entre un article digne de ce nom et le suivant, et, même occupé à cette tâche, il humait encore l'odeur de l'alizé, entendait les cris des mouettes, et sentait une douce chaleur lui irradier la nuque.

Et, d'une certaine manière, c'était tout ce qu'il faisait. Il vivait dans un appartement simple et confortable qu'il avait loué sur la 12e Avenue nord-ouest entre Gibson Park et l'autoroute nord-sud, pas très loin de son lieu de travail et dans le voisinage de quelques bars, qu'il fréquentait non pas parce qu'il avait besoin de boire, mais parce qu'il aimait le bruit des vraies gens et de leur vraie vie, et que les bars étaient les seuls endroits où il pouvait les trouver quand le soir tombait et que le pouls de Miami commençait à battre moins fort. Cinq jours par semaine enfermé dans un petit bureau à pondre du simple remplissage, des notes le plus souvent non signées, lui qui était pourtant redevable de ce job à la publication d'*Empreintes profondes*, ouvrage qui – tout bien considéré – était moins un mauvais roman qu'un bon début avorté.

John Harper était un homme sans but précis dans la vie, et il savait pertinemment qu'un homme sans but dans la vie était voué à l'échec quelque direction qu'il prenne.

Ce qu'il pensait vouloir à tout prix, c'étaient le souffle de l'alizé et le thon noir, le raisinier et l'anacardier, les huit cents îlets de calcaire et l'odeur qui hantait les espaces entre eux. Mais la vérité était peut-être différente. Ce dont il avait besoin, c'était d'un stimulant qui le sortirait de son apathie, d'une force comparable à celle qui l'avait poussé à écrire son premier roman.

Mais en ce lundi matin de décembre – de fin décembre, encore si chaud que vous étiez assommé avant d'arriver à votre voiture –, il quitta son bureau et l'immeuble pour rentrer chez lui. Vers 10 heures, il avait emballé ses affaires et était prêt pour une balade de deux jours au départ du Blackwater Sound. Une flottille de bateaux commandés par des ivrognes patentés, chevronnés, des hommes au visage de rocher battu par la tempête, aux mains semblables à des gants de cuir raides comme du carton, et dont les passagers, tous plus ou moins des hommes d'affaires de Miami et de Hialeah, de Coral Gables ou de Kendall, partageaient leur temps entre le bureau, le golf de Key Biscayne, la maîtresse, et, trois fois dans l'année, ces deux jours de folie passés à chasser le barracuda et le requin, titubant pour s'approcher pratiquement à tâtons du bastingage, ivres de bière glacée et de soleil. C'était tout ce dont disposaient les gens de cet acabit en matière de vraie vie, et John Harper était là pour assister à l'événement, le consigner, prendre des photos, écrire un autre bouche-trou qui irait orner les pages du *Key West Citizen* ou d'*Island Life*.

Il lui fallut une heure pour descendre jusqu'à Key Largo, et il pressentait déjà – fruit peut-être de son intuition – que les deux jours suivants verraient un ouragan se lever sur le golfe du Mexique. Il gara sa voiture, une Pontiac 6,6 L qui avait connu des jours meilleurs il y avait déjà longtemps, le long de la grande route entre Newport et Rock Harbor, puis se fit emmener jusqu'à l'embouchure du Sound par un des nombreux pick-up qui allaient dans cette direction.

Jeans et tee-shirts, chemises de bûcheron aux manches retroussées, visages pas rasés depuis la veille en prévision de l'événement ; ceintures bardées de couteaux de chasse dans des étuis de cuir travaillés à la main, grosses bottes aux semelles étanches, sacs de marin bourrés de vêtements imperméables et de combinaisons en caoutchouc, tel était le spectacle que donnaient ces hommes, qui hurlaient, riaient, et buvaient déjà sans se cacher en dépit de l'heure matinale, à grand renfort de bourrades et d'étreintes viriles à vous briser les côtes et au milieu des : *Putain, mec… t'aurais pas pris une vingtaine de kilos depuis l'an dernier ? T'as des nouvelles de Marv ? Figure-toi que sa femme l'a surpris au lit avec une poule philippine. Elle va lui piquer la moitié des parts de sa boîte, à ce pauvre abruti.*

Et au milieu de toute cette humanité braillarde – de ces gens heureux de voir le cours de leur vie suspendu pendant quarante-huit heures –, John Harper regardait les embarcadères faire de leur mieux pour résister à cette surcharge humaine, le long du quai 25 où trente bateaux attachés les uns aux autres attendaient d'emporter leur cargaison à raison de mille dollars par tête, équipée de cannes en fibre de verre et de lignes extra-résistantes à la tension, d'hameçons en acier carburé et de chapeaux de pêche aux crochets ornés de mouches façonnées et nouées à la main, en soi de petites merveilles. Tout cela un samedi matin à l'heure où les gens ordinaires remplissent des listes à l'appui d'une déclaration de sinistre, ou conduisent leurs enfants à une répétition d'orchestre, chez le coiffeur, au foot ou à un cours de théâtre.

Il y avait dans le tas quelques habitués, des visages que Harper avait déjà vus, et, de temps à autre, il saluait quelqu'un de la tête, souriait ou agrippait une main, en se disant *Toi tu étais là la dernière fois, mais, la tête sur le billot, je suis incapable de me rappeler ton nom*, constatait que l'intéressé n'en savait pas plus sur son compte, trop polis l'un et l'autre pour reconnaître ce qui de toute façon n'avait pas la moindre importance, étant donné qu'ils ne se reverraient sans doute plus au sein de cette vaste mêlée et ne se croiseraient pas à nouveau avant la prochaine édition du concours.

Harper longea le quai jusqu'à ce qu'il trouve le bateau réservé à la presse, le *Mary McGregor*, dont le nom fraîchement repeint illuminait la proue.

Il sourit intérieurement, en se demandant ce que diable il foutait ici. Encore l'an dernier il s'était juré de ne plus jamais participer à cette foire d'empoigne. C'était toujours la même histoire : les photos seraient publiées sur Internet pour tous ceux qui voudraient les voir ; ce seraient les mêmes visages, les mêmes récits, les mêmes fanfaronnades.

Harper gagna l'arrière du bateau, et, son sac de toile passé à l'épaule, bascula sur le pont en se hissant au bastingage. Au bout d'un moment, il se tourna vers le large. Un bleu turquoise et céruléen, un ciel clair largement ouvert à l'ouest jusqu'à Joe Bay, l'odeur piquante du sel dans les narines, la chaleur du soleil sur la nuque.

Là-bas, derrière Harper, c'était Key Largo. Un peu plus bas sur l'Overseas Highway était planté le premier panneau kilométrique – MM126, cent vingt-six miles de Key West –, et, juste après, le Jewish Creek Bridge. À une époque la ville s'appelait

Rock Harbor, mais Bogart et Bacall étaient passés par là en 1948. On trouvait là le Caribbean Club, avec sa façade en calcaire coquillé et son toit de tôle, ses murs couverts de vieilles affiches de cinéma, son atmosphère chargée de rhum et de bourbon, comme si la structure même de l'endroit en était imprégnée. Souvent, le dimanche, Harper allait faire un tour là-bas, juste pour manger à la Mrs Mac's Kitchen, avant de pousser jusqu'au Wild Bird Center, où l'on empruntait des passerelles en bois qui sillonnaient la mangrove au milieu des bumélias, des broméliacées et des figuiers de Barbarie. Une fois, il avait même poussé jusqu'aux récifs : White Banks Dry Rocks et Carysfort, le French Reef et Molasses, et puis Conch, où dormaient au fond de l'eau les épaves du *Capitana*, de l'*El Infante* et du *San Jose*. Il n'était jamais retourné là-bas, non parce qu'il ne faisait pas de plongée ni qu'il ne voulait plus voir le site, mais parce qu'il savait que plus il irait, plus il serait dégoûté de la vie qu'il menait. Exactement le sentiment qui l'habitait quand il avait quitté New York toutes ces années auparavant.

C'est alors qu'arriva l'appel. Le moment décisif, peut-être ? La sonnerie grêle de son téléphone résonna, étouffée, pendant qu'il songeait : *Voilà encore un élément indésirable d'une vie non désirée.*

Il regarda le numéro qui s'affichait sur l'écran : celui du *Herald*, et l'espace d'un instant il fut tenté de ne pas répondre. Le protocole et la perspective du chômage suffirent à l'empêcher de céder à la tentation. Il appuya sur la touche verte.

« Bonjour.

– John… c'est Carol, à la réception. Harry m'a demandé de t'appeler. T'as déjà embarqué ?

– Oui, à l'instant, pourquoi ?

– Il m'a demandé de te dire qu'il fallait que tu rentres.

– Que je rentre ? Quelle raison je pourrais bien avoir de rentrer ?

– Il y a eu un appel pour toi.

– Un appel ? De qui ?

– Ta tante a contacté le journal. Une urgence. Quelque chose à voir avec ta famille. »

Harper fronça les sourcils.

« Carol, crois-moi, cette femme est cinglée, complètement cinglée... fais pas attention. Trouve quelqu'un pour lui dire que je suis introuvable, et que je risque d'être absent un bout de temps, tu veux bien ?

– John... ne me rends pas les choses plus difficiles. Harry m'a demandé de te faire revenir d'urgence, quoi que tu puisses avoir à dire. Alors tu rentres, d'accord ?

– Il est là ?

– Qui, Harry ? Bien sûr qu'il est là.

– Alors, passe-le-moi. »

Un moment de silence.

« John ?

– Bon Dieu, Harry... qu'est-ce qui se passe ?

– On te demande, John... On a reçu deux appels pour toi de ta tante de New York, suivis de trois autres d'une fille nommée Nancy Young.

– Quoi ?!

– Ramène-toi tout de suite, John... J'envoie quelqu'un d'autre pour couvrir le concours, d'accord ? Je sais pas ce qui est arrivé dans ta famille, mais ça a l'air compliqué, et je peux pas laisser tes amis et ta famille appeler le journal comme ça sans arrêt et déranger tout le monde. Alors, tu rappliques ici tout de suite et tu tires cette affaire au clair, d'accord ?

– Entendu, Harry... j'arrive. »

Harper raccrocha, complètement abasourdi.

Il dut débourser cinquante dollars pour se faire ramener là où il avait laissé sa voiture. Contrarié, frustré de ne pas se trouver sur le pont d'un bateau en route vers les ponctuations de calcaire. Ces temps-ci, la vie avait pris la fâcheuse habitude de contrecarrer tous ses plans.

Le temps qu'il rejoigne le *Herald*, il était 11 heures passées. Il arriva juste au moment où Carol se levait de son bureau. Elle lui désigna de la main le bureau d'Ivens.

Harper fronça le sourcil, secoua la tête, incapable de croire que l'on faisait une histoire pareille à propos d'un appel téléphonique émanant d'une parente à moitié folle à qui il n'avait pas adressé la parole depuis des années.

« Tu vas me dire ce que c'est, tout ce bordel ? fut la question avec laquelle Ivens l'accueillit avant de s'écarter de son bureau.

– J'en ai pas la moindre idée, répondit John. Tu as dit que ma tante avait appelé, ainsi que Nancy Young.

– C'est qui, cette Nancy Young ?

– Une fille avec qui je suis sorti dans le temps.

– Alors, pourquoi elle appelle David ?

– David ? David Leonhardt ? » demanda John, perplexe.

Harry hocha la tête tout en désignant du doigt un box qui se trouvait à une dizaine de mètres de son bureau. Harper aperçut la nuque de Leonhardt.

« David ! » hurla Ivens.

Leonhardt se retourna, se leva, et au moment où il allait entrer dans la pièce, son téléphone se remit à sonner. Il y jeta un coup d'œil puis regarda Harper.

« C'est Nancy », dit-il, avant un instant de silence embarrassé.

Puis, devant les yeux écarquillés de l'autre, il tendit son téléphone à Harper, qui l'approcha de son visage pour lire le nom qui clignotait sur l'écran. NANCY... NANCY... NANCY...

Il était totalement perdu. Il prit l'appel et repassa le téléphone à Leonhardt.

« Nancy ? » demanda celui-ci, avant de marquer un temps d'arrêt, l'air contrit. Il hocha la tête, regarda John Harper et dit : « Tu... Elle veut te parler... dit qu'elle t'a appelé mais n'avait pas de signal. »

John prit l'appareil, le porta à son oreille.

« John ?

– Nancy… qu'est-ce que tu veux ? »

Il ne lui avait pas parlé depuis pratiquement un an. À la suite d'une rupture orageuse et lourde de rancœur, au cours de laquelle potiches et vieux quarante-cinq tours avaient volé au bas de l'escalier, accompagnés de tableaux encadrés et signés qu'il possédait depuis des années. Il avait dû nettoyer le hall d'entrée de l'immeuble, enlever les éclats de verre qui s'étaient fichés dans les plinthes. L'épisode lui avait laissé un goût amer, et à présent, au son de sa voix, lui revenaient les insultes qu'ils avaient échangées.

« John… j'essaie de te joindre depuis un moment… Ta tante m'a appelée, il y a une heure peut-être… je me souviens plus très bien… »

Elle paraissait anxieuse, inquiète, agitée. Donnait l'impression d'être au bord de la crise de nerfs.

« Elle n'avait pas ton numéro de portable… Non pas que ça lui aurait servi à grand-chose, vu que tu ne réponds pas…

– J'ai changé de numéro.

– Ah, d'accord… Toujours est-il que j'ai pas pu te joindre…

– Tu as appelé David ? » l'interrompit Harper.

Il leva les yeux sur David, qui détourna les siens comme s'il était très loin d'ici et n'avait pas entendu les derniers mots de la conversation. Malaise et tension dans l'air étaient palpables.

« Oui.

– Tu as appelé David ? David Leonhardt, qui travaille au journal ?

– Oui, je l'ai appelé sur son téléphone… parce que je pensais qu'il saurait peut-être où tu étais. Vous avez pas mal travaillé ensemble, tous les deux.

– Mais comment se fait-il que tu aies son numéro personnel, Nancy ? »

John regarda à nouveau Leonhardt. Plissa le front, comme pour voir si une telle manifestation de perplexité pouvait le servir.

« David ? »

Sur le moment, on aurait pu se demander s'il s'adressait directement à son collègue ou s'il parlait dans le téléphone.

« Je comprends pas... Comment se fait-il que Nancy ait ton numéro de portable ? »

Leonhardt haussa les épaules, bouche tombante, affichant un air d'innocente surprise.

À nouveau la voix au téléphone :

« John... tu veux bien la fermer une minute, oui ? Je t'ai appelé parce que ta tante ne savait pas comment te joindre. Elle a besoin de te parler. »

S'ensuivit un moment de silence pesant, comme si Nancy avait été sur le point d'ajouter quelque chose avant de se raviser, son élan coupé, incapable de trouver les mots justes.

« À quel propos ? demanda Harper.

– Je sais pas, John... j'y comprends rien.

– Mais qu'est-ce que ça veut dire, ça, t'y comprends rien ? À quoi tu comprends rien, Nancy ? »

La colère perçait dans sa voix, il l'entendait très bien résonner au fond de lui, aussi claire qu'un son de cloche dans l'air du petit matin, écho d'un sentiment solidement ancré en lui, né du désir de se venger de la fille qui semblait lui avoir si facilement brisé le cœur.

« Te fâche pas, John... Je t'appelle simplement parce que ta tante n'arrive pas à te joindre. Là, je suis au travail, John, et elle m'a appelée parce que je l'ai rencontrée une fois, tu te rappelles ? Elle a dû se souvenir de l'endroit où je travaillais.

– Bon, alors, qu'est-ce qu'il y a de si important, Nancy ? Pour qu'elle appelle mon ex-petite amie ? »

Avec un fort accent sur le « ex », en manière de représailles, semblait-il.

« Je te l'ai déjà dit, je comprends rien à cette histoire... » Elle s'interrompit avant de reprendre : « Elle a dit que c'était rapport à ta famille, qu'il fallait qu'elle te parle d'une affaire de famille.

– Elle a dit quoi ?

– John, quand est-ce que tu vas arrêter de me poser des questions auxquelles je ne peux pas répondre ? C'est débile, tu crois pas ? »

Une seconde d'hésitation avant que Harper capitule.

« Bon, je vais l'appeler, d'accord ?

– Bien... c'est tout ce que je voulais. Maintenant, passe-moi David. »

Harper ouvrit la bouche pour ajouter quelque chose. Il se sentait mal à l'aise, en vrac, incapable de mettre de l'ordre dans ses pensées, moins encore de les formuler.

Il tendit le téléphone à Leonhardt, qui le prit, pivota sur ses talons et repartit vers son bureau tout en parlant.

« Alors, c'est quoi ce bordel ? demanda Harry Ivens.

– Ma tante..., commença Harper, déconcerté.

– Il faut que tu l'appelles, c'est ça ?

– Oui... l'appeler... c'est ça...

– Alors, appelle-la, John, dit Harry après s'être avancé d'un pas. Et tu sauras enfin ce qui s'est passé.

– Entendu, je m'en occupe. »

Harper recula et partit en direction de son bureau à l'autre bout du couloir. Au passage, il regarda sur sa gauche dans le box de Leonhardt. Celui-ci avait le dos tourné mais sentit qu'on l'observait. Il avança sa chaise de quelques centimètres supplémentaires, comme pour se cacher. Harper aurait voulu dire quelque chose, lui demander comment il se faisait que Nancy Young eût son numéro de portable. Mais il n'en fit rien et poursuivit son chemin sans s'arrêter. Il entra dans son bureau, prit le temps de s'asseoir avant de s'emparer de son téléphone, et composa un numéro qu'il connaissait par cœur.

Elle répondit à la troisième sonnerie.

« John ? »

Au seul son de sa voix, Harper comprit qu'il était arrivé quelque chose de grave.

3

Une heure plus tard. Le ciel avait pris les teintes violacées d'une ecchymose, les filaments sanguinolents encore visibles. Une chaleur lourde à vous mettre groggy, dense et comme hostile, chargée d'une humidité à suffoquer. Énormes embouteillages sur l'autoroute nord-sud. Vitres descendues, conducteurs à cran, hurlant des insultes et des jurons témoignant de prodiges d'invention. Rap tonitruant d'Eminem déferlant de l'arrière d'un 4×4 surdimensionné. Nerfs à vif approchant dangereusement du seuil d'agressivité où l'on prononce des paroles sous le coup de l'émotion, paroles qu'il vaut mieux oublier : si d'aventure elles devaient vous revenir en mémoire, elles risqueraient de vous remplir de honte et d'engendrer un malaise propre à vous interroger sur votre vraie nature.

En fait, on ne se connaît pas, c'est là la triste vérité : les gens ne savent pas grand-chose sur grand-chose, et moins encore sur eux-mêmes.

Il avait plu une quinzaine de minutes, une vapeur lourde et dense montant de l'asphalte mouillé, et, loin de rafraîchir et d'alléger l'atmosphère, l'orage gardait une poigne accablante et crispée sur le ciel.

Une brise fraîche soufflait pourtant du golfe du Mexique, et John Harper se tenait près de la fenêtre à peine entrouverte de sa salle de bains, imaginant, les yeux fermés, que le grondement de la circulation sur l'autoroute était en fait tout autre chose. Effet de la frustration peut-être, ou de quelque autre sentiment embarrassant qu'il n'arrivait pas à identifier. Il ne se souvenait pas de la dernière fois où il avait pris des vacances. La vie était ce qu'elle était, pensa-t-il, puis il essaya de ne pas suivre la ligne au tracé incertain qui séparait ce qu'il avait espéré voir advenir et ce qu'il avait effectivement vécu. En vain. Il finit bel et bien par la franchir, cette ligne, en se demandant s'il serait dans le même état d'esprit dans un an, ou deux, ou cinq. En juin, l'an prochain, il aurait trente-sept ans, serait en toute probabilité toujours célibataire, se trouverait toujours dans la même salle de bains à écouter les mêmes bruits, tout en faisant semblant d'entendre autre chose à la place. Tout bien considéré, la vie n'avait pas toujours à être ce qu'elle était. N'avait pas toujours à n'être que tournants brutaux et contours tranchants. Non, la vie pouvait être spacieuse et sereine, sans complications, sérieuse sans être dénuée d'humour. Elle pouvait être bien autre chose que ce qu'elle était à cet instant...

Il recula d'un pas vers la gauche. Regarda de côté dans la glace en sortant de la salle de bains.

« Qu'est-ce qui a bien pu foirer, bordel ? » se demanda-t-il avant d'éteindre.

L'appel avait été bref.

« Il faut que tu reviennes à New York, John.

– Revenir à New York ? C'est bien la dernière chose au monde que j'aie envie de faire, Evelyn...

– Ne discute pas, John. Tu reviens, point.

– Pourquoi ? Qu'est-ce qu'il pourrait bien y avoir de si important...

– Je ne peux rien t'expliquer au téléphone, l'avait-elle à nouveau interrompu. Tu n'as pas le choix, mon petit, c'est comme ça. Tu prends un avion et tu reviens séance tenante à la maison.

– Mais, Ev...

– John, je ne suis pas au centre de ta vie, je le conçois, et après toutes ces années, je suis mal placée pour t'imposer ce que tu as à faire, mais, cette fois au moins, il faut que tu m'écoutes. Après la mort de ta mère, on t'a recueilli, contre l'avis de Garrett, et le résultat c'est qu'on n'a jamais eu d'enfant... J'estime que tu as une dette envers moi, vraiment. »

Ah non, avait pensé Harper, *pas encore cette vieille histoire.*

Mais si, elle l'accusait bel et bien. Vrai ou faux, sa tante maternelle l'avait recueilli quand sa mère était morte. Il avait alors sept ans, et avait traversé le fleuve pour aller vivre à Manhattan – Greenwich Village, un petit appartement, pas l'endroit rêvé pour un gamin, mais Evelyn et sa sœur avaient été très proches, et, à la mort de cette dernière, Evelyn avait jugé ne pas pouvoir se soustraire à la responsabilité qui lui incombait, selon elle. Pour Garrett Sawyer, l'histoire avait été bien différente. Dur, intransigeant, laconique, le plus souvent injoignable, il avait fini par se suicider, le 2 août 1980 – encore une autre histoire, une de plus. Quant au propre père de Harper, Edward Bernstein, il avait abandonné la mère de son enfant quand celui-ci avait deux ans, et était mort au début des années 1970. Harper savait fort peu de choses sur le couple, et Evelyn avait toujours été très réticente à aborder le sujet. Le destin avait donc laissé seuls en présence John Harper et Evelyn Sawyer pour une coopération étrange et forcée, et, dès ses dix-neuf ans, Harper avait quitté New York et était parti dans le Sud vivre sa vie.

Si bien que quand Evelyn parlait d'une dette qu'il avait envers elle, il n'était pas sans éprouver un sentiment d'obligation. Il l'écouta donc, ne discuta pas, mais en dépit de ses demandes réitérées d'explications n'obtint aucune révélation.

« Contente-toi de rentrer chez toi, lui dit-elle.

– New York n'est pas chez moi, Evelyn.

– Tu y es pourtant né, John Harper, répondit-elle avec un rire sans joie. Quand on est né à New York, on reste new-yorkais à vie. Tu as beau t'en être évadé, tout ce que tu as jamais été est là, et pas ailleurs. »

Harper se replia sur lui-même, le ventre noué.

« Evelyn, j'ai un boulot ici... Je peux pas tout plaquer comme si de rien n'était...

– Je n'ai pas l'intention de me disputer avec toi.

– On ne se dispute pas, bon sang. Qu'est-ce qui te fait croire ça ? Tout ce que je dis, c'est que j'ai des choses à régler ici.

– Il y en a aussi ici, des choses à régler, et d'importantes encore, j'ai absolument besoin de toi.

– Mais, bon Dieu, Evelyn, donne-moi une raison. Une seule bonne raison qui m'obligerait à tout laisser tomber pour prendre le premier avion et te rejoindre.

– Je ne peux pas, John, pas à distance. C'est trop compliqué d'en parler au téléphone. Il faut que tu viennes, c'est tout ce que je peux te dire pour l'instant. Quand tu seras là, je t'expliquerai.

– Evelyn...

– Écoute-moi, John, c'est pourtant simple : tu règles tes affaires courantes, et tu débarques. »

Harper la sentait émue. Elle avait l'air tendue et épuisée.

Leur conversation dura encore quelques minutes avant qu'il finisse par céder et aille trouver Harry Ivens.

« Combien de temps ? demanda celui-ci en allant droit au but, direct comme à son habitude.

– Je suis pas sûr. Quelques jours, peut-être une semaine.

– Sur tes vacances ou congé sans solde ?

– L'un ou l'autre, peu importe. Je me disais que je pourrais faire vibrer une corde...

– T'aurais plus de chance de faire vibrer ta bite, l'interrompit Ivens en riant. Prends moitié vacances, moitié sans solde. Il faut que tu comprennes qu'une absence de ce genre avec un préavis aussi court me fout dans un joyeux pétrin.

– Voyons, Harry, tu as plus de kilomètres de notes et de brèves de ma main que Miami n'a d'autoroutes. Tu vas t'en sortir. T'auras qu'à exhumer le matériel dont tu as besoin des archives.

– Ça m'ennuie vraiment, John. J'aime pas être pris au dépourvu comme ça.

– Allez, je te revaudrai ça, Harry.

– Des ennuis, tu crois ? »

Harper réfléchit un instant avant de répondre.

« J'en ai pas la moindre idée. Elle m'a pas dit grand-chose. Elle a beaucoup insisté, et c'est le genre de femme, quand elle s'est mis un truc dans la tête, à ne jamais lâcher le morceau.

– J'espère que c'est pas une mauvaise nouvelle.

– Merci, Harry. Si c'est juste une bricole, je prends un vol retour dans un jour ou deux, ça te va ?

– Tiens-moi au courant, John. Prends le temps qu'il te faudra... Je me débrouillerai.

– J'apprécie, Harry. »

Fin de la négociation.

Harper resta un moment à la fenêtre de son appartement. Laissa son regard errer sur Gibson Park, en direction de l'autoroute au nord-ouest. S'efforça de ne penser à rien, d'accorder une quelconque gravité à la conversation qu'il avait eue avec Evelyn. Sa tante avait ses lunes, ses lubies, et il y avait tout à parier que c'en était une. Quelque chose lui avait foutu la trouille, une peur suffisamment forte pour qu'elle éprouve le besoin de l'appeler et de le faire venir. Elle n'avait personne d'autre à contacter, c'était aussi simple que ça. Et puis, le moment était peut-être venu pour lui d'aller la voir. Sa dernière visite remontait à pratiquement quatre ans ; c'était à Noël, et ça n'avait pas été une partie de plaisir, pas seulement à cause d'Evelyn elle-même mais de tout ce que New York lui rappelait.

Harper s'empara du téléphone et appela l'aéroport. Il y avait un vol pour Newark dans deux heures et demie. Il réserva une place, paya avec sa carte de crédit, laissant le vol retour ouvert. Une demi-heure plus tard, il avait mis quelques affaires dans un sac, il était prêt. Au moment de sortir, il s'arrêta sur le seuil et regarda son appartement vide, hocha la tête comme s'il prenait note d'une présence invisible, fit ses adieux comme si, d'une certaine manière, il savait déjà que les choses ne seraient plus les mêmes une fois rentré. Elles ne l'étaient jamais au retour d'une absence. Il y avait toujours une transformation, souvent intérieure, souvent profonde. C'était comme ça.

L'aile plongeait dans le vide, tandis que les rayons du soleil couchant réfléchis dans les milliers de marais de la mangrove déversaient une pluie de paillettes d'or sur la Floride. Une place côté fenêtre, siège voisin inoccupé, un livre de Harlan Coben sur les genoux, mais il ne trouva pas la concentration nécessaire à la lecture. Il déclina l'offre de l'hôtesse qui lui proposait une boisson avant de se raviser et de demander un Jack Daniel's avec un glaçon. Qui s'empressa de fondre avant qu'il ait eu le temps de porter le verre à ses lèvres. Son bourbon lui parut insipide.

New York lui faisait signe comme un rêve à demi oublié, un rêve qu'il avait eu à plusieurs reprises, et dont le souvenir s'accompagnait maintenant d'une angoisse indicible, le laissant perturbé, tiraillé entre le devoir et la résistance, émotions inextricablement liées – colère, ressentiment, sympathie pour Evelyn et sa solitude tellement évidente. Harper se sourit à lui-même, un sourire qui n'atteignit pas ses yeux, appuya la tête contre son dossier et poussa un profond soupir.

Il s'assoupit et ne se réveilla vraiment qu'au moment où l'hôtesse se pencha vers lui avec un sourire d'ange pour lui demander d'attacher sa ceinture en prévision de l'atterrissage. Son parfum était de ceux que l'on respirerait indéfiniment sans être jamais rassasié.

Aéroport de Newark, New Jersey. Il prit un taxi pour traverser le Holland Tunnel. C'était le soir, le bourdonnement sourd de la ville pesait contre les vitres. Il se souvenait de tout, rien n'avait changé, les images venaient s'amasser sur sa rétine comme pour s'y imprimer de façon indélébile. *Là où est ton cœur, là est ta demeure*, pensa-t-il, mais le cœur qui vivait à New York était une version déformée et assombrie du sien. C'était uniquement dans son imagination, il s'en rendit compte, que la ville n'avait pas changé. En dehors de sa visite à Noël quatre ans auparavant, il n'y avait jamais remis les pieds depuis 1987. Ce qu'il voyait aujourd'hui, c'était le New York de l'après-Bush père, de l'après-Clinton, qui avait connu le fiasco de la défaite d'Al Gore à la présidentielle de 2000 en dépit du fait qu'il avait remporté le vote populaire avec cinq cent quarante mille voix d'avance. C'était le New York qui avait vu la première attaque lancée par des agresseurs étrangers contre le territoire national depuis la guerre de 1812, le fantôme du 11 Septembre encore présent et envahissant malgré le passage de trois années. Harper se rappelait un gros titre qui l'avait arrêté net : « CHAMBRES VACANTES, RESTAURANTS VIDES ET TOURISTES EN DÉROUTE ». *Je suis revenu, mais pour trouver quoi ?*

La circulation était déviée sur la 6e Avenue, et il partit donc à pied vers la 3e Ouest. Passa devant le Blue Note Jazz Club et entra boire une eau minérale. Evelyn aurait senti l'alcool sur son haleine et l'aurait houspillé, le traitant de clochard et de bon à rien. Garrett avait été un vrai ivrogne et avait fini comme une épave. Quand il quitta l'établissement, il était 8 heures passées. Taxis jaunes, bus new-yorkais, voitures pare-chocs contre pare-chocs, odeurs de diesel et de fumée de cigarette, sueur et frustration de millions de vies qui se croisent, chacune perdue dans la masse, et pourtant, chacune à sa façon, en quête de quelque chose. Il gagna ensuite Greenwich Village, avec sa population de skaters et de bohèmes, de libres-penseurs et de drogués, et pour lui piqûre de rappel d'un passé qui lui revint à l'esprit malgré lui, et non sans un sursaut de douleur. Tout cela remontait à des milliers d'années, et pourtant, à chaque pas qu'il faisait en direction de la maison à deux étages sans ascenseur d'Evelyn sur Carmine Street, entre le Cherry Lane Theater et Sheridan Square, John Harper sentait le passé affluer vers lui, inexorable, impitoyable. Le passé n'abandonnait jamais, ne s'effaçait jamais, il attendait simplement que vous rentriez chez vous. *Chez vous ?* Harper s'arrêta net sur le trottoir. Était-ce là ce qu'il pensait vraiment, même après toutes ces années – qu'il rentrait *chez lui* ?

Lui revint en mémoire ce jour très particulier où, enfant, il avait fait le même trajet, un mercredi inoubliable.

Il chassa ce genre de pensées, qui se dispersèrent comme des gamins un soir d'Halloween, au milieu des sifflets, des rires moqueurs et des jurons.

Harper reprit sa marche, traversa la 4e Ouest en direction de Bleecker Street et obliqua sur la gauche. Il repensa à ce moment sur le *Mary McGregor*, le moment décisif. Puis, après, à l'appel téléphonique de Nancy Young, à sa question sur David Leonhardt restée sans réponse. Pourquoi Nancy avait-elle le numéro de ce type ? Elle l'avait rencontré deux ou trois fois, lors de réceptions au *Herald*. Y avait-il eu quelque chose entre eux ? Avaient-ils entamé une relation qui aurait pu entraîner sa décision de rompre avec lui ? Il ne le saurait pas avant de retourner à Miami, et il pensait que, même alors, on ne lui servirait qu'une vérité travestie. Il aurait bien aimé être dans son appartement, et non à un bloc et demi du carrefour de Carmine Street, associé à des souvenirs d'une grande netteté.

Harper s'arrêta un instant pour regarder l'immeuble, sentant monter en lui une tension et un pressentiment désagréables. Il ne remarqua pas la voiture stationnée de l'autre côté de la rue, une berline foncée avec deux passagers à bord – un homme d'une cinquantaine d'années et une femme plus jeune –, et ne sut rien de leur conversation.

Il mit le pied sur la première marche et crut défaillir.

« C'est lui ? C'est John Harper ? demanda au même instant Cathy Hollander.

– Ouais, à tous les coups, répondit Walt Freiberg.

– Il lui ressemble... il ressemble étonnamment à Edward. »

Walt Freiberg acquiesça de la tête.

« Et cette femme est sa tante ?

– Exact. Evelyn Sawyer. Sa sœur était la mère de John. Cette bonne femme est une garce finie, et dangereuse avec ça. Il faut s'en méfier.

– Dangereuse... Pourquoi ? Qu'est-ce qu'elle a fait ?

– Ce qu'elle a fait ? reprit Walt avec un sourire. Rien, à proprement parler. Elle est dangereuse à cause de ce qu'elle sait.

– Tu crois que la police va venir l'interroger ?

– Probable. Ils vont se pointer et lui poser des questions sur Edward, sur ce qu'il sait, la raison pour laquelle elle soupçonne qu'on a délibérément tiré sur lui.

– Et elle pourrait parler ? Leur dire ce qu'elle sait ? s'enquit Cathy Hollander.

– Plus maintenant, non, répliqua Freiberg. Plus maintenant que John Harper est ici. »

« En retard, fit-elle remarquer. Pourquoi faut-il que tu sois en retard, hein ?

– Bonjour, tante Ev... Ça fait plaisir de te revoir, tu sais.

– Je m'attendais à te voir il y a des heures de ça. Qu'est-ce que tu as fabriqué ?

– Je vivais ma vie, vois-tu. Il a fallu que je m'organise pour venir ici. J'ai dû réserver un vol, prendre l'avion, tout ça, tout ça.

– Tu pourrais me parler autrement, oui ? Tu as toujours eu réponse à tout, pas vrai ? Jamais à court d'impertinences.

– Je peux entrer, Evelyn ?

– Oui, tu peux entrer, mais tu t'essuies les pieds d'abord... ou mieux, enlève donc tes chaussures et laisse-les dans le vestibule avant d'aller directement à la cuisine. »

Tante Evelyn : soixante-quatre ans, cheveux gris argenté, yeux perçants, voix qui claque comme un fouet, nerfs à vif. La maison n'avait pas changé – toujours ces odeurs de cannelle, de violette, de camomille, avec un fond assez prégnant d'essence de bergamote dû à la préparation d'innombrables théières d'Earl Grey, le carburant dont avait besoin Evelyn Sawyer pour fonctionner. Montée d'escalier à droite au fond du hall, cuisine à gauche, sol carrelé, fenêtre au-dessus de l'évier ouvrant sur la cour. Non, rien n'avait changé, et même si lui pensait avoir changé, Harper ressentait toujours les mêmes émotions, était assailli par les mêmes idées chaque fois qu'il venait ici. La maison de Carmine Street n'était pas tant une figure de son passé qu'une matérialisation de tout ce qu'il n'avait jamais voulu être ni devenir. Elle était toute de tension et de silence, d'angoisses et de passions ; Evelyn et ses crises de larmes, Garrett abruti par l'alcool ; pour lui, la transition difficile de l'enfance à l'âge adulte puis du départ. C'était le souvenir d'une famille qui n'avait jamais eu d'existence réelle, qu'il avait si souvent et si longtemps espérée sans l'avoir jamais trouvée.

« Tu veux du thé ? » demanda Evelyn.

Harper secoua la tête. Il posa son sac derrière la porte de la cuisine et s'assit à la table en bois. Douze années passées là, deux repas par jour, le plus souvent assis seul, Garrett sorti et Evelyn s'affairant autour de lui pour faire semblant d'avoir une occupation. Mangeant en silence, sans avoir grand-chose à dire, d'ailleurs, tout en se demandant si les gamins de son école connaissaient la même existence, ou si, ailleurs, la vie était différente. Il pensait avoir entendu parler d'une telle chose, sans en être vraiment sûr.

« Tu veux un whisky, ou quelque chose ? demanda cette fois Evelyn.

– C'est nécessaire ?

– Ça dépend, si tu penses avoir besoin de te calmer avant que je te dise ce que j'ai à te dire, alors oui.

– En effet, ça sent pas très bon… Ev, qu'est-ce qui se passe ? »

Evelyn lui tournait le dos, regardant par la fenêtre au-dessus de l'évier. Machinalement, elle sortit un paquet de cigarettes de la poche de son tablier, en alluma une, se retourna et en offrit une à Harper. Qui secoua la tête.

« J'essaie d'arrêter, dit-il.

– Tu "essaies" ? persifla sa tante. Qu'est-ce que ça veut dire, ça ? Ou tu as arrêté, ou tu fumes encore. »

Harper sourit à part lui. Toujours aussi tranchante, Evelyn. Le genre à continuer de râler même au moment d'être descendue dans la tombe. Il serra les poings à l'abri de son regard. Il n'était plus un enfant ; il n'avait aucune intention de se laisser brutaliser.

« Alors ? demanda-t-il d'un ton à la limite de l'agressivité. Qu'est-ce qui presse au point que je doive tout plaquer à Miami pour rappliquer ici ventre à terre ? »

Evelyn tira une bouffée de sa cigarette : sa main tremblait. Harper voyait son reflet dans la vitre.

« Ev ? »

Elle avait l'air d'avoir perdu toute couleur, semblait presque transparente.

« Des choses ont été dites, dans le temps », commença-t-elle. Harper ouvrit la bouche, mais elle l'arrêta d'un geste et poursuivit. « Tais-toi, John Harper. Je vais tout te dire, mais si je réfléchis trop longtemps, j'ai peur de ne plus y arriver, et on risque une dispute de tous les diables, toi et moi. Des choses ont été dites, dans le temps, reprit-elle après avoir tiré une autre bouffée. À une époque où tu étais encore enfant. Certaines étaient vraies, d'autres pas. Si je te les ai dites de cette manière, c'est parce que je voulais que tu te fasses une certaine idée de la situation plutôt qu'une autre. Elles n'étaient pas tout à fait exactes, ces choses... j'avais changé quelques détails... » Elle marqua un temps d'arrêt, ferma les yeux un instant. « Il y a des fois où tu crois vraiment faire pour le mieux, tu comprends ? Tu dis quelque chose dans l'idée que ce sera moins... comment dire, préjudiciable, sans jamais être certain d'avoir pris la bonne décision. Ce que je veux dire c'est que, malgré les meilleures intentions du monde, la situation finit par se retourner contre toi, et c'est encore pire qu'avant...

– Evelyn, bon sang, tu voudrais en venir au fait ? »

Elle avait le regard rivé sur Harper, et, lui sembla-t-il, les larmes aux yeux.

« Ton père, dit-elle d'un ton neutre, incapable d'ajouter devant son froncement de sourcils autre chose que : Ton père, John... c'est à propos de ton père.

– Quoi, mon père ? Je sais ce qu'il y a à savoir sur lui. Il a quitté la maison quand j'avais… quoi ? deux ans ? Il est mort, non ? »

Evelyn secouait la tête.

Harper avait envie d'une cigarette, mais n'aurait pas osé en demander une. Comme si le spectre de l'enfant timide qu'il avait été s'efforçait de refaire surface. Mais il aurait aimé savoir pourquoi Evelyn secouait la tête.

« Ton père est… »

Harper eut un haut-le-cœur. Il essaya de se lever, mais ses jambes refusèrent de le porter.

« Ton père est… enfin merde, John, il est à l'hôpital. On lui a tiré dessus, et il est à St Vincent.

– À l'hôpital ? Celui de la 12e Ouest ? »

Partie de très bas, la sensation d'étouffement se propageait maintenant dans sa poitrine, sa trachée, avant d'envahir tout son corps. Il tenta une nouvelle fois de se lever. Il appuya une main à plat sur la table, mais elle était tellement pleine de sueur qu'il ne put la stabiliser. Il sentit son visage devenir exsangue.

« Oui, la 12e Ouest, dit Evelyn. Il a soixante-dix ans, John… soixante-dix ; il a essayé d'empêcher quelqu'un de cambrioler un magasin de spiritueux, et il a été abattu… On lui a tiré dessus, et il a été transporté à l'hôpital… voilà… »

Harper eut l'impression qu'un grand gouffre s'ouvrait en lui et qu'il perdait conscience.

De son côté, Evelyn s'effondra, comme elle l'avait fait quand Garrett était parti pour l'au-delà. Elle s'appuya contre l'évier derrière elle, tête baissée, yeux gonflés de larmes, et même si le père de Harper n'avait jamais eu droit qu'à des malédictions sous ce toit, même si Evelyn n'avait pas prononcé son nom plus d'une dizaine de fois pendant toutes les années que Harper avait passées là, elle plia sous le poids de l'émotion.

Harper se leva enfin. Il sentit les murs vaciller autour de lui.

« Je comprends pas…, commença-t-il, avant de se rendre compte qu'il n'y avait en fait pas grand-chose à comprendre.

– Ton père... il a soixante-dix ans, et il va mourir, John », conclut-elle en se couvrant le visage d'une main.

Il lui ôta la cigarette encore rougeoyante qu'elle tenait de l'autre main, tira une bouffée, aspira profondément la fumée et la retint dans ses poumons. Lui aussi avait des larmes dans les yeux, une forte émotion au cœur, dont il aurait été incapable pourtant de préciser la nature.

« Il faut que je sorte », finit-il par articuler d'une voix forcée et peu naturelle. On aurait dit la voix d'un autre, d'un homme à la dérive. « Ev, il faut que je sorte un moment, d'accord ? Pour marcher un peu... faire le tour du pâté de maisons... prendre l'air. » Puis il ajouta, en secouant la tête : « Je suis pas sûr de comprendre ce qui se passe, Ev, je comprends pas les... »

Sa voix s'éteignit lentement.

Evelyn resta muette, les épaules secouées de soubresauts comme si elle résistait à quelque démon intérieur. Elle se contenta de lever la main pour lui signifier qu'il pouvait la laisser seule. Harper se dit que ce serait bien de se rapprocher d'elle, de lui prendre la main, de l'attirer contre lui, de lui permettre de poser la tête sur son épaule. Il ne put s'y résoudre. Il fit un pas en direction de la porte de la cuisine, hésita, puis sortit dans le vestibule. Il eut du mal à mettre ses chaussures, appuyé contre le mur, désorienté, pris de vertige, et, quand il reporta les yeux sur la cuisine allumée, perché sur la première marche de la montée d'escalier, l'émotion lui revint qui l'avait étreint le soir où il s'était trouvé confronté à Garrett. Un long frisson le parcourut. Il n'arrivait pas à croire aux images qui défilaient dans sa tête. Il ouvrit la porte de la maison et sortit dans la rue. Resta un instant immobile sur le trottoir. Remarqua la cigarette qu'il tenait encore à la main et l'expédia d'une pichenette au milieu de la chaussée. Regarda à droite, puis pivota sur les talons. Les larmes qui gonflaient ses yeux finirent par crever la surface pour ruisseler paresseusement le long de ses joues.

Harper se mit en marche sans regarder derrière lui pendant un moment. Il finit pourtant par jeter un coup d'œil par-dessus son épaule, et, il eut beau faire, il ne réussit pas à empêcher ce mercredi fatidique de déferler sur lui comme un raz-de-marée.

En ce soir de décembre, au cœur de Greenwich Village, au milieu de son décor et de ses bruits, de ses rythmes et de ses souvenirs, John Harper fit une halte au coin de Carmine Street, à une trentaine de mètres à peine des marches de la maison d'Evelyn Sawyer. La maison où il avait passé douze années de sa vie, où sa tante avait laissé libre cours à la moindre de ses amertumes, de ses rancœurs, de ses incroyables colères pour les partager avec lui. Et où elle lui avait parlé de son père, un homme que l'on croyait mort depuis trente ans ou plus. Sa tête lui faisait l'impression d'un ballon de baudruche sur le point d'éclater.

Tout était ici, à cet endroit.

Là où est ton cœur, là est ta demeure.

« Allez, démarre », dit Walt Freiberg.

Cathy Hollander se pencha pour mettre le contact.

« Il va marcher jusqu'à l'hôpital, dit encore Freiberg. Suis-le, en gardant tes distances. Laisse-le arriver, on entrera après lui. »

Cathy Hollander hocha la tête, s'écarta du trottoir et entreprit de descendre la rue.

4

Fin d'après-midi à Manhattan, au sud-ouest de Greenwich Village.

Ciel gris ardoise. Circulation encore dense et difficile en direction de l'ouest, sur Beach, Vestry et Watts, camions et taxis bloquant le Holland Tunnel, écrasant des klaxons rageurs et inutiles, comme si le New Jersey était soudain devenu la Terre promise et que les portes fermaient à 7 heures. *Bienvenue sur l'autoroute, les gars, à vous la liberté !*

6e Avenue – avenue des Amériques –, à l'est de Tribeca[1] ; devanture étroite, enseigne clignotante d'un restaurant : cantonais, plutôt chic, ambiance agréable, chaleureuse comme une soirée devant un feu de bois ; plutôt incongru à cet endroit : mieux venu à cinq blocs de là, de l'autre côté de Broadway, quelque part dans Chinatown entre Columbus Park et Chatham Square.

Une douzaine de clients, la plupart en couple ; un ou deux rendez-vous clandestins – des gens censés être ailleurs, conversations à voix basse, émotions contenues, activités cachées, chevilles hors de vue à touche-touche sous la table ; couples mariés d'un certain âge, aussi, reconnaissables au fait qu'elle commande à sa place parce que, depuis le temps, elle sait mieux que lui ce qui ne lui convient pas, et qu'ils font montre de cette complaisante familiarité qui s'est substituée au fil des ans à l'élan de désir et au plaisir de la découverte qui présidaient à leurs premières rencontres.

---

1. Abréviation de « Triangle Below Canal Street », quartier du bas Manhattan délimité grossièrement par Hudson Street, Canal Street et Broadway. (*Toutes les notes sont des traducteurs.*)

Au fond de la salle sur la droite sont assis à une table contre le mur deux hommes qui ont presque terminé leur repas. La petite quarantaine, l'un très chic – costume foncé, cravate, chaussures rutilantes –, l'autre beaucoup moins : costume en acétate bon marché, visage marqué, ravagé, buriné et sillonné de rides, portant les marques d'une centaine d'années d'existence, d'une histoire, d'un passé, semblable à la valise d'un bourlingueur cabossée par ses multiples voyages autour du monde. En ce moment, penché en avant, l'homme écoute, mains croisées, cheveux blonds, yeux d'un bleu gris-vert, comme une tache de couleur non indentifiable sur le bord d'une palette.

Costume chic raconte, souriant, excité, joues rougies par la bière et le saké :

« Donc on est en… je sais pas, moi, 1974, peut-être 1975, et pour une raison ou pour une autre il est à Las Vegas. Elvis est à Vegas…

– Il vivait pratiquement là-bas, l'interrompt Bourlingueur. Je crois pas qu'il ait jamais chanté ailleurs qu'à Vegas au cours des dernières années de sa vie. »

Costume chic hoche la tête et balaie l'interruption de la main ; le fait qu'Elvis se soit trouvé à Las Vegas à ce moment-là ne change rien à son histoire.

« Il est donc à Vegas, reprend-il, et voilà qu'il entend parler d'un concours d'imitateurs.

– Un concours d'imitateurs d'Elvis ?

– Oui, tu vois le genre de truc ? Un tas de ringards bedonnants affublés de costumes de scène à paillettes et de grosses pattes, des tonnes de laque sur les cheveux… enfin tu vois.

– Je vois.

– Donc, le King entend parler de ce concours, et, pour rigoler, il se dit qu'il va s'inscrire.

– Comment ça ? Lui, le vrai Elvis Presley… il veut participer à un concours d'imitateurs de lui-même ?

– Tout à fait », confirme Costume chic. Et il se met à rire, de ce rire propre à celui qui raconte une histoire dont il connaît la chute, qu'il a sans doute déjà racontée cent fois, mais qui reste si drôle qu'elle est toujours aussi irrésistible. « Donc, il se dit qu'il va s'inscrire.

– Et il le fait ?

– Il le fait. Il arrive, plus vrai que nature, le costard, le strass et les paillettes, la cape, la ceinture de boxeur poids lourd, enfin, tout le saint-frusquin, quoi. Monte sur scène, se donne à fond dans un classique, juste pour voir ce qui va se passer. »

Bourlingueur sourit, acquiesce, comme s'il connaissait la suite, alors que, si on la lui demandait, il pourrait rester là jusqu'à la fin des temps sans la deviner, mais la tension monte sans à-coup dans cette histoire et lui confère une certaine magie.

« Tu devines pas ce qui se passe après ?

– Non, y se passe quoi ?

– Il finit quatrième ! »

Costume chic alors n'y tient plus et éclate d'un rire tonitruant, bientôt imité par Bourlingueur au bout d'un moment de silence. Les deux hommes rient à s'en décrocher la mâchoire, des têtes se tournent, et ceux qui sont affligés d'émotions refoulées et de complexes de culpabilité qu'ils partagent plus ou moins régulièrement avec un psy à deux cents dollars l'heure se sentent gênés, mal à l'aise, un peu nerveux, tandis que ceux qui entretiennent des espoirs d'adultère sont pour ainsi dire illuminés par le bruit strident de cet humour facile, tout en sachant qu'ils ne pourraient jamais rire de cette manière, pas ici, pas maintenant, puisqu'ils sont en train de vivre un mensonge. Ce qui n'empêche nullement les deux hommes à la table contre le mur dans le fond de la salle de rire à gorge déployée, comme si la fin du monde était pour demain et qu'il fallait consommer au plus vite le rire en stock.

Voilà, rien de plus. Une simple histoire, vraie de surcroît.

« Tu te fous de moi, non ? demande Bourlingueur en riant de plus belle.

– Dieu m'est témoin, bon Dieu... c'est la pure vérité ! »

Costume chic s'esclaffe à nouveau, un mugissement de sirène de pompier à réveiller un dormeur à l'étage au-dessus, à moins que celui-ci ait pu profiter de l'histoire parce qu'il ne dormait pas.

Une poignée de minutes plus tard, tout est rentré dans l'ordre.

« Qu'est-ce qu'on fait, maintenant ? Qu'est-ce que tu dirais d'une virée dans un bar, ou un truc comme ça ? » demande Costume chic.

Le type au visage de baroudeur, c'est Frank, Frank Duchaunak. Les gens passent leur temps à lui dire que c'est un drôle de nom, et lui passe le sien à rétorquer avec un haussement d'épaules : « Ma foi, je sais pas... c'est un nom qui en vaut un autre, je suppose. » S'il se trouve dans une file ou une salle d'attente, pour récupérer un passeport ou un document administratif, les réceptionnistes et les secrétaires s'y reprennent à deux fois, sourcils froncés, lèvres pincées, avant de lâcher : « Dutch-nark », ou « Doosh-nak », et lui d'aller vers eux, sourire aux lèvres, et de leur donner la prononciation correcte. « Du-chau-nak », épelle-t-il alors calmement, tandis que ses interlocuteurs hochent la tête, avant de dire : « C'est un drôle de nom. » À quoi il répond invariablement : « C'est un nom. Un nom comme un autre. »

Frank a fini de rire, et le type au costume chic – Don Faulkner, de son vrai nom – lui rappelle : « Dieu m'est témoin, bon Dieu... c'est la pure vérité, Frank », avant d'enchaîner en répétant sa question : « Qu'est-ce qu'on fait maintenant ? »

Frank a juste le temps de hausser les épaules quand un téléphone se met à sonner ; instinctivement, les deux hommes plongent la main dans leur poche pour sortir leur portable, quand Frank se souvient avoir débranché le sien en entrant dans le restaurant.

Don Faulkner, sans réfléchir, à moins que l'alcool et la récente séance de rigolade aient ralenti ses capacités en la matière, regarde son écran et fronce le sourcil.

« C'est la boîte, dit-il. Tu veux savoir ce que c'est, ou on leur demande de trouver quelqu'un d'autre ?

– Qu'ils aillent se faire foutre ! » répond Duchaunak.

Le téléphone continue à se faire entendre. Faulkner le regarde, tandis que l'appareil bourdonne et frétille sur la table et se rapproche fébrilement, petit à petit, d'une assiette de poulet au miel et au citron figé dans une sauce gélatineuse.

« Et puis merde », dit-il d'une voix si basse que l'autre l'entend à peine, mais n'en profite pas moins pour récupérer le téléphone et répondre.

« Faulkner, annonce-t-il, du ton de quelqu'un qui avoue un forfait. Oui, poursuit-il en hochant la tête. Il est là avec moi. »

Puis il écoute un moment son interlocuteur et son expression change du tout au tout. De son côté, Duchaunak fronce les sourcils, perplexe, et songe manifestement à arracher l'appareil à son partenaire pour connaître la suite.

« Tu te fous de moi ! » dit Faulkner, qui regarde Duchaunak, les yeux écarquillés par la stupéfaction.

Les lèvres de Duchaunak s'arrondissent en un « Quoi ? » silencieux, auquel Faulkner répond par un mouvement négatif de la tête et une main levée, aussi irritants l'un que l'autre.

« Mais qu'est-ce qu'il y a, bordel ? dit Frank.

– OK, d'accord, dit Faulkner. Ouais… on arrive. »

Puis il raccroche. Le téléphone serré dans la main, il donne l'impression d'être prêt à frapper quelqu'un avec. Il détourne les yeux vers la devanture du restaurant, avant de les ramener sur son partenaire.

« Alors quoi ? Tu vas me dire ce qui se passe, oui ou merde ?

– C'est Lenny, dit Faulkner. Il est à St Vincent…

– St Vincent ? Qu'est-ce qu'il fout là-bas ? demande Duchaunak en faisant mine de se lever.

– Reste assis, tu veux ? »

L'autre se rassoit lourdement. L'espace d'une seconde, il a l'air d'un petit homme qui a besoin d'un grand verre.

« Il a pris une balle hier, tôt dans la soirée… un magasin de spiritueux près de Washington Square Park.

– Pris une balle ?!

– Dans la poitrine. La blessure a l'air vraiment moche. Il est en soins intensifs, branché par une multitude de tuyaux à tous les appareils qu'ils ont pu dénicher, et ils sont pas sûrs qu'il s'en sorte… entre son âge et le reste…

– Nom de Dieu ! s'exclame Duchaunak en soupirant. Qu'est-ce qui s'est passé ? C'est Marcus ? C'est un coup de Ben Marcus ? »

Faulkner esquisse un sourire contrit, comme s'il était gêné d'avoir à rapporter ce qu'on vient de lui dire.

« Apparemment non…, répond-il.

– Non, quoi ?

– Il aurait essayé d'empêcher un type de braquer le magasin. »

Duchaunak se met à rire, le rire nerveux de celui à qui on dit quelque chose d'incompréhensible ou qui va à l'encontre de ce qu'il sait être la vérité. C'était donc là qu'on allait en arriver ? Après tout ce temps, c'était ainsi que les choses allaient se terminer ?

« Il a essayé d'empêcher un type de braquer un magasin ? »

Sa question en réalité n'en est pas une ; elle ne fait que trahir la nervosité d'un homme profondément perturbé.

« C'est ce qu'on m'a dit, confirme Faulkner. Tu veux aller le voir ?

– Bien sûr que je veux aller le voir, dit Duchaunak en se levant à nouveau. Juste pour m'assurer qu'il va crever pour de bon cette fois.

– Toi, t'as un contentieux à régler, mon vieux. Peut-être que ton papa t'a pas assez fait de câlins quand t'étais petit. »

Frank ne répond pas. Il se dirige déjà vers la sortie.

Secouant la tête, Faulkner passe par la caisse pour régler l'addition. C'est son anniversaire. C'est son collègue qui a eu l'idée du repas et qui avait promis de payer. *On ne change pas les gens*, pense-t-il avant de se demander si, en l'occurrence, c'est bien dans l'ordre des choses, ou s'il risque de se retrouver dans une impasse sans grand espoir d'échapper à l'enfermement.

Dix minutes plus tard, Frank Duchaunak est au volant dans Varick St ; il rebrousse chemin pour gagner West Broadway et emprunte un itinéraire qui leur permettra d'éviter les embouteillages des 6e et 7e Avenues. À un moment, il marmonne quelque chose.

« Pardon ? » demande Faulkner.

Son collègue secoue la tête.

« Qu'est-ce que tu viens de dire ?

– J'ai dit que je retirais ce que j'ai dit tout à l'heure.

– À quel sujet ?

– L'idée d'aller m'assurer que Lenny allait crever pour de bon.

– Je ne te suis pas ! fait Faulkner, qui fronce les sourcils, soudain soucieux quant à l'état mental de son interlocuteur.

– Ce serait pas juste.

– Comment ça ? demande Faulkner d'un ton où se mêlent surprise et incrédulité. Mais je croyais…

– Oui, oui, je sais, l'interrompt Duchaunak. Je sais que ça peut te paraître bizarre, mais je pense vraiment que ce serait pas juste pour un homme comme lui de mourir de cette façon.

– Je comprends ce que tu veux dire, Frank, commente son partenaire après une seconde d'hésitation, je comprends tout à fait. » Il se tait un moment, puis reprend : « Tu penses que le projet est toujours d'actualité ? Qu'ils ne vont pas changer d'avis maintenant que Lenny est hors course ?

– Dieu seul le sait, Don, Dieu seul le sait. J'ai toujours pas réussi à comprendre le fonctionnement de ces types. Bon, si on allait à l'hosto, histoire d'en apprendre un peu plus ?

– On y va, pas de problème. »

Aucun des deux n'ouvre la bouche avant l'arrivée au parking qui se trouve derrière l'hôpital, au croisement de la 12e Ouest et de la 7e Avenue. Duchaunak se gare, reste assis un moment sans rien dire, puis ouvre la portière et descend.

« Vas-y, toi, propose Faulkner, comme s'il venait juste d'y penser. On n'a pas besoin d'être deux. »

Son collègue ne répond pas, claque la portière avant de se diriger vers l'entrée.

5

« Un sumatra corsé, dit le garçon derrière le comptoir, dense et aromatique. Nous avons aussi l'arabica, le colombien... celui-là est très bon, fraîchement moulu il y a à peine une heure, riche et chocolaté avec une pointe de noisette... »

Harper l'interrompit. Il avait la nausée, et la tête lui tournait.

« Juste une tasse de café. » Il aurait voulu ajouter : « Qu'est-ce que c'est qu'une foutue pointe de noisette ? Vous carburez aux amphètes dans votre business ? » Mais il s'abstint.

Le type prit un air de mépris condescendant pour lancer : « Bon, ben, si c'est *juste* une tasse de café que vous voulez, c'est *juste* une tasse de café que vous aurez. »

Quelques minutes plus tard, son café dans une main, encore trop chaud pour être bu, le cœur au bord des lèvres, John Harper, installé au coin de la 7e Avenue et de Greenwich, contemplait la façade impressionnante de l'hôpital. Des guirlandes de Noël étaient accrochées à quelques-unes des fenêtres des étages supérieurs, et un sapin solitaire montait la garde en haut des marches du perron. Il était venu à pied de chez Evelyn, avait songé un instant à y retourner, mais n'avait pas eu le courage de l'affronter. Pas tout de suite, pas avant de venir jusqu'ici et de se rendre compte par lui-même de ce qu'il se passait.

Il y avait de la neige dans l'air vif et frais. Harper resserra le col de sa veste autour de son cou de sa main libre et leva les yeux vers le ciel. Des nuages, pâles et filandreux, filaient en une course désordonnée vers une pleine lune orangée. Il se serait damné pour une cigarette. Et s'en voulait terriblement d'avoir quitté la maison sans pardessus.

Il était complètement perdu. Trente-six ans, et le père qui était parti quand il en avait deux – un père à qui il n'avait jamais parlé, un père qu'il avait cru mort – était là, à l'hôpital, devant lui, grièvement blessé par balle.

Il fit un pas en avant, résolu désormais à aller jusqu'au bout. Un second, et il arriva au bord du trottoir, avant de s'arrêter net. Il ferma les yeux un moment, porta son café à ses lèvres, en sentit l'arôme, et décida de renoncer. Il fit sauter le couvercle du gobelet, se pencha pour en vider le contenu dans le caniveau et recula d'un pas pour le jeter dans une poubelle. Il croisa les bras autour de sa poitrine et tapa des pieds. Il lui fallait absolument une cigarette, juste pour sentir la fumée lui envahir la gorge, les poumons. L'aider à revivre.

Il se mit en route le long du trottoir, mais ne franchit pas plus de trois ou quatre mètres avant de faire volte-face et de traverser la rue pour gagner l'avant du bâtiment.

Le temps qu'il prenne vraiment conscience de ce qu'il faisait, il se trouvait à côté du sapin qui gardait l'entrée. Un petit ange en papier était accroché à la plus haute branche. Un vent léger agitait ses ailes, mais il tenait bon. Un homme émergea des portes de verre à tambour et regarda Harper. Il hocha la tête, esquissa un sourire complice, comme s'il partageait avec lui et avec tous ceux qui venaient ici une camaraderie et une solidarité spontanées. *Vous êtes ici parce qu'un de vos proches est mort*, sous-entendait le sourire. *Ou parce que quelqu'un va mourir et que vous voulez régler vos affaires avec lui avant qu'il disparaisse.* Ou une autre pensée du même genre. Harper lui rendit son sourire et franchit les portes. Il marqua un temps d'arrêt et repéra le bureau de l'accueil sur sa droite.

La réceptionniste de service avait l'air d'une personne qui passe sa vie à compatir aux malheurs des autres.

« Je suis ici..., commença Harper, la voix hésitante.

– Oui, monsieur, je vois bien », répliqua la femme.

Harper jeta un coup d'œil au badge sur le revers de sa veste. Nancy Cooper, annonçait-il. Il pensa immédiatement à Nancy Young et à David Leonhardt, et à la question qui n'avait toujours pas été posée.

« Je suis ici pour voir quelqu'un, reprit Harper. Pour voir quelqu'un qui a été admis récemment.

– Le nom, s'il vous plaît ? demanda Nancy Cooper.

– Le mien ?

– Celui de la personne admise.

– Edward... Edward Bernstein. »

Nancy fit cliqueter ses ongles sur le clavier de son ordinateur. « Et vous êtes ? » Il la regarda avec de grands yeux. « Monsieur, s'il vous plaît ?

– Son fils », dit une voix derrière Harper.

Celui-ci fit entendre un bruit bizarre venant du fond de la gorge, trahissant à la fois peur et surprise.

« Salut, fiston », fit la voix.

Harper déglutit avec peine, puis se retourna.

« Alors, comment ça va ? »

Plus âgé, bien sûr, beaucoup plus, mais la voix, le visage, le sourire... impossible de s'y tromper.

À une époque, deux ou trois ans après la mort de Garrett, il y avait eu un ami de la famille, un certain Walt Freiberg, qui venait de temps à autre à la maison ; donnait de l'argent à Evelyn, apportait des cadeaux pour John, l'appelait « fiston ». Un homme qui sentait toujours l'alcool ; un cou épais, des yeux foncés, des doigts boudinés et rouges au bout, comme si on les avait cautérisés pour éviter qu'ils se délitent. Son rire évoquait le grondement d'un train express dans un tunnel enfumé. Il continua ses visites, les espaçant de plus en plus, jusqu'aux douze ans de Harper, avant de disparaître lui aussi dans ce broyeur de vies qu'était New York.

À présent, Walt Freiberg se tenait devant lui ; quand Harper s'était retourné, il avait posé les mains sur ses épaules.

« Te voilà donc », dit Freiberg.

Harper ne bougea pas. Quels mots auraient pu exprimer la multitude d'émotions qui l'étreignaient – déferlante de souvenirs, de colère, de deuils et d'abandons, et la terrible impression que la structure même de son corps était menacée, alors qu'il tremblait et transpirait, s'efforçant d'éviter l'effondrement total.

« J'espérais tellement que tu viendrais, dit encore Freiberg. J'ai appelé Evelyn pour qu'elle te dise de rappliquer. Elle a été très surprise de m'entendre après toutes ces années, mais les circonstances étant ce qu'elles sont, j'ai pensé que la chose s'imposait.

– Je... je sais pas... »

Freiberg sourit. Il attira Harper contre lui et l'étreignit. Le retour du fils prodigue, en somme.

« Te tracasse pas, fiston. »

Harper se sentit redevenir le petit garçon de neuf ou dix ans, debout à la fenêtre en saillie de la maison de Carmine Street, regardant Walt descendre d'un taxi jaune avec dans les bras des fleurs pour Evelyn et des cadeaux d'anniversaire pour lui.

« Il est ici, continua Freiberg. Il a voulu empêcher un vol dans un magasin de... » Il relâcha Harper et recula d'un pas. « Bon sang, John, c'est incroyable ce que tu lui ressembles. C'est bon de te revoir, tu sais, après toutes ces années... Bien sûr, tu le vois dans de tristes circonstances, mais... » Sa phrase laissée en suspens, il ferma les yeux une seconde et poussa un long soupir. « Bon, allez, on monte. »

Harper eut un hochement de tête machinal. Freiberg s'avança devant le bureau de la réception et sourit à Nancy Cooper.

« Nous aimerions monter voir M. Bernstein, si c'est possible.

– Il est en soins intensifs pour l'instant, dit Nancy en secouant la tête. Vous ne pourrez pas entrer dans la chambre, mais on vous laissera peut-être accéder à l'antichambre. Troisième étage, à droite quand vous sortez de l'ascenseur. Trouvez un aide-soignant, et il ira vous chercher le médecin en charge du service. »

Freiberg remercia la femme, puis, la main sur l'épaule de Harper, le guida jusqu'à l'ascenseur.

Tout à coup, Harper ralentit, puis s'arrêta. Il se tourna, les yeux exorbités, les traits tirés, tous ses muscles contractés.

« T'en fais pas, fiston, dit Freiberg. Allez, continue, ça va aller. »

Arrivés au troisième étage, ils suivirent les instructions de Nancy et se retrouvèrent dans un long corridor. Bruits de succion sur le lino, répercutés par les murs et le plafond, battements accélérés du cœur dans la poitrine de Harper. L'oncle Walt le tenant par le coude, le guidant, soucieux de son bien-être. Comme quand il était petit. L'oncle Walt sortant de l'arrière du taxi avec des cadeaux, et le jeune Harper ne comprenant pas pourquoi tante Ev lui faisait sentir si clairement qu'il n'était pas le bienvenu. Si bien qu'il régnait une tension palpable dans la maison.

Walt Freiberg ralentit le pas au moment d'atteindre le bout du couloir. Une grande baie vitrée, qui devait bien faire trois mètres de long sur leur droite, à travers laquelle Harper vit un homme en costume en train de parler à un médecin.

« Mais bordel, qu'est-ce..., commença Walt, avant de dire : Reste ici, John, une minute. Ne bouge pas. »

Harper était de toute façon cloué sur place, et n'aurait pas pu de lui-même aller bien loin. Lui revint alors le souvenir de ce qu'il avait ressenti après sa rupture avec Nancy Young : une grande sensation de vide, rien d'autre, l'impression de n'être qu'une enveloppe de chair vidée de contenu. C'était exactement ce qu'il éprouvait en ce moment : le sentiment de sortir brutalement d'un horrible cauchemar tout en étant conscient dans le même temps de n'avoir pas dormi : autrement dit ce qu'il croyait un instant avoir imaginé était bien réel.

Il tourna légèrement la tête, incapable de bouger le reste du corps, et vit Walt Freiberg agresser verbalement l'homme au costume. Le médecin avait reculé de plusieurs pas ; on aurait dit qu'il se sentait presque menacé. Quant à l'autre homme, il écoutait sans bouger ce que lui disait Walt, tout en jetant de temps à autre un coup d'œil en direction de Harper, les sourcils froncés. Un changement passager dans son expression que Harper ne remarqua pas, tant il était atone.

Walt continuait son discours. Il leva même la main et pointa un doigt accusateur. L'homme au costume détourna les yeux, puis les baissa et eut un moment l'air honteux de celui qui se fait attraper la main dans le sac.

Walt cessa brutalement de s'en prendre à l'autre. Lequel prononça quelques mots, avant de se diriger vers la porte au bout de la grande baie. Il sortit de la salle et s'approcha de Harper. Le regarda fixement, sans ciller. Plissant le front, il inclina la tête de côté, ouvrit la bouche pour parler.

« Vous ressemblez beau... »

Soudain, Walt était là.

« Pas un mot », dit-il.

Harper n'aurait su dire à qui s'adressait la remarque. Peu importait de toute façon, puisque lui-même n'avait rien à dire.

« Et si vous alliez faire votre boulot ? poursuivit Walt. Bon sang, vous pourriez au moins faire preuve d'un peu de compassion ! Essayez donc de retrouver celui qui a fait ça. C'est pour ça qu'on vous paie, non ? »

L'homme au costume regarda Freiberg par-dessus son épaule, mais ne répondit pas. Il pivota sur les talons et passa devant Harper sans un mot.

Freiberg fit mine de le suivre, mais seulement sur quelques mètres, soulignant clairement, aux yeux de Harper, la notion de territoire qui était en jeu. Freiberg accompagnait l'homme vers la sortie, s'assurant ainsi qu'il ne rebrousserait pas chemin une fois à mi-parcours.

« Allez, viens », dit-il à Harper, endossant à nouveau son rôle de guide pour lui faire franchir la porte vitrée.

Le docteur avait toujours l'air aussi interloqué et mal à l'aise.

« Je suis désolé... je ne savais pas...

– Y a pas de mal, docteur, dit Walt Freiberg en levant une main apaisante. Aucun problème. Vous faisiez votre boulot, vous... ce qui n'est pas le cas de ce salaud. »

Le médecin eut l'air à la fois inquiet et soulagé.

« En fait, je ne peux pas vous autoriser à entrer dans la chambre, dit-il. Il y a une fenêtre sur le côté, d'où vous pourrez voir le patient ; vu son état, je me dois d'interdire toute visite. Son pronostic vital est engagé, et il ne peut être exposé à aucun contact en dehors de celui du personnel médical.

– Pas de problème, docteur, je comprends, dit Freiberg. Si nous pouvons le voir à distance, c'est parfait, pas vrai, John ? »

Il sourit en regardant Harper, qui lui rendit machinalement son sourire.

Le docteur parut satisfait. Il passa devant eux et alla ouvrir une autre porte. Freiberg la fit franchir à Harper et le conduisit jusqu'au bout d'un étroit couloir. Il y avait sur la gauche une autre fenêtre, plus petite que la baie, et quand Harper s'arrêta devant, quand, aux côtés de l'oncle Walt, il regarda par la vitre, quand il vit le vieil homme étendu là, des tubes dans le nez, la bouche, entouré de fils et d'appareils qui ronronnaient, bourdonnaient et traçaient des lignes vertes et dentelées le long d'écrans noirs, il se rendit compte qu'il avait devant lui le père qu'il n'avait jamais connu et qu'il n'avait même jamais eu conscience de ne pas connaître. Il se rappela la vie qu'il avait eue durant ces trente-six dernières années, tout ce qu'il avait vécu seul, alors qu'il aurait dû le partager avec cet étranger mourant. Envahi par ses souvenirs, enfermé dans ce couloir dont les murs semblaient se rapprocher et menaçaient de l'étouffer, il eut l'impression d'être vidé de toute émotion.

Les appareils bourdonnaient, ronronnaient, cliquetaient, faisaient danser les lignes vertes sur le verre des écrans noirs.

Harper sentait la tension lui étreindre la poitrine avant de se desserrer à nouveau, par à-coups successifs. C'était la seule chose qui lui prouvait qu'il respirait encore.

Debout sur le trottoir un peu plus loin dans la rue, Frank Duchaunak avait les yeux braqués sur l'hôpital. Il enfonça ses mains dans ses poches et expira profondément, exhalant une petite colonne de buée dans l'air.

À quelques pas de lui sur sa gauche, Don Faulkner était assis au volant, moteur au ralenti, vitre baissée.

« Monte dans la voiture, Frank… Il fait un froid de chien.

– Freiberg était là, dit Duchaunak après s'être retourné vers lui.

– Walt Freiberg ?

– Lui-même, en personne… et il y avait quelqu'un d'autre avec lui, quelqu'un qui ressemblait à Lenny.

– Tu crois qu'il va mourir ?

– Aucune idée, bon Dieu !

– Frank ? »

Duchaunak regarda son partenaire.

« Monte dans la voiture, tu veux bien ? reprit Faulkner.

– Je veux pas qu'il meure comme ça. Pas après tout ce temps… après tout le mal qu'on s'est donné pour essayer de le coincer. Ça ne peut pas se terminer comme ça… Ce serait trop facile. Et pas juste. »

Faulkner ne répondit pas. Il remonta sa vitre, et observa Duchaunak qui resta encore quelques minutes sans bouger. Il voyait mal à travers son pare-brise embué, mais il lui sembla que son collègue parlait tout seul.

« Bon sang de bon sang, finit-il par grommeler. Qu'est-ce qu'on va bien pouvoir faire à présent ? »

Evelyn Sawyer est au sommet de l'escalier. La maison est silencieuse.

« Tu l'as entendu ? demande-t-elle, comme si elle ne s'adressait à personne en particulier, et sans attendre de réponse. Il était ici. Tu l'as entendu, hein ? Tu aurais dû le voir… il ressemble tellement à Edward qu'on dirait un fantôme. J'aurais voulu que tu l'entendes… que tu entendes sa voix. Que tu saches qui il était, pour que tu comprennes pourquoi nous avons passé cet accord. S'il lui arrive quelque chose… »

Sa voix s'estompe. Elle baisse la tête et ferme les yeux.

« S'il lui arrive quoi que ce soit… »

Elle ne termine pas sa phrase, se retourne et revient sur ses pas jusqu'à la cage d'escalier.

La maison de Carmine Street replonge dans le silence.

6

Un vent cinglant. Harper descendait les marches à l'arrière de l'hôpital, appuyé sur Walt Freiberg. Le vent l'avait presque renversé. Démarche chancelante, yeux pleins de larmes, vision brouillée. Il faillit perdre l'équilibre sur la dernière marche, mais Walt était là pour le retenir. Il ne dit rien, se contenta de sentir la main de Walt serrer son bras plus fort, et se remit d'aplomb.

La portière côté passager s'ouvrit quand Harper et Freiberg se furent rapprochés de la voiture. Quelqu'un en descendit et vint à leur rencontre. Une femme. Des cheveux longs, foncés, balayés par le vent. Difficile de discerner son visage à travers les larmes. L'instant d'après, elle était là, à son côté, et elle et Freiberg l'entraînaient comme ils l'auraient fait d'un impotent vers l'arrière du véhicule. La fille ouvrit la portière. Harper monta sans un mot, incapable de trouver quoi dire, pas plus maintenant qu'au cours de la dernière demi-heure.

La fille s'installa à côté de lui, et il se poussa le long de la banquette. Walt prit le volant. Soudain, toutes les portières étaient fermées, le vent avait cessé de souffler, et le silence régnait dans le véhicule.

« Je te présente Cathy Hollander, dit Walt Freiberg en jetant un coup d'œil à la fille et en lui souriant. Cathy est une très bonne amie de ton père. C'est pour ça qu'elle m'a accompagné. »

Harper se tourna au moment où Cathy écartait de son visage ses cheveux ébouriffés par le vent. Il sursauta. Il aurait voulu parler qu'aucun son n'aurait franchi ses lèvres. Il sentit ses yeux s'arrondir. Il avait la bouche sèche.

Cathy plissa le front, pencha la tête de côté, sourit à demi.

Harper était toujours bouche bée, un nœud terrible à l'estomac, que seule une lame bien affûtée aurait pu trancher. Il cligna deux fois les yeux, au ralenti, comme un lézard, entendant presque ses paupières s'ouvrir puis se refermer. Cathy Hollander. *Cathy Hollander.*

Harper eut l'impression d'avoir encaissé un swing en plein plexus. Il n'était plus que rêves insensés et mots absents.

« C'est troublant, dit Cathy, avec un regard pour Freiberg. Bon sang, c'en est presque inquiétant, Walt. »

Harper secoua la tête. Il avait du mal à la quitter des yeux. Il eut un froncement de sourcils, seule manifestation d'émotion dont il se sentait capable.

« Vous lui ressemblez tellement, continua Cathy. Ça fait bizarre. »

Il regarda Walt, histoire de changer de cible, et reçut un sourire en réponse.

« On va aller dîner, dit Walt. Il faut se sustenter dans des circonstances pareilles. On va aussi appeler Evelyn, et lui dire que tu vas bien, que tu es avec nous et qu'on va s'occuper de toi ce soir. »

Cathy changea de position sur la banquette pour étudier Harper de plus près. Celui-ci lui rendit son regard, incapable de prononcer un mot.

« Bon, vous avez fini de vous reluquer comme ça ? demanda Walt. Allez, les yeux droit devant, sur la route, et en avant, c'est parti.

– On dirait un prof, dit Cathy.

– Ça me va, acquicsça Walt, qui ajouta en riant : Et si on chantait une chanson, une chanson d'écolier ? De celles que chantent les gamins quand ils font une sortie de classe.

– Laisse tomber, Walt. Chante, toi, si tu veux, mais tu seras tout seul.

– La radio, alors. »

Il se pencha pour l'allumer. « Tell Her Tonight », par Franz Ferdinand, sortit du haut-parleur derrière la tête de Harper. Il regarda par la fenêtre sur sa gauche. Son cœur battait à tout rompre. La voiture démarra en pétaradant, noyant tout en dehors des coups qui résonnaient dans sa poitrine. Il aurait voulu poser à nouveau les yeux sur Cathy Hollander et les laisser là.

Walt sortit du parking et s'engagea dans la 11e Ouest. Harper se perdit dans la contemplation des lumières de New York, des magasins, des passants. Il vit quelqu'un accrocher des guirlandes dans la devanture d'un traiteur. Il se revit enfant marcher dans des rues comme celle-ci. Se rappela tout ce qui s'était passé avec Garrett Sawyer. L'odeur âcre du sang en train de sécher – une odeur de terre un peu métallique, immédiatement reconnaissable. Il se rappela aussi la manière dont Evelyn avait craqué, perdant tout contrôle d'elle-même. Il revoyait la scène avec les yeux de l'enfant qu'il était alors. Comme si c'était hier. Ce faisant, il cherchait également à se concentrer sur ce qui se présentait à lui dans l'instant, tout ce qui lui permettrait de penser à autre chose qu'au fatras d'émotions qui le submergeaient.

« Ça va ? » lui demanda Cathy.

Il se tourna vers elle. Cheveux aux épaules, traits harmonieux, bien dessinés, yeux noisette, vifs et brillants. Elle avait de longs doigts, remarqua Harper quand, une nouvelle fois, elle leva la main pour ramener délicatement une mèche rebelle derrière son oreille. Des doigts de pianiste. L'idée l'effleura de lui demander si elle jouait de cet instrument, mais il n'en fit rien. De lui demander aussi si elle aimait quelqu'un, et si ce quelqu'un l'aimait en retour. Son cœur lui donnait l'impression d'avoir doublé de volume, et son sang d'avoir pris la consistance de la mélasse.

Il haussa les épaules : il avait tout du parfait idiot.

Elle lui enserra la main de ses longs doigts, qu'elle couvrit de son autre main. Chaleur de la peau. Sensation de sécurité et d'assurance que procure immanquablement le contact avec une femme. Une onde électrique lui parcourut le corps. Il aurait voulu se laisser glisser sur la banquette, poser la tête au creux de son épaule. S'endormir dans cette position, sentir ses cheveux sur son visage, respirer son parfum, l'odeur du cuir des sièges… n'importe quoi plutôt que cette odeur de sang séché qu'il semblait ne plus pouvoir oublier.

Il ne dit rien. Son cœur continuait à battre une mesure à deux temps et son esprit à divaguer.

Ils roulèrent en silence un long moment. Ils devaient se diriger vers le sud puisqu'ils passèrent à un moment devant le Fire Museum. Harper n'y avait pas remis les pieds depuis pratiquement trente ans, mais s'en souvenait encore très bien. Il s'était peut-être endormi au cours du trajet, parce que, quand ils s'arrêtèrent, il eut l'impression d'ouvrir les yeux, alors qu'il ne se souvenait même pas les avoir fermés.

« Vous ne bougez pas, John », dit Cathy, qui lui pressa la main de ses doigts fuselés.

Harper esquissa un sourire et ferma les yeux au ralenti, comme un lézard prenant le soleil sur un rocher du Nouveau-Mexique ; puis la portière arrière s'ouvrit, et Cathy le fit descendre de la voiture et traverser le trottoir. L'oncle Walt était là, un large sourire aux lèvres, mais une lueur dans ses yeux disait assez la véritable raison de retrouvailles qui s'étaient fait attendre si longtemps.

Qui était ce vieil homme – apparemment un ami pour l'un comme pour l'autre –, ce père absent depuis trente ans, en train de mourir à St Vincent malgré tous les appareils auxquels il était branché ?

« Qui était cet homme ? demanda Harper à brûle-pourpoint, butant sur les mots, un mauvais goût dans la bouche.

– Quel homme, fiston ? » dit Freiberg, le sourcil froncé.

Ne m'appelle pas « fiston ». J'ai trente-six ans, j'étais ton « fiston » quand j'étais petit garçon, songea Harper en grommelant. Il s'abstint pourtant, se contentant de répondre :

« Celui de l'hôpital, tout à l'heure. L'homme qui était déjà là quand on est sortis de l'ascenseur.

– Un trou du cul de flic ! lança Freiberg avec un grognement de mépris, avant de retrouver son sourire. C'était rien, John, absolument rien… Entrons ici, tu veux ? Il fait un froid de chien. »

Harper suivit Cathy, qui marchait au côté de Freiberg, et ils entrèrent dans un restaurant cantonais à la devanture étroite et à l'enseigne clignotante, au bas de Tribeca, dans l'angle est, sur la 6e Avenue. L'intérieur était chaleureux, presque accueillant, et Harper se rendit compte qu'il mourait de faim.

« Allez, on s'assoit, on bavarde et on mange », annonça Freiberg avant d'ôter son manteau. Le maître d'hôtel s'approcha, tout sourire, la main tendue pour saluer Freiberg avec effusion, comme un ami depuis longtemps perdu de vue.

« Monsieur Fleebelg », roucoula-t-il tandis que l'oncle Walt parlait, riait, accompagnant l'autre jusqu'à une petite table au fond de la salle.

Avant que Harper eût repris ses esprits, il se retrouva assis tout contre Cathy, sa cuisse pressée contre la sienne, respirant son parfum, conscient tout à coup du fait qu'il semblait à présent avoir une nouvelle raison d'être à New York, une raison qui n'avait rien à voir avec la première. Elle se tourna pour lui mettre un verre de saké dans la main. L'oncle Walt riait à gorge déployée, maintenant, en racontant une histoire sur Elvis à Las Vegas et un concours d'imitateurs.

Comme dans un rêve, comme déconnecté de tout contact avec la réalité, John Harper écoutait passivement les autres parler, intervenant rarement dans la conversation, sentant confusément qu'il n'avait de toute manière pas grand-chose à dire. Il avait l'impression que le monde l'oppressait de tous côtés, un monde dont il n'avait jamais choisi de faire partie, mais qui s'obstinait à le solliciter, à le harceler.

Il pensa à Miami, cette catastrophe de bord de mer, aux innombrables îles, aux bancs de thons noirs, aux nuées de frégates et à l'odeur – cette odeur inoubliable de sel, d'algues, de poisson, d'eau croupie de la mangrove. Il pensa aux pirates et à Ponce de León, aux Dry Tortugas, aux empreintes des tortues de mer, aux récifs, à l'eau limpide, aux agrumes, aux noix de coco…

Tout un monde, à des millions de kilomètres des rues sombres de New York à la veille de Noël.

Plus tard, au bout de combien de temps il n'aurait su le dire, Walt arriva de nulle part et s'assit en face de lui.

« J'ai appelé Evelyn, dit-il avant de sourire, de ce sourire qu'il avait quand Harper était gosse et qu'il venait le voir avec des cadeaux. Je l'ai appelée pour lui dire qu'on allait s'occuper de toi ce soir. Tu as de l'argent, John ? »

Harper lui répondit par un regard vide. Freiberg hocha la tête, plongea la main dans sa veste, et, l'instant d'après, il fourrait une liasse de billets dans la poche de chemise de Harper.

« On va te prendre une chambre dans un hôtel près d'ici, dit-il. Tu as besoin de repos, pas vrai, fiston ? Tu as eu une longue journée… fatigante et tout… »

Puis sa voix s'éteignit, et l'épuisement, à moins que ce fût le saké ou simplement la tension et l'excès d'émotion, eut raison de Harper et le submergea.

Plus tard, il ne se souviendrait même pas avoir quitté le restaurant.

7

Ben Marcus : un nom simple à retenir, un homme simple. Des ancêtres juifs polonais, avant eux, peut-être, des gens venus des Carpates qui portaient des noms avec des consonnes aussi nombreuses que les voyelles étaient rares. Un grand-père maternel, rude et mal dégrossi, qui s'embarque pour « l'Hamereeca » avec une vision d'un monde à cent lieues de celui qu'il trouve à son arrivée. L'homme est cordonnier à Lodz, émigre aux États-Unis et meurt d'emphysème au bout de onze ans passés à nettoyer les égouts pluviaux et les embranchements de canalisations pour le service d'assainissement métropolitain de New York à raison d'un dollar quatre-vingt-cinq cents l'heure.

Le père de Ben Marcus fit d'autres choix. Refusant de s'incliner devant le système, il alla voir à la marge, gagna quelques dollars sur les champs de courses et s'en servit pour se faire recruter dans une équipe chargée du transport d'alcool durant la prohibition. Après l'abrogation du Volstead Act en 1933, il se spécialisa dans le bas de soie, les cigarettes et la protection des organisateurs de paris clandestins. Tout marcha à merveille jusqu'à ce jour de mai 1955 où il fut tué d'une balle dans la gorge par un certain Fraschetti, affligé de psoriasis et de dents pourries. Ben Marcus avait dix ans quand il enterra son père ; il fêta son douzième anniversaire dans un centre pour délinquants d'âge mineur de South Brooklyn, et il avait à peine vingt-sept ans qu'il avait déjà purgé neuf années de prison, partageant son temps entre Fulton Correctional, Sing Sing et Altona. Après quoi, il devint plus malin et recruta des sous-fifres pour se salir les mains à sa place en allant à la mine.

Benjamin Marcus, une tête dure comme un poing fermé, des traits et une allure qui semblaient vous mettre au défi de lui disputer le premier rôle, le genre d'homme à énoncer des évidences que tout le monde saluait ensuite comme des trouvailles. Le gang qu'il dirigeait était un ramassis hétéroclite de voleurs et de meurtriers. Des gens comme Sol Neumann, Raymond Dietz, Albert Reiff. Neumann, c'était le bras droit, le lieutenant qui traduisait les hochements de tête et les froncements de sourcils en mots et en actes. Marcus disait : « Il y a ce truc, Sol... ce merdier de Williamsburg. Je pense pas qu'on peut laisser ça en l'état sans faire un exemple. » Et Sol de répondre : « Je m'en occupe, Ben, t'en fais pas. » Trois ou quatre jours plus tard, les gens bien de New York découvraient un pauvre bougre pendu à un escalier d'incendie à l'arrière d'un entrepôt désaffecté, avec peut-être la langue coupée et les couilles dans la poche de son manteau. Mais c'étaient les affaires, ni plus ni moins ; ces gens gardaient leurs distances avec tout le monde et ne faisaient pas de sentiment.

Lundi 15 décembre, Ben Marcus était assis dans un fauteuil colonial au dossier en osier dans une pièce enfumée. La fenêtre derrière lui donnait sur La Guardia Place et Bleecker Street. Sol Neumann avait pris place à sa droite, et il avait devant lui un dénommé Henry Kossoff, dont on aurait pu croire qu'il venait d'être passé à tabac ou traîné, pieds et poings liés, sur un sol impitoyablement pierreux. Kossoff était en train de dire : « Cet enfoiré n'était pas au rendez-vous, Ben... McCaffrey n'est pas venu, putain. »

Marcus secoua la tête et soupira, avant de jeter un coup d'œil à Neumann. Lequel ne quittait pas Kossoff des yeux.

« Il s'est peut-être foutu dans la merde, continua Kossoff. Ces mecs... ces négros, ils ont leurs gangs à eux, avec des méthodes différentes. Ils vont te descendre des types qu'ils connaissent même pas. Peut-être qu'il était sur un coup et que ça a foiré. »

Son ton donnait à penser qu'il espérait sacrément que ce fût le cas, tout en suggérant par ailleurs qu'il était plus ou moins convaincu du contraire.

« Il s'est débiné, Henry, c'est aussi simple que ça, dit Neumann. C'est pas ta faute... te fais pas de bile. »

Il se tourna légèrement et eut un hochement de tête à l'adresse de Ben. Lequel lui rendit la pareille, avec un changement d'expression à peine perceptible, qui semblait pourtant devoir avaliser toutes les décisions de son lieutenant.

« Tu t'occupes de ça, Henry, dit Neumann. Mets des gens sur le coup et retrouve-nous McCaffrey. On peut pas laisser cet imbécile se balader comme ça dans toute la ville, d'accord ? »

Kossoff acquiesça, sans un mot.

« Et l'autre chose ? dit Marcus d'un ton neutre, prenant la parole pour la première fois depuis le début de la rencontre.

– Je sais pas si c'est important. Peut-être, ou peut-être pas. J'avais envoyé Karl Merrett surveiller un peu les allées et venues à St Vincent. Freiberg est venu, avec la fille, et ils avaient un autre type avec eux...

– Qui ça ? le coupa Neumann, qui avait décroisé les jambes et s'était penché en avant.

– Aucune idée, Sol... on l'a jamais vu avant. Karl dit qu'il ressemble drôlement à Lenny.

– Fais pas attention à ce que raconte Karl Merrett, rétorqua Neumann avec un rire sec. Merrett, je le connais mieux que personne... J'ai passé plus d'un an à Five Points avec lui. Il peut rendre des services, c'est sûr, mais côté renseignements, il est pas fiable. »

Marcus leva la main. Neumann se tut.

« Je veux savoir qui est ce type, dit Ben à Kossoff. Et n'oublie pas de mettre des hommes sur ce McCaffrey. C'est une priorité absolue. Vois s'il a de la famille, et fais-les parler. Négocie des informations, et débrouille-toi pour que cette affaire soit réglée dans les vingt-quatre heures. On a un gros boulot qui nous attend dans les prochains jours, et ça m'ennuierait d'avoir à m'occuper d'autre chose. Et puis, je ne veux pas d'histoires avec les Noirs. Tout le système est en train de s'effondrer, reprit-il après avoir secoué la tête, avec l'entrée en scène des Noirs et des Européens de l'Est. Et je veux pas m'en mêler. Quand je me retirerai des affaires, je serai heureux de laisser à ces gens-là ce qu'il restera de New York.

– Oui, monsieur Marcus, je m'en occupe », dit Kossoff en se levant.

Il boutonna sa veste et se dirigea vers la porte. Il était de toute évidence très nerveux.

« Encore une chose, Henry. »

C'était Neumann qui le retenait.

Kossoff se retourna.

« Appelle Reiff et dis-lui que M. Marcus veut le voir à l'entrepôt demain matin. À 10 heures. »

Kossoff acquiesça d'un mouvement de tête et sortit.

Au bout d'un moment de silence, Marcus se tourna vers Neumann. Il sourit, mais sans la moindre trace d'humour, un sourire à la César Borgia.

« Il va forcément réagir, dit-il, et devant le haussement de sourcils de son lieutenant, précisa : Freiberg… il va pas se contenter de regarder sans rien faire pendant qu'on s'empare du territoire de Bernstein. On risque d'avoir une sacrée guerre sur les bras. »

Neumann haussa les épaules. Il prit une cigarette et l'alluma.

« On verra bien », dit-il dans un murmure.

Il tira une bouffée et souffla la fumée par le nez. Le nuage grisâtre obscurcit à demi son visage. La pièce fut noyée dans un clair-obscur presque monochrome.

« S'il veut la guerre, il l'aura, reprit-il.

– On change rien. On poursuit l'opération comme prévu. On aura tout le temps de démonter tout ça le jour même ou après.

– Une bonne tactique, remarqua Neumann. Moi, je crois qu'on risquerait de laisser passer l'occasion de ramasser gros en déclenchant un conflit. Et puis, comme tu dis, on déclare une guerre et on sait pas qui va venir s'en mêler. »

Marcus accueillit le commentaire sans un mot et garda le silence quelques minutes avant de se lever.

« J'ai pris ma décision, dit-il, comme s'il se parlait à lui-même. Viens demain à la réunion toi aussi. On mettra au point les derniers détails avec Reiff. Il faut qu'on agisse vite, pendant que Lenny Bernstein est cloué à St Vincent. J'ai idée que le faiseur de roi ne demanderait pas mieux que de devenir roi lui-même.

– Bien sûr, Ben. Compte sur moi. »

Ben Marcus quitta la pièce, suivi de près par Neumann, qui éteignit la lumière en partant. Les palpitations bleu-violet de l'enseigne au néon vinrent hanter la fenêtre et dessiner d'étranges figures sur le mur.

8

Un peu plus de 5 heures du matin. New York n'était pas encore réveillée. John Harper se tenait devant la fenêtre d'une chambre au dixième étage de l'American Regent, au croisement de Hudson et de West Broadway. Il faisait froid, dans la chambre. Posant la main à plat sur la vitre, il écarta les doigts et regarda les lumières de l'extérieur apparaître entre les espaces. Tenta de les compter, mais elles étaient trop nombreuses.

Il essaya de se concentrer sur une seule idée, n'importe laquelle. Il trouva quelque chose, qui disparut presque aussitôt. Comme le passé qu'il croyait avoir – ici un jour, évanoui le lendemain. Tu n'as pas de père, John... et puis merde, tu en as bel et bien un, et, pour tout te dire, il a soixante-dix ans et se trouve à présent à l'hôpital St Vincent, grièvement blessé par balle. Rien pendant longtemps, et tout à coup quelque chose. Ça ne tenait pas debout, cette histoire.

Harper alla s'asseoir sur le bord du lit. Le froid lui donnait la chair de poule; il attrapa sa chemise. Quand il la passa sur ses épaules, des billets de banque tombèrent en cascade de la poche de poitrine; il les rassembla, rien que des billets de cinquante, et, tout en les comptant, se souvint de Walt se penchant par-dessus la table du restaurant pour lui glisser la liasse dans la poche. Sept cents dollars, pratiquement la moitié de son salaire mensuel.

Harper contempla un instant les billets, les déploya en éventail entre ses doigts et leva le bras.

« Sept cents dollars », dit-il, s'adressant à lui-même à haute voix.

Il les plia et les posa sur la table de chevet. Il se demanda combien pouvait coûter la chambre – trois, quatre cents dollars la nuit, sans compter le mini bar et les films à la carte à la télé.

Il repensa alors au vieil homme qu'il avait vu à travers la vitre à l'hôpital.

Il aurait voulu appeler Evelyn et lui hurler : *À quoi tu pensais, espèce de vieille folle ? Comment t'as pu être assez stupide pour croire que ça n'aurait pas de conséquences ? Pour penser que tu pouvais me cacher la vérité toute ma vie ?*

John Harper n'appela pas Evelyn Sawyer. Il alla prendre une douche, puis appela le service de chambre pour savoir qui payait la note.

« La chambre a été réservée au nom de Mlle Cathy Hollander, monsieur », lui répondit-on. Après avoir remercié, il demanda qu'on lui fasse monter un petit déjeuner.

Tout en mangeant ses tranches croustillantes de bacon fumé et ses œufs Bénédicte, en buvant un jus d'orange fraîchement pressé et un café qui avait tout d'un colombien relevé d'une pointe de noisette, il s'interrogea sur la suite à donner aux événements. Il fallait qu'il passe chez Evelyn récupérer ses affaires, mais il était tenaillé par l'envie de retourner à l'hôpital. Son père était en soins intensifs, une balle dans la peau, pour avoir tenté d'empêcher le braquage d'un magasin de spiritueux. Harper se demanda qui pouvait bien être l'auteur du coup de feu, s'il était jeune ou vieux, à quoi il ressemblait, s'il était effectivement reparti avec un butin, où il se trouvait à présent… paniqué, défoncé ou soûl, ou peut-être entre les cuisses d'une prostituée à trente dollars le coup, dans la chambre d'un hôtel miteux quelque part dans le Lower East Side…

Autant de questions pour lesquelles il n'avait évidemment pas de réponse.

Il finit de manger. Ressentit un terrible besoin de fumer. Songea à appeler le service de chambre pour qu'on lui monte des cigarettes – ils l'auraient fait sans problème dans un hôtel comme l'American Regent. Mais il ne s'y risqua pas. En fumer une revenait à fumer tout le paquet. Autrement dit un retour à la case départ, il lui faudrait repartir de zéro. Non, il avait quand même un peu plus de volonté que ça. Qu'il exerça en refusant d'appeler à l'aide.

Il envisagea de quitter New York. Un coup de téléphone, une réservation, et retour à la maison. C'était la première fois que cette idée le traversait, mais ce ne serait pas la dernière. La deuxième fois, elle s'imposerait à lui avec davantage de force.

Il remit les vêtements qu'il portait la veille. Tout ce qu'il avait pris avec lui était dans son sac chez Evelyn. Il ramassa l'argent que lui avait donné Walt, tout en se disant qu'il le lui rendrait; pas question d'accepter une telle somme de la part de quelqu'un qui restait somme toute pratiquement un étranger pour lui. Sans doute, même s'il y avait longtemps de ça, l'homme en question avait-il plus ou moins fait partie de sa vie, mais Harper était alors un gamin – sept, huit ans. Aujourd'hui, il en avait trente-six. Et il avait de l'argent, pas beaucoup, certes, mais il n'était pas du genre à accepter l'aumône.

Il jeta un coup d'œil au réveil-matin sur la table à côté de la fenêtre. 7 h 10. Avant qu'il ait décidé quoi que ce soit, le téléphone sonna tout près de lui, sur la table de nuit.

Harper fronça le sourcil et souleva le combiné.

« Oui, allô ? dit-il.

– Bonjour. »

Une voix de femme. Deux secondes avant qu'il l'identifie.

« Mademoiselle Hollander.

– Mon Dieu, s'exclama-t-elle en riant, personne ne m'appelle "mademoiselle Hollander" en dehors de la police et du fisc.

– On a le sens de l'humour, à ce que je vois.

– Donc, vous êtes levé, constata Cathy.

– En effet. »

Harper se rappela son physique, ce qu'il avait ressenti pendant tout le temps passé avec elle. Une sensation très forte, comme la brûlure qui vous reste après une bonne gifle.

« Je me suis renseignée auprès du service de chambre et j'ai su que vous aviez commandé votre petit déjeuner. J'en ai conclu que vous étiez levé. Comment vous sentez-vous, ce matin ?

– Fatigué, je dirais, répondit Harper après un moment de silence. Et un peu désorienté. J'ai vécu hier vingt-quatre heures peu banales.

– Je peux comprendre », dit Cathy.

Mais, ne sachant rien d'elle, il se dit qu'elle ne pouvait pas savoir grand-chose non plus de son état actuel. Elle se montrait simplement polie, en lui manifestant une compassion qu'il aurait été en droit d'attendre de n'importe qui.

« Pour la chambre..., commença Harper.

– Ne vous faites pas de souci pour ça, le coupa-t-elle, Walt s'occupe de tout.

– Mais elle est à votre nom.

– C'est sans importance. Walt n'est pas du genre à laisser son nom et sa signature traîner partout, vous voyez ce que je veux dire ?

– Oui, bien sûr, dit Harper, tout en se demandant s'il voyait vraiment.

– Bon, et maintenant, qu'est-ce que vous voulez faire ?

– Je pensais passer chez ma tante pour récupérer mes affaires, et puis peut-être retourner à l'hôpital. Avant de... rentrer chez moi.

– Je peux venir vous prendre en voiture et vous emmener où vous voudrez », dit Cathy, avec dans la voix une inflexion suggérant qu'elle n'avait prêté aucune attention à ses derniers mots.

Harper sourit et secoua la tête.

« Ça va aller, mademoiselle... ça va aller, Cathy, je me débrouillerai.

– Walt m'a chargée de m'occuper de vous. Je passe vous prendre dans une demi-heure. Je vous emmènerai chez votre tante et ensuite je vous déposerai à l'hôpital, d'accord ?

– Comme vous voudrez, dit Harper avec un haussement d'épaules. Tant que ça ne vous dérange pas.

– Aucun dérangement, je vous assure. Dans une demi-heure, donc. »

Elle raccrocha avant qu'il ait eu le temps de répondre. Il garda un moment le combiné à la main, puis le reposa sur son socle et s'assit sur le bord du lit. Il se demanda quel genre de relation existait entre cette femme et l'oncle Walt, et peut-être, de façon plus pertinente, entre elle et son propre père.

Oui, son père.

Il ferma les yeux et respira plusieurs fois à fond. Il ne parvenait pas à se faire à cette idée. Après une nouvelle tentative, il renonça assez vite. Ses expériences passées lui avaient appris qu'insister dans ce genre de circonstance ne servait qu'à déséquilibrer un édifice somme toute fragile.

Cathy Hollander arriva avant que Harper ait eu une chance de rassembler ses esprits. Quand elle frappa à la porte, il lui fallut un moment pour répondre.

« Ça va ? furent les premières paroles de Cathy.

– Sous quel rapport ? » demanda-t-il en retour, ce qui n'était pas la réponse la plus polie à faire à un visiteur bien intentionné.

Elle inclina la tête comme si elle comprenait quelque chose aux sentiments qu'il éprouvait, et pour la première fois – là, à la lumière du jour – il remarqua une certaine dureté dans ses traits, signe d'un passé chargé et éprouvant. Elle avait néanmoins une qualité, celle-là même qu'il avait déjà appréciée la veille. Peut-être n'était-ce que l'effet de son propre vide intérieur, de l'absence de tout point d'attache, mais elle était belle, tout simplement. Incontestablement.

« Asseyez-vous, lui dit-il. Le temps que j'enfile mes chaussures. »

Elle prit une chaise, alluma une cigarette, chercha des yeux un cendrier.

Il aurait voulu lui demander de ne pas fumer, mais il n'en fit rien. Elle avait l'air d'en avoir envie autant que lui. Il avait du mal à ne pas garder les yeux braqués sur elle, du mal à ne pas penser à quoi elle ressemblerait à son côté – dans la rue, à une table de restaurant, tout près de lui.

« Alors, qu'est-ce que vous avez l'intention de faire ? »

Harper était assis sur le fauteuil près de la fenêtre. Il enfila sa chaussure droite sans nouer les lacets.

« Ce que je veux faire ? Que voulez-vous dire ?

– Je ne sais pas au juste... la situation est compliquée. » Elle ferma les yeux un instant, puis se tourna vers la fenêtre. « C'est vraiment bizarre..., reprit-elle.

– Quoi donc ? fit Harper en s'emparant de la chaussure gauche.

– Vous.

– Moi ? s'étonna-t-il.

– La ressemblance est absolument incroyable... Bien sûr, il est beaucoup plus âgé que vous, mais j'imagine à quel point il devait vous ressembler quand il avait votre âge.

– Ça, je pourrais pas vous dire. »

Son pied droit maintenant bien en place, il regarda Cathy Hollander. Elle avait écrasé sa cigarette dans le cendrier. Elle pressait un Kleenex sur son visage. À voir sa poitrine et ses épaules se soulever, il comprit qu'elle réprimait une envie de pleurer.

Il pensa au *Mary McGregor* quittant doucement la jetée et commençant à naviguer en direction du Blackwater Sound. Il savait qu'en se concentrant seulement quelques secondes il aurait bientôt dans les narines l'odeur de l'eau salée, et celle, terreuse, de la mangrove. Il aurait voulu être là-bas, n'importe où ailleurs qu'ici. C'était la deuxième fois qu'il songeait sérieusement à quitter New York.

« Excusez-moi », dit-elle, avant d'écraser le Kleenex dans son poing, faisant blanchir les articulations de ses doigts.

Le mascara avait coulé sous ses yeux. On aurait dit qu'une brute l'avait rouée de coups.

« Je n'ai rien à vous dire, vous voyez, dit Harper, essayant de ne plus penser à l'effet que cela lui ferait de la sentir tout contre lui, et incapable de masquer son irritation. J'ai trente-six ans. Mon père, dont j'ignorais tout, a quitté la maison quand j'avais deux ans. Ma mère, elle, est morte quand j'en avais sept. Ce sont mon oncle et ma tante qui m'ont élevé. Mon oncle s'est tiré une balle dans la tête quand j'avais douze ans. Voilà toute mon enfance. À dix-neuf ans, j'ai quitté New York et, en dehors de deux ou trois visites, je n'y ai jamais remis les pieds. La dernière fois, Ed Koch était encore maire de la ville. Depuis, vous autres avez connu sept ans de Giuliani et deux de Bloomberg. Pour finir, ma tante m'a téléphoné pour me dire de revenir, et me voilà. Au bout de trente-quatre années, je découvre que j'ai un père vivant, alors que je le croyais mort, et il faut que j'aille le voir sur un lit d'hôpital parce que quelqu'un a pensé qu'il méritait d'être abattu. Les gens comme moi sont tout entiers dans l'image qu'ils donnent à voir; pas de mystère ni de complications, et je n'en veux surtout pas. Je ne sais rien de vous, et pratiquement rien non plus de Walt Freiberg. Le rôle que vous jouez dans cette affaire, ça vous regarde, vous, et je ne demande pas...

– Mais vous n'avez pas envie de savoir ? »

Elle avait l'air étonnée, comme si la réaction de Harper était exactement à l'opposé de ce à quoi elle s'était attendue.

« Savoir quoi ? »

Il s'appuya sur le dossier du fauteuil. Il était à contre-jour, et, pour son interlocutrice, guère plus qu'une silhouette.

« À propos de votre père ? De ma relation avec lui ? De Walt ?

– J'imagine que j'en apprendrai suffisamment là-dessus si je reste ici...

– Oui... si tant est que vous restiez.

– Que voulez-vous de moi ? demanda Harper en se penchant vers elle.

– Je ne suis pas venue ici pour vous contrarier, John... », dit Cathy, le sourcil froncé.

Harper voulut parler, mais elle ne lui laissa pas le temps d'ouvrir la bouche.

« Je peux partir, si vous voulez. Rapporter à Walt que vous n'avez aucune envie de rester et que vous rentrez chez vous.

– Vous me faites dire ce que je n'ai pas dit, mademoiselle Hollander...

– Ne m'appelez pas comme ça, s'il vous plaît.

– Et pourquoi pas, bordel ? C'est votre nom, après tout.

– Bon sang, vous ne pouvez pas savoir à quel point je regrette ! Je n'aurais jamais dû m'immiscer dans votre vie. Je suis vraiment désolée. » Là-dessus, elle ramassa son sac à main, ses cigarettes, se leva et déplissa sa jupe. « Bon, je m'en vais, dit-elle froidement. Je vais voir Walt de ce pas et lui dire que vous retournez à Miami...

– Qui a jamais parlé de ça ? »

Cathy Hollander resta immobile un moment, comme si elle était prête à s'effondrer sur place.

Harper estima l'avoir suffisamment secouée. Il la plaignait, en un sens. Il n'aurait su dire pourquoi, mais il y avait chez elle quelque chose – derrière cette façade en apparence endurcie – qui éveillait non seulement le désir, mais aussi la compassion.

« Je suis désolé, finit-il par articuler, tout en sentant que ses paroles manquaient de sincérité. Oui, vraiment désolé, répéta-t-il, en mettant plus de chaleur dans son affirmation. Asseyez-vous. Asscyez-vous une minute, s'il vous plaît. C'est la pagaille dans ma tête en ce moment, et vous êtes en train de brasser tout ça. Donnez-moi quelques minutes, d'accord ? Le temps de me ressaisir, et nous irons récupérer mes affaires chez Evelyn. »

Cathy se rassit. Posa son sac sur le lit, en ressortit ses cigarettes et en alluma une.

« Vous êtes croyant ? demanda-t-elle tout à trac, d'une voix radoucie, comme si elle avait réglé un conflit intérieur et que cela se lisait sur ses traits.

– Je suis quoi ?

– Croyant... genre, croyez-vous en Dieu ? »

Harper secoua la tête en souriant.

« Qu'est-ce que c'était, ce film avec Al Pacino... celui où il incarnait le diable ?

– *L'Associé du diable.*

– C'est ça. Qu'est-ce qu'il disait de Dieu, déjà ? Qu'il était un propriétaire absentéiste ? Quelque chose dans ce genre. Eh bien, non, je ne peux pas dire que je suis croyant, mademoiselle Hollander.

– Il faut vraiment que vous m'appeliez comme ça ?

– Encore quelque temps, oui, répondit Harper, dans l'idée que maintenir un semblant de distance servirait à atténuer l'attirance qu'il ressentait à son égard. Tant que je ne saurai pas quelle est votre place dans la vie de mon père, ni quelle est la nature de vos liens avec Walt Freiberg, ni quel pourrait être l'avenir de notre relation, je continuerai à vous appeler mademoiselle Hollander. Tant que vous ne serez pas davantage pour moi qu'une simple connaissance.

– Comme vous voudrez, monsieur Harper.

– Alors, pourquoi cette question sur la croyance religieuse ?

– Il m'arrive de prier, vous savez, dit-elle d'une voix calme.

– Non !

– De prier. Oui, vous m'avez bien entendue.

– Pour demander quoi ? s'enquit Harper, qui regardait autour de lui en quête de sa veste.

– Des choses que j'aimerais bien voir arriver.

– Pourquoi ne pas les provoquer vous-même, ces choses, plutôt que de prier pour qu'elles se réalisent ?

– Parce que certaines ne sont pas si faciles à obtenir, parfois.

– Comme quoi ?

– Comme l'amélioration de l'état de votre père, par exemple.

– Oui, ça c'est compréhensible, mademoiselle Hollander.

– Pourquoi dites-vous cela ? »

Harper haussa les épaules. Il repéra sa veste sur la chaise derrière la porte.

« Parce que vous êtes son amie, je suppose, et que quand vous avez un ami qui a été blessé par balle, il va de soi que vous souhaitez le voir se rétablir au plus tôt.

– Si je désire qu'il aille mieux, ce n'est pas seulement pour moi. »

Harper remarqua à nouveau cette expression sur son visage, cette sorte d'appel à la compassion.

« Non, reprit-elle, pas seulement pour moi, mais pour que vous découvriez quel genre d'homme est votre père. »

Il la regarda fixement pendant une bonne minute. Elle ne détourna pas les yeux. Lui non plus. C'est alors qu'il se demanda s'il ne devait pas rester.

Ils ne se dirent pratiquement rien durant le trajet jusque chez Evelyn. Elle était venue à l'hôtel avec la voiture que conduisait Walt la veille. Elle connaissait bien New York, le dédale des petites rues qui les menèrent de Hudson et West Broadway à Carmine Street.

Quand ils s'arrêtèrent devant la maison, elle se tourna vers lui et lui posa une question. Qui tomba comme un cheveu sur la soupe.

« Vous avez écrit un livre, si je ne m'abuse ? » dit-elle d'un ton qui pouvait passer pour accusateur.

Harper ne répondit pas.

« Un truc sur les empreintes digitales ?

– Oui, c'est vrai.

– Ce n'est pas donné à n'importe qui de mettre tous ces mots ensemble et de leur faire dire quelque chose. »

Il éclata de rire. Sans savoir pour quelle raison le commentaire était aussi amusant, et pourtant il l'était.

« C'est si drôle que ça ?

– On a rarement l'occasion d'entendre un livre décrit sous cet angle, c'est tout.

– Ça parlait vraiment d'empreintes ?

– Le titre était une métaphore, répondit-il en souriant.

– On le trouve encore dans les librairies ?

– J'imagine, oui. »

En fait, il n'en savait rien. Pendant les mois qui avaient suivi la publication, il avait consulté la liste des nouvelles parutions, était même allé dans les bibliothèques voir si les gens empruntaient son roman. Puis, avec le temps, la chose ne lui avait plus paru aussi cruciale, et il avait cessé ses recherches. Quand les droits d'auteur s'étaient taris, il avait voulu se persuader que cela lui était égal. Mais rien, en réalité, n'aurait pu être plus éloigné de la vérité. Une idée l'obsédait : ressentir à nouveau ce plaisir intense provoqué par le sentiment d'avoir accompli quelque chose à la vue de son nom sur la couverture d'un livre, chez Walden ou dans une autre librairie.

« Je vais en acheter un exemplaire, dit Cathy Hollander. Je vais le lire et je vous dirai ce que j'en pense, d'accord ?

– Avec plaisir, répondit Harper, pris soudain d'un intérêt qu'il ne se souvenait pas avoir jamais éprouvé.

– Allez récupérer votre sac, maintenant. Je vous attends ici.

– Ça prendra peut-être un peu de temps.

– Je n'ai rien d'autre à faire. »

Harper descendit de voiture. Hésita un moment sur le trottoir et se retourna pour la regarder. Qu'elle ait choisi de l'attendre lui donnait un étrange sentiment de sécurité.

« C'est pas une bonne idée, dit Evelyn.

– Et celle consistant à me cacher que mon père était vivant depuis des années, c'en était une ?

– J'avais mes raisons, John Harper. »

Il se tenait sur le pas de la porte de la cuisine, son sac à la main. Il avait envie de crier, de la couvrir d'insultes, mais il prit sur lui et ravala ses paroles.

« Oui, j'avais mes raisons, et, bonnes ou mauvaises, elles me suffisaient, poursuivit-elle. Je n'ai jamais rien fait dans ma vie qui n'ait été dicté par une raison, et même aujourd'hui, même avec les récents événements, ma démarche reste la même.

– Je ne cherche pas la dispute, Ev, dit-il en essayant d'adopter un ton conciliant.

– Non ? rétorqua-t-elle. Si t'en veux une, je suis prête à t'en donner pour ton argent.

– Bon Dieu, Ev, ça n'a pas de sens, tout ça. Qu'est-ce qui t'est arrivé ? »

Elle le regarda de travers, les yeux mi-clos semblables à deux boutons de bottine.

« Ce qui m'est arrivé ? Tu veux le savoir, ce qui m'est arrivé ? Eh bien, je vais te le dire, John Harper. J'ai perdu ma sœur, ta mère, et, par bonté d'âme, je t'ai recueilli, contre l'avis de mon mari ; et puis lui aussi est mort, et j'ai continué à prendre soin de toi, même si je savais qu'il n'y avait pas en toi une once de gratitude, et puis, quand tu t'es mis dans la tête que tu trouverais mieux ailleurs… quand tu t'es dit que tu avais l'âge, tu as foutu le camp. Il y a combien de temps de ça ? Seize, dix-sept ans, et pendant toutes ces années je t'ai revu… quoi, trois ou quatre fois ? Et tu as appelé… disons deux fois ?

– Un peu plus, quand même…

– Je ne veux pas d'explications, le coupa-t-elle en levant une main pour l'arrêter. Je ne veux rien entendre du tout, John Harper. Tu es un adulte, maintenant, et je dois accepter ma part de responsabilité dans ce que tu es devenu. Le fait que tu sois un ingrat, un égocentrique… » Elle laissa sa phrase en suspens, le temps de faire un pas et de s'asseoir lourdement à la table. « Tu es ici à présent, et c'est tout ce qui compte. Ton père s'est fait tirer dessus, probablement parce qu'il s'est conduit comme un imbécile, et je dois avouer que je n'ai pas beaucoup de compassion pour lui. On récolte ce qu'on a semé, comme on dit.

– Qu'est-ce que tu entends par là ? demanda Harper en secouant la tête.

– Il a traité ta mère comme une moins-que-rien, John. Il l'a mise enceinte, et dès que tu es né, il a disparu. » Elle eut un rire sardonique. « Tel père, tel fils, pas vrai ? Il est parti au moment où il s'est trouvé confronté à la dure nécessité de prendre ses responsabilités. Il a pris la fuite, tout comme tu l'as fait, laissant les autres se débrouiller avec un bébé sur les bras.

– Je n'ai pas abandonné de bébé derrière moi, que je sache…

– C'est une expression, idiot ! Tu devrais le savoir, toi qui écris des livres, qui es si suffisant et n'as pas une miette de ton temps à consacrer aux gens qui t'ont élevé. J'ai fait tout ce qui était en mon pouvoir pour toi, et tu m'as plantée là, sans même avoir la décence de m'envoyer un exemplaire de ton foutu bouquin. J'ai dû aller m'en acheter un moi-même. T'y crois, à ça ? Un garçon que j'élève comme mon fils, et qui, le moment venu, n'est même pas capable de m'envoyer un exemplaire du livre qu'il a écrit. »

Elle leva les yeux vers lui. Elle semblait sur le point de pleurer.

« Oui, j'ai lu ton livre, John. Et j'y ai retrouvé ce qui s'est dit dans cette maison, des bribes de disputes qu'on a eues. Tu m'as mise là-dedans, pas vrai ? Je me suis reconnue, moi dans le rôle de la marâtre... dure et acariâtre, qui n'a jamais un mot gentil pour quiconque. »

Harper sentit le sang lui monter à la tête, les battements de son cœur redoubler.

« Tu as lu ce que tu voulais lire, Evelyn, c'est aussi simple que ça. Si c'est des gens qui n'ont jamais un mot gentil pour personne que tu parles, tu ferais bien de commencer par te regarder toi-même. Tu m'as rappelé à New York, je suis venu. Il me semble qu'il y a tout un tas de questions qui n'ont pas encore reçu de réponses, et je pense que tu m'en dois quelques-unes... »

Elle secoua la tête. Il y avait dans ce geste un refus absolu de changer d'avis.

« Des questions ? Des réponses ? Le passé est le passé. Oublie-le, John. Ce que tu as fait, ce que tu as voulu ou n'as pas voulu dire, autant ne plus y penser. J'ai lu ton livre, et je dois t'avouer qu'il m'a mise en rage. Mais c'était il y a longtemps, et le temps a cette capacité à tout absorber et à atténuer l'effet des événements malheureux. Je pensais avoir droit à un minimum de reconnaissance, tu comprends ? Une mention positive au milieu de toute la noirceur du portrait à charge que tu as dressé de moi. Je ne suis pas folle, en dépit de ce que tu penses.

– Je n'ai jamais pensé une chose pareille, Ev », réagit Harper.

Il avait l'impression qu'une bataille se livrait entre son corps et son esprit. Enfoui sous les décombres, il essayait de voir au-dehors et de se rappeler où il était, quel sens donner à sa vie. Mais il ne trouvait aucun indice. Il était dans le noir le plus total.

« Ah non ? Eh bien, si c'est le cas, tu peux m'écouter et croire ce que j'ai à te dire, au moins une fois dans ta vie ? »

Harper attendit la suite.

« D'accord ? reprit-elle.

– D'accord sur quoi ?

– Pour écouter ce que j'ai à te dire maintenant, sans le mettre aussitôt au compte des élucubrations d'une vieille salope de belle-mère, timbrée de surcroît, dotée d'un cœur de pierre et d'un esprit plein de noirceur.

– Je n'ai jamais laissé entendre que tu étais ce genre de personne, et si c'est comme ça que tu as lu...

– Peu importe, le coupa-t-elle. Quoi que tu penses et quoi que tu dises, c'est ton affaire. Pour l'instant, tout ce que je *te* demande c'est de m'écouter, pour une fois, même si tu dois ne jamais remettre les pieds dans cette maison. Je saurai au moins que je t'ai dit ce que je t'ai dit et que tu m'as écoutée.

– Je t'écoute, dit Harper, souriant du mieux qu'il put.

– Rentre chez toi.

– Quoi ?

– Tu l'as vu, non ? C'est un vieil homme. Il ne s'en tirera pas, c'est certain. L'âge, la gravité de la blessure. Il ne faisait pas partie de ta vie jusqu'à hier, pourquoi en ferait-il partie aujourd'hui ?

– Mais pourquoi m'avoir appelé, alors, Ev ? Avoir appelé le journal ? Nancy Young ?

– À cause de ta mère.

– Comment ça ?

– Oui, à cause de ta mère, John. Elle m'a dit un peu avant de mourir que, s'il lui arrivait quelque chose, je devais attendre que ton père meure pour te révéler quel personnage il était.

– Elle t'a vraiment dit ça ?

– Oui, absolument.

– En ce cas, pourquoi ne pas avoir attendu qu'il meure ? »

Evelyn ne répondit pas.

« Pourquoi, Ev ? Pourquoi ne pas avoir attendu sa mort ?

– À cause de Walt Freiberg.

– Quoi ?!

– Il a appris ce qui était arrivé à ton père. Il m'a téléphoné et il est venu me trouver. Il m'a dit que si je ne t'appelais pas pour te faire venir à New York, il s'en chargerait lui-même. Et moi je ne voulais pas de ça ; je ne voulais pas que tu aies quoi que ce soit à faire avec ces gens-là...

– Ces gens-là ? Qui ça ? De qui parles-tu ? »

Evelyn baissa la tête. S'appuya des deux coudes sur la table et enfouit son visage dans ses mains.

« Evelyn ? De qui tu parles, bon sang ?

– Je voudrais que tu partes, dit-elle calmement. Que tu retournes tout de suite à Miami.

– C'est pas du tout dans mes intentions, Ev. Je viens à peine d'arriver, lui opposa Harper, tout en se rendant compte qu'il n'avait dit cela que pour la contrarier. Ça n'a pas de sens, ce que tu me racontes. Je voudrais comprendre de quoi tu parles.

– Toujours aussi têtu, hein ? demanda-t-elle avec un rire sans joie. Je peux te dire ce que je pense, te conseiller au mieux, mais ça ne signifie pas que tu vas te rendre à mes arguments, pas vrai ? Après tout, fais ce que bon te semble, John. Maintenant que tu es ici, autant que tu découvres la vérité par toi-même. Tu n'es plus un gamin, tu es donc capable de prendre soin de toi tout seul. Moi, ce que je te conseille, c'est de partir. Pour ton bien. Quoi qu'il puisse arriver maintenant, ne viens pas un jour me reprocher de ne pas t'avoir prévenu. »

Harper posa son sac par terre, s'approcha et resta un moment immobile devant elle. Elle ne bougea pas, ne leva pas les yeux. Il fit un pas de côté, mit une main sur son épaule, sentit les muscles se contracter sous ses doigts. Evelyn posa sa main gauche sur celle de Harper.

« Allez, va, dit-elle. Je ne peux pas en dire davantage... va découvrir la vérité sur ton père, John. Je suis incapable de t'en empêcher, je le sais, et c'est probablement mieux comme ça. Tu as toujours été du genre obstiné, à poser la main sur le poêle pour vérifier par toi-même qu'il était brûlant, pas vrai ? » Elle se força à un rire maladroit. « Souviens-toi que je suis là, reprit-elle en accentuant sa pression sur la main de Harper, souviens-toi de celle qui a pris soin de toi quand tous les autres t'abandonnaient. Et quand tu auras vu ton père, alors demande-toi sérieusement si tu as encore une raison de rester ici. M'est avis que tu n'en trouveras aucune, et si c'est le cas, prends le premier vol qui se présente et rentre chez toi. »

Harper ferma les yeux. Il avait l'impression d'avoir franchi un mur d'émotions, d'avoir vécu en quarante-huit heures le contingent de sentiments d'une vie entière.

« Je ne voulais pas te blesser, dit-il. Mais c'est toi qui m'as amené ici, et j'ai besoin de comprendre ce qui se passe, de savoir, au sujet de ma mère…

– Bien sûr, John, je sais, l'interrompit-elle avant de se taire un instant. Je te dirai tout, mais pas maintenant. Va voir ton père, d'accord ? Va voir comment il va. »

Harper dégagea sa main. Il se pencha et lui posa un baiser sur le sommet du crâne. Il repartit vers la porte, ramassa son sac et commença à descendre le couloir.

Il s'arrêta pour regarder une dernière fois derrière lui, vers le haut de l'escalier. Il fut frappé par la sensation soudaine et inexplicable qu'ils n'étaient pas seuls dans la maison, qu'il y avait quelqu'un là-haut. Il frissonna, sentit ses cheveux se hérisser sur sa nuque. Il tendit le cou pour essayer de voir derrière l'angle que faisait le mur à droite du palier, du côté de la chambre de Garrett – celle où ce dernier s'était expédié *ad patres*, croyant trouver mieux dans l'au-delà que ce qu'il avait ici-bas. La maison était pleine de fantômes. Pleine de morts.

Une famille de détraqués, tous autant qu'ils étaient, et, dans cette perspective, il se demanda s'il n'était pas lui-même un peu cinglé. Il ouvrit la porte et sortit dans la rue.

« Mal, dit-il. Elle l'a très mal pris. »

Cathy Hollander siffla entre ses dents.

« Je ne sais pas quoi répondre.

– Il n'y a pas grand-chose à dire.

– Vous étiez au courant ?

– C'est moi qui l'ai trouvé.

– Non ! »

Harper se tourna vers elle. Par-dessus l'épaule de la femme, il voyait par la vitre côté conducteur la rue vide de tout passant.

« Je l'ai trouvé quand je suis monté au premier et que je suis entré dans sa chambre. Il s'était tiré une balle dans la tête.

– Mon Dieu, John... Je refuse même d'imaginer l'effet que doit faire un truc pareil.

– Ne vous inquiétez pas, mademoiselle Hollander, personne ne vous le demande. »

Harper leva les yeux sur la maison de Carmine Street. Il avait le sentiment d'y avoir vécu la vie de quelqu'un d'autre. Il n'arrivait pas à faire le lien entre l'enfant qu'il avait été, celui qui avait si souvent emprunté cette même rue, et l'homme qu'il était devenu. À la vérité, ils n'étaient pas la même personne.

« On peut y aller ? demanda-t-il.

– Oh, excusez-moi, bafouilla Cathy en sursautant. Désolée, j'étais ailleurs... On y va. »

Elle se pencha pour mettre le contact. Quand la voiture démarra, il ferma les yeux et expira profondément. Charybde ou Scylla. Rester ou partir. Miami ou New York.

Au-dedans de lui, c'était le chaos. Il n'en laissa pourtant rien paraître, par peur que Cathy Hollander le prenne pour un faible.

9

Le même médecin que celui de la veille vint en courant dans sa direction quand Harper se montra à l'angle du couloir. Ce dernier pensa qu'il volait vers une urgence, mais il devint vite évident que c'était à lui que s'adressaient les gesticulations du toubib, qui de la main lui intimait l'ordre de venir. Ce qui ne laissa pas d'intriguer Harper.

« Venez, le pressa l'autre quand il fut à portée de voix. Venez vite. Il s'est réveillé ! »

Harper pressa le pas, avant de se mettre à courir pour rattraper le médecin au moment où ce dernier atteignait la porte qui donnait accès aux soins intensifs, où ils entrèrent dans la foulée.

« Il y a seulement quelques minutes, dit l'autre à bout de souffle. Quelques minutes à peine. Il a commencé à bouger et il a ouvert les yeux... mais sans rien dire. »

Harper s'approcha, et là – juste derrière la vitre –, le vieil homme qui était son père le regardait de ses yeux entrouverts et souffrants. L'espace d'une seconde, il sembla le reconnaître, une conscience brutale, sans doute activée par leur incontestable ressemblance, puis un sentiment étrangement proche de la peur parut envahir les traits du vieillard. Comme s'il était tout à la fois choqué et épouvanté de voir Harper debout là devant lui.

Ce dernier avait du mal à respirer. Un instant, il faillit perdre l'équilibre et recula d'un pas. Le médecin, qui se tenait derrière lui, le rattrapa par le bras pour l'empêcher de tomber. Harper refit alors un pas en avant et s'appuya de la main contre la vitre.

Deuxième instant décisif : Harper, la main contre la vitre. Le vieillard, frêle et vulnérable, des tubes lui sortant du nez et de la bouche, les paupières mi-closes sur deux boules de souffrance, leva la main, un centimètre après l'autre, dans un mouvement d'une lenteur insoutenable, jusqu'à ce qu'elle soit au niveau de celle de Harper. Un contact s'établit, semblable à celui d'un prisonnier et de son visiteur à travers la vitre blindée d'une cabine de parloir, leurs mains s'épousant l'une l'autre, communiquant du bout des doigts.

« Haaa », souffla Harper, qui, instinctivement, retira sa main. Une fois encore il recula, pris d'une sensation de vertige qui lui étreignit la poitrine, la tête, provoquant ce cri étranglé – *Haaa* –, comme s'il était sur le point d'exploser, de s'écrouler sur les genoux et de libérer toutes les émotions retenues au-dedans de lui en un seul énorme sanglot.

Le docteur le soutint, le prenant à bras-le-corps contre lui quand ses genoux lâchèrent, et l'instant d'après Harper observait à nouveau son père – oui, son père – qui laissait retomber sa main, fermait les yeux et détournait la tête. Il avait l'impression de regarder quelqu'un en train de disparaître, de se transformer en fantôme.

Le médecin, qui continuait à soutenir Harper, le contourna avec difficulté pour ouvrir la porte qui séparait les deux pièces.

« Pas de problème, murmura-t-il. Vous pouvez entrer. »

Harper s'exécuta, avançant machinalement un pied après l'autre. Sans réfléchir, sans comprendre ce qui lui arrivait, et d'un seul coup, il se retrouva au pied du lit. Il voyait distinctement le visage de son père. Les marques du temps, les rides, l'empreinte de la douleur et du deuil. Le vieil homme leva la main une nouvelle fois, une main qui semblait privée de force et dont les doigts bougèrent légèrement, de façon presque imperceptible.

« Il veut que vous vous approchiez, dit le médecin. Plus près. »

Harper s'avança, toujours soutenu, et avant qu'il ait eu le temps d'opposer une quelconque résistance, il se retrouva juste à côté de son père, tandis que celui-ci tentait d'articuler quelque chose.

Harper se pencha, l'oreille à quelques centimètres du visage du vieillard, et les mots qui sortirent de la bouche desséchée – étranglés, presque indistincts – n'en étaient pas moins reconnaissables.

Vaa-tt'en.

Albert Reiff, diplômé d'Edgecombe et d'Attica[1] – deux condamnations ; une troisième, et c'était la perpétuité – était assis face à Ben Marcus et Sol Neumann devant une simple table en bois, une table de jeu s'il fallait en croire le tapis vert qui ornait le plateau. Il était un peu plus de 10 heures du matin. Marcus était un maniaque de la ponctualité. Reiff était arrivé avec un quart d'heure d'avance et était resté assis dans sa voiture à fumer et à écouter de grands orchestres de jazz à la radio, avec l'étrange sensation d'avoir absorbé une pinte de Pepto-Bismol et d'avoir fait trois tours de parc en courant. Il était devant un bâtiment d'un étage situé à l'angle de West et Bloomfield, près du dock 53 et du hangar à bateaux des sapeurs-pompiers de la brigade fluviale – rez-de-chaussée occupé par une laverie, un 7-Eleven et une boutique de clés minute, premier étage, propriété de Ben Marcus. Une sorte d'entrepôt d'un seul tenant qui servait de lieu de réunion, et où l'on trouvait pêle-mêle cartons de cigarettes, bouteilles d'alcool et table de billard ; au fond, une pièce soigneusement cadenassée où l'on entreposait tout ce qui avait besoin d'être temporairement retiré de la circulation. C'était dans cette bâtisse que Reiff était entré quand sa montre avait indiqué 9 h 57. La ponctualité signifiait tout autant ne pas être en retard que ne pas être en avance.

« Les choses se sont sacrément compliquées, dit Sol Neumann, après qu'ils eurent accueilli Reiff en lui serrant la main et en lui désignant un siège. Cette histoire avec Lenny, le fait qu'il soit à St Vincent et qu'il ne soit pas mort… je sais même pas quoi en penser. On avait passé un accord avec Lenny Bernstein, et voilà ce qui nous tombe dessus, poursuivit-il avant de secouer la tête en

1. Les noms désignent deux établissements situés respectivement à Tarboro, en Caroline du Nord, et à Attica, dans l'État de New York. Ce dernier est une prison de haute sécurité.

soupirant. C'est pas juste, merde. Elle est où la justice, là-dedans, je te le demande ?

– La justice ? fit Reiff après avoir acquiescé de la tête. Avec l'espoir, la justice est sans doute la denrée la plus surfaite de toute cette putain de planète.

– Alors, qu'est-ce qu'on fait maintenant ? demanda Neumann de manière parfaitement rhétorique. Ce qu'il y a de mieux à faire, c'est tout. On continue d'avancer comme si de rien n'était, et on met au point les détails de l'affaire sur laquelle on s'était mis d'accord avec Lenny, ajouta-t-il, avec un coup d'œil sur sa gauche à l'adresse de Ben Marcus, lequel resta impassible. On ficelle tout ça, comme si Lenny était encore avec nous. Voilà ce qu'y faut faire, à mon avis. »

Reiff ne réagit pas, attendant visiblement des instructions.

« Victor Klein a déjà investigué sur certains sites », dit Neumann.

Il parlait à voix basse, presque dans un murmure. Reiff dut se pencher pour l'entendre.

« On l'a fait travailler sur deux ou trois trucs qui ont l'air prometteurs. Mais tout ça prend du temps, et le temps est une autre de ces denrées qui se font rares en ce moment. Faut qu'on se grouille ; si d'habitude on dispose de plusieurs semaines, là, c'est une question de jours.

– Sans compter qu'il y a l'autre affaire, intervint Marcus.

– Ah oui, l'autre affaire, dit Neumann, baissant les yeux au sol avant de les reporter sur Reiff. Y faut que tu parles à Ray Dietz. Je veux que tu ailles voir avec lui ce qu'il en est de la famille du mec en fuite, ce McCaffrey. On a appris ce matin qu'il avait un frère et une sœur. Passez deux ou trois coups de fil, allez voir des gens et débrouillez-vous pour les faire parler. Je peux compter sur toi ? »

Reiff hocha la tête et se leva de sa chaise. « Ça va faire des dégâts, cette histoire, de quelque façon qu'on s'y prenne, ajouta Neumann.

– C'est pour ça qu'y a des gars pour passer derrière et faire le ménage, non ? dit Reiff avec un sourire et un haussement d'épaules.

– Pour sûr, dit Neumann, lui rendant son sourire, avant de se tourner vers Marcus et d'éclater d'un rire franc. Des gars pour faire le ménage, c'est bon, ça, non ? »

Une fois Reiff parti, Marcus se leva et se dirigea vers la fenêtre, où il resta un moment immobile, les mains derrière le dos.

« On a des nouvelles de ce fantôme qui ressemble à Lenny Bernstein ?

– Non, rien pour l'instant. C'est Merrett qui dit savoir deux ou trois trucs. Mais il est à l'ouest, ce type. Je le connais, tu sais bien que j'ai purgé une peine avec lui à Five Points. Quand y se met une idée dans la tête, y a pas moyen de l'en faire démordre. Y s'est trompé, c'est tout. C'était rien, cette histoire de ressemblance. Y faut pas que ça te tracasse.

– Au point où en sont les choses, je peux pas me permettre de ne plus y penser, objecta Marcus. Merrett dit qu'il y avait quelqu'un à St Vincent avec Freiberg et la fille. On se fiche de savoir à qui il ressemblait. Le seul fait qu'ils aient eu quelqu'un avec eux a forcément une signification. Il faut absolument que je sache qui c'est, et ce qu'il fait, dit Marcus avant de se retourner lentement et de clouer Neumann sur place du regard. J'aimerais bien savoir combien de personnes j'aurai à liquider.

– Ouais, c'est sûr, Ben.

– Je plaisante pas, Sol. Les mauvaises nouvelles la veille du jour de l'opération, ça me plairait pas du tout. On a assez d'éléments comme ça à prendre en compte.

– Je m'en occupe, Ben, t'inquiète. Je vais trouver qui c'est, ce gars.

– Bien. En ce cas, on en a terminé. Va voir Victor Klein et assure-toi qu'il s'occupe d'organiser les gars dont on aura besoin. Et contacte Henry Kossoff... dis-lui qu'il va nous falloir du matériel et des voitures. Le boulot habituel, quoi. »

Ils quittèrent le premier étage en empruntant une étroite échelle d'incendie pour regagner le parking à l'arrière du bâtiment.

« Appelle-moi plus tard, dit Ben Marcus avec un coup d'œil à sa montre. Avant 13 heures, et tiens-moi au courant. »

Plus tard, beaucoup plus tard, assis sur un banc dans le couloir du troisième étage, Harper s'interrogeait sur ce qu'il avait compris.

Va-t'en ?

Le médecin était resté près de la porte. Il avait vu les lèvres du vieil homme bouger mais n'avait rien entendu.

« Vous avez forcément capté quelque chose », insista Harper, tout en sachant qu'il voulait simplement voir le médecin confirmer l'exactitude du propos pour tenter d'en saisir la pertinence.

« Je suis désolé, dit l'autre. Vraiment désolé, monsieur Harper. J'étais trop loin. »

Ces deux mots une fois prononcés, Edward Bernstein avait à nouveau sombré dans l'inconscience.

John Harper s'était agenouillé à côté du lit, avait couvert de la sienne la main de son père, tout en s'efforçant d'éprouver quelque chose de personnel pour le vieil homme.

Pour finir – dix minutes plus tard, peut-être un peu plus –, le médecin avait appelé un aide-soignant pour l'aider à faire sortir Harper. L'état de Bernstein montrait de sérieux signes d'aggravation, et le patient réclamait une attention immédiate. Le docteur dit à Harper de revenir le lendemain. Celui-ci ne protesta pas ni ne discuta. Il voulut quitter les lieux, mais n'alla pas plus loin que le banc situé à une dizaine de mètres dans le couloir, et ce fut là que le trouva Frank Duchaunak. Qui le fit sursauter quand il lança : « Monsieur Harper ? »

« Je pensais bien que c'était vous, reprit-il. J'ai demandé votre nom à l'accueil. Je suis officier de police, et je m'appelle Frank Duchaunak. Inspecteur Frank Duchaunak. » Il attendit une réaction de la part de Harper, mais, devant son silence, il désigna du menton la place libre à côté de lui. « Je peux ? »

Harper eut un haussement d'épaules.

L'inspecteur s'assit. Il se cala contre le dossier du banc et soupira.

« Edward Bernstein a repris conscience, si j'ai bien compris ? »

Harper ne dit rien ni n'indiqua de quelque façon qu'il avait entendu la question.

« Monsieur Harper ? »

Celui-ci avait les yeux rivés sur les carreaux gris-vert sous ses pieds. La mosaïque hexagonale suivait le même dessin dans les deux sens, aussi loin que portait le regard. De minuscules rayures noires en émaillaient la surface, témoins des pas précipités du personnel soignant, laissées par une urgence, une vie qui renaissait, une autre qui s'éteignait.

« Loin de moi l'idée de m'immiscer dans votre vie privée dans un moment pareil, monsieur Harper, mais je suis venu dès que j'ai appris la nouvelle.

– Quelle nouvelle ? demanda Harper en fronçant les sourcils.

– Que M. Bernstein avait repris conscience.

– Qui vous l'a dit ?

– L'infirmière de garde m'a appelé.

– Et pourquoi elle aurait fait ça ?

– Parce que je suis l'officier chargé de l'enquête, monsieur Harper. L'enquête sur la tentative de meurtre dont a été victime M. Bernstein – votre père.

– Ah oui, dit Harper. Bien sûr.

– Vous l'avez vu ?

– Oui.

– Et vous a-t-il parlé ? »

Harper secoua la tête. Il se tourna vers Duchaunak. C'est alors qu'il le reconnut : le même flic que celui de la veille, celui qu'oncle Walt avait traité de salaud. Un peu plus âgé que Harper, six ou sept ans peut-être, mais l'air usé et blasé de celui qui a vécu deux vies en moins de temps qu'il n'en faut d'ordinaire pour en vivre une.

« Êtes-vous un salaud ? demanda Harper tout à trac.

– Si je suis un salaud ? répéta Duchaunak, le sourcil froncé, avant d'éclater de rire. Bien sûr, je dirais même un pro en la matière. Je ne suis pas seulement un salaud de naissance, je m'entretiens en me levant tôt tous les matins. »

Harper sourit.

« Qui a dit ça ? voulut savoir l'inspecteur. Walt ?

– Walt ? Vous connaissez Walt Freiberg ?

– Un peu, oui.

– Il ne voulait pas de vous ici hier… et quand vous avez été parti, il vous a traité de salaud de flic.

– Salaud de flic… c'est ce qu'il a dit, hein ? Je ne suis pas sûr de savoir à quoi ressemble ce genre d'individu, mais après tout, si c'est vraiment ce que pense Walt, pourquoi pas. Tout le monde a droit à ses opinions. »

Harper ne répondit pas. Il aurait donné cher pour que l'autre s'en aille.

« En tout cas, c'est une sacrée surprise pour moi d'apprendre qu'Edward Bernstein a un fils », dit Duchaunak, dont le regard s'attarda un moment sur Harper.

Celui-ci faillit lui dire que la surprise avait été plus grande encore pour lui, mais jugea le détail sans importance.

« Il vous a parlé ? demanda une nouvelle fois Duchaunak.

– Je crois.

– Il a dit quelque chose ?

– Je n'en suis pas sûr.

– Est-ce que vous avez eu l'impression qu'il disait quelque chose ?

– Je crois qu'il m'a dit de partir », répondit Harper, qui ferma les yeux et se passa la main droite dans les cheveux.

Il arrêta son geste au bas de la nuque et donna l'impression de masser le nœud dur de ses cervicales. Il aurait bien bu un verre, voire deux ou trois, mais n'avait toujours aucune envie de bouger.

« De partir, hein ? interrogea Duchaunak.

– Je ne sais pas, inspecteur. Je ne suis même pas sûr qu'il ait parlé, pour tout dire. Ça ressemblait à deux petits mots… deux mots péniblement articulés par un mourant que je n'ai jamais vu de ma vie, et ce qui s'est passé, je crois, c'est que j'ai voulu que ce soient des vrais mots, avec un sens précis, en rapport avec le fait qu'il va mourir et que je suis son fils... » Harper s'interrompit et regarda Duchaunak droit dans les yeux. « Mais, bon Dieu, je sais même pas si je suis vraiment son fils. Je n'ai que la parole d'une tante à moitié cinglée et d'un dénommé Walt Freiberg que je n'ai pas revu depuis pratiquement trente ans.

– S'il vous a dit de partir... s'il vous l'a vraiment dit, je pense qu'il vous a donné le meilleur conseil qui soit.

– Mais je viens juste d'arriver, inspecteur, fit observer Harper avec un sourire.

– Certes, certes. Mais ça ne change rien au fait que c'est sans doute le meilleur conseil qu'on vous ait jamais donné, quelle qu'en soit la source. »

Un bref silence s'installa entre eux.

« Vous lui ressemblez beaucoup, finit par dire Duchaunak.

– Et alors ? Des tas de gens se ressemblent, sans pour autant être parents.

– Ce n'était pas une accusation, monsieur Harper.

– Excusez-moi, inspecteur. Je viens de traverser deux journées difficiles, et ce n'est pas fini. C'est à peine si je sais ce que je fous ici.

– Qui vous a appris la nouvelle ?

– Qui m'a annoncé qu'il était ici à l'hôpital, vous voulez dire ?

– Oui. C'était qui ?

– Ma tante. La sœur de ma mère. C'est elle qui m'a élevé après la mort de celle-ci.

– Elle habite New York, cette tante ?

– Oui, Carmine Street.

– Et vous, vous habitez où ?

– Miami. Je suis journaliste au *Herald*.

– Ça fait longtemps que vous ne vivez plus à New York ?

– J'en suis parti quand j'avais dix-neuf ans. Pour descendre en Floride, histoire de laisser tout ça derrière moi.

– Tout ça quoi ?

– New York, tout ce que ça représentait pour moi.

– La mort de votre mère, c'est ça ?

– Ça, et le suicide de mon oncle.

– Le suicide ?

– Oui. Le mari de ma tante, Garrett Sawyer. Il s'est suicidé quand j'avais douze ans.

– Une enfance difficile, en somme.

– Une *vie* difficile, inspecteur, corrigea Harper en souriant.

– Vous êtes marié ?

– Non. Ni femme, ni enfants, un boulot de merde... et maintenant ça.

– Et la nature de votre relation avec Walt Freiberg ?

– Ma relation ? Qu'est-ce que ça pourrait bien être comme relation ?

– À vous de me le dire.

– Walt... L'oncle Walt. Il a traîné un temps dans les parages après la mort de Garrett. Un ami de la famille, si on veut.

– Une liaison avec votre tante ? »

Harper se tourna vers Duchaunak, avant de froncer un sourcil irrité.

« Pourquoi cet interrogatoire en règle ? Je n'ai rien à voir avec les coups de feu.

– Je le sais bien, monsieur Harper. C'est simplement que je suis d'une nature curieuse. Vous saviez que Walt Freiberg et Edward Bernstein étaient associés... le sont depuis de nombreuses années ?

– Je ne sais rien, inspecteur. J'ai reçu un appel de ma tante. Qui m'a demandé de revenir à New York. À mon arrivée, elle me dit qu'un père que je croyais mort est vivant... enfin, presque, puisqu'il a essuyé des coups de feu. Je suis venu ici hier pour le voir, et je suis tombé sur Walt Freiberg, que je n'avais pas vu depuis plus de vingt-cinq ans. Il est sorti de nulle part pendant que j'étais à l'accueil, et après, on est partis ensemble manger un morceau. J'ai passé la nuit à l'hôtel, et, pas plus tôt levé ce matin, je suis revenu ici. Là-dessus, vous débarquez à votre tour et vous me posez tout un tas de questions comme si j'en savais bien plus long que vous sur ce qui se passe. Je suis fatigué, éreinté, dépassé par les événements, et la dernière chose dont j'aie envie pour l'instant, c'est que vous me mettiez sur le gril comme vous venez de le faire. »

Duchaunak garda le silence un moment. Détourna les yeux en direction du bout du couloir. Quand il revint à Harper, il avait l'air aussi épuisé et accablé que lui.

« Loin de moi l'idée de vous casser les burnes, monsieur Harper. J'ai un mal de tête gros comme le Michigan, voire plus. Je n'ai pas dormi de la nuit. J'ignore qui vous êtes, sauf que vous pourriez être le fils de Lenny... d'Edward Bernstein, je veux dire. Pour ne rien vous cacher, je ne sais pas grand-chose moi-même, sans doute pas plus que vous. Il y a juste qu'il faut que je découvre qui a tiré sur votre père, et je dois suivre la moindre piste susceptible de me mener dans la bonne direction. C'est tout, conclut Duchaunak, qui se leva du banc, avant de rester deux secondes à regarder Harper. Je suis désolé de vous avoir harcelé en un moment pareil, mais vous devez comprendre que c'est mon boulot... »

Harper leva la main, sentant qu'il n'était pas en état de supporter un mot de plus de quiconque.

« C'est bon, dit-il. On n'en parle plus. Je vais rester encore un peu ici si vous n'y voyez pas d'inconvénient. J'ai juste besoin de temps pour réfléchir à tout ça.

– Je comprends, dit Duchaunak en lui tendant une main que l'autre serra. Prenez soin de vous, monsieur Harper. Nous aurons peut-être l'occasion de nous reparler, tous les deux.

– C'est pas impossible, inspecteur. »

Duchaunak commença à s'éloigner; puis il ralentit et se retourna. Harper leva les yeux.

« Je continue à penser que vous devriez rentrer à Miami, dit le policier.

– Je sais, vous me l'avez déjà dit. Vous, et Evelyn aussi. »

Duchaunak sembla sur le point d'ajouter quelque chose, mais il se contenta de secouer la tête.

Harper écouta l'écho de ses pas s'éloigner; il entendait encore l'inspecteur marcher quand il tourna au bout du couloir.

Toujours assis, Harper se pencha en avant et enfouit son visage entre ses mains. Avec l'impression que tout le poids du monde pesait sur ses épaules.

De l'autre côté de la rue, à un demi-bloc de l'hôpital, Duchaunak et Faulkner sont assis dans leur voiture.

« J'ai rien vu.

– Rien du tout ?

– Non, rien du tout. Le gamin est à cran. Mais je crois qu'il a pas la moindre idée de qui sont ces gens. »

Faulkner remit le couvercle sur son gobelet en plastique, qu'il glissa dans le support prévu à cet effet à côté du siège. Puis il tourna la clé de contact et le moteur démarra.

« Pas si vite, tu veux ? » l'arrêta son coéquipier.

Faulkner coupa le moteur.

« C'est elle, dit Duchaunak.

– Où ça ?

– Là-bas, dans la Mercedes noire. »

Faulkner se pencha sur le volant et plissa les yeux pour voir à travers le pare-brise.

« T'es sûr ?

– À cent pour cent.

– Tu crois qu'elle attend Harper ?

– Va-t'en savoir. Tout aussi bien, c'est Freiberg qu'elle attend.

– T'es sûr que c'est la tante qui a appelé Harper, et pas Walt ?

– C'est en tout cas ce que m'a dit le gamin. Que c'était elle qui l'avait appelé, lui avait demandé de revenir à New York de toute urgence, et ce n'est qu'à son arrivée qu'elle lui a appris ce qui s'était passé avec Lenny. Il a dit aussi que Freiberg était sur place quand il a débarqué hier à l'hôpital, et que, une fois la visite terminée, ils sont allés manger un morceau, après quoi il a passé la nuit à l'hôtel.

– Je me demande pourquoi il loge pas chez sa tante.

– Dieu seul le sait…, commença Duchaunak. Tiens, regarde-moi ça… regarde un peu qui vient nous voir. »

Une seconde voiture, une berline bleu nuit, vint s'arrêter derrière la Mercedes. La portière du conducteur s'ouvrit, et Walt Freiberg descendit.

L'instant d'après, ce fut au tour de Cathy de sortir de sa voiture.

« Je t'avais bien dit que c'était elle.

– T'as décroché le gros lot, mon vieux. »

Duchaunak et Faulkner regardèrent Walt Freiberg et Cathy Hollander échanger deux ou trois mots sur le trottoir avant de traverser la rue et de monter les quelques marches de l'entrée.

« Je donnerais cher pour savoir ce qu'ils veulent à ce John Harper, dit Duchaunak. Ou bien le gamin est dans le coup, et c'est un sacré acteur, ou bien il est en train de tomber tête la première dans un piège qu'il n'imagine même pas.

– Et si c'est en relation avec Ben Marcus, alors y a peu de chance pour qu'il revoie un jour Miami. »

Duchaunak hocha la tête sans rien dire.

Faulkner remit le contact.

« À l'usine ? demanda-t-il.

– À l'usine », acquiesça Duchaunak.

10

« Cathy m'a appelé, dit Freiberg en arrivant à cinq ou six mètres du banc sur lequel Harper était assis. Pour me dire que Frank Duchaunak était ici.

– Walt, dit Harper en se levant pour serrer la main de Freiberg. Salut. Ça va ? »

Freiberg pesa de la main sur l'épaule de Harper pour l'obliger à se rasseoir. Celui-ci se retrouva bientôt flanqué de part et d'autre de Freiberg et de Cathy Hollander.

« Oui, très bien, John. Il s'est entretenu avec toi ?

– Qui ça ?

– Duchaunak... le flic. »

Hochement de tête de Harper. Qui garda le silence un moment, et finit par dire :

« Il m'a parlé de quelque chose, oncle Walt.

– Je sais, John, tu viens de me le dire.

– Non, je parlais d'Edward, mon père... il m'a dit quelque chose.

– Il est réveillé ? s'exclama Freiberg en faisant mine de se lever. Il est conscient ? Seigneur, John, pourquoi tu n'en a pas parlé tout de suite ? Bon Dieu, qu'est-ce qu'on fout assis ici ?

– Il est à nouveau inconscient, oncle Walt. Il est revenu à lui quelques secondes à peine, et je ne suis pas sûr qu'il ait vraiment dit ce que j'ai cru entendre, mais il semblerait qu'il m'ait demandé de partir d'ici.

– De partir ?

– C'est ce que j'ai cru entendre. J'ai eu l'impression qu'il disait "Va-t'en". C'est tout. J'ai pu me tromper, mais... », s'interrompit

Harper en poussant un profond soupir. Il regarda Cathy Hollander, qui lui adressa un sourire de compassion. « Bonjour, mademoiselle Hollander.

– Bonjour, monsieur Harper.

– Vous allez bien ?

– Aussi bien que possible.

– Merci de m'avoir attendu.

– Aucun problème, vraiment aucun.

– Partons d'ici, intervint Freiberg.

– Walt ?

– Oui, John ?

– Qui est Lenny ?

– Lenny ? reprit Freiberg en souriant et en fronçant les sourcils dans le même temps. Qui a parlé de Lenny ?

– L'inspecteur Duchaunak. Il a parlé de mon père, et puis, quand il a voulu dire son nom, il l'a appelé Lenny, avant de se reprendre. Pourquoi l'avoir appelé Lenny ?

– C'est rien, John. Un surnom, c'est tout, une sorte de plaisanterie.

– Un surnom ? Mais pour quelle raison ?

– Ton père, Edward, est... un homme d'affaires, et un homme d'affaires influent, de premier plan. Il brasse beaucoup de choses, coordonne les activités, fait travailler des tas de gens ensemble. Si on l'appelle Lenny, c'est par allusion à Leonard Bernstein, le compositeur, le musicien... Ton père, dans son domaine, s'assure que tout le monde joue bien sa partition... c'est pour ça qu'on l'a surnommé Lenny. Lenny Bernstein. Tu me suis ?

– Ouais. Mais pourquoi un inspecteur de police, oncle Walt ? Pourquoi un inspecteur de police le connaîtrait suffisamment bien pour l'appeler par son surnom ?

– Assez de questions comme ça, John, dit Freiberg en riant. En tout cas pour l'instant. » Il passa la main sous le bras de Harper et l'aida à se relever. « Sortons d'ici. On va demander à l'accueil de nous faire appeler par un toubib au cas où il y aurait du nouveau pour ton père. Allons déjeuner, d'accord ? Allons déjeuner dans un endroit sympa. »

Harper ne dit rien. Il marcha le long du couloir, toujours flanqué d'oncle Walt et de Cathy Hollander. Il avait l'impression d'avoir échappé à un terrible accident de voiture, le genre d'accident où l'on boucle la route, et où les services d'urgence sont obligés de passer le macadam à la lance à eau pour nettoyer le sang. Le genre d'accident où des gens qui ont des enfants, des prêts immobiliers et la vie devant eux perdent tout d'un seul coup – un claquement de doigts, un battement de cœur, et tout part en fumée. Et lui, John Harper – lui qui n'a rien, ni personne au monde pour se souvenir de lui –, eh bien lui, sans savoir pourquoi, s'en sort vivant.

« Foie gras au torchon, crevettes du golfe assaisonnées à la citronnelle et à la coriandre suivies de *cavatelli* à la truffe noire, d'un filet de bœuf grillé et de plat de côtes braisé ou d'un turbot farci à la langouste du Maine assorti d'une cassolette de maïs, poireaux et chanterelles dans une sauce au caviar. » Le maître d'hôtel souriait avec effusion. « Pour finir, nous aurons une sélection de fromages artisanaux servis avec un chutney de figue et un pain aux raisins et aux noix. Et... vous connaissez Bruce Springsteen ? »

Walt Freiberg acquiesça d'un sourire, disant qu'il ne le connaissait pas personnellement, mais qu'il en avait entendu parler.

« Eh bien, Soozie Tyrell du E Street Band se produira en live. Nous danserons jusqu'à 3 heures du matin, et une fois votre table réservée, vous pourrez la conserver toute la nuit. Vous avez là, monsieur Freiberg, les détails de notre super fiesta de la Saint-Sylvestre, nous serions très honorés de vous avoir parmi nous, vous et vos invités, pour célébrer l'événement.

– Anton, répondit Freiberg avec un sourire tout en s'emparant de la main de l'homme, vous êtes ce que j'appelle un gentleman, un vrai. Je suis désolé, je n'ai pas la moindre idée de ce que nous ferons pour la soirée du Nouvel An, mais je peux vous garantir que, si je n'ai pas pris d'autres dispositions d'ici là, je serai chez vous et nulle part ailleurs.

– Bien sûr, monsieur Freiberg. Je comprends tout à fait. Vous êtes ici pour déjeuner ?

– C'est ça, Anton. Juste nous trois.

– Suivez-moi, monsieur Freiberg », dit le maître d'hôtel en virevoltant entre les tables du Tribeca Grill sur Greenwich Street comme s'il exécutait un gracieux *pas de deux*[1].

Walt Freiberg, John Harper et Cathy Hollander furent bientôt attablés, et Anton s'en alla à pas feutrés quérir un serveur pour prendre la commande.

« C'est le Tribeca Film Center, ici, dit Freiberg en se penchant vers Harper. C'est l'endroit préféré de Bobby De Niro. De tous les gens de Tribeca Film et de Miramax en fait, et si tu restes suffisamment longtemps tu as toutes les chances de croiser des tas de célébrités. Une fois, j'ai vu Bill Murray, une autre, Christopher Walken. Sacré endroit, tu peux me croire. Il a remporté plein de récompenses. Je raffole de ce resto, dit Walt avec un large sourire, tout en posant sa main sur celle de Harper et en la pressant fermement. Ton père et moi, on adore venir manger ici. Ils ont une cuisine superbe... vraiment superbe. Pas vrai, Cathy ? »

Cathy sourit, se rapprocha un peu plus de Harper. À nouveau, il sentit la pression et la chaleur de sa cuisse contre la sienne, sentit la friction de son bas soyeux contre son jean. Il avait l'impression que chaque fois qu'elle était là, le tourment et le sentiment d'irréalité générés par la situation qui était la sienne s'en trouvaient mystérieusement allégés.

Le serveur arriva, salua Walt comme s'ils étaient de vieilles connaissances. Ce dernier déclina l'offre du menu qu'on lui tendait.

« Vous me faites confiance pour commander, les enfants ? » lança-t-il.

Cathy sourit. Harper se contenta d'un grognement. Ce qu'il allait manger était bien le cadet de ses soucis.

1. En français dans le texte original.

« Bon, alors, poursuivit Walt, on prendra le plat du jour... Vous en avez bien un aujourd'hui ?

– Tout à fait, monsieur Freiberg, nous avons une ballottine de veau au foie gras, avec jambon Serrano et mousse de foie de volaille.

– Très bien. On prendra en accompagnement un écrasé de butternut avec une mousse de pommes et quelques chanterelles sautées. »

Le serveur acquiesçait et souriait, tout en griffonnant furieusement.

« On peut se la jouer médiéval et partager les entrées, reprit Freiberg en levant les yeux vers le serveur. Surtout ne répétez pas ça à Anton, hein ? »

Walt s'esclaffa, le serveur en fit autant. Harper, lui, examinait l'énorme bar en acajou qui trônait au centre de la salle.

« Bon, on prendra les *garganelli*, le saumon de l'Atlantique... il est bien servi avec une sauce au bacon et à l'oignon ?

– Oui, tout à fait, monsieur Freiberg.

– Très bien, on part là-dessus. N'oubliez pas d'ajouter quelques noix de Saint-Jacques.

– Parfait, monsieur Freiberg. Et pour la boisson ? »

Walt regarda d'abord Cathy Hollander, puis Harper.

« Ça vous est égal ?

– Fais-toi plaisir, Walt, répondit Cathy.

– Alors, un châteauneuf-du-pape, une vieille année... je vous fais confiance.

– Entendu, monsieur Freiberg. Puis-je ajouter que c'est un plaisir de vous revoir parmi nous ? Et puis-je vous demander des nouvelles de M. Bernstein ? »

La deuxième question s'était accompagnée d'un regard destiné à Harper, qui ne le remarqua pas, mais ce ne fut pas le cas de Freiberg, qui sauta aussitôt sur l'occasion.

« La ressemblance est frappante, pas vrai ?

– Je n'ai pas pu m'en empêcher, dit le serveur avec un sourire. Une ressemblance inouïe, il est vrai, mais il n'était pas dans mes intentions de me montrer indiscret.

– Cet homme, annonça pompeusement Walt, est le fils de M. Bernstein, John.

– C'est un grand honneur de faire votre connaissance », dit l'autre en hochant la tête avec déférence.

Harper le dévisagea avec une expression de totale vacuité.

« Et qu'en est-il de M. Bernstein lui-même ?

– Il se trouve malheureusement que M. Bernstein est tombé malade.

– Oh, mon Dieu ! Rien de grave, j'espère ?

– Non, non, rien de grave.

– Je parle au nom de tout le personnel ici en disant que nous lui souhaitons un prompt rétablissement, dit le serveur, qui parut sincèrement soulagé.

– Merci, dit Walt. C'est très aimable à vous.

– Je vous apporte votre vin de suite. »

Sur quoi, le serveur adressa le même sourire figé à chacun d'eux, avant de s'éloigner à la hâte.

« Donc, si je comprends bien, tu as eu un accrochage avec Frank Duchaunak ? » demanda Freiberg à Harper.

Une idée soudaine revint à l'esprit de Harper, qu'il essayait de se rappeler depuis le moment où Walt était apparu à l'hôpital.

« Un accrochage ? Non, je ne dirais pas ça. Il m'a posé quelques questions, c'est tout.

– Des questions ? À quel sujet ?

– Rien de particulier, répondit Harper en haussant les épaules… Depuis combien de temps je n'étais pas venu à New York, où j'habitais. Rien de bien important, en fait.

– Et il n'a rien dit à propos de ton père ? Des raisons pour lesquelles il s'intéressait à lui ?

– Non, pas à ma connaissance. Il a dit que toi et Edward Bernstein étiez associés. Il l'a appelé Lenny, comme je te l'ai déjà dit. Il m'a demandé quelle était la nature de ma relation avec toi.

– Avec moi ?

– Oui, avec toi, dit Harper en hochant la tête.

– Et qu'est-ce que tu lui as répondu, John ? » demanda Walt avec un sourire, l'air parfaitement détendu.

Harper fut conscient d'une brusque montée de tension à cet instant, comme s'il risquait de donner une mauvaise réponse.

« J'ai dit que tu étais un ami de la famille, que tu avais été plus ou moins présent après la mort de Garrett...

– Garrett ? Il a parlé de Garrett ?

– Il ne savait pas de qui il s'agissait.

– Alors comment est-ce qu'il a pu te poser des questions sur son compte ? C'est toi qui lui en as parlé ?

– Non, pas directement », répondit Harper en secouant la tête.

Il se tourna vers Cathy Hollander, soudain nerveux, comme s'il devait avoir peur de quelque chose. Cathy lui rendit son regard sans changer d'expression.

« Il m'a demandé qui m'avait appelé, reprit John. Je lui ai dit que c'était Evelyn. Apparemment, il ne savait pas qui c'était, et je le lui ai appris. C'est comme ça que j'ai mentionné Garrett, en passant, c'est tout. »

Le serveur se matérialisa soudain à leurs côtés. Large sourire, bouteille à la main, dont il montra l'étiquette à Walt.

« Oui, parfait », dit Walt, qui se contenta d'un coup d'œil négligent, et attendit patiemment que la bouteille soit débouchée.

Le vin fut versé, goûté, dûment apprécié, puis Walt déclara qu'il se chargerait de le servir.

Le serveur disparut aussi discrètement qu'il était apparu.

« Alors... t'a-t-il demandé autre chose ? »

Harper garda le silence un moment. Se souvint brusquement de l'idée qui l'avait traversé. Plongea la main dans sa poche, d'où il sortit les billets que lui avait donnés Walt dans le restaurant cantonais la veille.

« Je n'ai pas besoin de cet argent, dit-il. Je vous l'ai rapporté.

– Bon sang, John, s'esclaffa Freiberg, à quoi tu joues ? Garde-moi ça, pour l'amour du ciel ! Il te faut bien un peu de fric... il en faut à tout le monde, pas vrai, Cathy ? »

Cathy souriait. Elle tendit la main et la referma sur celle de Harper. Qui sentit les billets se froisser dans son poing. Il sentit surtout la pression des doigts de cette femme, l'intimité et la promesse qu'il souhaitait lui voir symboliser. « Remettez cet argent dans votre poche, John. S'il y a une chose qu'il va falloir que vous appreniez au sujet de Walt, c'est sa générosité. »

Harper était en train de se dire qu'il allait devoir se répéter, convaincre Walt qu'il n'avait vraiment pas besoin de cet argent, mais celui-ci le devança en poursuivant son interrogatoire.

« C'est tout ce qu'il t'a demandé ? Rien d'autre en particulier, juste des bavardages anodins pour passer le temps, en somme ?

– C'est ça, oui, comme s'il voulait savoir qui j'étais et de quelle manière j'avais appris ce qui était arrivé à mon père… »

Harper s'interrompit. « Mon père », les mots lui paraissaient tellement étranges, tellement déplacés. Il les répéta dans sa tête à plusieurs reprises, sans pour autant se défaire de cette impression de malaise et de désarroi.

« Je crois qu'il espérait trouver quelque chose qui aurait pu le mettre sur la piste de l'auteur du coup de feu. »

Walt sourit. Il sembla soudain rassuré, moins agressif, comme si les paroles de Harper avaient comblé son attente.

Le serveur apparut, un plateau chargé d'assiettes dans les mains. Au moment où il commençait à servir, Walt fut distrait par l'arrivée d'un client.

« Jésus, Marie, Joseph ! s'exclama-t-il. Eh bien, si je m'attendais… »

Il se leva et se mit à gesticuler dans la direction de l'homme qui venait de pousser la porte du restaurant. Trapu, plus petit que Harper, cheveux bruns épais, grisonnant sur les tempes. Son allure et ses mouvements traduisaient l'assurance, la confiance en soi. Quand il aperçut Walt, il partit d'un rire sonore.

« Eh ben, putain, si je m'attendais ! » s'exclama-t-il à son tour.

Walt lui fit signe de venir les retrouver, et pendant que l'homme se dirigeait vers leur table, il se pencha vers Harper pour lui chuchoter à l'oreille : « Ne dis rien concernant Edward, ne prononce même pas son nom, d'accord ? »

Harper eut l'air perplexe.

« Tout va bien, fais-moi confiance, reprit Walt. Ne dis rien de précis, compris ? »

Harper jeta un coup d'œil à Cathy.

Qui hocha la tête et posa un index silencieux sur ses lèvres.

Harper n'eut pas le temps d'ouvrir la bouche pour s'enquérir de ce qui se passait. L'homme était devant la table et les dominait de sa hauteur.

Walt lui serra la main.

« Seigneur, Sol, comment va ?

– Bien, bien, très bien, dit l'autre, qui jeta alors un coup d'œil à Harper, eut un sursaut de surprise et secoua la tête d'un air incrédule. Put...

– Sol..., intervint Freiberg en riant, laisse-moi te présenter un nouveau venu. Tu as devant toi le fils d'Edward, John.

– Alors ça, c'est la meilleure ! J'y crois même pas ! »

Walt rit aux éclats tandis que Sol se penchait par-dessus la table en tendant la main.

Harper la prit machinalement et sentit la sienne broyée avec enthousiasme.

« John, dit Walt. Je te présente Sol Neumann, un ami de ton père. »

Neumann afficha un large sourire, tout en continuant à écraser consciencieusement dans sa poigne impitoyable la main de Harper.

« Ami ? C'est trop dire, une relation, tout au plus. C'est un plaisir de faire votre connaissance, John... je peux vous appeler John ? »

Harper hocha la tête. Il lui fallait recouvrer sa main de toute urgence, sous peine de la voir s'engourdir dans les plus brefs délais.

« Tu ne veux pas déjeuner avec nous ? dit Walter. Tu sais que tu es le bienvenu, Sol.

– C'est vraiment sympa, dit Neumann, tout en relâchant la main de Harper. Je cherchais quelqu'un, en fait. Je m'occupe d'un truc pour le compte de M. Marcus. N'y vois aucune offense, Walt, j'aimerais vraiment me joindre à vous, mais...

– N'en dis pas plus, Sol, l'interrompit l'autre en levant la main. Les affaires sont les affaires. Si tu es occupé, ce sera pour une autre fois, voilà tout.

– Pas de problème, une autre fois », renchérit Neumann avec un large sourire.

Sur quoi il serra la main de Walt, puis à nouveau celle de Harper. Eut un hochement de tête poli à l'adresse de Cathy, avant de prendre congé.

« Mes respects à votre père », dit-il à Harper tout en s'éloignant de la table à reculons.

Il continua ainsi jusqu'au bar, puis leva encore une fois la main, avant de faire demi-tour et de sortir.

Le serveur, qui était resté silencieux et pratiquement au garde-à-vous pendant tout l'échange, s'avança à nouveau et servit les hors-d'œuvre.

« Salaud ! siffla Walt, une fois le serveur reparti. Comme ce salaud de Duchaunak... ce salopard de fana de Marilyn Monroe, glauque comme on n'en fait pas, ce type. » Puis il se redressa sur son siège et leva les deux mains, paumes en avant, dans un geste de conciliation. « Je ne devrais pas dire des choses pareilles, reconnut-il. Excuse-moi, John, rien ne justifie un éclat de ce genre. »

Harper était abasourdi, incapable de comprendre ce qui se passait.

« Il avait pourtant l'air assez sympathique, dit-il, tout en se rendant compte, au moment même où il la faisait, de la naïveté de sa remarque.

– Sympathiques, ils le sont tous, dit Walt. Sourires et poignées de main à gogo, ils sont comme ça, les Neumann et les Duchaunak...

– Sol Neumann est flic lui aussi ? » demanda Harper.

Walt éclata de rire, imité par Cathy.

« Sol Neumann, flic ? Non, John, non. Sol Neumann est flic comme moi je suis pape.

– Mais il connaît mon père.

– Allez, mange, John, répondit Walt en agrippant Harper par l'épaule. T'inquiète, c'est pas grave.

– Qu'est-ce que vous avez dit en parlant de Duchaunak, ce truc à propos de Marilyn Monroe ?

– Frank Duchaunak est obsédé, John, dit Walt avec un sourire. Il a un problème avec Marilyn Monroe.

– Un problème ? Qu'est-ce que vous voulez dire par là ? »

Walt jeta un coup d'œil à Cathy. Celle-ci se pencha vers Harper, lui donnant l'occasion de sentir son parfum.

« Frank Duchaunak est né le 5 août 1962 », dit-elle.

Harper eut un froncement de sourcils d'incompréhension.

« Le jour de la mort de Marilyn Monroe, expliqua Cathy. Il s'imagine que la coïncidence n'est pas un hasard, qu'elle a une influence sur sa vie, et il est un peu obsédé par cette femme.

– Obsédé comment ?

– Livres, affiches, vidéos de tous les films qu'elle a tournés... sans parler de la balle de base-ball de DiMaggio.

– Quelle balle ?

– Il semblerait que Frank Duchaunak ait payé cinq mille dollars une balle de base-ball signée de Joe DiMaggio, en pensant que Marilyn Monroe l'aurait tenue dans ses mains pour lui permettre de la signer.

– Vous vous fichez de moi ?

– C'est la vérité vraie, dit Walt. Je t'assure... Remarque, j'ai rien contre les gars qui se passionnent pour quelque chose, après tout, pourquoi pas ? Y en a qui aiment les voitures de course, d'autres qui préfèrent collectionner les timbres ou les verres à liqueur, peu importe, mais Duchaunak avec Marilyn Monroe, ça va quand même loin, si tu veux mon avis. »

Harper, qui s'apprêtait à poser une autre question, cette fois-ci à propos de Sol Neumann et de M. Marcus, fut interrompu par la sonnerie du portable de Freiberg.

« Oh, zut », soupira Walt, tout en récupérant son téléphone dans la poche de sa veste. Il regarda l'écran, puis repoussa sa chaise et se leva lentement, le visage soudain rembruni. « Vous allez devoir m'excuser, dit-il. Il faut que je prenne cet appel. »

Harper sourit tout en hochant la tête.

Walter Freiberg entreprit de s'éloigner. On l'entendit encore lancer : « Raconte-moi tout. Je veux savoir ce qui a foiré... »

Harper tendit l'oreille pour en saisir davantage, mais Walt était déjà hors de portée et se dirigeait vers la porte.

« N'essayez pas d'écouter, dit Cathy Hollander.

– Pardon ? »

Elle sourit, regarda du côté de Freiberg, lequel sortait maintenant du restaurant.

« Écouter les conversations, les appels téléphoniques, ou le reste. N'essayez pas d'écouter. » Harper haussa les épaules. « Je ne plaisante pas. Il y a des choses auxquelles Walt est très attaché et, en premier lieu, son travail. Qui est son affaire, exclusivement. Personne ne doit s'en mêler, c'est une règle incontournable.

– Attendez, je n'ai rien demandé, moi. Je suis le petit nouveau et je ne sais même pas ce que je fous dans l'histoire. Walt Freiberg n'est qu'un lointain souvenir de mon enfance qui se trouve refaire surface aujourd'hui. Quant à ce flic, ce Duchaunak, tout ce qu'il me dit c'est que Walt et mon père sont associés, et qu'ils le sont depuis des années, je me trompe ?

– Si vous le dites, dit Cathy en secouant la tête.

– Ce n'est pas moi qui le dis, mademoiselle Hollander, c'est ce flic obsédé par Marilyn Monroe, qui pense que Walt et mon père sont associés depuis très longtemps.

– Bon, d'accord, et alors ?

– Et alors ? Je ne sais pas de quel genre d'affaires il s'agit, et je suppose que de toute façon ça n'a pas grande importance, mais il me semble tout de même que pour quelqu'un qui a été en relation avec mon père pendant si longtemps, Walt a l'air étrangement calme.

– Calme ? Qu'est-ce que vous entendez par là ?

– Votre associé, votre ami, bref, un familier... se fait tirer dessus dans un braquage à main armée, se retrouve à l'hosto avec toutes les chances d'y rester, et vous, vous passez votre temps à vaquer à vos occupations comme si de rien n'était, à déjeuner dans des restaurants chics et...

– Que voudriez-vous qu'il fasse, monsieur Harper ? »

Harper regarda Cathy, l'air surpris. Il sentit que ce brusque éclat jouait contre lui et qu'il se l'était aliénée. Il aurait voulu pouvoir revenir sur ses propos et repartir de zéro.

« Walt Freiberg a perdu beaucoup de connaissances », reprit Cathy.

Harper secoua la tête. Il ne voyait pas du tout où elle voulait en venir.

« Mon expérience personnelle ne me permet pas de vous dire grand-chose, poursuivit-elle. Ça ne fait pas très longtemps que je suis dans ce milieu, et, pour tout vous dire, je n'en sais guère plus que vous sur Walt et votre père. Ce que je sais en revanche, c'est que Walt a eu une vie passablement mouvementée, et que, s'agissant de la disparition de proches, il a beaucoup donné en la matière. C'est même devenu pour lui une sorte de seconde occupation.

– Je ne comprends pas, dit Harper.

– Et ce ne sera pas pour cette fois..., dit Cathy avec un sourire, car voici notre homme. »

Harper se retourna pour voir Walt qui se dirigeait vers eux. Il avait un grand sourire aux lèvres quand il s'assit. Harper devina qu'il venait de passer quelques minutes à l'extérieur à la fraîcheur qui émanait de lui.

« Désolé, les enfants. Juste une petite affaire à régler. Alors, où en étions-nous ? Ah oui, on parlait de Frank Duchaunak et de Marilyn Monroe, son idée fixe. Une question de branlette, si vous voulez mon avis. ».

Et Walt de pérorer, et Harper d'écouter ; il y avait quelque chose de spécial dans sa façon de parler, qui faisait que tout ce qu'il disait semblait être de la plus haute importance, sans compter les innombrables plaisanteries, notamment une autre allusion à Duchaunak, qui, à l'entendre, ne pensait pas avec sa tête mais avec autre chose...

« Ce type accorde une telle importance à sa queue que c'est le seul que je connaisse qui se lave les mains *avant* de pisser ! »

Et du coup, Harper, pris dans le tourbillon des émotions de ces derniers jours – angoisse, confusion, souffrance, sentiment de perte, peur de l'inconnu peut-être –, en oublia de demander ce qu'il en était de Sol Neumann et de M. Marcus. En admettant qu'il s'en soit souvenu, il n'aurait peut-être pas eu le cran de pousser plus loin ses investigations, car tout ce qui ne concernait pas directement le propos de Walt Freiberg semblait parfaitement insignifiant. Quand Walt était présent, tout tournait autour de lui, seules comptaient sa vie, ses paroles et ses mimiques. Walt Freiberg possédait l'aptitude d'emporter tous ceux qui l'entouraient dans le maelström de sa propre réalité, et il n'y avait pas grand-chose à faire pour éviter d'être aspiré. Il semblait vous donner à penser que le fait d'en être exclu serait inconfortable, voire potentiellement pénible. John Harper, sans réels points d'ancrage pour l'instant, se contenta donc de se laisser porter par le flot. Il mangea ce qu'il avait dans son assiette, but son vin, et, en fin de repas, fuma deux des cigarettes de Cathy Hollander, sans même se rappeler qu'il avait en principe arrêté de fumer.

Cathy lui parut plus animée, plus enjouée, et il se dit que, bizarrement, plus il passait de temps avec les gens, mieux il venait à les connaître et plus ils devenaient attirants. Comme si leur véritable personnalité se révélait à travers la façade extérieure. À cette minute, et pendant celles qui suivirent, alors qu'il l'observait et l'écoutait, il réussit à se convaincre qu'elle constituait la seule vraie raison pour laquelle il s'attardait à New York.

Et quand ils en eurent terminé, quand l'addition fut réglée, les manteaux rassemblés, les adieux faits, les mains serrées, les billets de cinquante dollars discrètement glissés dans des paumes accueillantes, John Harper sortit du Tribeca Grill dans Greenwich Street avec l'impression d'avoir touché les marges d'un monde dans lequel il ne pourrait jamais espérer entrer. Walt Freiberg – l'homme pour qui la perte de ses amis était devenue une seconde occupation – fit savoir à John Harper qu'il était ravi qu'ils aient pu manger ensemble, qu'ils devaient remettre ça au plus tôt, et lui expliqua ensuite qu'il avait quelques affaires à régler et que Cathy le reconduirait à son hôtel. Il l'appellerait plus tard, peut-être le lendemain dans la matinée, parce qu'il tenait à lui présenter quelqu'un.

Sur quoi il disparut. Comme ça. Sans plus ample informé.

Harper resta là, sans réaction. Cathy à sa droite, la Mercedes noire qu'elle conduisait le matin un peu plus loin devant eux, et il se demanda où s'était envolé le reste de sa vie.

Il pensa à Harry Ivens, se dit qu'il devrait peut-être l'appeler, et se rendit compte alors, brusquement, qu'il n'y avait pas plus de vingt-quatre heures qu'il était ici.

« Pardon ? lui demanda Cathy.

– Je ne suis arrivé qu'hier, dit-il en secouant la tête, et j'ai l'impression d'être là depuis des mois.

– Ça, c'est New York, fit Cathy avec un sourire entendu. Enfin... New York pour moitié, et Walt pour l'autre.

– Et vous ? Vous comptez pour combien ?

– Je suis juste la jolie fille de service, répondit-elle en riant, avant de glisser sa main sous le bras de Harper et de l'entraîner. Il n'y a pas cent façons de le dire, peut-être pas même une seule pour le tourner élégamment, mais disons que je fais partie du paysage. »

Une fois de plus, Harper dut faire face à sa naïveté. Il aurait aimé demander davantage d'explications, mais s'en trouva incapable.

« Je vais vous ramener à l'hôtel. À moins que vous vouliez aller autre part. »

Harper l'étudia soigneusement, essaya de déchiffrer un éventuel sens caché dans sa remarque. Il fut déçu de ne rien déceler, mais sourit en faisant un signe de dénégation.

« Je suis fatigué, Cathy, vraiment fatigué. J'ai l'impression que je pourrais dormir pendant des semaines. »

Ce n'est que quand il eut terminé sa phrase qu'il prit conscience de l'avoir appelée par son prénom.

« Pourquoi pas ? On dirait que la plus grande difficulté pour les gens c'est de ne pas faire ce qu'ils sentent pourtant devoir faire. Vous voulez dormir pendant des semaines, eh bien, je suis sûre que Walt sera prêt à régler la note du Regent. »

Harper émit un petit rire, tout en se rendant compte qu'il était un peu éméché, mais qu'il s'en moquait.

« Montez, fit-elle. Je vous dépose. »

Harper s'exécuta.

Cathy quitta le trottoir, brancha le lecteur de CD – Peggy Lee, un enregistrement de programme radio, une version *a cappella* de « Fever ». On aurait dit que la voix de la femme cherchait à le séduire. Il se cala sur l'appuie-tête, ferma les yeux, huma le parfum de Cathy Hollander. Peut-être que ça n'avait rien à voir ni avec Peggy Lee ni avec Cathy, peut-être que c'était simplement l'effet New York. New York, qui n'était pas l'Amérique, ne l'avait jamais été ni ne le serait jamais. Aussi éloignée de l'Amérique qu'on pouvait espérer l'être. La ville n'appartenait qu'à elle-même, personne ne pouvait prétendre la posséder, en dehors de Frank Sinatra peut-être, et il était mort.

Harper sourit à part lui, se demanda pourquoi il avait résisté si longtemps avant de revenir. À cause de Garrett ? De ce qui s'était passé à l'époque ? Il faut dire que cette époque remontait si loin qu'elle avait cessé de le poursuivre et ne semblait pas devoir lui tomber dessus au coin de la rue ou l'attendre au prochain carrefour.

« Je peux vous piquer une cigarette ? demanda-t-il.

– Servez-vous », dit Cathy avec un geste du menton en direction de la boîte à gants.

Harper libéra l'abattant, fouilla au milieu des CD et des contraventions pour finalement dénicher un paquet de Winston.

« Vous pouvez les garder, dit-elle. J'essaie d'arrêter.

– C'est précisément ce que je me disais encore hier, répondit Harper en souriant.

– Sacrément difficile, hein ? J'ai connu des gens qui arrivaient à arrêter la coke, l'héroïne ou les cachetons, mais jamais la clope.

– Sacrément dur », renchérit-il, en portant la cigarette à sa bouche.

Cathy sortit un briquet de la poche de son manteau et le lui tendit.

En quelques minutes, qui semblèrent pourtant s'étirer à l'infini, ils étaient arrivés devant l'American Regent. Harper ouvrit la portière et, avant de descendre, se tourna vers elle.

« J'ai l'impression de rêver, dit-il doucement.

– C'est toujours mieux que de cauchemarder.

– Je ne sais pas quoi penser dc Walt Freiberg.

– Alors n'essayez même pas.

– Il a travaillé longtemps avec mon père, c'est ça ?

– Autant que je sache, oui... Je ne suis pas moi-même dans leur sillage depuis bien longtemps, dit-elle avec un haussement d'épaules.

– Et vous allez où, maintenant ?

– Je rentre... jusqu'à ce qu'il m'appelle et que j'aille le retrouver. Peut-être qu'il ne m'appellera pas, auquel cas je resterai chez moi à regarder la télé.

– Vous voulez monter ? proposa Harper.

– Vous me draguez, genre ? »

Harper s'esclaffa, un peu gêné, mais de façon plutôt agréable. Un moment, il se dit qu'il se moquait de ce qu'elle pouvait penser de lui.

« Vous draguer ? Non. C'est juste pour avoir de la compagnie.

– Si ce n'est pas un rendez-vous, je ne viens pas, dit-elle, en souriant non sans coquetterie.

– J'aimerais bien que vous montiez, répéta Harper, conscient pourtant de l'air idiot qu'il devait avoir. Vraiment.

– Je ne crois pas que ce soit une bonne idée, dit-elle, après avoir gardé le silence un moment et avant de poser sa main sur la sienne. Je pense qu'il vaudrait mieux pour vous que vous alliez dormir, monsieur Harper.

– John.

– À mon tour de faire de la résistance, ce sera *monsieur Harper* », insista-t-elle.

Harper descendit de voiture et se pencha vers elle, souriant d'un air béat, comme l'idiot qu'il était.

« Filez, le houspilla-t-elle, avant de dire quelque chose que vous ne pensez pas et que vous pourriez regretter. »

Il se redressa et fit claquer la portière. Elle démarra sans un regard en arrière.

Harper eut un pincement au cœur, un peu déçu.

11

Dans la 51e, juste entre la 8e et la 9e Avenue, se trouve une église, un St Paul quelque chose. En haut de la façade, surplombant la rue, se dresse une croix éclairée au néon. Avec cette inscription : « LE PÉCHÉ VOUS SUIVRA PARTOUT ». Qui brille la nuit de tous ses feux, comme une mise en garde, une sorte de béquille pour l'âme, chargée de rappeler aux habitants de New York que Dieu les observe, que Dieu voit tout.

Frank Duchaunak est debout sur le trottoir d'en face. Il croit ce qu'annonce la croix. Que le péché le suivra partout.

Il ne sait rien de John Harper, si ce n'est qu'il a écrit un livre intitulé *Empreintes profondes*. Il a essayé sans succès de le commander sur Internet. Il a envoyé Faulkner dans une bibliothèque pour tenter d'en trouver un exemplaire, lui a demandé de l'appeler quand il l'aurait, et, en attendant, il a décidé de faire un tour en voiture, sans but précis, simplement pour ne pas être au commissariat.

Son appel, il le recevra rapidement, et il retournera alors à l'usine. Faulkner lui aura trouvé un exemplaire, et Duchaunak pointera en partant et rentrera chez lui. Il lira le bouquin d'une seule traite, et l'appréciera en dépit de son côté sombre et de ses nuances un peu glauques, mais le livre ne répondra en aucune manière à la question qui le poursuit depuis l'agression de Lenny Bernstein : qui est John Harper, et pourquoi est-il ici ?

Il pressent que la réponse à cette question pourrait en fournir d'autres à bien d'autres questions. L'agression est-elle le résultat d'un règlement de comptes, peut-être à l'initiative de Ben Marcus, ou bien faut-il la mettre au compte d'un braquage impromptu qui a mal tourné ? Demain il doit récupérer l'enregistrement de la caméra de surveillance du magasin et verra s'il y a quelque chose à en tirer.

Il reste là un moment, sur le trottoir, à regarder la croix lumineuse. Il ne veut pas que Lenny meure. Pas avant que les comptes aient été soldés.

Il enfouit les mains dans les poches de son pardessus.

L'air du soir est froid, mordant. La neige n'est pas loin.

« Il a dit ça ? demanda Marcus. Ce sont ses mots exacts ?

– Bon sang, Ben, répondit Neumann en hochant la tête, j'aurais voulu que tu voies le gars. Le portrait craché de Lenny, vingt, trente ans en arrière. Il me l'a présenté, en me disant que c'était le fils de Lenny et qu'il s'appelait John. Je les ai suivis, Freiberg et la fille. Ils l'ont emmené au resto de Bobby De Niro à Tribeca, tu vois où je veux dire ? Il a même eu le culot de me demander si je voulais manger avec eux.

– T'aurais dû accepter, dit Marcus. Ça t'aurait permis d'en apprendre plus sur ce John Bernstein.

– Ben..., dit l'autre en levant des mains protectrices, après ce qui est arrivé à Lenny, je me suis dit...

– Ça va, Sol, c'est bon. »

Marcus était assis, immobile, dos à la fenêtre. Neumann, nerveux, entendait le bruit de sa respiration.

Marcus finit par rompre ce silence gênant.

« Des nouvelles de Reiff ou de Dietz à propos du mec en fuite, McCaffrey ? » Neumann secoua la tête en signe de dénégation. « Bon... Alors, tu convoques une réunion. Je veux voir tout le monde. Reiff, Dietz, Victor Klein, Karl Merrett, tous ceux qui vont participer à l'opération.

– On continue avec ça ? demanda Neumann.

– Avec ça, et même plus loin que ça, répondit Marcus en souriant. On va aller au bout de ce qui avait été décidé avec

Lenny, mais l'affaire sera… disons un peu plus grosse que prévu, tu vois ?

– Plus grosse ? Qu'est-ce que t'entends par là ?

– Demain, se contenta de répondre Marcus. Demain matin. Tout le monde à l'entrepôt. Et on en discute. »

Harper prit une douche. Se sécha les cheveux, se fit un café avec les ingrédients mis gracieusement à disposition par l'hôtel. Alla se poster devant la fenêtre du dixième étage et fuma une autre des Winston de Cathy Hollander. Il voyait sans peine l'autre côté de l'Hudson, au-delà du West Side Highway et de Battery Park City. Sacrée vue – jusqu'au New Jersey.

Était-ce là sa ville ? Était-ce vraiment là qu'il allait se retrouver ? S'en était-il simplement séparé pour un temps à cause des événements qui s'y étaient produits ?

Comme lors de ce mercredi ?

Harper frissonna. Pourtant pas un filet d'air ne passait par la fenêtre. Il n'avait d'ailleurs pas froid. Il but son café, fuma sa cigarette, voulut interdire à ses souvenirs d'affluer.

Mais le passé refit surface, envers et contre tout, comme il avait projeté de le faire depuis le moment où Harper avait posé un pied dans l'avion en Floride en sachant qu'il venait ici. Le retour à New York signifiait un retour au passé.

Avant qu'il ait eu une chance de l'arrêter, il déferlait à la vitesse d'une vague prête à l'engloutir. Comme une ombre immense, ou mieux, un gigantesque fantôme.

Sa mémoire l'entraînait très loin en arrière. 1980, début août. Il a douze ans ; debout devant la fenêtre, il regarde dans la rue.

Evelyn est inquiète, on la sent tendue à l'extrême, et son angoisse gagne tout, comme une couleur qui se répand dans l'eau.

« Où il est, John ? Où est allé Garrett cette fois-ci ? »

Le petit John secoue la tête.

« J'en sais rien, tante Ev. Il a juste dit qu'il avait besoin d'être un peu tout seul, et il est parti.

– Il a pris la voiture ?

– Non, il l'a pas prise… il est parti à pied. »

Evelyn hoche la tête. Incapable de rien ressentir, rien du tout. Les larmes sont venues, puis reparties. Un sentiment de culpabilité douloureux, une colère à vous briser le cœur, toute cette boue qui remonte à la surface, comme dans une retenue d'eau menaçant de faire exploser le barrage. Il n'y a encore pas si longtemps, elle aurait laissé tout ça s'échapper d'elle, mais plus maintenant – maintenant qu'elle sait…

Garrett Sawyer allait s'éteindre peu de temps après. Evelyn, bizarrement, n'éprouvait pas grand-chose. La boisson creuserait un trou dans les entrailles de son mari, et toute sa vie s'écoulerait par là. Il arrivait à Evelyn de se demander ce qui le rendait comme ça, si ça venait d'elle, de quelque chose qu'elle avait fait ou dit. Parfois elle s'en voulait de se poser des questions qui ne servaient à rien, en conséquence de quoi, elle s'efforçait de ne pas trop réfléchir.

John Harper, douze ans, neveu non désiré, en savait plus que Garrett et Ev réunis. Garrett Sawyer buvait pour oublier, oublier les saloperies qu'il avait faites. Ce qu'elles étaient au juste, ces saloperies, John Harper l'ignorait, mais il voyait les ombres qui accompagnaient l'homme, et c'étaient des ombres épaisses, lourdes, sinistres. Il y avait là de quoi vous hanter et vous priver d'une partie de votre jugement, en vous débusquant par surprise. Au moment où l'on croyait avoir pris la juste mesure du danger, il vous sautait à nouveau à la figure. En l'occurrence, c'était l'enterrement assuré, l'évangéliste fou, le genre « Prépare-toi à paraître devant ton Créateur ».

« On va partir à sa recherche », dit Ev, comme si pareille décision pouvait avoir un sens. Une fin d'après-midi dans Greenwich Village, en plein Manhattan !

Harper acquiesça parce qu'il n'aurait servi à rien de manifester son désaccord. Exprimer une opinion contraire, c'était s'exposer inutilement à sa colère, à des récriminations amères du genre

« On t'a accueilli chez nous, et voilà comment tu me remercies, espèce de p'tit... ».

John Harper enfila son manteau et la suivit dans la rue.

Une heure plus tard, peut-être un peu plus, Evelyn Sawyer se tenait à l'angle de West Houston et de la 7e Avenue.

« Je vais rester ici, déclara-t-elle. Et voir s'il passe par là. » Elle sourit faiblement, hocha vigoureusement la tête en s'efforçant de se convaincre que ses propos possédaient un semblant de rationalité. « Dépêche-toi de rentrer à la maison, ajouta-t-elle, et vois si, entre-temps, il n'est pas rentré lui aussi, d'accord ? »

Harper resta à son côté un moment sans bouger.

« Allez, file ! » ordonna-t-elle, et elle le chassa comme elle l'aurait fait d'un chien galeux.

John Harper pivota sur lui-même et commença à s'éloigner.

Garrett Sawyer lui faisait peur. Une fois, il l'avait entendu hurler dans la chambre de sa voix éraillée. Une autre, il avait cassé quelque chose, et un silence de mort interminable s'était ensuivi.

Des photos de mariage. Voilà ce qu'il avait fracassé en les lançant contre le mur.

Il blasphémait. Mais croyait en Dieu quand il était ivre – un trait dont devait hériter John Harper.

2 août 1980. Peu après 20 heures, John Harper marchait dans la rue où il habitait depuis aussi longtemps qu'il se souvînt.

Une lueur froide bleuissait tous les contours à cette heure de la soirée ; elle ne venait pas des lampadaires fluorescents, ni de la lune, mais de l'ensemble des lumières du monde réfléchies par les cieux, ou quelque chose de ce genre. Dieu était là-haut, et Dieu souriait parce qu'il connaissait la blague et la chute, et qu'il n'était pas en train de dire : *Nous sommes là jusqu'à vendredi, les gars... N'oubliez pas de laisser un pourboire à la serveuse. Personne ne travaille plus dur que ces filles aux États-Unis !*

Tous les bruits étaient étrangement amortis, comme si l'obscurité avait le pouvoir d'absorber l'essentiel de ce qu'ils avaient à dire, et, à cette heure de la soirée, ce qu'ils avaient à dire se résumait à pas grand-chose.

John Harper est maintenant au bas des marches devant la maison. Il s'arrête un moment, tout en se demandant combien de temps va durer toute cette histoire ; combien de temps il va pouvoir encore supporter la présence de cet oncle devenu fou au point qu'il ne le reconnaît même plus. Il n'aura pas à le faire si longtemps finalement, mais, à cette seule idée, il est aussitôt submergé par une énorme vague de culpabilité : on n'est pas censé éprouver ce genre de sentiment à propos des gens de sa famille.

Il gravit les marches, ouvre la porte d'entrée. Silence religieux dans la maison. Il se débarrasse de ses chaussures et va jusqu'à la cuisine en chaussettes. Reste là un moment, essoufflé, un peu effrayé, puis fait demi-tour et retourne au bas de l'escalier.

Pense : *Peur. J'ai peur. Je sens mon cœur battre comme un fou, cogner dans ma poitrine comme… comme s'il était sacrément pressé…*

Et puis : *C'est pas une vie pour un gamin de douze ans.*

Se sourit à lui-même parce qu'il sait qu'il ne le pense pas vraiment.

Commence alors à bouger, lentement, comme si son corps résistait, désireux de rester là où il est ; monte une marche après l'autre, au ralenti, main sur la rampe, paume moite.

Il a le sentiment que son oncle est quelque part dans la maison ; il en est sûr, en fait, même s'il serait bien en peine d'en donner la raison si on la lui demandait.

Au sommet des marches, il tourne à gauche en direction de sa chambre, puis se ravise et fait demi-tour pour revenir à la chambre de Garrett, se disant qu'il pourrait au moins enlever la bouteille du lit, recouvrir son oncle d'une couverture et éteindre la lumière. Rien de plus. Avant d'aller retrouver Evelyn pour lui signaler que son mari est rentré. Au moins, il est rentré… non ?

Garrett Sawyer a beau avoir le cerveau ravagé par la boisson, il demeure une moitié de la seule famille qu'ait Harper. Quoi qu'il puisse arriver, on ne peut rien y changer.

Un moment, John Harper presse l'oreille contre la porte de la chambre de son oncle. Pas un bruit. Le vieux doit être ivre mort, sans même assez d'énergie pour un ronflement. Garrett a toujours été un homme dur, peu communicatif, aux opinions tranchées. Qui n'a jamais laissé parler son côté féminin et vous incendierait si vous lui suggériez de le faire.

John Harper tend la main vers la poignée de la porte. Commence à la tourner en retenant son souffle. Sent l'odeur de l'alcool dès l'instant où la porte s'entrouvre. Une odeur de fruit trop mûr, de pastèque avariée, qui vous monte à la tête.

Bon sang, songe-t-il, *le vieux va finir par se trouer l'estomac.*

Il se demande s'il doit prendre son courage à deux mains et essayer de lui parler, de l'aider, avant de se dire : *Je ne suis qu'un garçon de douze ans. Qu'est-ce qu'on sait à cet âge ?*

C'est alors qu'il ouvre largement la porte, parce qu'il sait que si l'odeur est si forte, c'est que Garrett a dû descendre non pas un litre de whisky mais deux, qui l'ont laissé inconscient.

La situation est bien pire.

Garrett Sawyer est assis sur une chaise contre le mur de droite. La tête renversée en arrière, sa cervelle répandue en grande partie sur le mur derrière lui.

John pense d'abord : *Comment il a fait pour se procurer un revolver ?*

Et puis : *Putain de Dieu tout-puissant !*

Garrett Lewis Sawyer s'était tiré une balle dans la tête.

L'image s'était imprimée au fer rouge dans l'esprit du jeune Harper. Nette, surréaliste, au-delà de toute description.

Et lui revenait aujourd'hui tandis qu'il regardait dehors par sa fenêtre du dixième étage de l'American Regent. Vingt-quatre ans s'étaient écoulés, sans lui apporter une once de sagesse supplémentaire, mais le souvenir de ce soir-là et de ce qu'avait été sa vie par la suite continuait à le troubler.

Evelyn s'était effondrée comme un château de cartes. Un ouragan d'émotions l'avait arrachée à ses fondations et avait dispersé aux quatre vents ce qu'il restait d'elle. Elle s'était accusée, avait accusé le jeune Harper, accusé le monde entier sauf l'homme qui s'était enivré au point de perdre l'esprit et de penser que son salut passait par l'explosion de son crâne. Il lui fallut plus de six mois pour recouvrer un semblant de raison, rassembler les morceaux épars de sa personnalité. Pour finir, elle prit John à part et reconnut que Garrett avait été le seul et unique artisan de sa mort. Elle avait finalement réussi à se pardonner pour le rôle qu'elle avait pu jouer dans la disparition de son mari, et ainsi – en se pardonnant elle-même – elle s'était efforcée de pardonner au reste du monde.

Chez John Harper, la blessure ne laissa pas de cicatrice. Il se croyait fait d'acier trempé et de lanières de cuir, avec peut-être un cœur en Kevlar. Il devint un ado à peu près normal, s'orientant même à travers ces années difficiles avec une sorte de grâce précaire. Marcha le long de la corde raide qui traçait une ligne bien droite entre les allégeances familiales et un mince espoir dans l'avenir, et, dès qu'il eut dix-neuf ans, quitta New York. La période avait marqué tout à la fois le début et la fin de son passage à l'âge adulte. Il avait grandi vite, peut-être un peu trop, et c'était de cette expérience qu'était né *Empreintes profondes*. Un roman peut-être en partie autobiographique, peut-être pas. Aujourd'hui, c'était sans grande importance. Pourtant il continuait à croire qu'un jour, peu importe quand, il retrouverait sa muse, les mots qu'elle portait en elle, et qu'il écrirait un autre roman.

Il se demanda à cet instant si une telle certitude n'était pas un simple fantasme sans consistance. Il avait tellement d'autres sujets de préoccupation. Dont un père, à présent. Qui plus est, mourant.

Harper posa la main à plat contre la vitre. Huit millimètres de transparence entre lui et un à-pic d'une trentaine de mètres.

Éparpillée entre ses doigts, New York – son deuxième chez-lui, la patrie de son cœur, qu'il voulait quitter, désespérément, convaincu néanmoins d'en être incapable.

Il ferma les yeux. Poussa un long soupir. Avec l'impression d'être en train de vivre la fin d'une époque.

12

Une sonnerie de portable désagréable à l'oreille dans le frais silence d'un début de matinée.

Cathy Hollander se tourne sur le côté et tâtonne pour saisir l'appareil. Elle le récupère juste avant qu'il glisse de la table de chevet et répond.

« Bonjour, dit-elle, en reconnaissant le numéro. Comment va ? »

Elle se tait.

« Et comment je pourrais le savoir, hein ? reprend-elle, sourcils froncés, avant de se redresser sur son lit et de tirer sur son tee-shirt. Ce n'était pas ce qui était convenu… C'était pas ce qu'on avait convenu, putain. Quand on pose des règles, on s'y tient… »

Elle est interrompue, manifestement en colère, prête à lancer une remarque qu'elle risque fort de regretter.

« Alors, c'est ta responsabilité. Tu veux risquer de tout faire foirer, c'est ta responsabilité. Tu leur rapportes ce que je t'ai dit. Harper est ici. Tu fais circuler le bruit, compris ? Tu salopes le travail, et c'est un homme mort. Et tu pourras toujours dire à qui voudra t'entendre que… »

Elle baisse le téléphone pour regarder l'écran. Avant de le reporter à son oreille.

« J'ai un autre appel. »

Elle clique sur la touche *Répondre*, sourit.

« Walt, dit-elle, d'une voix suave et posée. Bien sûr. Quelle heure ? »

Elle hoche la tête, lève la main gauche pour glisser ses cheveux derrière son oreille.

« Aucun problème... Je te retrouve là-bas vers 10 heures. »

Elle met fin à l'appel, repose le téléphone sur la table de nuit, retombe sur le lit.

« Putain, s'exclame-t-elle pour personne en dehors d'elle-même. Putain de putain de merde. »

« Un visiteur ? demanda Harper. Qui est-ce ? »

Il hocha la tête. Il aurait dû s'en douter.

« Dites-lui de monter. »

Il raccrocha et passa dans la salle de bains. Se regarda dans la glace. Soixante-quinze kilos de viande pas trop fraîche, et l'air de quelqu'un qui a mal dormi. Ça se voyait comme le nez au milieu de la figure, l'air d'un condamné à la veille de l'exécution. Il s'était réveillé aux petites heures du jour et avait encore fumé quelques cigarettes. Avant de finir le paquet, de se jurer de ne plus jamais toucher une cigarette, et de vouloir sortir pour aller acheter une nouvelle cartouche.

Quelques minutes encore, et Cathy Hollander frappait à la porte.

Elle était superbe. Plus belle que jamais. Donnait l'impression d'avoir suffisamment dormi pour deux. Il l'invita à entrer et à s'asseoir.

« Une petite aventure, dit-elle.

– Sponsorisée par Walt ? » demanda-t-il inutilement.

Elle sourit, s'assit au bord du lit. Croisa les jambes et se pencha de côté, une main sur le matelas, l'autre sur son genou. Comme si elle s'entraînait à une scène de séduction.

Elle rit ouvertement. D'un rire franc, plein de vie. La tentation incarnée : en cet instant, elle était la plus belle femme qu'il eût jamais connue.

« Alors, vous êtes où dans le tableau ? reprit Harper. Quel rôle jouez-vous dans tout ça ?

– Tout ça quoi ?

– Mon père, Walt Freiberg...

– Quel rôle ? Je ne pense pas avoir jamais joué quelque rôle que ce soit.

– Si vous ne voulez pas répondre à la question, dites-le tout de suite, la défia Harper.

– Vous êtes de mauvaise humeur, à ce que je vois. »

Il resta un instant sur le seuil de la porte de la salle de bains, occupé à boutonner sa chemise, laquelle n'avait pas connu de fer à repasser depuis quarante-huit heures.

« De mauvaise humeur ? Non, pas vraiment. Je suis perdu. C'est aussi simple que ça, perdu. Vous pourriez m'aider à coller une étiquette sur deux ou trois trucs.

– Vous parlez toujours comme ça ?

– Comme quoi ?

– Comme si Raymond Chandler était en train d'écrire le scénario de votre vie ? »

Harper lui fit un grand sourire. Il avait essayé de jouer au dur, de faire comme s'il était taillé dans le roc. La vérité, c'était que les arêtes saillantes de la personnalité de John Harper étaient émoussées depuis longtemps. La faute à la vie. Pas plus compliqué que ça. La vie était plus dure que n'importe quel être humain, et plus on luttait contre elle, plus elle vous usait. L'usure des sentiments, tel était le châtiment encouru pour avoir un cœur.

« Là, vous avez carrément l'air idiot, dit-elle, le défiant à son tour.

– Si vous avez l'intention de m'insulter, vous pouvez aussi bien partir.

– Loin de moi cette idée. Posez-moi des questions et j'y répondrai.

– Par la vérité ?

– Oui, bien sûr.

– Vous êtes d'où ?

– D'ici, de New York. »

Elle se redressa et attrapa ses cigarettes. Elle lui en offrit une, qu'il déclina.

« Quel âge avez-vous ?

– Trente-quatre ans en janvier prochain.

– Jamais mariée ? »

Elle secoua la tête en signe de dénégation.

« Jamais presque mariée ?

– Vous voulez dire, une relation longue durée, genre ? »

Harper acquiesça.

« La relation la plus longue que j'aie connue a tenu quelque chose comme deux ans, peut-être un peu plus.

– C'est vous qui l'avez plaqué ou l'inverse ?

– Voilà que vous recommencez, dit-elle en riant.

– Comment ça ?

– Ce que vous venez de dire. Ce "vous l'avez plaqué ou l'inverse". Qui est-ce qui parle encore comme ça, en dehors de James Cagney ou Humphrey Bogart en leur temps ?

– Eh bien, moi je parle comme ça.

– Naturellement ? Vous ne jouez pas ?

– Si je joue ? Et pourquoi je ferais une chose pareille ?

– Les gens jouent la vie comme s'ils étaient sur une scène de théâtre.

– Ah bon, vraiment ?

– Mais oui, voyons. Chacun transporte sa petite valise pleine de masques à l'intention du reste du monde. Un pour les parents, un pour le patron, un pour le conjoint, un pour l'amant ou la maîtresse, et ainsi de suite. »

Il hocha la tête. Il le savait, en fait.

« Je ne joue pas la comédie, non. Je suis tel qu'en moi-même. Si je parle comme je parle, c'est parce que c'est ma façon naturelle de parler.

– Celle d'un écrivain, en fait.

– Pardon ? »

Il avait été pris de court.

« Oui, d'un écrivain. Vous parlez comme ça parce que vous êtes écrivain, romancier.

– *Ex*-romancier.

– Personne n'est jamais un ex-romancier, John Harper, dit-elle en riant à nouveau, c'est comme si vous disiez que vous êtes un ex-être humain. Le désir d'écrire est en vous une fois pour toutes, comme il l'est en tout un chacun, sauf que ça demande un type de personne particulier, voire un type particulier de situation, pour le faire remonter à la surface et en partager le fruit avec le monde.

– La perspective est intéressante.

– Intéressante, je ne sais pas. Mais vraie, peut-être ?

– Alors, je reviens à ma question : où êtes-vous dans le tableau avec Walt ?

– Qu'est-ce qui vous fait penser que j'ai une relation particulière avec Walt ?

– C'est juste une expression… vous voyez bien ce que je veux dire.

– Oui, John, je comprends bien. Simplement, à vous entendre on croirait que j'ai passé un marché avec lui.

– Toutes mes excuses.

– Je les accepte. »

Ses manières, son langage corporel, tout en elle laissait supposer qu'elle n'était pas là seulement à l'initiative de Freiberg. Il lisait dans ses mots et ses expressions qu'elle était aussi venue pour son propre compte. C'était en tout cas ce dont il cherchait à se convaincre.

« Et donc, votre réponse ? la pressa-t-il.

– On se connaît lui et moi depuis un petit moment.

– Et mon père ?

– Pareil.

– Comment les avez-vous rencontrés ? »

Harper fit quelques pas et prit place sur la chaise. Il croisa les jambes, peut-être pour l'imiter.

« Dans le courant ordinaire de la vie.

– Le courant ordinaire de la vie ? reprit Harper en écho avec un petit sourire moqueur. Ça veut dire quoi, ça ?

– En allant et venant, comme ça, au hasard des...

– Vous avez dit quelque chose, hier, l'interrompit-il. À propos de quelqu'un qui faisait partie du paysage, qui était juste la jolie fille de service.

– C'était pour plaisanter.

– Vraiment ?

– Une boutade, John. Rien de plus.

– Répondez-moi sérieusement, alors. »

Cathy Hollander détourna le regard pour le porter en direction de la fenêtre, de la ligne d'horizon de New York.

« Vous ne savez vraiment rien de ces gens, n'est-ce pas ?

– Vous voulez dire de Walt, de mon père ? Walt, je ne l'avais pas revu depuis vingt-cinq ans. Quant à mon père, j'ai passé trente ans à croire qu'il n'existait pas. Je ne sais d'eux que ce que vous m'en avez dit.

– Je ne vous ai rien dit.

– Précisément. »

Cathy abaissa le regard sur sa chaussure, tourna légèrement le pied comme si elle voulait l'inspecter.

« Si vous aviez la moindre idée de ce qu'ils sont et de ce qu'ils font, vous comprendriez, je pense, la raison de ma présence ici.

– Alors, pourquoi ne pas me le dire ?

– C'est une chose, je crois, qu'il serait préférable que vous découvriez par vous-même, dit-elle en haussant les épaules.

– Là, on tourne en rond, dit Harper en souriant d'un air attristé. J'en attendais trop, c'est ça ?

– C'est pas ce que nous faisons tous, toujours ? » demanda Cathy d'un ton sec.

Elle semblait s'être refroidie. Harper se dit qu'il avait peut-être mal interprété son attitude.

« Alors, cette petite aventure, c'est quoi ? demanda-t-il.

– On va aller voir Walt, dit Cathy, en se levant et en lissant sa jupe. Il tient à vous faire rencontrer quelqu'un.

– Là, tout de suite ?

– Ça n'urge pas à ce point, dit-elle avec un coup d'œil à sa montre, mais il faudrait qu'on parte dans une dizaine de minutes. Walt apprécie la ponctualité.

– Oui, vous me l'avez déjà dit », remarqua Harper, qui se leva et se dirigea vers la petite salle de bains.

Il finit de boutonner sa chemise. Une fois entré, il referma la porte d'un pied discret derrière lui.

« Je descends en avant et je vous attends dans la voiture », lança Cathy de la chambre.

Harper ne répondit pas. Il attendit d'entendre la porte se refermer, puis il se pencha en avant, les mains sur le bord du lavabo, le visage à quelques centimètres de la surface du miroir. « Oh, et puis merde », dit-il finalement d'un ton neutre.

« Ça ressemble à quoi, ce livre ? »

Duchaunak eut une moue qui figea les coins retombants de sa bouche. Il se pencha sur le bureau pour y prendre sa tasse de café.

« Je sais pas trop… comme un thriller, peut-être ? Non, pas un thriller… Bon Dieu, j'en sais rien. Je sais pas comment qualifier ce genre de bouquin.

– Transgenre, peut-être ? suggéra Faulkner.

– Comment ?

– Qui défie toute classification, en somme.

– Comme tu le sens.

– Est-ce qu'il est bon, au moins ? C'est toujours la même question, pas vrai, le test décisif : est-ce que le bouquin est bon ?

– Ouais, dit Duchaunak en souriant, au bout d'un moment de silence. Suffisamment, en tout cas, pour que je le lise jusqu'au bout.

– Alors, qu'est-ce qu'un type comme lui peut bien fabriquer à New York avec des gens de cet acabit ?

– C'est ce que j'ai l'intention de découvrir en allant rendre visite à la tante.

– Tu vas te pointer comme ça, sans mandat, sans rien ?

– Ben oui. Rien d'officiel. Je cherche pas à l'alarmer.

– Harper a bien dit que c'était la tante qui l'avait appelé, et pas Freiberg ? » demanda Faulkner.

L'autre acquiesça de la tête.

« Je te parie que c'est Freiberg qui l'a contactée et qui lui a dit de faire venir ce type de Floride.

– Qui pourrait le savoir, bon sang ?

– Freiberg, à coup sûr, dit Faulkner.

– Tu penses qu'il sait déjà ce qu'il va faire de ce John Harper ? demanda l'autre – la question était plus rhétorique qu'autre chose.

– Freiberg fourre son nez partout, répondit Faulkner, avec un petit rire sec et grêle. C'est un putain de génie...

– Le génie n'est pas un don, mais la capacité d'improvisation face à des circonstances désespérées.

– Ah, ouais ?

– Jean-Paul Sartre, asséna Duchaunak.

– Je me fiche de ce qu'il pouvait bien avoir à dire là-dessus. Freiberg est malin comme un singe, et bien plus perspicace que ne l'était Bernstein.

– Tu l'enterres un peu vite, non ? fit remarquer son collègue.

– Oh, il le sera sous peu, à moins qu'il ne soit mis hors circuit pour un bout de temps.

– Et c'est Freiberg qui prendra la direction dans l'intervalle.

– Il va se gêner, tiens, confirma Faulkner. Ce qui me donne à penser qu'il a sûrement une excellente raison pour vouloir laisser ce Harper s'attarder parmi nous.

– Je vais aller voir la tante. Elle me donnera peut-être des indices sur le passé du mec. Tu continues à ouvrir l'œil, hein ?

– Qu'est-ce que tu veux que je fasse ?

– Lis le bouquin de Harper, si tu veux... Appelle ça de la recherche », dit Duchaunak, qui ramassa le livre sur son bureau.

Il le retourna. Le texte de présentation sur la quatrième de couverture annonçait : *Un premier roman prometteur. Un témoignage fort sur le courage indomptable de l'être humain face à l'adversité. Avec son héros provocateur et torturé, Harper a créé un modèle du genre pour notre temps.* Duchaunak lança le livre à Faulkner, qui l'attrapa au vol de la main gauche.

« Je te tiens au courant », ajouta-t-il en guise d'adieu.

Son partenaire ne répondit rien et le regarda partir. Il se laissa aller sur sa chaise, retourna le livre de Harper et parcourut la quatrième de couverture avant de le feuilleter, de balayer des yeux un ou deux paragraphes, de sourire un peu, puis de revenir au début et d'entamer sa lecture.

13

Un lot invraisemblable de types bien sapés ou se voulant tels. Cicatrices et blessures par balle ; poings serrés et jointures blanchies sous la pression ; cous massifs et cheveux rasés ; costumes à deux mille dollars mal ajustés, en soi un art, une contradiction frisant la provocation ; petit local enfumé, cigares bon marché, fausses bagues Montecristo et Cohiba ; bouteilles de bourbon ou d'alcool fort pour faire passer la bière, verres de toutes sortes ; mocassins en cordovan ornés de petits trous et d'une rutilance à vous aveugler, chaussettes claires ; montres en platine extra-plates montées sur des bracelets en or dix-huit carats ; le tout très coûteux, mais pourtant terni par un côté *cheap*, défraîchi et totalement vain.

On avait là l'équipe de Marcus : Victor Klein, ex-pensionnaire d'Attica et de Green Haven ; Sol Neumann, Queensboro et Five Points à son actif ; Henry Kossoff, diplômé d'Altona et de Sing Sing, leurs tournées des établissements pénitentiaires se déroulant comme une liste d'admis au baccalauréat. On comptait également parmi eux : Raymond Dietz, Karl Merrett, Lester McKee, Maurice Rydell et Albert Reiff. Un total approximatif à eux tous de trois cents ans d'expérience criminelle et d'un siècle de peines cumulées dans la « Grande Maison ».

L'entrepôt près du quai 53. Ben Marcus était assis sur le devant près de la fenêtre surplombant West et Bloomfield. Brouhaha de voix, cacophonie de rires, familiarité bruyante d'hommes que seules la perspective de sérieux ennuis ou la promesse de gains mirifiques étaient susceptibles de rassembler en un seul endroit.

« Ça suffit, cria Neumann. Ça suffit. On a du boulot. »

Le bruit des voix s'apaisa, pour s'éteindre complètement quand chacun des présents porta son attention sur Neumann ainsi que sur Ben Marcus, assis derrière lui, sur sa droite.

« On a un problème. Certains d'entre vous sont peut-être au courant, d'autres pas, mais on a un gros souci avec notre ami Lenny Bernstein... »

Neumann fut interrompu par des bruits divers, sifflets, injures et autres manifestations du même genre.

« Ça suffit ! hurla-t-il à nouveau, imposant le silence à l'assistance. Comme je viens de le dire, Lenny Bernstein est à l'hôpital, à la suite d'une blessure par balle...

– Putain, c'est pas trop tôt, intervint Albert Reiff.

– OK, OK. Différends mis à part, reprit Neumann, il faut qu'on discute de la décision à prendre, rapport à l'accord conclu avec Lenny Bernstein avant qu'il se mange un pruneau. »

Visages perplexes, froncements de sourcils, interrogations muettes sur le genre d'accord passé avec un adversaire tel que Bernstein.

« Comme nous ne le savons que trop, les choses ont changé. On peut pas tourner le coin de la rue sans s'apercevoir qu'une partie du territoire a été colonisée par les Noirs, les Hispanos ou les Portoricains. Partout des putes et des fumeries de crack. Ces gens sont sans scrupule, sans morale. Leurs mules achètent la drogue pour la revendre dans des cours d'école, nom de Dieu. Et je parle pas des Européens de l'Est. »

L'air résigné, Neumann secoua la tête et regarda Marcus par-dessus son épaule ; le boss était immobile, impavide.

« Des armes bon marché, reprit Neumann. Des connexions en Bosnie et en République tchèque. À une époque, fallait débourser deux cents dollars pour un calibre .38. Aujourd'hui, ces mecs vous dégottent un Glock, un Uzi ou un Beretta pour la moitié de la somme. C'est quoi, la marchandise que t'as trouvée ? demanda-t-il en regardant Reiff. Du C4 ?

– Tout ce que je voulais, dit Reiff, en acquiesçant. C4, Semtex... des prix dingues. Sur lesquels on pourrait pas s'aligner.

– Voilà donc à quoi on est confrontés, sans compter que..., dit Neumann en souriant et en parcourant l'assistance du regard. Faut pas se le cacher, tous autant qu'on est, on rajeunit pas, hein ? »

Reiff s'esclaffa, pendant que les autres attendaient la chute.

« Trêve de plaisanterie, voilà comment se présentent les choses. Lenny était sur le point de prendre sa retraite, poursuivit Neumann, avant de s'interrompre dans l'attente de questions – qui ne vinrent pas. Il est venu discuter avec M. Marcus et moi-même. Nous a dit qu'il pensait se retirer des affaires et a proposé de liquider le contentieux qui existait entre lui et M. Marcus sous la forme d'une cession de son territoire, de deux ou trois petites affaires qu'il avait dans les tuyaux et de quelques autres bricoles. Une nouvelle rencontre était prévue pour discuter d'une ou deux idées qu'on avait en tête, et voilà qu'il se retrouve avec une balle dans le cigare et qu'il est mis hors course.

– Donc, pas de marché ? intervint Merrett.

– Peut-être, peut-être pas, répondit Neumann. C'est pour en discuter qu'on est réunis aujourd'hui.

– Je vois pas ce qui reste encore à discuter, dit Klein. Y me semble qu'on est dans une position où on a qu'à prendre ce qu'on veut, et envoyer Lenny Bernstein se faire mettre... »

Ben Marcus leva la main pour obtenir le silence. Il se pencha légèrement en avant, ce qui parut faire émerger son visage de la demi-obscurité. L'effet, qui n'était peut-être pas recherché, n'en fut pas moins saisissant.

« C'est pas aussi simple, Victor, dit-il d'une voix calme. On peut pas juste prendre ce qu'on veut, c'est jamais aussi simple. Le fait est que j'ai passé un arrangement avec Lenny Bernstein. Qu'il se soit fait tirer dessus nous place dans une position délicate. J'ai beaucoup réfléchi au problème, j'en ai parlé avec Sol, Albert est également au courant... Bref, je voudrais que vous compreniez toutes les implications de cette affaire avant de voter sur une proposition que je vais vous soumettre. »

Marcus s'interrompit, regarda les visages devant lui, eut un coup d'œil pour Neumann, lequel hocha la tête. Ben Marcus se recala contre son dossier, et l'obscurité engloutit à nouveau son visage.

« Bon, alors, dit Neumann, c'est avec Walt Freiberg qu'on traite à présent. Et Walt Freiberg, c'est pas le même bonhomme. C'est le genre affaires d'abord, et les pourparlers, les négociations, avec lui, c'est pas comme avec Lenny. Lui, il va droit au but, il croit qu'en l'action, et il perd pas son temps en palabres. Il est au courant de notre rencontre avec Lenny, bien sûr. Il sait de quoi on a discuté. Aller le trouver maintenant pour lui dire qu'on respecte plus l'accord, c'est quasiment avouer qu'on est les organisateurs de l'agression de Lenny.

– Et alors, où est le problème ? demanda Klein.

– Le problème, Victor, c'est que Walt Freiberg n'est pas du genre à se dégonfler. Tel que je le connais, il est déjà sur le coup à l'heure qu'il est et il examine la question sous tous ses angles. Et s'il pense, ne serait-ce qu'un instant, qu'on a quelque chose à voir avec ce qui est arrivé à Lenny, je vous le dis, c'est la guerre assurée. »

L'assemblée resta silencieuse.

« Une guerre dont nous ne voulons pas, reprit Neumann. Il se peut que Bernstein soit dans une position délicate, mais pour l'instant on peut pas se permettre une guerre. On est pas prêts à essuyer les coûts et les pertes que ça suppose. Et puis il y a un autre facteur », dit Neumann, qui s'interrompit pour regarder Marcus. Lequel signifia son assentiment. « Le fils de Lenny a fait son apparition.

– Quoi ?! s'exclama Klein. Le fils de Lenny ? Mais c'est qui, çui-là ?

– On n'en sait rien, dit Neumann en se penchant pour poser les mains à plat sur le bureau. Pour l'instant, tout ce qu'on sait, c'est que le fils de Lenny est à New York, et, d'après nos renseignements, il viendrait de Miami. On ne sait absolument pas qui il est, ni rien de ses antécédents ou de ses contacts. Si ça se trouve, il a sa propre équipe là-bas, dans le Sud, prête à débarquer ici et à régler les comptes de son père si on fait le mauvais choix. Avec Lenny sur la touche, il y a comme une vacance du pouvoir. Il se peut que Freiberg ait envie d'occuper la place, que ce soit même déjà fait, mais aujourd'hui, on a un facteur supplémentaire et totalement imprévisible à prendre en compte. »

Silence dans l'assemblée.

« Ce qui nous met devant une décision à prendre, continua Neumann, qui s'éclaircit la voix, prit le verre d'eau devant lui sur le bureau et but une gorgée. Il faut qu'on décide si oui ou non on met à exécution le plan que proposait Lenny Bernstein.

– Et qui était ? demanda Henry Kossoff.

– Quatre braquages simultanés..., annonça Neumann.

– Ceux sur lesquels je bossais ? intervint Victor Klein.

– Exactement.

– Et qu'est-ce qu'on y gagne ? s'enquit Ray Dietz.

– C'est très simple, dit Neumann. En réalisant l'opération, on se met pratiquement à l'abri des soupçons que pourrait avoir Freiberg quant à notre implication dans l'agression contre Lenny Bernstein. On évite que le fils de Lenny fasse éventuellement venir des gars de Miami pour entamer une guerre dont on ne veut pas. On se fait tous un peu de blé à la marge, et pour finir on récupère le territoire de Lenny.

– Ça me semble une bonne opération, intervint Dietz.

– N'empêche qu'il nous faut un vote là-dessus, à la majorité, expliqua Neumann en scrutant les visages qui l'entouraient. Donc... oui pour la proposition de Bernstein, non pour quoi que ce soit d'autre. »

Le vote fut unanime. Tous – Ray Dietz, Victor Klein, Karl Merrett, Lester McKee, Maurice Rydell, Henry Kossoff, Albert Reiff –, tous sans exception votèrent en faveur de la proposition.

« Bon, les choses sont claires, dit Neumann. Victor va rassembler des infos sur certains endroits qu'on a déjà repérés, et M. Marcus et moi on va rencontrer Walt Freiberg pour discuter et mettre au point certaines modifications rendues nécessaires par ce qui est arrivé à Lenny. Ensuite, on se réunira avec l'équipe de Bernstein pour régler les derniers détails et verrouiller le projet. On n'a pas des semaines devant nous, juste quelques jours, mais on n'en est pas à notre ballon d'essai, et on a survécu, non ? »

Chœur d'approbations.

« Maintenant, vous foutez le camp d'ici. Allez embrasser vos femmes et baiser vos petites amies, acheter des cadeaux pour les enfants. Faites tout ce que vous avez à faire pendant le temps qu'il vous reste, parce qu'on a un Noël qui s'annonce chargé. »

Les hommes se levèrent, tout en bavardant et en plaisantant entre eux, avant de finir leur verre, de quitter l'entrepôt par groupes de deux ou trois et de descendre l'escalier de secours qui donnait sur le parking à l'arrière du bâtiment.

Neumann traversa la pièce au moment où Ray Dietz allait sortir et lui prit le bras. Il fit un geste en direction de Marcus. Dietz se retourna.

« Ray, dit Marcus. Viens ici, il faut qu'on cause, tous les deux. »

L'autre s'approcha du bureau et s'assit.

Neumann prit place à côté de lui, presque entre lui et Ben Marcus. Ray Dietz eut la nette et fâcheuse impression que même si c'était Sol qui parlait, les mots, eux, venaient directement de Ben Marcus.

« Bon, voilà où en est la situation, commença Neumann. Les seuls à être au courant pour Lenny, c'est M. Marcus, moi, Henry Kossoff et toi. La seule chose que sache Henry, c'est que vous étiez censés acheter ce type, McCaffrey ; il ne connaissait pas les détails de l'affaire. Mais là, y a quelque chose que je comprends pas, Ray. Il faut que tu me dises exactement ce qui s'est passé.

– On est allés le trouver, dit Dietz, avec un coup d'œil fébrile en direction de Ben Marcus, troublé à l'idée qu'il parlait à Neumann tout en sachant que ses paroles s'adressaient au boss. On est allés au rendez-vous pour régler le solde qui lui était dû, mais il était pas là. Il s'est pas pointé. C'est tout.

– Il faut avoir une sacrée bonne raison pour ne pas venir récupérer cinquante mille dollars, tu trouves pas ?

– J'en sais foutre rien, Sol. Comment je saurais ce qui s'est passé dans sa tête ?

– Tu le connaissais d'où ?

– D'Attica, y a quelques années. On a partagé la même cellule.

– Et tu savais à qui t'avais affaire ?

– Ben, évidemment. McCaffrey et moi on était des vrais potes. À passer autant de temps dans si peu d'espace, de deux choses l'une : ou on s'entretue, ou on finit comme des frères. J'aurais pas parlé de lui pour ce job si j'avais pas été sûr à cent pour cent.

– Il a fait le boulot, c'est vrai, dit Neumann. Pas aussi bien qu'on aurait pu l'espérer, mais on sait pas vraiment ce qui s'est passé dans ce magasin... Comment veux-tu ? La seule chose dont on est certains, c'est qu'il a mis les voiles.

– Il a de la famille, intervint Marcus, s'exprimant pour la deuxième fois depuis le départ des autres.

– Oui, un frère et une sœur, ici, à New York, répliqua Dietz.

– Tu sais où ils habitent ?

– Je devrais pas avoir de problème pour les trouver.

– Alors, vas-y. Vois s'ils peuvent t'aider à le localiser. Je peux pas me permettre de laisser ce type déambuler dans New York la trouille au ventre avec un calibre .38. Je veux qu'on le trouve, et je le veux mort.

– Je crois que j'aurais dû aller seul au rendez-vous, dit Dietz, en hochant la tête. Il a dû voir Henry avec moi, et il a pris peur.

– Tu parles qu'il a pris peur... Le salaud s'est douté que Henry allait le buter, dit Neumann.

– Peu importe, maintenant, interrompit Marcus en levant la main. Ça ne sert à rien de revenir là-dessus sans arrêt, on tourne en rond. Il faut que tu me le trouves, Ray... Prends Albert, Karl ou un autre avec toi, je m'en fous. Victor, lui, a besoin de temps libre pour travailler sur les sites des braquages. J'ai besoin d'un jour ou deux pour régler les problèmes avec Freiberg avant une rencontre au sommet des deux équipes. Retrouve-moi le frère et la sœur, et vois s'ils ont une idée de l'endroit où s'est réfugié notre type. Il faut absolument me le retrouver, Ray. Et me le descendre dans les vingt-quatre heures, compris ?

– Je m'en occupe, dit Ray en faisant mine de se lever.

– Encore une chose », ajouta Neumann. Dietz se rassit et regarda tour à tour Marcus et son acolyte. « T'en sais probablement plus long sur le compte de Bernstein et de sa clique que n'importe lequel d'entre nous ici.

– Bon Dieu, ça remonte à pas loin de trente ans, Sol. Je connaissais Garrett Sawyer. J'ai rencontré sa femme deux ou trois fois. Je crois qu'elle avait une sœur qui sortait avec Lenny. Mais c'est de l'histoire ancienne, tout ça.

– Tu savais que Lenny avait un fils ? demanda Neumann.

– Non, je l'ignorais. Il a peut-être eu un gamin avec cette fille, la sœur d'Evelyn Sawyer, mais Garrett m'en a jamais parlé. Bon Dieu, j'ai juste fait deux ou trois trucs avec lui. On allait boire un coup de temps en temps. Plus tard, quand les territoires ont été redistribués, on est partis chacun de notre côté. Y s'est suicidé y a plus de vingt ans. »

Neumann hocha la tête et resta un moment silencieux.

« Et Walt Freiberg ? finit-il par demander. T'en sais long sur lui ?

– Pas plus que ce qu'on en dit, fit Dietz en haussant les épaules. Rien d'autre.

– À ton avis, il est du genre bavard ?

– Freiberg ? reprit Dietz, en secouant la tête avec un sourire. Putain, non. D'après ce que j'ai entendu, Lenny lui tenait la bride serrée parce que le mec était foutrement dangereux.

– Alors, tu crois qu'on a pris la bonne décision, aujourd'hui ?

– Sûr à cent pour cent, dit Dietz en hochant la tête. Que Lenny ait un fils ou non, et que le type puisse faire venir une équipe de Miami ou pas, je voudrais à aucun prix d'une putain de guerre avec Freiberg.

– Très bien..., dit Neumann en souriant. Y te reste plus maintenant qu'à régler cette affaire avec ton ancien pote McCaffrey. C'est toi qui nous l'avais recommandé, Ray. Toi qui nous as assuré qu'il pouvait se charger de nous débarrasser de Lenny, et il a fait le boulot. Là, il se trouve qu'il a pris la tangente, et c'est à toi de le retrouver et de le descendre, d'accord ?

– Je le retrouverai, assura Dietz.

– Je le sais, Ray. Je te fais confiance. On reste en contact, tu nous tiens au courant de la suite des opérations... et tu débrouilles la situation en vitesse, parce que les choses vont pourrir à toute allure après la rencontre avec Freiberg.

– Je m'occupe de tout », dit Dietz en se levant et en rajustant sa veste.

Il eut un coup d'œil pour Marcus, sourit nerveusement et inclina la tête avec déférence.

« Vous inquiétez pas, je règle ça au plus vite. »

Ben Marcus leva la main pour signifier qu'il prenait acte de la déclaration.

Ray Dietz fit demi-tour et prit la direction de l'escalier.

14

« Sonny ! » s'exclama Walt, qui était encore à une dizaine de mètres plus loin sur le trottoir.

Harper se sentit désorienté. Que pouvait-il bien dire ? Comment demander à quelqu'un de ne pas se conduire ainsi ? Il sourit, attendit pendant que Walt Freiberg se hâtait dans sa direction. Cathy patientait à ses côtés, un bras glissé sous le sien. Aux yeux d'un observateur extérieur, ils auraient pu passer pour un jeune couple attendant un ami de la famille pour aller à un spectacle en matinée ou peut-être faire des courses en ville.

Cathy fit un pas en avant pour saluer Walt, qu'elle embrassa sur la joue.

Ce dernier prit les deux mains de Harper et les serra vigoureusement dans les siennes. Il le regarda droit dans les yeux.

« Ça fait plaisir de te voir, John, vraiment. Ça a l'air d'aller mieux aujourd'hui, t'as les traits moins tirés. »

Harper sourit. *L'air* d'aller mieux, peut-être, mais se sentir mieux, c'était une autre histoire. Il ne répondit pas.

Freiberg relâcha ses mains.

« Je suis passé voir Edward, dit-il. Il semble avoir repris des forces, et les médecins ont l'air de dire qu'il pourrait s'en sortir. C'est un dur, ton père, il est costaud. Si quelqu'un est capable de se tirer d'un coup pareil, c'est bien lui. »

Une fois encore, Harper s'abstint de tout commentaire. Freiberg parlait d'une personne qui lui était tout aussi étrangère qu'une Cathy Hollander, peut-être même davantage. Il avait parlé à Cathy, avait eu deux ou trois conversations avec elle – des moments de gêne tant il était dominé par la conscience d'un sentiment d'infériorité en sa présence –, mais ils avaient tout de même discuté, si peu que ce fût. Edward Bernstein, lui, était en train de mourir à l'hôpital, sans jamais avoir échangé plus de deux mots de toute sa vie avec Harper, les seuls que celui-ci soit en mesure de se rappeler, en admettant qu'ils aient jamais été prononcés.

Va-t'en.

Harper détourna le regard, la gorge obstruée par un nœud inextricable d'émotions difficiles à identifier. Colère, embarras, tristesse, sentiment de vide intérieur ? Il ne savait pas. Peut-être valait-il mieux ne pas savoir, d'ailleurs.

« Quelques courses ensemble ? demanda Walt. Je me suis dit qu'on devrait peut-être acheter deux ou trois bricoles à John, s'il doit passer un peu de temps ici avec nous...

– Un peu de temps ? le reprit Harper avec un froncement de sourcils. Qu'est-ce que vous entendez par là ?

– Quelques jours, peut-être, répondit Walt, l'air préoccupé. Histoire de voir comment évolue la situation. Rester un peu de manière à t'assurer qu'il a tout le soutien dont il a besoin. »

Harper se mit à rire devant pareille incongruité. Il était stupéfait d'entendre quelqu'un parler de soutien à un père qui avait abandonné son enfant, disparu pendant plus de trente ans, refait surface à l'âge de soixante-dix ans avec une balle dans le corps après avoir causé des dégâts incalculables dans la vie d'autres personnes, des gens dont il ne s'était manifestement jamais soucié jusqu'ici.

« Je ne pense pas rester, Walt. Plus j'y pense, plus je me dis que la chose à faire pour moi, c'est de rentrer à Miami.

– Non ! s'exclama Cathy Hollander. Vous ne pouvez pas faire ça.

– Tu devrais rester, John, dit Walt en secouant la tête, sérieusement, tu devrais, au moins jusqu'à ce qu'on ait une meilleure idée de l'état d'Edward.

– Nous voulons que vous restiez, acquiesça Cathy en se rapprochant de lui et en posant la main sur son bras. Walt et moi, on a vraiment envie que vous restiez, au moins quelques jours de plus.

– Je ne sais pas..., fit Harper en secouant la tête. On va voir...

– Je comprends, dit Walt en levant une main conciliante. Je comprends, du moins en partie, ce que tu peux ressentir.

– Vraiment, Walt ? Croyez-vous vraiment avoir la moindre idée de ce qui peut se passer dans ma tête ?

– Pas d'affrontement, John, je t'en prie. On ne fait pas dans l'affrontement, ici. Réservons ça pour un autre moment, un autre jour. Si j'ai demandé à Cathy d'aller te chercher, c'est simplement parce que je voulais t'acheter quelques fringues, c'est tout. Ne cherche pas plus loin. Y a rien de compliqué. Ton père et moi, on est amis et associés depuis des années. Evelyn t'a dit qu'Edward était mort. Et j'ai laissé vivre ce mensonge pendant plus de trente ans. Après la mort de ta mère, j'ai tenu à m'assurer que tout se passait bien pour toi. Le sentiment du devoir, appelons-le comme ça. Ne me demande pas pourquoi, poursuivit Walt en secouant la tête. Peut-être parce que je n'ai jamais eu d'enfant moi-même. Je voulais assurer ton bien-être, et donc, pendant un temps, j'ai gardé un œil sur toi de la seule façon possible. Ce n'était pas à moi de dire à Evelyn ce qu'elle devait te révéler ou pas. Au nom de quoi ? Je n'étais pour elle qu'un des bons à rien qui tournaient autour d'Edward. »

Walt s'avança, s'empara du bras de Harper et l'entraîna jusqu'au bord du trottoir, à l'écart du va-et-vient des passants.

« Je n'ai jamais été ton père, poursuivit-il. Je n'ai jamais essayé d'être autre chose qu'un ami pour toi. Evelyn ne voulait pas de moi dans les parages, et, au bout d'un moment, j'ai pensé qu'il valait mieux ne pas m'obstiner. Je ne voulais pas te voir pris entre deux feux, piégé dans le conflit qu'elle s'imaginait avoir avec moi. Je ne lui ai jamais fait de mal. Je n'ai jamais rien dit qui aille à l'encontre de mon désir d'aider, mais elle avait ses raisons, je suppose, et je ne vois pas en quel honneur j'aurais pu protester.

Quand tu as été en âge de comprendre que tout ce qu'elle disait ne devait pas forcément être pris pour parole d'évangile, j'ai cessé de venir. J'aurais préféré continuer parce que ça me donnait mauvaise conscience de ne plus te voir, mais bon, c'est comme ça. J'avais aussi ma vie à moi ; j'étais jeune à l'époque, plus jeune que tu l'es aujourd'hui, et j'avais des tas d'occupations et de gens à voir. J'ai fait ce que je croyais être juste, et, quand j'ai pensé que tu pouvais te débrouiller tout seul, j'ai laissé tomber. »

Walt Freiberg s'interrompit le temps de reprendre son souffle. Il faisait un froid de loup.

« J'en arrive à la fin de mon histoire. Elle t'a dit que ton père était mort. Je n'étais pas d'accord avec cette décision, mais Evelyn Sawyer n'a jamais été du genre à suivre les avis contraires au sien, tu le sais aussi bien que moi. Pas vrai, John ? » s'enquit-il pour la forme, en souriant et en pressant le bras de Harper.

Celui-ci acquiesça de la tête.

« Et puis le temps a passé. Et quand Edward s'est fait tirer dessus et que j'ai vu qu'il allait peut-être y rester, j'ai pensé que le moins que je pouvais faire, c'était de lui dire de t'appeler. À tort ou à raison, je l'ignore, mais de toute façon il est trop tard à présent pour revenir là-dessus. Je lui ai donc téléphoné. J'ai insisté pour qu'elle te contacte à son tour et t'annonce la nouvelle. Si je l'avais écoutée, tu serais toujours en Floride à l'heure qu'il est. Maintenant, à toi de me dire si j'ai pris la bonne décision ou pas. Qu'est-ce qu'il fallait faire ?

– C'est bon, Walt, capitula Harper d'un ton résigné, ne serait-ce que parce qu'il se sentait incapable d'en écouter davantage. Je viens de traverser deux jours épouvantables, c'est tout ce que je peux dire. Sans même avoir eu l'occasion de me demander ce que j'allais faire.

– Faire ? Qu'est-ce qui te fait croire que tu devrais *faire* quoi que ce soit ? l'interrogea Walt avec un sourire qui confinait au rire. On ne te demande rien, John. Si ce n'est rester dans les parages quelques jours et accepter notre compagnie, à Cathy et à moi. On va sortir un peu, dîner ensemble, peut-être aller au spectacle. »

Harper secoua la tête. Il avait du mal à saisir les paroles de son interlocuteur. Dîner ensemble ? Aller au spectacle ? Il ne disposait d'aucun cadre adéquat dans lequel faire entrer ce genre d'occupations qui lui paraissaient déplacées.

« John ? »

Harper leva des yeux incrédules vers Walt Freiberg.

« Je comprends que ça te paraisse incroyable, reprit Walt. Mais bon, il a reçu une balle. Il se trouvait malencontreusement dans un magasin de spiritueux dimanche soir, et on lui a tiré dessus. Pour l'instant, on ne sait pas s'il va s'en sortir ou pas, c'est pas plus compliqué que ça. Il est à l'hôpital, où tout le monde fait le maximum pour lui. On peut faire confiance au personnel. Nous, on ne peut qu'attendre la suite des événements. Le docteur doit m'appeler si Edward sort du coma. Et dans ce cas, on ira le voir sans attendre, ça te va ? »

Harper hocha la tête. Walt avait raison. Ils ne pouvaient rien faire de plus.

« Là-dessus, on va aller rendre visite à quelqu'un, reprit Walt. C'est ce qui était programmé pour aujourd'hui, t'équiper un peu.

– Comment ça, m'équiper ? demanda Harper.

– Oh, ça n'ira pas chercher loin, John. Quelques dépenses somptuaires. Si tu dois jouer le jeu, il faut que tu aies le look du rôle, d'accord ?

– Allez, venez, dit Cathy en souriant et en prenant le bras de Harper. Allons voir M. Benedict. »

Harper les suivit jusqu'à la voiture de Walt. Il ne demanda ni où ils allaient ni qui était ce M. Benedict. À dire vrai, il en était au point où il n'avait plus envie de remettre quoi que ce soit en cause. Les questions qu'il posait ne semblaient jamais devoir recevoir de réponses. Encore quelques jours, certainement pas davantage, et peu importent les événements, il aurait quitté New York pour rentrer chez lui. Il le fallait. À nouveau, le marteau et l'enclume – Evelyn et Frank Duchaunak d'un côté, Cathy et Walt de l'autre. Peut-être que le plus simple était de ne pas essayer de choisir mais de se laisser porter par le flot, de faire face aux situations à mesure qu'elles se présenteraient.

Harper s'assit à l'arrière, Cathy Hollander à son côté, si proche qu'il eut une conscience extrêmement aiguë de sa présence. Elle tendit la main et la referma sur la sienne, dans un geste qui se voulait rassurant, puis elle relâcha sa pression. Il tourna la tête vers elle, mais elle ne lui rendit pas son regard. Il avait envie de sentir à nouveau le contact de cette main, envie de la toucher, sans pourtant s'y risquer. Cette femme lui envoyait des messages contradictoires… ou pas ? Ne se fourvoyait-il pas ? Peut-être avait-il simplement envie qu'il y ait quelque chose là où il n'y avait rien, tellement envie qu'il cherchait une justification à ses fantasmes dans tout ce que disait ou faisait Cathy. La vie qu'il menait à Miami, tout étriquée qu'elle fût, avait le mérite d'être sous contrôle. Ici, c'était radicalement différent, et affronter le problème n'était pas chose facile.

Walt Freiberg conduisit un moment en silence, puis il entreprit de raconter une histoire à Harper à propos de son ami et partenaire Edward Bernstein. Harper l'écouta avec un intérêt tout relatif. Puis, au bout de quelques minutes, son attention fut distraite par le spectacle de la ville derrière la vitre. La pluie se mit à tomber, légère au début, jusqu'au moment où Walt dut mettre en marche les essuie-glaces.

Harper se laissa aller contre le dossier de la banquette. Ferma les yeux. Sentit la chaleur de Cathy Hollander à son côté, les effluves de son parfum, non seulement celui qu'elle avait mis ce matin-là, mais aussi son odeur corporelle.

La voix de Walt semblait appartenir à un passé lointain. Il avait beau s'efforcer de s'associer et de s'identifier à ce qu'elle représentait, tout en lui le poussait à laisser ce passé là où il était. Ce qui était fait était fait.

Et si son père survivait ? Ma foi, cela signifierait un pont de plus à brûler, ou à construire, selon le cas, le moment venu.

Harper écoutait le bruit de la pluie, celui du moteur, des roues sur l'asphalte, de la respiration de New York qui l'engloutissait peu à peu. Ici, il n'avait pas de véritable identité, n'en avait peut-être jamais eu. Sans conscience, ni reconnaissance avérée du passé, il ne pouvait y avoir ni présent ni futur. Comment faire exister un arbre sans racines ?

John Harper ouvrit les yeux quand la voiture s'arrêta.

« Où étiez-vous donc ? » lui demanda Cathy Hollander.

Il la regarda et vit qu'elle souriait.

« Nulle part en particulier », dit-il doucement, avant de se faire surprendre par une rafale de pluie au moment où Freiberg ouvrait sa portière.

15

« Qui a dit ça ? Que New York, quand il pleut, prend l'air d'une petite ville de province ? »

Duchaunak secoua la tête.

Evelyn garda le silence un moment avant de répondre.

« Gunther. John Gunther, je crois. »

Elle fouilla la poche de son tablier d'où elle sortit un paquet de cigarettes. Elle l'ouvrit et en offrit une à son visiteur.

Celui-ci leva la main et refusa d'un signe de tête en souriant.

« J'essaie d'arrêter », dit-il.

Evelyn s'esclaffa.

Duchaunak fronça les sourcils, la regarda allumer sa cigarette.

« Alors, qu'est-ce que vous disiez, déjà ? la relança-t-il.

– Je disais que Walt Freiberg m'a appelée le soir où Edward a été victime de ce coup de feu. Il m'a dit que c'était ce qu'aurait voulu Anne, que John sache qu'il avait un père, qu'il fallait que je l'appelle et que je lui dise de venir à New York toutes affaires cessantes.

– Et si Walt Freiberg ne vous avait pas appelée ?

– Je n'aurais pas bronché, inspecteur. Je dois admettre que je cherchais sans doute à me protéger.

– Vous protéger ?

– C'est moi, dit Evelyn en hochant la tête, qui ai choisi de dire à John que son père était mort. J'ai dissimulé la vérité pendant plus de trente ans. C'est ce qu'Anne avait voulu dès le départ d'Edward, et qui a donc continué même après sa mort... jusqu'à avant-hier.

– Ça l'a drôlement secoué, fit remarquer Duchaunak.

– À votre avis, inspecteur ?

– Je pense que ça l'a vraiment beaucoup chamboulé, madame Sawyer.

– Un tsunami, oui.

– Et maintenant ?

– Je lui ai conseillé de rentrer, dit Evelyn en secouant la tête, mais je le connais bien, il n'en fera qu'à sa tête. John est un garçon indépendant et buté, il était déjà comme ça quand il était petit. Il est resté ici le temps d'économiser suffisamment pour aller s'installer ailleurs, en l'occurrence à des milliers de kilomètres, en Floride. On n'est pas restés en contact, en tout cas pas à la manière dont sont censés le faire les membres d'une même famille, mais c'était ce qu'il voulait. On a connu des moments difficiles, vous savez. Il a perdu sa mère, j'ai perdu mon mari, et pourtant on s'en est pas si mal sortis vu les circonstances. Il y a tout de même une bonne dose d'ironie dans la façon dont les choses ont tourné, vous ne trouvez pas ? »

Duchaunak garda le silence, le regard interrogateur.

« Oui, quand on pense que le seul homme qu'on avait décidé de faire disparaître de nos vies est précisément celui qui nous a amenés à nous retrouver.

– Edward Bernstein, constata Duchaunak d'un ton neutre.

– Oui, Edward Bernstein, renchérit Evelyn avec un sourire résigné.

– Vous ne l'aimez pas beaucoup... Vous ne l'avez jamais aimé en fait, je me trompe ?

– Vous avez lu Stanislavski ? »

Duchaunak secoua la tête en signe de dénégation.

« Mais vous en avez entendu parler ? »

Il haussa les épaules.

« Un Russe quelconque ?

– Constantin Stanislavski. Il a créé une école d'acteurs fondée sur, disons, une sorte de philosophie. Et il a beaucoup écrit. Notamment à propos de la solitude profonde de l'acteur en dépit de la présence du public. Le phénomène de "la solitude en public", comme il l'appelle. Il a suggéré que même si un acteur se présente devant plusieurs milliers de spectateurs, il peut néanmoins rester absolument seul dans son cercle de lumière, comme l'escargot dans sa coquille, et transporter cette coquille avec lui où qu'il aille et quoi qu'il fasse...

– Je ne vous suis pas très bien..., commença Duchaunak.

– Laissez-moi finir ce que j'avais à dire, le rabroua Evelyn. Peut-être que vous comprendrez mieux après.

– Désolé. Je vous en prie, continuez.

– C'était par analogie avec Edward Bernstein, voyez-vous ? C'était là que je voulais en venir. Edward possédait cette aptitude à être où bon lui semblait, sans jamais y être. »

Duchaunak se pencha en avant. L'odeur de la cigarette était à la fois irritante et exceptionnellement attirante.

« Edward menait sa propre vie. Il prenait possession des gens...

– Que voulez-vous dire ?

– Mais, bon sang de bois, vous avez été élevé où ?

– Pardon ?

– Où est-ce qu'on vous a appris les bonnes manières ? Qu'est-ce que c'est que cette manie d'interrompre les gens sans arrêt ? Vous venez jusqu'ici me demander si j'ai le temps de répondre à quelques questions. Je vous ai envoyé paître ? Non. Pas que je sache. Mais bien sûr que je vais répondre à vos questions, vous ai-je dit en vous priant d'entrer et de vous asseoir et en vous proposant une tasse de café. Je vous l'ai offert, ce café, non ? Que vous l'ayez refusé ne change rien à l'affaire. C'est ça, voyez-vous, monsieur l'inspecteur, qu'on appelle avoir des manières. Vous m'avez posé une question, je m'efforce d'y répondre, mais, cela étant, tant que je parle, je parle, ensuite, et ensuite seulement, vous me demandez autre chose. Est-ce que je me suis bien fait comprendre ?

– Tout à fait, madame.

– Fort bien, en ce cas, ne m'interrompez plus. Vous avez une question à poser, eh bien vous la mettez dans un coin de votre tête, et vous me la posez quand j'en ai fini. » Evelyn tira une bouffée sur sa cigarette et regarda l'inspecteur d'un œil froid et pénétrant. « D'accord ? fit-elle.

– D'accord.

– Parfait... Alors, où en étions-nous ?

– À Edward Bernstein et à sa façon de posséder les gens.

– Ah oui, la philosophie de Stanislavski. C'était la manière Bernstein : il pouvait être là, juste à côté de vous, et pourtant vous aviez l'impression que son esprit était à deux ou trois pas de vous sur la gauche. C'était une sensation très étrange. Et comme je l'ai déjà dit, il semblait avoir cette aptitude à prendre possession des gens, et c'est ce qu'il avait fait avec Anne, ma sœur. À l'époque, elle n'avait pas plus de vingt-trois, vingt-quatre ans, guère plus qu'une gamine en fait ; Edward, lui, était nettement plus âgé. Il devait avoir dans les... oh, je ne m'en souviens plus, neuf, dix ans de plus. Il avait un charme fou, inspecteur... » Evelyn s'interrompit un instant, sourit à part elle comme si elle se remémorait un moment particulier. « C'était Trilby et Svengali[1], reprit-elle. Il ne ressemblait à aucune de nos connaissances. Edward Bernstein s'est entiché de ma sœur... » Evelyn s'interrompit au beau milieu de sa phrase, avant de préciser : « Elle ressemblait beaucoup à Marilyn Monroe. La vraie Marilyn, Norma Jean Baker, le nom vous est familier ? »

Duchaunak hocha la tête.

« On l'a vue une fois, Anne et moi, ici même à New York.

– Non ! s'exclama Duchaunak, d'un ton où perçaient la surprise et l'incrédulité.

– Aussi vrai que je vous vois assis là, inspecteur. Je n'ai pas de mots pour la décrire, tellement elle était belle, dit Evelyn, en souriant et en fermant les yeux un moment.

– C'était où ? demanda Duchaunak en s'avançant sur sa chaise. Vous l'avez vue où ?

– Pas très loin d'ici... L'ancien New York Picture House sur Broadway.

---

1. Noms de deux personnages d'un roman de George Du Maurier, *Trilby* (1894), dans lequel le premier est hypnotisé et manipulé par le second.

– Qu'est-ce qu'elle faisait là ?

– Elle faisait la promotion d'un film intitulé *Bus Stop*...

– 1956, la coupa Duchaunak.

– Vous le connaissez ? »

Duchaunak hocha la tête en signe d'assentiment.

« Il y avait une scène où Marilyn a sa première dispute avec le premier rôle masculin...

– Bo et Cherie, au Blue Dragon Cafe, la coupa l'inspecteur avec un sourire. Il essaie d'attraper son costume, et la traîne se détache.

– Vous l'avez vu, alors ? demanda Evelyn en riant.

– Oui, et plutôt deux fois qu'une.

– Bref, elle a un air qu'on lui connaît bien, impétueuse, indépendante, un vrai feu d'artifice... et quand on l'a vue, toutes les deux, y avait pas à s'y tromper, c'était ça, c'était bien son tempérament. Anne était pareille, elle avait le même charme, la même fougue, le genre qui attire les hommes comme une flamme les papillons de nuit. Edward Bernstein a saccagé tout ça. Elle en est venue à dépendre totalement de lui, comme si elle n'était rien quand il n'était pas dans les parages. Ça me rendait folle de constater qu'Anne ne s'apercevait de rien. Elle n'a jamais pris conscience de la véritable nature de cet homme. »

Duchaunak observait la femme en train d'évoquer le souvenir de sa sœur ; il voyait ses poings se serrer et se desserrer, ses jointures blanchir à mesure qu'elle parlait. Il la vit sortir une cigarette du paquet, vit la flamme du briquet vaciller sous l'effet de sa nervosité, voire de sa colère. Elle refusait de croiser son regard, et quand elle en eut fini et qu'il lui posa une question sur Walt Freiberg, elle parut se raidir encore davantage.

« Walt Freiberg ? Qu'est-ce que vous voulez savoir à son sujet ?

– Il est resté dans le coin un certain temps, après la mort de votre mari, à ce que j'ai cru comprendre », dit l'inspecteur avec une nonchalance étudiée en se calant contre le dossier de son siège.

Evelyn regarda Duchaunak à son tour, et son agitation disparut comme par enchantement.

« Pourquoi êtes-vous ici, inspecteur ?

– Pourquoi je suis ici ?

– Inutile de répéter ma question, c'est une réponse que j'attends.

– Désolé, madame Sawyer. Je suis ici… ma foi… je suis ici parce que quelqu'un a tiré sur Edward Bernstein, et que son fils, dont j'ignorais jusqu'à l'existence, est sorti de nulle part…

– Comment aurait-il pu en être autrement ? Vous parlez d'événements qui remontent à pratiquement quarante ans, et si la société est permissive et libérale aujourd'hui, ce n'était pas le cas à l'époque. Les gens qui n'étaient pas mariés ne vivaient pas sous le même toit, ils refusaient de reconnaître qu'ils couchaient ensemble et n'auraient pas eu d'enfants pour tout l'or du monde. John Harper est un enfant du hasard. Dès qu'Anne est tombée enceinte, Edward Bernstein s'est dit qu'il avait intérêt à aller voir ailleurs.

– Il n'est pas resté un moment, quand même ?

– Vous avez déjà vu quelqu'un quelque part alors qu'il n'est pas vraiment là ? »

Duchaunak eut un froncement de sourcils.

« C'est ce qu'a été Edward Bernstein dès le moment où il a su Anne enceinte. Il a pris ses distances petit à petit, imperceptiblement, mais du jour où elle le lui a annoncé, il n'a plus jamais été pareil avec elle. C'est ce qui l'a détruite, inspecteur. Elle l'aimait plus que tout au monde, plus que la vie, et quand il est parti, je l'ai regardée dépérir jour après jour. En partant, il a emporté avec lui tout ce qui faisait d'Anne un être à part, et ainsi dépossédée, il lui restait si peu qu'elle était incapable de survivre.

– Comment est-elle morte ?

– Vous ne le savez pas ? demanda Evelyn, en penchant la tête sur le côté avec un sourire amer.

– Non, je l'ignore.

– D'une overdose, inspecteur… exactement comme Marilyn Monroe. »

16

« Un Chesterfield Regent noir, dit M. Benedict. Trois boutons, veste fendue à l'arrière des deux côtés, pantalon à larges revers, et j'ai un autre Aquascutum en bleu marine avec une fine rayure. »

Il sourit, poursuivant ses allées et venues, tournant et virevoltant autour de John Harper qu'il étudiait sous toutes les coutures comme s'il envisageait un achat.

Harper était à court de mots.

À leur descente de voiture, tous les trois avaient traversé le trottoir et étaient entrés dans ce qui ressemblait à un magasin. Derrière la porte, Harper avait trouvé une pièce vide – à l'exception de quelques meubles poussiéreux –, et sans un mot, Walt les avait conduits, Cathy et lui, jusqu'à une autre porte sur la droite, qui ouvrait sur un couloir. Au bout de celui-ci, une seconde entrée. Walt frappa à deux reprises et le battant s'entrebâilla de quelques centimètres ; puis, avec un panache ostentatoire, un peu comme dans un vaudeville, l'homme qui se tenait derrière ouvrit en grand et les accueillit avec effusion. Ils étaient en présence de M. Benedict.

S'adressant à Walt sous le nom de « monsieur Walt », et à Cathy sous celui de « mademoiselle Cathy », l'homme semblait totalement à l'aise. Puis il se tourna vers Harper, qui constata la même réaction que celle qu'il avait déjà notée à deux ou trois reprises : un court moment de gêne devant l'étroite ressemblance qu'il présentait avec Edward Bernstein.

« Dieu tout-puissant », souffla M. Benedict dans un murmure.

Puis il s'approcha de Harper, lui saisit la main, se présenta et lui dit le grand plaisir qu'il avait à faire la connaissance du fils de M. Bernstein.

« Oui, un immense plaisir. J'ai appris pour votre père..., continua-t-il avant de s'interrompre pour se tourner vers Walt, lequel eut un sourire et une mimique compréhensive. Je forme des vœux pour son prompt rétablissement, monsieur Bernstein.

– Je m'appelle Harper, dit John avec un sourire. John Harper.

– Mais...

– C'est bien le fils d'Edward, intervint Walt. Vous ne vous trompez pas, monsieur Benedict.

– Bon... vous m'en direz plus une prochaine fois. De toute façon, cela ne me regarde pas.

– C'est sans importance, dit Walt. On est venus habiller John. Il va rester un peu ici, on a quelques sorties prévues, vous savez ce que c'est ? Déjeuners, dîners, quelques visites à faire, et ses possessions se réduisent en tout et pour tout à ce qu'il a sur le dos. J'aimerais que vous vous occupiez de lui : deux ou trois costumes, des chemises, des chaussures, des cravates... les trucs habituels, monsieur Benedict.

– Bien sûr, bien sûr, monsieur Walt.

– Il faut que je passe quelques coups de fil, des affaires à régler. Je peux utiliser votre bureau ?

– Bien entendu. Je vous en prie. Permettez que je...

– Pas de souci, je connais le chemin. Je te laisse entre les mains expertes de M. Benedict, dit Walt en se tournant vers Harper avec un sourire. Et Cathy te servira de conseillère, pas vrai, Cathy ? »

Elle signifia son accord en levant la main.

« Attendez une minute, protesta Harper. Je peux savoir ce qui se passe ?

– Il n'y a aucun problème, monsieur Bernstein, dit Benedict, qui s'avança, arborant un sourire enthousiaste.

– Harper. Je m'appelle *John Harper*, et non Bernstein ou autre chose. Bon Dieu, vous allez me dire ce qui se passe ici, Walt ?

dit-il en se tournant d'abord vers Walt puis vers Cathy. Qu'est-ce que je fabrique ici ? »

Benedict semblait mal à l'aise. Il recula d'un pas à l'approche de Freiberg.

« Ce n'est rien, John, rien du tout. Cathy et moi – bon sang, John, on veut juste te voir passer quelque temps avec nous, c'est tout. Appelle ça comme tu veux, nostalgie, ou sentiment de culpabilité pour toutes les années où je n'ai rien fait pour t'aider. Pas de quoi en faire tout un plat, John. M. Benedict… c'est le tailleur de ton père. Tu n'as rien emporté comme vêtements, puisque tu pensais venir pour une nuit ou deux. Le moins qu'on puisse faire, c'est te procurer quelques frusques à te mettre sur le dos, non ? »

Harper regarda en direction de M. Benedict, lequel hochait vigoureusement la tête tout en levant les mains comme pour prouver qu'il n'avait rien à cacher.

« Des vêtements, dit Harper d'un ton détaché.

– Pas de vulgaires vêtements, intervint M. Benedict. Des vrais vêtements, monsieur Harper.

– Enfin bref, quelque chose pour t'habiller décemment, dit Freiberg. Un ou deux costumes, une tenue à te mettre si Cathy et toi sortez au restaurant, si on va déjeuner tous les trois ensemble demain. C'est tout, rien de plus. »

Harper lança un regard à Cathy, qui lui sourit. Et ce sourire était si chaleureux, son expression si innocente et si sincère qu'il ne put s'empêcher de lui sourire en retour.

« Il n'y a pas de problème, dit-elle. *Vraiment.* »

Harper acquiesça.

« Alors, tout va bien, conclut Walt. C'est réglé ? »

Harper jeta un nouveau regard à Cathy. Qui garda un visage impassible. Laisse-toi porter par le flot, se dit-il, tout en se demandant s'il avait quelque chose à perdre. Qui sait même s'il n'aurait pas quelque chose à gagner en acceptant de jouer le jeu à leur manière.

« OK », dit-il d'une voix égale, laissant tomber ses dernières défenses.

Walt sourit, eut un signe de tête à l'adresse de M. Benedict, avant de s'apprêter à quitter la pièce. Il revint sur ses pas et franchit une autre porte derrière eux.

« Voyons, monsieur Harper... que préférez-vous, la coupe anglaise ou l'européenne ?

– Pour un costume ? demanda Harper en fronçant les sourcils, puis en haussant les épaules.

– Ha, ha ! s'exclama M. Benedict. Nous avons affaire à un néophyte en matière d'art vestimentaire. Venez, avancez vers moi... tenez-vous bien droit, voyons ce que nous avons là. »

Harper s'exécuta, se redressa, les épaules rejetées en arrière, tandis que M. Benedict s'affairait autour de lui, armé d'un mètre ruban.

La pièce était bien meublée, presque comme devait l'être, s'imagina Harper, le dressing-room du parfait gentleman, mais cela n'expliquait pas pourquoi l'entrée sur la rue donnait l'impression de n'abriter aucun commerce d'aucune sorte. Il jeta un coup d'œil en direction de Cathy. Elle était assise dans un fauteuil sur sa gauche, une cigarette non allumée à la main, un sourire entendu jouant sur ses lèvres, comme un enfant qui se serait fait surprendre dans un endroit où il n'était pas censé être. Il avait le sentiment de se faire taquiner en silence, comme si elle flirtait avec lui, mais en y réfléchissant, il se demanda si ce n'était pas là le fruit de son imagination. Tout en espérant malgré tout se tromper.

C'est alors que M. Benedict se mit à parler un langage que Harper eut beaucoup de mal à suivre, car c'était apparemment l'apanage des tailleurs et des spécialistes de la confection pour hommes.

« Laissez-moi vous expliquer, dit cet arbitre des élégances. Les Anglais préfèrent une coupe plus large, suggérant une impression de force, en quelque sorte. Voyez Sean Connery dans les premiers James Bond. Les Européens, eux, favorisent une silhouette affinée, autrement dit une jambe plus étroite, une taille plus marquée. Étant donné votre stature, je suggère que nous restions du côté britannique, sauf peut-être le Victor Victoria, qui est italien, et très différent d'un... Lubiam, disons, ou d'un Armani. Personnellement, je pencherais pour Aquascutum, Daks peut-être, la ligne Signature... et pour les chemises, je dirais Gieves & Hawkes, ou TM Lewin. On a aussi quelques chemises Canali, un très beau coton. Manchettes à la française, col prince de Galles... Ah, les coloris... Disons blanc, bleu pâle, peut-être ivoire. Cravates, boutons de manchettes... Et pour les chaussures ? »

M. Benedict dispensait ses sourires sans compter. Et continuait à virevolter autour de Harper au point de lui donner le vertige.

« Mademoiselle Cathy ?

– C'est vous l'expert, monsieur Benedict. Un costume anglais mérite peut-être des chaussures anglaises ?

– Ah, une femme selon mon cœur ! s'exclama Benedict. Bien sûr, des chaussures anglaises... Church, et on a peut-être quelques modèles de chez Lob. Deux paires d'oxfords, une paire de richelieus, un chapeau melon bordeaux. Et votre montre, monsieur ? »

Harper regarda l'autre, médusé.

« Votre montre ?

– J'en ai une quelque part, dit Harper en secouant la tête, mais j'oublie souvent de la porter. »

M. Benedict hocha la tête d'un air compréhensif, affichant l'expression qu'on pourrait avoir face à un convalescent relevant d'une grave maladie.

« Quelque chose de discret, je dirais. Breitling ou Rolex... non, trop tape-à-l'œil. Cartier ? Non, Omega, plutôt. J'opterais pour une Seamaster cadran noir sans fioritures. Qu'en dites-vous, mademoiselle Cathy ? demanda-t-il en reculant d'un pas.

– Que vous êtes un génie, monsieur Benedict, que vous n'avez pas votre pareil au monde. Je pense que quand vous en aurez fini avec lui, il ressemblera à...

– Eh oui, l'interrompit Benedict. Il lui ressemblera à s'y méprendre. »

« Sonny Bernstein », dit Walt Freiberg, debout devant le bureau dans la pièce située derrière le salon d'essayage de Benedict. Il agrippait le téléphone d'une main, avait dans l'autre une cigarette qui s'était presque entièrement consumée. « Tu vas devoir passer quelques coups de fil. Appelle tous les gens que tu connais là-bas. Lève un lièvre, peu importe lequel. Fais du type un acteur dans ton histoire. »

Freiberg s'interrompit, porta la cigarette à ses lèvres. Constata qu'il ne restait plus que le filtre, le lâcha dans le cendrier avant de récupérer son paquet dans la poche de sa veste.

« Oui… le fils de Lenny Bernstein. La bande de Marcus… »

Freiberg s'interrompit à nouveau.

« Pas le moindre espoir. C'est là que ça s'arrête. T'as un appel, quelqu'un te dit quelque chose, soit tu ne sais rien, soit t'as entendu des choses, et c'était plutôt moche. Tu dis que Sonny Bernstein est connu, c'est tout. C'est un nom, il a des gars à lui, sa propre équipe, d'accord ? »

Il sortit une cigarette du paquet.

« Personne n'ira voir sur place, fais-moi confiance. C'est ce qu'il me faut. J'ai besoin que tu fasses ça pour moi. S'il faut que tu achètes quelques témoignages, fais-le-moi savoir, je m'en occupe. J'ai besoin de suffisamment de gens sur le coup pour que ça tienne la route une petite semaine, c'est tout. »

Un moment de silence.

« Parfait. Appelle-moi s'il te manque quoi que ce soit. »

Freiberg raccrocha, resta immobile, avant de prendre son briquet et d'allumer sa cigarette.

17

« Une overdose ? » Evelyn Sawyer s'appuya contre le dossier de son siège et sourit, arborant ce regard mesuré qu'autorise le recul. « Vous croyez que Marilyn s'est suicidée ? Qu'elle a pris tous ces Nembutal et ces autres cachets toute seule ?

– Non, dit Duchaunak en secouant la tête. Je n'y crois pas du tout, madame Sawyer.

– Bien, dit Evelyn d'un ton froid. Je crois que vous pourriez peut-être considérer le suicide d'Anne Harper sous le même angle.

– Elle a été assassinée ? »

Evelyn se pencha en avant, sortit une autre cigarette de son paquet.

« Je ne dirais pas qu'elle a été *assassinée*, inspecteur.

– Mais quoi, alors ? Vous diriez quoi ? »

Pendant le moment de silence qui s'ensuivit, la tension entre eux atteignit son paroxysme.

« Je dirais qu'on aurait peut-être pu faire quelque chose pour empêcher une telle issue, et que ce quelque chose, on ne l'a pas fait.

– Il y avait quelqu'un avec elle quand elle a pris...

– Du Seconal, je crois, dit Evelyn. Quelque chose de ce genre.

– Mais pourquoi ? Quel âge avait-elle ?

– Tout juste trente-deux ans. Elle est morte le 12 octobre 1975. Un dimanche.

– Je ne comprends pas pourquoi elle aurait cherché à mettre fin à ses jours, dit Duchaunak avec un mouvement de tête incrédule. Non, je ne comprends...

– Qu'est-ce que vous ne comprenez pas, inspecteur ? Comment il peut y avoir deux suicides dans la même famille à si peu d'intervalle ? »

Duchaunak ne répondit pas. Il avait du mal à se concentrer.

« Garrett, mon mari… est mort presque cinq ans plus tard, en août 1980. Dans cette maison, à l'étage, juste au-dessus de l'endroit où vous êtes assis en ce moment. On ne peut pas dire que les deux morts se ressemblent beaucoup, celle de ma sœur et celle de mon mari, mais elles ont un dénominateur commun bien particulier…

– Edward Bernstein », glissa Duchaunak.

Evelyn ne répondit pas.

Duchaunak se pencha en avant, l'air soucieux.

« Est-ce que John sait comment sa mère est morte ? »

Evelyn regarda Duchaunak, l'air distant et impassible.

« Madame Sawyer ? »

Evelyn ferma les yeux, et Duchaunak crut un moment qu'elle cherchait à réprimer des larmes. Mais quand elle les rouvrit, rien n'indiquait que sa question avait provoqué chez elle une quelconque réaction.

« Ça vous est déjà arrivé, inspecteur, de faire quelque chose pour vous rendre compte, des années plus tard, qu'avec les meilleures intentions du monde les conséquences risquaient d'être désastreuses ?

– Bien sûr que ça m'est arrivé. »

Evelyn baissa la tête, puis regarda en direction du hall d'entrée.

« Eh bien, la situation présente est une parfaite illustration du phénomène.

– Et qu'est-ce qu'il en pense, lui ? demanda Duchaunak.

– Je l'ignore, nous n'avons pas évoqué le sujet depuis des années. Il avait sept ans à l'époque, et je ne sais pas s'il conserve le moindre souvenir de sa mère, de ce à quoi elle ressemblait. Il ne pose jamais aucune question à son sujet, et je n'ai moi-même proposé aucune explication.

– Mais au départ, quand l'événement s'est produit, qu'est-ce que vous lui avez dit ?

– Je lui ai dit qu'elle était morte, rien d'autre. Quand il a eu quelques années de plus, quand il a été en âge d'en savoir suffisamment pour comprendre qu'il y a différentes manières de mourir, il m'a demandé *comment* elle était morte. Et je lui ai dit que c'était d'une pneumonie. Il y avait quelques cas à cette époque à New York, une demi-douzaine de morts. C'est ce que je lui ai raconté, et autant que je sache, c'est ce qu'il a toujours cru et croit encore aujourd'hui.

– Mais il se peut qu'il découvre la vérité, maintenant, dit Duchaunak en s'appuyant contre son dossier.

– C'est possible, en effet.

– Et vous deviendrez alors celle qui non seulement ne lui a jamais révélé la vérité à propos de son père, mais qui, en plus, lui a menti au sujet de sa mère. »

Evelyn lança un regard de défi à son interlocuteur.

« Ne voyez là aucun jugement de ma part, madame Sawyer, dit Duchaunak en levant la main. J'ai perdu le compte du nombre de fois où j'ai pris une décision avant de me rendre compte, avec le recul, qu'il existait une bien meilleure façon de faire. Loin de moi l'idée de soulever des problèmes ou encore une fois de stigmatiser... Si je suis ici, c'est parce que je me préoccupe des fréquentations que semble avoir John.

– Ça vous inquiète vraiment ?

– Quoi donc ?

– Le fait qu'Edward Bernstein pourrait mourir... qu'en fait il puisse être déjà mort à l'heure où nous parlons ?

– Est-ce que ça m'inquiète ? reprit l'inspecteur en écho. Et pourquoi, d'après vous, est-ce que ça devrait m'inquiéter ?

– Le fait que sa mort semble être le résultat d'une attaque à main armée tout à fait fortuite ?

– Plutôt que ?

– Voyons, inspecteur, nous ne sommes pas des enfants de chœur, dit Evelyn en souriant. Je sais pourquoi vous êtes ici, et à la manière dont vous me posez vos questions, je devine qu'il y a beaucoup plus en jeu que vous ne voulez bien le laisser paraître. » Elle s'interrompit, le fixa d'un œil dur, dans lequel il crut lire un manque total de sincérité. « Ça fait combien de temps que vous êtes après lui ? demanda-t-elle.

– Ça se voit tant que ça ? »

Mouvement de tête affirmatif de son interlocutrice.

« Bof, sept ans, peut-être un peu plus.

– Depuis fin 1997, dit Evelyn en détournant le regard un moment, l'air pensif.

– Novembre.

– À cause d'un incident particulier ? »

Duchaunak garda le silence.

« La mort de quelqu'un ? C'est ça ?

– Non, madame Sawyer, personne n'est mort.

– Du moins à votre connaissance ?

– À ma connaissance, en effet.

– Vous êtes opiniâtre, dites-moi.

– On peut le dire, oui.

– Et vous avez l'appui plein et entier de votre hiérarchie ?

– J'ai en tout cas tout l'appui dont j'ai besoin, répondit Duchaunak après un instant de silence.

– Ce qui signifie que votre enquête déborde du cadre officiel. Ne tiendrait-elle pas d'une sorte de croisade personnelle, inspecteur ?

– Edward Bernstein est...

– À mon tour de vous interrompre, dit Evelyn avec un sourire. Nous ne savons que trop bien tous les deux qui est Edward Bernstein. Je n'ai besoin d'aucune explication concernant l'homme ou son passé. Me désengager de lui et de ses acolytes n'a pas été une partie de plaisir, croyez-moi...

– Je l'imagine sans peine, abonda Duchaunak.

– Mais j'y suis parvenue, et j'ai aussi réussi à préserver John de tout contact avec eux. Et voilà que, après tout ce temps, parce que ce foutu crétin d'Edward trouve le moyen de se faire descendre, je suis dans l'obligation de replonger dans cette histoire.

– Pourquoi en ce cas avoir téléphoné à John ? Pourquoi ne pas avoir dit à Walt Freiberg de le laisser tranquille ?

– Parce que Walt Freiberg n'est pas le genre d'homme à qui on peut tenir tête, et parce qu'il y a une part de vérité dans ce qu'il a dit... »

Duchaunak pencha la tête de côté et fronça les sourcils.

« ... à savoir qu'Anne aurait sans doute aimé que John connaisse la vérité sur son père.

– Vous le croyez vraiment ?

– Aujourd'hui, avec le recul, non, mais sur le moment... Vous savez ce que c'est... les émotions s'en mêlent, on ne sait plus où on en est... » Sa voix devint un murmure. « Je n'ai pas réussi à joindre John à Miami. Du coup, j'ai appelé une fille avec laquelle il sortait dans le temps... Dieu sait pourquoi, je me souvenais de l'endroit où elle travaillait. Quand je l'ai enfin eu au bout du fil, il s'est montré très réticent, il ne voulait pas venir. John et moi, c'est une longue histoire, vous comprenez, poursuivit-elle avec un sourire las. On a passé pratiquement douze ans dans les pattes l'un de l'autre, pour ainsi dire, et quand il me défiait, c'était à qui gagnerait, sans considération aucune pour l'importance ou non de ce qui était réellement en jeu. C'est un peu ce qui s'est passé avec ce coup de téléphone.

– Je vois.

– Vous avez des enfants, inspecteur ? »

Duchaunak secoua la tête.

« Une femme ?

– Non plus.

– Une raison particulière ?

– Des ambitions professionnelles au départ, et puis, une fois celles-ci perdues de vue, la nature de mon job, l'obligation pour l'autre de s'y trouver mêlé vingt-quatre heures sur vingt-quatre, sept jours sur sept... Ma foi, il me paraissait difficile, voire indécent, d'imposer ce genre de vie à quiconque.

– Vous n'avez jamais donné le choix à personne ?

– Non. Pas vraiment, dit Duchaunak en riant.

– Stupide de votre part.

– Pardon ?

– Vous avez quel âge ?

– Quarante-deux ans.

– Vous êtes assez bel homme pour pouvoir encore servir, dit Evelyn en le toisant du regard, et raisonnablement bien élevé. Je suis convaincue que vous avez privé une femme d'un mari tout à fait acceptable.

– Vous me flattez.

– Il faut dire que vous avez une *raison d'être*[1], je me trompe ?

– Qui serait ?

– Edward Bernstein et ses comparses.

– Je n'appellerais pas ça ma *raison d'être,* madame Sawyer.

– Faute de mieux, ça devrait faire l'affaire.

– Faute de mieux, oui.

– Bon, on en a fini des questions ?

– Juste une dernière, si ça ne vous ennuie pas ?

– Allez-y, je vous écoute.

– Tout ce qu'a pu commettre Edward Bernstein, ce que vous en savez…

– Qui serait quoi, inspecteur ? »

Duchaunak ne répondit pas.

Elle secoua la tête et sourit tristement.

« Ça ne marche pas comme ça, ici, dit-elle. Qu'Edward Bernstein fasse partie de ma vie ne relève pas d'un choix pour moi, alors que c'est le cas pour vous. Si je suis mêlée à tout ça, c'est à cause de John, et quand cette affaire sera réglée, je ferai tout ce qui est en mon pouvoir pour le tenir à l'écart. Pour être tout à fait honnête avec moi-même, je ne crois pas être en mesure d'empêcher grand-chose. Il fera bien comme il l'entendra, et s'il choisit une voie que je n'approuve pas, je serai

1. En français dans le texte original.

bien la dernière personne au monde qu'il acceptera d'écouter, je vous le garantis. Vous voulez découvrir des choses sur Edward Bernstein ? Alors il va vous falloir aller fouiner vous-même. Je connais ces gens... les Walt Freiberg, Sol Neumann, Victor Klein et consorts. J'ai même entendu parler de Ben Marcus, et quand il s'agit d'un homme comme lui, mieux vaut ne même pas citer son nom. Tout ça dure depuis bien plus d'années que vous n'en avez passé dans la police. Bon sang, mon mari, Garrett, et un certain Raymond Dietz, étaient des copains de beuverie il y a une trentaine d'années, bien avant qu'Edward Bernstein et Ben Marcus se mettent en tête de rompre leur association. Le fait que Garrett et Raymond Dietz aient finalement choisi des camps différents est sans pertinence. Ces gens sont dangereux, inspecteur, je le sais, et vous le savez aussi bien que moi. Vous ne voyez donc pas ce qui est en train de se passer, ici ? reprit-elle après une brève interruption. Vous ne voyez pas pourquoi on a fait revenir John Harper à New York ? »

Duchaunak ne répondit pas, se contentant de fixer Evelyn du regard.

« Walt Freiberg est impliqué dans Dieu sait quelle combine. Il a peut-être quelque chose à voir avec le braquage du magasin d'alcools, allez savoir. Franchement, ça n'a pas grande importance. L'idée qu'Edward Bernstein a fini par croiser sur son chemin une forme de justice n'est pas pour me déplaire. Mais Walt Freiberg est loin d'être idiot... il est pleinement conscient que vous êtes ici, et je ne serais pas outre mesure étonnée qu'en ce moment même un de ses hommes surveille la maison. Il m'a dit qu'il savait pertinemment ce que je sais. S'il a fait revenir John ici, c'est uniquement pour me rappeler qu'il est mon seul lien familial encore en vie, le fils de ma sœur, et si je m'avise de révéler le moindre détail qui puisse l'incriminer, John disparaîtra, discrètement et définitivement. Vous comprenez ce que je dis ?

– Il vous fait chanter pour que vous gardiez le silence, dit Duchaunak en hochant la tête.

– Chanter ? Bof, si vous voulez l'appeler comme ça, pourquoi pas ? John et moi, on a eu nos différends, mais il n'en est pas moins le seul parent qu'il me reste, et je refuse d'avoir à me reprocher ce qui pourrait lui arriver. C'est pour cette raison, inspecteur, que vous n'obtiendrez guère de moi.

– Et si quelque chose arrivait effectivement à votre neveu ?

– S'il lui arrivait quelque chose ? reprit Evelyn, en secouant lentement la tête et en détournant le regard vers la fenêtre avant de revenir rapidement à Duchaunak et de lui sourire. Je ne crois pas en la violence, inspecteur, mais je suis convaincue que la plupart des affaires en ce bas monde se règlent finalement suivant la maxime "œil pour œil"... si vous voyez ce que je veux dire.

– Donc, si quelqu'un s'en prend à John Harper, vous serez prête à contre-attaquer, demanda Duchaunak sur le ton de la simple constatation.

– Moi ? J'ai l'air de vouloir me battre ? Non, inspecteur, contre personne.

– Quelqu'un exercera votre vengeance à votre place...

– Je ne vous dirai rien de plus. Je ne suis pas prête à me mettre dans une situation où pareilles choses deviendraient partie intégrante de ma vie. Je ne sais rien qui puisse vous aider.

– Mais...

– Je vous le répète, inspecteur. Je ne sais absolument rien qui puisse vous aider. Me suis-je bien fait comprendre ?

– Parfaitement, répondit Duchaunak en fixant le sol devant lui avant d'affronter à nouveau son interlocutrice.

– En ce cas, nous en avons terminé. Vous allez vaquer à vos occupations, et moi, je vais reprendre le cours de ma vie.

– Merci pour le temps que vous m'avez consacré, madame Sawyer.

– Mon temps, vous pouvez en disposer, inspecteur... À mon âge, le temps, on ne le compte plus. »

Duchaunak se leva et rajusta sa veste.

« Dans la 51e, dit-il, il y a une sorte de grande enseigne, comme une croix. Au sommet d'une sorte d'église. Avec une inscription. "Le péché vous suivra partout." Vous y croyez, vous, madame Sawyer ?

– Je crois en beaucoup de choses, inspecteur, dit Evelyn en souriant. Ce qui ne signifie pas pour autant qu'elles sont vraies.

– Bien dit. »

Elle le raccompagna à la porte, l'ouvrit et attendit qu'il ait descendu les marches pour rejoindre le trottoir.

« J'espère vous revoir un jour, madame Sawyer.

– Pour être franche, inspecteur, moi pas... mais ne le prenez pas personnellement.

– Ça m'arrive rarement, madame Sawyer », dit-il en prenant à droite avant de s'éloigner.

Evelyn Sawyer s'attarda un instant sur le perron et le suivit des yeux jusqu'à ce qu'il ait disparu au coin de la rue. Elle recula dans le vestibule. Quand elle claqua la porte derrière elle, son geste avait quelque chose de définitif, comme si elle espérait pouvoir ainsi interdire au monde extérieur de pénétrer chez elle.

Impossible, elle le savait. Et pourtant – comme tant d'autres fois auparavant –, elle fit semblant de croire que son geste pouvait ne pas être inutile.

18

« Il n'a pas dit où ?

– Non, mademoiselle Cathy, répondit Benedict. M. Walt m'a demandé de vous faire savoir que la voiture vous attendait dehors, que vous devriez aller déjeuner et qu'il vous appellerait plus tard.

– Il fait ça sans arrêt », dit Cathy en se tournant vers John.

Harper était toujours dans le salon d'essayage, à l'arrière de la pièce de devant, et se regardait dans une psyché. C'était à peine s'il reconnaissait l'homme que lui renvoyait la glace.

« Je pense que nous en avons terminé, dit M. Benedict. J'ai fait porter le rcste de vos affaires dans la voiture.

– Vous avez l'air complètement différent, dit Cathy Hollander, qui s'éloigna sur le côté pour examiner Harper dans le détail.

– Ne faites pas ça, dit-il.

– Pas ça, quoi ? demanda-t-elle avec un froncement de sourcils.

– Rester là à me regarder.

– Mais vous avez une allure superbe, John... vous portez bien le costume. Vous avez la carrure qu'il faut pour le mettre en valeur. »

Harper se retourna pour regarder Benedict, cet étranger qui avait décidé pour lui des vêtements qu'il devait porter. Il ne savait pas comment réagir, sans pour autant s'en inquiéter. Il avait décidé de se laisser porter par les événements, d'en suivre le cours jusqu'au moment où cela deviendrait intolérable et où il jugerait bon d'y mettre le holà. Il pensait maîtriser la situation. S'efforçait de croire qu'il n'y avait rien d'autre en jeu ici que la générosité d'un homme qui connaissait son père et qui, bien des années plus tôt, l'avait connu, lui, enfant. Pourquoi chercher plus loin que l'oncle Walt ? Et si celui-ci avait envie de lui acheter des vêtements, de lui offrir le restaurant, pourquoi refuser ? Mais s'il avait été honnête avec lui-même, il aurait reconnu que s'il ne bronchait pas, c'était à cause de son désir de rester en compagnie de Cathy Hollander, laquelle semblait apprécier ce petit jeu. Il se surprenait à vouloir plaire à une femme, ce qui n'augurait rien de bon.

« On va aller manger un morceau, dit Cathy. Vous avez faim ?

– Oui, assez, admit Harper.

– Monsieur Benedict..., commença-t-elle.

– Pas un mot, dit l'intéressé en levant les mains en signe de refus. Allez vite déjeuner. Profitez bien de votre nouvelle garde-robe, monsieur Harper, profitez de New York... Ce fut un plaisir.

– Merci, monsieur Benedict », dit Harper en lui souriant.

L'autre inclina la tête, se fendit d'une courbette discrète avant de reculer, de pivoter sur les talons et de sortir de la pièce en refermant doucement la porte derrière lui.

« C'est qui, ce monsieur ? demanda Harper.

– M. Benedict, dit Cathy en fronçant les sourcils.

– J'ai bien compris son nom, mais quel rôle joue-t-il dans cette histoire ?

– Que voulez-vous dire ? demanda Cathy en secouant la tête. C'est M. Benedict, le tailleur de votre père.

– Il est tailleur ?

– Oui, tailleur... Vous savez ce qu'est un tailleur, non ?

– Oui, bien sûr.

– Eh bien, c'est son métier. Il vend des costumes, des chemises et des chaussures. Votre père et Walt ont recours à ses services, ainsi que quantités d'autres gens. Et il leur vend des vêtements. C'est en principe ce à quoi servent les tailleurs.

– Bon, allons déjeuner, je n'ai plus de questions.

– Ça tombe bien, je n'avais plus de réponses.

– Et après le repas, on va à l'hôpital.

– C'est une affirmation ou une question ?

– Une requête, tout au plus, dit Harper en haussant les épaules.

– Si c'est ce dont vous avez envie, alors c'est ce qu'on fera.

– Je me disais que je devrais…

– Vous n'avez aucune explication à me fournir, John. Vous êtes ici pour quelques jours, combien au juste, je l'ignore… Walt m'a dit de m'occuper de vous, de m'assurer que vous aviez tout ce que vous vouliez, et si donc vous désirez aller à St Vincent, c'est là que nous irons. »

Harper fut tenté de demander ce qu'englobait précisément le « s'occuper de » mais s'abstint.

« Alors, qu'est-ce que vous avez envie de manger ?

– On peut aller dans un endroit simple ? Un endroit normal… où la serveuse vient vous trouver avec sa cafetière avant que vous passiez commande ?

– Bien sûr qu'on peut, John, où vous voulez », dit Cathy, qui traversa la pièce et ouvrit la porte.

Harper la suivit, jeta un dernier coup d'œil au salon d'essayage en entrant dans le débarras poussiéreux qu'était la pièce de devant. Il se dit que c'était peut-être le moment de poser une dernière question.

La voiture était garée devant le magasin, le long du trottoir. Il la contourna par l'arrière pour arriver côté passager.

« Vous voulez conduire ? demanda Cathy.

– Pourquoi pas, si ça vous dit.

– Ça me dit, effectivement. J'ai toujours eu dans l'idée que j'étais née pour avoir un chauffeur.

– Vraiment ?

– Vraiment. »

Elle jeta les clés par-dessus le toit de la voiture, Harper les attrapa. Puis il fit le tour, et, un moment, on aurait pu croire qu'ils jouaient tous les deux à un de ces jeux d'enfants dans lesquels tous les participants sauf un connaissent les règles. Il resta là un instant, la main sur la portière, avant de jeter un coup d'œil sur sa gauche.

« Qu'est-ce qu'il y a ? demanda-t-elle.

– Rien, répondit-il.

– À vous voir, on ne le dirait pas.

– Pourquoi, quel air ai-je donc ? demanda-t-il en se tournant vers elle avec un sourire.

– Oh, bon sang, j'en sais rien… L'air absorbé de quelqu'un qui doit prendre une décision capitale. »

Harper abaissa le regard sur la poignée, l'actionna.

« Montez, dit-il. Allons déjeuner. »

L'appel était parvenu à Walt Freiberg au moment où il quittait le magasin de Benedict. C'était Sol Neumann.

« M. Marcus organise une rencontre, dit ce dernier.

– Où ça ?

– Tu vois le croisement de West et de Bloomfield ?

– Il faut que ce soit en terrain neutre. Un lieu public.

– Tu nous fais pas confiance pour tenir parole, c'est ça ?

– Arrêtons de jouer aux cons, Sol, tu veux bien ? Donne-moi un endroit où on peut se retrouver, et on pourra commencer à discuter.

– La 22e Ouest, près du Flatiron Building… Y a un restaurant, le Metropolitan Cafe.

– D'ici une heure ?

– C'est bon pour nous, dit Neumann.

– On se retrouve là-bas », conclut Freiberg avant de raccrocher.

« Sawyer, dit Duchaunak, comme Tom Sawyer… S-A-W-Y-E-R, épela-t-il. Prénom, Garrett. »

Faulkner nota le nom, se tourna vers l'ordinateur devant lui et se mit à taper.

« Une idée de la date du décès ?

– Août 1980, d'après Evelyn.

– Un suicide.

– Oui, ventilation crânienne maison, précisa Duchaunak.

– Pardon ?

– Il s'est fait exploser l'arrière du crâne.

– Ah, comme quand on mange du fast-food mexicain. » Duchaunak eut une mimique d'incompréhension. « T'as pas le temps de le voir venir, et c'est déjà trop tard pour le regretter.

– Allez, tape le nom, et trouve-moi quelque chose sur ton ordi. »

Pendant que Faulkner s'activait sur son clavier, Duchaunak attendit en silence, repensa au livre de Harper, au parallèle établi par Evelyn Sawyer entre la mort de sa sœur et celle de Marilyn Monroe.

« Allez, chargez-moi tout ça, p'tits salopards, dit Faulkner.

– T'as quelque chose ? demanda son collègue en levant les yeux.

– Deux braquages, 11 juin 1956 et 22 octobre 1974. Conduite en état d'ivresse en avril 1978. Possession illégale d'arme à feu...

– Il était avec eux, c'est ça ? l'interrompit Duchaunak, qui, soudain intéressé, se pencha pour mieux voir l'écran. Elle a dit qu'un temps ils avaient été potes, lui et Ray Dietz. Elle a cité les noms de Victor Klein et de Sol Neumann. Elle a une sacrée mémoire, la petite dame.

– Garrett Sawyer faisait peut-être effectivement partie de la bande, dit Faulkner, du moins jusqu'en août 1980.

– Il a jamais fait de taule ?

– Non. Arrêté onze fois en tout, cinq inculpations, des sommations, deux ou trois mises en accusation, mais pas de taule à la clé.

– Et puis il se passe quelque chose, et il se tire une balle dans la tête.

– Exact.

– Tu sais que c'est Harper qui l'a trouvé ? » demanda Duchaunak.

Faulkner se détourna de l'écran pour regarder son partenaire.

« Un gamin de douze ans qui découvre le corps de son oncle.

– C'est lui qui te l'a raconté ? voulut savoir Faulkner.

– Non, mais j'imagine que c'est ce qui s'est passé.

– Et la sœur, la mère de Harper, c'était aussi un suicide ?

– Il semblerait, mais je n'en sais rien, Don, dit Duchaunak en haussant les épaules avant de se tourner vers la fenêtre, vraiment rien. Lenny Bernstein prend une balle dans le buffet, un accident selon toute vraisemblance, et voilà que son fils se pointe, un fils dont tout le monde ignorait l'existence. Et d'un coup, tout change. On apprend que la mère s'est suicidée, l'oncle aussi, et que c'est la tante qui a élevé le gamin… Je sais pas quoi penser de tout ça.

– Rien. Peut-être qu'y a rien de particulier à en penser. »

Duchaunak sourit. Il se mit à se masser les tempes.

« Avec ces gens-là, y a *toujours* quelque chose à penser, mon vieux.

– Que veux-tu que je fasse ?

– Retrouve-moi tout ce qu'il y a sur Garrett Sawyer. Les articles sur son suicide. Sur celui d'Anne Harper, aussi. Je veux étudier tout ça de plus près, dit Duchaunak en se levant.

– Et toi, tu fais quoi pendant ce temps ?

– Je retourne à St Vincent, voir où en est Lenny.

– Tu sais ce qui se passera s'il s'en sort, hein ? T'auras plus qu'à affronter Ben Marcus, ajouta Faulkner devant le froncement de sourcils de son coéquipier.

– Chaque chose en son temps. » Duchaunak s'empara de son pardessus. « Je vais d'abord voir Lenny pour lui dire qu'il nous manque tellement qu'à sa sortie de l'hôpital on organisera une petite fête en son honneur. Avec zakouski, petits sandwichs aux crevettes et à la mayonnaise, ce genre de trucs, quoi.

– Pas de pâté, hein ? Je déteste ça », dit Faulkner, avant de s'emparer du téléphone sur le bureau et de faire signe à Duchaunak de dégager tandis qu'il appelait les archives.

Duchaunak sortit en silence, quitta le bâtiment, prit sa voiture pour se rendre à St Vincent et pensa une fois encore à Marilyn Monroe, et à tout cet horrible et stupide gâchis.

19

« Je suis toujours ici, dit Harper. Je me suis dit qu'il fallait quand même que je t'appelle pour te prévenir que j'avais l'intention de rester encore un peu.

– Foutrement sympa de ta part, répondit Harry Ivens.

– Tout va bien chez vous ?

– Non, John… On joue tous aux gamins de sept ans, et pendant que t'es pas là on en profite pour se bourrer de donuts et taguer les murs au crayon rouge. Quelqu'un a même gribouillé un vilain mot sur la porte de l'ascenseur.

– La routine, quoi, dit Harper avec un sourire.

– Alors, quelles nouvelles ?

– Mon père a été blessé par balle.

– Pardon ?

– Mon père… il a reçu une balle au cours du braquage d'un magasin de spiritueux. Il est à l'hôpital, à St Vincent, et il a peu de chances de s'en tirer.

– Jésus Marie Joseph, John Harper ! Quel putain…

– Ça va aller, Harry.

– Mais qu'est-ce qui se passe, bon Dieu ? Je savais même pas que ton père était vivant…

– Figure-toi que moi non plus, Harry.

– Seigneur, John, mais comment t'arrives à faire face à un truc pareil ? »

Harper sourit à part lui. Il était mal à l'aise et en même temps étrangement détaché de tout ce qu'il était censé éprouver. Il n'y avait pas de précédent, pas de point d'ancrage ni de référence.

C'était une situation comme il s'en présente une fois dans une vie, une fois sur un million.

« Je crois que tu ne te poses même pas la question, Harry. Tu te contentes de faire ce que je fais en ce moment.

– C'est-à-dire ?

– Attendre de voir s'il meurt ou pas.

– Bon sang de bois, John, je sais pas quoi dire.

– Ne dis rien, te tracasse pas. Simplement, j'ai pensé qu'il fallait que je t'explique pourquoi ma tante était si bouleversée...

– On l'aurait été à moins.

– Et pour te faire savoir que je serai de retour dans les jours qui viennent. Faut que j'attende de voir comment évoluent les choses, tu comprends ?

– Évidemment que je comprends. Ça me flanque un sacré coup, ton histoire. Fais ce que t'as à faire, mon vieux, prends tout le temps qu'il te faudra. Tout ira bien ici, t'inquiète... Bon Dieu, avec ce qui te tombe sur la tête, nos petits problèmes à côté pèsent pas bien lourd.

– Je te tiens au courant, Harry. Salue tout le monde de ma part.

– J'y manquerai pas. Je... Prends soin de toi, John, d'accord ? Et je compatis, pour ton père. Sainte Vierge, j'arrive pas à y croire, j'arrive vraiment pas à y croire.

– Je te rappelle bientôt, Harry. »

Harper raccrocha. Il sortit à reculons de la cabine qui se trouvait dans le hall d'accueil de l'hôpital et, quand il se retourna, ce fut pour voir Cathy Hollander à côté de l'entrée principale, son téléphone portable à l'oreille.

Elle mit un terme à sa conversation quand il la rejoignit.

« Tout va bien ? demanda-t-elle.

– Oui, oui, et vous ?

– Il va falloir que j'y aille. Quelque chose à faire pour Walt. Vous prendrez un taxi.

– Bien sûr, pas de problème. »

Elle s'avança vers lui et tendit la main pour lui caresser la joue.

« Ça va aller ? »

Harper sentit comme une décharge électrique le parcourir. Il aurait voulu fermer les yeux, juste un moment, et ne plus rien sentir en dehors de cette main sur son visage.

« Bien sûr que ça ira, dit-il en souriant. Faites ce que vous avez à faire. Tout ira bien. Vous savez où me trouver.

– Vous rentrerez à l'hôtel après avoir vu votre père ?

– Je pense, oui.

– Je vous appellerai, dit-elle en retirant sa main... Peut-être qu'on pourrait dîner ensemble un peu plus tard.

– Oui, j'aimerais bien. »

Elle fit demi-tour et commença à s'éloigner.

« Cathy ? »

Elle se retourna.

« Je... »

Il s'arrêta net, avant de s'éclaircir la voix. Puis il s'avança d'un pas et lui prit la main. Elle n'opposa aucune résistance, ne parut en aucune façon mal à l'aise.

« Bon sang, je me demande s'il n'y a pas quelque chose que nous...

– Ne dites rien, l'interrompit-elle en secouant la tête. Il faut que j'y aille. Je vous appelle plus tard, et on ira dîner ensemble, d'accord ? »

Harper acquiesça tout en relâchant sa main. Elle lui sourit encore une fois avant de tourner les talons. Il la regarda s'éloigner. Il y avait en elle une chaleur et une compassion qui n'étaient pas évidentes au premier abord, quelque chose qui mettait sa patience à l'épreuve, lui donnait le sentiment que s'il attendait que leur histoire prenne un autre tour, il ne se produirait jamais rien. Se présentait en ce moment même une occasion qu'il lui fallait saisir, ou elle lui filerait entre les doigts. Il se demanda si une relation était possible entre eux, et, en admettant que ce fût le cas, si Walt le laisserait la ramener avec lui à Miami. Il n'arrivait pas à se défaire du souvenir du premier instant où il l'avait vue à l'arrière de la voiture, quand il avait quitté l'hôpital ce premier soir. Ni de l'idée qu'elle était faite pour lui.

Il respira lentement, profondément, sentit monter en lui la tension. Regarda Cathy disparaître, puis s'approcha du bureau de l'accueil, donna son nom, avant de préciser qu'il venait voir Edward Bernstein.

« Vous êtes parent avec le patient, monsieur ? » s'enquit la fille qui, d'après son badge, s'appelait Clare Whitman.

Nancy Cooper n'était nulle part dans les parages.

« Je suis son fils, dit John, qui en prit vraiment conscience à cet instant.

– Son fils ? dit Clare Whitman, qui avait noté la différence entre les deux noms de famille.

– Mes parents n'étaient pas mariés, expliqua John Harper.

– Je suis désolée, monsieur, dit l'autre, momentanément embarrassée. Vous comprendrez que nous sommes tenus de...

– Aucun problème, l'interrompit John en lui adressant un sourire engageant. Ne vous inquiétez pas, c'est vraiment mon père.

– Montez, je vous en prie, monsieur », dit-elle en lui renvoyant son sourire.

Harper tourna sur sa gauche pour emprunter l'escalier, d'une démarche désormais pleine d'assurance grâce à ses chaussures anglaises et son costume de marque. Il jeta un coup d'œil à la montre à deux mille dollars qui ornait son poignet. Se dit qu'on lui devait bien ça, pour toutes les années passées avec Evelyn, la mort de Garrett, la maison de Carmine Street et ses démons intérieurs. Sans toutes ces raisons, aurait-il jamais quitté New York ? Probablement pas. Restait la question de la motivation de Walt, la raison pour laquelle il faisait toutes ces dépenses. Comment s'était-il expliqué là-dessus ? Il avait parlé d'un sentiment de nostalgie et d'une compensation pour avoir failli à ses devoirs envers Harper. Des bobards, oui. Il avait un intérêt direct dans l'affaire, un mobile ultérieur. Walt Freiberg n'était pas plus nostalgique que stupide, et certainement pas du genre à culpabiliser.

Tandis qu'il abordait les marches du deuxième étage, il se demanda s'il n'était pas prévu qu'il reste dès le départ. Peut-être Evelyn avait-elle raison : *Tu y es pourtant né, John Harper... Quand on est né à New York, on reste new-yorkais à vie. Tu as beau t'en être évadé, tout ce que tu as jamais été est là, et pas ailleurs.*

Et pourtant elle avait été la première à lui dire de partir. D'abord Evelyn, ensuite Duchaunak, puis son propre père. Pourquoi voulaient-ils tous le voir quitter New York ? Duchaunak projetait-il de tirer quelque profit personnel de l'attaque dont Edward Bernstein avait été victime ? Était-il de quelque manière impliqué dans l'affaire avec Freiberg ? Harper se demanda si l'insistance de ce dernier pour le faire venir à New York contrariait les visées de Duchaunak. Celui-ci était-il responsable de l'attaque contre Edward Bernstein ?

Harper fut saisi d'une certaine appréhension quand il atteignit le troisième étage. Il aurait aimé que Cathy Hollander soit avec lui. Il ouvrit la porte sur le palier et la franchit.

20

Comme le voulait la coutume lors de telles réunions, pas plus Ben Marcus que Walt Freiberg n'entra le premier au Metropolitan Cafe. Tous deux, dans des voitures conduites respectivement par Sol Neumann et Joe Koenig, s'arrêtèrent à plus d'un bloc de là. Quelques mots furent échangés via les portables. À la suite de quoi, les deux hommes descendirent de leur véhicule et firent le reste du chemin ensemble.

Marcus fut le premier à prendre la parole, et seulement une fois qu'ils eurent commandé leur café.

« Tu présenteras mes respects à Lenny, dit Marcus. C'est vraiment un sale truc qui lui est arrivé là.

– Lenny Bernstein est costaud, dit Freiberg. Il s'en sortira.

– Mais pour l'instant, il est hors jeu.

– Exact, mais le jeu n'a pas changé, si j'en crois mon point de vue. »

Marcus acquiesça de la tête, but une gorgée de café.

« On s'est réunis, moi et mes gars, dit Marcus, d'où mon coup de fil. Je voulais discuter de nos options, Walt.

– C'est très simple. On mène à bien l'opération mise sur pied par Lenny, ou on laisse tout tomber et on repart chacun de son côté.

– Et si Lenny meurt ?

– On se connaît depuis quand, Ben, tu veux me dire ? » demanda Freiberg avec un sourire et un coup d'œil en direction de la fenêtre.

Marcus haussa les épaules.

« Tu m'as déjà vu renoncer ?

– Là, t'as déjà un plan B en cas d'urgence, c'est ça ?

– Peu importe, dit doucement Freiberg, feignant l'incompréhension.

– C'est qui, ce type de Miami ?

– De quel type tu peux bien vouloir parler, Ben ? dit son interlocuteur en prenant un air étonné.

– Arrête ton char, Walt, dit Marcus en souriant. Faut pas prendre les gens pour des imbéciles. J'ai entendu que t'avais fait venir le fils de Lenny à New York. Tu vas peut-être me dire que c'est pas vrai ?

– Dire à Ben Marcus qu'il se trompe ne me semble pas la meilleure idée qui soit.

– C'est donc bien le fils de Lenny ?

– Tu vois ce que tu vois, Ben... »

Marcus garda le silence un moment. Puis il se pencha en avant, l'air concentré.

« Si je comprends bien, il est venu solder les comptes après ce qui est arrivé à son père ?

– Il est venu ici parce qu'il veut être près de son père à un moment comme celui-ci, répondit Freiberg.

– Et il a amené sa bande ?

– Sonny ? reprit Freiberg en hochant la tête. Je ne suis pas du genre à poser de telles questions, si tu vois ce que je veux dire.

– Il a une équipe à lui, non ? S'il est venu ici, c'est pour mettre les choses à plat après la fusillade dont a été victime son père...

– Je t'arrête tout de suite, dit Freiberg en levant la main. Les questions, ça suffit. La situation est très simple, on ne peut plus simple. Personne n'accuse personne, d'accord ? On ne sait pas si c'est quelqu'un qui a décidé de liquider Lenny, ou si c'est tout bêtement une histoire de mauvais endroit au mauvais moment. Sonny Bernstein est venu à New York pour être aux côtés de son père et veiller à la défense de ses intérêts. Il voudra peut-être poser quelques questions, fouiner un peu ici et là pour savoir ce qui se passe. Je n'en sais rien, et je ne pose pas de questions. Ce qu'il reste, c'est que Lenny va être hors circuit pendant quelque temps. Il se débrouille plutôt bien pour le moment, et il aurait même une chance de s'en sortir, mais avant ce braquage vous étiez, lui et toi, en pourparlers, en train d'envisager de travailler ensemble avant que Lenny prenne sa retraite.

– Pour toi, une telle option tient toujours ?

– Je ne suis pas du genre à refuser une occasion quand elle se présente – en l'occurrence une occasion bénéfique pour les deux parties, dit Freiberg en souriant.

– Je t'ai dit que nous avions eu une réunion, mes gars et moi, et nous avons fait un vote sur la question, dit Marcus, qui s'appuya contre le dossier de sa chaise.

– Un vote ? Admirablement démocratique de ta part, Ben.

– On a voté sur la question de savoir si l'on devait poursuivre l'opération proposée par Lenny ou si l'on devait plier bagage et laisser tomber.

– Et... le verdict ?

– Mes gars sont d'accord pour poursuivre.

– Alors, on y va, Ben. » Freiberg hocha la tête et sourit. « C'est bien ce que tu es en train de me dire, non ?

– C'est ce que tu veux toi aussi ?

– Absolument. Je suis toujours pour ce qu'il y a de mieux pour les affaires, Ben.

– Et tu as l'autorisation de Lenny, hein ? Parce que, si par hasard il s'en sort, je voudrais pas qu'il s'en prenne à moi d'avoir passé un accord avec toi.

– C'est avec Sonny Bernstein que tu régleras ça. C'est pour ça qu'il est ici, Ben, pour s'assurer qu'on ne profite pas de la position de son père pendant son absence. Il veut ce que voulait son père, et il a toute autorité pour finaliser un accord avec toi.

– Et si ça se passe mal, si, par exemple, il arrive quelque chose au fils de Lenny, alors tu appelles son équipe de Miami et on se retrouve avec une putain de guerre sur les bras, c'est ça ?

– Personne ne veut d'une guerre, dit Freiberg en refermant sa main sur celle de Ben. Toi et moi moins que tout autre.

– Donc, c'est tout bon.

– Tout à fait, Ben. Le moment venu, si Lenny est en état de parler, alors tu auras sa parole concernant l'accord sur les territoires. S'il meurt ou s'il est encore trop mal pour te rencontrer, alors il faudra te contenter de celle de son fils.

– Ça me va, dit Marcus.

– Et tu peux répandre le bruit, dire à qui veut l'entendre que si quelque chose devait arriver au fils de Lenny, ce n'est pas à moi qu'ils auraient affaire...

– Message reçu cinq sur cinq, Walt. La dernière chose que je voudrais c'est qu'une bande de barjos et d'enfumés à la coke de Miami mettent New York à feu et à sang, dit-il en riant. Donc, marché conclu ?

– Absolument, répondit Freiberg.

– À la prochaine réunion, on apporte le plan des lieux retenus. J'ai déjà deux ou trois types qui bossent dessus.

– J'aurai besoin de combien de gars ? demanda Freiberg.

– Toi compris, je dirais huit.

– Et toi, Ben ? Tu en seras ?

– Moi ? Jamais de la vie, je suis comme Lenny... Trouver le fric, arroser tout le monde, mettre au point les détails et la logistique, ça me suffit. Je suis trop vieux pour déambuler un semi-automatique à la main.

– Tu as tous les hommes qu'il te faut ?

– J'ai les habituels, des gars que tu connais. Ray Dietz, Albert Reiff, Victor Klein.

– Bon, je t'appelle pour fixer une réunion. On choisit un endroit un peu éloigné de nos territoires, on s'y retrouve et on travaille sur les préparatifs.

– Ça roule, Walt.

– T'as une idée pour la date ?

– On pourrait aussi bien conserver celle de Lenny, à mon avis.

– La veille de Noël ?

– Ça te pose un problème ?

– Aucun, dit Freiberg en secouant la tête.

– On dit la veille de Noël, alors. »

Freiberg se leva, et les deux hommes échangèrent une poignée de main – un événement difficile à imaginer la veille encore.

« À la prochaine, dit Marcus. Prends soin de toi, Walter.

– J'en ai bien l'intention, Ben, t'inquiète. »

Freiberg saisit son manteau et se dirigea vers la porte du Metropolitan Cafe.

Ben Marcus le regarda partir, puis fouilla dans sa poche à la recherche de son portable.

« Passe quelques coups de fil... Tu parles à tous ceux que tu trouves. Renseigne-toi sur ce type de Miami. Tout ce que tu pourras dégotter. Dans quel genre de trafic il magouille, s'il pèse lourd ou pas, tu me suis ?

« C'est toi qui vois..., reprit Marcus après une pause. Ensuite t'appelles Ray Dietz, débrouille-toi pour savoir où il en est avec McCaffrey. Il faut absolument le retrouver, celui-là. Sers-toi de tes contacts. Je me fous de savoir si New York est grand, il va pas pouvoir continuer à se cacher indéfiniment. Déniche-le-moi, d'accord ?

« Sûr, poursuivit Marcus en hochant la tête. On se tient au courant. »

La conversation prit fin. Sur quoi, il appela Neumann et lui dit de passer le prendre au Metropolitan. Il remit son portable dans sa poche et se leva.

Posa son manteau sur ses épaules et quitta le café.

21

Quatre milligrammes et demi de barbituriques, huit milligrammes d'hydrate de chloral. Il faudrait environ trente-cinq comprimés de Nembutal pour avoir ces quatre milligrammes et demi dans le sang. Quant aux huit milligrammes d'hydrate de chloral, il faudrait avaler l'équivalent de dix-huit ou dix-neuf cachets. De tels pourcentages indiquaient qu'elle devait avoir absorbé environ cinquante-cinq cachets. Sans tenir compte des treize milligrammes de pentobarbital retrouvés dans le foie, lesquels supposaient une quinzaine de comprimés supplémentaires. Le tout représentant un total d'environ soixante-douze comprimés. Pas de verre, pas de tasse, rien de ce genre dans la pièce. Porte verrouillée de l'intérieur. Comment quelqu'un pourrait-il avaler soixante-dix cachets, peu importe lesquels, sans une seule gorgée de liquide pour les faire passer ? Et pas un seul cas – pas un seul parmi les milliers d'empoisonnements aux barbituriques ayant entraîné la mort – qui ait jamais révélé une totale absence de résidus dans le tube digestif. Dans ce cas précis, aucune trace, pas le moindre reste de capsule ni de cristaux réfractifs, rien. Précisons que le nombre de cachets avalés aurait suffi à tuer entre neuf et vingt personnes.

Brentwood, Los Angeles, 12305 Helena Drive, non loin de Carmelina Avenue ; un vent chaud souffle du désert Mohave sur le bassin de L.A. ; un carillon ancien, cadeau de Carl Sandburg, le poète, fait doucement tinter son chant dans la lumière du petit matin.

Frank Duchaunak ouvrit les yeux, se les frotta et ressentit des picotements qui lui rappelèrent aussitôt qu'il n'avait pas assez dormi.

Blonde et belle, icône éblouissante, reine d'Hollywood, Marilyn Monroe est morte dans des circonstances tragiques le dimanche 5 août 1962. La star dépressive de plus de vingt-cinq films a été retrouvée nue sur son lit, le téléphone à la main, un flacon de somnifères non loin d'elle...

Duchaunak dormait mal depuis le coup de feu qu'avait essuyé Edward Bernstein. Il regarda sur sa droite, au-delà du croisement, en direction de la façade de St Vincent, et il dut faire un gros effort de volonté pour décider d'aller à l'hôpital, aux soins intensifs, voir Bernstein, un géant, une légende vivante à sa manière, qu'une seule balle, une balle perdue pour ainsi dire, au mauvais moment, au mauvais endroit...

Suffisait à rappeler à Duchaunak la fragilité de l'humanité. Lui rappelait Marilyn, et du même coup Anne Harper, et la manière dont tout semblait décrire la même orbite dans une sorte de mouvement perpétuel. Les six degrés de séparation. Il était né la nuit de la mort de Marilyn Monroe, et cette coïncidence apparemment fortuite le fascinait depuis qu'il avait atteint l'âge adulte. Il savait qu'il était un peu détraqué – oh, pas le genre illuminé, le genre « Jésus m'a dit de rester chez moi et de nettoyer mes armes » –, mais détraqué quand même.

Frank Duchaunak jeta un coup d'œil dans le rétroviseur, sourit malgré lui, le sourire d'un homme las au bord du désespoir. Il ouvrit sa portière et descendit, la verrouilla et s'achemina vers l'hôpital.

« Deux visiteurs dans la même journée, dit Clare Whitman.

– Deux ?

– Le fils de M. Bernstein... Il est là-haut. »

Duchaunak leva un sourcil.

« C'est vrai ? demanda Clare Whitman en se penchant vers lui.

– Quoi donc ?

– Celui qui est là-haut... c'est le vrai Edward Bernstein ?

– Je n'en connais qu'un, dit l'inspecteur en souriant. Duquel parlez-vous ? »

Un instant, elle eut l'air gênée, comme si elle était allée trop loin.

« C'est qu'il y a des bruits qui courent, dit-elle pour se justifier.

– Des bruits ? »

Elle fixa le téléphone comme si elle avait le pouvoir de le faire sonner, ce qui lui aurait permis de s'extirper de la conversation qu'elle avait elle-même entamée.

« Quel genre de bruits ? reprit Duchaunak, soudain intéressé par ce qui pouvait se dire à l'hôpital, et désireux de savoir si la nouvelle s'était répandue.

– Rien, dit-elle en secouant la tête. Rien de spécial.

– Clare Whitman..., lut-il en se penchant pour déchiffrer son badge. Eh bien, rendez-moi un service, Clare Whitman, voulez-vous ? »

Elle leva les yeux sur lui.

« Je suis l'inspecteur Frank Duchaunak. Je risque de passer à l'hôpital de temps à autre dans les jours qui viennent pour voir comment évolue l'état de M. Bernstein. Si vous entendez quelque chose, un bruit ou autre concernant M. Bernstein, que vous voyez un visiteur qui manifeste un intérêt particulier à son égard, j'aimerais que vous m'en fassiez part. Vous pouvez faire ça pour moi ?

– Oui, inspecteur, sans problème, dit la jeune femme, apparemment soulagée.

– Je vous en remercie. Cela m'aidera beaucoup.

– Oui, bien sûr.

– Bon, maintenant j'y vais.

– Entendu, monsieur. »

Duchaunak pivota sur ses talons, se dirigea vers l'escalier, mais s'arrêta au bas des marches.

« Depuis combien de temps il est ici ? demanda-t-il.

– M. Bernstein ?

– Non, son fils.

– Une demi-heure, un petit peu plus », dit Clare Whitman après avoir jeté un coup d'œil au registre des visiteurs.

Duchaunak hocha la tête et disparut dans l'escalier.

Vander's Market, restaurant traiteur à l'angle de Greenwich et de Gansevoort, approximativement à une demi-douzaine de blocs au nord-ouest de St Vincent. Au-dessus de l'établissement, trois ou quatre appartements dont les occupants vivent leur vie dans l'ignorance des affaires qui se traitent en dessous de chez eux.

Une table dans le fond à droite. Walt Freiberg, Cathy Hollander et un autre homme au visage grêlé par la petite vérole. Le vérolé est en train de parler, rapidement, d'une voix étouffée. Il jette de manière répétée des coups d'œil furtifs par-dessus son épaule vers le devant du restaurant.

Freiberg secoue la tête, fixe ses mains et regarde Cathy Hollander sur sa gauche. Elle acquiesça, dit quelque chose qui tient en quatre ou cinq mots ; le vérolé agrippe alors la main de Freiberg et la retient un moment. Puis il se redresse, glisse sur la banquette pour se dégager de derrière la table et boutonne son manteau.

Il reste là quelques secondes, le regard sur la rue. Dehors, il fait froid, un vent glacé monte de l'Hudson et souffle vers l'est ; on entend les bruits en provenance du hangar des sapeurs-pompiers de la brigade fluviale et du quai 53. L'homme ne se réjouit guère à l'idée d'avoir à quitter le restaurant, mais il se rend compte que la conversation est terminée, et le café aussi. Et Walt Freiberg n'est pas du genre à vous laisser espérer déjeuner avec lui à moins d'y être invité.

« Donc il va faire ce qu'il faut ? demande le vérolé.

– Absolument, répond Freiberg. Et chaque fois qu'il est mentionné quelque part, tu l'appelles Sonny Bernstein. Tu entends bien : pas John Harper ou John Bernstein, mais Sonny Bernstein, vu ? Si on t'appelle, quelqu'un de New York ou de n'importe où ailleurs, c'est ce que tu dis. Il est dans le milieu, c'est peut-être un caïd… t'en es pas sûr. C'est le fils de Lenny Bernstein, il est monté de Floride, ça l'a foutu en rogne qu'on ait cherché à descendre son père. C'est pas trop compliqué pour toi ? »

Le vérolé fait non de la tête et se risquerait peut-être à sourire s'il était moins préoccupé. Il en oublie presque de faire ses adieux, recule d'un pas, commence à faire demi-tour, puis se ravise et salue dûment tour à tour Walt Freiberg et Cathy Hollander.

Walt lève la main. L'homme s'éloigne sur le damier noir et blanc du carrelage avant de franchir la porte d'entrée et de disparaître dans la rue.

« Tu crois que ça va marcher ? demande Cathy.

– C'est une question ou une affirmation ? répond Freiberg en haussant les épaules.

– Une question.

– Ça va marcher, il le faut… sinon, ce coup-ci, on est tous bons pour la taule. »

Cathy hoche la tête. L'inquiétude vient un instant troubler son visage habituellement impassible.

« Tu crois que Harper tiendra le choc quand on aura besoin de lui ? Bon sang, Walt, c'est à Ben Marcus directement qu'il va avoir affaire.

– Je crois ce que je crois, dit Freiberg d'un ton sec. Allons-y… Faut que je voie quelqu'un. »

Ils se lèvent, enfilent leurs manteaux et se dirigent vers la porte. Walt Freiberg fait au revoir de la main à un type en tablier blanc derrière le comptoir. Qui a l'air très vieux et ne remarque rien.

Ils sortent dans la rue. Cathy lève les yeux vers le ciel – plat comme une mer étale, d'un blanc de robe de mariée. Elle se dit que la neige n'est pas loin.

22

« C'est bon, dit Duchaunak. J'ai pu le commencer et le finir d'une seule traite, c'est dire. »

Harper sourit et détourna les yeux pour parcourir du regard la cafétéria de l'hôpital, où ils étaient assis. Murs gris pâle, hauteur de plafond vertigineuse, kilomètres de tuyauterie argentée, innombrables conduites et bouches d'aération, et, en prime, bourdonnement incessant en sourdine.

« Vous me l'apportez et je vous le dédicace, dit Harper.

– Impossible... c'est un exemplaire de la bibliothèque.

– Vous n'aviez pas quelques dollars pour vous en payer un ?

– J'ai pas pu le trouver, votre bouquin.

– Vous avez pas bien cherché, si ?

– Si, pourtant.

– Le livre est tellement bon qu'ils en ont arrêté la vente, ça doit être ça.

– Je serais moins cynique à votre place. Ce n'est pas en écrivant un seul livre, j'imagine, qu'on peut se faire une réputation et continuer à être publié.

– Comment savez-vous ça ?

– Pas de raison particulière, dit Duchaunak en secouant la tête. Je sais que dalle, en fait. Il m'arrive de penser comme un flic. Parfois de faire appel au bon sens et de découvrir quelque chose qui n'est pas loin de la vérité.

– C'est déjà bien, concéda Harper.

– Ça se passe de la même façon chez nous, vous savez. On se fait pas une réputation en résolvant une seule affaire. Il faut continuer à engranger les succès, sinon vous n'êtes que l'étoile d'un jour.

– Vous croyez ?

– Oui. Bon, bref, parlons un peu de ces vêtements, dit l'inspecteur après s'être redressé sur sa chaise.

– C'était mon anniversaire, dit Harper avec un sourire ironique. L'oncle Walt est venu me chercher et m'a fait cadeau de quelques bricoles.

– Comme au bon vieux temps, c'est ça ?

– Exactement, dit Harper en souriant à nouveau. Comme au bon vieux temps.

– Sacré costume qu'il vous a trouvé là... Anglais ?

– Oui, je crois.

– Ça va chercher combien, un costard comme ça ?

– Dieu sait, dit Harper avec un haussement d'épaules. C'est pas moi qui ai payé.

– J'ai idée que c'est peut-être pas non plus Walt Freiberg.

– J'ai une question pour vous, dit Harper en regardant Duchaunak.

– Je vous écoute.

– J'ai ouï dire que vous aviez déboursé cinq mille dollars pour une balle de base-ball signée de Joe DiMaggio, sous prétexte que Marilyn l'aurait tenue dans la main à un moment ou à un autre. C'est vrai ?

– Vous savez quoi que ce soit sur Marilyn Monroe ?

– Vous n'avez pas répondu à ma question.

– Non, monsieur Harper, je n'ai pas donné cinq mille dollars pour une balle de base-ball signée de Joe DiMaggio.

– D'accord, dit Harper. Et non, je ne sais pas grand-chose sur Marilyn Monroe. Mais je sais deux ou trois trucs sur Arthur Miller.

– Ah bon ?

– Prix Pulitzer 1949. Willy Loman, *Mort d'un commis voyageur. Les Sorcières de Salem.*

– Oui, je connais.

– Mais tout ce que vous savez, c'est qu'elle l'a épousé, je suppose, dit Harper.

– Le 29 juin 1956, dit Duchaunak en levant les yeux de la tasse où il remuait le sucre dans son café. Vous saviez qu'elle était allée jusqu'à un endroit appelé Juárez, au Mexique, pour divorcer de lui le jour de l'investiture de Kennedy, pour que la presse lui fiche la paix ?

– Et pourquoi je saurais un truc pareil ?

– Parce que c'est intéressant, dit Duchaunak en haussant les épaules. Parce que ça a quelque chose à voir avec Arthur Miller et que c'était un écrivain, comme vous.

– C'était un dramaturge, pas un romancier. »

L'inspecteur ne répondit pas.

« Mais à quoi ça rime, tout ça ?

– Tout ça quoi ?

– Cet échange aigre-doux, dit Harper en regardant son interlocuteur droit dans les yeux. Vous venez là me harceler...

– Parce que je vous harcèle ?

– Non, pas vraiment, dit Harper en souriant.

– Vous venez de dire que je vous harcelais. Si vraiment c'est l'impression que vous avez, monsieur Harper, alors je m'en vais tout de suite. Je ne voudrais pas...

– Oh, c'est bon. Arrêtez vos conneries. »

Un silence tendu s'installa entre eux. Duchaunak regarda la porte, sur sa gauche. Un médecin entra, chercha quelqu'un du regard, puis ressortit, faisant claquer la porte derrière lui.

« Mes conneries ? reprit Duchaunak en écho.

– Vous savez ce qui se passe ici, et vous m'utilisez comme une sorte de pion dans votre jeu. Vous avez quelque chose sur mon père, et sur Walt Freiberg. J'ignore quoi, mais en tout cas ça n'a absolument rien à voir avec moi...

– Rien à voir avec vous ?

– Putain, non, rien du tout. En quoi ça pourrait me concerner ?

– Vous êtes impliqué dans cette…

– Impliqué ? Impliqué dans quoi, exactement, inspecteur ?

– Je ne sais pas, dit Duchaunak, qui examina de près les ongles de sa main droite, lesquels avaient sérieusement besoin d'être coupés.

– Vous ne savez pas ?

– Pas exactement, non.

– Mais au moins vaguement, tout de même ?

– On peut dire ça comme ça, oui.

– Alors expliquez-moi *vaguement* la situation, bon Dieu.

– Vous ne savez pas ?

– Savoir quoi ? Bon Dieu de merde, mais qu'est-ce que vous avez tous ? Pourquoi faut-il que tout le monde à New York soit aussi incompréhensible ?

– Qui a payé le costume, monsieur Harper ? demanda Duchaunak en se calant contre son dossier. Et la montre que vous avez au poignet ? C'est quoi, comme marque ? Une Omega, non ?

– Oui, une Omega, dit Harper, qui connaissait la réponse mais vérifia néanmoins.

– Combien ? Quinze cents… deux mille dollars ?

– J'en sais rien.

– Je suis sûr que si.

– OK. Disons… deux mille.

– Alors, j'y reviens, qui a payé ?

– Walt Freiberg.

– Et comment il s'est procuré tout ce fric, Freiberg ? Le genre de fric qui permet d'acheter des costumes anglais et des montres à deux mille dollars pour quelqu'un qui est pratiquement un étranger pour lui ?

– Nous ne sommes pas des étrangers l'un pour l'autre.

– Vous l'avez été pendant combien ? vingt-cinq, trente ans ?

– Il dit qu'il a gardé un œil sur moi pendant tout ce temps.

– Et pour quelle raison, bon sang, aurait-il bien pu vouloir garder un œil sur vous ?

– Peut-être parce que mon père le lui a demandé ?

– Et quel genre de gens faut-il être pour en trouver d'autres qu'on charge de veiller sur des tiers ? Quel genre de gens peuvent se permettre ça ?

– Les gens riches.

– Tout juste, monsieur Harper, avec leur foutu fric. Les gens qui ont tellement d'argent qu'ils ne savent plus quoi en faire. Vous avez tout à fait raison. Et comment devient-on riche ?

– Vous pourriez en venir au fait, putain ? dit Harper en dévisageant Duchaunak. Dites ce que vous avez à dire, comme ça, ensuite, vous pourrez aller là où vous aviez l'intention d'aller quand vous vous êtes arrêté en chemin.

– Je n'allais nulle part ailleurs, monsieur Harper. Je venais spécialement pour voir votre père.

– Allons, allons, ne venez pas me dire que c'est parce que vous êtes vraiment désolé de ce qu'il lui est arrivé et que vous voulez vous assurer qu'il se rétablisse rapidement.

– C'est pourtant le cas.

– Vraiment ? Et pourquoi donc ?

– Parce que ce ne serait pas bien qu'il meure de cette façon.

– Pas bien, pour lui ? Comment peut-on mourir en se faisant du bien ?

– Bonne remarque, monsieur Harper, concéda Duchaunak avec un sourire.

– Inspecteur, allez-vous enfin me dire ce que vous attendez de moi ?

– Je pense que vous devriez quitter New York.

– Je sais, vous me l'avez déjà dit.

– Je pense que vous êtes resté suffisamment longtemps... et je crois que vous savez pourquoi vous devriez quitter cette ville.

– Éclairez-moi, inspecteur. Dites-moi pourquoi vous croyez que j'ai la moindre idée de ce dont vous parlez.

– Rapport à Cathy Hollander.

– Comment ça ?

– Vous savez qui elle est ?

– Bien sûr. Cathy Hollander.

– Vous avez un sens inné de l'humour, monsieur Harper, dit Duchaunak en souriant. Un humour un peu noir, malgré tout, non ? Comme celui qui imprègne votre bouquin.

– Si vous le dites.

– Alors, vous savez qui elle est en réalité ?

– Qu'est-ce que vous croyez ? dit Harper en secouant la tête. J'ai fait sa connaissance lundi, et on est mercredi aujourd'hui… Je ne pense pas que ça me rende apte à juger de sa personne.

– Vous avez déjà entendu parler de Neumann et de Marcus ?

– Neiman, comme le grand magasin ?

– Neumann, le corrigea Duchaunak. Comme l'acteur, mais avec une orthographe différente.

– Neumann et Marcus… non, mentit Harper. Jamais entendu parler. On dirait un numéro de music-hall.

– Vous devriez aller au Comedy Store[1] un vendredi soir. Ils pourraient vous trouver un créneau, disons d'une demi-heure, pour vous produire, ce qui vous permettrait de vous défouler un peu.

– Le Comedy Store ? C'est là que vous allez ?

– Donc, vous n'avez jamais entendu parler de ces gens ? demanda l'inspecteur, refusant de mordre à l'hameçon.

– Neumann et Marcus ? Non, je n'en ai jamais entendu parler.

– Benjamin Marcus est une grosse pointure, ici, à New York.

– Vraiment ?

– Vraiment… C'est un caïd, qui pèse lourd.

– Il doit être vraiment gros, alors, genre obèse ?

– Non, il n'a rien d'un obèse. Vous pouvez arrêter de louvoyer avec votre humour à deux balles, monsieur Harper ? J'ai une bonne suspension, croyez-moi, et je tiens la route. Si vous voyez ce que je veux dire.

– Je vois tout à fait, acquiesça Harper.

1. Cabaret de Sunset Boulevard où se produisent des artistes comiques.

– Avant, Cathy Hollander était avec Ben Marcus…

– *Était avec ?*

– Oui, pendant un temps.

– Qu'est-ce que vous entendez au juste par "était avec" ?

– Disons qu'elle était la jolie fille de service, celle qui entendait tout sans jamais rien répéter, faisait tout ce qu'on lui demandait de faire, comme de s'occuper d'une personnalité de marque conviée à New York par M. Marcus…

– C'est une prostituée ?

– Non, pas une prostituée, monsieur Harper. Une amie de la famille, plutôt, de la famille de M. Marcus.

– Alors pourquoi est-ce qu'elle est avec Walt Freiberg, aujourd'hui ?

– Il y a eu un pari à propos de je ne sais trop quoi un jour entre M. Marcus et votre père, dit l'inspecteur en souriant, et c'est le second qui a gagné. Ben Marcus s'était engagé, s'il perdait, à lui céder Cathy Hollander.

– Mais quelles conneries vous pouvez raconter ! dit Harper, qui ne put s'empêcher d'éclater de rire.

– Comme vous voulez. Ces gens ont des valeurs qui n'ont rien à voir avec les nôtres, des impératifs sans rapport avec ceux de gens comme vous et moi.

– Ces gens, dites-vous ? Et ce seraient qui, ces gens, inspecteur ?

– Ceux avec lesquels vous passez la plus grande partie de votre temps depuis votre arrivée à New York.

– Et ma tante en ferait partie ?

– Bien sûr.

– Vous la connaissez ? » demanda Harper, qui commençait à s'inquiéter sérieusement.

Pas une fois il n'avait cherché à affronter la vérité des implications des propos de Duchaunak. Ses défenses étaient en place mais commençaient à s'éroder dangereusement.

« Je ne la connais pas à proprement parler. Je suis simplement allé la trouver, et je lui ai posé quelques questions.

– Et pour quelle raison, bon Dieu ?

– Pour vérifier que c'était bien elle qui vous avait demandé de venir à New York ou si c'était Walt Freiberg qui avait insisté pour qu'elle le fasse.

– Et… ?

– À votre avis ?

– Je crois que c'est elle qui voulait que je vienne. Je crois qu'elle pensait que c'était ce que ma mère aurait voulu… que j'apprenne que j'avais un père avant qu'il meure. »

Duchaunak soupira, jeta un coup d'œil vers la porte de la salle quand un infirmier entra et se dirigea vers le comptoir.

« OK, dit-il, croyez ce que vous avez envie de croire, monsieur Harper, mais il faut que je vous dise quelque chose, et que vous me suiviez ou non sur ce chapitre, je me dois de vous donner une idée de ce qui se passe ici, sinon je n'aurai pas la conscience tranquille. J'ai assez de trucs comme ça à me reprocher sans avoir à m'inclure dans la liste, vous comprenez ? »

Harper avait l'impression de se déliter, comme si tout se dénouait en lui et menaçait de partir à la dérive.

« Ben Marcus et Sol Neumann sont des gens dangereux, continua l'inspecteur. Très, très dangereux. Votre père et Walt Freiberg étaient, et sont peut-être encore, en affaires avec eux. Autrement dit, pas le genre de personnes à fréquenter, monsieur Harper. Vous êtes venu à New York, et vous avez découvert une vérité très difficile à affronter, je n'en doute pas… Vous avez un nouveau costume et une montre superbe… », poursuivit Duchaunak. Il s'interrompit au beau milieu de sa phrase pour se pencher vers Harper, avant de reprendre la parole d'une voix pressante : « Il faut que vous partiez, monsieur Harper, je vous le dis pour votre bien… Vous devez absolument quitter New York. Rentrez chez vous à Miami. Je vous tiendrai au courant de l'état de santé de votre père. »

Harper ne répondit pas.

« Vous m'avez entendu, monsieur Harper ?

– J'ai bien entendu, oui, mais vous ne m'avez pas dit grand-chose, bon Dieu.

– Je ne peux pas vous en dire plus. En mon âme et conscience, j'estime que moins vous en saurez et mieux ce sera. Si je vous révèle certaines des choses qui se passent ici, vous vous comporterez avec ces gens d'une façon qu'ils trouveront bizarre. Ils s'en apercevront tout de suite, et alors...

– Et alors, quoi ?

– Rentrez chez vous, monsieur Harper, c'est le meilleur conseil que je puisse vous donner. Je vous en prie, écoutez-moi.

– Je vais y réfléchir.

– D'accord, réfléchissez-y, dit Duchaunak en se levant.

– On peut emmener un cheval à l'abreuvoir... vous connaissez la suite, inspecteur ?

– Oui, bien sûr », dit ce dernier en souriant et en boutonnant son pardessus avant de tendre la main. Harper la serra sans se lever. « Bonne chance.

– Merci, inspecteur. »

Duchaunak se dirigea vers la porte.

« Hé ! l'appela Harper. C'était quoi, cette histoire de base-ball ? Vous n'avez quand même pas donné cinq mille dollars pour une balle de base-ball ? »

Duchaunak, qui s'était retourné, secoua la tête et mit la main sur la poignée de la porte.

« Non, monsieur Harper. Je n'ai jamais donné cinq mille dollars pour une balle de base-ball... J'en ai donné six. »

Duchaunak ouvrit grand la porte et sortit dans le couloir. Il avait disparu avant que Harper ait eu le temps de répondre.

23

Harper s'attarda un moment à la cafétéria et finit son café. Ne repensa pas à la conversation qu'il venait d'avoir avec l'inspecteur, pour la bonne raison qu'il ne croyait pas avoir l'esprit suffisamment souple pour emmagasiner pareils conclusions et sous-entendus. Il regarda la montre que lui avait offerte Walt, le costume qu'il portait. Se pouvait-il qu'il cherche à être quelqu'un qu'il n'était pas ? Du moins, dans ce domaine, ressentait-il quelque émoi. Un peu d'excitation, un peu de fébrilité. À quoi servaient ces émotions si on ne les éprouvait pas une fois de temps à autre ?

Il prit un taxi devant l'hôpital pour rentrer au Regent. Le chauffeur jacassa pendant tout le trajet, au milieu du vacarme de la radio, où un DJ surexcité ne cessait de répéter que Dizzee Rascal et Social Distortion risquaient de déloger Franz Ferdinand de la première place au hit-parade.

Assis à l'arrière, Harper parcourait les rues du regard à la recherche de souvenirs d'enfance. New York avait changé, avait grandi pour devenir adulte.

« Z-êtes de New York ? demanda le chauffeur.

– À l'origine, oui.

– Et maintenant ?

– Je vis à Miami.

– Miami ? J'y suis allé. C'est vachement bien. »

Harper ne réagit pas.

« Z-êtes en vacances ?

– Non. Une affaire à régler.

– Vous serez ici la veille de Noël, l'ami ?

– Je ne sais pas, dit Harper, tout en se demandant s'ils étaient encore loin de l'hôtel.

– Si vous restez jusqu'au 24 décembre, faudra que vous preniez un taxi ce jour-là, d'accord ?

– Que je prenne un taxi ?

– Ouais, absolument.

– Et pour quelle raison ?

– Parce qu'on recueille de l'argent.

– Je ne comprends pas, dit Harper en fronçant les sourcils.

– Ce jour-là, vous prenez un taxi jaune n'importe où dans la ville, pour aller où vous voulez, et l'argent de la course va aux organisations caritatives. Le maire envisage même d'interdire la circulation des voitures particulières pendant trois heures au cours de l'après-midi pour nous permettre de ramasser le plus d'argent possible. Vous pensez pouvoir faire ça ?

– Tout à fait, oui.

– Si vous êtes ici... Ça servirait à rien d'aller prendre un taxi à Miami, pas vrai ?

– Tout à fait vrai. Si je suis encore à New York, je prendrai un taxi. Promis.

– Z-êtes un sacré chic type. »

C'est à ce moment-là qu'ils arrivèrent devant le Regent. Harper régla la course avec l'argent que lui avait donné Walt. Puis il s'attarda quelques minutes sur le trottoir après le départ du taxi, en se demandant ce qu'il allait faire.

Il n'en avait pas la moindre idée. Il fit demi-tour et gravit les marches du perron.

Ben Marcus, assis dans son bureau de l'entrepôt, prend un appel téléphonique.

« Ben ? dit Freiberg à l'autre bout de la ligne.

– Walter, répond Marcus.

– J'ai trouvé un endroit pour la réunion de demain. Un restaurant doté d'un sous-sol, la trattoria St Angelo. De l'autre côté de

Gramercy Park, à l'angle de la 24e Est et de la 3e Avenue. Midi, ça vous va, à toi et tes gars ?

– Midi, c'est parfait, Walt... On se retrouve là-bas.

– Entendu, Ben. »

Fin de l'appel.

Un duplex miteux sur Vandam Street.

C'est la tombée de la nuit ; les lampadaires baignent les alentours de leur lumière jaune sodium et donnent à la soirée un air meurtri et fatigué.

Entrer par effraction avait été un jeu d'enfant. Deux verrous et une chaîne plus tard, Albert Reiff et Ray Dietz étaient assis dans la cuisine à l'arrière de la maison. Ils attendirent plus d'une heure, qu'ils passèrent à fumer sans rien dire ou si peu, pareille patience ne leur faisant jamais défaut. Leur mode de vie l'exigeait, et, au bout d'un moment, le temps prend une autre dimension pour ce genre d'hommes, sans même qu'ils se posent la moindre question.

Dietz entendit un bruit de pas sur le trottoir devant le bâtiment et se leva. Il eut un hochement de tête à l'adresse de Reiff, et quand celui-ci entendit la clé dans la serrure de la porte d'entrée révélant l'arrivée d'un nouveau venu, il se leva à son tour. Ils se positionnèrent de part et d'autre de la porte de la cuisine, entendirent le propriétaire des lieux pénétrer dans le vestibule, poser quelque chose par terre, allumer la lumière, peut-être enlever son manteau. Il ne s'écoula guère plus d'une trentaine de secondes entre le moment où Darryl McCaffrey glissa sa clé dans la serrure et celui où il franchit le seuil de la cuisine plongée dans l'obscurité. Mais à peine avait-il tendu la main pour allumer qu'il sentit quelque chose d'anormal.

L'odeur de la cigarette, peut-être : McCaffrey ne fumait pas. Ce qui le mit en alerte n'avait d'ailleurs aucune importance, car quand bien même eût-il identifié la source de son inquiétude qu'il n'aurait pas eu le temps de réagir. Dietz l'avait déjà saisi par le bras droit, qu'il serrait comme un étau, et tandis qu'il le tirait dans la cuisine, Albert Reiff l'attrapait par la nuque, le poussait dans la pièce et le propulsait contre la table.

David McCaffrey, trente-cinq ans, travailleur social au service du New York Metropolitan Borough, heurta de la tête l'angle de la table et s'affaissa au sol.

Il revint à lui une dizaine de minutes plus tard pour se retrouver non seulement bâillonné, mais attaché à une chaise avec du ruban adhésif, ses chevilles maintenues par quelque chose qu'il ne voyait pas, avec devant lui les deux hommes les plus laids qu'il eût jamais eu le malheur de croiser.

« Monsieur McCaffrey, lui dit l'homme à sa droite, je m'appelle Raymond. Et voici mon ami Albert. Faites oui de la tête si vous me comprenez. »

McCaffrey hocha vigoureusement la tête, les yeux exorbités, la vessie prête à se vider sur le linoléum ou à exploser dans son bas-ventre.

« Bien, à présent que les présentations sont faites, on peut passer à notre affaire. On a besoin de retrouver votre frère. »

McCaffrey eut un froncement de sourcils d'incompréhension et commença à secouer la tête.

« Thomas, c'est bien son nom ? Il faut qu'on retrouve Thomas… et si vous coopérez, tout se passera bien. Sinon… eh bien… sinon, on va devoir vous tuer. »

Les yeux de McCaffrey s'agrandirent encore davantage. L'espace d'une seconde, il se demanda s'il ne s'agissait pas d'une farce macabre.

Puis Ray Dietz lui expédia son poing dans la poitrine, et il sut que l'heure n'était pas à la plaisanterie.

24

Personne n'appela. Pas plus Walt que Cathy ou Duchaunak. Ce qui laissa Harper dans la solitude la plus complète à l'American Regent pendant toute la soirée du mercredi. Il avait mangé seul, au restaurant de l'hôtel, et avait regardé la télévision dans sa chambre jusqu'au moment où il s'était endormi. Se réveillant aux premières lueurs du jour le jeudi, tout habillé sur son lit, en dehors de sa veste et de ses chaussures. Il s'était alors dévêtu avant de se glisser sous les couvertures. Il se souvenait du bruit de la pluie qui tambourinait contre la vitre, et de pas grand-chose d'autre. L'espace de quelques minutes, et l'épuisement effaçait ses pensées sans effort, pour les remiser proprement hors de sa conscience. Une journée s'était terminée, une autre avait commencé, et il avait dormi pendant l'intervalle.

Le moment le plus troublant fut peut-être celui qu'il connut un peu avant 9 heures, alors qu'il se trouvait dans la salle de bains. Pendant une quinzaine de secondes, il fut incapable de se souvenir de son propre nom. S'il avait voulu décrire cette sensation, il n'y serait probablement pas parvenu. Mais le phénomène se produisit bel et bien, et avec une clarté et une précision telles qu'il le laissa perplexe et troublé une bonne partie de la matinée. Il en vint même à se demander si sa véritable identité n'était pas en passe de sombrer.

Il appela la réception, qui lui dit avoir en sa possession un certain nombre d'articles à son intention ; on les lui monterait dans sa chambre. Il commanda des œufs et des toasts, ainsi que du café. Un garçon d'étage arriva avec la table roulante, puis les valises et les cartons qui contenaient le reste des vêtements achetés la veille. C'était Cathy qui avait dû les déposer. Pourquoi n'avait-elle pas appelé ? Pourquoi ne pas l'avoir averti de son passage ou même lui avoir apporté les bagages elle-même ? De tous les gens qu'il connaissait à New York, elle était bien la seule qu'il avait vraiment envie de voir. Il ne pouvait se sortir cette fille de la tête, où elle s'était définitivement installée. Harper demanda à quelle heure avait eu lieu la livraison, le porteur n'était pas sûr. Harper le remercia, le gratifiant d'un billet de dix dollars.

Il mangea, assis à côté de la fenêtre. Vue du haut de ses dix étages, New York avait l'allure d'un décor de cinéma. Il se sentait étranger à cette ville, complètement détaché d'elle. Il n'en était pas, en tout cas pas totalement, et seule une part infime de la ville faisait partie de lui. Renoncer à cette conviction, c'était envisager la possibilité que Miami n'était pas chez lui. Pareille perspective impliquait qu'il n'avait nulle part où retourner. Ce qui n'était pas fait pour le rassurer. Il était dans l'incertitude la plus complète.

Il tria les vêtements : trois costumes, une demi-douzaine de chemises, deux paires de chaussures, quatre cravates, deux paires de boutons de manchettes en argent, quelques mouchoirs en soie, un pardessus croisé en cachemire et une écharpe en points irlandais tricotée main. Tout au fond d'un des cartons, une paire de gants en chevreau, aussi doux que du coton.

Harper choisit un costume bleu marine, une chemise blanche, mais laissa les cravates de côté. C'était bon pour les hommes d'affaires et les gangsters. Ainsi vêtu, il se faisait l'impression – loin d'être désagréable – d'être un autre. Il aurait voulu pouvoir appeler Cathy, se rendant soudain compte qu'il n'avait aucun moyen de les joindre, elle ou Walt.

Il était 11 heures passées quand il quitta sa chambre. Il prit son pardessus, l'écharpe et les gants, et quand il franchit le seuil du Regent, le portier le salua, la main à sa casquette. Harper remarqua le geste, tout en se souvenant que, en quittant l'hôtel la veille, il n'avait été gratifié d'aucun salut de ce genre. À présent, il avait l'allure d'un homme doté d'une raison sociale et de suffisamment de moyens pour sortir dans les rues de New York avec plusieurs milliers de dollars de vêtements sur le dos. L'habit faisait bel et bien le moine, l'apparence seule comptait. Il se rappela que, jusqu'alors, il avait choisi de ne voir strictement que ce qu'il voulait voir, et rien de plus. Il ne se sentait pas équipé, que ce soit sur le plan mental ou affectif, pour aller creuser sous la surface. Pas aujourd'hui, en tout cas. Pas avant d'avoir retrouvé des repères. Il prit à gauche sur Hudson Street, leva les yeux vers le bâtiment de la Western Union, et poursuivit son chemin. Sans but ni intention précise, ce qui, pour l'instant, semblait être l'option la plus sûre. Le bruit de ses pas était à l'unisson des battements de son cœur.

« Alors, qu'est-ce qu'on a de nouveau ?

– Un tas de riens qui voudraient se faire passer pour quelque chose. »

Duchaunak se frotta les paupières de ses poings fermés. Il n'avait pratiquement pas fermé l'œil. Sa conversation avec Harper lui était repassée en boucle dans la tête, à l'image d'un taxi qui roulerait compteur enclenché en permanence. Le gamin – c'en était un en dépit de ses trente-six ans – semblait n'avoir aucune idée des gens qu'il fréquentait. Partager cinq minutes du quotidien d'individus tels que Edward Bernstein, Walt Freiberg, Sol Neumann ou Ben Marcus lui aurait donné envie de courir se réfugier à Miami, pieds nus s'il le fallait. Et Evelyn Sawyer ? Cette femme semblait recéler à elle seule plus de secrets qu'une pyramide.

« Dis quand même, fit Duchaunak.

– Ben voilà, répondit son collègue. Rien dans l'autopsie d'Anne Harper ou de Garrett Sawyer qui permette de conclure à autre chose qu'un suicide. Garrett avait un drap derrière lui, rien qui puisse nous exciter, et en dehors du fait qu'il était marié à Evelyn

Harper, sœur d'Anne, elle-même mère de Bernstein junior, et qu'il était donc l'oncle du gamin, il n'existe aucun autre lien apparent avec Edward Bernstein.

– Sauf que nous, on sait qu'il y en a forcément eu un.

– À condition de croire très fort au flair et à l'intuition, oui, dit Faulkner en hochant la tête, il a dû.

– Ça ne te pose pas de problème ?

– À qui ça n'en poserait pas ? dit Faulkner en haussant les épaules. Bien sûr que je m'interroge. Bon sang, on ne marche qu'à l'intuition dans cette affaire, ce que tu penses ou tu pressens, d'accord ? Alors, qu'est-ce que j'en pense, moi ? J'en pense que Garrett était sans doute un rouage du mécanisme, peut-être même couplé avec Evelyn, et constituait le lien indirect entre Lenny et Anne Harper. Pas autrement étonnant que Bernstein ne l'ait pas épousée, et que, à en croire Evelyn, ces deux-là se détestaient cordialement.

– Elle a dit que Bernstein avait plus ou moins plié bagage dès qu'il avait eu vent de la grossesse d'Anne.

– C'est pour ça qu'elle a souhaité sa mort.

– Elle n'a jamais dit une chose pareille, rétorqua Duchaunak, le sourcil froncé.

– Tu me feras pas croire que quand on serine à un gamin que son père est décédé depuis trente ans, on n'a pas envie que ce soit le cas ?

– Ouais, je suppose que t'as raison.

– Ce gamin, il va et vient libre comme l'air au milieu de ce cirque, dit Faulkner d'un ton détaché. S'il ne respecte pas leurs règles, ils ne vont pas se priver de le mettre au pas.

– Le renvoyer à Miami par le premier avion...

– Ou lui flanquer une balle dans la tête, à ce pauvre crétin.

– Il n'est pas idiot.

– Je sais, dit Faulkner, j'ai lu son bouquin.

– Ton avis ?

– C'est pas ma tasse de thé.

– Mais ça prouve qu'il est pas idiot.

– Il voit ce qu'il voit, Frank, dit Faulkner en riant. Qu'est-ce qu'il y a derrière cette histoire de vêtements, hein ? Tu me dis qu'il s'est laissé habiller comme son père. Où est-ce qu'ils l'ont emmené ? Chez Benedict ?

– Je suppose, dit Duchaunak en haussant les épaules.

– Il est crétin quand ça l'arrange. Il ne voit que ce qu'il veut bien voir et n'entend que ce qu'il veut bien entendre. Quand les choses vont devenir franchement inconfortables pour lui, soit il les supportera, soit il prendra la tangente. Freiberg commence à négocier avec Marcus, celui-ci se met dans la tête que le fils de Bernstein est juste un petit journaleux de Miami, et moi je te garantis qu'on va les retrouver, lui et Walt Freiberg, flottant dépecés dans le fleuve.

– J'ai pas l'impression que Harper soit dans le camp de Freiberg, dit Duchaunak en se penchant pour prendre une cannette de Dr Pepper sur le bureau.

– Il n'y a plus de camps opposés, dit Faulkner. La frontière entre les bons et les méchants est brouillée depuis des lustres... ne serait-ce qu'à cause du nombre de gens qui jour après jour la franchissent dans les deux sens. Les distinctions n'existent plus. Montre-moi un habitant de cette ville qui n'a pas dépouillé son voisin de fringues déjà volées, qui n'a pas acheté une cartouche de cigarettes de contrebande et qui ne se fiche pas du tiers comme du quart de ses absences au boulot. Montre-m'en un seul qui soit propre sur lui, n'ait absolument rien à se reprocher, et je te jure que je suis prêt à payer mes impôts jusqu'au dernier cent cette année.

– Tu te prends pour un nouveau Diogène ? dit Duchaunak en souriant. Diogène, répéta-t-il devant la mimique étonnée de son coéquipier. Celui qui se promenait en plein jour avec une lanterne à la recherche d'un homme honnête.

– Peu importe. Je jurerais que ce qu'ils sont en train de mijoter doit avoir lieu avant Noël. C'est obligé. Bernstein est à l'hôpital, c'est vrai, mais Bernstein n'a jamais été un homme de terrain, en tout cas pas ces vingt dernières années. Bernstein a toujours été le pourvoyeur de fonds, celui qui s'occupait des contacts et des dessous-de-table. C'est Freiberg qui va diriger l'opération cette fois-ci, je te le garantis, et je crois que ça va être grandiose. Ça va faire du bruit, et des morts, il y en aura.

– Et si Harper se met en travers ? » demanda Duchaunak.

Faulkner secoua la tête et eut une moue désabusée.

« Ça, c'est son problème, merde. Il aurait dû faire preuve d'un peu plus de discernement pour comprendre ce qu'il avait sous le nez, et ne pas essayer de se convaincre qu'il s'agissait d'autre chose.

– D'accord avec toi. Il faut prendre Freiberg en filature. Il faut que je sache, Don. Il faut que je sache ce que fabriquent ces types, nom de Dieu. Cette foutue histoire me ronge les sangs comme t'as pas idée. »

Faulkner eut un sourire, celui d'un vieux cynique endurci.

« On fera rien pour te couper l'herbe sous le pied, Frank. Je vais voir ce que je peux faire côté filature.

– Cette fois-ci, Don, dit son partenaire en se levant, cette fois-ci, je vais me les payer, crois-moi.

– Je te crois, Frank. Oh, à propos, ils ont trouvé une marque sur la balle qu'a reçue Lenny… Non pas que ça nous avance beaucoup.

– Qu'est-ce qu'ils ont trouvé ?

– Une très vieille affaire… le braquage à main armée d'un 7-Eleven, en janvier 1974. Un coup de feu, personne n'a été touché. La balle s'est logée dans le mur. La balle qu'on a retrouvée dans la poitrine de Lenny Bernstein avait les mêmes marques d'origine et le même rainurage que celle qui avait servi pour le braquage en question.

– Ça ferait trente ans… C'est pas possible, ça, s'exclama son coéquipier. Les mecs de la balistique ont dû faire une erreur, Don. Ils ont merdé sur ce coup.

– Ils ont vérifié deux fois, pour être sûrs, précisa Faulkner. Après, ils sont revenus vers moi et m'ont confirmé que la balle qui a atteint Lenny venait de la même arme que celle qui avait été utilisée en 1974. En soi, ça ne prouve rien. Des armes achetées au marché noir ou impossibles à retracer circulent sans arrêt. Apparemment, tu peux encore acquérir des calibres .45 réglementaires que les soldats n'ont jamais rendus à la fin de la guerre. »

Duchaunak hocha la tête sans un mot. Il se dirigea vers la petite fenêtre de son bureau et regarda dans la rue. Il resta silencieux un moment, puis – sans se retourner pour faire face à Faulkner – il se mit à parler. Mais d'une manière telle qu'on aurait pu le croire seul, et son coéquipier l'écouta sans rien dire, ne voulant pas interrompre son monologue.

« Le problème avec New York, c'est qu'il n'y fait jamais vraiment sombre. Et ça, ça a forcément des répercussions sur toi... c'est pas quelque chose de naturel. Ce que je veux dire, c'est que la ville devient sombre, bien sûr, mais pas de la même manière que dans ton souvenir de gamin. Aujourd'hui, t'as les lampadaires, les magasins ouverts toute la nuit, les bars et les boîtes de strip-tease avec leurs enseignes au néon... Le résultat est que t'as jamais l'obscurité dont t'aurais besoin pour pouvoir dormir correctement. Un peu comme Las Vegas... T'es déjà allé à Vegas ? demanda l'inspecteur sans attendre la réponse. On a l'impression d'être tout le temps en plein jour, et y a pas de pendules... ni dans les halls d'hôtel ni dans les restaurants... pas de pendules nulle part. Les gens perdent la notion du temps, ils en oublient de dormir, ils ne font qu'introduire des pièces dans les machines à sous jusqu'à ce qu'ils s'écroulent comme des masses. »

Duchaunak se retourna et regarda Faulkner en souriant, de ce sourire doux et étrange qui suggérait la nostalgie du souvenir.

« Il arrive que je ne m'endorme pas avant 3, 4 heures du matin. Je suis tellement épuisé, Don, poursuivit-il en secouant la tête, le regard au sol, tellement éreinté que je n'arrive même plus à garder les idées un tant soit peu claires. Tu vas pas me croire – sur ce coup-là, tu vas vraiment pas me croire –, mais je me suis réveillé ce matin après deux ou trois heures de sommeil sans plus me souvenir de mon nom. Je t'assure, comme si je n'avais même plus conscience de qui j'étais. Ça a duré quoi, dix secondes, pas plus, mais je jure devant Dieu que j'arrivais même pas à me rappeler mon propre nom. »

Duchaunak enfonça les mains dans ses poches et se tourna de nouveau vers la fenêtre. Il baissa la tête, poussa un soupir si profond qu'on aurait pu penser qu'il allait se vider de son air et disparaître sur place.

« Peut-être, dit Faulkner d'une voix posée, peut-être que tu devrais prendre un jour ou deux, te reposer un peu, tu crois pas ? Le temps de te remettre les idées en place... »

Duchaunak fit soudain volte-face.

« Mes idées sont sur la bonne voie, Don, te fais pas de souci. C'est juste une route à une voie, je te l'accorde, mais elles sont bel et bien fixées là où il faut, sur ce putain de fric, d'accord ? »

Faulkner leva la main dans un geste d'apaisement. Son collègue semblait tendu à l'extrême, remonté comme un ressort de montre.

« Ça fait sept ans que ça dure, Don, sept ans depuis que tout a démarré. T'as vu ce qu'ont fait ces gens, tu sais jusqu'où ils peuvent aller, et si ce John Harper est incapable de comprendre la situation et de se dire qu'il faut qu'il foute le camp d'ici, ma foi, il ne pourra s'en prendre qu'à lui-même.

– Tu crois que c'est Freiberg qui a fait descendre Bernstein ?

– J'en sais rien, Don, dit l'inspecteur en haussant les épaules. Rien du tout. En tout cas, j'espère que c'est pas lui.

– Mais pourquoi ? s'étonna Faulkner. Quelle différence que ce soit Freiberg ou Marcus, ou quelqu'un d'autre ?

– Parce que si c'est Freiberg, ça veut dire que Bernstein a été trahi par un homme qui d'une certaine manière est dix fois plus dangereux que lui. Bernstein tenait la bride haute à Freiberg, et arrivait à le contrôler. Si l'autre s'est mis en tête de diriger les opérations, alors ça va faire un gâchis pas possible.

– Le fait est qu'on sait rien, dit Faulkner.

– Et jusqu'à ce qu'on le découvre, y a pas grand-chose à en dire.

– Je m'occupe de cette filature.

– Je vais de ce pas à l'hôpital, voir où en est Lenny.

– Si tu croises son fils, t'as l'intention de lui dire quelque chose ?

– Je doute que ça fasse une différence, dit Duchaunak en haussant les épaules.

– Seigneur, si seulement il savait, dit Faulkner avec un soupir sonore. S'il avait la moindre idée de l'homme qu'est son père, ou de ce que sont vraiment Sol Neumann ou Ben Marcus… »

Il laissa sa phrase inachevée. Duchaunak ne répondit pas. Il enfila son pardessus et ouvrit la porte de son bureau.

« À plus.

– À plus, Frank. »

L'inspecteur referma sans bruit derrière lui et descendit retrouver la rue.

Quelques instants plus tard, le sergent Oates faisait lui aussi son entrée et jetait un coup d'œil dans la pièce.

« T'as vu Sampson ?

– Non, pourquoi ?

– J'ai une mauvaise nouvelle pour lui… un mec battu à mort. Dans un duplex de Vandam Street.

– On le connaît ?

– Non, un certain McCaffrey, Darryl McCaffrey, travailleur social, je crois. C'est les voisins qui nous ont prévenus.

– Jamais entendu parler, dit Faulkner en fronçant les sourcils. Si je vois Sampson, je lui dirai que tu le cherches.

– Surtout pas, bordel. S'il apprend que je le cherche, il va se tirer. »

Faulkner sourit.

Le sergent referma la porte.

25

« C'est sûr. »

Sol Neumann regarda l'homme au visage vérolé en face de lui droit dans les yeux.

« Je vais communiquer ce que tu me dis directement à M. Marcus. Tu sais ce que ça signifie, hein ? »

Son interlocuteur, un homme d'une quarantaine d'années aux cheveux foncés, du nom de Micky Levin, rendit son regard à Sol Neumann sans ciller, sans broncher. Ce dernier ne lui faisait pas peur. Ses airs de dur, il les devait uniquement à son patron, Marcus. Sans lui, il n'était rien qu'un bâton merdeux dans un costard à deux mille dollars.

« Tu me connais, Sol, depuis le temps ? Quand je te dis quelque chose, c'est du solide, non ? Je t'ai déjà rapporté un truc qu'était pas réglo ? Dis-moi si une seule fois, une seule, je t'ai dit un truc qu'était tordu.

– Sonny Bernstein, c'est ça ? reprit Neumann en levant la main pour imposer silence à Levin.

– C'est ça, oui. C'est le nom qu'ils lui ont donné. Je te le jure sur la tête de ma mère.

– Elle est morte, ta mère, Micky.

– Eh ben, sur sa tombe, alors, qu'est-ce que ça peut bien foutre, bordel ? Je suis resté là à écouter cet imbécile de Freiberg, un putain de juif en plus... t'y crois, à ça ? Dire qu'y faut que je célèbre la Pâque juive en sachant que ce foutu cireur de bottes à deux balles...

– Ça va, ça va, pas la peine de t'exciter comme ça sur ce type, d'accord ? Répète-moi plutôt ce que tu viens de me dire... Donc t'étais là-bas avec Walt Freiberg et la fille, c'est bien ça ?

– Ouais, ouais, moi, Walt Freiberg et la fille, acquiesça vigoureusement Micky Levin.

– Et Freiberg a dit que c'était Sonny Bernstein qui allait s'occuper de cette affaire ?

– C'est ça, ouais, comme tu le dis... Sonny Bernstein allait s'occuper de l'affaire.

– Il a dit quelque chose à propos d'une équipe à Miami, ou d'un truc de ce genre ?

– Non, rien du tout. Il a rien dit directement.

– Putain, qu'est-ce que c'est censé signifier, ça ? demanda Neumann en secouant la tête. Il a dit quelque chose ou pas ?

– Freiberg... il a dit que ça avait foutu Sonny Bernstein en rogne que son père se soit fait descendre, c'est tout. Il a dit qu'il était vraiment vénère, que c'était bon pour personne que ça soit arrivé, parce que Sonny Bernstein a une réputation de semeur de merde.

– Il a dit ça ? »

Micky Levin hocha la tête, toujours aussi vigoureusement.

« T'en es bien sûr ?

– Sûr que j'en suis sûr, Sol. Il a rien dit de spécial à propos d'une équipe, mais j'ai quand même eu l'impression que ce type était dans le business. »

Sol Neumann se redressa sur sa chaise. Il parcourut du regard la pièce étroite et dépourvue de fenêtres à l'arrière du restaurant de la 9e Ouest, un bureau où s'étaient tenues nombre de rencontres du même genre au cours des années précédentes. Ce qu'avaient entendu ces murs, les paroles qu'avaient absorbées le sol, les meubles, le vieux ventilateur de plafond en bois de style colonial... sans jamais en comprendre le sens ! Été 1994, entêtant, suffocant, une chaleur telle que personne n'aurait supporté de passer plus d'une quinzaine de minutes dans la pièce où Sol Neumann et un homme au visage de fouine, un certain Haywood Roebling, avaient ligoté un dénommé Kent Bayard sur la chaise où était assis Micky Levin en ce moment même. L'avaient attaché serré avec du ruban adhésif, aux poignets, aux chevilles, et même autour du cou, avant de lui défoncer la gueule dans l'espoir qu'il finirait par leur livrer les horaires de la tournée d'un bookmaker. Kent Bayard n'était ni un salaud ni un crétin, mais il avait le cœur malade, et, grâce à un infarctus, il mourut au bout de vingt-cinq minutes d'hospitalité de Sol Neumann. Quant à Haywood Roebling, il ne passa pas Noël; harponné pour une inculpation de coups et blessures remontant très loin, à l'époque où il avait eu maille à partir avec une blonde peroxydée et un mari jaloux de Brooklyn Heights, il était pour huit jours dans une cellule de garde à vue quand il se fit planter un poignard dans un rein. Haywood n'avait pas renouvelé sa carte de sécu à temps, et il mourut au triage du Pace University Beekman Hospital.

« T'as fait du bon boulot, Micky », dit Sol Neumann en sortant du tiroir devant lui une enveloppe marron et plate, qu'il lança en direction de Levin.

Lequel l'attrapa au vol, avant de la glisser prestement dans la poche intérieure de sa veste.

« Bon, va-t'en faire encore mieux ou encore pire, c'est selon, pas vrai ?

– C'est comme si c'était fait », répondit Levin en se levant dc sa chaise.

Il recula de quelques pas, fit demi-tour, ouvrit la porte et disparut dans la salle du restaurant.

Neumann s'empara du téléphone. Il appela un numéro de portable. Qui sonna trois, quatre, cinq fois avant que quelqu'un décroche.

« Je viens de voir Micky, dit-il dans l'appareil. À l'entendre, le jeune va prendre la place du vieux… J'ai besoin de tout ce que tu peux me dégotter sur ce qu'a ce mec à Miami. »

Neumann écouta, hocha la tête, esquissa un sourire.

« Ça fera l'affaire, dit-il. Les rumeurs, c'est pas fait pour les chiens. »

Nouveau silence.

« Bon, laisse l'orchestre s'accorder, tu veux ? Le spectacle continue. On a besoin de véhicules, comme je t'ai dit, quatre. Mets-toi en cheville avec le type du garage qui s'occupe de la peinture. Il va me falloir tous les flingues que tu pourras dégotter avec le fric que je t'ai filé. Discute un peu à droite à gauche. Recontacte-moi quand t'as tout. M. Marcus va probablement réclamer un rapport quotidien sur les progrès de l'affaire, d'accord ? »

Neumann s'interrompit et écouta à nouveau.

« Tout ce que t'as, peu importe. Tiens-moi au courant. »

Neumann reposa le combiné. Se leva, boutonna sa veste, fit le tour du bureau pour aller décrocher son pardessus de la patère derrière la porte. En quelques secondes, il était sorti du bâtiment et descendait la rue.

Sur la 9e Ouest, il tourna à droite en direction de la 5e Avenue. Tête baissée, avançant droit devant lui, il traversa le carrefour à la hauteur de la 9e Est. Continua tout droit avant de tourner dans Broadway et de marcher jusqu'à la station de la 8e, où il prit le métro jusqu'à Union Square et acheta un journal dans un kiosque. Une fois remonté à l'air libre, il coupa à travers le parc direction nord-est et disparut dans Gramercy.

Ce n'est qu'en atteignant St George, non loin de Rutherford, qu'il s'arrêta pour passer un appel d'une cabine.

« Je voudrais parler à Marcus. »

Il attendit que le message soit transmis et entendit le raclement de gorge familier de son boss.

« C'est parti, dit Neumann tranquillement.

– C'est sûr ?

– Sûr et certain, Ben.

– Tu as eu confirmation ?

– Oui… de Levin. Il a rencontré Freiberg. Et la fille. Walt lui a redit que l'affaire allait suivre son cours comme prévu, et que le gamin agirait au nom de son père si besoin était.

– Tu rentres, là ?

– Oui.

– T'as quelqu'un qui travaille sur l'aspect Miami de la question ? Il faut que je sache tout ce qu'il y a à savoir sur ce mec et sur le poids de son équipe en Floride.

– Ouais, quelqu'un doit passer quelques coups de fil pour en savoir plus.

– Entendu. Fais vite... la réunion est à midi.

– J'arrive. »

Neumann raccrocha et sortit de la cabine. Il releva le col de son pardessus et reprit en sens inverse le trajet qu'il venait d'emprunter.

Un ciel clair, un vent mordant qui montait de l'East River. Il aurait tué pour une cigarette mais essayait d'arrêter de fumer. Pourquoi, il n'en savait rien au juste. Pas un problème de santé. Une de ses filles avait tout de même fait la grimace en disant qu'elle avait l'impression d'embrasser un cendrier froid. Il exhala un long jet de vapeur blanche, comme si c'était de la fumée de cigarette. Il sourit à part lui, et, la tête à nouveau baissée, pressa le pas, comme s'il s'efforçait d'échapper à une filature.

Dans la vitrine étroite d'une librairie à l'angle de Desbrosses et de Hudson, un magasin qu'il aurait facilement pu manquer s'il avait détourné la tête une seconde, il trouva un exemplaire corné et défraîchi d'*Empreintes profondes*. Il l'emporta à la caisse, déboursa trois dollars, en veillant à présenter le bouquin à l'endroit de façon que l'employée ne voie pas sa photo sur la quatrième de couverture. Il y avait fort peu de chance, même si elle l'avait vue, pour qu'elle fasse le rapprochement. Harper était convaincu non pas tant d'avoir changé que d'être devenu un autre, radicalement différent. Cet intervalle de quinze années de vide et de frustration avait considérablement altéré ses traits. Il n'était plus le même, ni au-dedans ni au-dehors.

Il quitta le magasin et traversa Watts et Canal Street, parallèlement à West et Washington Street, avant de prendre presque automatiquement la direction de l'est, comme poussé par une sorte d'instinct surhumain. Quelques minutes plus tard, il tournait à droite sur West Houston; il se rendit compte alors qu'il n'était qu'à un bloc de Carmine Street. Il était revenu vers son enfance, son arrêt à la librairie représentant le seul événement notable entre son départ de New York et son retour. Que restait-il de ces dix-sept années passées loin de cette ville ? Un livre de poche fatigué dans un sac en papier kraft enfoui dans la poche de son pardessus. Harper s'arrêta un moment et s'imagina en train de se regarder avec le recul. Il portait un costume sur mesure et une chemise blanche, une paire de chaussures cousues main, un pardessus en cachemire à sept cents dollars. L'homme qu'il paraissait être aujourd'hui était peut-être celui qu'il avait voulu devenir. Il pensait qu'il trouverait une telle identité en partant. Ironiquement, c'était en revenant qu'il l'avait découverte.

Il hésita un moment, se demandant s'il devait aller parler à Evelyn. Il ne connaissait toujours pas la vérité sur son père. Mais était convaincu qu'Evelyn savait tout. Il resta là, à l'angle de Clarkson et de la 7e Avenue, les mains dans les poches. Il essayait de rassembler suffisamment de courage pour faire face au passé, et, tout à son effort, s'aperçut que ce qu'il devait affronter, c'était en fait un avenir inconnu. Ce qu'Evelyn lui dirait ne pourrait servir qu'à influer sur ses sentiments à son propre égard, sur ses rapports avec ses racines, avec l'endroit d'où il venait. Ce qui, indépendamment du reste, changerait à coup sûr le visage de demain, des jours, des mois, des années qui l'attendaient. Le passé devenait présent, qui lui-même portait l'avenir. Rien de très compliqué.

Harper, pressé par son besoin de connaître la vérité, prit une grande inspiration, serra les dents et se remit en route.

26

Longtemps, Duchaunak resta le visage à quelques centimètres seulement de la vitre.

De temps à autre, il la frottait pour ménager un rond dans la buée. Il faisait semblant de regarder quelqu'un dont il ne savait rien. Regardait tranquillement tandis qu'on s'affairait à réparer les dégâts causés à ce corps.

Frank Duchaunak pensait qu'Edward Bernstein était en train de mourir. L'homme était un battant, l'avait toujours été, mais ce contre quoi il luttait l'avait transpercé de part en part. La balle était à l'image d'une force d'invasion – rapide, implacable, dénuée de scrupules autant que de remords. *Espèce de salaud!* avait-elle dit. *Quel connard de t'être mis en travers de mon chemin. D'avoir été là comme un con de... d'être humain!* Elle lui avait perforé le poumon droit, fracturé plusieurs côtes, éraflé le cœur. Et Dieu sait quoi d'autre. Le docteur avait expliqué la nature de chacune des blessures ; Duchaunak l'avait écouté patiemment, et même s'il n'avait pas compris grand-chose, il avait fort bien saisi les conclusions du médecin.

« Il a quelque chose de pas tout à fait normal.

– Pardon ? »

Le toubib avait haussé les épaules, jeté un coup d'œil vers la vitre derrière laquelle ils apercevaient tous les deux la forme inerte d'Edward Bernstein.

« Pas tout à fait normal, répéta-t-il.

– Que voulez-vous dire par là ?

– Les gens normaux ne sortent pas vivants d'un coup pareil, surtout à son âge. Le calibre, le tir à bout portant, l'hémorragie interne... Il faut une constitution exceptionnelle et un sacré tempérament pour se sortir de là. C'est déjà incroyable qu'il soit encore en vie si longtemps après. Ça va faire cinq jours ce soir qu'il a essuyé ce coup de feu – c'est quelque chose, croyez-moi. Un cas unique dans les annales. »

Duchaunak avait bien enregistré toutes ces informations, puis le médecin l'avait laissé seul dans l'antichambre, le visage pratiquement collé à la vitre, repensant à tous les contacts qu'il avait pu avoir avec Edward Bernstein au cours des sept années précédentes.

Regarder mourir Edward Bernstein, c'était comme assister au départ au ralenti d'un des membres de sa propre famille.

Duchaunak sourit. Il ne devait y avoir plus de quelques années entre lui et Harper. Evelyn Sawyer avait menti pendant tout ce temps en faisant croire à son neveu que son père était mort. Harper n'avait jamais parlé à son père, tandis que Duchaunak avait eu affaire à lui à plusieurs reprises. Ironie suprême, sans doute, il était plus près de faire partie de la famille que Harper lui-même.

D'une certaine manière, sans trop l'afficher, il en voulait presque à Harper d'être entré en scène aussi tardivement. De même qu'il en voulait à l'auteur du braquage. Il en voulait à Bernstein d'avoir eu le cran de s'opposer à lui et de l'effrayer au point qu'il réagisse comme il l'avait fait. Et plus que tout, il déplorait le fait que l'homme qui avait préparé et orchestré l'opération prévue pour avant Noël disposait désormais de l'alibi parfait. Si l'entreprise avait effectivement lieu et que c'était un succès, et si Edward Bernstein se remettait de ses blessures et s'en sortait... n'aurait-on pas là un superbe exemple de crime parfait ? Après un tel coup de maître, le procureur refuserait même de lui adresser la parole. *Comment ? Vous voudriez que j'inculpe un type qui se trouvait à l'hôpital au moment des faits... que dis-je, pas seulement à l'hôpital, mais en soins intensifs... avec un pronostic vital engagé en raison d'une blessure par balle essuyée alors qu'il tentait d'empêcher un braquage... Vous voulez que je traduise un type pareil devant les tribunaux et que je demande à un jury de me prendre au sérieux ? Non mais, pour qui nous prenez-vous ? Ou plutôt, pour qui* vous *prenez-vous ? Fichez-moi le camp d'ici et rendez-vous utile, pour une fois !*

Duchaunak secoua la tête d'un air résigné et jeta un coup d'œil à sa montre. Il se dit qu'il serait prêt à tuer père et mère pour une cigarette.

L'équipe de Marcus était déjà arrivée au restaurant quand Freiberg et Cathy Hollander se présentèrent. Les gens de Freiberg arrivaient par deux, dans des voitures séparées, à quelques minutes d'intervalle. Un observateur posté devant l'immeuble n'aurait pas manqué de trouver le manège troublant. Entre 11 h 40 et quelques minutes après midi, pas moins de dix-sept personnes pénétrèrent dans le restaurant. Il était trop tôt pour l'heure du déjeuner, et la trattoria St Angelo, même un vendredi soir, n'était jamais fréquentée à ce point. Mais il n'y avait pas d'observateur, si bien que l'événement passa inaperçu sauf aux yeux des participants. La rencontre qui allait avoir lieu était à sa manière historique : une collaboration entre Ben Marcus et Lenny Bernstein – ni amis ni ennemis depuis plus de trente ans. La dernière fois que les deux hommes s'étaient entretenus, c'était à propos de Cathy Hollander, laquelle, à la suite d'un pari, avait fait l'objet d'une tractation, comme s'il s'était agi d'une vulgaire marchandise. La tension que la jeune femme sentit monter quand elle aperçut Marcus et Sol Neumann assis à l'autre bout de la salle en sous-sol n'avait donc rien de surprenant.

À côté de Neumann se trouvaient Victor Klein, Henry Kossoff, Albert Reiff et Karl Merrett. À côté de Marcus, Ray Dietz, Maurice Rydell et Lester McKee. Huit en tout, en dehors de Marcus, et autant de visages bien connus des habitués de country clubs tels que Queensboro, Five Points, Green Haven et Attica.

Le clan Bernstein n'avait rien à leur envier, qui pouvait s'enorgueillir de compter en son sein plusieurs diplômés d'établissements tout aussi renommés : Joe Koenig, Edgecombe et Fulton ; Charlie Beck, Altona, et, entrant à leur suite, Larry Benedict, ex-pensionnaire de Five Points, Leo Petri – également Altona et Fulton –, et pour finir Ricky Wheland, Ron Dearing, Walt Freiberg et Cathy Hollander. Les huit de Bernstein. Seize participants, Ben Marcus dans le rôle de coordonnateur, position qu'il aurait dû occuper conjointement avec Edward Bernstein.

Marcus se leva pour aller à la rencontre de Freiberg. Les deux hommes se serrèrent la main. Le premier eut un signe de tête poli à l'adresse de Cathy Hollander, sans toutefois prononcer un mot. On était là pour parler affaires, après tout.

Neumann se leva et entreprit d'accompagner Freiberg et ses acolytes à leur place. Des verres et des cendriers étaient déjà disposés devant chaque chaise, ainsi que des blocs-notes, des crayons, un plan détaillé de Manhattan ouest, depuis Tribeca au sud jusqu'à Chelsea au nord.

L'atmosphère de la salle était loin d'être détendue, mais Marcus et Freiberg s'assirent chacun à la tête de leur table respective, et quand il se leva pour prendre la parole, Marcus parut à l'aise. L'équipe de Bernstein en conclut que Freiberg donnait son aval au fait que ce soit Marcus qui conduise les débats.

« C'est vrai que nous traversons une période difficile, commença ce dernier, mais j'ai toujours été homme à considérer le bon côté des situations auxquelles je suis confronté. Malgré tous les différends que j'ai pu avoir avec Lenny Bernstein, poursuivit-il après un coup d'œil à l'adresse de Freiberg, nous n'avons jamais manqué de respect l'un envers l'autre. Nous avons eu nos ennemis communs, et nos aspirations communes. On dit volontiers que, si l'on veut se mesurer à quelqu'un, il faut choisir un adversaire à sa taille. Je tiens à dire ici que Lenny Bernstein a toujours été un adversaire digne de respect. Nous déplorons son absence aujourd'hui, et s'il ne devait pas se relever de la terrible épreuve qu'il traverse, je serais le premier à le pleurer. Lenny Bernstein est un battant, et je suis convaincu qu'il s'en sortira. »

L'orateur s'interrompit et but une gorgée d'eau.

« Comme vous le savez tous désormais, avant ce terrible accident, Lenny et moi nous étions rencontrés. Nous avions envisagé la possibilité que nos deux équipes travaillent ensemble, en prélude au fait qu'il quitte New York, une sorte de départ à la retraite, et à la prise de contrôle de son territoire par moi-même. New York n'est plus la ville que nous avons connue. Elle a perdu sa culture et son patrimoine. Regardez autour de vous, qu'est-ce que vous voyez ? Des Noirs et des Hispanos. Des dealers de crack et autres drogues. Qui mettent leurs propres sœurs sur le trottoir. Sans compter les Européens de l'Est, des types qui parlent des langues qu'aucun d'entre nous ne comprend. Ed Koch n'était déjà pas un cadeau ; Giuliani a été un vrai désastre ; mais Bloomberg[1] ? Celui-là, je me demande vraiment où ils sont allés le pêcher. Lenny pensait que l'heure de la retraite avait sonné pour lui, et moi j'ai pensé que nous pouvions tous mettre l'occasion à profit. Il est venu me trouver avec sa proposition, et même si nous ne sommes pas alors entrés dans les détails du projet, nous avons eu le sentiment l'un comme l'autre qu'un accord était possible.

« Nous avons procédé à un vote, poursuivit Marcus en se tournant vers ses hommes, et avons décidé à l'unanimité d'approuver la proposition de Lenny Bernstein... et lors d'un entretien que j'ai eu avec Walt Freiberg ici présent, il a été décidé que nous le réaliserions ensemble, ce projet. C'est la raison pour laquelle nous sommes réunis aujourd'hui. Walt, conclut-il en se tournant vers Freiberg, veux-tu ajouter quelque chose ? »

Freiberg eut un sourire et se leva.

« Ben vous a donné la raison de notre présence ici. Il a par ailleurs chargé un membre de son équipe, Victor Klein, que je vois là-bas, de réfléchir aux détails d'une opération que nous projetons pour le 24 décembre.

1. Ed Koch, Rudy Giuliani et Michael Bloomberg, successivement maires de New York entre 1978 et 2013.

– La veille de Noël ? s'étonna Karl Merrett. Mais bon Dieu, Walt, c'est dans huit jours !

– Une semaine, oui, répondit Freiberg. Attention, il ne s'agit pas de coffres à forcer ni de titres au porteur, rien d'aussi compliqué... On est sur un braquage à main armée tout ce qu'il y a de plus classique... sauf qu'il y en aura plusieurs. Quatre groupes de quatre hommes chacun – trois opérateurs et un chauffeur – sont prévus, avec une coopération interne extrêmement limitée, pour des attaques simultanées contre des cibles soigneusement choisies, autrement dit trente minutes d'intervention au maximum, entre le début et la fin.

– Tu parles de plusieurs braquages, intervint Charlie Beck. Mais combien au juste ? »

Freiberg jeta un coup d'œil à Marcus, lequel hocha la tête.

« Il y en aura quatre, parfaitement synchronisés de manière à commencer exactement au même moment, dans quatre lieux différents, avec quatre équipes différentes. À la clé, un butin qu'on peut raisonnablement estimer à douze ou treize millions de dollars.

– Sans coopération interne, c'est ça ? » lança Henry Kossoff.

Marcus se racla la gorge.

« La coopération interne, Henry, répondit Freiberg, se résumera, comme c'est habituellement le cas dans ce genre d'opération, à la réticence du citoyen lambda à risquer sa vie pour l'argent des autres. Nous avons le nom de certaines personnes qui travaillent sur chaque site, et qui disposent des codes d'accès dont nous avons besoin. Comme je l'ai dit, l'affaire est assez simple.

– Et les groupes seront formés d'hommes appartenant à la même équipe ? » demanda Joe Koenig.

Marcus secoua la tête.

« Non, deux de chaque équipe sur les quatre d'un groupe. Il s'agit d'une opération conjointe... groupes partagés, bénéfices partagés, déduction faite de la somme exigée pour le rachat du territoire et des contacts de Lenny.

– Parce qu'on rachète le territoire de Lenny Bernstein avec ce que va rapporter l'opération ? interrogea Karl Merrett.

– Effectivement. Sept millions et demi de dollars, répondit Marcus.

– Y me semble qu'y a un problème, là, dit Lester McKee. Je veux pas causer de difficultés, mais y faut vraiment qu'on s'appuie quatre braquages en même temps pour se procurer cet argent ?

– Si tu avais sept millions et demi de dollars, Lester, répondit Freiberg en riant, je crois que nous serions tous ici curieux de savoir dans quel domaine tu travailles. »

Les rires qui fusèrent dans l'auditoire semblèrent détendre un peu l'atmosphère.

Freiberg jeta un coup d'œil à Marcus, qui, à nouveau, hocha la tête.

« Si nous procédons de cette manière, c'est à cause de Lenny Bernstein, dit Freiberg. On avait envisagé la possibilité de travailler avec M. Marcus... on en avait discuté, et l'idée nous avait paru intéressante. Oui, bien sûr qu'on pourrait trouver d'autres moyens pour se procurer cette somme, mais pourquoi faire un chèque quand on peut utiliser le crédit de quelqu'un d'autre ? »

Nouveaux rires dans la salle.

« Donc, je résume, reprit Freiberg. Nous réussissons ce coup, et Lenny Bernstein récupère sept millions et demi, le reste étant réparti entre vous autres. Tout le monde est gagnant dans l'affaire. On en empoche suffisamment pour partir chacun de notre côté et faire tout ce qu'on a envie de faire, et quant à vous, vous disposez de presque tout Manhattan comme terrain de jeu.

– Nous sommes ici, intervint Marcus, pour examiner ce que Victor a concocté. Si quelqu'un a un problème avec ce qui vient d'être exposé, il pourra en parler avec les membres de son équipe après la réunion, et on procédera alors aux remaniements qui s'imposent. J'ai deux ou trois mots à dire à Walter. Pendant ce temps, Victor va vous montrer des photos et des plans et vous livrer le produit de son travail. »

Victor Klein se leva et s'avança vers le devant de la salle. Sol Neumann l'aida à transporter jusqu'au bord de la table un tableau sur lequel figurait une version agrandie du plan que chacun avait devant lui.

« Y en a certains de l'équipe de Bernstein qui me connaissent déjà, dit Klein. J'ai été pensionnaire un temps à Attica et à Green Haven... je connais Walt d'Attica et Charlie Beck aussi de Haven... et Cathy, je la connais également. Les autres, vous avez peut-être entendu parler de moi. Bref, ce qu'on a ici, c'est une esquisse des quatre sites sur lesquels j'ai travaillé. East Coast Mercantile & Savings sur la 12e Ouest, dit-il en montrant une croix sur le plan, et American Investment & Loan sur Bethune et Greenwich. Ensuite, nous avons New York Providence sur la 9e Ouest et Washington. Et, pour finir, Associated Union Finance sur West Broadway... »

Marcus saisit Freiberg par le bras et l'éloigna de la table. Ils gagnèrent ensemble l'arrière de la salle.

« Je vais avoir deux ou trois bricoles à régler, Walter, commença Ben Marcus.

– Des bricoles ?

– Deux ou trois problèmes... C'était un peu délicat d'en parler devant tout le monde. Les gens connaissent quelqu'un, qui connaît quelqu'un... Tu sais comment ça marche, ils boivent un coup ensemble et parlent mal à propos, pas délibérément mais parce que la chose leur vient à l'esprit comme ça, sans réfléchir, et qu'ils ne savent pas tenir leur langue. »

Freiberg acquiesça.

« Bon, comme je viens de te le dire, y a deux ou trois questions que je voudrais résoudre à l'occasion des préparatifs de notre opération.

– Combien, au juste ?

– Deux tout de suite, peut-être trois.

– Des gens que je connais ?

– Qui ne connais-tu pas, Walt, tu veux me dire ?

– Tu vas me donner des noms ?

– Ouais, Levin et Hoy.

– Et peut-être bien que moi aussi, de mon côté, je vais vouloir faire le ménage avant qu'on vide les lieux, dit Freiberg en secouant la tête. Alors, si on doit nettoyer un brin, c'est donnant donnant, d'accord ?

– Absolument, acquiesça Marcus. Fais-moi simplement la faveur de me dire s'il s'agit de quelqu'un qui émarge directement chez moi, tu veux bien ?

– Évidemment, Ben, pas de problème. »

Marcus tendit une main que l'autre serra.

« Bien, dit Marcus. Très bien.

– Alors, on y retourne ? Histoire de voir ce que ton Victor Klein a préparé ?

– On y va. »

Et les deux hommes d'aller s'asseoir avec un bel ensemble.

27

14 h 10.

Harper s'était arrêté au bout de Carmine Street. Il se sentait transparent, comme vidé de toute substance. L'impression d'être à l'image de l'enfant qu'il avait été un jour, mais avec quelque chose en moins. Son innocence ? Sa croyance fondamentale dans la bonté des gens ? Son intuition, sa confiance dans l'humanité, sa vision de l'avenir, ses rêves ? Il ferma les yeux un moment. Il y avait tellement de choses en moins. Où étaient-elles parties ? Ce n'était qu'aujourd'hui qu'il se rendait compte de leur absence. Pourquoi fallait-il que ce soit toujours au moment où l'on ne peut plus rien faire qu'on comprend qu'il faudrait agir ?

Il se remit en route, marmonnant à part lui les numéros des maisons de la 8e, ses lèvres remuant en silence comme celles d'un enfant qui apprend à lire.

Si quelqu'un me voit, sûr qu'il appelle les flics, se dit-il, puis il imagina ce qu'il ferait, lui, s'il se voyait passer dans la rue. Un garçon du pays qui a réussi et qui revient rendre visite à sa famille, pour lui montrer que c'est son départ qui est à l'origine de sa réussite.

Sans s'en rendre compte, il avait atteint la maison d'Evelyn, le lieu de son entrée dans la vie. Il s'arrêta à nouveau. Essaya de se rappeler sa mère, mais, comme à l'occasion de tant d'autres tentatives, ses efforts pour en retrouver ne serait-ce qu'une vague image se soldèrent par un échec. Il avait un souvenir très net de ce à quoi ressemblait Evelyn trente ans plus tôt, et même du visage rougeaud de Garrett, de ses yeux pénétrants, mais sa mère...

Harper regarda à gauche le long de la rue. Leva les yeux sur la façade. Se demanda si Evelyn était chez elle, en train de l'observer.

Il monta les marches, leva la main vers le heurtoir. Son cœur battait à coups redoublés.

Au bout de cinq à six minutes, il dut admettre qu'elle était sortie. Il avait bien dû frapper une dizaine de fois, guettant patiemment un bruit qui viendrait de l'intérieur, allant jusqu'à se pencher pour regarder par le trou de la serrure. Mais non, rien.

Il sortit de sa poche le sac en papier kraft pour en extraire le livre. Il l'ouvrit à la page de titre et prit un stylo dans la poche intérieure de sa veste.

Pour Evelyn, écrivit-il d'une main mal assurée. *Merci pour tout. Avec tout mon amour, John.*

Il referma le livre. Se pencha à nouveau pour le glisser dans la boîte aux lettres. Il l'entendit atterrir dans le vestibule.

Il resta là encore quelques minutes avant de faire demi-tour et de redescendre les marches jusqu'au trottoir. Il se rendit au croisement de Bedford, traversa pour rejoindre la 7e Avenue et prendre la direction de l'hôpital. Au bout d'un court instant, il eut l'impression que tout affichait désormais un air différent. Au début, il avait cru que New York avait changé, mais non. Son absence avait été non seulement temporaire, mais sans effet. Evelyn avait raison : une fois né à New York, on avait cette ville dans la peau. On pouvait bien s'en éloigner autant qu'on voulait, aller n'importe où, on l'emportait avec soi, et, dans la mesure où on en faisait partie intégrante, elle vous ramenait toujours à elle. Comme du mercure.

À Sheridan Square, la neige s'était mise à tomber. On était le 18 décembre, à une semaine de Noël.

Plus tard, beaucoup plus tard.

Cathy Hollander était debout à la fenêtre de son appartement sur la 4e Est, d'où elle apercevait le côté de la cathédrale orthodoxe russe. Elle trouvait ironique le fait d'être entourée de bâtiments religieux – six églises en autant de blocs. Non pas parce qu'elle-même n'était pas croyante, mais parce que sa vie semblait avoir pris une trajectoire aussi contradictoire. Pour autant, la religion n'était-elle pas simplement un assemblage d'idées et de dogmes ? Si tel était le cas, elle était peut-être bien la personne la plus religieuse qu'elle connût. Elle avait quelques idées bien arrêtées, appuyées sur des convictions bien ancrées. Elle croyait qu'Edward Bernstein allait mourir, et elle en éprouvait un sentiment de perte. Indépendamment de la vie qu'avait menée cet homme, de tout ce qu'il avait pu faire, elle avait saisi une facette de sa personnalité qui paraissait inconnue des autres. Au cours des mois qui avaient suivi sa rencontre avec lui, il avait parlé de son fils – un fils qui ignorait jusqu'à son existence – à maintes reprises. Un profond regret se lisait sur son visage chaque fois qu'il évoquait John Michael Harper. Quelle ironie de penser que ce John Harper venait de découvrir qu'il avait bel et bien un père, mais que celui-ci n'était même pas conscient de sa présence, alors qu'il aurait tant aimé lui parler. N'était-ce pas là un des tours les plus cruels que pouvait jouer Dieu ?

Quid de Harper lui-même ? Cathy pensait que lui aussi mourrait bientôt. Pourquoi ? Parce qu'il était là, tout simplement. Sans autre raison. Il était venu se fourrer dans la gueule du loup sans espoir d'en réchapper. On l'utiliserait, on le tromperait, le manipulerait, et puis – juste au moment peut-être où il commencerait à comprendre ce qui lui arrivait – il serait probablement assassiné. Ainsi allait le monde, semblait-il. En tout cas, celui qu'elle-même habitait : un monde hors de son axe, qui s'enfonçait de plus en plus vite dans les ténèbres du chaos.

Elle poussa un soupir. Secoua la tête. Se détourna de la fenêtre, du spectacle impressionnant de la cathédrale russe, et, prenant une bouteille sur la tablette de la cheminée, remplit à nouveau son verre. Elle passa dans la petite cuisine et s'assit à la table. Elle regarda autour d'elle : quelques photos scotchées sur la porte du réfrigérateur, une plante en train de dépérir dans un cache-pot en osier à côté de l'évier, une poubelle qui ne contenait guère que l'équivalent de plusieurs semaines de paquets de cigarettes vides. Sa vie se résumait à ça. Du moins pour le moment. Rien de plus ni de moins. Elle se demanda ce qu'auraient dit ses parents s'ils avaient été encore en vie. Elle ferma les yeux, les imagina sur le seuil de la porte en train de la regarder, sentit sa gorge se serrer, les larmes se presser derrière ses paupières. Elle rouvrit les yeux. Porta le verre à ses lèvres, avala une bonne dose de whisky, reposa le verre sur la table et se leva.

Elle alla chercher son manteau dans la chambre, resta un moment à regarder le lit qui n'était pas fait et essaya de se souvenir de la dernière fois où elle y avait couché. En vain. Les jours semblaient se fondre les uns dans les autres sans laisser de trace, sans séparation bien définie. Elle fit un pas en arrière, se retourna, traversa la pièce de devant et ouvrit la porte de l'appartement. Une fois sur le palier, elle la verrouilla soigneusement, non pour une quelconque raison de sécurité mais par simple habitude. Si un cambrioleur s'était introduit dans le logement, il l'aurait probablement cru inhabité, à moins que l'occupant en fût parti depuis des mois sans intention d'y revenir. Le réfrigérateur était vide, tout comme les tiroirs et les placards, rien de plus qu'un carton sous la fenêtre contenant quelques tee-shirts, des sous-vêtements, un chemisier propre, une paire de chaussures neuves. Autant de pièces d'habillement anonymes, insignifiantes, mais représentatives de la vie de Cathy Hollander. Elle descendit l'escalier et, en s'éloignant des quelques maigres possessions qui la contenaient tout entière, comprit que c'était là la personne qu'elle était devenue, sans espoir aucun de retrouver un jour celle qu'elle avait été.

Cathy Hollander…

« … n'est pas son vrai nom.

– Vous m'avez suivi ou quoi ? Vous m'avez vraiment suivi jusqu'ici pour me dire ça ?

– Non, je ne vous ai pas suivi, dit Duchaunak en souriant.

– Je suis venu hier, et vous étiez ici. Je reviens aujourd'hui…

– Et je suis de nouveau là », dit Duchaunak avant de lever la main pour se masser la nuque.

Harper plissa le front. Pendant un moment, il regarda dans le couloir par-dessus l'épaule de l'inspecteur. Dix minutes, il n'avait pas tenu plus longtemps. Dix minutes à contempler le vieil homme à travers la vitre. Puis il s'était détourné du spectacle avec l'intention d'aller manger quelque chose et s'était trouvé nez à nez avec Duchaunak dans le couloir. Comme si l'autre l'avait suivi, avait peut-être attendu dehors qu'il arrive, avant de monter jusqu'ici pour l'emmerder.

« Vous avez patienté à l'extérieur, et vous m'avez suivi ?

– Non, je venais pour Lenny...

– Lenny ? Mais bon Dieu, pourquoi vous l'appelez comme ça, hein ? Il s'appelle Edward Bernstein, d'accord ? Edward Bernstein, merde, pas Lenny...

– C'est son surnom...

– J'en ai rien à cirer. C'est pas son nom, d'accord ? Pas son vrai nom. Si vous voulez parler de lui, utilisez au moins son vrai nom, putain de Dieu.

– Vous êtes contrarié, monsieur Harper, et vous devriez...

– Je devrais quoi ? C'est vous qui allez me dire ce que je dois faire, peut-être ? Je sais même pas pourquoi vous êtes ici...

– Parce que j'ai passé l'essentiel de ces sept dernières années à suivre cet homme et que je veux savoir ce qui lui arrive. »

Harper sentait la moutarde lui monter au nez. Il serra les poings et fixa l'inspecteur d'un œil dur.

« Il ne s'agit pas d'une confrontation, monsieur Harper, dit l'autre en levant une main apaisante.

– Foutez-moi le camp d'ici.

– Je constate que vous avez du mal à gérer la situation, dit Duchaunak en baissant la main et en souriant.

– J'ai dit foutez-moi le camp, inspecteur... Vous n'avez aucun droit de venir ici et de me sortir des trucs pareils.

– Et votre père n'a aucun droit de voler l'argent des autres et de tuer... »

Harper avança sur lui, leva le poing, prêt, semblait-il, à le frapper.

Duchaunak recula, essaya de faire demi-tour, mais perdit l'équilibre et dut s'appuyer contre le mur.

Harper était sur lui avant qu'il ait eu le temps de se ressaisir et l'attrapait par le revers de sa veste.

« Ne vous approchez plus de moi, putain, aboya-t-il, laissant exploser sa colère et sa frustration. Foutez le camp ! Laissez-moi tranquille, merde ! »

Duchaunak se tortilla pour se dégager et fit un pas de côté pour tenter de repousser Harper. Celui-ci, hors de lui comme jamais, leva à nouveau le poing sur l'inspecteur, qui tenta une esquive mais reçut le coup dans l'épaule, et se retrouva étendu de tout son long.

Harper recula, s'arrêta net, baissa les yeux sur son adversaire, soudain conscient de ce qu'il venait de faire.

Duchaunak ne dit pas un mot. Il avait l'air gêné.

Harper pivota sur les talons et commença à s'éloigner.

« Je ne suis pas ici pour vous harceler, monsieur Harper, dit l'inspecteur en se relevant.

– Laissez-moi tranquille, répondit Harper, qui ralentit avant de se retourner.

– D'accord, je vous laisserai tranquille. Mais il faut que vous compreniez que je suis ici pour vous aider dans… Je ne cherche pas à vous rendre les choses plus difficiles qu'elles ne le sont déjà. »

Duchaunak était maintenant debout, époussetant ses vêtements.

« Mais qu'est-ce que vous me voulez, à la fin ? demanda Harper. Dites-le-moi franchement, bon Dieu. »

Duchaunak secoua la tête et rajusta sa cravate.

« Je suis juste venu ici pour voir ce que je pouvais faire. Et aussi pour vérifier si vous aviez suivi mon conseil, ajouta-t-il devant le silence de Harper.

– Je ne suis pas rentré à Miami, inspecteur.

– Je m'en suis aperçu, monsieur Harper.

– Et cette histoire avec Cathy Hollander, c'est quoi encore ?

– Hollander n'est pas son vrai nom.

– Vraiment ?

– Vraiment.

– Et c'est quoi, son vrai nom ?

– Je n'en sais rien, dit l'autre en fixant Harper d'un regard assuré.

– C'est peut-être quand même Cathy Hollander.

– Non.

– Comment pouvez-vous en être aussi sûr ?

– Parce qu'il n'y a personne de ce nom qui lui correspond à New York.

– Peut-être qu'elle vient d'ailleurs, suggéra Harper, mal à l'aise.

– Elle n'a pas de numéro de sécurité sociale, monsieur Harper. Aucun travail, pas de voiture. Rien qui soit enregistré à son nom, en dehors de la chambre d'hôtel que vous occupez en ce moment…

– Vous me surveillez, je vois…

– Non. Je surveille Walt Freiberg et Cathy Hollander, et il se trouve que vous êtes mêlé à cette histoire puisque vous les fréquentez.

– C'est donc un crime d'utiliser un autre nom que le sien ?

– Non, monsieur Harper, ça ne l'est pas. Je ne m'intéresse pas à elle pour un simple nom d'emprunt.

– Pour quelle raison, alors ?

– Parce qu'elle a passé l'essentiel de ces six derniers mois à vivre avec votre père, que maintenant, autant que je sache, elle passe le plus clair de son temps avec Walt Freiberg, qu'avant de rencontrer votre père, on la voyait en compagnie de Ben Marcus, et que tous ceux qui ont quelque chose à voir avec cet homme deviennent *ipso facto* pour moi un objet de grande curiosité. »

Harper garda le silence un moment. Il se détourna, incapable de soutenir plus longtemps le regard de Duchaunak. Quand il lui fit à nouveau face, il remarqua l'air épuisé de l'inspecteur.

« On dirait que vous êtes poursuivi par des fantômes, inspecteur... Vous donnez l'impression d'un homme au bord de la dépression nerveuse.

– C'est aussi ce que me dit mon chef, rétorqua Duchaunak, un sourire presque sardonique aux lèvres.

– Vous devriez peut-être prendre quelques jours de congé. Il ne vous l'a pas conseillé ?

– Non, pas vraiment... Il m'a dit de laisser Len... de laisser Edward Bernstein tranquille.

– Mais vous vous moquez de ce que les autres ont à vous dire ?

– Non, pas quand il est question d'Edward Bernstein, de Walt Freiberg ou de la bande de Marcus.

– La bande de Marcus ?

– Oui, Ben Marcus, Sol Neumann et tous ceux qui travaillent pour eux.

– Et qui sont ces gens, inspecteur ?

– Certains des pires individus que New York ait à offrir.

– Vraiment ?

– Vous me posez cette question..., dit Duchaunak en fronçant les sourcils et en penchant la tête de côté. Pourquoi vous me posez cette question de cette manière ?

– Quelle question ?

– Quand vous me dites "Vraiment ?" sur ce ton, on dirait que vous me provoquez, comme si vous ne croyiez pas un mot de ce que je vous raconte.

– Je ne dirais pas ça, non, protesta Harper. Je crois certaines des choses que vous me racontez, mais pas toutes.

– Et ces dernières, quelles sont-elles, monsieur Harper ?

– Je ne sais pas ce que je crois, inspecteur, répondit Harper avec un sourire et un haussement d'épaules. Et avec quasiment la même certitude, je ne sais pas non plus ce que je ne crois pas...

– Vous commencez à ressembler à un authentique New-Yorkais... obscur, monsieur Harper, abscons.

– Vous êtes là pour me dire quoi, au juste ? Pour me répéter de rentrer à Miami sans plus attendre ? »

Duchaunak enfonça les mains dans ses poches, abaissa les yeux sur ses chaussures ; un détail sembla le déranger, et il entreprit de nettoyer le dessus de sa chaussure droite en la frottant sur la jambe gauche de son pantalon. Puis il inspecta ladite chaussure à nouveau avant de reporter son attention sur Harper.

« Allons prendre un café, monsieur Harper. Sortons d'ici et allons prendre un café quelque part, qu'en pensez-vous ?

– Et vous me direz ce qu'il se passe ?

– Oui, monsieur Harper. Je vous le dirai, promis.

– Et ce sera la vérité, cette fois-ci... pas ces échanges de merde où chacun raconte des conneries, d'accord ? Je vous accompagne quelque part, on s'assied tranquillement, et vous répondez franchement et sans détour à toutes mes questions.

– Entendu, monsieur Harper.

– Alors, ça marche. »

Duchaunak commença à s'éloigner.

Après un dernier regard en direction de son père, Harper lui emboîta le pas.

28

Jessica McCaffrey avait réussi à se sortir du Lower East Side et était allée à l'université, avec pour seuls bagages une grande détermination et un grand cœur. De même que son frère Darryl croyait pouvoir aider la communauté en devenant travailleur social, de même Jessica avait une vocation de soignante. Normalement, elle aurait dû finir sur le trottoir, ou comme mule pour un dealer de crack, mais elle parvint à se maintenir à flot, en dépit du fait qu'elle avait perdu ses parents et que son frère Thomas commençait à fréquenter le genre d'individus qu'elle s'était juré de fuir. Il y avait eu un moment, quelques années plus tôt, où elle avait cru pouvoir le sauver de son irresponsabilité et de sa cupidité, mais Thomas refusait la parole de Dieu, l'enseignement du Christ, et elle avait eu beau le supplier de laisser le Seigneur entrer dans son cœur, elle avait échoué dans sa mission.

Elle s'était mise aux études, avait pris deux boulots, passé des examens, obtenu son diplôme, et, en novembre de l'année précédente, elle avait été sélectionnée pour faire son stage à l'hôpital St Clare dans le quartier des théâtres, dans la 51e Ouest, à une demi-douzaine de blocs de Carnegie Hall.

Quand les deux hommes se présentèrent à la porte d'entrée de la maison de Jessica McCaffrey, maison qu'elle partageait avec Cassandra Wilson, une collègue infirmière, elle crut dans un premier temps qu'ils étaient de la police. Deux ou trois fois par le passé, des policiers étaient venus l'interroger pour tenter de savoir où se trouvait Thomas, et quand ils la saluèrent, sourire aux lèvres, et lui dirent qu'ils voulaient lui poser quelques questions à son sujet, elle se demanda une fois de plus dans quel pétrin il s'était fourré.

Elle ignorait encore, et ne l'apprendrait que quand Raymond Dietz le lui révélerait, que Darryl, son frère aîné, était déjà mort.

Les hommes entrèrent, non pas parce qu'elle les y autorisa, mais parce qu'ils étaient beaucoup plus forts qu'elle. L'un des deux, un homme trapu aux yeux pénétrants, qui dit par la suite s'appeler Albert, avait un revolver à la main. Elle en avait déjà vu un semblable : un calibre .38.

Une fois à l'intérieur, Albert fouilla la maison et confirma qu'il n'y avait personne d'autre.

Raymond Dietz fit asseoir Jessica McCaffrey dans la cuisine, avant de s'asseoir à son tour juste en face d'elle et de lui dire qu'il leur fallait absolument parler à Thomas.

Jessica – forte de la conviction que Jésus était à ses côtés, que tout ce qui arrivait était sa volonté, que les voies du Seigneur étaient impénétrables, et qu'il existait un équilibre et une justice divine en toutes choses – répondit à Raymond et à Albert qu'elle n'avait pas vu Thomas depuis plus d'un an.

Ce qui était la stricte vérité, mais ne parut pas les satisfaire.

Même quand Raymond lui plaqua la main sur la table et qu'Albert se servit de la crosse de son revolver pour lui briser deux ou trois doigts, elle continua d'affirmer qu'elle ignorait où pouvait se trouver Thomas.

Après une nouvelle série de questions restées sans réponse, Albert se saisit de son bras droit par le poignet et, le lui levant au-dessus de l'épaule, l'abattit d'un mouvement rapide comme l'éclair sur la surface de la table, lui brisant le coude et le radius en plusieurs endroits.

Jessica resta consciente suffisamment longtemps pour leur répéter pour la énième fois qu'elle ne savait pas où était son frère.

Pour finir, apparemment convaincus qu'elle disait la vérité, Ray Dietz et Albert Reiff quittèrent la maison par la porte de derrière.

Sans rien laisser derrière eux – ni empreintes, ni cheveux, ni aucune trace matérielle de leur passage.

Ils ne laissèrent rien à Jessica McCaffrey, rien en dehors d'un regard fixe et vide et d'une rose calibre .38 au milieu du front.

Trois blocs au nord-est. Un homme attend au coin de la 15ᵉ Ouest et de la 7ᵉ Avenue. Maudit la neige qui tombe à présent à gros flocons. Remonte le col de son pardessus. Peste contre le retardataire qui devait le retrouver ici il y a plus d'un quart d'heure. Le sac qu'il transporte pèse lourd, malgré sa taille réduite, le genre de sac en papier kraft qui sert à faire les courses, mais qui, en l'espèce, contient trois calibres .38, une boîte de cartouches Glaser Safety, deux boîtes de plombs double zéro. Le genre de sac qu'on préfère ne pas voir fouiller, sauf par l'acheteur du contenu.

L'homme regarde sa montre, peste à nouveau. C'est alors qu'il aperçoit son contact, qui attend de l'autre côté de l'avenue. Soudain soulagé, il ne songe plus qu'à l'abri qu'il va bientôt rejoindre pour boire un café et fumer une cigarette.

Il attend patiemment que la circulation devienne plus fluide. L'acheteur se hâte de traverser pour venir à sa rencontre, mains dans les poches, et ce n'est que quand il est à deux ou trois mètres de lui qu'il le reconnaît : Micky Levin.

« Micky ? » l'interpelle le vendeur.

L'autre fronce le sourcil, secoue la tête : *Tu ne m'as jamais vu, tu ne sais pas comment je m'appelle*, dit son langage corporel.

Le vendeur réfléchit un instant… Si Micky Levin achète, c'est pour le compte de quelqu'un d'autre. Levin n'a jamais rien acheté pour lui-même de sa vie. C'est un homme à tout faire, un intermédiaire, un passeur, un type qui loue ses services au plus offrant, un second couteau avec de grands espoirs et un sens de la loyauté éminemment flexible. Un minable.

« Y a tout ? s'enquiert Micky.

– Tout ce qu'on avait dit, acquiesce le vendeur.

– Y faut que je vérifie ?

– Est-ce que t'as jamais eu besoin de vérifier mes livraisons ? demande l'autre, d'un air sincèrement étonné.

– Non, jamais, reconnaît Micky en souriant.

– Alors, on est bon ?

– Faut que je vérifie quand même, dit Micky en haussant les épaules. Faut que tu comprennes, c'est pas pour moi. Moi, je me contente de la réception et du transport, tu me suis ?

– Oui, parfaitement, acquiesce le vendeur.

– Et c'est qu'un début, d'accord ? Si ta marchandise nous convient, alors y nous en faudra beaucoup plus. Si tu réussis ce coup-là, y a un paquet de fric à la clé.

– Alors vous êtes sur un coup…, dit le vendeur, l'air songeur.

– Dis donc, depuis quand tu poses des questions ? » l'interrompt Levin.

Le vendeur est agacé. Levin n'est que de la merde en bâton. Il ne mérite même pas de partager le trottoir avec lui, encore moins de parler comme s'il était quelqu'un.

« J'ai rien. Je suis sur aucun coup, t'as compris ? »

L'autre n'a qu'une envie, c'est de cogner son interlocuteur, mais il garde le contrôle de ses poings et de sa bouche. Il a besoin de conclure le marché.

« Là-bas, dit Micky en indiquant une ruelle à quelques mètres plus loin sur le trottoir.

– J'y vais », optempère le vendeur en faisant demi-tour et en prenant cette direction, suivi de Micky, qui regarde de l'autre côté de la rue.

Le vendeur s'arrête à l'entrée de la ruelle, jette un coup d'œil à son comparse, deux ou trois pas derrière lui, avant de pénétrer plus avant dans le passage.

Micky ralentit, puis se retourne pour rebrousser chemin. Il attend sur le trottoir, bloquant l'entrée de la ruelle de son corps massif, et, au bout de quelques minutes, il recule dans l'obscurité et, s'étant retourné, se dirige à grandes enjambées vers la clôture du fond.

Le vendeur – un bon à rien, un petit con, un pourri de première du nom de Johnnie Hoy – est assis contre la clôture, mains sur les genoux, d'un gris pâle sous la neige, le visage comme déjeté de côté, un couteau à cran d'arrêt sortant à un angle bizarre de l'œil droit, l'œil gauche ouvert et exorbité, l'air à la fois surpris et résigné devant le fait que si sa dernière heure devait venir, ce ne pouvait être que de cette façon. Les gens comme Johnnie Hoy ne mouraient pas d'infarctus ni d'attaque, de diabète ou de cancer; les gens comme Johnnie Hoy se faisaient descendre d'une balle dans le front ou étrangler, ou poignarder au pénitencier de Fulton, à moins qu'ils fassent une longue chute au bout d'une petite corde accrochée à un escalier d'incendie dans Brooklyn Heights. Cette mort faisait partie de la vie, du monde dans lequel il avait vécu, celui-là même qui l'avait tué aujourd'hui.

« Pauvre abruti », souffle Micky Levin. Puis il avance d'un pas et balance un coup de pied d'une violence inouïe dans la tête de Hoy. Le bruit des cervicales fracassées évoque le crépitement d'un pétard. Le sang gicle sur le bout de la chaussure de Levin.

Micky se penche pour récupérer le sac en papier. Regarde à l'intérieur. Trois calibres .38, une boîte de cartouches Glaser Safety, deux boîtes de plombs double zéro. Referme soigneusement le haut du sac qu'il cale sous son bras.

« Sol ? » appelle-t-il.

Sol Neumann sort de l'ombre à droite au fond de la ruelle.

« Alors, on est bons ?

– Je crois, oui, dit Neumann après s'être éclairci la voix.

– Un froid de canard, dit Levin, qui enfouit les mains dans les poches de son pardessus.

– Allez, file et rentre chez toi, dit Neumann en désignant du menton l'entrée de la ruelle.

– C'est comme si c'était fait, répond l'autre, qui commence à s'éloigner.

– Une seconde ! » Levin se retourne vers Neumann. « Garde les yeux et les oreilles ouverts au cas où t'entendrais parler de ce McCaffrey, d'accord ?

– J'entends parler de rien d'autre en ce moment, Sol. McCaffrey, McCaffrey... Mais, bon Dieu, c'est qui ce loser ?

– Personne.

– Pour quelqu'un qu'est personne, il a l'air de foutre pas mal de monde en rogne.

– C'est bon, arrête, dit Neumann en levant la main. Fais ce qu'on te demande. Garde les oreilles et les yeux grands ouverts, compris ?

– D'accord, d'accord. McCaffrey.

– Thomas McCaffrey. Un Black. T'entends quelque chose, tu me fais signe.

– T'inquiète, Sol. Tu peux compter sur moi », dit Levin, qui déjà s'éloigne.

De minuscules gouttes de sang s'attardent au bout de chacune de ses empreintes de pas, rouge vif sur la blancheur de la neige.

Sol Neumann reste un moment à regarder Levin disparaître dans la rue. Il lève le pied gauche, le pose sur la poitrine de Johnnie Hoy et, de sa main droite, retire le couteau d'un coup sec, l'essuie sur le pardessus de Johnnie et le replie.

« Je t'ai bien berné, hein ? dit-il. Pauvre débile de merde, va ! »

Il attend encore quelques secondes, regarde le corps affaissé contre la clôture, le sang qui macule la joue, ruisselle le long du cou, la manière dont les flocons en le touchant fondent instantanément. Le temps qu'on le trouve, il faudra le décongeler, cet enfoiré.

Neumann met le couteau à cran d'arrêt dans sa poche. Recule de deux ou trois pas, avant de faire demi-tour et de gagner la 15e Ouest. La neige tombe de plus en plus dru. D'ici quelques minutes, les traces de pas dans la ruelle auront disparu. Les lumières des vitrines projettent sur lui leurs reflets. Noël est dans l'air, et Neumann pressent que ce Noël-là, il s'en souviendra longtemps.

Il a raison. Johnnie Hoy ne sera retrouvé que tard dans la matinée du lendemain. Le temps qu'on l'identifie, le bruit aura déjà circulé : Johnnie est hors course pour de bon, ne paiera plus ses additions, ne se remplira plus les poches sur un champ de courses. Un de perdu, dix de retrouvés.

Sol Neumann reprend le chemin de la station de métro de la 14e. Fait le trajet jusqu'à Canal Street après avoir traversé West Village, puis remonte à pied la 6e Avenue jusqu'à un petit restaurant cantonais. À l'intérieur, il fait bon, et il apprécie le changement après la neige et le froid du dehors. Il ôte son pardessus, salue le serveur d'un signe de tête, gagne la salle à l'arrière du restaurant, et s'assied face à Ben Marcus.

Celui-ci relève la tête, hausse un sourcil.

« M. Hoy ne sera pas des nôtres ?

– Un empêchement de dernière minute, dit Neumann, l'air navré.

– Quel dommage… le *char siu* est vraiment délicieux.

– Une autre fois, peut-être, dit Neumann en souriant.

– Et… *quid* de McCaffrey ?

– Introuvable, ce type, putain », répond Neumann.

Marcus garde le silence un moment, avant de se pencher en avant et de murmurer dans un souffle :

« J'ai dit que je voulais qu'on le trouve, Sol, je croyais m'être bien fait comprendre. Il me le faut dans les heures – pas dans les jours – qui viennent. Dis à tes gars qu'il y a une prime de vingt-cinq mille pour celui qui met la main dessus.

– Mais, Ben…

– Inutile de discuter, le coupe Marcus en secouant vigoureusement la tête. Je veux McCaffrey, point. Vingt-cinq mille pour l'homme qui le retrouve. »

Neumann ne répond pas.

Marcus s'empare d'une bouteille de saké avant de reculer sur sa chaise. « Mangeons », dit-il, et il remplit deux verres.

Sol Neumann sourit, déplie sa serviette. Tuer le met toujours en appétit.

29

Southside Johnny and the Ashby Dukes en train de chanter « Love on the Wrong Side of Town ».

Le jukebox, qui ressemble à un vieux Wurlitzer, trône au fond de la salle, sur la gauche. C'est une sorte de salon de thé au charme désuet, mais néanmoins branché, le dernier à tenir encore tête aux conglomérats de Seattle. Tables couvertes de nappes à carreaux rouges et blancs, serveuse vêtue comme dans une reconstitution de décor des années 1950. Sur le badge, son nom, « Angela ».

« Sans rien, dit Duchaunak, pas un de ces trucs avec de la mousse ou du lait chaud ou des copeaux de noix ou je ne sais quoi... Juste du café avec de la crème et du sucre. »

Angela avait un sourire magnifique, et donnait l'impression de ne pas avoir à se forcer pour être belle, à l'image de Veronica Lake au sortir du lit.

« Et pour monsieur ? demanda-t-elle en se tournant vers Harper.

– La même chose, mais sans sucre.

– Une douceur pour aller avec, peut-être ? Un roulé à la cannelle ? »

Harper secoua la tête.

Angela regarda Duchaunak, lequel demanda s'ils avaient des donuts lambda. Ayant reçu une réponse positive, il en commanda un.

La serveuse s'éloigna avec une élégance et une grâce qui appartenaient davantage à une pin-up de George Petty qu'à un salon de thé.

« Jolie fille, dit Duchaunak.

– Je confirme.

– Vous n'êtes pas marié ?

– Non. Et vous ?

– Non plus.

– Vous l'avez été ?

– Vous trouvez que j'ai l'allure d'un homme fait pour le mariage ?

– Je connais des filles, dit Harper en souriant, qui se fichent du tiers comme du quart de l'allure du gars.

– Le genre de fille pour laquelle il faut payer, c'est ça ?

– Non, pas nécessairement. Vous me prenez pour qui ? C'est pas à ces filles que je pensais... plutôt à celles qui cherchent un mari parce que l'idée d'en avoir un et d'élever une famille compte davantage que le physique du type.

– Des filles comme ça, j'en connais pas, et puis le mariage c'est pas mon truc.

– Et pourquoi ça ?

– Les flics, c'est un peu comme les nonnes, dit Duchaunak avec un sourire amer. Ils épousent le style de vie qui va avec le boulot. S'ils ont la chance de tomber sur une fille qui se satisfera toujours du second rôle, alors tant mieux pour eux. Mais les collègues qui réussissent dans ce domaine, j'en ai pas vu beaucoup. »

Angela revint. Disposa les tasses sur la table. Un pot de crème, un bol rempli de sachets de sucre, certains roux, d'autres blancs.

Harper leva les yeux sur elle. Vraiment très attirante. Elle lui rappela Cathy Hollander, il se demanda où elle était, ce qu'elle faisait.

La voix de Southside Johnny s'éteignit, laissant la place à Tom Waits et à son « The Ghosts of Saturday Night ».

Duchaunak triait les sachets de sucre dans la coupelle. Il en sortit un de chaque, qu'il posa côte à côte près de sa tasse de café. Puis il procéda à un petit rituel, s'emparant d'un sachet, le secouant de haut en bas pour que le sucre tombe bien au fond, avant de le déchirer et d'en vider la moitié dans sa tasse, puis de le replier soigneusement et de le déposer sur la table. Se saisit de sa cuillère pour mélanger sucre et café – deux fois dans le sens des aiguilles d'une montre, trois fois dans le sens inverse. Il procéda de même avec le second sachet – je secoue, je déchire, je verse, je replie, je remue –, avant de reprendre le premier sachet pour finir de le vider dans sa tasse...

« C'est quoi, ça ? demanda Harper.

– Pardon ? s'enquit Duchaunak en levant la tête et en parcourant la salle du regard comme s'il y avait quelque chose à voir.

– Ce manège avec les sachets de sucre. » L'inspecteur eut l'air de ne pas comprendre. « Le cirque que vous faites pour les ouvrir, en vider la moitié dans votre tasse, remuer le café dans un sens puis dans l'autre... c'est dingue, ça rime à quoi ?

– Euh... C'est rien... juste une habitude que j'ai. Genre pour conjurer le mauvais sort, vous voyez ?

– Comment ? fit Harper en secouant la tête, les yeux plissés.

– C'est rien. C'est juste un truc que j'aime bien faire. Moitié sucre roux, moitié blanc.

– Y a quelque chose qui va pas, chez vous ? Vous souffrez de TOC ou quoi ?

– Des to... quoi ?

– Des TOC. Troubles obsessionnels compulsifs. Vous savez bien, comme les gens qui doivent allumer et éteindre la lumière au moins cinq fois de suite avant de pouvoir s'endormir. Ce genre de connerie.

– Non, j'ai pas ça, à ma connaissance.

– Alors pourquoi tout ce souk ?

– Y a pas de quoi en faire un fromage..., dit Duchaunak en levant la tête pour le regarder.

– C'est vous qui faites une montagne de rien... toute cette histoire d'ouverture et de fermeture des sachets, et tout ça pour vous porter chance. Faut pas être bien normal pour faire des trucs pareils.

– Vu vos fréquentations ces temps-ci, ce n'est pas à vous de décider de la normalité des gens.

– Mais encore ?

– Vous vous êtes fourré dans un guêpier…, dit Duchaunak, qui s'interrompit, l'air perplexe. Je sais pas, mais j'arrive pas à trouver une image adéquate pour suggérer la profondeur du merdier dans lequel vous vous enfoncez.

– Donnez-m'en juste une idée.

– Vous avez vu *Le Parrain* ? demanda Duchaunak en s'appuyant contre son dossier.

– Quel numéro ? C'est une trilogie.

– Oh, bon Dieu, j'en sais rien. J'en ai jamais vu qu'un.

– Alors vous avez manqué un sacré truc, dit Harper en souriant. Vous devriez aller louer les trois films et les regarder d'un bout à l'autre. Des tas de gens ont un avis bien arrêté à propos du troisième…

– Je suis pas ici pour parler du *Parrain*.

– Mais c'est vous qui m'avez demandé si j'avais vu le film, non ? C'est vous qui l'avez mis sur le tapis.

– C'est vrai. Désolé. Reprenons où on en était il y a une minute.

– Pas de problème. Comme vous voulez.

– Bien. Donc vous avez vu des films de gangsters ? » Harper acquiesça. « Alors, vous savez que les gens comme ça… bon, les gens comme ça ils volent, ils tuent, ils s'entretuent, ils font tout ça, quoi.

– Sûr. C'est ça, la vie d'un gangster. C'est son boulot, non ?

– Eh bien… c'est des gens comme ça que vous fréquentez en ce moment. »

Harper ne répondit pas.

« Vous comprenez ce que je suis en train de vous dire, monsieur Harper ? Les gens que vous côtoyez… les Walt Freiberg, Cathy Hollander et compagnie…

– Sont des gangsters… comme dans *Le Parrain*. Comme au cinéma, c'est bien ça ? »

Duchaunak sourit avant de faire la moue.

« Des gangsters, je sais pas trop. *Le Parrain*, ça m'est venu comme ça, sans réfléchir. J'essayais juste de vous donner un point de comparaison.

– Un point de comparaison ? Marlon Brando ou Al Pacino ? Ou peut-être Andy Garcia, hein ? Quant à Cathy Hollander, vous la verriez plus près de Talia Shire ou de Diane Keaton ?

– Vous ne voyez pas du tout ce que...

– Mais je devrais voir quoi, inspecteur ? Vous venez ici me débiter des conneries. C'est quoi, votre problème ?

– Je fais mon boulot...

– Je ne vois pas comment ça, ça peut faire partie de votre boulot. »

Duchaunak se pencha en avant, posa les mains à plat sur la table.

« Mon boulot, monsieur Harper, c'est d'empêcher les gens d'enfreindre la loi...

– Et vous êtes ici avec moi en ce moment dans ce café, en service, c'est ça ? Officiellement ? »

L'air embarrassé, Duchaunak ne répondit pas.

Harper écarta sa tasse et se pencha à son tour au-dessus de la table.

« En service, inspecteur, officiellement sur une affaire diligentée par votre hiérarchie, avec l'autorisation de votre supérieur immédiat, et je suis, moi, impliqué directement ou indirectement dans une enquête de police en cours... »

Duchaunak lui fit signe d'arrêter.

Harper obtempéra.

L'inspecteur saisit sa tasse, but une gorgée avant de la reposer, ramena les pans de sa veste sur lui et ferma le bouton du milieu. Puis fit mine de se lever.

« Mais qu'est-ce que vous fabriquez, là ? Vous allez vous rendre aux toilettes trois fois de suite avant de finir votre café ?

– Je suis navré de vous avoir fait perdre votre temps, monsieur Harper.

– Vous ne partez pas.

– C'est une question ou un constat ? demanda Duchaunak en fronçant les sourcils.

– Une affirmation. Asseyez-vous, bon Dieu. Asseyez-vous et finissez-moi ce foutu café. Et dites-moi ce qui se passe. Asseyez-vous, répéta Harper devant l'air indécis de l'inspecteur.

– Vous voulez vraiment entendre ce que j'ai à vous dire ? demanda le policier en s'exécutant.

– Non, je ne tiens pas à l'entendre, mais il me faut quand même être poli avec vous, et donc vous accorder un peu de mon temps. Je suis ici depuis combien… quatre jours, plus ou moins ? Et vous ne faites que tourner autour du pot depuis le début. Chaque fois que je vais à l'hôpital, vous y êtes. Vous êtes allé voir Evelyn, je me trompe ? De deux choses l'une : ou bien vous êtes complètement obsédé par vos fantasmes, ou bien il se prépare véritablement quelque chose.

– Je ne *crois* pas qu'il se prépare quelque chose, je le *sais*, dit Duchaunak, qui se pencha vers Harper comme celui-ci l'avait fait, en prenant une voix et un air de conspirateur.

– Et c'est quoi, ce quelque chose, inspecteur ?

– Votre père, heu… votre père a une réputation.

– C'est ce que j'ai cru comprendre.

– Qu'est-ce que vous avez compris ?

– Le type qui a son propre tailleur est soit bourré de fric, soit une sommité, non ?

– Son tailleur, reprit l'autre d'un ton sec.

– Ouais, son tailleur. D'où il sort, à votre avis, le costard que je porte ?

– Son tailleur… Ah oui, dit Duchaunak en souriant. Vous voulez parler de Lawrence Benedict.

– Benedict. M. Benedict. C'est là son nom, en effet.

– Et Walt Freiberg vous a dit que c'était le tailleur de votre père ?

– Tout à fait. Il ne s'est pas contenté de me le dire. Il m'a emmené chez lui et m'a acheté des tas…

– De costumes haute couture, volés, en fait. Avant que vous ajoutiez quoi que ce soit, laissez-moi vous dire que personne n'a rien vendu ni acheté à personne quand vous êtes allé chez Lawrence Benedict. Ce monsieur, plus connu sous le diminutif de Larry, ne *vend* pas des costumes à votre père ni à Walt Freiberg ni à qui que ce soit d'autre, d'ailleurs. Larry Benedict fait dans le commerce de vêtements de marque volés par le biais d'un magasin qui n'est qu'une couverture pour un autre commerce totalement indépendant du premier. »

Harper resta coi. Il se contenta de fixer Duchaunak en s'efforçant de garder intacte sa volonté de ne pas regarder la vérité en face.

« Il gère une chaîne de paris clandestins qui va du Lower East Side jusqu'à l'endroit au nord où la 8e Avenue sort des limites de Manhattan et ce en passant par le Bowery, Little Italy, Tribeca et Soho. Larry Benedict travaille pour Lenny Bernstein, le chef d'orchestre, le compositeur, peu importe l'étiquette qu'il prétend se donner.

– Mais qu'est-ce que c'est que ces salades ? Je l'ai vu, le gars, moi, et c'est un putain de tailleur, OK ? Il a employé plein de mots pointus, il a parlé de chaussures anglaises, de la manière de s'habiller des Européens, différente de la nôtre... Bon Dieu, c'était de l'hébreu pour moi.

– Ce qui prouve qu'il s'y connaît en vêtements. Et alors ?

– Il en connaît un rayon, c'est sûr. C'est un tailleur...

– Qui a fait deux séjours dans deux établissements pénitentiaires distincts pour vol à main armée et qui est directement ou indirectement impliqué dans au moins sept autres casses, à notre connaissance.

– Comment ça, des casses ? demanda Harper, vaguement mal à l'aise.

– Des casses. Vous savez ce que c'est qu'un casse, monsieur Harper ?

– Ouais, une sorte de cambriolage...

– Oui, sauf que, dans ce cas précis, il y a usage d'armes à feu et de violence. C'est toute la différence entre un simple cambriolage et un *casse*, qu'on peut aussi définir comme une attaque à main armée, un vol au cours duquel des gens perdent la vie aussi bien que leur argent. C'est ça, un casse, monsieur Harper.

– Et vous êtes en train de me dire que le tailleur, ce M. Benedict, a été impliqué dans plusieurs crimes de ce genre ?

– Absolument. »

Harper garda le silence un moment. Il baissa les yeux sur son café. Qui refroidissait rapidement, une fine pellicule de peau était en train de se former sur le dessus. Il se sentait lessivé, au bord de la nausée. Mieux valait ne pas toucher à ce café.

« Et l'oncle Walt, dans tout ça ? » finit-il par demander.

Duchaunak lui opposa encore une fois un sourire entendu.

Harper l'aurait volontiers giflé.

« L'oncle Walt ? Comme l'oncle Walt Disney, c'est ça ? Votre oncle Walt est peut-être bien le plus dangereux de tous.

– Qui ça, tous ?

– Les Ben Marcus, Sol Neumann, Micky Levin, Ray Dietz, Johnnie Hoy, Larry Benedict et d'autres du même acabit dont vous n'avez sans doute pas encore entendu parler.

– Et Cathy Hollander ? demanda Harper, qui ne put s'empêcher de poser la question même s'il n'en avait guère envie.

– Cathy Hollander ? Ou Diane Sheridan, peut-être Margaret Miller… ou un autre des dix ou douze noms d'emprunt qu'elle a utilisés au fil des ans. »

Harper, incrédule, écarquillait les yeux.

« Eh oui, votre Cathy Hollander, toute gentille fille qu'elle puisse paraître, n'est pas restée inactive toutes ces années. Racolage, chèques en bois, fausses identités… A trahi sa parole après s'être portée caution pour un criminel inculpé dans deux affaires à Brooklyn Heights il y a dix-huit mois de ça. Passait tout son temps à une époque avec la bande de Ben Marcus, jusqu'au jour où elle a été impliquée dans une arnaque en compagnie de

Larry Benedict. C'est comme ça qu'elle a fait la connaissance de votre père.

« C'est elle qui a servi d'intermédiaire dans tout un tas de paris clandestins sur une rencontre sportive à la fin de la dernière saison. Les Cardinals ont massacré les Mets au terme de deux matchs disputés à la suite un dimanche, et Cathy Hollander, qui n'œuvrait pas sous ce nom à l'époque, a largement contribué à permettre à Larry Benedict de mener son arnaque à bien. Le bruit court qu'ils ont ramassé plus d'un quart de million de dollars à l'occasion de ce seul match. C'est comme ça qu'elle a rencontré votre père ; ensuite il est sans doute arrivé quelque chose, parce qu'elle a cessé de travailler pour Ben Marcus pour passer du côté d'Edward Bernstein.

– Un quart de million de dollars », dit Harper, qui, au moment même où les mots sortaient de sa bouche, se demandait pourquoi il les avait laissés échapper, tant ils n'avaient aucun sens en tant que tels.

De fait, il essayait de trouver un point de comparaison.

« Vous avez déjà vu un quart de million de dollars, monsieur Harper ? De l'argent de poche, rien de plus, ajouta Duchaunak devant le signe de dénégation de son interlocuteur.

– Pardon, vous avez dit ?

– Pour ces gens, un quart de million de dollars, reprit Duchaunak sans se départir de son petit sourire entendu, c'est de l'argent de poche. Sept ou huit ans de salaire, pour ce qui me concerne. Gagné en une seule fois sur un foutu match de football. Vous y croyez, à ça ? »

Harper secoua la tête. Il n'avait aucune idée de ce qu'il devait croire ou pas.

« Voilà dans quoi vous vous êtes laissé piéger, monsieur Harper.

– Piégé ? s'exclama Harper, d'une voix qui lui parut bizarre, un peu comme s'il se trouvait à côté de lui-même et s'écoutait parler. Je ne suis piégé dans rien du tout, inspecteur.

– Croyez-vous ?

– Absolument. Si je suis ici, c'est parce que je l'ai voulu.

– Vous m'en direz tant. »

Harper hésita à répondre.

« Evelyn Sawyer vous a appelé, continua Duchaunak, vous vous souvenez ? Et qui était derrière cet appel ? Walt Freiberg, nous sommes d'accord ? L'*oncle* Walt. C'est lui qui voulait vous voir ici. Je croirais volontiers qu'il est allé jusqu'à menacer votre tante tellement il le voulait.

– Des conneries, tout ça.

– Peut-être pas de manière explicite, monsieur Harper, mais c'est Evelyn elle-même qui me l'a dit. »

Harper fronça les sourcils, changea de position sur sa chaise et se pencha en avant.

« Elle a bien pris la peine de préciser que Walt Freiberg n'était pas le genre d'homme que l'on contrarie. »

Harper secoua la tête. Il avait la gorge sèche, l'impression d'avoir touché de la langue les bornes d'une batterie. Il lui fallait absolument un verre d'eau.

« Vous avez des difficultés à vous y retrouver, dans tout ça ? reprit Duchaunak. Je peux comprendre. Ce n'est pas une question de confiance ou de conviction, rien de ce genre. Je ne vous demande pas de croire ce que je dis. Non, je vous demande simplement d'ouvrir les yeux et d'observer ce qui se passe autour de vous... Et de vous poser la question de savoir si l'ensemble n'est pas très étrange. Evelyn vous appelle. Elle insiste pour que vous veniez à New York. Quand vous arrivez, elle vous dit que votre père est non seulement vivant, contrairement à ce que vous pensiez, mais se trouve à l'hôpital St Vincent avec une blessure par balle potentiellement mortelle. Vous vous rendez sur place, vous avez envie de le voir. Vous voulez vous rendre compte par vous-même : l'homme que vous croyiez mort depuis plus de trente ans est-il bien vivant, est-il bien votre père ? Et là, sur qui tombez-vous ? Walt Freiberg, que vous n'avez pas revu depuis votre enfance. Il y a une fille avec lui, cette Cathy Hollander, gentille, douce, aimable en diable. À eux deux, ils prennent soin de vous, vous trouvent un hôtel... Au fait, qui paye la chambre ? » demanda soudain Duchaunak, qui s'interrompit au beau milieu de sa démonstration.

Harper détourna le regard vers la fenêtre, l'esprit complètement embrumé.

« Monsieur Harper ? interrogea l'inspecteur, qui réussit à capter l'attention de son interlocuteur. L'hôtel ? Vous savez qui règle la note ?

– C'est Walt... Du moins, j'imagine. La chambre a été réservée au nom de Cathy Hollander.

– C'est donc bien Walt Freiberg qui paiera, dit Duchaunak en souriant.

– Pourquoi en êtes-vous si sûr ?

– Parce que Cathy Hollander n'a jamais rien payé de sa vie. »

Harper ferma les yeux, serra les dents, garda le silence un moment, avant de les rouvrir et de fixer Duchaunak avec insistance.

« Et comment je peux savoir que ce que vous me dites est la vérité ?

– Vous ne pouvez pas, effectivement, dit l'inspecteur.

– Alors à quoi ça rime pour moi de rester là à écouter vos salades ?

– Comment ça, à quoi ça rime ?

– Oui, quel intérêt j'aurais à écouter des trucs que vous ne pouvez ni prouver ni corroborer ?

– Parce que c'est précisément ce que j'attends de vous, monsieur Harper.

– Vous attendez *quoi* ?

– Que vous prouviez et corroboriez tout ce que je vous raconte. »

Harper s'esclaffa, un rire plus nerveux que convaincu.

« J'ai besoin de votre aide pour y voir plus clair », poursuivit Duchaunak, qui se redressa sur sa chaise.

Harper se rendit compte alors que l'inspecteur était on ne peut plus sérieux.

« Vous avez besoin de mon aide ?

– Tout à fait.

– Vous voulez que je vous aide... que je vous aide à faire quoi au juste ?

– Il se prépare quelque chose, quelque chose d'énorme, et d'après mes déductions, l'événement doit se produire avant Noël. J'ai besoin de votre aide pour découvrir de quoi il s'agit.

– Je ne vous suis pas, dit Harper en fronçant les sourcils.

– C'est pourtant pas sorcier, monsieur Harper. Ces gens – Walt Freiberg, Cathy Hollander, et Dieu sait qui encore – planifient un gros coup pour avant Noël. Nous ignorons de quoi il s'agit et qui d'autre pourrait être impliqué... Tout ce que nous savons, c'est qu'il se trame quelque chose, et si, d'un point de vue pragmatique, nous regardons les choses en face, notre seul espoir de le découvrir à l'avance, c'est vous. »

Harper garda le silence, et Duchaunak, son immobilité, chacun fixant l'autre droit dans les yeux.

« Moi, finit par dire Harper. Votre seul espoir, c'est moi.

– Exact.

– Alors, vous n'avez aucun espoir.

– Vraiment ?

– Vraiment, croyez-moi. Je ne suis pas venu jusqu'ici pour jouer les agents secrets de la police de New York, putain. Je suis venu pour voir mon père, blessé par balle, à l'hôpital. Vous ne trouvez pas que j'ai assez à faire avec ça, surtout si vous vous rappelez qu'il est censé être mort depuis trente ans ?

– Je crois...

– Franchement, inspecteur, ce que vous croyez ou ne croyez pas, je m'en contrefous. Je resterai ici aussi longtemps qu'il le faudra, autant de temps qu'il prendra, lui, pour mourir, ou pour sortir des soins intensifs et me parler. Après quoi, je rentre à Miami reprendre ma vie d'avant et digérer le fait que mon père...

– ... est un des pourvoyeurs de fonds les mieux considérés et les mieux placés dans la hiérarchie criminelle de la ville de New York. C'est lui qui rassemble les fonds, monsieur Harper, qui finance les opérations, et Dieu seul sait combien il a réussi à amasser en retour. Votre père est…

– … en train de mourir à l'hôpital, inspecteur… et je refuse de voir plus loin.

– Monsieur Harper… si le mensonge, la fraude, le vol et le meurtre sont un art, alors votre père est un Vélasquez en la matière.

– Pardon ?

– Vélasquez, répéta Duchaunak.

– Et c'est qui, ça, bordel ?

– Ne faites pas l'idiot, monsieur Harper, dit son interlocuteur avec son éternel sourire.

– Je ne joue à rien, inspecteur. Je comprends que dalle à ce que vous me racontez. C'est qui, ce Vélasquez ? Un autre de ces types, un autre de ces criminels avec lesquels mon père et Walt Freiberg sont censés frayer ?

– Vélasquez était un peintre espagnol du XVIIe siècle.

– Ah, Vélasquez le peintre ? Pourquoi ne pas l'avoir dit tout de suite ? protesta sèchement Harper d'un ton sarcastique. Maintenant… je comprends mieux.

– Je faisais juste un parallèle, monsieur Harper. Je crois que vous savez très exactement de quoi je parlais.

– Vous disiez que si le meurtre et le vol, et je ne sais quoi encore, étaient un art, alors mon père était un vrai Vélasquez, c'est ça ?

– C'est bien ça.

– Et si vous n'êtes pas capable de le prouver, on est en face de quoi ? Calomnie ? Diffamation ? Ou les deux ?

– Que pensez-vous de Cathy Hollander ? demanda l'inspecteur après s'être appuyé contre son dossier.

– Ce que je pense d'elle ? Pas grand-chose, inspecteur.

– Je crois qu'elle travaille toujours pour Ben Marcus.

– Et pour quelle raison me dites-vous ça ?

– Parce que si Cathy Hollander travaille toujours pour Ben Marcus, alors il y a toute chance pour que les choses soient encore plus graves qu'elles n'en ont l'air.

– Comment ça, plus graves ? Vous sous-entendez que ce Ben Marcus aurait quelque chose à voir avec le coup de feu qui a envoyé mon père à l'hôpital ?

– Je ne sais pas.

– Putain, inspecteur, j'en ai ras le bol. Quand est-ce que vous allez vous décider à me dire que vous tenez quelque chose et, si oui, quoi ?

– Je crois qu'on est en présence d'une lutte de pouvoir.

– Entre... ?

– Votre père et Ben Marcus... et à présent que votre père est à l'hosto, je crois que ce sont Walt Freiberg et Ben Marcus qui vont se le disputer, ce pouvoir. Je crois qu'une guerre pour la possession des territoires à New York va éclater. Une guerre dans laquelle les deux belligérants veulent la même chose et sont prêts à s'entretuer pour l'obtenir.

– Je sais ce qu'est une guerre, inspecteur.

– Si vous voulez mon avis, voilà ce qui va se passer. Il y a une histoire, et une longue histoire, derrière tout ça. La manière dont on faisait les affaires dans le milieu new-yorkais ces vingt ou trente dernières années est en train de changer, radicalement et vite. Ce n'est plus la même ville, ni en surface ni en profondeur. On avait déjà des meurtres, déjà des braquages, bien sûr, les crimes habituels. On avait aussi la drogue, mais pas dans les proportions que nous connaissons aujourd'hui. Aujourd'hui, on a des gangs de Noirs, des fusillades exécutées depuis des voitures en maraude, des Hispaniques et des Portoricains, sans compter le crime organisé originaire d'Europe, avec entre autres la République tchèque... Tenez, pas plus tard que la semaine dernière, on a appréhendé pour meurtre un type qui ne parlait pas un traître mot d'anglais. Il était polonais. Il a fallu aller réquisitionner un traducteur à l'ambassade de Pologne. Vous vous rendez compte ? Il était ici, à New York, avec un faux passeport et un faux visa, uniquement pour descendre quelqu'un qui menaçait de dénoncer un trafic de cocaïne contrôlé depuis Varsovie. Voilà la ville qui est la nôtre aujourd'hui. Votre père, Walt Freiberg, Ben Marcus... sont des dinosaures, ils représentent la vieille école. Leur heure est passée depuis longtemps. Je ne serais pas surpris qu'ils soient engagés dans une guerre qui leur permettrait juste de conserver des résidus de leurs anciens territoires. Et je pense que vous allez vous retrouver piégé là au milieu si vous ne quittez pas New York. Mais bon, ça, je vous l'ai déjà dit cent fois, et vous semblez bien décidé à ne pas m'écouter. »

Tous les deux restèrent quelques secondes sans rien dire.

« Votre mère..., commença Duchaunak.

– Quoi, ma mère ?

– C'était la sœur d'Evelyn.

– Ben oui, vous le savez, puisque vous êtes allé discuter avec ma tante, vous vous rappelez ?

– Comment est-elle morte, votre mère ? »

Harper se sentit à nouveau mal à l'aise, comme s'il devait lutter pied à pied contre tout ce que Duchaunak avait à lui dire. Son point de vue était sans cesse remis en question par une remarque ou un commentaire de l'inspecteur, qu'il contredisait ou mettait en doute, mais avant qu'il ait eu le temps de rassembler ses esprits et de préparer une nouvelle défense, il croulait déjà sous une autre avalanche de questions. Trois jours plus tôt, il était en route pour Blackwater Sound. Et voilà qu'aujourd'hui il était engagé dans une joute verbale avec un inspecteur de la police new-yorkaise.

« Elle est morte d'une pneumonie », dit finalement Harper.

Duchaunak hocha la tête. Son sourire était de pure forme, cette fois-ci.

« Qu'est-ce qu'il y a, encore ?

– Rien, monsieur Harper, rien du tout.

– Quelque chose à propos de ma mère ? À vous voir, on croirait vraiment qu'il y a anguille sous roche à propos de sa mort.

– Vraiment ?

– Ça suffit, maintenant, dit Harper calmement, en levant la main et en s'apprêtant à quitter sa chaise.

– Non, restez assis, s'il vous plaît, dit Duchaunak en posant sa main sur l'avant-bras de Harper et en lui montrant le siège. Et écoutez-moi.

– Allez vous faire foutre ! lança Harper sans l'ombre d'une hésitation.

– Je vous demande encore deux minutes… juste le temps de vous raconter une histoire, monsieur Harper, elle ne sera pas longue, d'accord ? »

Harper s'immobilisa. Duchaunak hocha la tête et sourit, d'un air convaincu, cette fois. Harper se rassit.

« Je vais vous raconter quelque chose à propos des rapts d'enfants, dit Duchaunak, qui se mit à frotter les paumes de ses mains l'une contre l'autre, comme pour mieux souligner son propos. Oui, les rapts d'enfants, répéta-t-il. Dans des lieux publics. Fêtes foraines, spectacles d'extérieur, aquariums, zoos ou autres, d'accord ? Des gens se rendent dans ces endroits, habituellement un homme et une femme qui peuvent facilement passer pour un couple, et qui, dans certains cas, en sont bel et bien un. Ils ont apporté des vêtements, des perruques, du maquillage, toutes sortes de choses de nature à changer l'apparence de l'enfant pour pouvoir l'exfiltrer sans se faire remarquer jusqu'à une voiture garée non loin de là. Mais il y a une chose qu'ils ne peuvent jamais changer, conclut Duchaunak en levant les yeux sur Harper, l'air d'attendre une réaction de sa part.

– Quoi donc ?

– Les chaussures.

– Les chaussures de l'enfant ne changent pas ?

– C'est ça. Dans des endroits comme ceux-là, les ravisseurs n'auront pas nécessairement une idée précise de l'enfant qu'ils vont enlever. Ils repéreront une cible potentielle, la suivront, elle et ceux qui l'accompagnent, attendront que les parents s'éloignent un peu, et hop ! l'enfant disparaît en un éclair. Comme je viens de le dire, ils ont apporté plein de choses, mais pas de chaussures. Ils n'en apportent jamais, parce qu'ils ne peuvent pas prévoir la pointure de leur future cible.

– Et donc ?

– Et donc, les parents paniquent quand ils découvrent que l'enfant a disparu et ils alertent les agents de la sécurité. Qui bloquent les issues, préviennent la police, emmènent les parents vers les sorties, demandent à tout le monde de quitter les lieux en ordre et sans précipitation. Et c'est là que les parents reconnaissent leur enfant… à ses chaussures.

– OK, dit Harper, je vois. Je retiens le conseil pour le jour où j'aurai des enfants et où ils se feront kidnapper.

– Ce n'est pas ce que j'avais en tête en vous disant ça, précisa Duchaunak en riant.

– Ah bon ? Vous êtes sûr ? Je pensais que vous m'honoriez d'un de vos trésors de sagesse…

– Si je vous ai raconté ça, c'est que j'avais une bonne raison de le faire.

– Ah, vous me rassurez… Vous m'avez inquiété, pendant un moment. Et donc, la raison de cette petite histoire ?

– *Vincit omnia veritas*, dit Duchaunak, affichant son éternel sourire entendu.

– Et ça veut dire quoi ça ? demanda Harper en penchant la tête de côté.

– C'est du latin.

– C'est ce que ça veut dire ?

– Non, ça, c'est la langue.

– Et ça signifie quoi, bon Dieu, dans cette langue ?

– Que la vérité triomphe toujours. Qu'il y a toujours quelque chose que l'on ne peut pas indéfiniment cacher.

– D'accord… je vois. Un peu mince, peut-être, le lien entre l'histoire et la morale, mais je saisis le propos, en gros.

– OK, donc vous comprenez ce que je cherche à vous dire ? »

Harper haussa les épaules, se demandant si l'autre finirait un jour par en venir au fait.

« Et le rapport avec moi… c'est quoi, au juste ?

– Ces gens… Walt Freiberg, Cathy Hollander, Larry Benedict, Marcus, Neumann, et tant d'autres avec eux…

– Mon père aussi ?

– Votre père également, monsieur Harper, sans aucun doute. Il y a une réalité, très simple, que les faux-semblants, les costumes de prix et les restaurants chics ne sauraient masquer. Une chose qu'on ne saurait ignorer.

– Et c'est ?

– La véritable nature de ces gens. Qui ont volé tout ce dont ils avaient envie, monsieur Harper, volé tout leur soûl, sans jamais se préoccuper du lendemain. »

Harper et Duchaunak se dévisagèrent en silence.

« Et puis il y a Garrett Sawyer, reprit l'inspecteur, qui, voyant l'air perplexe de son interlocuteur, précisa : Agressions, deux. Une en juin 1956, une autre en octobre 1974. Possession illégale d'arme à feu en 1966. Ce genre de choses, vous voyez.

– Garrett Sawyer s'est tiré une balle dans la tête, inspecteur.

– Croyez-vous ?

– Putain, en voilà une autre, maintenant. Bien sûr qu'il l'a fait. Enfin, merde… c'est moi qui l'ai trouvé.

– C'est ce que j'ai cru comprendre, en effet. Je ne conteste pas le fait que vous l'ayez trouvé, mais le fait qu'il se soit lui-même fait sauter la cervelle.

– Vous avez déjà vu quelqu'un qui vient de se tirer une balle dans la tête, inspecteur ?

– Il se trouve que oui, monsieur Harper, et plus souvent qu'à mon tour.

– Vous avez donc en la matière une plus grande expérience que la mienne. Et vous conviendrez que ce n'est pas le genre de chose qu'on risque de confondre avec une mauvaise grippe, n'est-ce pas ?

– Non, monsieur Harper, j'en conviens. Mais je crois en revanche qu'il est relativement facile de prendre un meurtre pour un suicide.

– Vous êtes en train de me dire que Garrett Sawyer a été assassiné ? » dit Harper en s'agitant, mal à l'aise, sur sa chaise.

Duchaunak ne répondit pas, se contentant de fixer Harper du regard.

Celui-ci, en proie à un grand remous intérieur, sentait son pouls s'accélérer.

« Je pense que vous m'en avez assez dit, déclara-t-il en s'efforçant de garder son calme et avant de se lever une nouvelle fois d'un air décidé. À présent, je m'en vais. » Il décrocha le manteau en cachemire du dossier de sa chaise et l'enfila. « Sur-le-champ. Je quitte ce salon de thé, je prends un taxi et je rentre à mon hôtel.

– Cathy Hollander, dit Duchaunak. Ou Diane Sheridan ou Margaret Miller ?

– Vous êtes... désespérant, inspecteur, dit Harper après avoir fermé les yeux et pris une profonde inspiration. Et vous faites un peu pitié. Vous avez besoin d'aide, de l'assistance d'un professionnel. On ne prévoit rien dans votre secteur d'activité pour ce genre de trouble ? Quelqu'un à qui vous pourriez parler, et qui vous aiderait à voir clair dans toute cette folie ?

– Non, monsieur Harper, il n'y a personne.

– Et vous ne cotisez à aucune assurance maladie ?

– L'humour est toujours l'ultime ligne de défense, c'est ça ?

– Je ne plaisante pas, inspecteur.

– Allez parler à Evelyn.

– Evelyn ? Pourquoi faudrait-il que j'aille lui parler ?

– Pour apprendre la vérité. La seule chose qu'ils ne puissent pas cacher. Interrogez-la sur votre mère. Demandez-lui comment elle est morte... suppliez-la de vous dire ce qu'il s'est vraiment passé le 12 octobre 1975. Dites-lui que vous avez parlé avec Frank Duchaunak, et qu'il vous a suggéré de l'interroger sur l'éventuelle ressemblance qui pouvait exister entre Anne Harper et Marilyn Monroe. Pressez-la de questions, et voyez ce qu'elle vous répond.

– Je m'en vais, dit Harper en levant les mains.

– C'est précisément ce que je veux vous voir faire. Si vous ne voulez pas m'aider à coincer ces gens, alors rentrez à Miami le plus vite possible.

– Non, je pars d'ici, tout de suite. Enfin quelque chose sur quoi on a une chance de se mettre d'accord, non ?

– Vous savez bien ce que je veux dire. Quittez New York, monsieur Harper... au moins quelques jours, attendez jusqu'au Nouvel An si vous tenez vraiment à revenir. Je vous tiendrai informé de l'évolution de la situation. Je vous ferai savoir où en est votre père, mais par pitié, quittez New York... »

Harper fit demi-tour et commença à s'éloigner. Il n'avait pas fait trois mètres qu'il entendit les pieds de la chaise de Duchaunak racler le sol tandis que ce dernier se levait.

« Quittez la ville, monsieur Harper ! lança l'inspecteur dans son dos. Croyez-moi, il faut absolument que vous partiez d'ici ! »

Harper poussa la porte et sortit dans la rue. Il fut pris de court par une rafale de vent et de neige qui le plaqua contre le mur sur sa gauche. Il rabattit prestement les pans de son pardessus pour se protéger, gagna le croisement à grandes enjambées, traversa la rue et continua de marcher jusqu'à ce qu'il atteigne une supérette de quartier pourvue d'un auvent. Il enfouit ses mains dans ses poches et parcourut les environs du regard à la recherche d'un taxi.

Un quart d'heure plus tard, il montait précipitamment les marches de l'American Regent. Le portier le reconnut et lui tint la porte ouverte tandis qu'il pénétrait dans le hall.

« Monsieur Bernstein, dit-il en inclinant la tête.

– Harper, dit le client, qui s'arrêta et se retourna, le sourcil froncé. Je m'appelle Harper.

– Bien sûr, monsieur *Harper* », dit le portier avec un petit sourire entendu.

Le temps que Harper comprenne que l'homme l'avait pris pour quelqu'un d'autre, il était déjà à la réception et demandait sa clé avant d'aller prendre l'ascenseur.

Une fois dans sa chambre, il se dirigea droit sur la fenêtre et regarda la neige qui tombait dru. Le vent soulevait des tourbillons de flocons qu'il envoyait virevolter au hasard. Harper était fasciné par leur mouvement aléatoire, les figures fugitives et imprévisibles qu'ils dessinaient. Et, à travers la neige, il voyait les lumières de New York, ce qui lui rappela la vision qu'il avait en mer des lumières de la terre toutes les fois où il gagnait le large. L'eau turquoise et céruléenne, le ciel clair, la vue qui s'étend jusqu'à Joe Bay à l'ouest, l'odeur d'iode qui picote les narines, Key Largo et le Swash qui s'éloignent derrière lui.

Sa vraie vie, elle était là-bas, et non ici, au milieu des délires obsessionnels d'un inspecteur de police, de femmes aux noms aussi faux que multiples, de figures de son enfance n'apportant que discorde et chaos...

Harper songea un instant à partir, à emporter le reste de l'argent de Walt Freiberg et à prendre un vol le soir même. À rentrer chez lui, comme le lui avait demandé Duchaunak, pour retrouver Miami et un monde en tout point plus sûr et plus stable.

Mais John Harper resta où il était. Sûr d'emblée, avant même de prendre le temps de la réflexion, qu'il ne s'en irait pas. Les liens du sang, peut-être. La raison importait peu, semblait-il. Il se rendit compte qu'il ne pouvait pas partir ; en dépit de tous ses efforts pour se persuader que Frank Duchaunak avait raison, il en était tout bonnement incapable.

Il fallait qu'il parle à Evelyn. Qu'il sache la vérité à propos de sa mère.

Ne serait-ce que pour cette raison, il devait rester.

Une Buick gris foncé à l'angle, à un bloc à peine du Regent. Don Faulkner sort un portable de sa poche. Appelle Duchaunak. Deux sonneries, et l'autre décroche.

« Harper est rentré à l'hôtel », dit Faulkner.

Puis il écoute un moment, secoue la tête.

« Frank... Frank, écoute-moi, bon Dieu. Rentre chez toi, tu veux ? Juste deux ou trois heures, d'accord ? Le temps de dormir un peu. Moi, je garde... »

Faulkner s'interrompt, l'air agité, et finit par dire : « Je sais, je sais... Tout ce que je dis, c'est que je suis prêt à rester ici pour garder un œil sur lui. Tu es debout depuis je sais pas combien d'heures. Alors, va dormir un peu, d'accord ? »

Faulkner hoche la tête.

« D'accord... Oui, pas de problème. Si je te dis que je m'en occupe, c'est que je le ferai, OK ? »

Il ferme les yeux un instant, exaspéré peut-être.

« Oui, entendu... Tu rentres, maintenant. Je t'appelle sur ton portable s'il ressort. »

Il écoute encore quelques secondes avant de dire : « Bon, OK... demain. Je te vois demain. »

Faulkner remet son téléphone dans sa poche, prend une cigarette et l'allume. Recrache la fumée, secoue la tête.

« Cinglé d'enfoiré, marmonne-t-il. Taré, complètement taré. »

Dehors, la neige se précipite en rafales derrière les vitres de la voiture.

30

C'est un gamin de huit, neuf ans. Ciré rouge vif, bonnet à oreillettes en laine, bottes en caoutchouc montantes qui laissent des empreintes de pas reconnaissables dans la neige. Un chien court à son côté, un genre de bâtard à tête de rat, aux yeux globuleux, qui jappe comme un fou. Le père est à une dizaine de mètres devant, tous trois rentrent ensemble à la maison, venant d'une destination sans importance.

Le gamin s'appelle Tyler Russell, le bâtard, Bucket, nom sans autre pertinence que sa drôlerie, bien le genre de nom qu'un gamin de huit ans peut donner à un bâtard et qui fait sourire les gens.

Bucket s'engouffre dans la ruelle qui se trouve tout près du croisement de la 15e Ouest et de la 7e Avenue. Tyler le suit tout en l'appelant. Le père tourne au croisement avant de se rendre compte qu'il a perdu de vue l'enfant et le chien, pousse un soupir d'exaspération et rebrousse chemin. Il fait froid. Bien trop froid pour être dehors avec un gamin et un chien. Il prend à droite dans la ruelle. Aperçoit les empreintes de pas du gamin et du chien. Appelle son fils.

« Tyler ? »

Pas de réponse.

Petits élancements nerveux par tout le corps.

« Tyler ! » lance-t-il à nouveau, et son appel résonne étrangement dans la ruelle, peut-être en raison de l'acoustique, de la neige qui tombe en abondance, de l'air glacial. Ou peut-être simplement parce qu'il a forcé sa voix et qu'elle n'a pas son timbre habituel.

« Tyler ! » hurle-t-il encore, franchement inquiet, cette fois. Il accélère l'allure. Se demande ce qui a bien pu se passer.

C'est alors qu'il les voit. Tyler, pétrifié sur place, Bucket, assis sur son arrière-train juste à côté de lui. Un tableau pittoresque digne d'une carte de Noël. Un petit garçon, un petit chien, sur une épaisse couche de neige immaculée, sans autres traces de pas que les leurs. Soulagement. Comme une vague qui monte du nerf pneumogastrique. Comme si la contraction qui le nouait jusqu'ici se relâchait brusquement.

« Tyler… mais qu'est-ce que tu fabriques ? demande le papa. Il faut qu'on rentre, mon cœur. »

Il est derrière eux. Plus grand que son fils, il peut voir par-dessus sa tête et se dit qu'il doit y avoir quelque chose de vraiment fascinant pour que Tyler ne se retourne pas, ne dise rien, reste sans réaction.

Bucket gémit comme seul peut le faire le genre de bâtard ratier qu'il est, la tête penchée de côté, comme si même lui – ce petit bout de chien pas plus gros qu'un chat – se rendait compte qu'il y a décidément quelque chose qui cloche.

C'est alors que le père aperçoit le type sur le sol. À le voir, on dirait qu'il raconte une histoire, attend quelqu'un peut-être, fait une pause en fumant une cigarette.

Sauf qu'il n'attend rien ni personne, qu'il ne fait pas de pause ni ne raconte d'histoire. Il est mort. Aussi mort qu'Elvis. Il a le côté de la tête enfoncé et couvert de sang, et le sang a coulé le long de sa joue et du cou, jusque sur le revers de son pardessus. Il est figé par le gel, n'a plus rien de naturel.

« Putain de Dieu », souffle le papa.

Tyler se retourne, puis regarde son chien.

« T'as entendu, Bucket… papa a dit un gros mot. »

Il avait été gelé toute la nuit. Le chauffage était monté au maximum, et Harper s'était rendu compte assez vite que le froid qui l'avait envahi venait en fait du dedans. Il avait oscillé jusqu'à l'aube entre un état de veille et des phases de repos agité ; puis, alors que la neige, fatiguée de Manhattan, décidait d'aller voir ailleurs et de passer le New Jersey au blanc de chaux, il avait basculé dans un vague sommeil, où il était resté jusqu'à 6 heures.

Le premier message lui arriva de la réception à 7 h 10.

« Hollander », dit le réceptionniste, qui entreprit inutilement d'épeler le nom. Harper attendit patiemment qu'il en ait fini, puis lui dit que, si Mlle Hollander appelait à nouveau, il devait l'informer qu'il ne serait joignable qu'en début d'après-midi.

Harper avait besoin d'un peu de temps pour souffler, pour y voir plus clair. Il devait faire face à des choses dont la réalité lui paraissait douteuse, des choses auxquelles il ne pouvait s'accrocher qu'au prix de gros efforts, pour tenter de découvrir le rapport qu'elles entretenaient avec celui qu'il croyait être avant de revenir à New York.

Il se souvint de quelques lignes de Hemingway, portant précisément sur l'abandon. Abandonner quelque chose de bon ou de mauvais, peu importait, c'était creuser un vide en soi. Si c'était quelque chose de mauvais, le vide se remplissait de lui-même ; si c'était quelque chose de bon, en revanche, il fallait trouver mieux sinon le vide risquait de ne jamais se combler. Pensée dont la justesse frappa Harper au moment où il reposait le combiné. À Miami, il avait une vie qui ressemblait à quelque chose. Ici, tout compte fait, il n'avait rien. Il restait que, à force de parler avec Duchaunak, Cathy Hollander et même Evelyn, il lui paraissait de plus en plus évident qu'il ignorait tout ou presque de son passé et de ses antécédents. Il n'était pas sûr de vouloir vraiment savoir, mais dans le même temps il doutait de pouvoir rester dans l'ignorance. Ce vide qu'il ressentait en lui, il ne pouvait tout bonnement pas le laisser en l'état.

D'où son besoin de voir Evelyn, et par suite la nécessité de commander un petit déjeuner, de le manger, de se doucher, de se raser et de s'habiller, pour se retrouver devant la fenêtre un peu avant 8 heures et se demander s'il était trop tôt pour prendre un taxi jusqu'à Carmine Street et entendre ce que sa tante aurait à dire.

Il sortit dans la rue, entra dans un café et tua une demi-heure à feuilleter un journal, sans prêter la moindre attention à ce qu'il lisait, avant d'appeler le taxi et de se faire conduire là-bas, l'estomac noué.

Quoi qu'il puisse arriver maintenant, il ne pouvait plus rien faire pour l'empêcher.

« Quand ça ?

– Un peu après 7 heures.

– Qu'est-ce qu'il a dit ?

– Je ne lui ai pas parlé directement.

– Tu as parlé à qui, alors ?

– Au réceptionniste... Il a appelé la chambre de Harper pour moi...

– Et ?

– Il avait pour consigne de dire que M. Harper ne rentrerait qu'après le déjeuner. »

Cathy Hollander était assise au bord de son lit. Elle semblait être dans un état de tension perpétuelle, ces jours-ci. À cause de ce qui se passait, la situation prenait inexorablement une tournure aussi imprévue qu'imprévisible. D'ici quelques jours, elle en aurait fini, serait passée de l'autre côté. Ou elle serait morte. Possibilité qui avait toujours existé, elle en était consciente depuis le début. Mais qui, pour autant, n'avait rien fait pour l'arrêter, bien au contraire.

« Après le déjeuner ?

– C'est ce qu'il a dit, Walt... qu'il serait dans les parages après le déjeuner.

– Qu'est-ce que ça peut vouloir dire, nom de Dieu ? »

Cathy secoua la tête. Regarda par la fenêtre sur sa droite. La neige avait cessé. Le ciel, plat comme la main, était d'un gris pâle et terne.

« Je l'ignore, Walt... Je ne sais pas ce que ça signifie.

– Il est malade, ou quoi ?

– Je ne pense pas, il avait l'air d'aller bien la dernière fois que je l'ai vu.

– C'était quand ?

– Mercredi... tu te souviens... Quand tu m'as appelée sur mon portable ; j'étais devant l'hôpital à ce moment-là, je venais juste de le déposer. C'est la dernière fois que je l'ai vu.

– Et il avait l'air normal ?

– Tout à fait, oui.

– Tu ne l'as pas appelé, hier ?

– Écoute, Walt..., commença Cathy après avoir soupiré et secoué la tête.

– Tu étais occupée, d'accord. Désolé, je comprends. On était tous débordés, hier, pas vrai ?

– C'est le moins qu'on puisse dire.

– Bon, tant pis. Attends une heure et rappelle l'hôtel. Vois s'il est rentré. Si c'est le cas, passe le voir, assure-toi qu'il va bien. C'est vraiment pas le moment qu'il nous lâche, celui-là.

– Et s'il n'est pas rentré quand j'appellerai ?

– Tu n'as qu'à venir à la maison. On verra quoi faire de lui après le déjeuner.

– À plus, Walt.

– À plus, ma belle. »

Cathy Hollander raccrocha.

Elle resta là un moment, en sous-vêtements et robe de chambre, avant de passer dans la salle de bains.

Elle ouvrit le robinet de la douche. Se demanda ce qu'elle était en train de faire de sa vie. Constata qu'elle n'avait pas de réponse. À dire vrai, elle n'était même pas sûre d'en vouloir une.

« 4 heures du matin, peut-être 4 h 30.

– Et Harper était toujours à l'hôtel ?

– Bon sang, Frank, je suppose, oui. J'ai attendu dans la voiture jusqu'à ce que je ne puisse plus garder les yeux ouverts, et je suis rentré. Il n'est pas sorti par la porte de devant, si c'est ce que tu veux savoir. S'il est sorti par la fenêtre et a pris l'escalier de secours pour descendre et disparaître dans la nuit, ça, c'est une autre histoire. »

Duchaunak garda le silence quelques instants. Regarda par la fenêtre de sa minuscule cuisine. Se demanda s'il avait ce qu'on pouvait honnêtement appeler une vie.

« D'accord, Don, d'accord. T'as déjà appelé l'hôtel ?

– Y a pas cinq minutes.

– Et alors ?

– Je viens de te le dire, Frank, il est sorti.

– Oui, oui, d'accord, dit Duchaunak, l'air absent. Il est sorti... Je me demande où il a pu aller. »

Don Faulkner ne répondit pas. Il ne voyait pas ce qu'il aurait pu dire pour faire avancer les choses.

« Le réceptionniste avait une idée, là-dessus ?

– Non, aucune. Harper ne lui a rien dit.

– Mais il a bien eu l'appel ?

– Oui. Un seul appel. Cathy Hollander. C'était de bonne heure, un peu après 7 heures. Harper a reçu le message et a dit à la réception ce que je viens de te répéter.

– Mais qu'est-ce qu'il fout ? demanda Duchaunak, davantage pour lui-même que pour son interlocuteur, et il ajouta, devant le silence de son coéquipier : Freiberg, peut-être... mais qu'est-ce que Freiberg pourrait bien faire seul, indépendamment de la fille ? Il est peut-être allé voir Marcus.

– Ou la tante ? suggéra Faulkner.

– Ah, peut-être, peut-être bien.

– La vérité, c'est qu'on n'en sait rien du tout, Frank, et que ça ne sert pas à grand-chose d'essayer d'anticiper. Je peux toujours faire un saut chez la tante, mais à moins de frapper à la porte et de demander, je ne saurai pas s'il y est ou non. Quant à Marcus, il pourrait être à peu près n'importe où.

– Oui, je sais, Don, je sais. T'as quelqu'un sur Freiberg ?

– Pas encore. J'ai parlé à deux ou trois types qui sont en ce moment en congé, mais ça n'a pas eu l'air de les brancher terriblement. J'essaie toujours de trouver une solution.

– Bien, bien... »

Faulkner devinait que l'attention de Duchaunak n'était pas à ce qu'il disait, pas plus qu'à ce qu'il entendait. Il sentait presque tourner les rouages du cerveau de son collègue.

« On n'a qu'à laisser les choses en l'état, finit par dire Duchaunak. On va pas passer la matinée à chercher ce type dans toute la ville. Je vais au bureau, on se retrouve là-bas dans une heure ou deux.

– Entendu, on fait comme ça, dit Faulkner, l'air hésitant.

– Y a un problème ?

– J'ai fait quelques vérifs...

– À quel sujet ?

– Tu te souviens de la concordance de la balle... celle qu'ils ont sortie de Lenny et celle du cambriolage du 7 novembre 1974 ?

– Oui, bien sûr, et alors ?

– Ils avaient arrêté quelqu'un pour ce braquage... et ils l'avaient interrogé. »

Duchaunak garda le silence.

« Frank ?

– Ouais, j'écoute. Ils avaient arrêté qui ?

– Un témoin dans la supérette avait dit qu'ils étaient deux, mais ils n'en avaient interrogé qu'un...

– Son nom, Don, son nom... Où tu veux en venir, bordel ?

– Garrett Sawyer.

– Tu te fous de moi, là ?

– Sur la tête de ma mère, ils ont bouclé Garrett Sawyer pour le braquage, sauf que sans preuves et sans empreintes, ils n'ont pas pu l'inculper, et ils ont dû le relâcher.

– Et l'arme qui a été utilisée à l'époque réapparaît trente ans plus tard, quand quelqu'un s'en sert pour tirer sur Lenny Bernstein... Tu parles d'une putain de coïncidence.

– C'est exactement mon avis. Une putain de coïncidence.

– Bon, d'accord. Faut que j'y aille. Je t'appelle plus tard, et on reparle de tout ça, d'accord ?

– Entendu, Frank… À plus tard. »

Duchaunak raccrocha.

Faulkner resta là, le combiné à la main. Qu'il considéra un moment, comme s'il ne savait pas ce qu'il était censé en faire. La vérité, c'est qu'il s'inquiétait beaucoup pour Frank Duchaunak. Son coéquipier avait besoin de l'aide d'un spécialiste. D'une aide thérapeutique.

Faulkner poussa un soupir et reposa l'appareil sur sa base.

Il gagna le hall d'entrée, enfila son pardessus, s'efforçant de son mieux d'ignorer la sensation d'une perte de repères qui accompagne en général une nuit d'insomnie. Il ouvrit la porte, sortit dans le froid. Il se dit qu'il allait se mettre en quête d'un *diner* pour prendre un petit déjeuner avant de se rendre au commissariat. Au moins, s'il mangeait suffisamment, il aurait assez d'énergie pour rester opérationnel.

31

« Pourquoi ? Mais je t'ai déjà dit pourquoi.

– Dis-le-moi encore, Ev… donne-moi quelque chose qui pourrait m'être utile.

– Utile ? »

Evelyn eut une moue ironique. Elle se tourna vers la fenêtre de la cuisine. Son visage était en partie noyé dans l'ombre. Harper ne s'était pas rendu compte jusqu'ici à quel point elle avait vieilli.

« J'ai eu ton livre… celui que tu as glissé dans la boîte aux lettres. Mais je l'avais acheté, tu sais. Quand il est paru.

– Oui, tu me l'as dit.

– Je l'ai acheté, je l'ai lu, et j'ai été en pétard contre toi pendant un sacré bout de temps.

– Je sais. Je ne voulais pas…

– Ça n'a plus d'importance, John, dit Evelyn en levant une main apaisante. De l'eau a coulé sous les ponts, depuis. »

Harper sortit un paquet de cigarettes de sa poche et lui en offrit une.

« Je croyais que tu essayais d'arrêter », dit sa tante en souriant.

Harper haussa les épaules. Elle s'avança et prit une cigarette.

« T'as pas dû insister beaucoup, à ce que je vois.

– On dirait bien, oui », répondit-il.

Evelyn était nerveuse ; elle le cherchait. Après toutes ces années écoulées, tout ce qui s'était passé, il ne comprenait toujours pas aujourd'hui pourquoi persistait cette petite guerre entre eux. Il décida de ne pas la suivre sur ce terrain ; il n'était plus l'ado maladroit d'antan et ne la considérait plus comme une ennemie.

Harper lui proposa du feu, mais elle avait une boîte d'allumettes dans la poche de son tablier. Elle quitta l'évier près duquel elle s'était tenue jusque-là et vint s'asseoir en face de lui à la table de la cuisine.

« Quelque chose qui te serait utile, reprit-elle en écho. Et qu'est-ce que tu mettrais dans cette catégorie, John Harper ?

– Parle-moi d'Anne.

– Ta mère ? demanda-t-elle en écarquillant les yeux. Qu'est-ce que tu veux que je te dise à propos de ta mère ?

– Comment elle était...

– Elle était comme toi, l'interrompit Evelyn. Elle te ressemblait beaucoup.

– En quoi ?

– Elle était volontaire, déterminée, parfois arrogante.

– Arrogante ? s'étonna Harper, qui ne s'était jamais considéré lui-même comme tel.

– Non, peut-être pas arrogante... obstinée plutôt, et des fois carrément butée. Oui, c'est ça, butée. Il suffisait de lui dire qu'elle ne pouvait pas n'en faire qu'à sa tête, et elle te mettait la maison à feu et à sang jusqu'à ce que tu cèdes.

– Elle aimait Edward ? »

Evelyn eut un petit rire, mal à l'aise. Elle était gênée par ce genre de questions, qui, par manque d'habitude, la désarçonnaient.

« Je pense qu'elle était trop jeune pour savoir ce qu'était l'amour quand elle a rencontré Edward Bernstein.

– C'est venu petit à petit ?

– Non, je ne pense pas. Ce que je crois, c'est que ta mère était amoureuse de celui qu'elle *croyait* être Edward Bernstein. L'idée qu'elle se faisait de lui et l'homme qu'il était en réalité étaient deux choses bien différentes.

– Qu'est-ce que tu veux dire ? » demanda Harper en fronçant les sourcils.

Evelyn tapota sa cigarette sur un cendrier. Elle tira une autre bouffée et plongea les yeux dans ceux de Harper.

« Pourquoi tu me poses toutes ces questions, John ?

– Parce que tu es ma seule famille, Ev, et la seule personne qui sache vraiment quelque chose de ma mère et de mon père.

– Mais Anne est morte, depuis presque trente ans. Le passé est le passé. Il est bien là où il est, et je n'ai aucune envie de le faire resurgir là où il n'a pas sa place.

– J'ai besoin de savoir, Ev.

– *Besoin* ? Le mot est un peu fort, non ?

– Je ne crois pas… Et puis, j'estime que tu me dois au moins une part de la vérité.

– Que je te *dois* ? Je n'ai pas l'impression de te devoir quoi que ce soit.

– Si, pour tes mensonges, Ev. Je crois que tu me dois quelque chose pour m'avoir menti à propos de ma mère.

– Ah ! s'exclama Evelyn. Tu veux qu'on parle de qui doit quelque chose à qui ? Eh bien, parlons de ta mère et de mon mari. Tu as une idée de ce que je ressens à leur endroit, hein ?

– Qu'est-ce que tu veux dire, Ev ? demanda Harper en se penchant en avant et en laissant tomber dans le cendrier sa cigarette consumée jusqu'au filtre. Ils sont morts à cinq ans d'intervalle… Il ne peut pas y avoir de lien entre les deux disparitions. »

L'expression d'Evelyn changea. À peine, mais suffisamment tout de même pour qu'il le remarque et penche la tête de côté pour observer sa tante de plus près. C'était comme si passait sur son visage l'ombre d'un nuage glissant au-dessus d'un champ ensoleillé. Harper se trouvait juste en dessous du passage nuageux et en sentit la fraîcheur.

« Qu'est-ce qu'il y a ? demanda-t-elle, aussitôt sur la défensive en voyant la manière dont il la regardait.

– À toi de me le dire.

– Il n'y a rien à dire.

– Il y a donc bel et bien un lien, dit Harper d'un ton neutre. Dis-moi lequel, Ev.

– Non, il n'y a aucun lien, asséna-t-elle, l'air menaçant, les traits figés, l'œil glacial. Ta mère est morte de pneumonie. Et cinq ans plus tard, Garrett a mis fin à ses jours.

– C'est bien ce qu'il a fait ? Il s'est suicidé ?

– Mais qu'est-ce que c'est que ce cirque, bon sang ? Qu'est-ce que tu cherches ? Tu as parlé à ce cinglé de flic, comment il s'appelle, déjà ? Frank quelque chose...

– Duchaunak.

– C'est ça. Il t'a parlé et...

– À toi aussi, il semblerait. Il est venu ici, non ? Il t'a posé des questions sur ma mère et sur Garrett, pas vrai ? Il t'a demandé ce qui leur était arrivé, et tu lui as dit quelque chose que tu ne m'as pas dit. J'ai raison, non ? Je me trompe ? insista Harper en se penchant vers elle.

– Je crois que tu devrais t'en aller, John, dit Evelyn en se redressant sur sa chaise et en secouant lentement la tête. Je crois vraiment que j'en ai assez de cette conversation.

– Je n'ai aucune intention de m'en aller, dit John, avec un sourire froid. Je ne partirai pas avant que tu m'aies dit ce qui s'est passé. Dis-moi la vérité à propos de ta sœur et de ton mari. Qu'est-ce qu'il leur est vraiment arrivé ?

– Ça suffit ! s'écria-t-elle d'une voix dure et hargneuse. Pour l'amour de Dieu, ça suffit ! »

Elle détourna les yeux, furibonde, hors d'elle, avant de se tourner à nouveau vers Harper au bout d'un moment. L'implacabilité de son regard le déconcerta. Il y avait des années et des années qu'Evelyn Sawyer ne l'avait pas paralysé de la sorte.

« Je me fous complètement de ce que tu peux penser... Tu n'as aucun droit, aucun, tu m'entends, de venir ici et de me dicter ce que je devrais dire ou ne pas dire. Tu reviens ici et tu continues à voir ces gens, c'est ton affaire, mais ne me tiens pas pour responsable de ce qui pourrait arriver...

– Je te tiens pour responsable de la vérité, dit Harper, furieux, les poings serrés. J'ai parlé à Duchaunak, et il m'a dit...

– Ah, nous y voilà, qu'est-ce qu'il sait, lui ?

– Il en sait plus que moi, en tout cas, mais beaucoup moins que toi, je me trompe ? Comment tu expliques que ce soit de mes parents que nous parlions et que je sois celui qui en sache le moins à leur sujet ?

– Parce qu'il y a certaines choses qu'il vaut mieux ne pas savoir.

– Je n'ai plus treize ans, Ev. Je ne suis plus un gamin. Je suis parti et j'ai grandi. J'ai fait des tas de choses pendant toutes les années où je n'étais pas là....

– Mais, de toute évidence, en négligeant d'apprendre une leçon pourtant fort simple. Ne pas remuer le passé, précisa-t-elle devant la mine perplexe de son neveu, et rester en dehors de tout ce qui risque de ne rien apporter de bon. Tu reviens ici...

– C'est toi qui as insisté pour que je revienne, Ev... Tu te souviens de tes appels à Nancy Young ? Au journal ? Tu te souviens d'avoir fait ça ? »

Evelyn ne réagit pas.

« C'est bel et bien toi qui as insisté pour que je revienne, Evelyn, tu as fait en sorte que je ne puisse quasiment pas refuser.

– Je sais, je sais...

– Et maintenant que je suis ici, à *ta* demande, tu fais tout ce que tu peux pour me renvoyer à Miami. Toi, et ce flic aussi. Alors dis-moi, dis-moi pourquoi tu as tellement peur de ce que je risque de découvrir ? C'est au sujet d'Anne ? Hein ? De ma mère ? demanda Harper en se penchant à nouveau, l'estomac noué, et en sentant la colère bouillonner en lui. Ou alors du mystérieux Edward Bernstein en train d'agoniser ? C'est à cause de lui plutôt que des autres ?

– Tu ne sais pas de quoi tu parles...

– Évidemment, comment voudrais-tu que je sache de quoi je parle ! Y en a pas un dans cette foutue ville qui soit capable de donner une réponse franche et directe à ce qu'on lui demande ! »

Harper abattit son poing sur la table et fit sursauter Evelyn. L'espace d'une seconde, elle sembla avoir peur. *Vraiment* peur. Harper laissa son poing suspendu en l'air un instant, juste là devant lui, donnant l'impression qu'aucun obstacle n'aurait pu l'empêcher de frapper.

Evelyn regardait Harper d'un œil dur et froid.

« Parle, Evelyn… parle avant que je casse quelque chose, bordel.

– Non, tu n'as aucun intérêt à entendre ce que je pourrais avoir à te dire…

– Ce que tu as à dire est exactement ce que j'ai envie d'entendre ! Putain, mais qu'est-ce qu'il faut faire pour extirper une réponse claire et nette de quelqu'un, dans ce bled ?

– Tu sais depuis combien de temps ce flic est après ton père ?

– Duchaunak ? Non, j'en sais rien, Evelyn. Alors dis-le-moi, s'il te plaît.

– Sept ans, et même un peu plus. Il s'est mis en chasse en novembre 1997, sans se soucier le moins du monde de l'absence apparemment totale de soutien de sa hiérarchie, il n'a jamais cessé depuis. De toute évidence, il devait avoir ses raisons pour le faire, tu ne crois pas ? »

Harper observait Evelyn. Très agitée, le débit rapide et haché, elle lui lançait ses mots à la figure comme autant de flèches.

Il ferma les yeux, conscient de son état de tension, de ses jointures douloureuses et blanches à force de serrer les poings. Il eut, un moment, un pressentiment, net, incontrôlé, une violente réaction physiologique qui lui intimait l'ordre de faire marche arrière et de s'en aller.

« Quelles raisons ? demanda-t-il sans pouvoir s'en empêcher, tout en sachant au même moment qu'il n'avait pas envie d'entendre la réponse.

– Edward Bernstein est l'unique raison de vivre de Duchaunak depuis sept ans, en tout cas, c'est mon impression.

– C'est ce qu'il a dit ?

– Non, pas dans ces termes, dit Evelyn avec un rire moqueur. Il y avait juste ce qu'il fallait de flou dans ses propos. Il est même allé jusqu'à me mentir.

– À quel sujet ?

– Au sujet des raisons qu'il avait de poursuivre ton père depuis tout ce temps.

– Qu'est-ce qu'il a dit ?

– Ce n'est pas ce qu'il a dit qui compte, mais ce qu'il n'a pas dit. »

Harper attendit qu'elle poursuive. Elle alluma une autre cigarette.

« Et donc ? la pressa-t-il.

– Je lui ai demandé depuis combien de temps il s'intéressait à ton père. Et il m'a répondu sept ans. Qu'il avait commencé en novembre 1997. Je lui ai demandé si c'était parce que quelqu'un était mort. Et il m'a répondu par la négative. »

Evelyn retomba dans le silence. Un moment, elle donna l'impression de ne pas en avoir terminé, et Harper resta là à attendre la suite, avant de comprendre qu'elle n'irait pas plus loin.

« Il t'a donc répondu non, dit Harper d'un ton désinvolte.

– C'est ça.

– Que personne n'était mort. »

Evelyn confirma d'un mouvement de tête.

« J'ai perdu le fil, Evelyn... Je ne suis pas sûr de bien te suivre. »

Elle sourit, d'un sourire où se mêlaient amertume et regret.

« Ce n'est pas bien compliqué, John. Tu es un garçon intelligent, tu l'as toujours été. Duchaunak a commencé à traquer ton père parce qu'il est arrivé quelque chose en novembre 1997. C'est pour cette raison que je lui ai demandé si c'était à la suite de la mort de quelqu'un, et c'est là qu'il m'a menti en me répondant par la négative.

– Quelqu'un est donc bel et bien mort ?

– Oh, pour ça oui ! Sans le moindre doute. »

Cathy Hollander est dans le séjour de son appartement, téléphone à la main. Elle attend.

« Bonjour... oui. On m'avait mise en attente... je crois que j'ai été coupée. J'ai appelé il y a une minute. Je voulais... »

Interrompue, elle écoute.

« Oui, c'est bien ça, John Harper. »

Attend encore un moment.

« D'accord, entendu. Oui… euh, non, pas de problème. Merci pour votre aide. »

Elle secoue la tête, fronce les sourcils. Compose un autre numéro.

« C'est moi, dit-elle, les yeux posés sur la fenêtre. Il est sorti. Il y a deux ou trois heures. »

Elle écoute, regarde ses pieds nus.

« Non, je n'ai pas laissé de message. Je viens chez toi comme convenu. Je réessaierai après le déjeuner. »

Elle hoche la tête en signe d'assentiment.

« Entendu, Walt, pas de problème. On se voit dans un moment. »

Nouveau hochement de tête.

« D'accord, salut. »

Raccroche. Pose l'appareil sur le comptoir. S'arrête un moment sur le seuil de la pièce, l'air pensif, inhabituellement absorbé, puis quitte la cuisine, traverse le séjour pour rejoindre sa chambre.

Faulkner se lève quand Duchaunak fait irruption dans le bureau.

« Où ? demande-t-il.

– Une ruelle tout près du croisement de la 15e Ouest et de la 7e Avenue.

– Sûr que c'était là ? On aurait pu le tuer ailleurs et déplacer le corps…

– Bon Dieu, Frank, on n'en sait rien… Le type était tellement gelé qu'ils vont devoir le décongeler avant de pouvoir procéder à l'autopsie. »

Duchaunak, l'air intrigué, penche un peu la tête de côté et émet un petit rire – embarrassé parce que généré par une réalité qui dépasse la fiction.

« À vue de nez, il a été tué hier soir, à quelle heure, on ne sait pas, et on ne le saura avec certitude que quand le coroner aura fait son boulot. Mais peu importe l'heure, ce qui est sûr c'est qu'il a passé toute la nuit dans cette ruelle et qu'il a gelé... Il était dur comme du caillou quand on l'a trouvé.

– Mais qu'est-ce qui se passe ici, bon Dieu ? interroge Faulkner en fronçant les sourcils.

– Tu parles d'un putain de truc. On a Lenny à l'hosto, son fils qui a disparu, et voilà que Johnnie Hoy, le seul qui nous ait jamais donné quelque chose d'utilisable sur Bernstein, se fait poignarder dans l'œil et abandonner dans le froid pour être découvert par un pauvre gamin.

– Tu crois que c'est pour ça qu'on l'a tué ?

– Je ne fais pas que croire, Don, j'en suis sûr. Freiberg et Marcus préparent un coup, peut-être séparément, peut-être ensemble, peu importe, mais ils vont d'abord procéder à un grand nettoyage.

– Ça va chauffer, tu crois ? dit Faulkner à nouveau assis en poussant un soupir las.

– Oui, et même plus que ça, à mon avis.

– Je peux prendre mes congés annuels maintenant ?

– Bien sûr, Don, répond Duchaunak en riant. Paie-toi du bon temps. Et n'oublie pas de m'envoyer une foutue carte postale, hein ?

– Alors, on fait quoi ? »

Duchaunak ouvre la bouche pour lui répondre quand le téléphone sonne. Il décroche.

« Oui. »

Ses yeux s'écarquillent, ses sourcils se froncent.

« Où ça ? »

Une inclinaison de la tête, et il claque des doigts à l'adresse de Faulkner avant de former silencieusement le mot « stylo ».

Son coéquipier se penche pour lui tendre un stylo, dont Duchaunak s'empare pour griffonner quelque chose sur le bloc-notes devant lui.

« Quai 49. Entendu, Mike... Un grand merci », dit-il. Puis il raccroche et regarde Faulkner. « Mike Donnelly, du central... il vient juste de prendre un appel pour le quai 49.

– À quel sujet ?

– Enfile ton manteau, on y va de ce pas.

– Mais ce n'est pas nous qui avons été appelés, Frank. Comment veux-tu qu'on réponde à un appel qui vient d'une autre voiture et qui ne nous a pas été adressé ?

– C'est pas un appel anonyme, dit Duchaunak, qui, déjà, tourne la poignée et ouvre la porte.

– Mais quoi, alors, Frank ? Qu'est-ce qui se passe, bon Dieu ? »

Duchaunak est dans le couloir. Faulkner lui emboîte le pas, tout en essayant de boutonner son manteau. Soudain déséquilibré, il doit s'appuyer d'une main sur le mur, avant de presser l'allure pour rattraper l'inspecteur qui s'est mis à courir.

32

Harper secouait la tête.

« Tu n'as pas envie d'entendre ça, si ? lui demanda Evelyn. Ce que tu veux entendre, c'est ce qui est arrivé entre ton père et ta mère, je me trompe ? »

Il ferma les yeux. La nervosité était palpable sur son visage et dans tout son corps. Tendu à l'extrême, comme un ressort de montre.

« Est-ce que tu vas finir par dire quelque chose ? »

Harper secoua à nouveau la tête, lentement, les yeux ouverts cette fois-ci, mais fixés au sol. Il avait du mal à respirer, la poitrine prise dans un étau.

« Tu veux un verre d'eau ?

– Non, Evelyn... Donne-moi juste un moment... j'ai besoin d'une minute ou deux. »

Evelyn s'appuya contre le dossier de sa chaise. Quelque chose s'était relâché en elle, presque comme si le seul fait de dire la vérité lui avait ôté un grand poids des épaules, lequel pesait désormais sur celles de Harper. Elle ne semblait pas heureuse de le voir souffrir, car il souffrait ostensiblement, mais intensément soulagée de constater que parler comme elle l'avait fait lui avait permis de défaire ce nœud qui lui étreignait la poitrine.

« Qu'est-ce que tu veux que je te dise, John ? J'ai tout gardé pour moi. Pendant toutes ces années, je savais ce qui se passait. Je savais ce qu'il était, les gens qu'il fréquentait. C'est pourquoi la vie était si difficile à la maison. Il m'envoyait Walt Freiberg avec des cadeaux pour toi. De l'argent, des vêtements, des jouets, pour ton anniversaire, pour Noël. Te garder à l'écart de ces gens, c'était un emploi à plein temps, crois-moi. Tu ne connais même pas le tiers de...

– Alors, dis-moi le reste. Dis-moi ce que tu m'as toujours caché jusqu'ici... Par pitié, Evelyn, dis-moi tout ce qu'il y a à savoir. »

Evelyn avait l'air éreintée, pas fatiguée mais proprement éreintée, jusqu'à l'os, le genre d'épuisement qui vous vide de toutes vos forces, de toutes vos ressources, non seulement physiques mais aussi mentales et affectives.

« Les appels téléphoniques en pleine nuit, les menaces. Les fois où j'allais te chercher à l'école pour trouver Walt Freiberg dans la rue, attendant à côté d'une voiture, pendant qu'à l'intérieur ton père observait jusqu'au moindre de tes gestes. Une fois... une fois, je me souviens, j'étais allée te chercher, et ils étaient là. Et je ne te voyais nulle part, ni dans la rue, ni dans la cour derrière l'école. J'étais convaincue qu'ils t'avaient enlevé, convaincue qu'ils avaient réussi à te persuader cette fois-ci de monter à l'arrière de la voiture, qu'ils s'amusaient de moi en me faisant savoir qu'ils avaient l'argent et le pouvoir pour nous manipuler comme ils l'entendaient. Ils m'ont fait une peur bleue, ce jour-là. Une peur de tous les diables.

– Je n'ai jamais rien su de tout ça...

– Et que voulais-tu que je te dise ? ricana Evelyn, soudainement, brutalement. Ta mère est morte quand tu avais sept ans. Ton père est parti quand tu en avais deux. Je dis "parti" quand tu en avais deux, mais, bon sang, John, en fait, il est parti du jour où il a appris qu'Anne était enceinte. Je savais quel genre d'homme il était bien avant que ta mère accepte de regarder les choses en face. Elle est tombée amoureuse de l'image qu'elle s'était faite d'Edward Bernstein... elle a même réussi à se convaincre qu'il te voulait, qu'il allait rester et élever une famille. »

Evelyn détourna le regard. Garda le silence quelques minutes. Quand elle revint à Harper, ses yeux, lourds et gonflés, étaient pleins de larmes. Elle cligna les paupières, et ses larmes roulèrent le long de ses joues. Elle sortit un mouchoir en papier de la poche de son tablier et se tamponna le visage.

« Comment est-elle morte, Evelyn ?

– Seule et terrorisée, dit celle-ci avec un sourire nostalgique et douloureux.

– Oui, mais comment ? Dans quelles circonstances ? »

Evelyn détourna le regard une fois encore vers la fenêtre. La douce lumière matinale était immobile et limpide, le ciel, clair. Elle donnait à la pièce une atmosphère monochrome apaisante. Evelyn avait l'air d'être son propre fantôme, prisonnière d'une situation qui n'aurait pas pu être pire même si elle l'avait voulu.

« Quelle que soit la vérité..., commença Harper.

– La vérité est la vérité, répondit Evelyn calmement en balayant ses mots d'un geste de la main. Ce n'est pas la vérité qui nous fait peur, John, c'est la manière dont nous pensons que les autres vont la recevoir.

– Alors, dis-moi comment elle est morte.

– C'était un dimanche... le 12 octobre 1975. Je ne me rappelle même pas où tu étais, sorti peut-être avec Garrett. Tu avais ta manière à toi désormais de gérer les lunes d'Anne...

– Les lunes ? reprit Harper, l'air perplexe.

– C'est ce que nous disions, Garrett et moi : Anne a ses lunes.

– Quand elle pétait un câble, genre ?

– Elle était dans une sale situation, dit Evelyn en secouant la tête, une situation vraiment moche, John. Elle savait ce qu'il en était de ton père, quelles étaient ses activités. Et puis Walt était souvent dans le coin ; ils étaient amis, Garrett et lui... enfin, pas vraiment amis, disons en bons termes : ils se saluaient, échangeaient quelques mots, tu vois ce que je veux dire ? »

Harper acquiesça, s'agita sur sa chaise. Il avait l'estomac au bord des lèvres à force de fumer.

« Mais bon, là n'est pas la question. C'est d'Anne qu'on parle, pas vrai ?

– Oui, d'Anne.

– Donc j'étais sortie, pour aller au marché peut-être. Anne était au premier, elle était venue passer quelques semaines chez nous, et elle avait fini par rester pratiquement une année. Elle avait sa chambre, toi tu en avais une plus petite au bout du couloir, et le matin elle se levait souvent très tard. Elle avait toujours du mal à se tirer du lit, ta mère. Bref, je suis rentrée. Un grand silence dans la maison. Je me suis dit qu'elle s'était peut-être levée, qu'elle avait réussi à s'habiller et qu'elle était sortie... » Evelyn s'interrompit, hésita, immobile et silencieuse sur sa chaise, le regard rivé sur Harper pendant quelques secondes. « Elle était dans sa chambre, reprit-elle en levant les yeux vers le plafond. Là-haut dans sa chambre... »

Harper sentit que le souffle allait lui manquer.

« Quand j'ai atteint le palier, j'ai tout de suite su que quelque chose clochait. »

Harper avait envie de bouger, sentait qu'il aurait dû, mais en même temps, il en était totalement incapable.

« Je suis allée jusqu'à la chambre comme si je marchais vers..., dit-elle, secouant la tête. Je ne sais pas ce que j'éprouvais, John, de la peur... comme un pressentiment. Je savais qu'il y avait quelque chose, peu importe quoi, derrière cette porte, que je n'avais pas envie de découvrir, et puis, quand je suis arrivée devant, que j'ai essayé de l'ouvrir et que je l'ai trouvée fermée à clé... c'est là que j'ai su.

– Su quoi ?

– J'ai compris... bon sang, John, j'ai compris qu'elle avait mis fin à ses jours. »

Harper ne bougeait plus, ne cillait pas, retenait son souffle. Des secondes, des minutes s'écoulèrent ; des larmes emplirent ses yeux, roulèrent paresseusement le long de ses joues. Sans qu'il fasse rien pour les retenir.

« Je ne sais pas ce qu'elle avait pris. J'ai vu tout de suite qu'elle avait avalé quelque chose. Je me souviens..., dit-elle après s'être interrompue un instant pour regarder Harper. Tu étais sorti quelque part, quelque part avec Garrett, et quand tu es rentré, je suis restée en bas avec toi pendant qu'il montait la recouvrir d'un drap. J'avais ouvert la porte de sa chambre avec une autre clé, et puis j'étais redescendue vous attendre en bas. Et je me souviens t'avoir dit qu'elle dormait.

– Pourquoi, Ev... pourquoi ?

– Pourquoi elle s'est suicidée ?

– Oui... enfin, non... Bon sang, je sais plus, Ev, dit Harper en fermant les yeux et en enfouissant le visage dans ses mains. Pourquoi ne m'avoir rien dit ?

– Ne t'avoir rien dit ? Je ne sais pas, John. Je voulais le faire. Je voulais te dire ce qu'il en était de ton père surtout après la mort de ta mère, mais je n'ai jamais pu m'y résoudre, dit Evelyn en souriant et en se tamponnant les yeux avec son mouchoir. J'ai gardé cette idée en tête pendant longtemps. Garrett n'était pas d'accord avec moi, me répétait que ce n'était pas normal pour un enfant de grandir sans connaître la vérité à propos de ses parents. Et tu sais ce que je lui répondais ? »

Harper secoua la tête. Réaction involontaire à une question dont il n'aurait su dire ce qu'il en pensait, pas plus qu'il ne comprenait vraiment ce qu'il entendait.

« Je lui disais de me laisser encore un peu de temps, quelques mois, quelques semaines. J'avais besoin d'encore un peu de temps pour te faire comprendre qu'avec nous tu avais quand même une famille. »

Harper ouvrit les yeux, dévisagea Evelyn, qui détourna brusquement les siens, mal à l'aise.

« J'essayais de le convaincre qu'avec un peu plus de temps tu finirais par nous prendre, Garrett et moi, pour tes parents. Il me rétorquait que j'étais folle, que jamais tu ne pourrais nous voir sous ce jour, et je suppose qu'il avait raison, n'est-ce pas, John ? »

Harper ouvrit la bouche pour parler.

Evelyn leva la main en secouant la tête, avant d'ajouter avec un sourire : « Non, ce n'est pas juste. Je n'aurais pas dû te poser cette question. »

Harper était sans voix. Il n'était pas censé répondre à la question, mais cela ne changeait rien au fait qu'elle avait été posée. Elle semblait rester suspendue dans l'air comme une ombre menaçante.

« Bref, c'est ce que je lui disais, et je me suis arrangée pour que lui-même ne te dise jamais rien non plus, et puis…

– Il est mort lui aussi. »

Evelyn baissa la tête. Elle n'arrêtait pas de se tordre les mains, retenant encore le mouchoir en papier déchiqueté.

« Alors, plus rien n'a eu d'importance. Anne était morte. Edward était parti. Garrett avait lui aussi mis fin à ses jours. Il ne restait plus que toi et moi, John, toi et moi contre le reste du monde.

– Pourquoi est-elle morte ? Pourquoi s'est-elle suicidée ?

– Ça ne te paraît pas évident, maintenant ? » s'étonna-t-elle en ouvrant de grands yeux.

Harper eut un geste de dénégation.

« Pour s'échapper, John. Fuir Edward Bernstein et tout ce qu'il représentait. C'est pour cette raison qu'elle s'est ôté la vie. En fin de compte, après tout ce qui était arrivé, c'était sa seule échappatoire. »

33

Quelque chose de bizarre dans l'odeur de l'eau. Quelques semaines auparavant, Duchaunak s'était rendu chez les pompiers de la brigade fluviale, et c'était exactement la même, rance, fétide, chargée de relents de pourriture. Elle avait imprégné ses narines, ses vêtements, était restée là longtemps. Combinée à présent à celle, métallique, du sang, elle lui bloquait la gorge, lui soulevait l'estomac.

Pas le genre de boulot pour une personne normale, songea-t-il, tout en regardant Don Faulkner contourner l'énorme flaque de sang et se pencher sur le corps meurtri d'un homme allongé sur le sol.

Une poignée de secondes, pas davantage, et Faulkner se redressait et se retournait avec un signe de tête à l'adresse de Duchaunak.

« C'est lui, Frank. Pas de doute.

– T'es sûr ?

– Absolument. Viens voir par toi-même. »

Duchaunak contourna à son tour la flaque, prit la main que lui tendait Faulkner pour éviter de perdre l'équilibre, avant de s'accroupir lui aussi auprès de Micky Levin, qu'il connaissait depuis presque aussi longtemps qu'il connaissait Edward Bernstein. Il n'y avait effectivement aucun doute quant à l'identité du cadavre. Duchaunak s'était bercé d'un faux espoir : ces individus – si violents, brutaux, irrécupérables qu'ils fussent – restaient malgré tout les gens qui occupaient l'essentiel de son temps. Par force, ils constituaient sa famille élargie. En perdre un revenait à voir disparaître quelqu'un qui vivait, somme toute, sur la même longueur d'onde que lui. Et pareille perte lui semblait injuste. Si tous venaient à mourir ou à se retrouver incarcérés, il finirait seul. Il eut un sourire malgré lui.

« Qu'est-ce qui te fait sourire ? demanda Faulkner.

– Non, rien, Frank. Juste une idée comme ça, dit Duchaunak en se redressant. Alors, qu'est-ce qu'on a là ?

– Tu veux dire, en dehors d'un grave traumatisme, une énorme perte de sang, et un gangster juif assassiné ?

– Oui, en dehors de ça.

– Je crois qu'on a le début de la guerre dont tu parlais. »

Duchaunak ouvrit la bouche, mais fut arrêté par la sonnerie stridente de son portable. Qu'il sortit de sa poche.

La conversation fut brève, presque sèche, et le visage de Duchaunak s'assombrit comme un ciel avant l'orage. Moins d'une minute plus tard, il éteignait son téléphone et le remettait dans sa poche.

« On a une réunion avec le chef, dit-il calmement.

– Ah, merde, maugréa Faulkner. À propos de quoi ?

– J'en sais rien, Don, dit Duchaunak en s'écartant du corps de Micky Levin.

– Bon, qu'est-ce qu'on fait pour Micky ?

– On va laisser les autres s'en occuper. Les gars de la crim vont pas tarder à arriver. »

Duchaunak avait à peine terminé sa phrase qu'une berline noire fonçait vers le quai.

« Qu'est-ce que je te disais ? » lança-t-il à Faulkner, qui s'empressa de le rejoindre, peu désireux de faire face aux types de la brigade criminelle.

Ils réussirent à quitter les lieux avant que l'occasion se présente, et, en se retournant pour jeter un coup d'œil derrière lui tandis que la voiture démarrait, Don Faulkner se demanda si la situation était aussi grave qu'il le craignait.

« T'as déjà vu un truc de ce genre ? demanda-t-il à Duchaunak.

– Non, pas ici, dit son partenaire. Mais à Chicago, il y a une dizaine d'années, quelque chose qui y ressemblait. Vers 1999. Je n'étais pas dans le département depuis très longtemps. Une guerre, là aussi, pour une question de territoires.

– Moche ?

– Plutôt, oui, dit Duchaunak en hochant la tête.

– Tu crois qu'on risque d'avoir un truc semblable ? »

Duchaunak regarda sur sa gauche, plongeant les yeux par la vitre dans le Lower West Side.

« Je pense que ça risque d'être bien pire, Don, souffla-t-il dans un murmure. Honnêtement, bien pire. »

Une cabine téléphonique près du Regent. Sol Neumann se gèle pendant qu'un gros type gesticule et s'égosille au téléphone. Pour finir, le gros réussit à s'extirper de la cabine et s'éloigne le long du trottoir. Neumann laisse la porte ouverte pour aérer un peu, l'autre a abandonné son odeur corporelle derrière lui. Il compose un numéro et attend patiemment.

« Du nouveau ? demande-t-il. Écoute, poursuit-il après une interruption, en fronçant les sourcils, d'un ton ferme, presque agressif. Y a plus de temps à perdre. On peut pas continuer à glander comme ça, putain. Tu le trouves maintenant. Tu me trouves ce putain d'enfoiré de négro là tout de suite, tu m'as compris ? C'est pas compliqué. Y a forcément des gens qui le connaissent, il habite New York. Il a de la famille… »

Neumann, apparemment interrompu, se tait.

« Non, y a pas moyen, bordel. Tu m'écoutes, un point c'est tout. Je viens de voir M. Marcus, et c'est une question d'heures. Tu comprends ce que je te dis… *d'heures*. Tu prends de l'aide avec toi et tu m'arpentes les rues jusqu'à ce que tu me trouves ce McCaffrey d'mes deux. Y a rien à ajouter. Je te rappelle dans deux heures et t'as intérêt à avoir quelque chose à me dire sur cet enfoiré, d'accord ? »

Neumann n'attend même pas la réponse. Il fait claquer le combiné d'un coup sec sur son support et sort en trombe de la cabine. Il a comme une idée que les menaces, directes ou voilées, fonctionnent finalement mieux que les primes.

Cathy Hollander est sur les marches de la maison. Elle est obsédée par l'idée que la folie la guette ; l'impression la suit où qu'elle aille, l'attend à tous les coins de rue. Cette hantise la travaille depuis longtemps déjà. Elle se demande quand cela va se terminer, puis elle se morigène : elle doit se défendre de telles idées. Qui ne peuvent l'entraîner que dans une seule direction – et cette direction, elle ne peut se permettre de la prendre.

Elle monte les deux dernières marches et appuie sur la sonnette. Qu'elle entend résonner à l'intérieur. Bruits de pas, ceux d'une femme, et quand la porte s'ouvre, l'épouse de Walt Freiberg, souriante, est là sur le seuil. L'air beaucoup plus âgée que dans son souvenir.

« Bonjour, ma chère. Entrez. Walt m'a prévenue de votre visite. »

Cathy prend une profonde inspiration et pénètre dans la maison.

« Vous resterez déjeuner avec nous ? »

Cathy s'abstient de répondre.

« Bien sûr que vous resterez, dit gentiment Eleanor Freiberg. Donnez-moi votre manteau, voulez-vous ? »

34

Quand ce mot – « échappatoire » – eut franchi les lèvres d'Evelyn, le silence retomba sur la cuisine de Carmine Street.

Peut-être que, derrière la fenêtre, le monde avait cessé de tourner. Peut-être pas.

Ce monde, quel qu'il ait été, quoi qu'il ait pu représenter, sembla changer dans l'esprit de Harper. Métamorphose aussi soudaine qu'irréversible. Ce qui n'avait été qu'un simple souvenir de sa mère avait cédé la place à un horrible cauchemar. Là où il n'y avait pas eu de père, il ne pouvait y avoir aucun souvenir d'aucune sorte, aucune image, mais, pour autant, tous ses efforts pour affronter une réalité brutale, inexorable, restaient vains. Ce qui autrefois était là était désormais absent, ce qui était autrefois absent l'enfermait maintenant entre les quatre murs d'une extrême tension mentale et émotionnelle.

« Tu veux boire quelque chose ? » demanda Evelyn d'une voix douce, presque compatissante.

Harper leva la tête en s'efforçant de sourire. Mais les muscles de son visage ne lui obéirent pas. Il sentit qu'il ne devait exprimer que souffrance et désarroi.

Evelyn se pencha en avant et posa sa main sur la sienne. Elle avait la peau douce et tiède d'une personne âgée.

« Je vais te chercher quelque chose », dit-elle en se levant sans bruit.

Quand elle revint avec des verres et une bouteille de cognac, Harper avait trouvé ce qu'il cherchait à dire. Mais les mots ne suivirent pas, et il ne ressentit rien d'autre qu'une pitoyable impression de confusion.

« N'essaie même pas d'y penser », dit Evelyn en se rasseyant.

Puis elle versa le cognac dans les deux verres et en fit glisser un vers Harper.

Celui-ci leva le sien, et quand le cognac humecta ses lèvres, il inspira profondément. L'arôme de l'alcool lui imprégna les narines, lui procura une légère sensation de brûlure derrière les yeux. Il vida son verre d'un trait, attendit que la chaleur envahisse sa poitrine, et le reposa sur la table. Evelyn le remplit à nouveau.

« On survit toujours aux épreuves, tu sais, lui dit-elle.

– Non, pas toujours, répliqua Harper en esquissant un faible sourire.

– Tu vois ce que je veux dire.

– Oui, je vois. Mais il se peut qu'on en arrive parfois à un point tel qu'on se demande si survivre suffira.

– Ou si c'est tout ce qu'on fera jamais ; survivre et rien d'autre.

– C'est vraiment là la raison pour laquelle elle est morte… parce qu'elle n'avait pas d'autre échappatoire ? »

Evelyn contempla ses mains, dans lesquelles elle tenait son verre avec précaution comme si elle avait peur de le casser.

« Elle me disait qu'elle avait du mal à vivre ce qu'elle traversait. Me confiait des choses qu'elle n'aurait jamais dites à Edward, pas plus qu'à Garrett. J'étais sa sœur, sa confidente – nous étions très proches. Ta mère ne faisait rien à moitié, John. Quand elle se lançait dans quelque chose, elle se donnait à fond. Quand elle est tombée amoureuse d'Edward, elle est *vraiment* tombée amoureuse. Jamais de demi-mesure avec Anne, jamais rien de superficiel, tout en profondeur. Quand elle a fini par comprendre qu'il ne deviendrait pas ton père, ni son mari pour la vie, elle s'est dit qu'il n'y avait plus rien pour la pousser à continuer de vivre. Elle a pris la porte de sortie la plus radicale. Comme je viens de te le dire, jamais les choses à moitié.

– Il savait qu'elle s'était suicidée ?

– Edward ? Évidemment. Il est venu, le jour de l'enterrement, c'est là qu'il a essayé de t'emmener. Garrett lui a résisté. Il savait de quoi Edward Bernstein était capable, et pourtant il a trouvé le courage de l'affronter, poursuivit Evelyn en souriant. Je crois bien n'avoir jamais été aussi fière de Garrett que ce jour-là.

– Et moi, j'étais où ?

– Chez une amie… Tu te souviens de Francine ? Sa fille, Grace, avait un an de moins que toi.

– Je ne sais pas… Vaguement, peut-être, dit Harper en secouant la tête.

– Je t'avais envoyé chez elle quelques jours. Elle s'est occupée de toi le temps que les choses se tassent.

– Qu'est-ce qui s'est passé ?

– Tu veux vraiment le savoir ? demanda Evelyn, qui ferma les yeux une seconde.

– Bien sûr, Ev.

– Il est venu me dire qu'il était ton père et qu'il avait donc le droit de te prendre avec lui, à présent. Il disait qu'Anne aurait voulu qu'il en soit ainsi, qu'elle aurait voulu que tu vives avec lui.

– Et tu n'étais pas d'accord ?

– D'accord ? s'exclama Evelyn dans un brusque éclat de rire. Il pouvait toujours courir. Je n'ai même pas eu à réfléchir à la question ; je n'ai pas hésité, et Garrett non plus. Je ne crois pas qu'il se doutait de ce à quoi il s'exposait, mais il est resté sur le seuil de cette porte… celle-là, ajouta-t-elle en désignant de la main la porte qui ouvrait sur le hall d'entrée, campé en plein milieu pour empêcher Edward de pénétrer dans le séjour. Je les revois comme si j'y étais : Edward, regardant par-dessus l'épaule de Garrett et me criant dessus comme un forcené, me demandant où tu étais. Garrett n'a pas bougé d'un pouce. »

Evelyn s'était tue, un sourire aux lèvres à l'évocation de ce souvenir.

« Et après ? voulut savoir Harper.

– Il avait peur. Garrett était mort de trouille. Il avait une main derrière le dos, et je le voyais serrer le poing, les jointures toutes blanches. Il n'aurait jamais levé la main sur Edward, pour rien au monde, mais ce jour-là je crois qu'il aurait été prêt à le faire s'il l'avait fallu.

– Et tu as pensé qu'il valait mieux que je ne sache rien de tout ça... pendant toutes ces années ?

– J'ai demandé à cet inspecteur..., dit Evelyn au bout d'un moment de silence contrit, je lui ai demandé s'il avait jamais pris une décision, ou même jamais menti, parce qu'il pensait que c'était la meilleure chose à faire, pour constater ensuite qu'on ne pouvait pas revenir en arrière et réparer les dégâts causés. C'est ce qui s'est passé pour moi, John. J'ai cru agir pour le mieux à l'époque, et par la suite plus le temps passait et plus je sentais que j'avais eu raison.

– Jusqu'à aujourd'hui.

– Je ne sais pas, dit-elle en haussant les épaules, peut-être... Bon sang, John, comment savoir ce qu'on aurait fait dans des circonstances différentes ? Si Walt ne m'avait pas appelée, s'il n'avait pas insisté pour que je t'appelle à mon tour, je ne sais pas ce que j'aurais fait. Peut-être que j'aurais laissé Edward mourir...

– Attends, il ne mourra peut-être pas.

– Quand est-ce que tu es allé le voir pour la dernière fois ?

– Hier, répondit Harper, au bout d'un instant de réflexion. Il est seul dans une chambre réservée aux malades en soins intensifs.

– S'il y a une justice en ce monde, dit froidement Evelyn, il mourra.

– Je ne crois pas que l'inspecteur Duchaunak souhaite le voir disparaître aussi vite.

– Tu as sans doute raison. Je pense qu'Edward Bernstein est une obsession pour notre inspecteur depuis très, très longtemps.

– Tu allais justement y venir. Quelqu'un d'autre est mort, à l'époque ? En 1997, c'est ça ? »

Evelyn hocha la tête, mais sans répondre.

« Et il m'a parlé d'une fille qui traîne avec Walt Freiberg, une fille qui aurait apparemment vécu quelques mois avec Edward après avoir été aux côtés d'un type nommé Marcus.

– Ben Marcus ? » demanda Evelyn.

Harper leva la tête.

Evelyn écarquillait les yeux, l'air inquiet.

« Oui, Ben Marcus. Pourquoi ? Tu le connais ?

– J'en ai entendu parler… c'est tout. Walt Freiberg est en affaires avec Ben Marcus, maintenant ?

– Je n'en sais rien, Evelyn. Je ne sais pas grand-chose de ce qui se trafique ici, tu sembles l'avoir oublié.

– Il ne faut pas que tu revoies cet homme, John, dit Evelyn d'une voix posée mais directe. Je sais que tu ne rentreras pas à Miami tant que tu ignoreras ce qu'il va advenir de ton père, mais…

– Duchaunak dit la même chose. Que je devrais quitter New York.

– S'il le dit, c'est qu'il a une bonne raison.

– Qu'est-ce qu'il a, ce type ? Pourquoi est-ce que mon père l'obsède à ce point ?

– Parce qu'il est persuadé qu'Edward Bernstein est responsable de tous ses malheurs, dit Evelyn en poussant un soupir.

– Comment ça ?

– L'inspecteur Duchaunak est convaincu qu'Edward Bernstein a bousillé sa vie.

– Bousillé sa vie ? C'est pas un peu exagéré ?

– Non, John, pas vraiment. Pas quand tu sauras ce qui lui est arrivé.

– Et qu'est-ce qui lui est arrivé ?

– Il est convaincu qu'Edward est responsable de la mort de Marilyn Monroe, dit Evelyn avec un sourire ironique.

– Bon Dieu, mais c'est quoi… ? commença Harper, qui déjà s'esclaffait.

– Je vais te le dire, l'interrompit Evelyn. Si tu veux, je vais te dire ce qui est arrivé en novembre 1997. »

35

Michael McLuhan, commissaire de quartier. Troisième génération d'Américains d'origine irlandaise, visage de boxeur, verbe haut, souvent coupant, tempérament par nature agressif, abord globalement difficile. Sept enfants, néanmoins, dix-neuf ans pour l'aîné, onze pour le cadet, pratiquement un par an depuis son mariage, et quand il en parlait son attitude et son comportement changeaient du tout au tout. On l'aurait facilement pris alors pour un homme compréhensif et compatissant. Les flics qui travaillaient pour lui le connaissaient bien. Quand il en faisait appeler un pour un face-à-face, si le type était futé, il se débrouillait pour ouvrir la bouche le premier, sitôt entré dans son bureau. Les gars un peu malins qui sentaient venir les ennuis lançaient tout à trac : « Et alors, commissaire, comment vont les enfants ? » Et les sanctions infligées pour les fautes commises étaient moins nombreuses et rarement cuisantes. Une simple allusion à sa famille avant qu'il ait eu le temps de vous écorcher vif, et vous aviez une chance de marcher encore droit en ressortant de son bureau.

Pour l'instant, c'était au tour de Duchaunak et de Faulkner, assis en face de lui, de se retrouver sur la sellette.

« Alors ? demanda le commissaire McLuhan à Duchaunak.

– Micky Levin.

– Aucun doute possible ?

– Aucun.

– Et on a déjà eu un cadavre y a pas longtemps : Johnnie Hoy.

– En effet, dit l'inspecteur en hochant la tête.

– Et vous voyez la chose comment ?

– C'est le début d'une guerre.

– Une guerre ? reprit McLuhan en se redressant sur sa chaise, les mains croisées derrière la tête.

– Une guerre, oui.

– Entre… ?

– Walt Freiberg et Ben Marcus. »

McLuhan hocha la tête et jeta un coup d'œil à Faulkner. Qui ne dit rien, arborant l'air un peu distant d'un homme prêt à se battre tout en comptant bien éviter les coups.

« Et pourquoi y aurait-il une guerre entre Walt Freiberg et Ben Marcus ?

– Les territoires ? dit Duchaunak, posant une question toute rhétorique sur un ton légèrement incrédule. Ça, et le fait que je soupçonne Ben Marcus d'être à l'origine d'un guet-apens dans lequel serait tombé Edward Bernstein. Vous savez, l'histoire de la balle…

– La balle ? Attendez une seconde… Vous voulez parler de celle qu'ils ont extraite du corps de Bernstein et qui correspond à une arme utilisée il y a trente ans dans un braquage ?

– C'est ça, confirma Duchaunak. On avait interrogé Garrett Sawyer sur ce coup. Garrett était le mari d'Evelyn Sawyer, qui était elle-même la sœur d'Anne Harper, laquelle avait eu un enfant avec Edward Bernstein… »

McLuhan roula des yeux blancs, au bord de l'explosion, avant de reporter son attention sur Don Faulkner.

« Toujours la même rengaine, si je comprends bien ? lança-t-il à l'inspecteur. Le nombre de conversations qu'on a pu avoir vous et moi sur Edward Bernstein et Walt Freiberg, ou Ben Marcus et Neumann et toute cette clique, c'est…

– Pour d'excellentes raisons…, le coupa Duchaunak.

– Ne m'interrompez pas, Frank, dit McLuhan d'un ton sec, en décroisant les mains de derrière sa tête et en agrippant les bras de son fauteuil. Je ne suis pas bien disposé, aujourd'hui. Il faut que je m'occupe non seulement de vous deux, mais aussi d'un taré qui a battu à mort un frère et une sœur à des dates différentes et dans des endroits différents. La fille était infirmière, bon Dieu, Jessica McCaffrey, et Sampson va devoir aller trouver la famille pour lui annoncer qu'elle et son frère ont tous les deux été tués. Je suis déjà à bout de nerfs, alors j'ai pas besoin en plus qu'on m'interrompe quand je parle. Y a très peu de choses capables de me contrarier davantage que de me faire couper le sifflet, c'est clair, inspecteur ? »

L'autre hocha la tête d'un air d'excuse.

« Bon, voyons. Vous n'avez jamais vu la psychologue du département, je me trompe ?

– Si, je l'ai vue.

– Bien, vous l'avez donc… Je peux vous demander combien de fois, Frank ? »

L'inspecteur hésita.

« Frank ?

– Une fois.

– Très bien… Vous l'avez donc vue une fois. Et elle vous a fixé un rendez-vous hebdomadaire auquel vous étiez censé vous rendre jusqu'à nouvel ordre.

– Je l'ai vue, commissaire, je vous assure.

– Vous l'avez vue une fois, Frank. *Une* fois.

– Vous l'avez déjà vue, vous ? Cette bonne femme est à peu près aussi utile qu'une lampe de poche solaire. »

Faulkner se retint de rire, détourna la tête, porta la main à sa bouche et se racla la gorge. Ce qui lui valut un regard noir de McLuhan.

« Je vous assure que je suis allé la voir, commissaire. Je lui ai dit ce qu'il en était, et elle, elle m'a posé plein de questions débiles pour savoir si mon père m'avait suffisamment serré dans ses bras quand j'étais môme. Bon sang, on se serait cru dans une série télé…

– C'était un prérequis, Frank, une condition de votre évaluation. C'était pas une idée en l'air pour faire mumuse. C'était pas une petite causette avec la gentille psy de service quand j'en ai envie, et après tout ira bien. C'était une condition… je le répète. Une condition *sine qua non* pour que vous puissiez rester en poste. Que vous ne l'ayez pas remplie et que vous n'ayez toujours pas été suspendu relève d'un putain de miracle. Ça, et le fait que vous n'arriviez, vous les petits génies, à obtenir des résultats à peu près corrects sur les enquêtes en cours qu'une fois tous les trente-six du mois. En attendant, nous revoilà une fois de plus en train de patauger dans la même vieille merde. L'obsession de Frank Duchaunak... »

L'inspecteur ouvrit la bouche pour parler.

McLuhan leva une main dissuasive et agita un doigt menaçant dans sa direction à l'instar d'un maître d'école mécontent.

« Écoutez bien ce que j'ai à vous dire, Frank. On est encore là à discuter de cette putain de fixation que vous faites sur ces types. Toujours les mêmes : Bernstein et Marcus, Neumann, Freiberg, Charlie Beck... sans parler de leurs acolytes. Où est Raymond Dietz ? Et Albert Reiff ? Et cet autre enfoiré dont vous n'arrêtez pas de parler ?

– Joe Koenig.

– C'est ça, Joe Koenig... Alors ils sont où cette fois-ci, tous ces types ? »

Duchaunak glissa un œil en coin à Faulkner avant de revenir à son chef.

« Ils sont dans les parages, commissaire. Ils sont toujours dans les parages.

– Vraiment ? »

Duchaunak lui lança un regard inexpressif.

« Et ils y sont en ce moment ? Je veux dire, vous les voyez, là, maintenant, dans cette pièce, Frank ? Ils ne vous quittent jamais ? Vous entendez leurs voix quand vous vous endormez le soir dans votre lit ? »

Duchaunak ferma les yeux et secoua la tête. Il semblait accablé, au bout d'une route infernale dont il n'était plus certain de savoir pourquoi il l'avait empruntée.

« Pour l'amour du ciel, Frank, Edward Bernstein est à l'hôpital en train de mourir d'une blessure par balle. Qui sait si ce ne sont pas ses gars qui ont monté le coup pour se débarrasser de lui...

– Même si moi j'y croirais bien volontiers, il semblerait que ç'ait pas été un guet-apens, que ç'ait pas été prémédité.

– Je sais, dit McLuhan, j'ai vu les bandes des caméras de surveillance, mais ça change rien au fait que, une fois de plus, on se retrouve sur un putain de sentier battu et rebattu, avec au bout rien d'autre que les produits de votre imagination fertile et hyperactive.

– Mais il y a quelque chose de nouveau aujourd'hui, commissaire...

– Je sais qu'il y a quelque chose de nouveau, Frank... Je sais qu'on a deux putains de morts de plus sur le dos, mais ça ne change rien, je dis bien "rien", au fait que vous n'avez pas été officiellement missionnés pour cette enquête, que vous n'avez pas le soutien de votre hiérarchie et que vous ne suivez aucun protocole réglementaire. Vous êtes – et c'est pas la première fois, devrais-je ajouter – sur une corde raide. Je fais des cauchemars à force de penser à ce que vous êtes en train de trafiquer tous les deux. J'en ai des sueurs froides, quand je me réveille au petit matin, à l'idée de la merde dans laquelle vous allez me foutre. Vous pouvez pas laisser la criminelle faire son boulot avec Levin et Hoy ? Vous pouvez pas laisser Edward Bernstein, qui est peut-être, ou pas, le diable incarné et ses cohortes d'anges malfaisants faits hommes, mourir en paix à l'hôpital St Vincent ? Et maintenant, en voilà une autre à propos du fils de Bernstein... Mais d'où il sort, cet enfoiré qui tombe là comme un cheveu sur la soupe ?

– De Miami.

– Attendez, c'est pas une blague, Frank ! Vous croyez que je suis en train de plaisanter ? J'en ai l'air ? vociféra McLuhan, le visage violacé, les yeux exorbités. C'est quand même pas bien difficile de savoir quand je plaisante, Frank... Je suis le premier à rigoler, putain. Tu me vois rigoler, là ? Non ? Il me semblait, aussi...

– Commissaire McLuhan...

– Non, Frank. Ça suffit ! Putain, ça suffit, tu comprends ça ? T'es suspendu, dit McLuhan, avant de se tourner vers Faulkner. Toi, t'es réaffecté à... Mais bordel, à quoi je pense ? poursuivit-il après s'être interrompu au beau milieu de sa phrase. Allez vous faire foutre tous les deux. T'es suspendu, toi aussi. Frank Duchaunak et Don Faulkner, vous êtes officiellement suspendus jusqu'à nouvel ordre.

– Il faut que vous..., commença Duchaunak.

– Il faut que je *quoi*, Frank ? Il faut que je sois cinglé pour ne pas avoir pris cette décision y a un mois. Maintenant, sortez de ce bureau. Laissez-moi m'occuper de ces deux homicides. Laissez-moi charger de cette enquête de vrais membres de la criminelle, et vous pourrez tous les deux aller vous réfugier dans un *diner* pendant quinze jours et vous repentir du stress et de l'hypertension que vous me causez, tout en essayant de comprendre comment Edward Bernstein a organisé l'assassinat de JFK et déclenché la guerre en Irak depuis son lit d'hôpital. Nom de Dieu, quand j'y pense, vous pourrez vous glorifier de m'avoir ôté cinq ans de ma vie. »

Duchaunak se leva, les poings serrés.

Faulkner fit mine d'en faire autant.

« Frank... », commença-t-il.

Son coéquipier se tourna et lança un regard noir à Faulkner, qui s'abstint d'aller plus loin. Il resta en quelque sorte suspendu à mi-chemin de sa chaise, ne sachant où poser les yeux.

« Commissaire McLuhan, vous ne pouvez pas faire ça... non, vous ne pouvez vraiment pas.

– Je fais ce que j'veux, putain. C'est écrit quoi sur ma porte ? *Commissaire* Michael McLuhan. Ce qui revient à dire que, pour ce qui vous concerne, je peux bel et bien faire ce qui me plaît, putain de Dieu. Je vous suspends. Et pour de bon. Pour quinze jours au moins, peut-être plus. Peut-être que si je ne vous revois pas pendant deux semaines, ma tension artérielle a une chance de baisser, et que je commencerai à croire que vous n'avez pas complètement perdu les pédales. Alors je réexaminerai la question. Vu la manière dont vous avez conduit cette affaire, probable que je vous affecterai à une autre tâche et que je vous accorderai une semaine pour faire vos preuves, avant de me demander ce qui a bien pu m'amener à croire que les choses pourraient être différentes. »

Le visage de l'inspecteur était rouge de colère. La sueur perlait sur son front. Don Faulkner avait finalement décidé de se rasseoir et restait là, immobile, comme un homme convaincu d'avoir perdu la partie.

« Bon, vous m'avez bien compris ? On s'est bien compris tous les deux, Frank ?

– Il va y avoir une guerre, insista Duchaunak, la voix tendue, les mots se frayant difficilement un passage à travers ses dents serrées. Il va y avoir une guerre... et des tas d'autres cadavres dans les rues de votre arrondissement, et...

– Suffit, Frank ! Ça suffit ! Dehors... tout de suite ! »

McLuhan se leva et fit le tour de son bureau. Les épaules en avant, les poings serrés, il avait tout d'un boxeur à mains nues payé cinquante dollars en douce pour démolir le portrait de quelqu'un.

Faulkner était déjà à la porte avant que McLuhan ait atteint Duchaunak. Ce dernier hésita, puis recula lui aussi de trois ou quatre pas avant de s'arrêter devant Faulkner.

« Fous-moi le camp, maintenant, Frank, avant que je m'énerve vraiment. Mise à pied quinze jours pour tous les deux. Revenez après le Nouvel An, et voyez si je ne suis pas mort d'un infarctus. On pourra alors rediscuter de votre avenir au sein de la police de New York. »

Duchaunak ouvrit la bouche, prêt à parler.

« Réfléchis bien, Frank. Réfléchis bien à ce que tu vas dire avant de parler. »

Duchaunak se retourna vers Faulkner, lequel secoua la tête et tendit la main derrière lui pour ouvrir la porte.

« Rien, ne dis rien, c'est encore le mieux pour l'instant, reprit McLuhan. Va-t'en t'occuper de ce que tu voudras... n'importe quoi, sauf t'obstiner à poursuivre Edward Bernstein. Ce type n'est plus qu'un fantôme, un putain de fantôme... il existe même plus. »

Duchaunak ferma les yeux une seconde, baissa la tête avant de pivoter sur les talons, tandis que Faulkner tenait la porte ouverte.

Il attendit que son collègue l'ait refermée pour s'engager dans le couloir.

« Frank ? »

Ce dernier ne répondit pas.

« Frank, s'il te plaît. »

L'autre s'arrêta et attendit que son coéquipier le rejoigne.

« Frank...

– Laisse-moi tranquille, Don. Laisse-moi tranquille un jour ou deux. Rentre chez toi. Va voir qui tu vois d'habitude quand tu ne bosses pas. Laisse-moi tranquille un moment. Je t'appellerai, d'accord ? Je t'appellerai et on décidera de ce qu'on doit faire.

– On ne va rien faire du tout, Frank. »

Duchaunak réduisit Faulkner au silence en levant la main. Sourit du mieux qu'il put, le visage empreint d'une résignation quasi stoïcienne et d'une fatigue indicible.

« Demain, dit-il doucement. Peut-être après-demain... je t'appelle. »

Faulkner savait qu'il valait mieux ne pas discuter. Il leva la main et serra l'épaule de son collègue un moment, avant de s'éloigner.

Duchaunak le regarda disparaître. Il hésita quelques secondes, se retourna vers la porte de McLuhan, se demandant s'il n'aurait pas intérêt à affronter l'homme seul à seul. Il prit une longue inspiration, expira, puis parut accepter le fait que rien de plus ne serait accompli ce jour-là.

Il enfonça les mains dans ses poches, se mit en route lentement, tête baissée, et marcha jusqu'au bout du couloir. Il emprunta l'escalier. Il ne prenait jamais l'ascenseur. Les ascenseurs, c'était pas son truc. Ça ne l'avait jamais été, ne le serait jamais.

36

« Le grand nettoyage, oui... toujours nécessaire en cas de changement. Comme celui des saisons, par exemple. Il faut que des choses meurent pour faire place à celles qui demandent à grandir. »

Freiberg se leva de la table où il était assis, dans la salle à manger, et s'approcha de la fenêtre. Devant laquelle il resta planté, silencieux, dos à la pièce, et quand il se retourna, la fumée de sa cigarette et la lumière qui l'éclairait par-derrière semblèrent oblitérer complètement son visage. Cathy Hollander contempla les reliefs de son repas. Elle avait peu mangé. Elle s'en était excusée auprès d'Eleanor Freiberg afin que celle-ci n'en soit pas froissée, disant qu'elle avait été patraque toute la matinée. Eleanor avait accepté ses excuses avec un sourire indulgent. Eleanor souriait tout le temps, ne voyait que le bon côté des choses. Elle était mariée à l'un des gangsters les plus brutaux et les plus impitoyables de New York, et pourtant le visage impavide qu'elle présentait au monde aurait aisément pu vous laisser croire qu'elle avait épousé un prêtre. Cathy Hollander soupçonnait Eleanor de se noyer placidement dans un flot continu de Valium et de gin. Sinon comment aurait-elle pu survivre ?

« On fait ce qu'on a à faire, et c'est pas forcément agréable, poursuivit Freiberg. On ne peut pas faire autrement, ma belle, jamais. Si Marcus et ses gars veulent élaguer leurs propres arbres, c'est leur affaire, non ? »

Cathy sourit, prit une cigarette dans son sac et l'alluma.

« Et tes plans à toi ?

– Je suis une New-Yorkaise dans l'âme, Walt, depuis toujours. Je ne vais pas changer. Je vais où va l'argent, tu vois ce que je veux dire ?

– Dis-moi, dit Freiberg en prenant un siège à côté d'elle, avant d'écraser sa cigarette dans un cendrier, de se caler contre son dossier et de croiser les jambes. Je connais Ben Marcus depuis des lustres, et, malgré les innombrables conversations que j'ai pu avoir avec lui, les agréables comme les pénibles, je suis toujours incapable de le cerner vraiment. Tu es restée avec lui un bout de temps…

– C'est beaucoup dire, le coupa Cathy. Quelques mois, trois ou quatre, tout au plus.

– Même comme ça, quelques mois de proximité, à te retrouver impliquée dans des histoires qui n'avaient rien à voir avec les affaires officielles, tu dois bien t'être fait une petite idée à son sujet.

– Je ne dirais pas que je vivais "à proximité", Walt… Je passais l'essentiel de mon temps dans des hôtels. Tu sais mieux que personne la vie que mènent des gens comme moi. »

Walt eut un sourire compréhensif.

« Il t'a fait du mal, c'est ça ?

– Du mal ? Oh, je crois qu'il finit par faire du mal à tous ceux qui ont affaire à lui.

– Tu as essayé de partir ? »

Cathy détourna les yeux vers la fenêtre, en proie à un accès de claustrophobie oppressante. Elle agrippa les bras de son fauteuil, sentit ses jointures se crisper.

« Des centaines de fois, Walt. Des centaines de fois, merde.

– Comment est-ce que tu t'es retrouvée avec lui ?

– De la même manière que tous ceux qui se retrouvent avec lui, dit Cathy avec un rire agacé.

– Tu lui devais de l'argent ?

– Exact, dit-elle en hochant la tête.

– Beaucoup ?

– Pas mal.

– Plus de dix mille ?

– Vingt-huit, pour être précis. Je lui devais vingt-huit mille dollars, sans compter la petite monnaie.

– Le jeu ?

– Oui.

– Et il t'a fait bosser pour rembourser ta dette ? dit Freiberg en soupirant et en secouant la tête.

– Eh oui... Il m'a fait bosser pour rembourser ma dette.

– Jusqu'à cette histoire avec Edward. »

Cathy garda le silence un moment, baissa les yeux sur ses mains qui se tordaient sur ses genoux, puis les leva à nouveau – froids et durs – sur Freiberg, sans ciller.

« Quand c'est arrivé, quand Edward m'a sortie des pattes de Ben Marcus, il m'a sauvé la vie.

– Marcus allait te tuer ? s'étonna Freiberg, les sourcils froncés.

– Non, Walt, il n'allait pas me tuer, mais c'est moi qui étais à deux doigts de le faire, et on sait tous comment ça se serait terminé. Je n'ai rien projeté, Walt. Pour être honnête, je ne pense pas avoir jamais projeté grand-chose dans ma vie. Mais j'étais allée loin, jusqu'au bord de la folie, et j'avais déjà pris une décision. J'allais tenter de m'enfuir, et s'il me poursuivait, parce que c'est Ben Marcus en personne qui m'aurait prise en chasse, je m'étais juré de l'abattre. Je l'aurais peut-être fait, mais Sol Neumann, Ray Dietz, Victor Klein – n'importe lequel de ses sbires – m'auraient poursuivie jusqu'au bout du monde et descendue sur-le-champ. Si je ne faisais rien, j'étais morte, Walt, de toute façon.

– C'était moins une ?

– Tu l'as dit, oui.

– Et avec Edward, ça se passait bien ?

– Edward est un gentleman, Walt, dit-elle avec un sourire, tu le sais mieux que quiconque. Comparé à Ben Marcus, cet homme est un saint. Edward n'a jamais levé la main sur moi. M'a toujours traitée comme un être humain..., dit Cathy, la gorge nouée. Bon sang, Walt, pourquoi faut-il que ce genre de saloperie tombe toujours sur les gens qui ne le méritent pas ?

– C'est la vie, ma belle.

– Il va se rétablir, hein ?

– Franchement ? dit Freiberg, l'œil dur.

– Franchement.

– Je ne crois pas. Je suis convaincu, sincèrement, que son heure a sonné. »

Cathy sentit les larmes lui monter aux yeux. Elle attrapa son sac, en sortit un mouchoir en papier qu'elle porta à son visage.

Freiberg se pencha en avant et posa une main sur la sienne.

« Il faut que tu t'y fasses, dit-il doucement. Lui et moi... Edward et moi... on a toujours été comme les deux doigts de la main aussi loin que je me souvienne, et moi aussi, il va falloir que je m'y fasse. C'est la vie, c'est comme ça, et si tu connaissais Edward aussi bien que moi, tu comprendrais qu'une sortie comme celle-ci est précisément ce qu'il aurait souhaité. Finir ses jours dans une foutue maison de retraite, à se nourrir avec une paille et à pisser dans une poche en plastique est bien la dernière chose qu'il aurait voulue. Tu dois t'occuper de toi désormais, et regarder vers l'avenir, d'accord ? C'est ce que voudrait Edward. »

Cathy acquiesça.

« Tu devrais te rapprocher de son fils. John Harper me fait l'effet d'un type bien.

– Harper ? Seigneur, Walt, ce type est un vrai péquenot.

– Écoute-moi bien, Cathy Hollander, tu dois veiller à tes intérêts. Il faut que tu prennes une décision maintenant parce que les choses vont pas tarder à se compliquer, et qu'il va y avoir pas mal de dégâts. Ça se tassera, mais il faudra du temps. Le contrôle de la ville va changer de mains, et tu auras un choix à faire : rester avec moi ou construire quelque chose de ton côté. Tu ne dois plus rien à Marcus, et, ce qui est sûr, c'est que tu ne me dois rien, à moi. Tu ne sortiras pas de cette affaire les mains vides. Edward aurait pris soin de toi, et il est de ma responsabilité de faire ce qu'il aurait souhaité pour toi. Et ce gars, ce John Harper, il est futé, contrairement à ce que tu penses. Il a écrit un livre. Un gars qui écrit un bouquin n'est pas le dernier des demeurés, quand même. » Freiberg s'esclaffa et pressa la main de Cathy d'un geste rassurant. « Tu devrais peut-être prendre un peu de temps pour chercher à mieux le connaître. Rien ne le retiendra ici, une fois Edward disparu. Sa tante... c'est pas une marrante, celle-là. John ne s'est jamais bien entendu avec elle. C'est pas elle qui le fera rester à New York. Il rentrera direct à Miami, direct en Floride où le soleil brille tous les jours, où personne n'a rien sur lui, ni sur toi. Ça vaut la peine d'y réfléchir, Cathy, ça vaut la peine d'envisager la possibilité d'aller quelque part où personne ne connaîtra ni ton visage ni ton nom. Reste à New York, et on se souviendra toujours de toi comme de la gonzesse de Ben Marcus, ou même d'Edward. On te connaît comme la fille qui a dû rembourser sa dette en travaillant pour Marcus, et ça, crois-moi, c'est le genre de réputation dont on se passe volontiers, peu importe qui sera aux commandes après notre départ.

– Tu as vraiment l'intention de plier bagage et de partir, c'est ça ?

– On est sur le déclin, tu sais. Cette ville était autrefois un endroit où l'on pouvait accomplir des tas de choses, se faire beaucoup d'argent. Mais tout a changé. Les années 1970, c'était la grande époque, quand on était gamins. Dans les années 1980, un fric fou circulait avec la coke et les hommes d'affaires. J'aurais voulu que tu voies les fêtes que donnaient ces types, le flouze qu'ils jetaient par les fenêtres. Si on avait été des gars normaux avec des jobs normaux, à l'heure qu'il est on feuilletterait des brochures en prévision d'une retraite en Floride. La vérité, c'est que si Edward meurt, il ne restera plus rien pour nous ici. Je n'ai rien d'un roi, Cathy, ça n'a jamais été le cas. C'est quelque chose qu'avait Edward, mais pas moi. Du moins, je ne crois pas. Je prends le large dès que cette affaire avec Marcus est réglée. Mais toi ? Tu es toute seule. Ce qui veut dire qu'il y a de la place pour quelqu'un d'autre à ton côté. Je sais bien qu'il n'y a pas deux personnes pareilles, et que tu sois proche d'Edward ne signifie pas qu'il en ira de même avec son fils, mais il a l'air d'un type bien, et il pourrait t'emmener loin de tout ça et t'aider à faire de ta vie quelque chose de mieux. La vie que tu as en ce moment, Cathy, n'est pas de celles pour lesquelles on serait prêt à mourir. On est prêt à la vivre tant qu'elle n'est pas dangereuse, mais si elle le devient, le mieux à faire, c'est de prendre la tangente, et le plus vite possible avec ça. »

Un court instant de silence. Cathy entendait le bruit de sa respiration, sentait son cœur cogner dans sa poitrine.

« Tu m'entends ?

– Je t'entends, Walt.

– Ça te paraît sensé, ou je te fais l'effet d'un vieux croûton ?

– Tu sais bien que tu n'en es pas un, Walt. Et que tu ne le seras jamais. J'entends ce que tu dis.

– Et ? »

Cathy leva la tête en souriant, le front plissé malgré tout.

« Que veux-tu que je te dise ? Tu veux que je l'appelle et que je lui demande de m'épouser ? J'ai bien entendu ce que tu m'as dit, Walt. J'ai écouté attentivement. Je pense qu'il va couler pas mal d'eau sous les ponts avant que j'aie vraiment besoin de réfléchir à mon avenir.

– Je n'en doute pas, mais une fois que les choses seront enclenchées, tout va aller très vite. Ce sera fini avant que tu aies le temps de t'en apercevoir, et toi tu resteras au bord du chemin. Pense à ton avenir, Cathy. Il faut que tu réfléchisses à ce que tu vas faire, que tu envisages toutes les possibilités.

– Tu te proposes de devenir mon conseiller de carrière ?

– Vas-y, fais ta maligne... N'empêche que ce qui va se passer risque d'être foutrement brutal, et, quand ce sera fini, tu n'auras plus Edward pour te protéger d'un éventuel retour de bâton. »

Cathy leva une paume en l'air.

« Je crois que j'ai compris, Walt. Vraiment. Mais j'ai mon idée, tu vois ? Si je me suis foutue dans ce merdier, c'est parce que j'ai été trop impulsive. J'ai déjà deux ou trois projets en tête...

– Et John Harper… il en fait partie ?

– Tu crois que je vais te le dire ? demanda Cathy en souriant. Tu es un joueur invétéré, Walt. Inutile de t'expliquer que quand tu as un bon jeu, tu le gardes bien serré contre toi jusqu'à ce que tu choisisses le moment de l'abattre, non ?

– D'accord, on ne parle plus de ça, dit Freiberg avec un sourire. J'ai le sentiment que mon petit discours était inutile.

– Je ferai ce que je dois faire, Walt. T'inquiète pas pour moi.

– Le sujet est clos, dit Freiberg en levant les mains. Appelle l'hôtel et tâche de découvrir où il est passé. S'il y est, va le voir et on arrangera une rencontre. Je veux savoir ce qu'il cherche, ce flic… Je veux savoir s'il traque John comme il traquait Edward.

– Vous êtes quelqu'un de bien, Walt Freiberg », dit Cathy, et elle se pencha pour prendre le visage de l'homme entre ses mains.

Elle l'embrassa – un seul baiser, léger, celui d'une fille à son père –, avant de le relâcher.

« Appelle-le, dit Freiberg. Histoire d'avoir une idée de l'étendue des dégâts. »

37

Pour quelque obscure raison, Harper fit une allusion à Garrett. Peut-être à cause de la maison, du fait que tous ses souvenirs de Carmine Street étaient contenus dans les événements de cette journée-là. À ce seul nom, la réaction d'Evelyn ne se fit pas attendre, brutale et impitoyable. Elle s'arrêta net, alors même qu'elle avait commencé à parler de Duchaunak, d'Edward Bernstein, à expliquer comment les deux hommes étaient devenus des adversaires. Par la suite, Harper devait regretter que Garrett lui soit venu à l'esprit.

« Ils sont cinglés, dit Evelyn, tous autant qu'ils sont. Edward Bernstein, Ben Marcus, Albert Reiff... des vrais malades.

– Comment sais-tu toutes ces choses, Evelyn ? demanda Harper. Comment se fait-il que tu connaisses leurs noms, que tu sois au courant de ce qu'ils ont fait ? Comment as-tu entendu parler de tous ces gens qui sont morts ? »

Elle sourit. Un sourire teinté de tristesse et de regret. L'expression d'une femme qui découvre une vérité douloureuse à laquelle elle s'attendait depuis longtemps, et, dans la mesure même où elle l'attendait, se trouve déjà réconciliée avec avant qu'elle éclate au grand jour.

« À cause de Garrett, finit-elle par dire.

– Garrett ? reprit Harper. Mais Garrett est mort.

– Je sais, mon garçon. Je sais qu'il est mort, mais tu as prononcé son nom, et maintenant il est là, juste devant moi.

– Je ne comprends pas, Evelyn. Je ne comprends pas ce que Garrett vient faire là-dedans.

– T'es-tu jamais demandé pourquoi Garrett s'était suicidé ? T'es-tu jamais posé la question ?

– Des milliers de fois. J'avais douze ans, bon Dieu. Je ferme les yeux, et encore aujourd'hui, je le revois... je vois la chambre... je vois tout. Bien sûr que je me suis demandé pourquoi il avait mis fin à ses jours.

– Et si ce n'était pas un suicide ? Tu te l'es jamais demandé, ça ? »

Harper ne répondit pas. Il se souvenait de Duchaunak lui posant la même question, et penser à l'inspecteur lui remit en mémoire le fait qu'Evelyn avait commencé par lui parler d'Edward Bernstein et des raisons qui avaient fait démarrer ce jeu du chat et de la souris entre les deux hommes.

« Alors ? insista Evelyn. Cette idée t'a-t-elle jamais traversé l'esprit ?

– Duchaunak m'a posé la même question.

– Il me semble à moi que Duchaunak a son propre plan d'action. Qui sait où finit sa loyauté et où commence son obsession ? Tu te l'es déjà demandé ? Il pourrait être bien plus concerné par les activités de ces gens qu'il n'est prêt à le reconnaître. Indépendamment de ça, tout cinglé qu'il puisse paraître, l'homme est loin d'être idiot.

– Garrett a donc été assassiné ? C'est bien ce que tu es en train de dire ?

– Je n'affirme rien, John... Je me contente de suggérer qu'il pourrait y avoir un ensemble d'événements et de faits susceptibles d'expliquer différemment la mort de mon mari.

– Tu penses qu'il a été assassiné ? insista Harper.

– Les jurés délibèrent toujours à l'heure qu'il est, dit Evelyn en souriant.

– Mais tu estimes qu'il y a de fortes chances pour que Garrett ne se soit pas suicidé ?

– J'étais sa femme, dit Evelyn en poussant un soupir. J'ai épousé cet homme parce que je l'aimais. Je ne suis pas d'une nature impulsive, ni spontanée. Si je l'ai épousé, c'est parce que je croyais que c'était un type bien, et même s'il a commis des erreurs, même s'il s'est acoquiné avec des gens peu recommandables et s'est retrouvé impliqué dans des affaires louches, au fond, c'était un brave type. Je crois aussi que je le connaissais suffisamment bien pour savoir qu'il n'était pas du genre à se défiler quand les choses tournaient mal. Je ne pense pas qu'il était du genre à se supprimer pour ne pas avoir à affronter la vérité. »

Harper écrasa sa cigarette, se leva et s'approcha de la fenêtre.

« En résumé, Evelyn, qu'est-ce que tu insinues ? Essaie d'être plus claire.

– Ce que je veux te dire, répondit Evelyn en se tournant vers lui, c'est que les apparences sont souvent trompeuses, John. Que ma vie est entachée de deuils, de blessures et de chagrins. Pareil pour ton père. Il a choisi sa vie, et même si je doute qu'il regrette sa décision, je persiste à croire que l'endroit où il se trouve en ce moment témoigne de la dure réalité de la vie.

– Il s'est fait tirer dessus au cours d'un braquage, Ev… un pur hasard, une balle perdue. Ça aurait pu être n'importe qui à sa place…

– Ça aurait pu, John, mais ça ne l'a pas été. C'est bel et bien Edward qui était là. Juste au moment où quelqu'un est entré pour braquer le caissier. Je dirais que celui qui vit par l'épée…

– Je t'en prie, Evelyn, fais-moi grâce du sermon, dit Harper en l'interrompant. La dernière chose que j'aie envie d'entendre, c'est des citations rebattues de la Bible. Tu vas bientôt me dire que c'est une question de karma…

– Et pourquoi pas ?

– Qu'est-ce qu'il en est au juste de ces gens ? Garrett est mort… il y a combien d'années ?

– Vingt-quatre.

– Vingt-quatre ans ! s'exclama Harper. Seigneur, un quart de siècle, Evelyn. Quelque chose m'échappe, là. Il est mort il y a vingt-quatre ans, et ça ne t'empêche pas de tout savoir à propos de ces gens, ce qu'ils ont fait depuis, ce qu'ils ont dit…

– Je ne sais pas tout, John, même pas la moitié de ce qu'il y aurait à savoir.

– Mais tu en sais quand même pas mal, on est d'accord ?

– Je lis les journaux. Je regarde la télé. J'écoute ce que disent les gens… je reste à l'affût. Bon sang, c'est pas bien compliqué de savoir ce qu'il se passe dans cette ville…

– Foutaises, Ev, rien que des foutaises. Si tu sais tout ça, c'est parce que tu tiens absolument à le savoir. Tu lis les journaux, tu regardes la télé ? À d'autres. Des trucs comme ça, il faut y mettre du sien pour les trouver.

– D'accord, d'accord. Ça suffit, John. Tu as raison. Si je sais ce que je sais sur leur compte, c'est parce que j'ai fait ce qu'il fallait pour.

– Mais pourquoi ? Pourquoi faut-il que tu saches à tout prix ? »

Evelyn était comme pétrifiée. Ses yeux brillaient d'un éclat presque féroce. Elle serrait les poings, et son corps était tendu par les émotions qu'elle s'efforçait de contenir.

« Parce que ces gens-là m'ont volé ma vie, John. M'ont pris ma sœur et mon mari.

– Tu n'as aucune certitude à ce sujet ; tu as dit toi-même que tu ignorais si Garrett avait été assassiné ou non…

– J'en sais suffisamment, John. Je sais que Garrett est mort, et ta mère aussi. Qu'ils aient été assassinés ou qu'ils se soient supprimés n'a plus d'importance aujourd'hui. La vérité est simple, encore plus, avec le recul, qu'elle ne l'était à l'époque. Si Edward Bernstein n'avait pas fait partie de nos vies, si ces deux-là ne l'avaient jamais rencontré, n'avaient jamais rien eu à faire avec lui, ils seraient encore en vie…

– Tu n'en sais rien. Comment peux-tu en être aussi sûre ?

– Parce que je connais Edward Bernstein, dit-elle avec un petit sourire crispé et maladroit. Je sais ce qu'il est. Ce dont il est capable…

– Ce dont il est capable ? Mais, bon sang, qu'est-ce que tu entends par là ?

– Tu ne vois pas, hein ? Seigneur, je ne saurais même pas par où commencer pour t'expliquer ce qu'ont fait ces gens. Comment dire... ce n'est pas honnête vis-à-vis de toi. Pas honnête de te faire venir ici et d'ouvrir cette boîte de Pandore sous ton nez. J'ai passé mon temps à prier pour que ça n'arrive pas. C'est la raison pour laquelle je ne t'ai jamais parlé de lui, je n'ai jamais mentionné son nom, je t'ai dit qu'il était mort depuis tout ce temps. Sa vie, je n'ai jamais voulu que tu en fasses partie...

– Je ne fais partie de rien, Ev...

– Non, je sais bien, et c'est pour cette raison que tu es en vie, que tu as un travail, que tu n'es pas mort ou en prison ou...

– N'importe quoi. Mais je ne suis rien, Ev. Je ne suis personne. Pas de racines, pas de famille, pas de passé, rien. Je vis à Miami, seul. J'ai un boulot sans aucune perspective d'avenir, sans intérêt...

– Mais tu as écrit un livre, John. Tu as écrit un livre, et un très bon livre, si tu veux mon avis. Et maintenant tu écris pour un journal. Tu ne braques pas des banques, tu ne portes pas d'arme. Tu ne passes pas la moitié de ton temps à regarder par-dessus ton épaule pour savoir lequel de tes plus proches amis va te descendre. Tu ne comprends pas, John, poursuivit-elle en secouant la tête, et je doute que tu le fasses un jour. Je ne suis d'ailleurs pas sûre de vouloir que tu comprennes. Ces gens sont dangereux, sans scrupule. Ce Walt Freiberg... c'est un homme sans cœur, sans âme, sans rien, pour ce qui me concerne. Walt Freiberg est une horreur... l'horreur faite homme... »

Evelyn s'interrompit le temps de reprendre son souffle ; ses mains tremblaient, ses yeux étaient gonflés de larmes. Elle avait un air abattu, défait.

Elle prit une longue inspiration qu'elle retint un moment, secoua la tête, se leva et tendit la main vers Harper.

Lequel ne bougea pas.

« Je n'ai jamais voulu de cette vie pour toi, John... jamais voulu que tu en fasses partie, jamais voulu que tu en aies même connaissance. J'ai toujours dit que j'étais désolée que tu sois parti pour la Floride, et je l'étais…, dit Evelyn en avançant encore d'un pas, la main toujours tendue. J'ai regretté de te voir partir, mais j'étais en même temps immensément soulagée. Il y avait au moins des chances pour qu'en Floride tu échappes à ce genre de vie. »

Harper recula d'un pas, puis d'un autre, jusqu'à ce qu'il bute contre le plan de travail. Il se déplaça vers la droite et se dirigea vers la porte.

« Ne pars pas, John, dit Evelyn d'un ton presque suppliant.

– Si, Evelyn. Je m'en vais, il faut que je quitte cet endroit…

– Non, dit-elle, les larmes jaillissant de ses yeux. Reste ici avec moi, John… Reste ici, et on pourra se protéger mutuellement de ces gens… »

Mais Harper passa devant elle, tout en attrapant sa veste sur le dos d'une chaise.

« Je m'en vais, Evelyn. Je retourne à l'hôtel pour prendre le temps de repenser à tout ça. Je ne sais pas trop que croire. Ma mère s'est-elle suicidée ? Garrett a-t-il vraiment été assassiné ? Qui sont Cathy Hollander et Walt Freiberg et qu'est-ce qu'ils peuvent bien avoir à faire avec moi ? Seigneur ! Tu as raison, Evelyn, poursuivit-il en serrant les dents et en levant le poing comme s'il allait l'abattre contre la porte. Je suppose que j'avais effectivement une vie. Sans doute pas celle dont je rêvais, mais quelque chose de tangible au moins. J'étais tranquille à Miami, à m'occuper de mes petites affaires… T'imagines, je partais en reportage sur un concours de pêche quand le journal m'a appelé…

– John… je t'en prie…

– Non, Evelyn. J'en ai assez, je m'en vais. Pas un mot de plus. J'ai entendu tout ce que je voulais entendre. »

Il hésita une fraction de seconde, presque comme s'il la mettait au défi de s'opposer à lui.

Elle se rassit lourdement, le regarda avec une expression d'infini désespoir. Mais pas un mot ne franchit ses lèvres.

Harper hocha la tête, histoire de signifier qu'il enregistrait son silence, puis il quitta la pièce. Il referma la porte d'entrée sans bruit derrière lui, tandis que dans la petite cuisine de Carmine Street, décor et symbole de toutes ses années d'enfance, Evelyn Sawyer enfouissait son visage dans ses mains et pleurait.

Harper eut le temps d'atteindre le premier carrefour avant d'être happé par une vague d'émotion qui faillit le terrasser sur place.

38

Cathy Hollander secoua la tête avant de reposer le combiné sur sa base.

« Il n'est pas là ? s'enquit Freiberg.

– Non, il est sorti et n'est pas encore rentré.

– OK, dit Freiberg calmement en hochant la tête. OK, OK.

– Que veux-tu que je fasse ?

– Laisse tomber pour le moment, et rentre chez toi. J'ai deux ou trois choses à régler. Rappelle-le dans la matinée... Non, tout bien réfléchi, va plutôt à l'hôtel. Va le voir en personne – je dis bien, face à face –, et fais-lui cracher ce que ce flic lui a raconté. On peut pas se permettre de le voir nous lâcher si près du but. »

Cathy Hollander hocha la tête.

« Tu crois que tu sauras t'y prendre ?

– Je savais fort bien m'y prendre avec Edward, répondit-elle avec un sourire.

– Très bien. John Harper est sous ta responsabilité à partir de maintenant. »

Cathy Hollander tenta un sourire. Sans succès. Elle se demanda où et quand ça finirait – si toutefois ça devait finir un jour. Se demanda si, cette histoire terminée, elle-même serait encore en vie pour la raconter.

« Ça va marcher, dit Freiberg en lui prenant la main.

– Promis ?

– Il ne faut jamais rien promettre, Cathy, répondit-il avec un sourire. Les promesses...

– Sont faites pour être rompues, c'est ça ?

– C'est ça. »

Cathy donna une pression à la main de Freiberg.

« Va vite, maintenant, dit-il presque dans un murmure. On a beaucoup à faire. »

L'air d'un miraculé qui vient tout juste d'échapper à un accident de voiture, Frank Duchaunak, frigorifié et écœuré, les mains enfouies au fond des poches de son pardessus, se tenait au croisement de Hudson et de West Broadway, observant l'entrée du Regent. L'envie de monter, de se retrouver dans le couloir du dixième étage était quasi insoutenable. Il voulait à tout prix voir John Harper, à tout prix savoir ce qu'il se passait, savoir ce qu'on lui avait demandé de faire, ce que Freiberg exigeait de lui. Parce qu'il y avait forcément quelque chose, Duchaunak en était convaincu.

Après avoir quitté le commissariat, il avait pensé se rendre à St Vincent. Au lieu de quoi, il avait appelé l'hôpital, pour apprendre que l'état de Lenny était stationnaire. L'homme était dans le coma, ou quasiment, et rien n'avait changé depuis la veille.

Il avait donc marché jusqu'ici, jusqu'à l'hôtel, où il croyait que John Harper se terrait.

À trois ou quatre reprises, il avait quitté le trottoir d'en face pour traverser Hudson Street, avant de faire demi-tour. Il était pris en tenaille : d'un côté, son devoir, de l'autre, son intuition. Le devoir lui indiquait clairement que Harper devait rester hors d'atteinte, non seulement du fait de sa suspension, mais aussi parce que Harper n'avait pas commis la moindre infraction. Quel que fût le délit, il n'existait aucune loi permettant de poursuivre sans raison valable un individu présentant des liens familiaux avec l'auteur de ce délit. S'opposait à ce devoir son intuition, si forte qu'elle en était douloureuse. Walt Freiberg avait une raison, bien précise et bien définie, pour vouloir que Harper reste à New York. Freiberg ne faisait jamais rien sans réflexion ni motivation. Jamais.

Pour finir, et à contrecœur, Duchaunak entreprit de s'éloigner du Regent. Eût-il attendu dix minutes ou un quart d'heure de plus, il aurait vu Harper en personne, tête baissée, les mains dans les poches de son manteau comme pour mieux imiter sa propre silhouette, passer dans la rue, apparemment concentré sur sa destination. Ses mouvements avaient quelque chose d'automatique, d'irréfléchi, et il semblait lutter contre le désir de repartir dans la direction opposée. Si l'inspecteur l'avait vu, il aurait peut-être hésité à l'approcher. À moins que…

Une fois rentré chez lui, il constata que la neige recommençait à tomber. Il alla se poster devant la fenêtre pour contempler, à l'image de Cathy Hollander ou de John Harper, le même spectacle et la même ville. Pour des raisons différentes, et malgré des vies et des perspectives différentes.

À trois blocs à l'ouest de Carmine, à l'angle de Washington et de Leroy, un homme du nom de Charlie Beck jeta son mégot de cigarette dans le caniveau avant de franchir une porte étroite sur sa droite. Une banne aux couleurs passées annonçait West Side Boxing Academy. Il se débarrassa de son pardessus d'un coup d'épaule et le tendit à un homme qui se trouvait dans le vestibule. Ils échangèrent un salut sans se parler, puis Beck franchit une seconde porte pour pénétrer dans la salle d'entraînement. L'endroit empestait un mélange de vieille transpiration, de sang séché et de souffrances contenues. Il leva la main en direction de Walt Freiberg, qui était adossé contre le mur du fond, en train de parler avec un boxeur. Beck attendit que ce dernier rejoigne un ring de fortune à l'autre bout de la salle, avant de s'approcher d'un pas nonchalant, le sourire aux lèvres.

« Alors, on est bons ? demanda Freiberg.

– Bons comme la romaine, répondit Beck, avec un sourire d'idiot tout en serrant la main de l'autre.

– Qu'est-ce qu'on a ?

– Des M16, quelques .45, des .38, et deux ou trois autres bricoles.

– Et côté bagnoles ?

– J'en ai parlé avec Henry Kossoff et Victor Klein. On utilisera des E-250, quatre au total. Noires.

– Et pour après ?

– D'autres véhicules attendront ailleurs.

– La parade de Noël nous servira de couverture, c'est bien ça ? »

Beck acquiesça de la tête.

Freiberg garda le silence un moment. Lui et Beck regardèrent un jeune poids mouche noir se faire envoyer dans les cordes d'un coup de pied circulaire.

« Ton sentiment à toi ? demanda Freiberg. Tu crois que c'est Marcus qui a organisé le coup contre Lenny ?

– J'en suis sûr, Walt. Je pense qu'il voulait dégager Lenny pour éviter d'avoir à respecter sa part du marché.

– Et maintenant il se retrouve coincé… Maintenant il est bien obligé d'aller au bout, pour éviter de voir Sonny Bernstein faire venir de Miami quelques amis, disons… dérangeants.

– Tu parles d'un coup du sort.

– Un vrai coup de théâtre, tu veux dire !

– Qu'ils aillent tous se faire foutre, pas vrai ?

– C'est bien mon avis, Charlie… Qu'ils aillent tous se faire foutre. »

39

Il était 11 h 15 quand Cathy Hollander posa la main sur son bras. Elle disait quelque chose, quelque chose que par la suite Harper eut du mal à se rappeler, à propos de la confiance, du fait que les gens n'étaient plus capables aujourd'hui de se faire confiance, et c'est à ce moment précis qu'elle posa la main sur son bras.

Par la suite, il se souviendrait de son parfum.

Il se souviendrait de sa coiffure, de la façon dont elle avait à demi tourné la tête et souri à demi, avant que lui laisse échapper de ses lèvres un son qui ressemblait à un rire. Peut-être une moitié de rire.

Un moment bizarre. Marqué par une certaine tension. Le genre de moment que Harper avait vu évoqué dans les livres, à propos duquel il avait lui-même écrit, dans un ouvrage intitulé *Empreintes profondes*, quelque chose qui appartenait désormais à un passé révolu.

Elle était alors près du mur, dos à la fenêtre, et dans ses cheveux jouaient des nuances d'une couleur indistincte assez proche de l'or, peut-être, ou du cuivre, ou d'un acajou décoloré par le soleil.

Il avait dormi profondément. Du crépuscule jusqu'à l'aube, en fait. Onze heures, peut-être même davantage. Il ne se souvenait pas du moment où il s'était couché et avait fermé les yeux, pas plus que de celui où il les avait rouverts, apparemment sans plus d'idée que d'intention, sans véritable raison. Son esprit, incapable de la moindre activité, était engourdi, comme au point mort.

Il sut qu'il était réveillé seulement quand elle avait frappé. Il était tout habillé – pantalon, tee-shirt, une chaussure –, et à l'instant où il lui avait ouvert, elle avait baissé les yeux sur ses pieds et souri. Comme si elle avait su d'avance. Ou que quelqu'un l'avait prévenue.

« Vous n'avez qu'une chaussure, avait-elle dit.

– Entrez », s'était-il contenté de répondre.

Elle s'était exécutée, était passée devant lui d'un air désinvolte, comme si elle était chez elle, et son odeur avait hanté l'espace autour de lui comme un fantôme. Harper s'était dit que même une fois qu'elle serait partie, il porterait encore son odeur sur ses vêtements.

« Vous n'avez pas l'air bien », avait-elle dit.

C'était à ce stade que la mémoire de Harper lui faisait défaut. Il se souvenait d'avoir enlevé la chaussure qu'il avait déjà, au lieu d'enfiler la seconde. Oui, il se souvenait de ça. Et d'être resté là, comme un idiot, la chaussure à la main, soudain frappé par l'idée qu'il avait pu dormir comme ça – en pantalon de costume et tee-shirt, une seule chaussure au pied.

Il avait souri d'un air absent, secoué la tête et confirmé sa remarque.

« J'ai pas l'air bien ? Non... bien sûr que non... Et je ne me sens pas bien non plus. »

Il y avait un enfant quelque part. Riant aux éclats. Courant. Riant et courant. Un enfant heureux.

Frank Duchaunak resta allongé là longtemps, à se souvenir du bruit de cet enfant joyeux. Courant dans le couloir devant son appartement.

Il cherchait à se rappeler son nom, incapable cependant de penser à autre chose qu'à Norma Jean Baker, à la façon dont la mort était venue jusqu'à sa porte. Ce 5 août 1962. La mort avait sonné, comme le facteur.

Au bout d'un moment, quelques minutes, mais aussi bien une heure, Duchaunak se tourna sur le côté. Il tira l'oreiller sous sa tête, le plia en deux et le glissa sous sa nuque. De là où il était, il voyait la monotonie beige et ocre de sa chambre. *La perspective confortable et apaisante à laquelle un patient serait habitué chez son psy*, songea-t-il, souriant à part lui, comme si ce genre de réflexion avait une quelconque pertinence, comme si, de fait, quoi que ce soit pouvait en avoir.

Il resta là encore un moment, sans penser à rien, sans bouger, puis il jeta un coup d'œil au petit réveil à trois dollars, écran vert et affichage numérique, qui clignotait sur la table de nuit. 11 h 09 indiquaient les chiffres, et il sut que c'était le matin, parce que le réveil évaluait toute chose dans une perspective de vingt-quatre heures.

11 h 09, songea Duchaunak, et je suis toujours au lit.

Il déplia l'oreiller, le reposa à plat, laissa sa tête s'enfoncer dedans et ferma les yeux. Il se rendormit, non pas parce qu'il était fatigué, mais parce qu'il n'avait pas de raison de se lever.

« Y a aucune réponse », dit Albert Reiff.

L'homme en face de lui ouvrit la bouche pour parler. Il avait les lèvres maculées de sang, ainsi que le nez. Il lui manquait une dent sur le devant, mais il l'avait peut-être déjà perdue avant. L'un de ses yeux était étrangement exorbité, comme s'il était prêt à gonfler, à virer au violet ou à un jaune maladif, peut-être au noir.

« Ne dis plus rien, d'accord ? » dit Reiff en levant la main.

De vrais battoirs, ses mains, de longs doigts, mais pas le genre de doigts avec lesquels on songerait à jouer du piano. Jouer de cet instrument, ça n'était pas son genre.

« Un mot de plus, et tu ne feras que m'insulter davantage. Je suis pas débile. Tu trouves que j'ai l'air débile ? Hein ? Dis-moi la vérité, Mouse, tu trouves que j'ai l'air d'un débile ? »

Le type au visage en sang, apparemment Mouse, secoua vigoureusement la tête.

« Non, Al... », commença-t-il.

Mais Albert Reiff leva la main et le gifla.

« Je t'ai donné la permission d'ouvrir la bouche, Mouse ? Est-ce que quelqu'un m'a entendu dire que tu pouvais recommencer à parler, bordel ? Non, fit Albert en secouant la tête. Y me semblait aussi. »

Mouse cligna les paupières furieusement, comme s'il essayait d'envoyer un message en morse. Il avait les yeux écarquillés d'un homme terrifié, acculé, et vu la manière dont il s'agitait sur son siège, sans véritablement changer de position, on aurait dit qu'il s'était pissé dessus et trouvait la situation pour le moins inconfortable.

« Bon, répète-moi ce qu'il t'a dit, reprit Reiff. Répète-moi exactement ce qu'il t'a dit, Mouse. »

Reiff garda le silence un moment, avant de poursuivre.

« C'est bon. J'te donne la permission de parler, maintenant. »

Mouse secoua la tête.

« Ah, merde, il faut vraiment que tu donnes dans le mélo ? Que t'en fasses tout un pataquès, une affaire personnelle, alors que c'est même pas nécessaire », dit Reiff. Il secoua la tête et se tourna à demi comme pour regarder par-dessus son épaule. « Ray ? appela-t-il. Ray... viens un peu par ici écouter ce que Mouse a à dire pour sa défense. »

Mouse émit un bruit, le bruit d'une baudruche qui se dégonfle d'un coup. Comme s'il se délitait soudain de l'intérieur.

Raymond Dietz s'encadra dans la porte derrière Albert Reiff. Il avait quelque chose dans la main.

« Qu'est-ce qu'y a ? demanda-t-il.

– Mouse a pas l'air d'avoir grand-chose à dire pour sa défense, répondit Reiff avec un sourire.

– C'est pas toujours pareil... avec ce genre de gars ? Et puis... Mouse, c'est quoi ce nom ? "*Rat*", ça lui irait beaucoup mieux. »

Dietz eut un rire méprisant et s'avança derrière Albert Reiff. Par-dessus l'épaule gauche de son acolyte, il regarda Mouse, qui, agité de frissons, était assis les deux mains clouées aux bras de son siège, des lambeaux d'adhésif autour du bas du visage et de la gorge, les chevilles ligotées, une chaussure manquante d'un côté, le pied droit réduit en grande partie à une espèce de bouillie sanguinolente dans sa chaussette.

« Alors, Mouse, c'est quoi l'histoire ? reprit Reiff. Qu'est-ce qui se passe avec ce fils de pute, hein ? Avec ce Sonny Bernstein ? »

Mouse ne répondit rien. Il ferma les yeux et enfonça la tête dans sa poitrine.

« Donc, rien à dire ? » s'enquit Dietz.

Mouse garda le silence, son immobilité troublée uniquement par les soubresauts musculaires causés par la douleur.

« Va te faire foutre ! » dit Albert Reiff, qui se leva et s'écarta sur la droite.

Dietz fut rapide, plus encore que Reiff ne s'y serait attendu. Un pas sur la gauche, et il passait un bras autour de la gorge de Mouse, et d'un seul coup, vif comme l'éclair, lui plantait un tournevis dans la tempe.

Les yeux de Mouse s'écarquillèrent et se fixèrent sur les deux hommes. Il cligna les paupières une fois, ses mains tentant de s'arracher aux clous qui les retenaient au fauteuil, mouvements involontaires guidés par le seul réflexe musculaire : Mouse était mort dès l'instant où le tournevis avait perforé son lobe frontal.

« Trouve quelqu'un pour nettoyer ce merdier, tu veux ? dit Reiff, qui jeta un œil à sa montre. Il faut que j'aille à l'autre bout de la ville récupérer mon gamin pour le déjeuner.

– Pas de problème, répondit Dietz. Je vais faire venir deux ou trois types.

– On se voit ce soir, dit Reiff en acquiesçant de la tête.

– Sûr. À ce soir. »

Reiff sortit de la pièce par une petite porte donnant sur le fond d'un couloir plongé dans l'obscurité.

Ray Dietz s'attarda un moment, les mains sur les hanches, à regarder le cadavre.

« Mouse, dit-il paisiblement. T'es un sacré con. »

Ils restèrent un long moment sans parler. Harper était assis au bord du lit, la tête tournée vers la fenêtre. Les rideaux à moitié tirés plongeaient une bonne partie de la pièce dans la pénombre et faisaient croire à une fin d'après-midi.

Cathy Hollander était assise sur une chaise près de la porte, avec à côté d'elle une petite table ronde sur laquelle trônait un cendrier. Posée dessus, une cigarette qu'elle semblait avoir oubliée après l'avoir allumée, et qui se consumait toute seule, distillant ses arabesques, chaque volute grise à la poursuite de la précédente dans un interminable jeu de cache-cache.

« Qu'est-ce qui s'est passé, John ? » finit-elle par demander.

Harper resta sans réaction. Pas un mouvement, pas un mot.

« John, dites-moi ce qui s'est passé. »

Cathy pencha les épaules un moment, avant de s'appuyer à nouveau contre le dossier de sa chaise. En pleine possession de ses moyens, sûre de ses moindres gestes, de ses moindres mots.

Harper la dévisagea un instant avant de parler. Un faible sourire jouait sur ses lèvres.

« Je me posais des questions », dit-il enfin, d'une voix qui le surprit lui-même tant elle lui semblait différente. Comme s'il avait abandonné derrière lui une partie de lui-même. Il se dit qu'il lui faudrait à un moment ou à un autre, sans tarder peut-être, revenir en arrière pour la retrouver.

« Des questions ? À quel sujet ?

– Frank Duchaunak. Ce qu'il m'a dit est vrai ou le type est à moitié cinglé ?

– Qu'est-ce qu'il vous a dit ?

– Que mon père est une figure de la pègre new-yorkaise. Que Walt Freiberg est son bras droit. Qu'un dénommé Ben Marcus semble contrôler une partie des territoires de New York, et qu'une guerre se prépare entre lui et Walt. » Harper se tut un instant, tourna les yeux vers la fenêtre avant de revenir lentement sur Cathy. « Et, ajouta-t-il, je me suis aussi posé des questions sur vous.

– Sur moi ? releva Cathy, une lueur de curiosité dans les yeux. Je vous ai dit ce qu'il y avait à savoir sur moi.

– Pas vraiment, non.

– Mais si..., dit-elle avec un rire bref. Je vous ai raconté mon histoire avec Ben Marcus et votre père...

– Vous ne m'avez rien dit de Diane Sheridan ni de Margaret Miller...

– Oh, ça ! s'exclama Cathy. Bon Dieu, qui vous en a parlé ? Le flic ? C'est lui qui vous a donné ces noms ?

– C'est lui, en effet. Il m'a dit que c'étaient des noms d'emprunt dont vous vous étiez servie à l'occasion.

– Il avait raison, concéda Cathy en souriant.

– Il avait raison ? Vous avez vraiment utilisé de faux noms ?

– Bien sûr... et il me semble bien m'en rappeler un autre, Lauren Briley. Je crois avoir même utilisé une fois le nom de Veronica Lane, une sorte de jeu sur Veronica Lake.

– Je ne comprends pas. Pour quelle raison avez-vous utilisé des noms d'emprunt ?

– Vous sortez vraiment de votre cambrousse, hein ? Vous n'avez aucune idée de la vie que j'ai pu mener. »

Harper s'abstint de répondre.

« Je me suis louée ici et là toute ma vie, John. J'ai dansé dans des bars louches, rempli le rôle d'accompagnatrice auprès d'hommes d'affaires japonais à Las Vegas, servi des cocktails à des veuves dans des soirées mondaines, porté des plateaux de bière tiède à des accros à la machine à sous à Atlantic City. J'ai exploré tous les recoins de la vie, du haut en bas de l'échelle. Les gens comme moi vivent quatre ou cinq vies à la fois. Vous perdez un boulot à un endroit, vous disparaissez trois mois, et vous refaites surface dans un autre, avec un maquillage différent et un nom différent, et tout le monde n'y voit que du feu.

– Et il vous est arrivé d'être arrêtée ?

– Bien sûr, mon joli... arrêtée, inculpée, traduite en justice, et j'ai passé trois ou quatre nuits au bloc plus souvent qu'à mon tour.

J'ai même été reconduite à la frontière de l'État du Texas et priée poliment de ne jamais y remettre les pieds.

– Non, c'est des blagues, dit Harper en souriant.

– J'ai l'air de blaguer, vous trouvez ?

– Non, pas vraiment.

– Quelle raison pourrais-je bien avoir pour vous raconter des craques ? Je n'ai rien à vous prouver, et, bon sang, quel besoin aurais-je de vous faire croire que je suis autre chose que ce que je suis ? J'ai fait à peu près tout ce qui peut s'imaginer pour gagner ma vie, en dehors du racolage...

– Du racolage ? reprit Harper en écho, au moment où il commençait à comprendre ce que disait son interlocutrice.

– Oui, faire le trottoir, en somme. Vous êtes vraiment un grand naïf.

– J'ai eu trois ou quatre conversations avec Duchaunak, dit Harper en levant la paume en l'air, et chaque fois j'en suis sorti avec un point de vue différent sur les gens que je connais à New York, et même sur ceux que je ne connais pas...

– Qu'est-ce qu'il vous a dit ? Qu'est-ce qu'il vous a dit sur les gens d'ici ?

– Seigneur, des tas de trucs, de toutes sortes, et je ne sais vraiment pas si je dois les croire ou pas.

– Comme quoi, par exemple ?

– Il n'a jamais rien dit d'explicite... ce n'est pas son genre. Il se contente d'insinuations. Il sous-entend quelque chose, et puis quand je lui demande des précisions, il prétend ne pas savoir.

– Un peu léger comme façon de procéder, non ?

– C'est comme d'essayer d'attraper un rond de fumée, dit Harper en hochant la tête. Il a dit quelque chose la dernière fois, comme quoi ma mère s'était suicidée. Alors qu'on m'a toujours dit qu'elle était morte de pneumonie, ce que j'ai toujours cru. Mais voilà que Duchaunak insinue qu'elle se serait supprimée.

– Et c'est le cas ?

– Je suis allé voir Evelyn pour le lui demander, dit Harper en haussant les épaules.

– Et qu'est-ce qu'elle vous a répondu ?

– Elle a confirmé les dires de l'inspecteur. Elle m'a dit que ma mère avait mis fin à ses jours parce que c'était la seule façon qu'elle avait d'échapper à mon père. »

Cathy Hollander fixa Harper du regard un bon moment, trente secondes, une minute peut-être, avant de se lever et d'aller s'asseoir sur le bord du lit à son côté.

« Qu'est-ce qu'il a dit d'autre ? demanda-t-elle d'une voix douce, empreinte d'une certaine sollicitude.

– Que mon oncle Garrett, le mari d'Evelyn, l'homme que j'ai trouvé mort, qui s'était tiré une balle dans la tête… »

Harper se tourna vers Cathy et la regarda, avec une conscience aiguë de sa proximité.

« Duchaunak a dit qu'un tel suicide pourrait très bien être un meurtre maquillé. »

Cathy hocha la tête, lentement, et posa la main sur le bras de Harper.

« Et quoi encore ?

– Je ne m'en souviens pas. Il y avait tellement de choses, tellement de trucs différents. Certains avaient l'air de faits avérés, d'autres de simples hypothèses. J'étais perdu… complètement perdu. »

Harper sentit Cathy lui secouer légèrement le bras. Il sentit qu'il perdait l'équilibre, assis là au bord du lit. Il partit sur le côté, de quelques centimètres à peine, mais fut arrêté quand sa tête entra en contact avec l'épaule de Cathy. Il sentit son parfum, la caresse de ses cheveux contre sa joue et se dit qu'il n'avait pas été aussi près d'une femme depuis très longtemps. Il ouvrit la bouche pour dire quelque chose, n'importe quoi, comme s'il se croyait obligé de continuer à parler afin de justifier ce geste d'empathie et de consolation.

« Chuuut », murmura-t-elle.

Harper garda le silence. Il l'entendait respirer, entendait les battements de son cœur. Il sentit alors sa main dans ses cheveux, le bout de ses doigts effleurer sa joue, et il ferma les yeux un instant.

« Il faut que vous voyiez Walt, dit-elle. Il faut lui parler… Walt vous dira la vérité, lui, sur tout ça, John. Walt sait ce qui s'est passé, et ce que vous ont dit Evelyn et Duchaunak ne représente sans doute qu'une partie de la vérité. »

Harper tourna légèrement la tête, conscient encore une fois de cette douce chaleur, de cette proximité.

Cathy recula l'épaule doucement, et Harper se redressa. Leurs visages se touchaient presque.

« Je ne veux pas… », commença Harper.

Cathy posa l'index de sa main droite sur ses lèvres.

« Ne pensez pas, dit-elle en secouant lentement la tête. Ne parlez pas… Plus de questions, d'accord ? Vous allez vous habiller, et on va aller voir Walt, et, croyez-moi, vous y verrez beaucoup plus clair après. »

Harper hocha la tête, ferma les yeux un moment.

Cathy Hollander l'embrassa sur le front.

« Tout va bien se passer. Faites-moi confiance, John. Tout va bien se passer. »

Harper leva les yeux sur elle. Il sentit son nez effleurer sa joue. Bougea légèrement la tête. Elle se raidit une fraction de seconde, de manière à peine perceptible, sans pour autant se dérober. Il déglutit, il avait la gorge serrée, du mal à respirer. Il leva la main et eut la sensation qu'elle voyageait au ralenti, avant de se poser sur la joue de Cathy. Il se pencha, sentit les lèvres de la jeune femme sur les siennes, et le temps d'un battement de cœur, ils furent en phase. Et puis soudain, sans prévenir, elle aspira une bouffée d'air, mettant un terme au baiser. Elle recula, et sa main quitta sa joue.

« Non, dit-elle. John… non.

– Si », dit-il en se penchant à nouveau vers elle.

Leurs lèvres se rencontrèrent, avec une urgence accrue cette fois-ci, et quand il entrouvrit la bouche elle s'abandonna. Il enroula son bras autour d'elle, la serra contre lui, mais elle résista et le repoussa de la main.

« Non, John ! » dit-elle sèchement tout en reculant.

Elle se leva brusquement, donnant l'impression qu'elle allait perdre l'équilibre.

Harper tendit la main pour la retenir, mais elle l'écarta et recula encore un peu.

« On ne peut pas », dit-elle, et ses yeux exprimaient un tel désarroi et un tel chagrin que Harper crut l'avoir vraiment offensée.

Il ouvrit la bouche pour parler, dire quelque chose d'un peu sensé.

« Non, ne dites rien, l'avertit Cathy, qui retourna s'asseoir près de la fenêtre.

– Je suis désolé…, dit John après s'être levé et avoir fait un pas dans sa direction.

– Non, je vous en prie… vous n'avez pas à être désolé.

– C'est ma faute. Je regrette. Je ne voulais pas vous contrarier. On oublie, vous voulez bien ? Je ne voudrais surtout pas que vous croyiez que…

– J'ai déjà oublié, dit-elle en riant. On est d'accord là-dessus ? Ça n'est jamais arrivé, OK ? »

Harper acquiesça, se sentant obligé de donner son assentiment, même si c'était bien la dernière chose au monde dont il avait envie.

« C'est fini, reprit-elle, en balayant ses cheveux de son visage. On va aller voir Walt. On y va tout de suite ? D'accord ?

– Entendu.

– Tout est exactement comme avant. »

Harper sourit, attrapa sa veste, tout en sachant que rien n'était plus comme avant, ne le serait jamais.

Ils n'échangèrent pas un mot en quittant la chambre.

40

Midi passé de quatre minutes.

Duchaunak ouvrit les yeux. Incapable de se rappeler s'il avait dormi pendant l'heure qui avait précédé, mais vaguement conscient d'avoir rêvé.

Il resta allongé encore un moment, avant de s'asseoir en basculant les jambes par-dessus le bord du lit, l'oreiller sur ses genoux.

Il parcourut la pièce des yeux : la télévision et le lecteur de DVD dans l'angle, l'étagère avec sa pile de bandes, dont il pouvait déchiffrer les titres de là où il était : *Les Misfits, Monnaie de singe, Niagara, Certains l'aiment chaud, Bus Stop, Comment épouser un millionnaire, Le Prince et la Danseuse.* Il aurait été incapable de dire combien de fois il avait regardé chacune d'elles.

Pas une vie, songea-t-il. *Pas vraiment ce qu'on appelle habituellement « une vie ».*

Frank Duchaunak se rallongea. Fixa le plafond, se demanda, l'espace d'un instant, ce qu'il allait advenir de lui.

« Il faut que j'y retourne », dit Harper alors qu'ils étaient déjà au bout du couloir.

Cathy fronça les sourcils.

« Il faut que je prenne une cravate.

– Pardon ? »

Harper leva une main vers son col de chemise déboutonné, qu'il resserra autour de son cou.

« Une cravate. Il faut que je mette une cravate.

– D'accord. Je vous attends ici. »

Harper repartit en sens inverse, déverrouilla la porte, pénétra dans la chambre et se dirigea vers la chaise près de la fenêtre où l'attendait sur le dossier une cravate en soie bleu foncé. Il prit le temps de faire le nœud, tout en regardant ses mains s'activer dans la glace de l'armoire.

Il étudia son reflet. Chemise blanche, cravate, boutons de manchettes, costume de marque, montre, chaussures cirées. Il eut un hochement de tête approbateur. S'efforça de sourire. Il ne savait pas quoi penser ; il essaya donc de ne penser à rien.

Il quitta la chambre, repartit vers les ascenseurs devant lesquels l'attendait Cathy.

« Superbe. Belle allure », le complimenta-t-elle.

Harper secoua la tête, hésita comme s'il réfléchissait, avant de se tourner vers elle pour la regarder, les yeux pour ainsi dire vides.

« Allons-y, lança-t-il d'une voix calme.

– Très bien », répondit-elle, en glissant son bras sous le sien.

« Il n'a rien dit ? Rien du tout ?

– Rien.

– Rien du tout, ça ne m'aide pas, ça, Sol. »

Neumann hocha la tête d'un air compréhensif. Il était assis en face de Marcus. Depuis combien d'années travaillait-il pour lui ? Combien de fois avaient-ils dû faire face à ce genre de situation ? Et pas une seule fois Marcus ne lui avait donné l'impression que sa colère était dirigée contre lui, ce qui pour autant le laissait perplexe. Ben Marcus était indubitablement l'homme le plus violent qu'il ait jamais connu.

« Qui est-ce qui a interrogé Mouse ?

– Dietz et Reiff, répondit Neumann.

– Tu n'y es pas allé toi-même ?

– Je ne pouvais pas, Ben. J'étais occupé ailleurs.

– Où ça ?

– Aux bagnoles… Il fallait que je m'assure que la question des voitures était réglée.

– J'aurais dû mettre Dietz là-dessus, et toi, tu te serais occupé de Mouse. »

Marcus se leva, s'écarta de son bureau et se mit à arpenter la pièce de long en large, entre la fenêtre et la porte. Il garda le silence pendant une minute ou deux, le front plissé, avant de s'arrêter et de se tourner vers Neumann.

« Ils l'ont tué, c'est ça ? »

Neumann se contenta d'un hochement de tête.

« Et tu leur fais confiance sur ce coup-là... Je veux dire : le gars les aurait pas énervés au point qu'ils l'auraient bousillé juste parce qu'il les contrariait ?

– Bon sang, Ben, ils font partie des meilleurs. Tu te souviens de cette affaire avec le frère du flic y a pas si longtemps ? Ray et Albert l'ont réglée mieux que je l'aurais fait moi-même. Je suis sûr qu'ils ont laissé toutes ses chances à Mouse.

– Alors, qu'est-ce qu'il faut croire ? Que Mouse savait quelque chose et n'a rien voulu dire, ou qu'il ne savait rien ?

– Je peux rien assurer avec certitude, répondit Neumann, mais je pencherais pour la seconde hypothèse. »

Marcus retourna s'asseoir.

« Faut pas oublier non plus, poursuivit Neumann, que Mouse Jackson ne fait pas précisément partie du *top ten* de l'armée de Lenny Bernstein, si tu vois ce que je veux dire.

– Oui, je sais, Sol, mais ce serait quand même bizarre qu'un truc aussi énorme n'ait pas déjà filtré.

– Souvent, plus c'est gros, et moins il y a de gens qui sont au courant. Un truc comme ça, t'as intérêt à le garder bien à l'abri, bien au chaud, jusqu'au moment où il finit par s'ébruiter... sinon, bordel, personne saurait jamais qui est à la solde de qui ! »

Ben Marcus soupira et s'appuya contre son dossier.

« Donc on n'est toujours pas plus avancés : on n'a pas la moindre idée de qui est ce type, ce Sonny Bernstein. Les retours qu'on a ne concordent pas. Il est ceci, et puis cela, et puis encore autre chose, mais rien de précis. Si ce gars est le type de caïd que nous présente

Freiberg, il s'est sacrément bien démerdé pour disparaître comme ça des écrans.

– J'ai entendu parler d'un type, un jour..., dit Neumann en haussant les épaules, un Cubain, je crois, qui avait travaillé pour la mafia pendant une cinquantaine d'années. Un certain Pereira... non, Perez, Ernesto Perez. Cinquante ans à bosser pour la mafia, et quand il s'est finalement fait choper, aucune trace du bonhomme dans aucun dossier, nulle part... pas de passeport, pas de permis de conduire, pas de sécurité sociale, que dalle.

– Ce que t'essaies de me dire, Sol, c'est que ce Sonny Bernstein travaillerait pour la mafia ?

– Non, c'est pas ça, Ben, mais y a des gens qui n'ont aucune existence officielle.

– L'officiel, je m'en fous. Tout ce que je veux savoir, c'est si on a quelque chose de fiable sur ce type en Floride, autrement dit, si j'ai potentiellement affaire à une armée ou juste à un putain de fantôme.

– Notre opération se présente on ne peut mieux, Ben. Victor a fait du bon boulot. On a les flingues, on a les bagnoles. Il a les noms des directeurs de chacune des succursales, et de ceux qui ont les codes d'accès. Il a fait un boulot du tonnerre, comme d'hab. On a répété et tout s'est passé au poil. Nos gars ont l'air tout disposés à bosser avec la bande à Bernstein. Sonny Bernstein est ici, et alors, on s'en fout... Moi, ce qui me semble, c'est que tout va se dérouler comme prévu, suivant le plan sur lequel tu t'étais mis d'accord avec Lenny. Le fait qu'on n'a jamais eu l'intention de le respecter, cet accord, est sans importance maintenant... Moi, y me semble qu'on pourrait bien se retrouver en fin de compte avec beaucoup plus de fric qu'au début.

– Je peux pas me contenter de ce qui *semble*, Sol. Il me faut du solide. Je dois à tout prix savoir ce que ces gens ont l'intention de faire à présent que Lenny est à l'hosto.

– Je crois que c'est là que le bât blesse, Ben, t'as mis le doigt dessus. Moi j'ai idée que même eux, y savent pas ce qu'ils vont faire. »

Marcus s'abstint de tout commentaire. Neumann attendit, sans bouger.

« Et *quid* de McCaffrey ? » finit par demander Marcus.

Neumann hésita une seconde avant de secouer la tête.

« Rien ? reprit Marcus, après avoir fermé les yeux et pris une longue inspiration.

– On a trouvé la sœur, le frère aussi. On n'a rien tiré ni de l'une ni de l'autre. Y a un bruit qui court comme quoi McCaffrey serait mort.

– Un bruit ? demanda Marcus en rouvrant les yeux et en lançant un regard noir à son interlocuteur.

– Eh ben, c'est que…

– Je veux sa tête, Sol. Je veux sa tête dans un sac d'ici la fin de la journée. Je sais pas combien de fois je vais devoir te le répéter, mais je la veux maintenant. J'exige qu'on retrouve McCaffrey, c'est clair ? »

Neumann ne répondit pas.

« Allez, file. »

Neumann ne broncha pas.

« Et tout de suite, Sol… Vas-y, et rapporte-moi la tête de ce négro. »

41

« Frank Duchaunak, dit Freiberg, est fondamentalement un type bien. Il a le cœur au bon endroit, c'est vrai ; le problème, c'est sa tête. »

Cathy sourit, jeta un coup d'œil à Harper de l'autre côté de la table, et, voyant qu'il souriait lui aussi, elle se détendit. Ils n'avaient pas échangé plus d'une dizaine de mots dans le taxi. Cathy avait appelé Freiberg sur son portable et s'était entendue avec lui pour le retrouver dans un restaurant de la 3e Ouest, près de la Judson Memorial Church. Il ne neigeait plus, mais des congères s'étaient formées le long des trottoirs et des devantures de magasins. « Ça sent Noël », avait dit Harper, avant de se tourner vers elle pour la regarder, visiblement épuisé, terriblement stressé, mentalement torturé, et, face à sa détresse, elle avait tendu la main pour frôler la sienne. Ils auraient pu prendre des airs de conspirateurs, donner l'impression d'être en quelque sorte sur la même longueur d'onde, sans avoir besoin de mots pour communiquer. Mais elle avait hoché la tête, esquissé un sourire et détourné les yeux pour regarder par la vitre du taxi, tandis que Harper avait baissé les siens et poussé un soupir silencieux. Ils faisaient semblant. Il le savait, conscient qu'elle le savait aussi. Ils avaient été en phase dans la chambre d'hôtel, mais avaient laissé ce moment leur échapper. À partir de là, tout serait désormais recouvert d'un vernis de simulacre.

Elle avait réglé le taxi, et une fois à l'intérieur du restaurant, ils n'avaient pas attendu Freiberg plus de cinq minutes.

Celui-ci semblait de bonne humeur, tandis qu'il ôtait son pardessus, plaisantait avec le maître d'hôtel et les rejoignait à leur table au fond de la salle.

C'était Cathy qui avait mentionné le nom de Duchaunak et commenté le fait que Harper l'avait rencontré à plusieurs reprises, que l'inspecteur lui avait raconté toutes sortes de choses, et que Walt pourrait peut-être en clarifier certaines, dissiper les incertitudes et faire les mises au point nécessaires.

C'était à ce moment-là que Freiberg avait fait cette remarque sur le cœur et la tête de Duchaunak.

« Ah, les addictions, enchaîna-t-il. Le pouvoir d'une addiction vient toujours à bout des convictions de l'accro. C'est le cas avec lui.

– Il se drogue ? demanda Harper en fronçant les sourcils.

– Non, John, il ne se drogue pas, s'esclaffa Freiberg. C'était juste une comparaison. »

Harper se cala contre son dossier à l'arrivée du serveur.

Freiberg passa la commande – salades de poulet chaud, petits pains complets aux céréales avec beurre de Normandie et diverses autres choses –, et une fois le serveur reparti, il recula sa chaise, croisa les jambes et alluma une cigarette.

« Frank Duchaunak est victime d'une obsession...

– J'ai parlé avec lui, l'interrompit Harper. Il m'a dit beaucoup de choses ; entre autres que je devais aller voir Evelyn pour clarifier les circonstances de la mort de ma mère... Et dans le même temps, il m'a conseillé de quitter New York.

– Pour une raison particulière ?

– À cause d'une guerre à venir.

– D'une guerre ?

– Entre mon père, ou du moins vous... Une guerre entre vous et un homme du nom de Ben Marcus. »

Freiberg sourit, donna l'impression qu'il allait éclater de rire, mais s'abstint.

« Et quand est-ce qu'il t'a dit ça ?

– Jeudi, dit Harper après un temps de réflexion.

– Et il est venu te voir à ton hôtel ?

– Non. Je l'ai rencontré à l'hôpital, et on est allés dans un café.

– Bien. Très bien, dit Freiberg calmement. Et qu'est-ce qu'il t'a dit d'autre ?

– Il m'a raconté pour M. Benedict. Qu'il faisait commerce de costumes volés et qu'il est à la tête d'une chaîne de paris clandestins sur une zone qui va du Lower East Side à la 8e Avenue. Il m'a dit qu'il travaillait pour mon père.

– Il t'a dit ça, vraiment ? Et Evelyn, elle t'a dit quoi ?

– C'est pas facile pour moi, Walt... Je viens de passer quelques jours terribles, merde.

– Je sais, Sonny, je sais... Dis-moi ce que t'a dit Evelyn.

– Elle m'a raconté, pour ma mère... qu'elle n'était pas morte d'une pneumonie, mais d'une overdose. Duchaunak était au courant, il connaissait la vérité.

– Qu'est-ce qui te fait croire ça ?

– Parce que c'est lui qui m'a dit d'aller voir Evelyn. Et de lui demander ce que ma mère avait en commun avec Marilyn Monroe.

– Bon Dieu, ce type a un culot monstre. Je ne comprends pas comment il peut sortir autant de conneries et s'en tirer comme ça. »

Hors de lui, Walt serrait et desserrait les poings, quand il s'arrêta net et sortit son portable de la poche de sa veste.

« Qu'est-ce que tu fais ? demanda Cathy.

– J'appelle Charlie. »

Cathy secoua la tête et posa la main sur le portable, alors même que Freiberg commençait à enfoncer les touches.

« Non, dit-elle. Tout ce que Charlie serait en mesure de faire ne pourrait qu'aggraver les choses. »

Walt Freiberg la regarda, surpris, et Cathy le fixa droit dans les yeux, sans ciller.

Harper voyait Freiberg de profil, et il remarqua les muscles des maxillaires qui se tendaient et se relâchaient, tandis qu'il grinçait des dents.

« D'accord, souffla-t-il presque dans un murmure, avant de se tourner à nouveau vers Harper. Alors, il semblerait que tout le monde y soit allé de sa petite histoire avec toi, John. Je sais pas, toi, mais moi il me semble qu'il s'agit d'une des plus vieilles règles du jeu.

– Quelles règles ? De quoi parlez-vous ?

– Trente minutes, dit Freiberg avec un sourire entendu. Trente minutes après le début de la pièce, si tu n'as pas compris qui est le pigeon dans l'histoire, alors il se pourrait que ce soit toi. »

Duchaunak jeta un coup d'œil à sa montre.

« Presque une heure », dit-il.

Le combiné coincé entre le menton et l'épaule, il était assis au bord du lit, en train d'essayer de nouer son lacet tout en parlant.

« N'y va pas, dit Faulkner. Laisse tomber.

– Je n'en ai pas l'intention, Don. Je veux aller voir ce type maintenant. »

Duchaunak reprit le téléphone correctement et se leva. De sa main libre, il pressa ses tempes entre son pouce et son majeur. Il ne cessait d'arpenter la pièce, et son langage corporel disait l'épuisement, la frustration et l'irritabilité.

« Qu'est-ce que tu vas lui dire ? Que tu le vois dans le cadre d'une enquête officielle ?

– Bien sûr que non, dit-il, interrompant Faulkner.

– Écoute, Frank, je peux pas te laisser ajouter au merdier dans lequel on est déjà, dit Faulkner au bout d'un moment de silence.

– Bon sang, Don, fais-moi un peu confiance. Je peux quand même aller parler à ce type, il est seul à son hôtel… autant que je sache, il est seul. Je peux quand même aller le voir et lui parler, d'homme à homme. Je suis parfaitement capable d'avoir une conversation polie avec lui.

– Tu sais que McLuhan m'a fait appeler et m'a mis sur une autre affaire ?

– Quoi ? Il a levé la suspension ?

– Non, absolument pas… il m'a fait venir pour donner un coup de main à Sampson sur l'affaire du double meurtre. Un travail de bureau : prendre les appels, suivre les dossiers. Les conneries habituelles qui vont avec ce genre de boulot.

– Quel double meurtre ? demanda Duchaunak.

– Tu te souviens pas ? Celui de ce frère et de sa sœur... Darryl et Jessica McCaffrey.

– Il n'a pas fait appel à moi, Don... McLuhan ne m'a pas appelé.

– Je sais, Frank, je sais... Et il m'a bien dit de te dissuader de toute tentative de harcèlement sur Bernstein, Harper, ou qui que ce soit d'autre.

– N'empêche que je vais aller voir Harper au Regent.

– Oui, je sais, Frank... Mais par pitié, sois prudent, bon Dieu. Promis ?

– D'accord, d'accord, Don. Ce soir. J'irai ce soir.

– Tu m'appelles, hein ? Tu me fais savoir où tu en es ?

– Promis, Don. Je t'appelle demain.

– Entendu, Frank. Fais attention à toi.

– Pas de problème. »

Duchaunak recula, remit le combiné en place, se rassit au bord du lit et enfouit la tête dans ses mains.

« J'aurais jamais cru que ce serait aussi difficile, se dit-il à lui-même. Jamais, putain. »

« Je vais te raconter une histoire à propos de ton père », dit Freiberg, qui prit un petit pain chaud dans la panière au centre de la table. Il l'ouvrit et le beurra copieusement tout en parlant.

« Il y a deux ou trois ans de ça, quand au juste, c'est sans importance, Frank Duchaunak est venu trouver Edward dans un restaurant, pas très loin d'ici. J'étais là avec lui. Edward, moi et deux ou trois autres types en train de manger, tranquilles dans notre coin. »

Freiberg détacha un morceau du petit pain, le porta à sa bouche, avant de s'essuyer les lèvres avec sa serviette.

« Frank arrive, donc, s'approche de notre table, nous salue, serre la main d'Edward. Il connaissait tous les types autour de la table. Y avait pas d'étrangers dans le lot, d'accord ? »

Harper acquiesça, uniquement conscient de la présence de Cathy Hollander à son côté.

« Donc Frank est là debout devant nous. Edward lui demande s'il veut s'asseoir, peut-être manger un morceau avec nous. Frank sourit et refuse d'un signe de tête. "Je n'ai pas faim", dit-il. "Dommage, dit Edward, c'est vraiment bon ici." L'échange dure une ou deux minutes, et là, je regarde Edward qui manifestement se demande ce qu'attend l'autre à se dandiner comme ça devant nous. Et Edward finit par lui poser la question : "Qu'est-ce que vous voulez, inspecteur ? Pourquoi vous êtes ici ? Vous venez nous trouver, nous parler, vous ne voulez pas manger avec nous. Vous cherchez quoi, au juste ?" »

Freiberg sourit, saisit son verre et but une gorgée de vin.

« On est donc tous là à attendre que Frank dise ce qu'il a à dire. Il hésite un moment, comme pour ménager le suspense, et il nous sort tout à trac : "Vous savez qu'un homme a été tué aujourd'hui ?" "Un homme a été tué aujourd'hui ?" reprend Edward. "Ouais, un homme a été tué. Mais vous inquiétez pas, c'était un type insignifiant, un pauvre gars dans une bijouterie sur West Houston. De toute façon, je ne pense pas qu'il aurait tenu encore bien longtemps. Il était plus tout jeune, il commençait même à se faire vieux, vous me suivez ?" "Non, pour être franc, pas du tout", lui dit le boss. "Oh, que si, vous me suivez, Edward… une petite bijouterie que vos gars ont braquée sur West Houston. Le garde chargé de la sécurité se prend un coup sur la tête, un méchant coup… Et voilà… Je me suis dit que ce ne serait pas très poli de ma part de ne pas vous faire savoir ce qui lui était arrivé." »

Freiberg tendit à nouveau la main vers son verre et but une autre gorgée.

« Alors Edward dit : "Et en quoi ça me regarde, Frank ? Pourquoi ça me concernerait ?", et l'inspecteur de répondre : "J'en sais rien. Je me suis dit que vous pourriez avoir envie de savoir. Je viens de passer quatre heures et demie au chevet du vieil homme à l'hôpital, à attendre qu'il revienne à lui pour me dire ce qui s'était passé. Le problème, c'est qu'il ne s'est jamais réveillé. Il est décédé il y a moins d'une heure, et j'ai pensé que la courtoisie la plus élémentaire voulait que je vienne vous en informer." "La courtoisie la plus élémentaire ? reprend Edward. Mais, bordel, de quoi vous parlez, là ?" "D'un de vos gars", répond Frank. Il est là, au bout de la table, le type, et il sort ça froidement à ton père. "Oui, d'un de vos gars... d'un bon à rien d'abruti qui travaille pour vous... qui a participé à un de vos braquages. Un moment d'égarement, il pète un câble, ce con, et il frappe un pauvre vieux à la tête, et le type en meurt. Il clamse sans avoir le temps de rien dire. Voilà de quoi je parle, Lenny", qu'il dit. Il l'appelle Lenny direct, devant ses potes. "Voilà de quoi je parle, Lenny." Et Edward reste assis là, sans réaction. Sans décrocher un mot.

« À ce moment-là, je passais pratiquement tout mon temps avec lui. On ne se quittait plus depuis... disons, trois semaines, et ce braquage sur West Houston, j'étais pas au courant. Mais Edward refuse l'affrontement avec Duchaunak. Il sait que s'il le défie, s'il l'énerve, l'autre va sortir de ses gonds et qu'on pourra plus le calmer. Il le laisse encore un moment planté là, et puis quand Frank commence à se sentir mal à l'aise, à avoir l'air du pauvre abruti qu'il est, Edward se lève lentement, fait le tour de la table, prend l'inspecteur par le bras et le raccompagne à la porte, le sourire aux lèvres tout du long, à tel point que quelqu'un qui les aurait vus les aurait pris pour de vieux amis depuis longtemps séparés en train d'échanger des souvenirs du pays. Edward le raccompagne même jusque dans la rue et appelle un taxi. Le taxi arrive, Edward fait monter Frank, et au moment où il s'apprête à fermer la portière, Duchaunak avance la tête par la vitre restée ouverte. »

Freiberg se pencha lui-même en avant pour imiter le mouvement qu'il était en train de décrire.

« Edward voit l'autre se pencher vers lui, et il courbe le dos pour entendre ce qu'il a à lui dire. "Si on vous donnait le temps, dit Frank, si vous pouviez revivre votre vie... avec le recul... et au vu de votre passé, de tout ce qui est arrivé, vous feriez un choix différent ?" Et le patron de réfléchir un moment, presque comme s'il voulait aiguiser la curiosité de l'autre. "Un choix ? Mais qu'est-ce qui vous fait croire que j'ai jamais eu à choisir ?" »

Freiberg sourit et se redressa sur sa chaise.

« Voilà, John Harper, le genre de personne qu'est ton père, et si tu as vraiment envie de connaître la vérité sur lui, viens me trouver, moi. Tu demandes pas à ce foutu flic, et surtout pas à Evelyn Sawyer. Tu me demandes à moi, et tu veux savoir pourquoi ? »

Harper haussa les sourcils.

« Je vais te le dire, Sonny. Tu me le demandes simplement parce que j'étais là... tout le temps, peu importe ce qu'il s'est passé ou pas, de bien ou de pas bien, j'y étais. C'est un fait, mon garçon, incontournable. J'y étais. Et personne d'autre, putain. Tu veux savoir quelque chose sur Edward Bernstein, eh bien, avec moi, tu frappes à la bonne porte.

– D'accord, acquiesça Harper.

– Alors, tu veux savoir deux ou trois trucs ?

– Bien sûr, Walt, bien sûr.

– Te gêne pas. Tu me demandes et je te donne la réponse. Ça te plaira pas forcément, mais y en a tant sur cette putain de terre à qui des tas de choses ne plaisent pas, hein ?

– Tout ce que je veux ?

– Sûr, Sonny, tout ce que tu veux. T'as qu'à demander. »

42

Ben Marcus, Sol Neumann. Tous deux debout, derrière le bureau, le second sur la droite, Marcus penché en avant, les mains appuyées sur le dossier de son fauteuil dans lequel, en temps normal, il aurait été assis.

Devant eux Raymond Dietz et Albert Reiff, ainsi que quelques habitués – Maurice Rydell, Henry Kossoff et Karl Merrett –, leurs chaises disposées en demi-cercle. La pièce était déjà noire de fumée, tandis qu'ils étaient là à écouter Ben Marcus, sans jamais l'interrompre.

« "Facile" ne fera pas partie de mon vocabulaire aujourd'hui. On va le laisser à d'autres – aux gamins, aux profs, à ceux qui travaillent dans les bibliothèques. Ce qui nous attend, c'est une putain d'épreuve. Pas la peine de mâcher ses mots. Ni de tourner autour du pot. C'est peut-être bien un des trucs les plus durs que vous ayez jamais faits, tous autant que vous êtes. »

Marcus tira sa chaise à lui et s'assit. Il posa les avant-bras sur le bureau, les mains l'une contre l'autre, et prit un moment pour examiner les visages devant lui.

« Johnnie Hoy. Micky Levin. Qu'ils reposent en paix. C'est pas parce qu'ils ont merdé qu'ils ont pas droit au respect maintenant qu'ils sont plus là. »

Murmure d'assentiment.

« On vit dans un monde sans pitié. Et on le sait tous. On doit respecter les bornes. Elles sont faciles à voir. Tu les dépasses, à toi de réparer les dégâts. Si tu le fais pas, tu dégages là où tu risques plus de compromettre le travail commun. Johnnie, Micky, ces bornes, ils les connaissaient. Ils ont peut-être cru qu'ils pouvaient se faire un peu de pognon en douce. Peut-être pas. Peu importe, à présent. »

Marcus se tourna pour lever les yeux vers Sol Neumann, debout à côté du bureau, bras croisés, visage impassible.

Puis revint à son auditoire.

« Mouse Jackson. On a eu une petite discussion avec lui, reprit-il, en regardant tour à tour Dietz et Reiff. Il a été incapable de nous dire quoi que ce soit. À en juger par les apparences, Lenny Bernstein s'est fait descendre au cours d'un braquage. C'était pas une petite affaire. Un gamin déjanté armé d'un .38, pour ce qu'on en sait. Lenny est à St Vincent, mais son fils, lui, est ici, et selon toute vraisemblance, puisque rien ne nous dit le contraire, les choses vont rouler comme prévu le 24. Il semble que tout sera prêt à temps et se déroulera suivant le plan qu'on avait mis sur pied, Lenny et moi. Une fois l'opération terminée, on aura ce qu'on a toujours voulu, et Lenny... eh bien, Lenny aurait fait ce qu'il avait envie de faire, sauf que maintenant... Peut-être qu'il s'en sortira, peut-être pas. Pour moi, c'est sans grande importance. Je respecte l'homme. Je ne peux que le respecter après tout ce qu'il a fait, mais c'est pas parce que je le respecte que je vais regretter sa mort, dit Marcus en balayant l'air de la main comme pour passer à autre chose. Bref, ces trucs-là s'arrangent toujours d'eux-mêmes. »

Une fois encore, les cinq hommes assis devant lui acquiescèrent dans un murmure.

« Donc, on continue... on continue comme si de rien n'était. Ce type, ce Sonny Bernstein, on dirait bien qu'il va prendre la place de son père, et que, quoi qu'il dise, ce sera comme si Lenny lui-même avait parlé. Voilà la façon dont on va traiter cette affaire, et si tout se passe comme prévu, chacun rentrera chez lui plus heureux qu'avant. »

Marcus repoussa sa chaise et se leva.

« Mais il reste encore une chose qui me désole. Vous avez tous rempli votre mission. On a les bagnoles, les flingues et les gens dont on a besoin. Victor a fourni les plans des lieux et les noms qu'il nous fallait. On sait ce qu'on veut savoir et comment l'obtenir. »

Marcus s'interrompit et examina une fois de plus les visages devant lui.

« Pour autant, je suis pas content. Mais alors, pas content du tout, merde, dit-il en serrant les poings et en faisant monter la tension d'un cran dans la salle. Ce Thomas McCaffrey est toujours en cavale. Il est peut-être déjà mort. Le problème, c'est qu'on en sait rien. Et on peut pas faire comme si. Il faut donc régler la question, et *fissa*, encore. C'est compris ? »

Les hommes rassemblés hochèrent la tête, se regardèrent entre eux avant de reporter les yeux sur Marcus.

« Il faut qu'on le trouve, quoi qu'il en coûte. Parlez à vos contacts, aux gens à qui vous faites confiance, et même aux autres. Si vous avez besoin de fric pour délier les langues, dites-le à Sol. Celui qui le retrouve a droit à une prime de vingt-cinq mille. Voilà, j'ai rien à ajouter. Je veux ce McCaffrey avant le début de notre opération. »

Une fois encore, les hommes confirmèrent leur assentiment d'un hochement de tête.

« Bon, jusqu'à la veille de l'intervention, on ne se revoit pas, où que ce soit. Pas d'appels depuis les fixes. N'utilisez pas vos portables non plus, uniquement les cabines publiques. Tout le monde connaît les instructions. Vous voulez me contacter, vous passez par Sol. Tout est bien clair ? »

Nouveaux murmures d'assentiment.

« Bien. Maintenant, dehors ! »

Ils se levèrent tous avec un bel ensemble, et, avant de quitter la pièce, chacun vint serrer la main de Marcus et de Neumann.

Une fois les hommes partis, le premier se tourna vers le second.

« Je constate que Lester McKee n'était pas là. »

Hochement de tête de Neumann.

« Un problème ?

– Plutôt, oui.

– Quelqu'un s'en occupe ?

– Quelqu'un va s'en occuper sans tarder.

– C'est lui, l'affaire du camion… celui des cigarettes de l'entrepôt de McCarren Park ?

– J'en sais rien, bon Dieu, dit Neumann en haussant les épaules.

– Il a fait autre chose ?

– Ouais, il a fait autre chose.

– On va le perdre ?

– Ouais.

– Et pour le jour J ? Qui est-ce qui prend sa place ?

– Albert connaît un jeune qui devrait faire l'affaire.

– Pas son gamin, j'ose espérer… Celui-là, je connais pas plus con.

– Non, pas le sien, dit Neumann en souriant. Un autre.

– C'est comme il le sent, dit Marcus en levant la main. Mais veille au grain, quand même.

– Ben, dit Neumann d'une voix où perçaient la surprise et la déception. Est-ce que j'ai jamais…

– "Jamais" est la réponse à ta question, Sol, dit Marcus en l'agrippant par l'épaule. C'est pas à toi que je pensais. Mais à cette bande d'enfoirés. C'est pourtant des types bien, c'est vrai, mais ce coup-là, il est énorme, tu comprends ? C'est le casse du siècle, bon Dieu. Celui qui va régler définitivement tous nos problèmes. Et je peux pas me permettre de le foirer. J'ai passé un accord avec Lenny, que j'ai jamais eu l'intention de respecter. Et voilà que des événements imprévus font que je me retrouve pieds et poings liés. Entre le gamin de Lenny, qui, pour autant que je sache, n'est pas un putain de fantôme, ce McCaffrey qui se balade Dieu sait où, son frère et sa sœur, morts tous les deux… putain, Sol, tu te rends compte, un travailleur social et une infirmière ! T'imagines l'effet sur mon CV ? Y a trop d'inconnues là-dedans. Ça m'empêche de dormir.

– T'inquiète, Ben, t'inquiète. Cette affaire, elle est ficelée au p'tit poil, y a pas plus professionnel. Victor sait ce qu'il fait, et ce McCaffrey, il s'est barré, et si tu veux mon avis, il est pas près de revenir. À sa place, en tout cas, moi, je serais parti en courant, sans regarder derrière moi. Crois-moi, Ben, tout va se passer comme sur des roulettes, y a rien qui risque de foirer.

– Je sais, je sais. Mais je peux pas permettre le moindre écart à qui que ce soit. Il va y avoir une réunion avec Freiberg. Imagine que tout soit pas réglé comme du papier à musique, que quelque chose déraille, j'ai plus qu'à le buter, moi. Impossible de faire autrement. J'ai comme l'impression que Freiberg a monté une histoire à dormir debout à propos de ce gamin. Je me fiche de savoir qui il est ou s'il a un gang à Miami. Le fait qu'on n'arrive pas à trouver quelque chose de solide sur son compte me dit que tout ça c'est du vent. Mais pour l'instant, vu la situation, je vais devoir éliminer Freiberg, et peut-être aussi ce Sonny Bernstein dans la foulée. Leur entourage sera bien obligé de se mettre au pas après ça. Freiberg s'est désigné lui-même comme chef de la bande de Lenny. S'il disparaît, ses gars passent de notre côté, et on peut encore faire notre casse le 24. J'ai pas trop envie d'en passer par là, mais si y a pas d'autre moyen, tant pis.

– Cool, Ben, tout va bien se passer. Pourquoi t'irais pas au club ? Va voir une des filles et fais-toi faire un putain de massage ou autre chose. Tu te fais une montagne d'un trou de souris. On va déchirer… crois-moi… on peut pas se planter. »

Ben Marcus sourit et tendit la main vers la poignée de la porte.

« T'as vraiment l'optimisme dans le sang, hein ? Comment ça t'est venu ?

– On m'a laissé tomber sur la tête à ma naissance, répondit Neumann avec un grand sourire. J'ai toujours vu la vie en rose, depuis. »

43

« Vous avez donc la certitude qu'elle s'est supprimée, dit Harper d'un ton neutre.

– Tu m'as entendu », répondit Freiberg.

Harper se tourna vers Cathy Hollander.

Evelyn avait exposé les faits tels qu'elle les voyait. Il fallait maintenant une confirmation. Une personne, et vous avez une opinion... quand vous en avez deux, l'opinion devient argent comptant.

« Et pourquoi croyez-vous qu'elle s'est suicidée ?

– Pourquoi ? » dit Freiberg en écho.

Il écarta son assiette et se pencha en avant. Harper lui trouvait la dégaine d'un acteur des années 1940 – Edward G. Robinson, Jimmy Cagney, Humphrey Bogart ; Sydney Greenstreet ou Peter Lorre en train de comploter dans l'arrière-cuisine, d'affûter leurs armes, l'air effrayant sous leur masque, le tout sous un éclairage blême et surpuissant.

« Pour quelle raison on fait ça, d'habitude ? reprit Freiberg.

– Deux personnes l'ont fait, ma mère et Garrett Sawyer, dans la même maison, à cinq ans d'intervalle. C'est quand même un peu curieux, non ? commenta Harper en secouant la tête.

– Les gens se suicident pour deux raisons. Soit ils veulent quelque chose qu'ils n'arrivent pas à obtenir. Soit ils ont quelque chose dont ils ne veulent pas. C'est tout. C'est pas plus compliqué que ça. »

Harper garda le silence un moment. Il regarda à nouveau Cathy, qui lui sourit avec bienveillance. Il se concentra sur ses lèvres, remarqua la manière dont les muscles se tendaient aux commissures quand elle changeait d'expression. Il voulait savoir pourquoi elle avait eu un mouvement de recul quand il l'avait embrassée. Voulait la tenir à nouveau dans ses bras, la faire céder.

Il revint à Freiberg.

« Elle avait quelque chose dont elle ne voulait pas, annonça Harper sur le ton de la simple constatation.

– Quelque chose dont elle ne voulait pas ? Et quoi donc, d'après toi ?

– Evelyn m'a dit... qu'Anne était tout à fait consciente de la vie que menait mon père, et qu'elle savait ne pas pouvoir y échapper. C'est ça, la raison pour laquelle elle s'est supprimée.

– C'est ce qu'elle t'a dit ? demanda Freiberg avec un sourire pincé et sans joie.

– Oui. Pourquoi ?

– Parce que, mon cher enfant, c'est exactement l'inverse.

– L'inverse ? Je ne comprends pas.

– Anne Harper ne s'est pas tuée pour échapper à quelque chose. Elle s'est tuée parce que les gens qui l'aimaient, ou du moins ceux qui disaient l'aimer, étaient prêts à tout pour qu'elle quitte ton père. C'est pour ça que ta mère est morte, parce que sa sœur, ta tante Evelyn, et son mari, et d'autres encore qui la connaissaient à l'époque, voulaient à tout prix la voir rompre avec ton père. Voilà ce qui s'est passé, Sonny, voilà exactement ce qui s'est passé. »

Harper fronça les sourcils, observant du coin de l'œil Cathy Hollander, avant de revenir sur Freiberg.

« C'est pas compliqué, dit ce dernier. Ton père et ta mère, c'était Roméo et Juliette, les Montaigus et les Capulets. Toutes les conneries que leur balançaient des tas de gens qui n'avaient aucun droit de foutre le nez dans leur relation. Evelyn et moi, on n'a jamais été d'accord sur rien, comme tu sais. Cette femme n'est pas franche du collier, elle a toujours eu un côté fuyant, dissimulé. Des non-dits à n'en plus finir : elle n'exprimait jamais ce qu'elle pensait, ne pensait jamais ce qu'elle exprimait. Tiens, regarde un peu les mensonges qu'elle t'a fait avaler : la mort de ton père, entre autres... Bon Dieu, t'as quel âge aujourd'hui ? Trente ans et des poussières, et c'est maintenant que tu découvres que ton père non seulement n'est pas mort mais vit à New York depuis toutes ces années. Et ce truc à propos de ta mère... morte d'une pneumonie. C'est bien ce qu'elle t'a dit, non ? »

Harper regarda Freiberg dans les yeux, immobile et silencieux.

« Je me trompe pas, hein ? reprit Freiberg. Elle t'a bien dit que ta mère était morte d'une pneumonie ? »

Harper fit oui de la tête.

« Tu veux me dire à quoi ça rimait, tout ça ? La vérité sur tes parents, elle est là devant toi, elle a toujours été là. Mais cette femme ne te dit que ce qu'elle a envie que tu saches, et rien d'autre. C'est tout à fait elle, ça, Sonny. Elle ne voulait pas que ton père fasse partie de la vie d'Anne, convaincue que l'idée qu'elle se faisait du bien de ta mère comptait davantage que tout ce que pouvaient en penser les autres, y compris Anne elle-même. Anne donnait constamment l'impression d'être sous emprise. Bon sang, c'était une des plus jolies filles, et des plus brillantes, que j'ai jamais connues. Vraiment adorable, et intelligente avec ça. Et pourtant, on voyait bien que quelque chose n'allait pas chez elle, que quelque chose la hantait. On sentait qu'elle vivait tout le temps sous une influence oppressante, celle d'Evelyn, justement. » Freiberg secoua la tête, écrasa sa cigarette dans le cendrier et en alluma une autre. « Quant à Garrett, c'était un type bien. Un bon copain jusqu'à ce qu'il rencontre Evelyn. Garrett Sawyer était un vrai dur, qui ne s'en laissait pas conter, mais il s'est mis en ménage avec Evelyn, et ça a été fini. Il a plus jamais été le même. On sortait ensemble, Edward, Garrett et moi, on voyait des gens, on allait jouer aux cartes à Atlantic City, avec Ray Dietz et Victor Klein, deux gars qui travaillent maintenant pour Ben Marcus. Il nous arrivait de causer quelques dégâts, de perturber l'ordre public, mais jamais rien de sérieux. On était jeunes, on ne pensait qu'à s'amuser. Une fois..., dit Freiberg, qui sourit à ce souvenir, il faut que je te raconte ce qui nous est arrivé à Garrett et à moi... » Il s'arrêta au milieu de sa phrase et secoua la tête, effaçant le sourire de son visage. « Ah, merde, désolé, fiston. T'en as rien à battre de mes histoires de jeunesse, à moi et à Garrett. Où j'en étais ?

– Garrett et Evelyn, lui souffla Cathy.

– C'est ça... oui... Garrett et Evelyn. Comme je disais, je l'ai connu, lui, bien avant qu'il la rencontre. Je l'ai connu quand il était employé dans une compagnie de transport en centre-ville. Un gros, gros bosseur. Jamais une plainte, jamais un mot méchant pour quiconque. Et puis, il a fait la connaissance d'Evelyn, et elle, c'était une autre histoire. Elle était comme... Comment elle s'appelle, dans ce film avec Brando, cette fille qui vient passer quelque temps chez sa sœur ?

– *Un tramway nommé Désir*, intervint Cathy.

– C'est ça, la sœur... celle qui joue dans *Autant en emporte le vent*.

– Vivien Leigh... Blanche DuBois dans le film.

– Exact, Blanche DuBois. Ben, elle était comme elle, Evelyn Sawyer, des grands airs, des belles manières, des idées de grandeur. Du moment où il l'a rencontrée, Garrett s'est mis à marcher sur des œufs, dans tout ce qu'il entreprenait. C'était un type réglo, un mec carré, et la voilà qui débarque, elle, avec ses grands ciseaux et qui lui coupe les ailes.

– Pourquoi il s'est tiré une balle dans la tête ? demanda Harper.

– Tu me demandes si je pense qu'il voulait mettre fin à son histoire avec Evelyn ? dit Freiberg en haussant les épaules.

– Je demande juste pourquoi il s'est tiré une balle dans la tête. Vous le connaissiez. Vous saviez quel genre de type c'était...

– Toi aussi tu le connaissais, fiston, t'étais presque un homme quand c'est arrivé.

– J'avais douze ans.

– Bon, d'accord, t'avais douze ans. Mais t'étais plus un gosse non plus. T'as vécu sous le même toit que Garrett pendant plus de dix ans. Pour quelle raison tu penses, toi, qu'il s'est supprimé ? »

Harper sourit comme s'il était terriblement embarrassé, comme si on lui avait posé une question très personnelle devant tous ses camarades.

« Alors, reprit Freiberg, ton avis sur le sujet ?

– Je ne pense pas être qualifié…

– Qualifié ! s'esclaffa Freiberg d'un rire grossier. On n'est pas à Harvard, ici. On n'a pas besoin de "qualifications". Je te demande simplement ton opinion, Sonny… ton opinion sur un homme sous le toit duquel t'as vécu pendant plus d'une décennie. C'est tout. Pas la peine d'en faire tout un plat. »

Harper se tourna à nouveau vers Cathy. Il avait la main droite posée sur la table, et au moment où il croisa son regard, il sentit sa main se refermer sur la sienne. *Un simple port dans la tempête*, se dit-il. *Rien de tout ça n'a d'importance. Rien du tout. Cet épisode new-yorkais sera un jour dénué de toute signification.*

« Allez, parlez, murmura-t-elle avec un signe de la tête. Ça va aller.

– Je pense… je pense qu'il cachait un secret, dit Harper.

– Entre nous, gamin, tout le monde a des secrets. Montre-moi quelqu'un qui n'a rien à cacher. Et moi, je te montrerai un homme mort. »

Harper secoua la tête en souriant, l'air épuisé mais non découragé.

« Pas un petit secret de rien du tout. Mais quelque chose d'énorme.

– Quoi qu'il ait pu se passer dans cette maison… c'était il y a des années, bordel. Ça n'a plus aucune importance aujourd'hui, si ? Le passé est le passé. Tout ce qui compte, c'est aujourd'hui et demain. Noël arrive. Ça devrait te remplir de joie. Tout le monde est heureux à Noël.

– Le bonheur est bien le cadet de mes soucis, en ce moment.

– Mais non, répondit Freiberg. Il faut que tu arrêtes de toujours tout prendre au sérieux…

– Pourquoi ? Parce que ça vous gêne ? Je suis ici depuis… quoi… six jours ? Je commence seulement à me détendre un peu. Tout en me demandant si je vais arriver à rassembler tous les fils et à tenir debout plus de dix minutes d'affilée. Essayez de comprendre, bon Dieu. Je vais voir Evelyn, je lui pose quelques questions. Elle crève comme un nuage d'orage, les grandes eaux, quoi. Elle me dit la vérité. Elle me dit que ma mère s'est suicidée, qu'elle est morte seule et terrifiée. Voilà ce qu'elle m'a dit, Walt. Elle m'a dit qu'Anne Harper était morte seule et terrifiée. Est-ce que vous avez la moindre idée de l'état dans lequel ça m'a mis ? »

Freiberg leva une main conciliante et ouvrit la bouche pour parler.

« La question était parfaitement rhétorique, le devança Harper. Je ne cherche pas ne serait-ce qu'un semblant de réponse de votre part. »

Freiberg acquiesça d'un signe de tête et se tint coi.

« Et ça, ce petit détail sur la solitude et la terreur, je me le prends en pleine figure. »

Il s'arrêta de parler. Il sentait la présence de Cathy à ses côtés, leurs genoux qui se touchaient sous la table, sa main toujours refermée sur la sienne. Il aurait aimé pouvoir bouger, mais la pression de sa peau contre la sienne semblait lui apporter un peu de réconfort. Elle était la seule à avoir conservé un semblant d'humanité au milieu de tout ce fatras.

« Et puis Evelyn suggère, reprend-il, elle *sous-entend* que, s'agissant de la relation entre ma mère et son mari, les apparences ne correspondaient pas exactement à la réalité. »

Les paupières de Freiberg se plissèrent. Il inclina la tête sur le côté et scruta le visage de Harper.

« Et la voilà qui développe sa théorie sur la base d'un simple "peut-être", rien de bien défini, attention. Elle me laisse entendre à demi-mot qu'Anne ne s'est *peut-être* pas suicidée, que Garrett ne s'est *peut-être* pas supprimé non plus...

– Putain, mais qu'est-ce qu'elle..., commença Freiberg.

– Exactement, l'interrompit Harper. Six jours de ma vie, Walt. Six jours, et tout a changé. Tout ce qu'on m'a toujours dit est remis en question. Evelyn prétend qu'Anne s'est tuée pour échapper à mon père. Et vous, pour échapper à Evelyn et qu'elle ne demandait en fait qu'à être *avec* mon père. Merde à la fin, je suis censé croire qui dans tout ça ?

– Celui qui ment le moins, dit Freiberg avec aplomb, le sourire froid et le visage impassible.

– Ce qui veut dire vous ?

– Si tu as l'impression que je t'ai moins menti, alors oui, c'est moi.

– C'est que des conneries, tout ça. J'en ai marre de jouer à ce petit jeu. C'est un vrai cauchemar. C'est en tout cas comme ça que je le vis, comme un putain de cauchemar, d'autant que je n'ai même pas le sentiment de dormir, et donc de pouvoir me réveiller dans un avenir plus ou moins proche en me disant que tout ce qui s'est passé est en fait sans importance.

– Qu'est-ce que tu attends de moi ?

– J'en sais rien, Walt. J'en sais fichtre rien.

– Tu veux que je réponde à d'autres questions ?

– Je ne pense pas que j'oserai vous en poser d'autres. J'en suis au point où je suis terrorisé à l'idée de découvrir encore quelque chose qui risque de m'achever alors que je suis déjà à terre.

– T'es costaud, finalement. T'as traversé tout ça et t'as réussi à t'en sortir. Et plutôt bien, même, puisque t'as écrit un bouquin. Elle l'a lu, tu sais, poursuivit Freiberg après s'être tourné vers Cathy. Et d'après elle, t'es un putain de génie. Tu l'as même fait pleurer.

– Vous l'avez lu, vous ? demanda-t-il à Freiberg.

– Moi ? dit ce dernier, un instant déconcerté. J'ai l'air de quelqu'un qui lit des bouquins ? »

Harper perçut une nuance d'ironie dans la voix de Freiberg. Il avait envie de se tourner vers Cathy, de lui sourire, de lui demander ce qui l'avait fait pleurer dans son livre, mais se trouva incapable de le faire, tant il était gêné.

« Alors, qu'est-ce que tu veux savoir ? répéta Freiberg.

– Duchaunak, dit Harper. Il cherche quoi, en fin de compte ?

– Qui peut bien le savoir ? Ce type est apparemment dans une impasse. Il est flic depuis Dieu sait combien d'années. Et on peut se demander dans quoi il trempe et où sont ses véritables intérêts.

– Mais avec mon père… Pourquoi cette fixation sur mon père ?

– Est-ce que par hasard quelqu'un aurait prononcé devant toi le nom de Lauren Sachs ? »

Harper fronça les sourcils et eut un geste de dénégation.

« Pas même Evelyn… Elle ne t'a pas parlé de Duchaunak et d'une fille qui s'appelait Lauren Sachs ?

– Non, jamais. C'est qui, cette Lauren Sachs ?

– Bon, soupira Freiberg, en se redressant sur sa chaise et en desserrant son nœud de cravate. Si tu veux savoir qui était Lauren Sachs, tu vas devoir entendre parler de quelqu'un d'autre.

– Quelqu'un d'autre ?

– Absolument. Il va falloir qu'on t'affranchisse sur Ben Marcus.

– Ben Marcus… Ah, j'ai entendu ce nom dans la bouche d'Evelyn. Et c'est qui, ce Ben Marcus ? »

Freiberg jeta un coup d'œil à Cathy.

Harper se rendit compte qu'elle avait retiré sa main. Il se tourna pour la regarder, mais elle avait les yeux rivés sur Freiberg.

« Ben Marcus, énonça calmement celui-ci, est l'homme responsable de la tentative de meurtre contre ton père. »

44

14 h 08.

Ray Dietz, Albert Reiff, Maurice Rydell, Henry Kossoff, Karl Merrett. Le brouhaha reflue depuis le bar sur le devant de la salle, et au-delà, depuis la rue, où passent des voitures qui soupirent comme autant d'hommes épuisés. Au nord de la passerelle entre le Bowery et Little Italy, au croisement de la 4e Est et de Lafayette, une autre oasis, un autre point d'eau, un autre microcosme de ce New York caché, son bas-ventre, obscur et secret – le vrai monde.

« Quatre voitures, dit Rydell.

– Quatre voitures », reprend Merrett en écho.

Dietz lève les yeux d'un *clipboard* où figurent des notes détaillées, comportant toutes des marges, des en-têtes, des indications d'heures et d'emplacements.

« Pour les chauffeurs, on a Charlie Beck et Joe Koenig, de chez Lenny. Henry Kossoff et Maurice, de chez nous. »

Kossoff et Maurice Rydell lui adressent chacun un signe de tête.

« C'est Walt Freiberg qui dirigera les opérations de leur côté. Avec, comme vous le savez, Larry Benedict, Leo Petri, Ricky Wheland et Ron Dearing…

– Bon Dieu, je déteste cet enfoiré, intervient Merrett.

– Hors de propos, rétorque Dietz. Les sentiments personnels, on les laisse au vestiaire à partir d'aujourd'hui. On fait le coup, et basta. C'est la fin d'une époque. Après ça, rien ne sera jamais plus comme avant.

– Dis donc, lance Kossoff à l'adresse de Reiff, comment y s'appelle, le jeunot qui remplace Lester ?

– Lewis Parselle.

– Il est bien ?

– Pour ce qu'on veut en faire, oui.

– C'est pas tellement rassurant comme réponse, dit Kossoff, le sourcil froncé.

– Faudra quand même faire avec, rétorque Reiff d'un ton sec et brutal.

– Bordel, c'est censé vouloir dire quoi, ça ? »

Dietz lève la main droite.

« Mesdames, mesdames, je vous en prie. On a des affaires sérieuses à régler. Remballez vos disputes de bac à sable et mettez-les au placard jusqu'après Noël, d'accord ? »

Il regarde tour à tour Kossoff et Reiff, l'air dur, intraitable.

« C'est clair ? » ajoute-t-il.

Reiff signifie son assentiment d'un mouvement de tête, Kossoff en fait autant. La tension se dissipe.

Karl Merrett part d'un grand rire, et l'auditoire se détend.

« Je sais que tout le monde est à cran, reprend Dietz. Lenny Bernstein est à l'hosto, et on sait rien concernant son fils, sauf qu'il est censé représenter son père et donner le feu vert. C'est tout ce qu'on a, et y a peu de chance pour qu'on en obtienne davantage. On va faire face, comme on l'a toujours fait jusqu'ici, OK ? »

Murmure d'approbation autour de la table.

« Bon, on refait un point demain, et aussi souvent qu'il le faudra pour s'assurer que tout est bien en place. On est tous d'accord là-dessus ? »

Il semblerait. L'heure n'est plus au désaccord.

« Donc, c'est entendu, conclut Dietz. Karl, on commence par toi. »

Le brigadier de service, un dénommé Warren Oates, se tient sur le seuil de la porte. Son visage semble en désaccord avec le reste de sa personne, comme s'il appartenait à un autre et que lui cherche encore à voir comment s'en servir. Sans succès. Résigné au fait qu'il est trop tard pour en changer et qu'il aura toujours la même allure, il porte l'ombre de cette résignation au coin des yeux, sur son menton crispé et ses épaules voûtées.

« C'est qui ? demande McLuhan.

– Jackson.

– Mouse Jackson ?

– En personne.

– Qu'est-ce qu'ils lui ont fait ?

– Ils lui ont cloué les mains à quelque chose », dit Oates en tendant la main droite comme pour illustrer son propos.

Il replie lentement les doigts, presque comme s'il imaginait la douleur. Il ne peut pas, ne pourra jamais. Arriver à imaginer ce genre de souffrance, c'est aussitôt se trouver mal.

« Et quoi encore ?

– Ruban adhésif sur la bouche et la gorge, autour des chevilles aussi, mais avant, ils lui avaient enlevé sa chaussure droite et réduit le pied en bouillie.

– Putain, ça doit faire mal, dit McLuhan, qui, instinctivement, recroqueville les doigts de pied dans sa chaussure.

– Et puis il y a eu le tournevis, dit Oates sans se départir de son sang-froid.

– Le tournevis ?

– C'est ça, oui.

– C'est quoi cette histoire ?

– Il avait un tournevis planté dans la tempe. C'est ça qui l'a tué. »

McLuhan hoche la tête, se renverse sur sa chaise et croise les jambes.

« Tu penses pas que c'était le truc à m'annoncer en premier ?

– Fallait bien tout détailler, réplique Oates en haussant les épaules. Peu importe l'ordre, si ?

– On l'a trouvé où ?

– Sous un banc de Washington Square Park.

– Putain, ils ont même pas eu la décence d'épargner ce spectacle aux gens. »

McLuhan se lève d'un bond et tape du poing sur son bureau.

« Quelle bande de salopards ! » aboie-t-il.

Oates ne bronche pas, ne bouge pas d'un pouce. Soit il a été si souvent témoin de ce genre de réaction que ça ne le touche plus, soit il s'en moque depuis toujours. Il reste de marbre.

« Tu penses à quelque chose ? demande McLuhan.

– Je me disais qu'on allait peut-être bel et bien avoir une guerre, dit Oates en haussant à nouveau les épaules.

– Non ! explose McLuhan. Non, non et non ! Je n'ai pas du tout, mais alors pas du tout, envie d'entendre ça. Il n'y aura pas de guerre, bordel de Dieu !

– Pas sur votre terrain ? C'est ça ? demande Oates avec un sourire ironique.

– Va te faire foutre, dit l'autre en le fusillant du regard.

– Faut regarder les choses en face, commissaire. On avait déjà Micky Levin et Johnnie Hoy, et maintenant on a Mouse Jackson, tous autant qu'ils sont liés à Ben Marcus, directement ou indirectement. Lenny a pas l'air de devoir tenir encore bien longtemps, à l'hosto. Et d'après vous, y aurait pas de guerre à l'horizon ?

– Laisse-moi tranquille un moment, tu veux ? dit McLuhan, les mains levées comme pour se protéger, avant de se retourner et de se rasseoir, l'air vaincu.

– Vous voulez que je fasse quelque chose à propos de Mouse ?

– Il est où ?

– À la morgue, je suppose.

– Assure-toi que le légiste le passe au crible, même chose pour le banc. Il y a peut-être des indices qui pourraient nous mener à l'endroit où ils l'ont tué. Oh, et puis tu connais la procédure aussi bien que moi. Rassemble tout ce que tu peux là-dessus, et dès que tu as quelque chose de solide, fais-le-moi savoir, d'accord ?

– D'accord, commissaire. Bonne journée.

– Attends une minute ! »

Oates s'arrête et se retourne.

« On a quelque chose, n'importe quoi, sur ces McCaffrey, le travailleur social et sa sœur ?

– Non, rien encore. On est bien sur la piste d'un autre frère... un certain Thomas, mais personne a l'air d'avoir entendu parler de lui depuis un bout de temps.

– Et qu'est-ce qu'il fout dans la vie, c'est un neurochirurgien ?

– Non, juste un escroc. C'était le mouton noir de la famille. Un petit séjour à Attica, où, caprice du hasard, il s'est retrouvé en compagnie de Johnnie Hoy et de Ray Dietz. »

McLuhan secoue la tête, baisse les yeux, avec l'impression d'être passé sous un cinq tonnes.

« Occupe-toi de ce merdier, tu veux... Fais ce qu'il y a à faire pour nous en sortir. »

45

Freiberg s'éclaircit la voix.

« Le temps que tout le monde s'en aille... du moins tous ceux qui pouvaient encore marcher, six personnes étaient mortes. Apparemment, et j'ignore si c'est le résultat d'efforts conjugués pour monter l'affaire en épingle, mais une équipe du service de l'entretien des rues a été appelée pour arroser les trottoirs et laver le sang. Elle faisait partie des victimes : une balle dans la nuque qui est ressortie par la mâchoire. On n'aurait pas pu imaginer pire pour sa famille. C'étaient des catholiques, pratiquants avec ça, ils ont dû fermer le cercueil pour les funérailles.

« C'était en novembre 1997, poursuivit Freiberg en hochant lentement la tête. Il y a sept ans de ça, et, de manière parfaitement compréhensible, Frank Duchaunak n'a jamais pu oublier. C'est le genre de croix qu'on porte toute sa vie.

– C'était où ? demanda Harper.

– La banque South Western Mercantile sur Canal Street.

– Et il n'y avait pas longtemps qu'il était à New York, c'est ça ?

– Quelques semaines, je crois, un mois ou deux, peut-être. Il venait de Chicago. S'était fait muter ici parce qu'elle était de New York.

– Et elle ressemblait à Marilyn Monroe.

– Comme deux gouttes d'eau... à t'en donner des frissons. Elle s'appelait Lauren. Lauren Sachs. De l'avis général, une chic fille. Née à New York, famille domiciliée à Stuyvesant, où elle réside toujours, pour autant que je sache.

– Comment il l'avait rencontrée ?

– Ça, j'en sais rien, Sonny. Comment les gens se rencontrent de nos jours ? Des amis d'amis, des relations de travail, que sais-je encore ? Duchaunak était à Chicago, jusque-là, transféré à New York, prêt à se marier, j'imagine, et puis patatras.

– Racontez-moi.

– Que veux-tu que je te raconte, John ? dit Freiberg en haussant les épaules. C'était un braquage de banque, à main armée. T'as déjà vu des films de gangsters, tu sais comment c'est censé se passer.

– Et Edward… mon père… il y était ?

– Seigneur, bien sûr que non. Ton père ? Certainement pas. Sans doute même plus dans l'État, plus vraisemblablement à Jersey City ou un endroit de ce genre. Il était jamais dans les parages quand il y avait un coup. Jamais aucune chance d'établir un lien direct entre lui et le travail qu'il faisait.

– Mais alors, quel rôle jouait-il ?

– Il payait pour que ce soit fait.

– Il payait ? Je ne comprends pas…

– C'était le bailleur de fonds. C'est lui qui finançait l'opération. Voilà ce qu'il faisait, et ce qu'il a toujours fait jusqu'à ce qu'il se fasse descendre. Voilà ce à quoi ton père a consacré sa vie, John : à travailler avec ce genre de types, à les faire vivre, à avancer le fric pour monter les opérations, avant de prélever la part qui lui revenait. Et c'est la même chose pour Ben Marcus. Il y a des années de ça, il n'y avait pas de division… les gens travaillaient les uns avec les autres. Plus tard, il y a eu des dissensions, apparemment, et une scission des territoires, ton père d'un côté, Ben Marcus de l'autre. »

Harper prit une des cigarettes de Cathy et l'alluma. Il avait l'esprit en ébullition. Il garda le silence une bonne minute, sans bouger d'un iota, laissant sa cigarette se consumer toute seule.

« C'est pour ça que Frank Duchaunak traque ton père depuis toutes ces années », finit par dire Freiberg.

Harper baissa les yeux sur la table. Si tant est qu'il ait eu faim jusqu'ici, son appétit n'était plus qu'un lointain souvenir.

« Je suis… », commença-t-il, tout en levant les yeux vers Freiberg.

Ce dernier sourit, inclina la tête sur le côté, hésitant : « Peu importe ce que tu as l'intention de dire, n'oublie pas que tu es d'abord et avant tout le fils de ton père…

– J'ai du mal à faire face à la situation, dit Harper à voix basse, comme s'il se parlait à lui-même.

– Bien sûr, et ça se comprend. Donne-moi le nom de quelqu'un qui serait capable de gérer ce genre de situation. Tu y es confronté depuis que tu es arrivé. »

Freiberg se pencha en avant et posa les bras sur la table. Il avait une pochette d'allumettes dans la main, qu'il tournait et retournait sans arrêt entre ses doigts. Harper le regardait faire, comme hypnotisé.

« C'est un gros truc, reprit-il, un putain de gros truc. Non seulement tu dois te faire à l'idée que ton père est un gangster, mais tu dois aussi gérer tout ce qui va avec son passé et le tien. Cette histoire avec Evelyn… Seigneur, Sonny, moi-même je trouve déjà difficile de la comprendre, et je la connais depuis que tu es né, alors j'imagine… Sans compter que tu as Frank sur le râble. Duchaunak, l'obsessionnel compulsif, qui est dans tes pattes chaque fois que tu fais un pas. »

Freiberg eut un grand sourire, et quelque chose de sincère et de sérieux dans ses yeux donnait à penser qu'il avait une idée de l'épreuve que traversait Harper.

« On en revient toujours à la famille, en fin de compte. Quoi qu'il se passe, on n'en sort pas. Tu avais une mère, tu as un père, qui est en ce moment sur un lit d'hôpital avec une balle dans le coffre, et les toubibs de St Vincent font de leur mieux pour empêcher ce qu'il reste de vie en lui de s'échapper par le putain de trou qu'a laissé la balle, et celui qui a fait ça, celui qui s'est dit que ce serait peut-être une bonne idée de se débarrasser de ton père, je peux te garantir qu'il est en ce moment même en train de se taper un repas à deux cents dollars, tout en discutant avec ses gars et en réfléchissant à ce qu'il fera du territoire de ton père quand celui-ci aura enfin passé l'arme à gauche. »

Harper leva soudain des yeux écarquillés sur Freiberg.

« J'en mettrais ma main au feu, poursuivit ce dernier. Cet homme, c'est Ben Marcus, et il est sur les talons de ton père depuis toujours. Ce type est à l'origine de tous ses ennuis. Si Ben Marcus n'avait pas été un salopard aussi ambitieux, s'il ne s'était pas mis dans la tête que son influence et son territoire n'étaient pas encore assez grands, ton père n'aurait pas été abattu. Ne serait pas à l'heure qu'il est en réa à St Vincent. Et Evelyn n'aurait pas eu à affronter la vérité et à mettre ta vie en pièces, et tu serais quelque part en Floride en train de t'occuper de tes petites affaires et de poursuivre tranquillement ta vie. Voilà l'œuvre de Ben Marcus, voilà ce pour quoi il doit payer. »

Freiberg se cala sur sa chaise en appuyant ses dires d'un vigoureux mouvement de tête. Il relâcha les épaules et croisa les jambes. Il restait silencieux, comme s'il attendait que Harper prenne la parole.

Harper regarda Cathy Hollander, laquelle regarda Freiberg.

« C'est à elle qu'il faut le demander, dit ce dernier. Demander ce qu'il en est de Ben Marcus. Bon sang, elle est restée avec lui pendant Dieu sait combien de temps... Si quelqu'un sait à quel point ce type est un foutu salopard, un vrai vicieux, pas la peine de chercher plus loin, tu l'as devant toi. Ben Marcus est dangereux, hyperdangereux. »

Cathy se tourna vers Harper. Le sourcil interrogateur de ce dernier l'amena à détourner les yeux un instant.

« Alors ? demanda Harper.

– Il a raison. Tout ce que Walt vient de te dire est parfaitement exact.

– Que Ben Marcus est responsable de ce qui est arrivé à mon père ? »

Cathy ne répondit pas.

« Cathy ? Il l'est, oui ou non ? Est-ce que c'est lui qui a mis un contrat sur la tête de mon père ? »

Elle hocha la tête.

« C'est un oui, ça ? »

Elle se tourna vers lui, le regarda bien en face.

« C'est un oui, dit-elle d'un ton catégorique. Je crois que Ben Marcus a donné l'ordre d'abattre ton père. »

Le nœud qui lui bloquait la gorge, aussi serré que les lacets d'une chaussure du dimanche, commença à se relâcher.

Pas ici, se dit Harper, en faisant de son mieux pour se contrôler. *Je vais pas pouvoir encaisser ça ici.*

« Et ce type, ce Duchaunak ? demanda-t-il à Freiberg. Cette histoire à propos de sa fiancée ? C'est vrai qu'elle a été tuée dans un braquage ? »

Freiberg fit oui de la tête.

Harper parut ne pas vouloir comprendre. Il respira profondément à deux reprises.

« Et c'est mon père qui était responsable du carnage ?

– Responsable, tu parles ! s'exclama Freiberg en riant. Ça, c'était l'œuvre de Ben Marcus. Du Ben Marcus tout craché. Une demi-douzaine de gorilles armés de semi-automatiques et de M16 qui hurlent comme des malades en arpentant les lieux. Aucune classe, Sonny, le gars n'a aucune classe. Je te l'accorde, c'est ton père qui finançait l'opération, mais ce sont les hommes de Marcus qui l'ont menée. Ouvre un peu les yeux, gamin. Tu sais exactement de quoi je parle. On n'est pas à la télé, là, mais dans la vraie vie, la vraie vie, tu comprends ? C'est ce que font les gens comme nous. C'est la vie que menait ton père jusqu'à ce que Ben Marcus...

– Jusqu'à ce que Ben Marcus engage un type pour le descendre, c'est ça ?

– C'est ça.

– Nom de Dieu, souffla Harper, qui donnait l'impression d'être sur le point de craquer quand il regarda Freiberg. Evelyn allait cracher le morceau. Elle a dit que Duchaunak était convaincu que mon père était responsable de son malheur... C'est de ça qu'elle voulait parler, non ?

– Pour autant que je sache, dit Freiberg en haussant les épaules, Duchaunak fait porter le chapeau à ton père pour tout, absolument tout, depuis le krach de Wall Street jusqu'à l'enlèvement de Patricia Hearst. Voilà un flic qui est censé être entre les mains d'un psychologue, censé se faire soigner et remettre la tête d'aplomb. Et voilà le genre de type auquel on a affaire ; le genre de personne qui a consacré son temps et son énergie à essayer de faire passer ton père pour coupable de tout ce qui est arrivé à New York ces sept ou huit dernières années, peut-être même davantage.

– Mais pourquoi ? demanda Harper.

– Pourquoi il poursuit ton père ?

– Oui. Pourquoi est-ce qu'il pense un truc pareil si ce n'est pas vrai ?

– Parce que ton père a réussi à lui échapper un paquet de fois, et que, du coup, Duchaunak perd un peu plus la boule chaque fois. D'où le blocage et la fixation…

– Mais pourquoi ? Pourquoi il peut pas se reconvertir en prof ? En ingénieur, en informaticien, je sais pas, moi, n'importe quoi ?

– Pour la même raison que tu ne seras jamais vraiment journaliste », rétorqua Freiberg en souriant.

Nouveau froncement de sourcils de la part de Harper.

« Tu es écrivain. Il y a une sacrée différence entre un type capable d'écrire un bouquin et un scribouillard qui sue chaque jour quelques lignes pour la feuille de chou locale. Loin de moi l'idée de casser du sucre sur le dos des journaleux, il faut bien gagner sa vie, on est d'accord. Mais il y a une différence énorme entre ce boulot et le fait d'écrire. »

Harper hocha la tête. Il y avait effectivement une énorme différence, aucun doute là-dessus.

« Mais dis-moi, pourquoi tu l'as fait ? demanda Freiberg.

– Fait quoi ? Écrire le livre ? Ma foi, j'en sais rien, Walt… J'avais ce truc dans la tête, et je me suis senti obligé de le coucher sur le papier.

– Tu n'avais pas le choix, c'est ça ?

– Je suppose que non.

– Eh bien, c'est pour la même raison que ton père fait ce qu'il fait… et je vais te dire, c'est pour ça qu'on le fait tous. Parce qu'on n'a pas le choix. C'est la pure vérité. On n'a pas le choix.

– Pas le choix ? reprit Harper d'une voix incrédule. Qu'est-ce que vous entendez par là ? Comment pouvez-vous songer une seconde à comparer l'écriture à des braquages de banque ou à des meurtres ?

– Je suis pas en train de comparer quoi que ce soit. Tout ce que je dis, c'est que quand tu réfléchis bien, et que tu considères la raison pour laquelle tu agis – bien ou mal, peu importe –, tout se ramène à une question de motivation. Le type a un but précis en tête, c'est ce qui le porte, ce qui lui donne la détermination nécessaire, et qu'il s'agisse de Frank Duchaunak, d'Edward Bernstein ou d'Albert Einstein, ça ne change absolument rien. Tout ce qui compte, c'est la motivation, cet aiguillon qui nous fait avancer. Pour nous pousser vers quoi ? Ma foi, autant de gens, autant de destinations, tu ne crois pas ?

– Je ne sais pas quoi dire », avoua Harper.

Freiberg eut un hochement de tête qui traduisait une certaine empathie, voire de la compassion, devant l'épreuve que traversait Harper.

« Alors ne dis rien, répliqua Freiberg. Tu fais de ce que je t'ai dit ce que tu juges bon. Moi, je sais ce qu'il me reste à faire. J'ai encore une chose à régler…

– Quoi donc ?

– Ce truc avec Lenny… avec ton père. Ben Marcus l'a fait descendre, et je peux pas laisser passer ça sans réagir. Ton père et moi… ton père et moi, on est comme les deux doigts de la main depuis des années, et, indépendamment de toute considération de tort ou de raison, une certaine justice doit être rendue.

– Vous avez l'intention de tuer Ben Marcus ?

– Bon Dieu, non ! s'exclama Freiberg en riant. Je suis pas un assassin. Je n'ai aucune intention de tuer Ben Marcus, mais j'ai bien l'intention de lui pourrir la vie un bout de temps.

– Qu'est-ce que vous allez faire ?

– Pour ce qui te concerne, je ne vais rien faire du tout. Il est hors de question que tu sois mêlé à cette histoire. C'est pour ton bien, crois-moi. Tu as ta vie à toi. Reste ici aussi longtemps que tu le jugeras bon, et si jamais ton père devait mourir, ce sera à toi de décider si tu veux prolonger ton séjour pour assister à l'enterrement. Si tu choisis de partir, personne n'essayera de t'en empêcher. Tu peux retourner à Miami et reprendre ta vie là où tu l'avais laissée, et faire comme si tout ce qui s'est passé ici n'était qu'un mauvais rêve auquel tu as réussi à survivre. Tu peux m'oublier, oublier Cathy, et tout oublier de cette cinglée d'Evelyn, cette putain de garce…

– Walt ! le coupa Cathy.

– Désolé, je voulais blesser personne, dit Freiberg avec un demi-sourire et un air gêné. Bref, comme je le disais, il faut que tu arrives à trouver un sens à tout ça et à prendre une décision, ne serait-ce que parce que personne d'autre ne peut le faire à ta place. Et si tu as besoin de quoi que ce soit… d'argent, d'un billet d'avion ou autre chose, tu me le fais savoir et je m'en occupe.

– Et Duchaunak ? demanda Harper.

– Duchaunak ? dit Freiberg en écho, l'air perplexe. Eh bien quoi, qu'est-ce qu'il a ?

– Il faut que je lui dise que je m'en vais ?

– Y peut aller se faire foutre, lui. Si tu veux partir, tu pars, point barre. »

Harper regarda Cathy. Elle esquissa un sourire, mais son air embarrassé disait assez sa réticence à faire une quelconque suggestion. Harper se tourna à nouveau vers Freiberg.

« Et vous, vous croyez que je devrais partir ?

– Je ne crois rien. Le principe qui a toujours guidé ma vie, c'est de penser aussi peu que possible le plus souvent possible.

– Sérieusement, Walt… vous êtes d'avis que le mieux serait pour moi de rentrer à Miami et de m'efforcer de tout oublier ?

– Tu ne peux pas me demander un truc pareil. Qui pourrait répondre à une telle question ? Si je m'y risque, je deviens le bouc émissaire, quelle que soit la façon dont tournent les choses. Et si elles tournent mal, tu m'en voudras d'avoir influencé ta décision, non ?

– Je suis un peu plus responsable de mes actes que ça.

– Tout le monde se dit aussi responsable qu'on peut l'être, dit Freiberg avec un sourire entendu, presque sardonique, jusqu'à ce qu'il arrive quelque chose dont on ne veut surtout pas être tenu pour responsable, tu me suis ? Tu peux dire tout ce que tu veux, ça ne changera rien à ma vision des choses. J'ai un truc à faire. Un problème personnel à régler. Un point c'est tout. Et ça ne te regarde pas plus que... euh, je sais pas, moi... que n'importe quoi d'autre qui ne te regarde pas. Ça concerne les affaires, et que tu restes ou que tu partes maintenant ne changera rien à l'affaire. Est-ce que je crois que tu devrais rester ? Que tu devrais retourner en Floride ? Je refuse de répondre à ta place, parce que, quelle que soit la tournure des événements, je finirai par avoir tort, tu comprends ça ? »

Harper hocha lentement la tête, il comprenait parfaitement. Il n'y avait rien d'autre à dire.

« Alors, qu'est-ce que tu vas faire ? demanda Freiberg.

– Je sais pas, répondit Harper avec un sourire désabusé.

– Bon, rien ne presse. Prends tout ton temps avant de décider. C'est pas comme si tu étais tenu par une date butoir.

– Pour l'instant, je veux rentrer à l'hôtel.

– Maintenant ? Tu veux rentrer maintenant ? On n'a même pas fini de manger.

– J'ai pas très faim, de toute façon, Walt. Je veux retourner à l'hôtel dormir un moment. Tout ça, c'est trop pour moi. J'ai trop de choses à digérer d'un coup, et je ne me sens pas très bien, tu vois ? »

Walt Freiberg se pencha et posa sa main sur celle de Harper.

« Je comprends, fiston, je comprends parfaitement. Trop c'est trop, pas vrai ? Cathy va te ramener, d'accord, Cathy ?

– Bien s...

– Non, non, la coupa Harper, tout en lui jetant un coup d'œil, embarrassé à l'idée peut-être de se retrouver seul avec elle à un pareil moment. Ça ira. Je préfère rentrer seul. Je vais prendre un taxi. Oui, je vais tout simplement sortir dans la rue et héler un taxi. J'ai besoin de repos. Et il faut que je prenne du recul par rapport à tout ça pour arriver à décider de ce que je vais faire.

– Tu as tout à fait raison, dit Freiberg. Tu fais comme tu veux. Simplement, si tu as besoin de quelque chose, tu nous le dis et on s'en occupe. »

Harper essaya de se lever. Il n'était pas très stable sur ses jambes, et Cathy Hollander tendit la main pour le retenir.

Il hésita un instant avant de la prendre. Il retrouva son équilibre, réussit à dégager sa veste du dossier de sa chaise, à la jeter sur ses épaules et s'écarta de la table.

Il resta un moment sans bouger, le visage inexpressif, le regard vide.

« Ça va aller, dit Freiberg sans se lever de sa chaise. Les choses vont s'arranger, Sonny. C'est ce qu'elles font toujours. »

Harper hocha la tête sans vraiment enregistrer ce que Freiberg venait de dire, puis il pivota sur les talons et entreprit de se diriger vers la porte du restaurant.

Cathy Hollander fit mine de le suivre.

« Laisse-le partir, lui enjoignit Freiberg. Laisse-le tranquille… il a besoin d'être un peu seul un moment. »

Cathy hésita, avant de se tourner à nouveau vers Freiberg.

« Il ne te laisse pas indifférente, à ce que je vois ? interrogea celui-ci avec un sourire moqueur. Allez, dis-moi la vérité… Le gamin t'a séduite d'une manière ou d'une autre, et tu l'as dans la peau. Dis-moi que je me trompe. »

Cathy Hollander garda le silence, sans même se fendre d'un sourire. Elle se contenta de se retourner en entendant la porte du restaurant se refermer, et ce fut pour voir Harper sortir dans la rue d'un pas quasi chancelant.

Freiberg sourit, amusé et condescendant.

« Tu sais ce qu'on dit, ma belle ? plaisanta-t-il. Pour être sûr que quelqu'un vous aime, il faut d'abord le laisser partir, pour voir s'il revient. »

46

Neumann sourit, et du même coup la dent en or qu'il avait légèrement en retrait en haut à droite accrocha la lumière en séton.

Ben Marcus se pencha en avant, croisant les mains du bout des doigts.

« Pourquoi ? demanda-t-il. J'ai besoin d'une raison.

– Non, Ben, dit Neumann en souriant à nouveau. Tu n'as pas besoin d'une raison. Personne n'en a besoin. Pour rien. Simple curiosité de ma part.

– Parcc qu'cllc m'a ridiculisé, répliqua Marcus. Elle était avec moi et elle m'a quitté pour Bernstein, et elle m'a fait passer pour un crétin.

– Je comprends pas très bien. Autant que je me souvienne, le marché était très clair. C'est à lui qu'est revenue la fille, y a pas eu d'embrouille, je me trompe ?

– Il s'agit pas de ça, Sol. C'est pas le fait que j'aie perdu le pari. Pas non plus qu'elle en ait été l'enjeu et qu'elle soit partie chez Lenny Bernstein. Non, le problème, c'est qu'elle a pas eu un mot, un seul mot, de reproche. Le fait qu'elle ait rien dit prouvait qu'elle préférait partir plutôt que de rester avec moi. Voilà la raison, Sol... c'est aussi simple que ça.

– Alors quand ? Avant ou après ?

– Après. Tout se déroule comme prévu, et après tu lui règles son compte.

– Tu veux que je m'en occupe personnellement ?

– Comme tu voudras, Sol. Tu t'en occupes toi-même ou tu trouves quelqu'un pour le faire. Tout ce que je veux savoir à la fin de la journée, c'est que Cathy Hollander est morte, d'accord ?

– D'accord, dit Sol, quelque peu décontenancé par l'animosité brutale de Marcus à l'égard de la fille. C'est toi le patron, Ben, et c'est comme si c'était fait.

– Parfait », dit Marcus tranquillement avant de revenir à la lecture de son journal.

De temps en temps, il sort des photos. Peu nombreuses, quatre ou cinq, peut-être, et bien qu'elle sourie, voire qu'elle rie, aucune ne parvient à capturer le dynamisme et la joie de vivre qui caractérisaient Lauren Sachs. Il l'ignore, mais elle présente une ressemblance saisissante avec Anne Sawyer. Le saurait-il qu'il penserait sans doute que Dieu n'est jamais aussi cruel que quand il vous choisit comme victime de l'ironie du sort.

Et quand il tient les photos devant lui, il voit ses mains trembler, non pas du delirium tremens de l'ivrogne ni de l'angoisse du névrosé, mais de la réaction émotionnelle réprimée de l'homme qui a peur – qui est seul et qui a peur.

C'est une vie. Plutôt une existence, dans l'acception la plus large du terme. C'est ce qu'il est, et ce qu'il est semble déterminé par une force extérieure. Une planète en orbite qui doit son existence à l'attraction d'une étoile. Si l'étoile devait imploser, brûler, voire simplement bouger sur son axe, ladite planète irait se perdre dans les ténèbres en tourbillonnant sur elle-même. Comme si elle n'avait jamais existé, n'avait été que le fruit de l'imagination.

Pour le commissaire McLuhan, l'inspecteur Duchaunak n'existait plus. Sa vie avait cessé au moment où il avait été suspendu et ne reprendrait que quand il serait rétabli dans ses fonctions. En admettant qu'il le soit un jour.

Duchaunak repose les photos sur le plan de travail de la cuisine. Effleure de la main chacune d'elles à tour de rôle. Cinq en tout. Il n'est présent que sur une seule, et au moment de la prise, quand le doigt du photographe s'apprête à appuyer sur le bouton afin de capturer cette fraction de seconde-là, Lauren a les yeux très légèrement tournés vers la droite et sourit. Comme à l'adresse de quelqu'un qui serait hors du cadre.

Il n'y avait alors personne sur les lieux en dehors de Duchaunak. Lui seul est au courant. Mais maintenant, maintenant et pour toujours, elle donne presque l'impression d'ignorer sa présence.

Il en a le cœur brisé.

En mille morceaux, bon Dieu.

Plus tard, après quelques minutes passées à rêvasser, il rassemble les photos et les replace dans une vieille enveloppe fatiguée.

Il replie l'enveloppe en suivant les plis familiers, lesquels ne vont pas tarder à se déchirer, mais il ne jettera pas l'enveloppe ; car là-haut dans le coin supérieur droit, tandis qu'il la retourne, sont inscrits ces mots, de sa main nonchalante : *Moi et Frank, été 1996.*

Moi et Frank.

Ses yeux s'emplissent de larmes.

« Putain de merde », se chuchote-t-il à lui-même, et ces mots, presque inaudibles, lui reviennent en écho.

Putain de merde.

Le nœud gordien se défait.

Cravate dénouée, qui pend lâchement autour du col de chemise, yeux injectés de sang. Comme le fantôme d'un joueur de poker d'Atlantic City qui hante encore les tables, un joueur finalement découvert mort sur sa chaise, le cœur ayant cédé sous la pression, le foie pareil à un petit galet poli.

Il a l'impression que quelqu'un a rassemblé les différentes parties de sa vie pour y mettre le feu, et que lui – désespéré à l'idée de ne pas pouvoir éteindre les flammes – en contemple les miettes.

Les dégâts, considérables, irréversibles, frappent sans discernement. D'où qu'il choisisse de les regarder.

John Harper ôta sa veste et la laissa tomber par terre. Alla s'affaler comme un automate sur la chaise sous la fenêtre entrouverte, qui laissait entrer un courant d'air froid, mais il n'avait ni la volonté ni l'énergie de se pencher sur le côté pour la fermer.

Il resta là une bonne demi-heure avant de bouger légèrement pour soulager la tension qu'il sentait au creux des reins. Inclina la tête, ferma les yeux, essaya de s'imaginer à bord du *Mary McGregor*, une petite brise soufflant de Joe Bay ou du Blackwater Sound, essaya de se rappeler les Dry Tortugas, les empreintes des tortues de mer, les récifs, l'eau limpide, les agrumes, les noix de coco...

Il ne se souvenait de rien en dehors de la sensation de claustrophobie qui régnait dans la cuisine de Carmine Street, la manière dont sa respiration s'était accélérée quand elle s'était mise à parler de sa sœur, la mère de Harper, qui n'était jamais morte de pneumonie, qui adoptait le style de Marilyn Monroe et avait emprunté le chemin le plus court pour laisser derrière elle d'interminables déceptions.

Harper émit un son. Rien de plus qu'un hoquet d'angoisse expulsé non sans effort, mais là, dans la solitude de cette chambre du dixième étage de l'American Regent, ce son n'avait rien d'humain. Et lui fit peur.

Il ouvrit les yeux. La sensation d'une énergie retrouvée l'envahit soudain, et il se mit debout tant bien que mal. Entreprit d'arpenter la pièce l'espace de quelques secondes, avant de se précipiter vers la salle de bains. Il n'avait pas ouvert la porte qu'une terrible nausée le pliait en deux. Il réussit à atteindre le lavabo avant de sentir son estomac se contracter avec une telle force qu'il eut l'impression que sa trachée se déchirait. Rien ne vint en dehors d'une intense douleur, celle du vide, de l'hystérie nerveuse, celle d'un homme titubant au bord d'un gouffre dont il serait incapable d'évaluer la profondeur.

Il crut, agenouillé là sur le sol – le menton sur la poitrine, les mains agrippées au rebord du lavabo au-dessus de lui –, que tous les sentiments et les émotions, tous les doutes et les craintes, tous les espoirs et les promesses rompues qu'il avait connus ou éprouvés les jours précédents avaient fini par le rattraper.

John Harper, l'homme à la vie dévastée, l'homme à la poursuite de futiles chimères, avait finalement été révélé. C'était là le jugement porté sur sa vie. Le châtiment encouru pour sa passivité et sa procrastination. Il y avait une leçon à retenir de tout ça : la vie avançait, que vous en suiviez le chemin ou non. Cette autre vie, dont il n'avait pas été conscient, avait grandi sans lui, était devenue quelque chose qui, malgré son absence, avait pris possession de lui. Il payait le prix de son ignorance coupable.

Pendant quelque trente années, la vérité avait été là, à sa portée. Il n'avait jamais rien demandé. Jamais voulu savoir. Avait-il été aveugle au point de croire qu'elle ne le retrouverait jamais ? Le suicide de Garrett à lui seul aurait dû suffire à l'interroger pour…

Pour faire quoi ? Questionner Evelyn plus avant ? Insister pour que la police rouvre l'enquête sur la mort de son mari ?

Harper lâcha le rebord du lavabo et resta assis par terre. Ne sachant que penser. Dévoré par l'envie de ne plus penser.

Il ferma les yeux, et, un moment, ne fut plus conscient que du silence et de l'obscurité. Il pria pour que les choses ne bougent plus, du moins pour un temps.

Un violent haut-le-cœur. Duchaunak se laisse aller en arrière et ouvre la bouche comme pour crier, mais rien n'en sort. Pas le moindre son.

Un cœur qui cogne comme un marteau piqueur. *Ka-chunk, ka-chunk, ka-chunk.* Mal à la tête. Impossible de se concentrer. Besoin d'un verre, mais trop risqué. Longue route, interminable et solitaire, finissant dans un cul-de-sac, où le guettent une attente et une solitude plus désespérées encore.

Il s'accroche au rebord froid du lavabo de la salle de bains. S'y agrippe fermement. Rejette tout son corps en arrière et sent son dos s'arc-bouter contre le mur. Se tient comme ça sans bouger un moment, une bonne minute, peut-être plus, avant de se redresser. Il se regarde dans la glace, se demande l'effet que lui ferait un revolver dans la bouche, sa tête qui explose.

Comme pour Garrett Sawyer au 66 Carmine Street.

Duchaunak ouvre le robinet d'eau froide, met ses mains en coupe sous l'eau et s'asperge le visage. Ses yeux le piquent. Il les garde fermés jusqu'à ce que la sensation s'atténue.

Il se demande ce qu'il va arriver maintenant. Si McLuhan va appeler. S'ils vont le laisser là, tout seul, jusqu'à oublier son nom, jusqu'à ce qu'un jour il fasse partie de la grande histoire des morts de New York : trois semaines, avant que les voisins donnent l'alerte à cause de l'odeur.

Il sourit à son reflet mouillé, brouillé, croit qu'il a tout laissé quelque part derrière lui, puis – presque dans la foulée – se demande si ce qu'il croit avoir perdu lui a jamais appartenu.

« Ainsi va la vie », murmure-t-il, avant d'éteindre la lumière et de refermer la porte en sortant.

Une fois Harper parti, Cathy Hollander et Walt Freiberg finirent leur déjeuner. Tandis que le serveur s'éloignait, la note réglée, Freiberg se pencha vers Cathy.

« Je ne lui ai jamais fait confiance, dit-il.

– Il y a un monde entre ne pas lui faire confiance et la tuer, fit remarquer Cathy.

– C'est possible, mais si je pars après le coup… si je quitte New York pour ne jamais y revenir, je ne tiens pas à passer le reste de ma vie à me dire qu'Evelyn Sawyer est encore en vie.

– Et alors, qu'est-ce que tu as l'intention de faire ?

– Qu'est-ce que j'ai l'intention de faire ? Je vais attendre que les choses se tassent après le braquage, que la poussière retombe, et puis j'irai faire un tour à Carmine Street et je lui logerai une balle dans la tête, à cette salope.

– Aussi simple que ça », dit Cathy Hollander.

Freiberg se leva et boutonna sa veste.

« Absolument, confirma-t-il d'une voix tranquille, presque dans un murmure. C'est pas plus compliqué. »

47

Evelyn Sawyer avait peu dormi depuis sa dernière discussion avec John Harper.

Elle n'était pas portée sur l'introspection, sur l'examen des raisons et des motivations qui la poussaient à prendre les décisions qu'elle prenait. Ce qui était fait était fait, on ne pouvait rien y changer ; et John Harper avait d'une certaine manière choisi de remettre les pieds dans cette vie passée. Il aurait pu repartir. Faire demi-tour et reprendre le premier avion pour Miami. Mais non, Walt Freiberg et la Marie-couche-toi-là d'Edward avaient réussi à le séduire avec leur argent, leurs mensonges et les visages qu'ils réservaient au monde.

La vérité. La vérité pure et simple, c'était que personne, en définitive, ne la connaissait tout entière. Personne en dehors d'Evelyn. Et elle n'aurait jamais pu la dévoiler à Harper. Au risque de l'annihiler.

Ce dimanche matin-là, elle se détourna de la fenêtre devant laquelle elle se tenait, près de l'évier de la cuisine. Le temps avait passé si vite. Il ne lui en était rien resté, pas plus pour elle-même que pour réfléchir à sa situation ou décider de ce qu'aurait voulu Anne.

Ce qu'*Anne* aurait voulu. Et non elle-même.

Anne était morte. Elle s'était suicidée, le 12 octobre 1975, peut-être que quelqu'un avait été présent… Oui, songea Evelyn, il y avait forcément eu quelqu'un. Mais, après tout, elle l'avait bien cherché. Chacun est l'artisan de son propre malheur.

Même elle, Evelyn Sawyer, veuve de Garrett Sawyer, veuve d'une première guerre.

Et voilà qu'une autre guerre se préparait, dans laquelle des gens périraient, où l'ancien céderait la place au nouveau, et où, selon toute vraisemblance, elle en serait réduite à décompter les blessés, les morts, les victimes en tout genre. Peut-être que John Harper traverserait cette guerre sans dommage. Evelyn en doutait. Il avait quitté cette vie. Difficile, voire impossible de s'en aller pour revenir plus tard en croyant y être préparé. Il fallait avoir grandi avec, vécu en son sein, il fallait de même que sa nature ait grandi en vous.

Ce monde-là était différent, brutal, implacable.

C'était le monde qu'avait créé Edward Bernstein, et même si Harper était son fils, ne serait jamais rien d'autre, il n'en faisait pas davantage partie que sa mère avant lui.

Et regarde un peu ce qui t'est arrivé, se dit Evelyn à elle-même. Sans Anne Harper, sans sa faiblesse, Garrett serait encore en vie.

« Tu brûleras en enfer », dit tout haut Evelyn Sawyer, et sa voix, dans le silence du 66 Carmine Street, ressembla au sifflement d'un tison chauffé à blanc.

Elle baissa la tête, sentit sa gorge se nouer et se mit à pleurer.

« C'est exactement ce qu'il a dit, monsieur… aucun appel, aucun visiteur.

– Mais je suis…

– Je suis désolé, monsieur, mais je ne peux pas passer outre le souhait d'un de nos clients. Le respect de la vie privée de nos hôtes est un de nos premiers devoirs. Je ne peux pas vous mettre en relation avec la chambre de M. Harper. J'espère que vous le comprendrez, monsieur, mais faillir à ce devoir serait porter préjudice à la crédibilité et à la réputation de notre établissement…

– C'est une affaire de quelques mots seulement…

– Encore une fois, croyez bien que je suis désolé, monsieur. Ce n'est pas de la mauvaise volonté de ma part, mais à moins que la loi soit en cause sous une forme ou une autre, je ne peux pas considérer comme lettre morte la demande d'un client qui désire voir son intimité respectée. M. Harper a appelé la réception ce matin pour exprimer de façon catégorique son désir de ne pas être dérangé. Maintenant, vous pouvez toujours laisser un message.

– Oui, un message… je vais laisser un message.

– Très bien, monsieur. Commençons par votre nom.

– Heu… mon nom…

– Oui, monsieur, votre nom. »

Un moment d'hésitation, suivi de :

« En fait, ça n'a pas d'importance.

– Pardon ?

– Ça n'a pas d'importance… Je suis désolé de vous avoir dérangé.

– Vous n'avez pas l'intention de laisser un message ?

– Non, j'ai changé d'avis. Merci quand même de votre aide.

– Comme vous voudrez, monsieur. Je vous souhaite une bonne journée.

– Oui, merci… Bonne journée à vous aussi. »

La ligne fut coupée. Duchaunak reposa le combiné sur sa base. Resta debout sans bouger, donnant presque l'impression de ne plus respirer.

Il songea à se rendre à l'American Regent sur-le-champ et à exiger de voir John Harper. Mais sous quel prétexte ? Il n'en avait aucun. La sécurité ne tarderait pas à le jeter dehors. McLuhan aurait vent de l'histoire et l'accuserait de harcèlement – ou le virerait incontinent. McLuhan aurait-il là un motif suffisant ? Duchaunak en doutait, mais, d'un autre côté, le commissaire ne manquait pas d'autres raisons pour le virer.

Il fit trois pas sur la droite et s'assit dans son fauteuil. Il n'avait pas fermé l'œil, ou si peu. Il s'était battu avec ses draps une heure ou deux avant de se lever, d'arpenter la pièce de long en large un moment, puis d'aller s'asseoir dans la cuisine et de manger des Cheerios à même la boîte. S'il avait eu des somnifères, il en aurait pris. Peut-être un peu trop.

Il sourit : un sourire sarcastique, comme en reconnaissance de sa propre paranoïa et de son sens tenace de l'ironie.

Tout était foutu. La voilà, la vérité. Autant repartir de là.

Il ferma les yeux, renversa la tête en arrière, et, mi-chantant mi-parlant, se mit à psalmodier d'une voix lente et lugubre.

« *I want to be loved by you... just you... nobody else but you...* »

Au bout d'un moment, la lumière qui filtrait à travers ses paupières sembla décliner. Le sommeil s'empara de lui subrepticement, et il sombra sans protester.

« Qu'est-ce qu'ils ont dit ?

– Aucun visiteur, aucun appel.

– Et il est à l'hôtel, c'est sûr ?

– Tout à fait. Il est rentré très vite après nous avoir quittés et n'est pas ressorti depuis.

– Tu en es certaine ?

– Walt...

– D'accord, d'accord, Cathy. Dis à celui que tu as mis en planque de te faire savoir immédiatement s'il bouge, OK ?

– C'est déjà fait. Charlie Beck est sur les lieux. Tu peux me faire confiance, non ?

– Oui, bien sûr. Laissons-le tranquille. On sait au moins où il est. Reviens ici, et on passera une nouvelle fois en revue les détails de notre affaire.

– Donne-moi une demi-heure.

– Pas de problème, à tout à l'heure.

– Entendu. »

Cathy Hollander raccrocha et sortit de la cabine. Elle resserra le col de son manteau autour de sa gorge et se mit en marche.

Elle n'avait pas fait vingt mètres qu'il se mit à neiger. Noël était partout – dans l'expression des gens, les yeux brillants des enfants, les devantures des magasins, les visages sales des Pères Noël faisant résonner leur clochette et ramassant des pièces au coin des rues et aux carrefours, dans les guirlandes de lumières multicolores tendues en travers des portes cochères et des escaliers d'incendie – mais Cathy Hollander ne voyait rien de tout cela.

Noël, pour l'instant, était le cadet de ses soucis.

Ce n'est pas avant 15 heures que Harper refit surface.

Il ne se souvenait pas du moment auquel il avait appelé la réception pour demander à n'être dérangé sous aucun prétexte. 7 heures du matin, peut-être 8. Il resta allongé encore une vingtaine de minutes avant de trouver le courage de se lever pour aller aux toilettes, mais n'osa pas se regarder dans la glace. Il sentait qu'il avait affronté trop de dures réalités pour une seule semaine.

Il revint vers le lit, s'assit sur le bord, pensa une seconde à appeler pour se faire monter des cigarettes, avant de se raviser.

Il avait depuis longtemps dépassé le stade où il cherchait à découvrir la vérité et avait l'impression qu'il n'existait pas vraiment de vérité globale. C'était à chacun la sienne. Freiberg, Duchaunak, Evelyn Sawyer, sans oublier son père, Edward « Lenny » Bernstein : le chef d'orchestre, l'arrangeur, le criminel.

Harper sourit à part lui. Quel ramassis de conneries ! Qui étaient ces gens ? Qu'est-ce qui s'était passé, bordel, durant cette dernière semaine ?

Brusquement, il pensa à Harry Ivens, au fait qu'il ne l'avait pas appelé depuis... depuis combien de jours au juste ? La veille ? L'avant-veille ? Il était incapable de s'en souvenir. Harper saisit le téléphone et composa le numéro. Il écouta patiemment la sonnerie retentir quatre ou cinq fois avant que le standard décroche.

« *Miami Herald*... que puis-je pour vous ?

– Bonjour... heu, oui... J'aurais voulu parler à Harry Ivens.

– Désolé, monsieur. M. Ivens n'est pas joignable aujourd'hui.

– Pas joignable ? reprit Harper. Mais il faut que je lui parle... Vous pouvez transmettre un message à son service et lui faire savoir que John Harper est au téléphone ?

– Je suis désolé, monsieur. Je ne peux pas.

– Vous ne pouvez pas ? Qu'est-ce que vous voulez dire par là ? Je ne comprends pas… Il y a un problème ? Quelque chose ne va pas ?

– Non, monsieur, tout va bien, dit la voix, soudain compatissante. Mais c'est dimanche, aujourd'hui, et M. Ivens ne vient pas au bureau le dimanche. Je peux prendre un message, qu'il trouvera demain dès son arrivée.

– C'est dimanche…

– Oui, monsieur, dit la voix au bout d'un instant de silence. Dimanche. Toute la journée. Jusqu'à demain.

– Oui… bien sûr, s'esclaffa nerveusement Harper. Merci beaucoup. »

Il écarta le combiné de son oreille, l'examina avec circonspection, fronça les sourcils, secoua la tête d'un air incrédule et finit par reposer l'appareil.

« Dimanche, se dit-il à lui-même. Seigneur, une semaine que je suis là. »

48

21 h 11. L'obscurité a envahi la ville.

Une heure plus tôt, le personnel de l'accueil avait demandé à Frank Duchaunak de quitter les lieux. Il avait ferraillé un bon quart d'heure, à tel point qu'il avait failli perdre le contrôle de lui-même. Il avait réussi à se maîtriser, sans vraiment faire de scène. Les fils qui maintenaient encore la structure en place étaient déjà suffisamment fragiles comme ça. Il savait qu'il était au bord du gouffre, savait aussi que personne n'était capable de situer ce bord avec précision avant de basculer dans le vide. C'était un grand jeu de cache-cache. Pas question qu'il soit découvert en premier.

John Harper appela le *room service* pour se faire monter du café, un sandwich au jambon et à la moutarde, ainsi qu'un paquet de Lucky Strike.

Le personnel de l'hôtel se demandait qui il était au juste, pourquoi tout ce mystère, pourquoi ce policier, tard dans la soirée, qui tenait tant à voir Harper et qui avait fait marche arrière sitôt qu'on avait exigé de lui un mandat ou quelque document officiel l'autorisant à déranger le client, s'était montré presque trop poli avant de finalement refuser de dire à quelle unité il appartenait.

C'était New York, c'était l'American Regent, où l'on conservait dans un carton des objets abandonnés par des clients, sans description détaillée ni mode d'emploi. Un microcosme de tout ce qui était bon ou mauvais pour le monde. Sans surprendre personne, pareilles choses posaient des questions qui resteraient sans réponse étant donné que personne n'avait vraiment envie de savoir. Le client du dixième étage était le fils d'Edward Bernstein, point.

Et Harper – sa vie réduite en miettes, dispersée aux quatre coins de New York – était assis devant la fenêtre et mangeait son sandwich. Il regardait tomber la neige tout en pensant à Noël – qui appartenait à un autre monde, un monde dont il avait jadis fait partie, et qui continuait à tourner quelque part, comme un carrousel qu'il aurait quitté en marche. Comment, il l'ignorait, mais le fait était là, et il n'arrivait même plus à savoir où il avait atterri, sans parler de prétendre revenir en arrière. Ce qui était fait était fait. Il en était parfaitement conscient.

Un peu plus tard, à nouveau allongé sur son lit, le regard au plafond, il se demanda s'il reverrait jamais Miami. Il y réfléchit un bon moment, pour finir par se dire que c'était sans importance.

Une semaine s'était écoulée, sept jours, et tout avait changé ; rien ne serait jamais plus pareil. Harper se demanda également si, par désespoir peut-être ou en raison d'une trop grande solitude, ce n'était pas lui qui était à l'origine de tous ses ennuis. Il sourit à part lui. *Peut-être que si je dors*, songea-t-il, *peut-être que si je dors et que je rêve, je découvrirai demain au réveil que tout ça n'était qu'un cauchemar.*

L'homme qu'il était devenu n'avait rien à voir avec celui qui avait quitté la Floride.

Ce qui le perturbait, c'était qu'une telle idée puisse ne lui apporter que du soulagement.

John Harper ferma les yeux, conscient du fait que demain il lui faudrait prendre une décision.

Sol Neumann s'écarta du bord de la table et jeta un coup d'œil sur sa gauche.

« Il est mort ? demanda Ray Dietz.

– Tout ce qu'y a de plus mort.

– Comment il s'appelait ?

– Comment tu veux que je le sache, putain ? dit Neumann en secouant la tête en signe d'ignorance. Tu crois p't-être qu'on était mariés ou qu'on sortait ensemble, ce guignol et moi ?

– Putain, Sol, je te demande juste si tu connais son nom, rien de plus.

– C'était un type qui maquillait des bagnoles pour gagner sa croûte. On lui avait donné un boulot à faire, il l'a fait, et il est venu réclamer son fric. Voilà, j'en sais pas plus, merde.

– T'emballe pas ! Pourquoi tu me casses les couilles comme ça ? Bon, d'accord, c'est juste un type qui s'est pris un stylo dans la gueule. Putain, mec, tu pouvais pas juste le buter, l'étrangler, je sais pas, moi... Fallait que tu lui plantes un stylo bille dans l'œil ? Bon sang, Sol, on est quand même pas des bêtes.

– Qui est-ce qui casse les couilles à qui, maintenant, tu veux me dire ? Tu la fermes, Raymond. Tu te contentes de la fermer et de me donner un coup de main pour le fourrer dans un sac à patates.

– Pour quelle destination ?

– Maurice l'emmène avec le petit Parselle. Direction le quai 46, pour un plongeon dans l'Hudson », répondit Neumann en indiquant d'un mouvement de tête le corps avachi du peintre à la bombe.

Dietz s'approcha de la table. Regarda le type, s'attarda sur la tête qui pendait de côté, sur cet œil droit d'où ne sortaient que quelques centimètres d'un stylo bille, tandis que le gauche le fixait de façon insistante. Et ne put réprimer un frisson.

« Merde, c'est sauvage, Sol, ne put-il s'empêcher d'ajouter. Franchement... c'est vraiment putain de brutal ce que tu as fait à ce pauvre gars. Y avait sûrement un moyen plus humain de se débarrasser de lui.

– Humain ? Mais putain, tu nous fais quoi, là ? Le type allait vendre la mèche. Il était prêt à se transformer en station de radio. C'est comme ça. On lui a rien caché, il connaissait les termes du marché, il savait comment les choses fonctionnent. C'était plus un gamin, Raymond. Et il trouve le moyen de se lancer dans une combine de ce genre... bon Dieu, c'était l'occasion de sa vie, l'assurance d'un pactole. Il savait ce qui pouvait arriver quand il a accepté notre offre. »

Dietz recula, leva les mains en signe de reddition.

« C'est bon, c'est bon. Le mec est putain de mort, d'accord ? On le fout dans le sac et on le sort d'ici, fin de l'histoire, d'accord ?

– D'accord. Mais j'me demande encore pourquoi t'en fais tout un foin. On croirait bien que notre expédition était une sortie d'éclaireuses. »

Dietz secoua la tête et se dit qu'il aurait été préférable d'arracher le stylo de l'œil du type avant de le fourrer dans le sac, mais il ne put se résoudre à le faire. Cette seule idée lui donnait envie de vomir.

Huit minutes plus tard, le type dans son sac passait d'une ruelle dans le coffre d'une Plymouth Valiant en piteux état. Il s'appelait Jimmy Nestor. Il maquillait des voitures pour gagner sa vie, s'offrait parfois une virée, fumait parfois un peu trop d'herbe, au point de prendre la grosse tête et de rêver qu'il arnaquait un pauvre enfoiré de dix mille dollars avant de disparaître en Californie.

Le junkie qu'était Jimmy Nestor ignorait où étaient exactement les limites à ne pas franchir. Et il les avait franchies comme le font la plupart de ceux qui manquent de réalisme et ignorent leurs propres limites.

Le prochain lieu qui l'accueillerait serait les profondeurs glacées de l'Hudson – noires, presque abyssales et foutrement solitaires. Pas très différentes, au fond, de ce qu'aurait été le reste de sa vie de *loser*.

49

« Mais ça n'est pas possible, monsieur Harper. »

Harper secoua la tête et regarda vers la fenêtre. La neige était tombée dru pendant la nuit. New York avait l'air propre, peut-être pour la première fois de l'année.

Son regard revint se poser sur Frank Duchaunak. L'inspecteur avait le visage marqué par les ombres et les fantômes d'un homme qui n'a pas dormi depuis longtemps. Il était arrivé de bonne heure, avait appelé de la réception, et Harper – sans réfléchir – avait décroché.

Sept minutes, c'était le temps qu'il avait fallu à Duchaunak pour le convaincre, sept minutes au bout desquelles Harper avait fini par céder.

« D'accord, avait-il concédé. Montez. »

Ils étaient donc là, face à face : l'égaré de Miami et le cinglé de Chicago.

« Je ne comprends pas comment vous pouvez être certain de ce que vous avancez, dit Harper.

– Pourquoi dites-vous ça ?

– À cause des trucs que j'ai entendus », répondit Harper. Il se tourna à nouveau vers la fenêtre avant de fermer les yeux un moment. « J'entends une chose, reprit-il, et je la crois vraie, et, une heure après, j'en entends une autre qui a l'air tout aussi plausible. »

Harper jeta un œil en direction de l'inspecteur et ne dit rien l'espace de quelques secondes. Celui-ci, durant ce silence, ne se montra ni mal à l'aise ni décontenancé. Ils donnèrent l'un et l'autre un instant l'impression d'avoir cessé de respirer.

« Je ne sais pas ce qui est vrai, inspecteur, et je suis certain que personne d'autre ne le sait.

– Seriez-vous en train de me dire que vous êtes prêt à croire un homme comme Walt Freiberg plutôt qu'un inspecteur de police ? demanda Duchaunak avec un sourire amusé.

– *Ce que* vous êtes, inspecteur, fit Harper en levant un sourcil interrogateur, n'est pas pertinent en l'occurrence, c'est *qui* vous êtes qui importe.

– Qui je suis ?

– Parlons franc, voulez-vous, au risque de faire preuve de brutalité. D'après ce que j'ai pu entendre et voir jusqu'ici, je ne sais pas qui, de vous ou de Walt Freiberg, est le plus cinglé.

– C'est cette histoire de Marilyn Monroe, c'est ça ?

– Oui, l'histoire de Marilyn Monroe, répondit Harper avec un haussement d'épaules. Et le cirque avec les sachets de sucre. Le fait que vous avez tout d'un zombie. »

Instinctivement, Duchaunak se passa les doigts dans les cheveux pour tenter de les discipliner. Sa main s'égara ensuite du côté de son menton dont il effleura les poils rêches.

« Je n'ai pas eu beaucoup de temps..., commença-t-il.

– Peu importe, inspecteur... ce n'est pas une question d'apparence personnelle. Vous me paraissez être quelqu'un de très déterminé...

– C'est le cas, oui, monsieur...

– Laissez-moi finir, inspecteur, dit Harper en levant la main pour l'arrêter.

– Excusez-moi..., dit ce dernier avec un hochement de tête embarrassé. Continuez, je vous en prie.

– Comme je le disais, vous semblez être quelqu'un de très déterminé. Vous semblez concentrer toute votre attention et toute votre énergie sur ce que vous essayez d'accomplir ici. Je m'efforce toujours, quant à moi, d'assimiler le fait que j'ai un père, un père dont j'ai ignoré l'existence pendant plus de trente ans, dit Harper en s'interrompant pour prendre une grande inspiration. Un père qui est un criminel, voire un meurtrier... et la vérité, inspecteur, la vérité c'est que j'en suis arrivé à un point où j'ai du mal à trouver encore une raison de rester ici.

– Moi, j'ai besoin que vous restiez, monsieur Harper.

– Besoin, vraiment? Quand vous avez passé le plus clair de votre temps jusqu'ici à tenter de me convaincre de partir?

– Oui, je sais. Mais j'ai changé d'avis.

– Et pour quelle raison faudrait-il que je reste?

– Pour m'aider à mettre un terme à toute cette histoire et à trouver des motifs suffisants pour boucler ces criminels.

– Walt Freiberg?

– Walt Freiberg, votre père, Neumann, Ben Marcus, tous autant qu'ils sont.

– Mais surtout mon père, je me trompe? »

L'autre acquiesça d'un signe de tête.

« Et pourquoi ce brusque revirement?

– Parce que pour l'instant, vous semblez être le seul lien dont je dispose avec ces gens.

– Je ne comprends pas... C'est quand même pas à moi de faire votre boulot, si? »

Duchaunak eut un coup d'œil vers la gauche, réaction fugitive peut-être involontaire.

« Vous vous êtes fait virer, dit Harper sur le ton du simple constat. C'est ça, hein, ils vous ont viré?

– Non, je ne me suis pas fait virer, comme vous le dites si élégamment, monsieur Harper.

– Alors, quoi? Vous n'êtes pas ici en service commandé, je me trompe? Vous avez débarqué ici sans mandat, sans l'aval de votre hiérarchie, pas vrai?

– Je suis venu vous demander votre aide... en appeler à votre sens du devoir civique.

– Vous êtes en train de me dire que je devrais faire ce que vous voulez au nom de je ne sais quel devoir de citoyen? » ricana Harper.

Duchaunak signifia son assentiment.

« Et pourquoi, nom de Dieu, je m'exécuterais ?

– Parce que m'aider serait juste.

– Juste ? s'esclaffa grossièrement Harper. Aux yeux de qui ? De vous ? De Walt Freiberg ? Ou peut-être d'Evelyn Sawyer ?

– Juste au regard de la loi, monsieur Harper.

– Oh, arrêtez ! Il va vous falloir trouver mieux que ça pour me convaincre de coopérer, inspecteur. Si vous voulez que je vous aide, vous allez devoir me fournir une sacrée bonne raison.

– Une raison ? Ces gens sont mauvais, corrompus…

– Et je suis censé avoir une conscience à propos de ce que font les autres ? le coupa Harper.

– Bon, je vois que je perds mon temps, monsieur Harper, dit Duchaunak en secouant la tête, l'air vaincu. Je suis venu parce que je pensais que vous auriez un peu de bon sens, une idée, même vague, de vos responsabilités…

– Comment ça ? Je n'ai rien fait, que je sache ?

– Mais votre père, si. Et des gens de votre famille. Si bien que vous n'êtes pas exonéré de toute responsabilité.

– C'est votre point de vue. Lequel n'engage que vous. Ce qu'ont fait ces gens, c'est leur affaire, pas la mienne.

– Mais ça le devient dès l'instant où vous êtes en mesure d'aider à mettre un terme à leurs crimes et où vous choisissez délibérément de ne rien faire.

– Et qu'est-ce qui fait de vous un pareil expert en la matière ? Pourquoi vous montrer aussi obstiné dès qu'il s'agit de mon père et de Walt Freiberg ?

– J'ai mes raisons.

– C'est à cause de Lauren Sachs ? »

Le souffle coupé, Duchaunak regarda Harper, les yeux écarquillés, comme si celui-ci venait de lui tirer dessus.

« C'est Walt Freiberg qui m'en a parlé. »

L'inspecteur ne manifesta aucune réaction.

« J'ai parlé à Walt, qui m'a dit que Lauren Sachs avait été tuée, mais que le braquage avait été organisé et perpétré par Ben Marcus et sa bande.

– Rien d'étonnant à ça… Vous croyez peut-être qu'il aurait admis de son plein gré avoir participé à une affaire de ce genre ?

– Mais vous comprenez ce que je voulais dire ? reprit Harper. Quand je parlais d'une chose que j'entends, pour ensuite en entendre une autre complètement différente, mais en même temps tout aussi plausible. Mon père est mort. Non, il n'est pas mort ; il est toujours bien vivant et il habite New York. Ah, merde, non, c'est pas vraiment le cas. Il vient de se faire tirer dessus au cours d'un braquage à main armée. Ma mère est morte de pneumonie. Vraiment ? Putain, bien sûr que non… elle s'est suicidée dans la maison de Carmine Street, où ma tante Evelyn l'a trouvée, et ne m'en a jamais rien dit par la suite. Et puis on me parle de cette fille, celle que vous alliez épouser. Evelyn a sous-entendu que quelqu'un était mort à cette époque-là, et que c'était la raison de votre comportement obsessionnel à l'égard de mon père. Elle a dit que vous mettiez tous vos malheurs sur le compte d'un truc qu'aurait fait mon père. Et ensuite j'apprends par la bouche de Walt que c'était à votre fiancée qu'Evelyn faisait allusion, mais il précise en même temps que c'est Ben Marcus qui est responsable de sa mort, conclut Harper avec un sourire amer et plein de rancœur.

– Je comprends, monsieur Harper…

– Non, le coupa Harper en ricanant, vous ne comprenez pas. Vous n'avez pas la moindre idée de ce dont je parle. »

Duchaunak s'abstint de répondre.

« Allez-y, inspecteur, je vous écoute, dites-moi encore une fois comment vous pouvez comprendre, fit Harper en se penchant en avant sur sa chaise, sans autre but que de le provoquer.

– Je ne comprends pas, vous avez raison. Je ne comprends rien », admit Duchaunak après avoir baissé les yeux d'un air résigné.

Harper se renversa sur sa chaise, attrapa les cigarettes qu'il avait fait monter par le *room service* et en alluma une.

« J'ai arrêté de fumer. J'avais arrêté depuis pratiquement trois mois quand je suis arrivé ici, et voilà que j'ai repris, tellement j'en ai ras le bol de vous tous.

– De nous tous ?

– Oui, inspecteur, de *vous* tous. Vous, Evelyn Sawyer, Walt Freiberg et cette Cathy Hollander, ou quel que soit son nom. J'en ai même marre des gens que je ne connais pas et des gens qui sont déjà morts… voilà à quel point j'en ai ras le bol, putain. »

Duchaunak appuya les coudes sur ses genoux et se frotta les mains tout en parlant afin de souligner son propos.

« Je ne vais pas vous dire que je comprends ce que vous ressentez, monsieur Harper. Non, je n'en aurais pas la prétention. Mais ça fait sept ans que je travaille sur ces gens. Les actes qu'ils ont commis, leurs faits et gestes et ceux de leurs acolytes… alimentent tous mes cauchemars. Ces gens sont cinglés, dangereux, foncièrement mauvais. Je suis désolé de devoir vous parler comme ça, désolé que votre père soit en cause, mais il n'y a jamais qu'une vérité, monsieur Harper. Edward Bernstein, Lenny comme on l'appelle communément, est depuis trente ou quarante ans une des figures de proue de la pègre new-yorkaise…

– Je ne veux pas entendre parler de ça, inspecteur, dit Harper en faisant mine de se lever de sa chaise. Je veux que vous partiez immédiatement…

– Restez assis, monsieur Harper ! » aboya Duchaunak.

Harper se laissa retomber comme si on l'avait délibérément repoussé sur sa chaise.

« Vous restez assis et vous m'écoutez jusqu'au bout, reprit l'inspecteur d'un ton sans appel. Vous écoutez d'abord ce que j'ai à vous dire, et ensuite seulement vous prendrez une décision. Ce n'est pas là quelque chose que vous pouvez fuir en faisant comme si de rien n'était. C'est la vé-ri-té, sacré bon Dieu ! Et vous allez l'entendre, que ça vous plaise ou non. Je pourrais vous faire arrêter…

– Me faire arrêter ?! Mais bon sang, de quoi vous parlez, là ?

– Complicité avec un criminel avéré. Rétention d'informations directement liées à une enquête criminelle en cours. Obstruction à la justice. Voulez-vous que je continue ? »

Une fois encore, Duchaunak et Harper se regardèrent un moment en silence.

« Très bien, dit le premier. Vous écoutez ce que j'ai à vous dire, et ensuite vous déciderez de ce que vous voulez faire, d'accord ? »

Harper ne répondit pas.

« Donc, comme je le disais, reprit l'inspecteur en hochant la tête, voilà où en sont les choses. Je vous livre les faits. Votre père, Edward Bernstein, a été impliqué, directement ou indirectement, dans bon nombre des braquages et des vols à main armée les plus lucratifs de ces trente ou quarante dernières années. On estime – mais sans pouvoir déterminer exactement le montant des préjudices causés, dans la mesure où il a probablement été impliqué dans d'autres affaires dont nous n'avons même pas connaissance – que ce montant se situerait entre cent et cent vingt-cinq millions de dollars. Cela uniquement sur la base des données en notre possession. On estime par ailleurs le nombre de morts au cours de ces opérations aux environs de quarante-cinq. Encore une fois, sans tenir compte des affaires dont nous n'avons pas connaissance. Aucun doute qu'un certain nombre de bons citoyens et de criminels divers et variés ont trouvé leur fin lestés et noyés dans l'East River et l'Hudson. Nous n'avons aucune certitude à ce sujet, et il y a tout à parier que nous n'en aurons jamais. Votre père a également passé un nombre d'années considérable aux bons soins de l'État à deux époques différentes de sa vie. Walt Freiberg a lui aussi purgé deux peines de prison, l'une pour coups et blessures, l'autre pour possession d'arme dans un but délictueux. S'il est arrêté une troisième fois, il est bon pour le corbillard, dit Duchaunak en levant les yeux vers Harper. C'est l'expression que nous utilisons pour...

– Je connais l'expression, le coupa Harper. Prison à vie sans possibilité de libération conditionnelle.

– Votre père est intelligent, dit l'inspecteur après avoir signifié son assentiment, d'une intelligence exceptionnelle, qui n'a d'égal que sa nature impitoyable et sa cupidité apparemment sans limites. Walt Freiberg est son bras droit, son éminence grise, celui qui organise notamment les disparitions. »

Duchaunak se redressa sur sa chaise et sembla se détendre un peu, peut-être parce qu'il pensait que Harper l'écoutait, peut-être parce qu'il y avait quelque chose de rassurant dans le son de sa propre voix, tandis qu'il revenait sur les raisons de sa propre ténacité.

« Quand votre père et Walt Freiberg se sont fixé un but, rien ne peut les en détourner. La loi est sans pertinence aucune, une simple gêne à laquelle ils font semblant d'accorder quelque attention de temps à autre. Ce qu'ils veulent, ils le prennent. Pour eux, c'est aussi bête que ça. »

Harper se tassa sur sa chaise. Il avait l'impression d'avoir rapetissé, comme si on l'avait écrasé.

« Il y a eu des meurtres, monsieur Harper, des meurtres qui mériteraient le nom d'exécutions. Des gens sont morts parce qu'ils n'étaient pas d'accord avec votre père, parce qu'ils avaient dit quelque chose de nature à contrarier Walt Freiberg. Des vies ont été sacrifiées comme si elles n'avaient aucune valeur. Voilà ce à quoi nous avons affaire... voilà le genre d'individus dont nous devons nous occuper. »

Harper se redressa un peu, avança sur le bord de son siège et appuya ses coudes sur ses genoux. La fumée de sa cigarette s'enroulait en volutes autour de son visage et le faisait larmoyer. Il ne fit rien pour la dissiper.

« Il y a eu des fusillades entre gangs pour la possession de rues entières, de blocs d'immeubles ou de certaines parties de New York dont votre père croyait avoir le contrôle, autrement dit entre lui et ceux qui contestaient sa domination.

– Marcus, dit Harper d'une voix sourde. C'est de Ben Marcus que vous parlez, je me trompe ?

– En effet, Ben Marcus. Vous le connaissez ? »

Harper leva les yeux vers son interlocuteur et secoua la tête.

« Non, pas vraiment. Comme je l'ai dit, Walt m'a appris que le braquage dans lequel votre fiancée a perdu la vie était l'œuvre de Ben Marcus, et que c'était lui qui avait fait descendre mon père. »

Duchaunak ouvrit la bouche comme pour dire quelque chose, avant de la refermer. Il secoua la tête, visiblement perplexe.

« Qu'est-ce qu'il y a ? demanda Harper.

– Ben Marcus... Walt Freiberg vous a dit que Ben Marcus était l'auteur de l'agression contre votre père ?

– Ouais, c'est bien ça. Disons les choses comme elles sont : Walt m'a dit que Marcus avait mis un contrat sur mon père. »

L'inspecteur eut un sourire entendu et secoua lentement la tête.

« Qu'est-ce qu'il y a encore ?

– C'est impossible, monsieur Harper. Je crains fort que Walt Freiberg ne vous ait pas dit la vérité.

– Pardon ?

– Impossible que Ben Marcus ait donné l'ordre d'abattre votre père.

– Mais qu'est-ce que vous me racontez ? Bien sûr que si. C'est bien de ça qu'il s'agit justement dans cette affaire, non ? Une bataille pour conquérir des territoires. Ben Marcus convoite le territoire de mon père... » Harper s'interrompit soudain, eut une sorte de rire étouffé, un rire étrange et sans joie. « Bon sang, mais écoutez-moi un peu. J'arrive pas à croire que je puisse être ici en train de vous raconter des trucs pareils.

– Continuez, monsieur Harper.

– Oui... C'est ça, une bataille pour une question de territoires. Ben Marcus a donné l'ordre de descendre mon père parce qu'il veut prendre le contrôle de son territoire.

– Non, impossible. Comme je viens de vous le dire, c'est tout bonnement impossible.

– Comment ça ? Pourquoi ça ne serait pas possible ?

– Je vais vous le dire, monsieur Harper... et peut-être qu'ensuite, vous écouterez ma proposition. »

50

9 h 16 du matin. Un dénommé Danny Fricker, docker de son état, se tient sur le bord des marches près d'une des aires de chargement du quai 42 et allume une cigarette. Appuyé sur la rambarde mouillée et rouillée, il sent monter du fleuve une odeur familière de pourriture et de désespoir. À l'arrière, sur sa gauche, se trouve Christopher Street Station ; devant lui, de l'autre côté de l'eau, il aperçoit Castle Point, Elysian Park et Hoboken. Il est sorti à une époque avec une fille de Hoboken, Sally Tomczak – une Polonaise qui avait une voix d'ange et qui chantait dans un club, le Rosa Maria –, jusqu'à ce que ses parents découvrent le genre d'hommes qu'elle était amenée à fréquenter. Dix ans de cela. Dans l'intervalle, elle a épousé un connard de Polonais, et maintenant, quand elle chante, c'est des berceuses pour ses mouflets. Sacrément dommage. Un beau gâchis. La vie a l'art des douches froides : elle est capable de vous faire un don fabuleux et de vous le reprendre dans l'instant.

Danny Fricker fume et réfléchit, il sourit, nostalgique, avant de ramener son regard à ses pieds au bord de l'eau et de voir un sac de jute heurter la maçonnerie.

Il lui faut vingt-cinq minutes et l'aide de deux autres types pour sortir le sac de l'eau. Ils s'arment de longues gaffes munies d'un crochet en acier, le genre d'instrument dont ils se servent pour accrocher et guider jusqu'à terre les caisses enveloppées dans des filets que déchargent les grues. Il ouvre le sac d'un coup de cutter : la vue et l'odeur qui s'en échappe suffiraient à faire vomir leurs tripes à tous les présents. Un clin d'œil du destin dont ils n'ont pas conscience sur le moment.

Danny Fricker appelle le sous-chef d'équipe, une espèce de brute du nom de Bill Rissick. Ce dernier contacte le directeur par radio, lequel descend voir et appelle aussitôt la police. On envoie sur les lieux une voiture pie, une ambulance et l'assistant du coroner. Lequel est le seul habilité à procéder à un examen du corps sur la scène de crime et à le déplacer. C'est lui qui finit d'ouvrir le sac et qui retourne le cadavre sur le dos, note le stylo bille planté dans l'œil de la victime, et, une fois terminées ses premières constatations, donne l'ordre au chauffeur et au médecin d'emporter le corps à la morgue où le légiste procédera à l'autopsie.

L'inspecteur Gary Sampson prend les dépositions de Fricker et de ses deux collègues, du sous-chef d'équipe et du directeur. Il leur dit de retourner au travail et de ne pas s'inquiéter. Ce qu'ils ne manqueront pas de faire malgré tout, pour la bonne raison que ce genre d'incident ne vous arrive pas tous les jours et qu'une fois qu'on en a fait l'expérience, il y a peu de chance qu'on l'oublie. Les images, les bruits, les odeurs, les sensations, autant de choses qui s'impriment dans la mémoire de manière indélébile, et n'hésitent pas à resurgir à tout moment. Et puis, c'est Noël, tout de même. Dans quel monde vit-on pour qu'il arrive ce genre de chose à quelques heures de Noël ?

« Un monde de merde, si vous voulez mon avis », dit Fricker à Sampson.

L'inspecteur acquiesce d'un hochement de tête, songeant non seulement à l'homme du sac de jute, avec son stylo bille planté dans l'œil, mais aussi à Darryl et à Jessica McCaffrey, ce frère et cette sœur assassinés, dont les morts, malgré leurs liens de famille, ne semblent rien avoir en commun. L'enquête piétine, et risque de piétiner longtemps.

« Là, je vous donne raison, dit-il à Fricker. Un vrai monde de merde. »

« C'est pas une question de chance, dit Freiberg à Joe Koenig. Ça l'est jamais. S'en remettre à la chance, attribuer quoi que ce soit à la fortune, bonne ou mauvaise, c'est simplement une façon de justifier un manque de préparation. C'est Edward qui disait ça... Il me disait : "Walt, il faut que tu comprennes qu'invoquer la chance ou la malchance, c'est pour le crétin révéler inconsciemment aux autres qu'il n'a pas su anticiper les événements." »

Koenig éclata de rire, avant de reprendre son sérieux. Il se pencha sur sa chaise, pour être plus près de Freiberg, comme s'il craignait d'être entendu.

« Il s'en sortira pas, pas vrai ? demanda-t-il.

– Joe... putain, Joe, j'en sais rien, répondit Freiberg en secouant la tête. Il est solide, y a pas plus solide dans le genre, mais il est vieux. À l'hôpital, ils n'en reviennent pas de le voir tenir bon aussi longtemps.

– Mais l'opération est maintenue, quoi qu'il en soit ? »

Freiberg acquiesça de la tête et posa son cigare dans le cendrier.

« On a beaucoup parlé, à tort et à travers, dit-il. Y a eu beaucoup de rumeurs, d'ouï-dire. J'en ai entendu certains, j'ai refusé d'en écouter d'autres. On continue nos préparatifs sans rien changer. Pour ma part, je n'ai jamais eu de doute à ce sujet.

– Et le gamin sera à la hauteur ?

– Bien sûr qu'il sera à la hauteur. Il n'a rien à faire, à proprement parler... on lui demande juste d'être présent, et de faire croire à tout le monde qu'il est quelque chose qu'il n'est pas. L'occasion est trop belle, et on a attendu suffisamment longtemps qu'elle se présente pour ne pas avoir à tout reprendre à zéro.

– T'en penses quoi, finalement, de ce braquage ? dit Koenig en secouant la tête et en se calant dans son siège. Tu crois que c'est juste un coup de malchance si Lenny s'est trouvé dans ce magasin à ce moment-là ?

– Un coup de malchance ? dit Freiberg avec un sourire. Mais non, voyons. Il a pas su anticiper correctement les événements, c'est tout. »

« Ce qui est sur la bande dit tout ce qu'il y a à savoir. Voilà la vérité, monsieur Harper. La caméra de surveillance nous dit tout ce qu'on a besoin de savoir. »

Harper regarda Duchaunak et s'agita sur sa chaise. Il ne semblait pas capable de contrôler ses idées davantage que son corps. Il se tourna vers la fenêtre, inspira longuement avant de retenir sa respiration un moment, puis revint à Duchaunak, mais sans pouvoir fixer son regard. Lequel passait à travers l'inspecteur comme si celui-ci était transparent, pour aller se perdre dans un coin de la pièce.

« Monsieur Harper ?

– Oui, je suis là, dit Harper en revenant à lui, plus alerte en apparence, mais d'une voix confuse, empreinte de lassitude.

– Donc, vous comprenez ce que je suis en train de vous dire ?

– Oui, que le braquage était déjà en cours quand mon père est entré dans le magasin.

– Depuis exactement sept minutes.

– Sept minutes, reprit Harper en écho. Qui ont dû sembler une éternité aux gens qui se trouvaient là.

– En fait, monsieur Harper, il semblerait que la voiture qui amenait votre père était encore à plusieurs blocs de sa destination quand le braquage a commencé. Votre père était tout simplement au mauvais endroit au mauvais moment. Un coup de malchance… une coïncidence malheureuse. Il est entré dans un magasin de spiritueux, s'est dirigé vers le fond, apparemment pour acheter du vin, sans remarquer que, de l'autre côté de l'allée centrale, un homme tenait le propriétaire en joue. Quand votre père est apparu au bout de l'allée pour se rendre à la caisse, il s'est manifestement rendu compte de ce qu'il se passait et, pour une raison quelconque, a décidé d'intervenir.

– Et l'homme lui a tiré dessus ?

– Exactement, acquiesça Duchaunak.

– Et vous êtes sûr que le braquage était déjà en cours quand mon père est arrivé ?

– Comme je vous l'ai dit, il avait commencé avant même que votre père appelle son taxi. D'après la vidéo de surveillance, le braqueur a pénétré dans le magasin sept bonnes minutes avant l'arrivée de votre père. Il y a un intervalle d'environ trois minutes pendant lequel le braqueur a attendu qu'un autre client quitte l'établissement avant de sortir son arme et d'en menacer le propriétaire et sa femme.

– Ce qui voudrait dire que Ben Marcus n'est pas à l'origine de l'agression ?

– Ça tombe sous le sens, non ?

– Oui, en effet. »

Il y eut un moment de silence, puis Harper regarda Duchaunak, sans ciller, d'un œil dur et froid.

« Bon, qu'est-ce que vous voulez, alors ? Qu'est-ce que vous voulez que je fasse, inspecteur ? »

51

11 h 12. L'inspecteur Gary Sampson enregistre un bref compte rendu des événements de la matinée, auquel il agrafe une photocopie des notes de ses premiers entretiens à joindre au dossier. Il appelle la morgue de son bureau, est mis en attente pendant sept minutes, avant qu'on lui fasse savoir que le macchabée non identifié du quai 42 a lui aussi été mis en attente.

« On a eu une nuit hyperchargée, lui dit l'assistant.

– C'est un peu le cas pour tout le monde, non ? » rétorque froidement Sampson avant de laisser son numéro pour qu'on le rappelle dès qu'on aura des résultats.

Il raccroche, songe à appeler sa femme au sujet de la mise au point de leur emploi du temps en prévision de la visite de sa mère, qui doit venir d'Atlantic City passer Noël avec eux. Son frère viendra lui aussi, et ce sera la première fois que la famille sera réunie au grand complet depuis pratiquement cinq ans. La dernière fois, c'était pour l'enterrement de son père, mais mieux valait ne pas aborder le sujet.

Sampson dégage sa veste du dossier de sa chaise et sort du bureau. Des gens à voir, des endroits où se rendre, pense-t-il, dans ce monde de merde.

Un stylo bille à trois dollars.

Traces manifestes : petits éclats de verre, de peinture, de métal, de plastique, particules de terre, fibres naturelles, cheveux et poils – humains et autres – et fibres d'acétate, de rayonne, nylon, polyester, Orlon, l'ensemble répondant aux paramètres confortables et commodes du « conforme à », « analogue à » et « dans les limites de l'examen pratiqué ».

Le mot *forensics* signifie « art de la discussion et du débat »[1].

Il n'y avait pas en l'occurrence matière à débat.

Le sous-chef du service de médecine légale, Anthony Damilano, connaissait bien les quatre types de décès répertoriés – accident, suicide, mort naturelle et meurtre ; celui-ci relevait indubitablement de la dernière catégorie. L'angle du stylo à trois dollars par rapport au visage prouvait sans appel que l'homme ne l'avait pas maintenu contre la partie supérieure de son œil avant de se jeter dessus, en se servant d'un mur peut-être, ou même de la surface d'une table, pour stabiliser l'objet. Ce stylo avait pénétré dans l'orbite un peu au-dessus de l'œil depuis la gauche de la victime. On avait planté l'instrument avec suffisamment de force pour faire sauter la pince contre le bord supérieur de l'orbite. Le corps avait été fourré dans un sac de jute avant d'être jeté dans le fleuve. Difficile de rêver mieux pour passer Noël ! songea Damilano, avant de se mettre au travail sur les empreintes.

Duchaunak s'éclaircit la voix.

« Pour autant qu'on sache, il y a trois morts, peut-être quatre, commença-t-il. Deux du côté de Marcus, un certain Mick Levin et un autre du nom de Johnnie Hoy. Ce dernier a été découvert dans une ruelle non loin de la 15e Ouest et de la 7e Avenue. C'est un petit garçon qui l'a trouvé, de huit ans je crois. Johnnie y a passé toute la nuit. Quelqu'un l'avait frappé à l'œil et traîné là pour l'y abandonner. Il était pratiquement gelé, et c'est ce petit garçon, sorti promener son chien, qui lui est tombé dessus par hasard. Pas le genre d'image qu'on tient à voir tourner dans la tête d'un gamin à Noël, pas vrai ? » interrogea-t-il, esquissant un sourire désabusé.

1. Ce terme s'emploie aussi au sens de « médecine légale », « criminalistique ».

Harper fixait d'un œil vide un point quelque part entre Duchaunak et lui. Il n'avait pas cligné des paupières depuis plusieurs minutes.

« Il y a un autre type, poursuivit ce dernier. Un jeunot du nom de Lester McKee. Un personnage bien connu dans le milieu. Si quelque chose se passe sur les territoires de Marcus, on peut être sûr que Lester est de la partie. » Duchaunak marqua une pause, comme pour ménager un suspense. « Le problème, monsieur Harper, c'est que nous n'arrivons pas à le localiser. On a cherché partout, ouvert tout grands nos yeux et nos oreilles, mais aucune nouvelle de Lester McKee depuis un bout de temps. Et, croyez-moi, ce n'est pas le genre de gosse à s'en aller faire un tour à la campagne pour rendre visite à sa mère. »

Harper ferma les yeux.

« Micky Levin a été retrouvé quai 49 au bord de l'Hudson, un côté de la tête défoncé. Quand je suis rentré chez moi, j'ai dû gratter des petits lambeaux de sa chair qui s'étaient incrustés dans les semelles de mes chaussures. »

Il s'arrêta pour voir si Harper réagissait. Faute de quoi, il poursuivit sur sa lancée.

« Et puis, du côté de votre père, on a un type connu sous le nom de Mouse Jackson. Un ami m'a appelé pour me dire qu'on l'avait retrouvé mort sous un banc de Washington Square Park. Il y avait des traces manifestes de ruban adhésif sur les poignets et les chevilles, ainsi que sur la partie inférieure du visage ; des blessures indiquant qu'il avait été bâillonné et attaché à quelque chose, et qu'on lui avait enfoncé des clous dans les mains. » L'inspecteur secoua la tête d'un air résigné. « Dieu sait à quoi ça rimait, tout ça. Peut-être un rituel de saison. Un de ses pieds avait été réduit en charpie, mais ce qui l'a tué, c'est le tournevis enfoncé dans sa tempe...

– Ça suffit.

– Je vous demande pardon ? demanda l'autre, le front plissé.

– Ça suffit. J'en ai assez entendu.

– J'en ai pourtant encore pas mal à votre service, monsieur Harper. »

Celui-ci secoua la tête, se leva de sa chaise et tourna le dos à l'inspecteur, avant d'aller se poster devant la fenêtre face à New York.

« C'est la guerre, c'est ça ? finit-il par demander. Celle dont vous me parliez ?

– Ce n'est rien, ça, monsieur Harper. Un simple échauffement avant la grande épreuve.

– Et cette épreuve, elle consistera en quoi, inspecteur ? demanda-t-il en se tournant lentement vers Duchaunak.

– Je l'ignore, monsieur... et c'est précisément pourquoi j'ai besoin de vous. »

« À quelle heure ?

– De bonne heure.

– Mais quelle heure, exactement ?

– 9 heures et quelques. »

Walt Freiberg garde le silence un instant.

Cathy Hollander attend dans la cabine téléphonique, les paumes moites, les battements saccadés de son cœur audibles dans sa poitrine.

« Et le flic est toujours avec lui ?

– Oui.

– Ah, merde !

– Que veux-tu que je fasse ?

– Ce que je veux que tu fasses ? Bon Dieu, Cathy, j'en sais rien. Et toi, qu'est-ce que tu devrais faire, à ton avis ?

– Walt...

– Excuse-moi, c'était malvenu de ma part », la coupe-t-il.

Il retombe dans le silence, et Cathy l'entend respirer. C'est sans doute la première fois qu'elle le sent perdre son sang-froid, comme si tout ne marchait pas aussi bien que prévu.

« Il n'y a rien que nous puissions faire, finit-il par dire. Pas question d'aller là-bas pour lui signifier qu'il ne doit pas parler à ce flic, pas vrai ? Le flic lui parle, et après ? On ira trouver Harper une fois que Duchaunak sera parti, et on remettra les choses en place.

– Tu crois qu'on peut encore ?

– Dis donc ! s'exclame Freiberg avant de s'esclaffer. On parle de qui, là ? On peut tout, nous autres. On a du temps, pas des tonnes, mais on en a.

– Je reste ici, alors ?

– Tu es où ?

– Une cabine publique à trois blocs environ de mon appartement.

– Ah, mais non, rentre chez toi. Tu vas te geler les fesses. Dis à Beck de continuer à surveiller le Regent et de te prévenir dès que le flic s'en ira. Je passerai te prendre et nous irons ensemble voir Harper, histoire de régler cette affaire une bonne fois pour toutes, d'accord ?

– D'accord.

– Dis donc, qu'est-ce que tu me fais, là ? Allez, tu me redis ça avec un peu plus de conviction… on va là-bas plus tard et on règle cette affaire, d'accord ?

– D'accord, dit Cathy, mettant dans sa voix toute la sincérité dont elle est capable.

– C'est mieux. Donc, tu m'appelles quand le flic est parti, et on passe à l'action. »

Il raccroche avant même que Cathy ait le temps d'acquiescer.

Elle remet le combiné en place et ouvre la porte de la cabine. Le vent lui cingle le visage, lui tend la peau autour des yeux. Elle reste immobile un instant avant de se mettre en route. Elle est à plusieurs blocs de chez elle et il fait un froid de chien. Elle songe un instant à s'interroger sur le genre de vie qu'elle mène, mais n'ose pas s'y aventurer.

« Jimmy Nestor.

– Qui ça ?

– James Nestor. Jimmy Nestor, dit Damilano. C'est ce que montrent les empreintes. Il a un casier. Apparemment, c'était un truand de première.

– Quel âge ?

– T'as accès à Internet, non ? dit le légiste. Sors le dossier. »

Il attend pendant que l'inspecteur Gary Sampson accède à la base de données et récupère le dossier de Nestor.

« Ah, mais je le connais, lui ! s'exclame Sampson. Je l'avais pas reconnu, à cause du stylo planté dans son œil et tout ça. Je l'ai pincé deux ou trois fois. Lui et son cousin font du recel de voitures dans un garage sur Mulberry… Non, attends… Je crois que c'est Mott, une de ces rues qui entrent dans Little Italy. Il refait les numéros de châssis, la peinture, tout. Son cousin vole les bagnoles, et lui, il les maquille. Je crois que Jimmy a passé quelque temps à Green Haven… ouais, nous y voilà, un an et demi pour vol de voiture qualifié en 1999.

– Donc, j'ai le corps, et toi tu as le nom, dit Damilano.

– Du bon boulot. On va partir de là. Merci de m'avoir recontacté aussi vite.

– Pas de problème », dit le légiste avant de raccrocher et de revenir au corps nu et salement amoché de James Roosevelt Nestor, alias « Bird », alias « Chester ».

Sampson, qui a raccroché de son côté, soulève à nouveau le combiné pour appeler les brigades mobiles.

« Y a un établissement dans Little Italy où j'ai besoin d'aller faire un tour. On a encore une brigade disponible pour m'accompagner là-bas ?

– Oui, bien sûr qu'on a encore une brigade, grogne le brigadier de service. On en a quatre ou cinq… En fait, je suis en train d'en chier une au moment où j'te parle. Et pourquoi on improviserait pas une petite fête pendant qu'on y est, on enverrait le personnel au grand complet à Little Italy… Putain, on mangerait des pizzas et tout…

– Merde ! hurle Sampson. Arrête tes conneries, tu veux ? J'appelais juste pour savoir si vous aviez une brigade dispo.

– Non, on n'en a pas, inspecteur, et si aujourd'hui ressemble à hier, tu vas devoir attendre jusqu'après le Nouvel An pour obtenir un renfort, alors joyeux Noël, profite bien.

– Enfoiré ! dit Sampson avant de raccrocher et d'appeler son coéquipier à l'autre bout de la pièce. Hé, Sonnenburg, j'ai une petite excursion à te proposer. »

Yale Sonnenburg lève les yeux du document qu'il est en train de déchiffrer. Il hoche la tête en signe d'assentiment, se retourne pour prendre sa veste sur le dossier de sa chaise, se lève tout en continuant de parcourir les pages qu'il a dans les mains.

« C'est quoi, ça ? demande Sampson.

– Mes vœux de mariage, dit l'autre, un sourire flottant sur ses lèvres. Il faut que j'apprenne par cœur mes vœux de mariage en hébreu.

– Si ça doit t'aider à faire avancer tes affaires, mec... », dit Sampson avec un haussement d'épaules.

52

« Et c'est tout ce que vous avez ? demande Harper.

– C'est tout ce que j'ai, monsieur Harper, confirme Duchaunak.

– Il se *pourrait* qu'un braquage se prépare…

– Oh, vous pouvez me croire sur parole, monsieur Harper. Il y aura bel et bien un braquage, je vous le certifie.

– D'accord, d'accord… je vous crois. Vous ne savez pas exactement quand, mais vous pensez que ce sera la veille de Noël ? Et vous croyez que ceux qui travaillent les uns pour mon père et les autres pour Ben Marcus participeront à l'opération et qu'ils feront le coup ensemble, c'est bien ça ? »

Duchaunak acquiesce d'un signe de tête.

« C'est tout ce que vous avez ? répète Harper, formulant une question purement rhétorique.

– En effet.

– Donc, même s'il s'agit de gangs ennemis, ils vont s'associer pour travailler ensemble, dit Harper, qui s'interrompt pour se gratter la tête. C'est… Non, désolé, y a un truc qui m'échappe.

– Ça s'est déjà vu, dit l'inspecteur. À Chicago, à plusieurs reprises. Vous avez des types appartenant à des familles rivales, et puis un des chefs projette un coup, mais trop gros pour une seule des deux organisations, si bien qu'ils décident d'opérer ensemble. C'est un phénomène bizarre. Ils s'entretuent, ils empiètent sur le territoire de la bande adverse, et ça pendant des années ; et puis un beau jour ils tombent sur un bon plan qu'ils ne peuvent pas conduire seuls parce qu'ils ne disposent pas des moyens nécessaires. Ils mettent donc leurs ressources en commun pour organiser un braquage, partagent le butin, et une fois que les choses se sont apaisées, recommencent à s'entretuer comme si de rien n'était.

– Mais ça n'a pas de sens…, commence Harper.

– La logique n'a pas de place ici, monsieur Harper, dit Duchaunak avec un sourire entendu. S'il y a une chose que vous ne pouvez pas et ne pourrez jamais faire, c'est trouver une logique au comportement de ces gens. Ils appartiennent à une autre race d'êtres humains qui se trouve habiter par hasard la même planète que nous. Vous vous fatiguerez inutilement à vouloir faire entrer leurs agissements dans votre système de pensée. Personnellement, je ne m'y risquerais même pas.

– Et comment vous savez qu'ils vont opérer ensemble ?

– Je ne sais rien, monsieur Harper. Le problème n'est pas ce que je sais, mais…

– Peu importe, le coupe Harper. Le fait est que vous voulez que je parle à ces gens. Vous voulez que je continue à voir Walt Freiberg, Cathy Hollander, et tous ceux qui pourraient se trouver là…

– Et que vous découvriez ce qu'ils préparent, termine Duchaunak à sa place, avant de se renverser sur son siège et de croiser les jambes.

– Vous perdez la boule, inspecteur, carrément…

– Eh là, il n'y avait rien de désobligeant dans mon propos, réplique l'autre. C'est tout de même bizarre… je vous demande juste un service, et vous en faites une affaire personnelle.

– Et vous, non ? rétorque Harper, dont la voix monte d'un cran. Regardez-vous un peu, bon Dieu. Vous avez passé la semaine à tenter de me convaincre que ces gens sont une bande de psychopathes et de braqueurs de banques tous plus tarés les uns que les autres, et que le mieux pour moi serait de quitter New York le plus vite possible, et puis, sans crier gare, au moment où quelqu'un vous tient la bride, vous me demandez d'aller me promener au milieu de ces barjos et de leur demander, bien poliment, bien gentiment, où doit se dérouler leur prochain vol à main armée. Et vous voudriez que je n'en fasse pas une affaire personnelle ? »

Duchaunak garde le silence.

« Alors ? insiste Harper.

– Alors quoi ?

– Vous n'avez rien à répondre ?

– C'est tout à fait juste, monsieur Harper. C'est effectivement personnel, et vu l'angle sous lequel vous présentez la chose, ça ne pourrait pas l'être davantage. Je suis navré de vous avoir dérangé, dit Duchaunak en faisant mine de se lever et de saisir son pardessus.

– Qu'est-ce qui vous prend ?

– Je m'en vais, tout simplement », dit l'inspecteur d'une voix atone.

Harper sourit et se met à rire.

« Je vois, dit-il d'un ton sarcastique. Vous essayez d'inverser les rôles. Vous êtes tellement prévisible.

– Prévisible ? reprend Duchaunak. Ça n'est pas une question de prévisibilité ou de quoi que ce soit d'autre, monsieur Harper. Ce que vous dites est vrai, on ne peut le contester. La situation est compliquée, et, en toute honnêteté, c'est injuste de ma part d'attendre de vous que vous acceptiez d'y être mêlé plus avant. »

Il enfile son pardessus et se dirige vers la porte.

Harper semble hésiter. Son visage reflète le conflit d'émotions et de pensées qui l'habitent.

« Attendez ! Juste une minute », lance-t-il.

Duchaunak, qui s'est arrêté, se retourne et regarde Harper.

« Cette histoire, ce cambriolage dont vous me parlez..., reprend Harper. S'il a vraiment lieu, des gens vont se faire tuer. C'est ça que vous essayez de me dire ?

– Un vol à main armée est un vol à main armée, monsieur Harper. Par définition, il suppose le recours à des armes à feu, la perpétration d'un crime des plus graves, et les auteurs de ce vol sont bien décidés à s'en tirer non seulement avec l'argent, mais aussi avec la vie sauve. Si la situation dégénère au point que l'on doive les menacer de mort pour entraver leur action, ma foi, je ne peux rien garantir...

– Assez avec l'aspect policier de la chose, le coupe Harper. Contentez-vous de me dire la vérité, inspecteur. Ils font leur coup, et des gens se font tuer... C'est tout ce que je vous demande pour l'instant : oui ou non, dites-moi si des gens risquent de trouver la mort au cours d'une telle opération.

– Oui, des gens y laisseront indubitablement la vie. »

Harper se tait un long moment. Il regarde par la fenêtre, qui surplombe la rue de dix étages, surplombe New York de dix étages, et tout ce qu'il entend dans cette pièce c'est son cœur qui s'affole et bat à coups redoublés.

« Quel foutu cinglé vous faites, dit-il avec un sourire en se retournant vers son interlocuteur.

– Le stress du boulot ? demande Duchaunak en fixant le sol des yeux. Je ne sais pas, monsieur Harper. Je ne sais vraiment pas... peut-être parce qu'il faut toujours un cinglé dans les parages pour pimenter un peu la vie.

– Et vous avez besoin de mon aide parce qu'on vous a enlevé l'affaire ? »

Duchaunak se contente d'acquiescer.

« Et si je ne vous aide pas, vous allez vous retrouver tout seul, paumé au milieu de nulle part ?

– Le tableau que vous dressez est peut-être un tantinet mélodramatique, vous ne croyez pas, monsieur Harper ?

– Mélo peut-être, mais vrai, je me trompe ?

– Non, c'est vrai.

– Alors, vous voulez que je fasse quoi... exactement ? »

L'autre s'écarte de la porte de la chambre, fait deux ou trois pas à l'intérieur de la pièce et enfonce les mains dans les poches de son pardessus.

« Ce que je veux, c'est que vous fassiez tout ce qu'ils vous demanderont. Si vous êtes ici, c'est pour une raison bien précise.

Ce n'est pas parce que Evelyn a insisté pour que vous veniez. Mais bien parce que Walt Freiberg a insisté pour qu'elle le fasse. Il a besoin de vous ici pour une raison spécifique. D'une manière ou d'une autre, même si je suis incapable d'être plus précis, vous avez un rôle à jouer dans cette affaire, un rôle en rapport avec l'attentat dont a été victime votre père. Si Walt Freiberg croit que c'est Ben Marcus qui l'a organisé, alors il se pourrait bien qu'ils aient conclu un marché. C'est ce qui me fait penser qu'ils travaillent ensemble. Je n'en sais pas plus, et même ça n'est que pure supposition de ma part. Si vous êtes ici, c'est parce que vous êtes le fils d'Edward Bernstein, ce qui manifestement compte pour beaucoup dans les projets de Freiberg. Ce dont j'ai besoin, c'est que vous leur parliez, que vous leur laissiez croire que vous êtes prêt à prendre dans cette histoire la place qu'ils veulent vous voir occuper… et que vous me rapportiez tout ce que vous apprendrez.

– Rien que ça ! ironise Harper.

– Je limite mes demandes le plus possible, monsieur Harper, et croyez bien que si je disposais d'un autre moyen pour vous garder en dehors de tout ça, c'est de loin l'option que je privilégierais. C'est uniquement parce que je suis dans une merde noire… que dis-je, c'est un rapide de merde que je descends avec un canoë percé et sans pagaie qui plus est.

– En ce cas, il vaut mieux que vous partiez.

– Pardon ?

– Il vaut mieux que vous partiez, inspecteur, et assurez-vous d'être vu par un maximum de gens, ce faisant. Si votre théorie est la bonne, si on cherche à se servir de moi, alors cet hôtel doit déjà être sous surveillance à l'heure qu'il est, et vous n'aurez pas mis le pied dehors que Walt Freiberg va rappliquer, ou Cathy Hollander, voire les deux. Ils voudront savoir ce que vous m'aurez dit, quelles idées démentes vous m'aurez fourrées dans la tête, pour tenter ensuite de me convaincre de l'inanité de vos propos et de la nécessité où je me trouve d'apprendre enfin la vérité vraie. »

Duchaunak sort une carte de sa poche et la tend à Harper.

« Au dos, vous avez mon numéro. Ne m'appelez pas d'un portable, mais d'une cabine dans la rue ou d'un téléphone public dans une station de métro, une galerie marchande ou tout autre endroit de ce genre. Ne m'appelez ni chez moi ni au commissariat. Faites-moi savoir où vous êtes et je viendrai vous retrouver, ou je vous rappellerai d'un autre téléphone public.

– Parce que s'ils découvrent que je vous ai parlé...

– N'y pensez pas, monsieur Harper, dit Duchaunak en secouant la tête. Croyez-moi... mieux vaut ne pas y penser.

– Alors, partez.

– C'est comme si c'était fait », dit l'inspecteur en ouvrant la porte.

Il sort dans le couloir et referme sans bruit derrière lui.

John Harper – dernier domicile fixe Miami, État de Floride – est devant la fenêtre, les yeux fermés. S'il était croyant, il dirait sans doute une prière, mais ce n'est pas le cas ; donc il se tait. Essaie de se vider la tête, ce qui s'avère plus difficile. Il recule de quelques pas, s'assied et se renverse dans son fauteuil en exhalant un long soupir.

« Incroyable, dit-il calmement. In-cro-yable, putain de Dieu. »

Trois minutes et onze secondes plus tard, le téléphone sonne.

53

« Redonne-moi la liste, dit Ben Marcus.

– De notre côté, dit Sol Neumann en se raclant la gorge, nous avons Ray Dietz, Albert Reiff, Maurice Rydell, Henry Kossoff et Lewis Parselle, le gamin qu'on a engagé pour remplacer Lester McKee.

– Et pour l'accusation ? demanda Marcus avec un sourire sarcastique.

– Freiberg lui-même, Ricky Wheland et Ron Dearing comme chauffeurs. Joe Koenig, Charlie Beck, Larry Benedict et Leo Petri pour le reste.

– Et la fille ?

– Freiberg la réserve pour le guet sur le site Bethune et Greenwich.

– Elle est super intelligente, Sol, dit Marcus en secouant la tête. Ne la sous-estime pas.

– Elle a beau être intelligente, dit Neumann en acquiesçant, un truc comme ça, c'est pas dans ses cordes.

– Laisse-moi te dire une chose, Sol, dit Marcus en grimaçant un petit rire. Tu peux m'écouter ou bien décider que tu en sais là-dessus plus que personne. Lenny Bernstein peut ne pas être physiquement présent dans la course, il reste qu'il l'est bel et bien par ailleurs, si tu vois ce que je veux dire. Ces types, et tout particulièrement Freiberg, travaillent avec lui depuis si longtemps qu'ils pensent comme lui. Cette opération va se dérouler exactement comme si Bernstein en personne était aux commandes.

– Et le gamin ? Comment on gère le problème du gamin ?

– On attend jusqu'à demain. On saura si c'est vraiment une pointure. Si c'est pas le cas, et qu'il est sorti tout droit de l'imagination de quelqu'un, alors on descend Freiberg. C'est comme ça, et pas autrement. J'en ai assez de toutes ces salades. Entre nous, si c'était un caïd de la pègre de Miami, un vrai poids lourd, on en aurait déjà eu confirmation. Freiberg nous prend pour qui, putain ? Des gogos tout juste débarqués de leur campagne ? L'opération se fera quoi qu'il en coûte. On a passé trop de temps à la préparer pour tout laisser tomber maintenant. Et puis les enjeux sont trop gros. Tout se déroulera comme prévu, que Walt Freiberg soit mort ou vivant. »

Neumann garda le silence.

« T'as du nouveau sur Bernstein lui-même ?

– Dans le même état qu'hier, ou avant-hier, dit Neumann en secouant la tête. Il a des tas de tuyaux qui lui sortent de partout. Le pronostic vital est toujours engagé, comme ils disent.

– Donc le gamin va prendre sa place comme l'a laissé entendre Freiberg. On apprend que le gamin fait le job, on laisse tout en l'état. Sans nouvelles du tout, Freiberg est mort. Y a rien à ajouter. On fait notre coup, on récupère le plus gros du butin. Freiberg aura disparu, et le gamin retournera là d'où il vient. Pas si mal, non ? »

Neumann confirma d'un hochement de tête.

« Donc tu les convoques, tous. Réunion à 7 heures à l'Indiana Club pour une répétition générale.

– Tu veux que j'appelle Freiberg ?

– Non, je m'en charge. Une dernière chose, Sol. » Neumann se leva et abaissa les yeux sur Marcus. « Efface-moi le flic aussi.

– Le cinglé ?

– Ouais, le cinglé, opina Marcus. Quelqu'un aurait dû mettre fin au calvaire de ce pauvre type depuis longtemps.

– D'accord avec toi à cent pour cent, Ben », dit Neumann en se tournant vers la porte, avec une expression de soulagement sur le visage.

Son patron n'avait posé aucune question au sujet de Thomas McCaffrey.

À 13 h 19 le lundi 22 décembre, agenouillé dans une rigole de sang qui progressait lentement en direction de Mulberry, conscient de ce que ce sang imbibait peu à peu sa combinaison verte réglementaire au niveau du genou, à l'écoute du cœur et du pouls qui allait mourant sous ses doigts, priant pour que le type penché sur son épaule cesse de crier comme un perdu « Que quelqu'un fasse quelque chose, bon Dieu ! Mais c'est pas possible… Y faut faire quelque chose, merde… », le secouriste du Samu Keith Kurtz prononçait la mort de l'inspecteur Yale Sonnenburg à 13 h 19 ce lundi 22 décembre.

Aussi simple que ça.

Deux balles : l'une avait traversé la gorge, l'autre s'était logée dans la partie inférieure de l'estomac, après avoir perforé le ceinturon en cuir de l'inspecteur. Un trou bien net. La balle s'était perdue quelque part dans la bouillie d'organes juste derrière. C'était peut-être grâce au ceinturon que l'estomac était resté en place sous la chemise. Un gros calibre. À bout portant. Un 9 millimètres, peut-être un .357. Il y avait des armes un peu partout, et du sang en quantité, parce que le type qui avait abattu le flic était mort également. Mexicain, peut-être portoricain, teint olivâtre, cheveux noirs, visage passablement esquinté d'après ce que Kurtz, agenouillé à côté du cadavre de Sonnenburg, pouvait en voir. Le Mexicain avait l'air d'avoir reçu deux ou trois balles, lui aussi. Dont l'une semblait lui avoir fracturé l'arête du nez.

Kurtz ignorait que Sonnenburg devait se marier dans moins de huit jours. S'il l'avait su, cela n'aurait fait aucune différence. Un détail de ce genre ne compte pas pour grand-chose face à un 9 millimètres.

L'autre policier continuait à hurler comme une sirène d'incendie. Le collègue de Kurtz, un vieux de la vieille au visage buriné de qui a tout vu, répondant au nom d'Alfredo Langa, conduisit le flic beuglant dans une ruelle donnant sur Mott. Kurtz supposa que l'endroit était une sorte de garage, un entrepôt de pièces détachées. Il y avait des bidons de peinture dans tous les coins, en fait d'énormes fûts métalliques, tous d'un jaune vif. Du jaune des tournesols.

Kurtz contacta son bureau central par radio pour qu'on lui envoie quelques policiers supplémentaires et l'assistant du coroner. Il demanda également un médecin habilité à administrer des calmants à l'autre flic. Puis il fouilla la veste du policier décédé à la recherche d'une pièce d'identité, qu'il trouva dans la poche de poitrine gauche en même temps qu'une feuille de papier couverte de sang et de caractères d'imprimerie. Une langue étrangère, semblait-il, de l'hébreu, ou quelque chose de ce genre. Peut-être la liste de courses du pauvre gars – saumon fumé, bagels, fromage blanc, foies de volaille, comment savoir ? De toute façon, la chose, quelle qu'elle ait été, ne lui était plus désormais d'un grand secours.

Kurtz sourit à part lui. Il fallait garder son sens de l'humour, songea-t-il. Aussi démente que soit la situation, il fallait à tout prix préserver son sens de l'humour.

Plus tard, sa petite amie, une jolie brune nommée Patti Hayes, demanderait à Keith Kurtz comment s'était passée sa journée.

« Comme d'habitude, la routine, quoi, dirait-il en souriant et en haussant les épaules. Une nouvelle journée, un nouveau cadavre. »

Elle aurait alors un petit rire, lui donnerait un coup de poing espiègle dans l'épaule, avant de lui demander s'il avait envie de se rouler un joint et de planer un peu.

Telle était la vie de Keith Kurtz.

Et telle fut la mort de Yale Sonnenburg.

Gary Sampson partit en courant dans la rue, poursuivi par Alfredo Langa. Ce dernier pensait que le flic flippait à mort parce qu'il avait tué le type du garage auto, mais ce n'était pas du tout le cas.

C'était autre chose que l'inspecteur Gary Sampson – décoré deux fois pour bravoure, félicité une fois par la municipalité, suspendu à trois reprises pour usage excessif de la force – tentait de fuir.

Quelque chose qui avait à voir sans doute avec le fait qu'il devait servir de témoin à Yale Sonnenburg lors de son mariage, avec le fait aussi de devoir annoncer à sa fiancée qu'elle était veuve avant même de l'avoir épousé.

Evelyn Sawyer resta un long moment sans bouger, un long moment sans rien dire. Quand le chagrin et la frustration devinrent insupportables, elle monta à l'étage, s'arrêta quelques minutes sur le palier. Sa respiration était courte et hachée, comme si elle luttait contre une force qui la menaçait de l'intérieur.

Elle finit par se retourner, et elle ouvrit la porte. Elle resta encore un moment debout au pied du lit. Elle revoyait la scène pratiquement telle qu'elle s'était déroulée. Anne, ses cheveux étalés sur l'oreiller, ses genoux ramenés contre sa poitrine, comme si une terrible douleur lui avait tordu les entrailles.

De nombreuses années s'étaient écoulées, mais tout était là, comme si les choses dataient d'à peine quelques minutes.

Le temps d'un battement de cœur.

Evelyn recula d'un pas et pivota sur les talons. Elle ouvrit la porte d'en face et contempla la chambre où son mari s'était supprimé.

Rien n'avait changé, au 66 Carmine Street. Dans cette maison qu'elle n'avait jamais été capable de quitter, dont elle n'avait jamais pu se séparer. Partir serait revenu à les trahir tous les deux. C'était ainsi du moins qu'elle l'avait ressenti. Et Anne comme Garrett avaient été suffisamment trahis comme ça.

« La fin n'est plus très loin », dit-elle.

Elle finit par quitter le palier du premier et redescendre.

Elle prit le téléphone du hall et appela le standard.

« Le département de la police de New York », dit-elle à l'opératrice.

Elle attendit patiemment, pas plus d'une trentaine de secondes.

« Bonjour… je, euh… je ne suis pas sûre… j'essayais de joindre un inspecteur en particulier. »

Un moment de silence.

« Le numéro du commissariat d'arrondissement ? Non… désolée, je ne le connais pas. Le nom de la personne ? Oui, bien sûr. Il s'agit de l'inspecteur Duchaunak. »

Un nouveau silence, tandis qu'Evelyn Sawyer attendait sans bouger. Elle regarda en direction de la lumière qui filtrait à travers le panneau en verre dépoli de la porte d'entrée, une lumière floutée par les larmes qui lui embuaient les yeux.

Au bout d'un moment, elle eut quelqu'un au bout du fil.

Elle écouta, avant de dire : « Non, personne d'autre… J'ai besoin de parler à l'inspecteur Duchaunak, exclusivement. Savez-vous quand il sera disponible ? »

Elle inclina la tête de côté et fronça les sourcils.

« Oh… je vois. Très bien. Oui, bien sûr… Merci pour votre aide. Non, tout va bien, merci… Au revoir. »

Doucement, presque au ralenti, elle reposa le combiné et baissa la tête.

Elle entendit un bruit de pas à l'étage, des pas qui traversaient le palier pour atteindre le sommet de l'escalier.

En dehors de ce bruit – lequel, en soi, n'en était pas vraiment un –, le 66 Carmine Street était totalement silencieux.

54

La fille Hollander avait encore meilleure allure.

Peut-être était-ce délibéré de sa part, songea Harper. Même sa voix au téléphone, son apparente préoccupation pour son bien-être, l'empathie qu'il sentait chez elle tandis qu'elle lui disait comprendre à quel point les choses devaient être difficiles – tout paraissait si naturel et si simple, et pourtant si diablement efficace. Elle l'avait repoussé. Impossible de le nier. Et pourtant la manière dont elle s'exprimait laissait penser que tout était redevenu comme avant.

Qu'avait donc tant Cathy Hollander pour qu'il se sente aussi désarmé en face d'elle ?

Ils arrivèrent dans les vingt minutes qui suivirent. D'où elle avait appelé, Harper l'ignorait, ne s'en inquiéta pas : seule l'envie de la voir, elle et personne d'autre, le tenaillait. Walt l'accompagnait, souriant, aussi généreux en actes qu'en paroles, et porteur de cadeaux – une bouteille de whisky, une cartouche de Lucky Strike et un sourire épanoui et bienveillant. Tout concourait à communiquer une impression de chaleur et de fraternité, comme si – dans cet imperceptible battement de cœur de New York – ils étaient unis par de solides liens d'amitié.

« Tu as l'air en forme, lui dit Walt. Tu t'es reposé ?

– Oui, un peu.

– Je vais chercher des verres, dit Cathy. On va boire un coup. »

Walt s'approcha de la fenêtre, parcourut la cité du regard.

« Y a pas grand-chose qui puisse rivaliser avec New York à cette époque de l'année, dit-il d'un ton calme et mesuré, pleinement maître de lui, très à l'aise, sans précipitation ni effort apparent. Et si New York n'est pas la plus belle ville du monde, elle n'en est pas loin. Aucune nuit urbaine n'est comparable à celle-ci. Des carrés de lumière découpés sur le ciel. Notre poésie, elle est là, car on a plié les étoiles à notre volonté. »

Harper fronça les sourcils.

« Ezra Pound, dit Walt en avançant dans la pièce. Un petit peu de culture pour bien entamer la soirée, quoi. »

Cathy lui tendit un verre, et un autre à Harper.

« Je suis ici depuis aussi longtemps que je me souvienne, et pourtant Noël à New York a toujours pour moi la même magie inimitable, dit Walt en levant son verre. Portons un toast. À Edward, à la santé, la richesse et le bonheur... et à l'esprit de Noël à New York.

– Quelle grandiloquence ! s'exclama-t-elle en riant, avant d'adresser un sourire à Harper, plein, semblait-il, d'une chaleur affectueuse. Il n'est pas sortable, ajouta-t-elle d'un air malicieux.

– Ça fait du bien de te voir, Sonny, reprit Walt en baissant les yeux sur son verre et en cherchant, selon toute apparence, les mots pour pouvoir poursuivre. Je... je me suis fait du souci...

– Du souci ? l'interrogea Harper.

– Eh bien... non, pas vraiment. "Souci" est peut-être un peu excessif. J'ai réfléchi à ta position ici, à quel point les choses ont dû être difficiles pour toi. Tu es ici depuis quand ?

– Lundi dernier, dit Harper. Autrement dit, une semaine.

– Bon sang, seulement huit jours ? On dirait que ça fait au moins... je sais pas... »

Walt quitta la fenêtre, tira à lui une chaise repoussée sous une petite table contre le mur. Assis de côté, le bras gauche passé sur le dossier, il indiqua la banquette à sa droite.

« Assieds-toi, Cathy », dit-il.

Celle-ci s'exécuta, tandis que Harper allait s'installer sur le lit.

« Comme je le disais, reprit-il, j'ai réfléchi. Il s'est passé tant de choses en si peu de temps. Il s'est dit tant de choses...

– Walt, vous n'avez pas besoin..., le coupa Harper.

– C'est bon, dit l'autre en levant une main conciliante. Il ne s'agit pas d'un sermon. Simplement, il y a deux ou trois bricoles qui me turlupinent, et je voulais me les sortir de la tête, tu comprends ? »

Harper s'abstint de répondre. Que ça lui plaise ou non, Walt Freiberg dirait ce qu'il avait à dire.

« Les choses ont été compliquées depuis que ton père... depuis qu'Edward a été victime de cette agression », dit-il avant de s'interrompre à nouveau.

Il détourna les yeux, l'air pensif. Il y avait dans son regard une profondeur – résultat de simples ombres peut-être, ou bien de l'angle de la lumière – qui suffisait à créer l'impression d'un homme à bout de forces. Walt Freiberg, en dépit de son calme, avait l'air de ployer sous un fardeau, ce fut la seule expression qui vint à l'esprit de Harper.

« Nous avons travaillé l'un avec l'autre pendant des années, dit-il, accompagnant son propos d'un geste nonchalant de la main. Mais il ne s'agit pas ici de ce que nous avons fait, des actions auxquelles nous avons participé ensemble... ce n'est pas cet aspect-là des choses qui m'intéresse. Et ce n'est pas non plus une question de morale, mais de justice et de rectitude.

– De justice ? s'étonna Harper.

– De justice et de rectitude, confirma Freiberg.

– Comment ça ?

– Ben Marcus.

– Ben Marcus ? Je ne comprends pas. »

Walt Freiberg posa son verre sur la petite table à côté de lui. Il fit pivoter sa chaise et se pencha en avant, les coudes sur les genoux. Pendant un moment, il garda le silence, les yeux fixés au sol, puis sur ses mains tandis qu'il croisait les doigts. Quand il releva les yeux, les ombres qui les cernaient semblaient s'être encore creusées.

« Oui, Ben Marcus, reprit-il. Ben Marcus doit payer pour ce qu'il a fait à Edward.

– Payer ? Mais payer pour quoi, Walt ? Il y a quelque chose qui m'échappe, là.

– Seigneur, y a pourtant pas plus facile à comprendre, s'énerva Freiberg, laissant transparaître un bref instant sa colère avant de recouvrer très vite son calme. Désolé, ce n'est pas après toi que j'en ai. C'est la situation qui me met en rogne, ajouta-t-il en souriant gauchement et en secouant la tête.

– Je ne comprends toujours pas le rapport avec Ben Marcus...

– C'est pas compliqué. Ben Marcus a organisé l'attaque contre ton père, et si les autres s'en foutent, moi je ne peux pas laisser passer un truc pareil.

– J'ai parlé à Frank Duchaunak..., commença Harper après un mouvement de tête censé signifier son incrédulité.

– Il était ici ? demanda Freiberg en fronçant les sourcils.

– Oh, ça va, Walt, inutile de me prendre pour le dernier des imbéciles. Je sais pertinemment que vous ne l'ignorez pas. Ne me faites pas l'injure de vouloir me faire croire que vous n'avez pas surveillé le moindre de mes faits et gestes depuis mon arrivée.

– Futé, le gamin, non ? dit Freiberg en regardant Cathy avec un large sourire. Je t'avais pas dit qu'il était super intelligent ? »

Celle-ci acquiesça mollement, donnant l'impression de ne plus savoir où poser les yeux.

« Ne prenez pas non plus ce ton condescendant avec moi. Et puis ne m'appelez plus Sonny. Et ne croyez pas que j'ai passé une semaine à New York à me balader les yeux fermés.

– Eh là, doucement, John, dit Freiberg avec un geste conciliant, tu ne me comprends pas...

– Au contraire, je vous comprends très bien, Walt. Si je suis ici, c'est pour une raison bien précise. Dieu sait pourquoi, mais c'est vous qui avez insisté auprès d'Evelyn pour qu'elle me fasse venir à New York. Je veux savoir pourquoi. Je veux connaître la raison exacte. Et je veux la vérité, cette fois-ci, et pas les éternelles conneries que vous me servez à tout propos. Dites-moi ce que vous voulez de moi, dites-le-moi maintenant, et dans la foulée dites-moi aussi ce que je vais en retirer.

– Ce que tu vas…

– Pourriez-vous lui dire que je ne suis pas complètement taré ? dit Harper après s'être tourné vers Cathy. Il semblerait qu'il ne m'entende pas trop bien. »

Cathy ouvrit la bouche pour parler, mais fut interrompue par Walt Freiberg.

« Tu me comprends mal, John, commença-t-il.

– Non, Walt, c'est vous qui ne me comprenez pas. Ça fait huit jours que je me fais mener en bateau comme un bouseux attardé sorti du fin fond de sa campagne, et ce par vous, par Evelyn et par ce cinglé de flic. Je veux savoir ce qui se passe exactement, ici. Je veux savoir ce que vous faites, précisément, tous autant que vous êtes, et surtout en quoi ça me concerne, moi. Et si vous avez besoin de mon aide, il va vous falloir alourdir considérablement le bagage avec lequel je suis arrivé. Me suis-je bien fait comprendre ?

– Parfaitement, dit Walt Freiberg calmement. Commençons par le commencement… Dis-moi ce que t'a raconté le flic.

– C'est sans importance, dit Harper en souriant. Le type est cinglé. Il a payé je ne sais combien de milliers de dollars une balle de base-ball. Il a été suspendu. On lui a retiré l'affaire sur laquelle il croyait être. Il n'a pas la moindre chance de découvrir ce que vous fabriquez pour la bonne raison que même ses collègues pensent qu'il a perdu la boule.

– Peu importe, dit Freiberg. Il est bel et bien venu ici pour te dire quelque chose… C'était quoi ?

– Qu'il était matériellement impossible que Ben ait fait liquider mon père. »

Freiberg hocha la tête et fixa le sol des yeux une fois de plus.

« Et pourquoi n'aurait-il pas pu le faire ?

– Parce que d'après la vidéosurveillance de ce soir-là, le braquage était déjà en cours avant même que la voiture de mon père se gare. Le type au revolver était dans le magasin sept minutes avant que mon père fasse son apparition.

– Très bien, dit Freiberg en sortant un paquet de cigarettes de sa poche avant d'en allumer une. Le cabernet sauvignon, tu sais ce que c'est ?

– Un type de vin, dit Harper, interloqué.

– Exact. Un type de vin. On produit différentes variétés de cabernet, et il y en avait une que ton père aimait tout particulièrement. C'était loin d'être la plus chère, entre quarante et cinquante dollars la bouteille, mais il l'appréciait énormément.

– Où voulez-vous en venir ?

– Le magasin où il s'est fait tirer dessus commandait ce vin spécialement pour ton père. À sa demande, qu'ils n'étaient que trop heureux de satisfaire. Le dimanche soir, il allait là-bas chercher une caisse de ce vin pour la semaine à venir. »

Freiberg s'interrompit pour allumer une autre cigarette.

« Le piéger n'était pas bien compliqué, continua-t-il. Il suffisait de connaître un peu ses habitudes. Edward n'était pas du genre trouillard. Il n'aurait pas réfléchi à deux fois à la question, n'aurait pas dérogé à ses habitudes même si on l'avait averti que quelqu'un allait chercher à le descendre. Il se serait contenté de se rendre là-bas avec un ou deux types, c'est tout. Ton père… eh bien, ton père n'était prêt à renoncer pour personne à un projet ou une envie. »

Harper garda le silence.

« C'était donc pas très difficile d'avoir quelqu'un sur place. Rien d'étonnant à ce que Marcus ait pu prévoir à la minute près l'heure à laquelle Edward s'y trouverait. Il suffisait de contacter par téléphone un truand déjà posté devant le magasin. Marcus fait suivre Edward, et dès que celui-ci se met en route, il appelle le type, qui pénètre dans l'établissement, et l'opération démarre tout en laissant à Edward le temps de faire le trajet. Le truand n'a qu'à faire durer un peu le braquage jusqu'à son arrivée. Le but, c'est de faire avaler à quiconque prêt à croire à une *vendetta* entre Marcus et ton père qu'il s'agit de tout autre chose. Pour ce faire, il fallait simplement que le meurtrier soit déjà à l'intérieur du magasin à l'arrivée de ton père. »

Harper regarda Cathy. Elle acquiesça de la tête aux dires de Freiberg.

« C'est la vérité, dit-elle. La plupart du temps, je l'accompagnais. Je connais bien le magasin, j'ai dû y aller une bonne vingtaine de fois.

– C'était pas plus compliqué que ça, reprit Walt. Et ton flic est tombé dans le panneau.

– C'est pas *mon* flic, objecta Harper.

– Vraiment ? demanda Freiberg.

– Mais putain, encore une fois, où voulez-vous en venir ? Pourquoi vous me demandez ça ?

– On a du mal à voir dans quel camp tu es, John.

– Mais qu'est-ce que vous me chantez, avec vos histoires de camps ?

– Oui, le camp de la famille, ou le camp de la loi.

– Si c'est pas de la manipulation, ça ! dit Harper avec un rire sardonique. Et des plus grossières, encore. Bon sang, Walt, je ne suis quand même pas si bête. Pour qui vous me prenez, bon Dieu ? Vous voulez quelque chose ? Demandez-le-moi. Vous attendez quelque chose de moi, alors dites-moi une bonne fois pour toutes de quoi il s'agit. Et après, je vous dirai si je suis prêt à coopérer ou non. Pour le coup, c'est pas bien compliqué, vous ne croyez pas ?

– Explique-lui la situation, Walt, intervint Cathy. S'il ne la connaît pas, ou mal, comment veux-tu qu'il t'aide ? »

Freiberg opina et les regarda tour à tour.

« Je vais te dire ce que tu as besoin de savoir, annonça-t-il calmement, attendant de Harper une réaction qui ne vint pas. Et je vais te dire ce qu'on attend de toi. Tu n'auras pas le temps d'y réfléchir, John, du moins pas beaucoup de temps, et si tu refuses de nous aider, on agira en conséquence.

– Au fait, Walt ! Arrêtez de tourner autour du pot.

– Après-demain, dit Cathy Hollander tout à trac.

– Après-demain, la veille de Noël, on passe à l'action, expliqua Walt. La nature de l'acte en question, tu n'as pas besoin de la connaître. Il s'agit d'arrangements de longue date préparés par ton père. Ils concernent non seulement moi-même et les gens qui travaillent pour lui, mais aussi un certain nombre de gars à la solde de Ben Marcus. Pour tout dire, nous mettons nos forces en commun pour une série d'opérations qui devraient rapporter gros...

– Des opérations qui seront des braquages, c'est ça ? Et les cibles ? Des banques ? Des établissements financiers ? Des diamantaires ?

– Les premières nommées, répondit Freiberg.

– Des banques... Donc, vous allez braquer des banques, et vous allez travailler avec la bande de Marcus. C'est ça que vous essayez de me dire ? demanda Harper en regardant Cathy, laquelle confirma d'un signe de tête. Et moi, j'aurai un rôle à jouer là-dedans. Peut-être comme chauffeur ?

– Non, John, dit Freiberg en s'esclaffant, rien de tout ça.

– Alors quoi ? Dites-moi ce que vous attendez de moi.

– Demain, reprit Freiberg, il y a une réunion. Réunion qui, au départ, devait rassembler ton père et Ben Marcus. Ton père, pour des raisons évidentes, ne pourra pas y assister, et c'est moi qui prendrai sa place. »

Harper resta muet pendant quelques secondes, puis regarda Cathy avant de revenir à Freiberg.

« Je serai là pour représenter ton père, reprit celui-ci, pour parler en son nom et consentir aux termes d'une vente.

– Une vente ? La vente de quoi ?

– Le territoire de ton père, dit Freiberg d'un ton neutre.

– Mais qu'est-ce que vous..., commença Harper.

– Ton père avait passé un accord avec Ben Marcus, l'interrompit Freiberg en levant la main pour le réduire au silence. Il voulait se retirer des affaires, il l'envisageait depuis déjà un certain temps, mais il ne voulait pas partir les mains vides, après tout le travail qu'il avait fait pour conquérir le territoire qui était à présent le sien. Ils ont eu une discussion, lui et Marcus, et ils se sont mis d'accord sur la vente des intérêts de ton père. Ils se sont entendus sur un prix...

– Et une fois l'accord passé, Marcus s'est empressé de faire descendre mon père pour n'avoir rien à payer, intervint Harper.

– C'est ce que nous pensons, dit Freiberg en hochant la tête. Edward avait déjà laissé partir certains de ses gars. Il avait commencé à régler d'anciennes dettes pour le compte de ses amis et à donner de l'argent à certains pour les aider à quitter New York. Il démembrait son empire, si tu veux. Il était prêt à le faire, et je n'étais pas contre. Jusqu'à un certain point, tout de même, parce que le fait de mettre fin à certaines de ses activités et de rompre certaines relations le rendait vulnérable. Une fois qu'il a eu conclu son accord avec Marcus, on a tous cru que les choses allaient se dérouler normalement, même si on se disait que Marcus risquait de revenir sur l'accord... Je n'ai même pas tardé à penser qu'il en viendrait peut-être à vouloir attenter à la vie de ton père...

– Pour autant, celui-ci a continué à se comporter comme avant, à ne rien changer à ses habitudes ? demanda Harper.

– Comme je te l'ai déjà dit, Edward n'était pas du genre à se laisser intimider, dit Freiberg en souriant. Il a jugé que Marcus n'était pas assez couillu pour agir comme il l'a fait, mais il avait tort, et on s'est retrouvés confrontés à une dure réalité : plus d'accord, plus d'Edward, et un Marcus en position de force, d'autant que certains de nos hommes avaient déjà quitté New York et qu'on ne pouvait pas les faire revenir. Il fallait que je prenne une décision, John... que je fasse le nécessaire pour que les intérêts de ton père soient sauvegardés.

– Et c'est pour ça que vous avez demandé à Evelyn de m'appeler.

– Ensuite, dit Freiberg en signifiant son assentiment, j'ai eu un entretien avec Marcus, pour lui annoncer qu'en l'absence d'Edward ce serait moi qui le représenterais, mais que tu étais là toi aussi pour défendre les intérêts de ton père. Marcus ne pouvait pas se permettre de refuser une telle proposition, on l'aurait soupçonné d'avoir voulu abattre Edward. Il ne pouvait qu'accepter. Toute autre attitude aurait prouvé qu'il n'avait jamais eu l'intention de respecter l'accord.

– Et demain, donc ?

– Demain, intervint Cathy en s'éclaircissant la voix, Walt doit rencontrer Marcus et consentir aux termes de la vente.

– Qui sont ?

– Abandon total et inconditionnel des alliances, biens, ressources et recouvrements en attente. Fondamentalement, tout ce que possédait Edward et tout ce qui lui était dû devient la propriété de Marcus. En dehors d'un petit trafic de paris clandestins et de deux ou trois usuriers contrôlés par une famille italienne, tout ce qui, dans les limites de ce territoire, appartenait à Edward, appartiendra désormais à Marcus. »

Harper acquiesça, sans plus ample réaction. Dans sa poitrine, son cœur battait au rythme d'un train lancé à toute vitesse. Ses mains étaient moites, et son pouls déréglé.

« Et combien pour tout ça ? » demanda-t-il.

Un silence s'ensuivit, de quelques secondes seulement, mais intense, tangible.

« Le prix ? interrogea Freiberg. Sept millions et demi de dollars. »

Harper le regarda, les yeux écarquillés, n'en croyant pas ses oreilles.

« Et cet argent... vient de...

– Des actions qu'on va mener la veille de Noël, dit Cathy. C'est de là que viendra l'argent, et c'est pour cette raison que nous collaborons pour la première fois avec Ben Marcus.

– Vous devez voler l'argent du rachat du territoire ?

– Ben Marcus ne possède pas à lui tout seul les sept millions et demi de dollars, John, dit Freiberg avec un sourire. Néanmoins, il a les contacts et les ressources nécessaires pour ramasser beaucoup plus de sept millions et demi de dollars en une seule journée.

– Et combien de banques allez-vous braquer ?

– Ça, dit Freiberg calmement, c'est un détail que tu n'as pas à connaître. En revanche, il y a une chose que tu dois savoir. Marcus, continua-t-il après un coup d'œil à Cathy, n'est pas idiot, tant s'en faut. On s'est autorisé une certaine liberté... disons, d'invention. On lui a dit que tu étais du milieu toi aussi. »

Harper leva les yeux.

« On l'a amené à croire que tu t'étais consacré au même genre d'activités que ton père. À croire aussi qu'il y a de fortes chances pour que tu aies ton propre gang à Miami...

– Vous plaisantez, là, s'esclaffa Harper, tombant des nues.

– Absolument pas. C'était la seule façon de le convaincre de respecter l'accord. On lui a fait comprendre, de façon implicite plus que par des preuves directes, que tu avais ta propre équipe là-bas dans le Sud, que tu es venu à New York pour veiller aux affaires de ton père. Il croit que tu pourrais t'en prendre à lui directement si les choses ne se passaient pas comme Edward l'avait prévu.

– Bon Dieu, j'y crois pas ! Mais c'est un coup monté... Vous me mettez dans une situation où je vais devoir prétendre...

– Il n'est pas question de *prétendre*, en l'occurrence, tu dois bel et bien *être* le fils de ton père, ni plus ni moins. »

Harper se tourna vers Cathy Hollander, qui lui opposa un visage impassible.

« Mais, comme je l'ai dit il y a un instant, reprit Freiberg, Marcus n'est pas idiot. Il aura fait des recherches, il aura demandé à ses sbires d'enquêter sur ton compte. Le fait est... eh bien, qu'à l'heure qu'il est, il a peut-être déjà compris que tu n'étais pas celui pour lequel on veut te faire passer.

– Et moi, là-dedans, je deviens quoi ? Il va découvrir ce que je suis... Merde, Walt, il enverra quelqu'un pour me liquider... »

Freiberg garda le silence. Il se contenta de fixer Harper sans ciller.

Celui-ci se trouva dans l'incapacité de regarder Freiberg ou Cathy Hollander, s'efforça de ne pas penser, de ne montrer aucune émotion. Il fit tournoyer le whisky dans son verre, contempla un moment son reflet déformé par le tourbillon qui le retenait prisonnier. L'analogie de l'image avec sa situation actuelle était déconcertante. Où était Miami ? Où était la Floride ? Et Harry Ivens et le *Herald* ? Les bulletins météorologiques, les brèves sur les sorties en haute mer, les concours de pêche et les avis de tempête ? Quelle qu'ait été la vie qu'il s'était imaginé avoir, elle était bel et bien finie. Rien ne serait jamais plus pareil. Ne pourrait plus jamais être pareil, quels que soient ses efforts en ce sens.

« John ? »

Harper se tourna. Cathy le regardait, un peu inquiète.

Il secoua la tête, il n'était pas en état de parler.

Une minute s'écoula, peut-être deux, et puis Harper leva les yeux sur Freiberg.

« D'accord, dit-il calmement. Vous me mettez sérieusement en danger... »

Il s'interrompit, le temps de regarder Cathy, puis de revenir à Freiberg, avant d'ajouter : « Je veux savoir ce que j'ai à gagner dans l'histoire. »

55

« Qui ?

– Sonnenburg et Sampson.

– Bordel de Dieu ! explosa le commissaire McLuhan en se tournant vers la fenêtre, tête baissée, les mains sur les hanches.

– Sampson est sous calmant, lui dit le brigadier Oates. Il a craqué, pour de bon… Vous saviez que Sonnenburg devait se marier bientôt ?

– Ah, putain, pas ça en plus, non, répondit McLuhan en donnant l'impression de se ratatiner sur le siège où il était revenu s'asseoir. Ils n'avaient pas de renforts ? »

Oates se contenta de regarder le commissaire, le sourcil levé.

« Ça va, tais-toi, dit McLuhan en levant la main. Je ne veux pas entendre la réponse. Nom de Dieu, je suis pas dans la merde…

– Ils ont bien demandé des renforts, mais personne n'était dispo.

– Et sur quoi ils étaient ?

– Ils suivaient l'affaire Jimmy Nestor.

– Qu'est-ce qu'ils ont trouvé ?

– Le garage clandestin de Nestor et son cousin, un dénommé Jesus Fernando. C'est lui qui a abattu Sonnenburg.

– Et il est mort ?

– Ouais, mort lui aussi.

– Qui l'a abattu ?

– Sonnenburg, d'après ce qu'on sait. Les premières constatations sembleraient indiquer qu'ils ont tiré en même temps.

– Et la fille ?

– Quelle fille ? demanda Oates, perplexe.

– La fille qu'il allait épouser… Enfin, de quelle autre fille voudrais-tu que je parle ?

– C'est Sampson qui lui a appris la nouvelle… Il l'a appelée pour lui dire que Yale était mort.

– Et elle est ici ?

– Non, elle est avec sa famille. »

Le commissaire poussa un profond soupir et se pencha en avant, coudes sur la table, visage enfoui dans les mains.

« Merci, mon Dieu, il faut savoir apprécier tes moindres bienfaits… parce que la dernière chose dont j'ai besoin en ce moment, c'est d'une veuve de flic, juive et hystérique, en train de déchirer l'air de ses lamentations.

– Qu'est-ce que vous voulez que je fasse, maintenant ? demanda Oates.

– Il y avait quelque chose d'intéressant, là-bas ? Dans le garage du maquilleur de voitures, Jimmy Nestor ?

– On dirait que non. Mais on vérifie. Et pour l'instant, on n'a rien de vraiment intéressant non plus sur l'autopsie de Nestor.

– C'est bon, tu peux y aller. Laisse-moi tranquille un moment. Y faut que je réfléchisse à la manière dont je vais pouvoir répondre de cette absence de renforts.

– Une dernière chose, commissaire, ils ont refusé de verser l'argent. Y avait des gars prêts à faire des heures supplémentaires, mais y avait pas de pognon pour les payer…

– Brigadier Oates, dit McLuhan en lui coupant la parole d'un geste, vous êtes un assistant remarquable. Je pourrais pas rêver mieux en la matière. Ce que tu n'es pas, en revanche, mon gars, c'est un expert en relations publiques, notamment avec la mairie. Si je suis appelé là-bas pour me justifier sur cette affaire, la dernière chose qu'ils auront envie d'entendre, c'est que tout a merdé à cause de l'argent qu'ils ont refusé de nous débloquer. Ce n'est peut-être pas juste, mais rien au monde ne me paraît juste en ce moment. Laisse-moi régler cette affaire. Vois si tu arrives à dénicher quelque chose en fouillant cette putain de boutique. Fais des recherches sur le cousin… et insiste bien pour que l'enquête sur le meurtre de Jimmy Nestor aille bon train, OK ? Du même coup, ça chauffera moins pour mon matricule si j'ai quelque chose à leur donner à la mairie.

– Comptez sur moi, commissaire. »

Au bout d'un moment, elle deviendrait insensible à tout cela, et serait immunisée contre la douleur.

C'était du moins ce qu'Evelyn Sawyer s'était forcée à croire. Mais la vérité était toute différente. Ô combien !

La vérité ? Une contradiction ironique dans les termes. Toute sa vie n'avait été que mensonge, dès le début peut-être. Elle et Anne, elle et Garrett, elle et John Harper, le neveu illégitime. Sans compter Edward, Walt Freiberg et la clique de criminels et de voleurs dont ils s'étaient entourés. Et tout au long, les menaces, les promesses rompues, les paroles données qui ne signifiaient rien. Tout était parti à vau-l'eau. N'était-elle pas là, la vérité ?

Et le temps, ce grand guérisseur ? Ce grand charlatan, plutôt…

Le temps avait été le terreau qui avait nourri les formes les plus sombres de sa colère, de son amertume et de sa haine. Sa vie aurait pu être différente. Aurait pu. Si elle n'avait pas toujours cherché à être là, derrière Anne, au côté de Garrett ou devant John Harper, pour tenter d'amortir les coups que le monde leur assénait.

Comment avait-elle fait pour se leurrer aussi longtemps ? Comment avait-elle pu croire qu'elle le préserverait d'Edward Bernstein ? Pareille naïveté ne faisait que mieux mettre en lumière sa stupidité confondante.

Milieu d'après-midi, un ciel clair, dernières traînées de neige encore accrochées au bord des trottoirs, des égouts, des avant-toits des immeubles. Evelyn Sawyer était au pied de l'escalier et regardait vers le palier du premier.

Une atmosphère glaciale semblait emplir la maison, comme si chaque pièce était restée vide pendant des années – conservée telle quelle, dans l'état où elle avait été laissée, mais néanmoins vide. Comme privée d'âme.

Elle commença à monter les marches, s'arrêta sur la troisième pour reprendre son souffle comme si la pression, trop forte, lui interdisait d'aller jusqu'au bout. Elle resta immobile quelques secondes avant de se remettre en mouvement.

Arrivée en haut de l'escalier, elle tourna à gauche et s'arrêta devant la première porte. Cette pièce avait été leur chambre à elle et à Garrett, depuis le jour où ils avaient emménagé jusqu'à celui où Garrett avait quitté la maison pour la dernière fois.

Elle ouvrit la porte lentement et se tint là un moment, se contentant de plonger le regard à l'intérieur, sans bouger, sans faire mine d'entrer.

« J'ai besoin du revolver, dit-elle. J'en ai besoin un moment. Je vais le prendre parce que j'ai quelque chose à faire.

– Mais…

– Pas de questions… Je ne répondrai à aucune question. Je veux que tu me donnes cette arme, ensuite je sortirai. Si je ne suis pas de retour dans quelques heures, il faudra que tu décides toi-même de ce que tu dois faire. »

Evelyn tendit la main et attendit qu'on lui passe le revolver.

Sa respiration était saccadée, hésitante. Elle recula et se tourna vers la droite pour traverser le palier et aller jusqu'à sa chambre.

Cinq ou six minutes plus tard, le dos à la porte d'entrée, elle regardait en direction de la cuisine, du couloir étroit qui longeait l'escalier, de la porte sur la droite qui ouvrait sur la pièce de devant avec sa fenêtre en saillie donnant sur Carmine Street. Là où étaient toutes les années de sa vie, les chagrins, les déchirements, les rires et les larmes, la colère et la frustration, le vide… tout ce qu'avaient vu ces quatre murs durant près de quatre décennies.

Tout ce qui avait compté n'était déjà plus.

Elle resserra le col de son manteau autour de son cou et ouvrit la porte.

Une fois sur les marches de l'entrée, elle jeta un coup d'œil par-dessus son épaule, et referma derrière elle.

Elle marcha jusqu'au coin de la rue, les mains enfouies dans les poches de son manteau, le visage fermé, insondable.

Elle ne se retourna pas, sachant que, si elle le faisait, elle risquait de changer d'avis.

Harper dut marcher sur trois blocs avant de trouver une cabine téléphonique.

Une fois à l'intérieur, il composa le numéro. Il le connaissait presque par cœur. Il n'avait jamais eu aussi peur de sa vie. N'avait jamais été dans une telle incertitude quant à son avenir immédiat.

La sonnerie résonna deux fois avant qu'il ressente l'envie de raccrocher. Il s'arma de courage, serra le poing, sentit ses jointures blanchir sur le combiné.

« Oui ? »

Indiscutablement la voix de Duchaunak.

« C'est moi.

– D'accord... vous avez parlé avec eux ?

– Oui.

– Où ça ?

– À l'hôtel.

– Qui était là ?

– Freiberg et la femme.

– Ils y sont toujours ?

– Non, ils sont partis.

– Et vous, vous êtes où ? »

Harper essaya de distinguer les alentours par la vitre de la cabine, qu'il essuya pour faire un trou dans la buée.

« Je vois le sommet du Western Union Building... De l'autre côté de la rue il y a un magasin qui s'appelle...

– Peu importe. Personne ne vous a suivi ?

– Je ne crois pas.

– Vous ne faites que croire ?

– J'en sais fichtre rien, bon Dieu. Je fais ce que vous m'avez demandé de faire, d'accord ? Ils sont venus, nous nous sommes vus. Je leur ai parlé. Vous m'aviez dit de vous appeler après – vous m'avez demandé de vous aider, et c'est ce que je suis en train de faire, non ?

– D'accord, d'accord... Désolé, monsieur Harper. Alors, racontez-moi ce qui s'est passé.

– Freiberg doit rencontrer Ben Marcus demain.

– Quoi ?!

– Ben Marcus... vous savez qui est Ben Marcus, non ?

– Oui, bien sûr que je sais qui est Ben Marcus.

– Bon... eh bien, Freiberg doit le rencontrer demain.

– Dieu tout-puissant... Ils travaillent bel et bien ensemble, alors ?

– Il semblerait, oui. Ils doivent finaliser un accord qui avait été préparé par mon père. Il allait se retirer des affaires. Il était en train de négocier un marché avec Ben Marcus quand on a essayé de l'abattre. Putain, c'est compliqué, inspecteur. Bref, ce qu'il faut retenir au final, c'est que Walt rencontre Marcus demain. Pour lui faire savoir que je suis ici pour représenter mon père, que j'ai toute autorité pour approuver le marché qui doit être passé et faire en sorte que les opérations prévues pour la veille de Noël se déroulent correctement. »

Silence au bout du fil, et soudain :

« Putain ! s'exclama Duchaunak. Je le savais ! Je savais qu'ils tramaient quelque chose. C'est quoi ? Qu'est-ce qu'ils mijotent ?

– Ils ont l'intention de braquer plusieurs banques à la fois... oui, toutes en même temps, d'après ce que j'ai cru comprendre.

– Lesquelles ?

– J'en ai aucune idée. Mais alors pas la moindre.

– Il faut qu'on se voie. Il faut que vous veniez au commissariat rencontrer mon chef...

– Vous êtes cinglé ou quoi ? Vous voulez que je vous dise ce que je crois ? Je crois que quelqu'un me surveille en ce moment même... je crois que quelqu'un a un œil sur moi, là, maintenant, et que ce quelqu'un va aller trouver Freiberg pour lui dire que je suis sorti téléphoner d'une cabine, que j'ai parlé à quelqu'un. Et à votre avis, qui je pourrais bien appeler, hein ? Des chasseurs de fantômes, c'est ça ? Peut-être bien qu'ils seront assez futés pour remonter jusqu'à vous. Ils ne me diront pas de quelles banques il s'agit. Vous voulez savoir ce que je pense d'autre ? Je pense que, de toute façon, ils n'hésiteraient pas à me tirer une balle dans la tête, à me supprimer, bordel, s'ils apprenaient que je vous ai rencontré et que nous sommes allés ensemble trouver votre commissaire.

– Alors, vous voulez faire quoi, monsieur Harper ?

– Rien du tout. Je vais laisser Walt Freiberg raconter ce que bon lui semble à Ben Marcus, les laisser peaufiner leur plan, après quoi je quitte New York en quatrième vitesse. Vous devrez vous débrouiller avec ce qui doit se passer après-demain. Voilà ce que je vais faire, inspecteur... à moins, bien sûr, que vous ayez une meilleure idée. »

Duchaunak resta silencieux.

« Alors, inspecteur... pas de meilleure idée ?

– Appelez-moi si vous avez quelque chose après la réunion de demain. Voyez s'il y a un moyen, n'importe lequel, d'avoir une idée des endroits qu'ils vont braquer, et appelez-moi une fois la réunion terminée, d'accord ?

– Et vous, vous allez faire quoi ?

– Je n'en sais rien, monsieur Harper. Je ne sais pas, mais il va bien falloir que je fasse quelque chose, non ?

– Je crois que ce serait bien, en effet, inspecteur... que ce serait même très bien de faire quelque chose.

– Entendu, on se reparle demain. Vous m'appelez pour me dire ce qui s'est passé.

– Inspecteur ?

– Oui ?

– Le magasin de spiritueux... celui où on a cherché à descendre mon père. Il se trouve où ?

– Pourquoi cette question ?

– Je veux savoir. Simple curiosité.

– Pas très loin d'où vous êtes en ce moment… cinq ou six blocs en direction du nord. À l'angle de Hudson et de Vestry.

– Merci.

– Vous m'appelez bien demain, d'accord ?

– Je ferai de mon mieux.

– Monsieur Harper… », commença Duchaunak, mais la ligne était déjà coupée.

John Harper sortit de la cabine et prit la direction du nord, mains dans les poches, tête baissée pour se protéger du vent mauvais qui montait du fleuve.

56

« La plus effroyable des bandes d'abrutis... non... non... je retire ça, cria Neumann. Vous êtes la plus monstrueuse des bandes d'abrutis que j'aie jamais connues. Doux Jésus, il devrait être interdit de vous rassembler à plus de deux ou trois dans un lieu public. Vous n'êtes bons qu'à faire peur aux mioches ou à foutre la trouille aux vieux, au point de leur donner des cauchemars pour le restant de leurs jours. »

Les rires se déchaînèrent, hystériques, anarchiques. Un tumulte effarant de voix assourdissantes, chacun voulant se faire entendre au détriment de son voisin. Dix-sept personnes rassemblées dans un bar au sous-sol d'un club sur Mulberry, distant d'à peine plus d'un bloc du quartier général de la police dans Little Italy – coincé comme un rat entre Soho, le Bowery et Chinatown. Ils étaient tous là : Ben Marcus, Sol Neumann, Walt Freiberg... tous jusqu'au dernier. Deux familles réunies comme des frères siamois, pour ainsi dire, mais arborant des visages hostiles et menaçants les uns à l'égard des autres, dignes de psychopathes de bac à sable.

Walt Freiberg se tenait près de l'entrée. Au moment de son arrivée, les deux bandes rassemblées étaient occupées à s'invectiver mutuellement, à coups de piques et de lazzis, dans l'atmosphère avinée et insouciante qui présidait aux réunions de ce genre. Peut-être que leurs cris s'adressaient à Cathy Hollander, la seule femme présente. À en juger par son allure, il semblait qu'aucun des mâles de l'assistance n'ait eu les *cojones* de la prendre à partie directement. Si John Harper l'avait vue, il aurait pu croire avoir affaire à quelqu'un d'autre. Jean noir, pull noir sous une veste en cuir, les cheveux tirés en arrière, le visage sans une trace de maquillage. C'était peut-être dû à la lumière, peut-être à l'angle que faisaient ses pommettes saillantes, mais le côté droit de son visage semblait porter l'ombre d'une ecchymose. Peut-être pas. L'un dans l'autre, peu importait, car personne ne poserait de questions. L'aurait-on fait que, de toute façon, elles seraient restées sans réponse.

À une époque, des réunions de ce genre n'auraient jamais pu avoir lieu, et des gens comme Ray Dietz et Joe Koenig, par exemple, n'auraient jamais pu entrer ensemble dans la même pièce sans que l'un des deux en ressorte les pieds devant. Mais les choses avaient changé ; quels qu'aient pu être par le passé les mots échangés ou les guerres et les *vendettas* personnelles, rien ne semblait plus compter aujourd'hui devant ce qui se préparait. Des changements s'étaient opérés, et les présents soit les accepteraient, soit abandonneraient la partie. Tout le monde attendait quelque chose de cette opération : l'argent, la gloire ou la simple possibilité de partir, de s'installer dans un endroit où on prêterait attention à ce qu'ils auraient à dire. Cette affaire pouvait être pour eux l'occasion d'exorciser les fantômes du passé et de repartir de zéro. Certains n'étaient pas sans savoir que soit ils participaient à l'opération imminente, soit un soir viendrait où ils ouvriraient leur porte à des visiteurs indésirables, sinon imprévus, et leur destin serait scellé à la manière de celui de Johnnie Hoy, Micky Levin, Mouse Jackson et Jimmy Nestor.

C'était un monde qui existait en soi et pour soi, et qui avait sa manière à lui de distribuer ses cartes, de classer les priorités et les obligations ; et le non-respect de celles-ci ne s'accompagnait pas d'un sentiment de honte ou de sacrifice de soi, mais d'une justice si expéditive et irrationnelle qu'elle semblait trop brutale pour avoir été conçue par des êtres humains. Pour compliquer les choses encore davantage, tenter de comprendre ce monde en profondeur, c'était passer complètement à côté du sujet. La plupart de ces hommes vivaient et mouraient dans les limites d'une vie que la grande majorité des gens aurait été bien incapable de comprendre, et encore moins de supporter. C'était aussi simple que ça.

Ray Dietz, avec à son côté Albert Reiff et Victor Klein ; les chauffeurs : Maurice Rydell et Henry Kossoff, à côté d'eux, Karl Merrett et Lewis Parselle. Siégeant à la place d'honneur de leur table, Ben Marcus, et, debout à côté de lui à sa gauche, Sol Neumann, l'éternel conseiller, l'éternel avocat du diable. De l'autre côté, Joe Koenig et Charlie Beck, Larry Benedict, Leo Petri et leurs chauffeurs : Ricky Wheland et Ron Dearing.

Walt Freiberg et Cathy Hollander avaient été les derniers à arriver. Cathy avait hésité sur le seuil de la salle, mais quand Walt s'était dirigé vers Marcus pour lui serrer la main, elle l'avait suivi, en restant prudemment derrière lui, comme une ombre ou presque.

« Walter, Walter, lança Marcus, plein d'enthousiasme. C'est un grand jour, un jour très spécial pour nous tous. Et ce jour, il y a longtemps que nous l'attendions. »

Freiberg, un grand sourire éclairant son visage, se glissa le long de la table pour arriver derrière l'homme assis et se retrouver finalement debout devant Marcus.

Freiberg tendit les bras, et les deux hommes s'étreignirent. Au bout d'un moment, il relâcha Marcus et prit encore le temps de serrer vigoureusement la main de Neumann.

« T'as l'air encore plus en forme que la dernière fois que je t'ai vu, Sol, dit Freiberg, en faisant mine de lui expédier un direct dans l'estomac. T'as perdu du poids, non ? T'as perdu un paquet de kilos, Sol… M'est avis que tu tiens une super forme.

– J'ai perdu du poids, Walt, c'est vrai, dit l'autre avec un mince sourire de loup. J'ai fait installer des trucs de gym, tu sais, ces appareils que t'installes chez toi pour faire de l'exercice. Ma femme m'a dit que si je continuais comme ça, j'allais m'taper un putain d'infarctus. Alors que veux-tu, fallait bien faire un effort, non ?

– Cathy, ma jolie », dit Marcus en s'écartant d'un pas pour l'accueillir.

Celle-ci sourit, saisit les mains tendues de Marcus et s'avança vers lui. Ils restèrent ainsi un instant, avant qu'elle demande :

« Tu vas bien, Ben ? Tu prends soin de toi ?

– Prendre soin de moi ? s'esclaffa Marcus d'une voix enrouée. Tu m'as déjà vu prendre soin de moi ? Ce serait plutôt des autres que je prends soin. Mais c'est vrai, je vais bien. » Il détourna le regard une seconde avant de dire : « Bon, je sais bien que les choses n'ont pas toujours été faciles...

– Te fais pas de bile, Ben, dit Cathy en souriant. Les choses changent, la vie continue, d'accord ?

– D'accord, dit Marcus. Mais je suis désolé pour Edward... terriblement désolé, poursuivit-il en se tournant vers Freiberg. Walt, je sais pas quoi dire. Les temps ont vraiment été durs pour tous les gens concernés. Ça ne remet pas en cause notre petite réunion de demain, hein ?

– En aucun cas. On se voit demain, Ben. Et on règle les derniers détails.

– Et le gamin, il va bien ?

– Il va bien, Ben, répondit Freiberg avec un sourire. Aucun souci à se faire de ce côté-là. »

Walt Freiberg regarda Marcus dans les yeux une seconde sans rien dire. Cathy Hollander sentit un frisson intempestif lui parcourir l'échine, comme si quelqu'un avait ouvert une porte, laissant entrer subrepticement un courant d'air froid.

« Donc, on marche comme ça », finit par dire Freiberg, puis il sourit, aussitôt imité par Marcus, et ils se tournèrent l'un et l'autre vers les deux équipes rassemblées. Marcus se pencha vers Freiberg et lui posa une question qu'elle ne put saisir. Freiberg répondit, et Marcus fit un signe de tête à Sol Neumann. Lequel s'avança, pendant que les deux autres s'asseyaient derrière, sur sa gauche.

« OK ! cria Neumann pour dominer le bruit ambiant. On se tait, maintenant... on arrête les bavardages et les conneries. On a pas mal de choses à voir et pas beaucoup de temps. »

Le silence se fit dans la salle. Ce brusque arrêt du bruit et du vacarme avait quelque chose de surnaturel, de presque inquiétant.

« Bien, dit Neumann, vous ne vous connaissez déjà que trop les uns les autres. Le premier de notre équipe qui se fait prendre en train de faire les yeux doux à un des gars de l'équipe de Bernstein est viré *illico* ! »

Les rires fusèrent à l'arrière de la salle à droite et gagnèrent l'ensemble de l'auditoire.

Cathy prit un siège, avec à sa gauche Joe Koenig. Ron Dearing fit passer des verres, une bouteille de scotch, et poussa un cendrier vers Cathy. Laquelle trouvait finalement l'atmosphère plus détendue que ce à quoi elle s'était attendue. Peut-être le calme avant la tempête.

Neumann était resté debout. Tous les yeux étaient tournés vers lui, et pour tous les présents – sans condition d'appartenance – l'absence d'Edward Bernstein n'était que trop évidente.

« Bien, on a donc un certain nombre de choses à régler, reprit Neumann. Nous avons seize personnes et quatre équipes. On a déjà passé tout ça en revue, à je ne sais combien d'occasions, mais on va remettre le couvert une dernière fois. Quatre équipes de quatre membres chacune, dont un chauffeur. Deux chauffeurs de chez nous et deux pour l'équipe de Lenny... enfin, de Walt Freiberg, corrigea Neumann en abaissant les yeux sur Freiberg. Puisqu'il est ici pour remplacer Lenny. On va faire simple. On en parle depuis assez longtemps. M. Marcus et moi-même on a rencontré Lenny Bernstein plus souvent qu'à notre tour, et, par respect et par reconnaissance pour tout ce que Lenny a fait pour cette ville, on va continuer à parler de la famille de Lenny, même s'il ne peut pas être des nôtres en ce moment.

– Ça a toujours été la famille de Lenny, dit Freiberg en levant une main et en acquiesçant, et ça le restera.

– Bien, on est donc d'accord sur ce point. Dans chaque équipe, on a deux membres de chez nous et deux membres de la famille de Lenny. Et quatre cibles : la 12ᵉ Ouest, Bethune et Greenwich, la 9e Ouest et Washington, et West Broadway. Vous savez tous à quelle équipe vous avez été affectés et avec qui vous allez opérer. Vous avez les heures et les lieux, vos véhicules, votre artillerie ; on a même les noms des responsables qui à l'intérieur des banques disposent des codes d'accès… vous avez donc tout ce dont vous avez besoin, et si nous sommes réunis ce soir, c'est pour une seule raison : c'est la dernière fois qu'une équipe se trouve en présence de l'autre dans la même salle. Vous ne serez jamais plus, tous autant que vous êtes, dans un même endroit au même moment. Jamais. »

Neumann s'interrompit, le temps de faire le tour des visages en face de lui, chacun d'eux le regardant fixement, impassible, presque inexpressif.

« C'est pigé ? Vous avez compris qu'une réunion comme celle-ci n'aura plus jamais lieu d'être ? »

Murmure d'assentiment et de confirmation en provenance de l'auditoire.

« Vous comprenez vraiment ce que je dis, les gars ? Je voudrais être bien sûr. »

Le concert de « oui » qui s'ensuivit sembla satisfaire Neumann.

« Très bien, dit-il. Donc, plus d'échanges, plus de rencontres, plus de réunions d'anciens élèves d'Atlantic City en souvenir du bon vieux temps. Si j'apprends que l'un de vous est entré en contact avec un membre de l'équipe d'en face, et ce pour quelque raison que ce soit, je vais avoir beaucoup, mais vraiment beaucoup à dire sur le sujet, vous me suivez ? »

Neumann jeta un coup d'œil à Freiberg, qui se leva et s'avança.

« Passé la veille de Noël, confirma Freiberg, vous ne vous connaissez plus les uns les autres. L'équipe de Bernstein disparaîtra. Vous autres de l'équipe de Marcus, vous aurez beaucoup plus d'espace pour évoluer. Il n'y aura aucune raison pour que vous ayez encore besoin de communiquer. On ne peut pas faire plus simple : une fois l'opération terminée, chacun rentre chez soi et n'agite plus jamais la langue.

– Très bien, ça marche pour nous, dit Neumann. Tout le monde est d'accord ?

– D'accord, lança Joe Koenig, et d'autres de renchérir – catégoriques et déterminés.

– Bon, et maintenant on boit un verre, reprit Neumann. On boit un coup pour célébrer l'opération qui s'annonce, et après, on passe en revue les pourquoi et les comment une dernière fois, on règle les derniers petits détails qui nous ont échappé... et chacun rentre chez soi. La prochaine fois que l'un d'entre vous rencontrera un autre membre de cette assistance, ce sera le 24 décembre. On fait notre sortie, on sème un peu la pagaille, et on connaît le plus beau Noël qu'on ait jamais eu. »

Cacophonie de hourras, d'applaudissements, forêt de verres levés dans une salle enfumée, chargée des odeurs entêtantes de l'alcool ; seize hommes, une femme, à eux tous six siècles de violence et de sang répandu, de fusillades et de braquages, de meurtres, de passages à tabac et de coups et blessures, de chaos en tout genre.

« À la veille de Noël ! » s'écria Freiberg en levant son verre lui aussi, mais sans quitter des yeux Ben Marcus, toujours assis là juste derrière Neumann et parfaitement silencieux.

Pendant un long moment, une minute peut-être, Evelyn resta sans vraiment respirer.

Elle était là dans le plus grand silence, sentant peut-être qu'une tension extrême rendait la situation explosive. Les mains enfouies dans les poches de son manteau, la droite agrippée au .38 dont le métal était à présent tiède sous ses doigts. Elle l'avait tenu serré tout le long du chemin jusqu'à l'hôpital – déterminée, mâchoire contractée, pleinement consciente de la gravité de l'acte qu'elle s'apprêtait à commettre, mais aussi de la raison pour laquelle elle le commettait et du fait qu'elle aurait dû le faire depuis longtemps. Le destin avait peut-être décidé de la mort imminente d'Edward Bernstein, mais abandonner celui-ci aux mains du destin ne la satisfaisait pas. Cet homme lui avait trop enlevé, et elle s'était armée de courage pour rééquilibrer la balance.

Evelyn Sawyer était donc à l'hôpital St Vincent, silencieuse, le souffle court, regardant Edward Bernstein à travers un panneau de verre dont l'épaisseur ne suffirait pourtant pas à ralentir la balle dans sa trajectoire jusqu'à son cerveau : le cerveau d'un vieil homme aux portes de la mort, d'un vieillard qui aurait dû être déjà mort, mais dont la vie, pour quelque obscure raison, tenait encore à un fil.

Et pourtant, à présent qu'elle était là, elle ne pensait plus être capable de le tuer.

Un moment, elle pleura, ou plus exactement resta là les yeux gonflés de larmes, dont l'une finit par rouler paresseusement le long de sa joue jusqu'au coin de sa bouche. Elle se souvint d'Anne, encore gamine, de Garrett, jeune homme de vingt-deux ans tout au plus, de sa façon de rire, d'avoir toujours le dernier mot... de cette époque de sa vie où tout semblait devoir bien se passer.

Mais cette promesse ne s'était jamais matérialisée, n'avait peut-être jamais été censée le faire. N'était-ce pas ainsi qu'allait le monde ?

Pour finir, avec un sentiment d'accablement et de défaite, elle fit demi-tour et reprit le chemin qui l'éloignerait d'Edward Bernstein, de St Vincent, pour la ramener jusqu'au 66 Carmine Street où tout avait commencé, et où tout finirait.

Elle se demanda si elle trouverait jamais le courage de dire la vérité à John Harper. *Toute* la vérité. Tout ce qui concernait Garrett et Anne, et les événements de cette nuit qui avait vu disparaître sa mère.

Elle l'ignorait. L'ignorerait jusqu'à ce que le moment se présente. Et jusque-là il n'y avait rien à faire, sinon attendre et voir ce qui se passerait.

Peut-être que Dieu, dans son infinie sagesse, laisserait Edward Bernstein mourir, ce qui résoudrait une partie de la difficulté.

Dehors, sur les marches de l'hôpital, Evelyn Sawyer jeta un œil vers le ciel au moment où il se remettait à neiger.

Elle lâcha le revolver au fond de sa poche et boutonna son manteau.

Reprit le chemin du retour, hésitant au premier carrefour et regardant derrière elle, comme prête à revenir sur sa décision, comme si, encore maintenant, elle pouvait faire demi-tour, retourner là-bas avec son .38 et abattre l'homme qui avait tué sa sœur.

Mais elle n'en fit rien, non pas tellement par manque de courage ou de détermination, ou d'une injustice imaginaire dont elle se serait rendue coupable, mais parce qu'elle croyait que le moment viendrait où John Harper aurait besoin d'apprendre la vérité, une chose qu'ils étaient seuls à détenir, Edward Bernstein et elle. Si Edward mourait, alors il faudrait qu'elle meure elle aussi, et cette vérité, John Harper ne la découvrirait jamais.

Elle poursuivit sa route, luttant contre la morsure du vent à chacun de ses pas.

57

L'endroit ne ressemblait à rien, et il aurait facilement pu passer à côté s'il ne l'avait pas cherché. Quand il le trouva, il fut surpris de sa petite taille, de son insignifiance, de son absence de pertinence face à tout ce qui se passait alentour. Au bas de la rue, un homme se disputait avec un chauffeur de taxi ; il était ivre, et le chauffeur, à bout de patience, les bras collés le long du corps, serrait les poings, prêt à exploser ; une SDF poussait un chariot de supermarché le long du trottoir, la voix sèche, insistante, houspillant un enfant invisible en répétant « vas-y, continue, fous tout en l'air, comme tu fais toujours » ; le bruit des voitures, des transhumances humaines, le cours précipité de la vie se déversant le long de Desbrosses et Canal depuis Hudson et Vestry.

John Harper se trouvait à la périphérie d'un autre monde, plus vaste et de plus d'importance, et pourtant c'était ici, où tout paraissait insignifiant, qu'avait eu lieu l'événement le plus marquant de sa vie.

Ici même, dans cet endroit terne et sans âme, on avait tenté de tuer son père.

Au bout de quelques minutes, peut-être sans autre raison que de se protéger de la neige qui retombait de plus belle, il alla jusqu'à la porte du magasin de spiritueux. Une banne vert sombre en triste état lui offrit un abri temporaire, jusqu'au moment où il se rendit compte qu'elle était trouée et que sa protection était toute relative.

En reculant, il se retrouva contre la porte, et avant qu'il ait eu le temps de se retourner, celle-ci s'ouvrit, et il faillit tomber à la renverse.

« Mais, bon Dieu... », s'exclama le client à l'intérieur, avant de s'écarter de la porte en toute hâte, un sac rempli de bouteilles à la main.

Harper se retourna et pénétra dans le magasin. L'endroit sentait la fumée de cigarette et le cinq-épices de la cuisine chinoise. Il y avait des allées sur la droite et la gauche de la boutique, un comptoir sur le côté, où un Coréen était en train de lire un journal, une cigarette fichée au coin des lèvres. Il leva les yeux, revint à son journal, secoua la tête avant de la relever.

« Vous ! dit-il tout à coup, d'un ton sec, presque accusateur, avant de pencher la tête sur le côté et de froncer les sourcils. Non... désolé. Je prends vous pour quelqu'un d'autre.

– Mon père, peut-être ?

– Votre père ?

– Mon père a reçu une balle ici même la semaine dernière... Dimanche dernier, on a essayé de cambrioler votre magasin, et on a tiré sur mon père.

– Ah oui, dit le Coréen, l'air soudain apeuré. Là, je vois votre figure et je dis c'est lui ! Désolé. Vraiment désolé. Oui il est abattu ici... il essaie de nous aider. D'arrêter l'homme, et l'homme tire sur lui. Vous êtes son fils ? »

L'homme sortit de derrière le comptoir et ôta la cigarette de sa bouche. « Vous êtes son fils, oui ? » répéta-t-il.

Harper acquiesça de la tête.

« Il est abattu... Il va bien ? »

Harper secoua la tête en signe de dénégation, avant de se rendre compte qu'il n'était pas allé à l'hôpital depuis... combien de temps ? Il était incapable de s'en souvenir. Il ne savait même pas dans quel état était son père.

« Il est à l'hôpital, dit Harper.

– Oui, bien sûr, bien sûr, dit l'homme. Vous devez porter à lui des fleurs pour nous ou quelque chose. » Il s'empressa d'aller piocher un billet de vingt dollars dans sa caisse, avant de revenir à grands pas et de le glisser dans la main de Harper, qui n'était pourtant pas prêt à l'accepter. « S'il vous plaît, s'il vous plaît, reprit-il, vous achetez à lui des fleurs ou quelque chose... Votre père, lui il essaie de nous aider, il essaie d'empêcher l'homme de cambrioler.

– Vous avez parlé à la police ?

– Oui, dit le propriétaire du magasin. Je parle à la police mais j'ai pas beaucoup à dire. Moi je vois pas la personne qui tire sur votre père. Je vois pas sa figure, vous comprenez ? »

Harper hocha la tête, regarda le billet de vingt dollars dans sa main et se demanda si c'était là le prix de la vie d'Edward Bernstein.

« Alors, vous lui dites que nous sommes reconnaissants à lui pour ce qu'il fait. Moi et ma femme, vous lui dites merci pour ce qu'il fait. Vous direz à votre père, oui ?

– Il venait ici ? demanda Harper.

– Dimanche, oui... il vient ici.

– Je veux dire, régulièrement ?

– Juste le dimanche, répondit l'autre, l'air étonné.

– Tous les dimanches ?

– Presque, oui. S'il vient pas une fois, peut-être deux, les derniers mois, il vient toujours la semaine après et il nous dit lui parti chez des amis ou autre chose. Un homme gentil, votre père. Il dit jamais beaucoup, toujours amical, et il me donne souvent plus d'argent, dix dollars, des fois vingt... Un homme bon... très gentil.

– Vous avez son vin ?

– Oui, oui... Vous voulez une bouteille pour lui ? Pour lui aller mieux, oui ? »

Le propriétaire du magasin se tourna vers l'allée de gauche pour gagner le fond du magasin. Un moment plus tard, il revenait avec dans la main une bouteille qu'il tendit à Harper. Celui-ci la tint devant lui un instant, puis regarda l'étiquette. C'était bien un cabernet sauvignon, comme l'avait indiqué Walt Freiberg.

Harper ferma les yeux et serra les dents.

Les choses n'étaient jamais ce qu'elles paraissaient être de prime abord. Peut-être Freiberg avait-il raison. Peut-être Duchaunak s'était-il laissé leurrer par une mise en scène faisant croire à un cambriolage.

« Vous voulez une autre bouteille pour lui ?

– Non, non, ça va, merci », marmonna Harper en secouant la tête avant de se tourner vers la porte.

Une fois dehors, il tendit le billet de vingt dollars à la femme au chariot.

Elle le regarda, médusée.

« Pour l'enfant, dit-il. Et ça, c'est pour vous », ajouta-t-il en lui tendant la bouteille.

Elle se mit à rire, un rire presque douloureux à entendre.

Le son de ce rire dérangeant et si peu familier le poursuivit jusqu'au coin de la rue, l'entraînant loin de la scène du braquage.

La réunion était terminée. La salle n'était plus que chaises et tables vides.

Le souvenir des voix s'attardait comme un fantôme au milieu de l'épais nuage de fumée tassé contre le plafond.

Ben Marcus était assis tout au fond, à l'endroit le plus éloigné de la porte, avec Sol Neumann à sa droite.

« Alors, on a toujours rien ? demanda Marcus.

– Non, rien de nouveau, répondit Neumann.

– C'est un leurre, non ? dit Marcus avec un sourire sardonique. Rien d'autre qu'un leurre, répéta-t-il, en riant cette fois, mais sans aucune trace d'humour. Faut quand même reconnaître ça à Walt Freiberg... il a agi vite, il a su prendre l'initiative, pas vrai ? Il a fait venir le gamin de Miami et fait croire à tout le monde que c'était une sorte de caïd.

– Ça pourrait l'être, dit Neumann. On sait rien sur son compte. Il y a toutes sortes de bruits qui circulent, comme quoi il est ceci, et encore cela... mais putain, rien de sûr.

– Je te dis, moi, qu'il n'est rien. C'est le fils de Lenny, et c'est tout ce que je suis prêt à avaler pour le moment. Y a pas plus de gang dans le Sud que de beurre en branche. On en aurait entendu parler, à l'heure qu'il est. On a eu une semaine, des contacts avec je sais pas combien de personnes, on se retrouve sans rien de sérieux entre les mains. Walt Freiberg nous a vendu du vent, Sol, et le pire, c'est que nous, on a acheté.

– Qu'est-ce que tu proposes, alors ? »

Marcus se pencha en avant, fouilla dans sa poche, d'où il sortit ses cigarettes. Chacun de ses mouvements et de ses gestes semblait réfléchi, irrévocable.

« T'as quelqu'un sous la main qui pourrait prendre la place de Freiberg le 24 ?

– Bien sûr..., dit Neumann en haussant les épaules. Je peux toujours trouver quelqu'un pour ce genre de boulot.

– Alors, t'appelles, d'accord ? Tu trouves quelqu'un et tu demandes à Ray et Albert de le mettre au parfum *fissa.* »

Neumann hocha la tête sans un mot.

Marcus alluma sa cigarette et se renversa sur son siège.

« On se réunit quand même comme prévu demain ? demanda Neumann.

– Bien sûr que oui, Sol... On va rencontrer Walt Freiberg demain... mais il va amener le gamin avec lui.

– Merde alors... y faut que je voie ça ! » dit Neumann en souriant.

Marcus se tourna et hocha lentement la tête.

« Je vais te les faire danser, mon vieux, je te dis que ça ! Et après je les bute, ces deux enfoirés. »

58

Le soleil était à peine levé que Freiberg arrivait, accompagné de Cathy Hollander. Il demanda à la réception de réveiller Harper, lui dit de s'habiller : ils seraient là dans quclqucs minutes.

Harper leur ouvrit la porte, en tee-shirt et caleçon.

« Il faut qu'on parle, annonça Freiberg, une cigarette à la main, qu'il écrasa distraitement dans le cendrier avant d'en allumer une autre.

– Qu'on parle de quoi ? demanda Harper.

– De la rencontre programmée avec Ben Marcus.

– Eh ben, quoi ? » dit Harper en fronçant un sourcil interrogateur.

Freiberg s'assit devant le bureau, sembla hésiter un instant, puis se releva pour aller se poster devant la fenêtre.

« Qu'est-ce qu'il y a ? Est-ce que l'un de vous va avoir la bonté de me dire ce qui se passe, nom de Dieu ?

– Cette rencontre... Il va falloir que tu m'accompagnes.

– Quoi ?!

– Tu viens avec moi », répéta Freiberg.

Harper recula d'un pas et s'assit sur le lit, le poids du monde sur ses épaules.

« Vous êtes cinglé ou quoi ? Seigneur, mais vous vous croyez où... au théâtre ? »

Freiberg était à cran ; c'était la première fois que Harper le voyait autrement que calme et plein d'assurance. Il fumait nerveusement, debout devant la fenêtre, dos à la lumière. Harper avait mal aux yeux rien qu'à le regarder.

« On a pas le choix, dit Freiberg. Si tu viens pas, on est tous foutus.

– Et ça date de quand, ça ?

– Hier soir tard, dit Freiberg en allant se rasseoir au bureau avec un coup d'œil en direction de Cathy, laquelle avait l'air tout aussi tendue. Neumann m'a appelé tard dans la soirée… pour me dire que l'entretien aurait lieu comme prévu, mais que Marcus voulait te rencontrer en personne.

– Et vous avez dit oui ?

– Putain, tu crois peut-être que j'avais le choix, John ? explosa Freiberg, qui éteignit sa cigarette, se leva et enfonça les mains dans son pardessus. À ton avis ? J'étais putain de coincé, oui.

– C'est hors de question, Walt… même pas dans vos rêves, répliqua Harper, qui tenta de se mettre debout mais retomba lourdement.

– Il le faut absolument », intervint Cathy, avant d'aller s'asseoir à côté de Harper sur le lit défait. Elle tendit la main pour lui prendre le bras, mais Harper s'écarta.

« Tu peux pas faire autrement, John… on n'a plus qu'à tirer le rideau si tu viens pas. C'est pas un truc qu'on peut traiter à la légère. C'est du sérieux, crois-moi, une question de vie ou de mort. Si tu refuses de venir, tout ce qu'a créé ton père…

– Ah merde, arrêtez avec ça ! l'interrompit Harper en se tournant brusquement. Tout ce qu'a créé mon père ? Mais vous délirez ou quoi ?

– Ça suffit ! fit claquer Freiberg, hors de lui. C'est comme ça, point barre. Tu t'habilles et on va ensemble voir Ben Marcus. Tu feras de ton mieux, voilà tout. Vu la situation, si on refuse de l'affronter, on est morts. Si on accepte… si on accepte, eh bien, il nous reste peut-être une chance.

– Et si je refuse ? Si je vous dis de foutre le camp d'ici et que je retourne à Miami ? »

Freiberg prit une profonde inspiration avant d'expirer lentement. Il retira sa main gauche de la poche de son pardessus, d'où il sortit son briquet qu'il se mit à tourner et à retourner entre ses doigts.

« Tu n'as aucune idée de ce que ces gens sont capables de faire pour sauver la face, John… Tu quittes New York, ils me tueront, et Cathy avec moi, et, histoire de rigoler, ils retrouveront ta trace à Miami et ils te liquideront toi aussi. »

Harper resta assis sans bouger.

« Sérieusement, John, dit Cathy, qui, tendant à nouveau la main, réussit cette fois à saisir Harper par l'épaule. Sérieusement… c'est le seul espoir qu'il nous reste à l'heure qu'il est.

– Le seul et unique, reprit Freiberg en écho. Sinon… je n'ose même pas envisager…

– Ça suffit, dit Harper en levant une main, avant de regarder Cathy. Autrement dit, vous me conduisez à ma mort, c'est ça ?

– Dans un cas comme dans l'autre…, dit-elle en secouant la tête et en regardant Freiberg. Bon sang, John, Walt a raison. Si nous y allons, nous avons encore une chance. Dans le cas contraire, c'est la fin pour nous tous. »

Neuf minutes plus tard, il laissait Cathy lui nouer sa cravate, faute de pouvoir le faire lui-même tant ses mains tremblaient.

Ils partirent ensemble tous les trois. Au cas où… Harper laissa un mot pour Evelyn Sawyer, dans lequel il lui disait simplement qu'il était désolé, incapable d'ajouter un mot.

Agressif.

Les manières de quelqu'un qui croit que l'on peut posséder le monde et qu'il en détient lui-même la plus grande partie.

Ben Marcus n'impressionna pas favorablement John Harper. Malgré la chaleur apparente de son accueil, malgré les louanges à l'adresse d'Edward, les allusions à la grande et vieille amitié qui les liait, au fait que la ville n'avait jamais connu ni ne connaîtrait jamais deux personnes plus résolues ni plus audacieuses dans leurs entreprises que lui-même et Edward Bernstein, on sentait la suspicion affleurer dans tous ses propos.

John Harper n'aima pas Ben Marcus, et il lui fallut prendre sur lui pour ne pas laisser transparaître son antipathie.

La pièce où ils se trouvaient était située au troisième étage d'un hôtel non loin de l'endroit où Varick devenait la 7e. C'était Charlie Beck qui les y avait amenés, Walt Freiberg à l'avant, Cathy et lui-même à l'arrière, parlant beaucoup tous les deux mais sans rien dire d'important. Elle avait l'air naturelle et détendue, comme si c'était le genre d'attitude la plus normale qui soit. John Harper, lui, aurait tout donné pour rester un moment seul avec elle, pouvoir lui avouer ses sentiments et lui demander si, de son côté, elle ressentait quelque chose pour lui. Mais en réalité, il ne pensait guère qu'à l'endroit où il se rendait, à ce qui pouvait se passer quand il y serait. Pour ces gens, rien que d'habituel sans doute. Mais pour lui, c'était plonger encore plus profondément, l'appréhension au cœur, dans des eaux troubles qu'il n'avait aucune envie d'explorer.

Une seule idée le retenait là où il était, empêchait ses mains de trembler, l'obligeait à rester concentré. Que d'autres puissent mourir par sa faute s'il ne suivait pas les ordres de Walt. D'autres qui avaient encore moins à voir avec cette vie que lui-même. Oui, pas seulement Freiberg et Hollander, mais des gens comme Lauren Sachs qui avaient fait la malheureuse expérience des retombées et des dégâts collatéraux engendrés par le monde de Ben Marcus et de Lenny Bernstein.

« Sonny, n'avait cessé de lui répéter Walt. Il va t'appeler Sonny Bernstein. C'est sous ce nom qu'il te connaît, et c'est à ce nom que tu devras répondre, d'accord ?

– D'accord », avait dit Harper, sans poser plus de questions.

Il resta assis en silence, dans son costume impeccablement coupé, sa chemise blanche et sa cravate bordeaux. Il regarda des chaussures qui auraient pu refléter son visage fatigué. Jeta un coup d'œil à la montre offerte par Walt Freiberg, sans même relever l'heure qu'elle indiquait.

« Tout va bien se passer », répéta Cathy Hollander à plusieurs reprises, mais Harper savait qu'elle mentait. Elle lui tenait gentiment la main, presque tendrement, et chaque fois qu'elle prenait la parole, elle la pressait pour le rassurer. À un moment, Harper se tourna vers elle. Ses yeux fouillèrent son visage pour découvrir l'endroit où elle se cachait derrière la façade qu'elle présentait au monde, derrière ses mots et ses gestes, son expression résolue, et, au bout d'un moment, il en arriva à la conclusion qu'un tel endroit n'existait peut-être pas. Peut-être que la vraie Hollander était partie depuis longtemps avec l'un de ses *alter ego* – Margaret Miller, ou Diane Sheridan, parmi bien d'autres, qui sait.

Une fois arrivés à l'hôtel, ils prirent l'ascenseur jusqu'au troisième. Cathy Hollander, Walt Freiberg, Charlie Beck et lui. Personne n'ouvrit la bouche jusqu'à ce qu'ils foulent la moquette épaisse du couloir, et ce fut Walt qui dit alors : « La rencontre ne durera pas... c'est davantage une formalité qu'autre chose. Nous devons le faire, John, nous devons le faire absolument pour nous assurer que tout se déroulera comme le souhaitait Edward. »

Il y avait quelque chose dans le ton de Freiberg qui donnait une fausse idée de ce que serait en réalité cette rencontre. Si tout ce que John Harper avait entendu dire à propos de Ben Marcus était vrai, alors cet entretien serait beaucoup plus qu'une simple formalité. C'était là que le moindre faux pas pouvait leur coûter la vie. Son cœur battait à tout rompre. Il avait les mains moites, et il les frotta contre les jambes de son pantalon. Il ne voulait pas serrer la main de Ben Marcus et risquer de mettre un terme à la pièce avant même qu'elle ait commencé.

Harper signifia qu'il avait compris en grommelant quelques mots, puis retomba dans le silence jusqu'à ce que Charlie Beck frappe à la porte de la chambre et que quelqu'un leur intime d'entrer. Il y eut un instant d'hésitation, puis Walt se retourna et eut un signe de tête à l'adresse de Cathy Hollander et de Beck, lesquels reculèrent sans un mot. Harper les regarda faire demi-tour et repartir en direction de l'ascenseur.

« Ils vont attendre dans la voiture, dit Walt. On les y retrouvera une fois la réunion terminée. »

Freiberg ouvrit la porte, Harper le suivit, tout en se demandant si cette pièce serait la dernière dans laquelle il entrerait jamais vivant.

Marcus se leva et s'avança aussitôt vers eux.

« Sonny Bernstein ! s'exclama-t-il d'une voix profonde, exubérante et solennelle. Sonny Bernstein... Dieu tout-puissant, la ressemblance est si frappante que j'ai l'impression d'être transporté trente ans en arrière et de rencontrer votre père pour la première fois. »

Harper sourit et tendit la main, que l'autre serra avec effusion.

« Monsieur Ben Marcus, dit-il. Votre nom et votre réputation vous précèdent.

– En mal, je suppose ? plaisanta son interlocuteur.

– Bien sûr, en mal, et même pire que ça, monsieur Marcus », confirma Harper en souriant à nouveau, le visage crispé sous l'effet de la tension, mais les yeux fixés sans ciller sur Ben Marcus.

Il s'efforçait de ne montrer aucun signe d'effroi, alors qu'au-dedans de lui, il était déjà sorti de l'immeuble à toutes jambes, hurlant comme un perdu.

« C'est bon, ça ! dit Marcus en riant. Ça me plaît. Il est drôle... Je l'aime bien », ajouta-t-il en se tournant vers Freiberg.

Deux hommes firent leur apparition derrière Marcus.

« Mes associés, M. Neumann et M. Reiff », annonça le patron.

Harper remarqua les yeux enfoncés dans les orbites, les visages massifs, rappelant les portraits de Burke et de Hare[1].

« Venez, venez, dit Marcus en indiquant deux canapés et quelques fauteuils disposés devant la fenêtre. On va s'asseoir tranquillement, prendre un verre, un café peut-être, et discuter. On règle les derniers détails au nom d'Edward et on conclut définitivement notre accord avant demain. »

Tout ce qu'il disait était sur le même ton – direct, mais avec un curieux manque d'assurance, et sous-tendu par une agressivité qui semblait mettre quiconque au défi de s'opposer à lui.

1. Auteurs d'une série de meurtres retentissants commis à Édimbourg en 1827-1828.

Harper eut la nette impression que Marcus voulait tout contrôler autour de lui. C'était peut-être là l'explication de cette rencontre.

Tout le monde prit place. Reiff appela la réception pour faire monter du café. Des cigarettes furent allumées, des cendriers distribués. Ben Marcus et Walt Freiberg avaient choisi de s'asseoir côte à côte dans des fauteuils en cuir à oreillettes. Harper préféra une banale chaise en bois à dossier droit. Il se tenait très raide, le visage indéchiffrable, les yeux passant alternativement de Marcus à Freiberg, sans jamais un regard pour Neumann ou Reiff, lesquels semblaient hanter la périphérie de la réunion comme des ombres chinoises.

« C'est vraiment une surprise de découvrir qu'Edward avait un fils, dit Marcus. Pendant toutes ces années où on s'est fréquentés, jamais il n'a fait mention de votre existence. »

Pense aux gens qui risquent de mourir, se morigéna Harper. *Pense aux morts dans les halls de banques.*

Harper secoua la tête et balaya le commentaire de la main.

« On ne peut pas toujours être au courant de tout, monsieur Marcus.

– C'est vrai, dit l'autre, mais il semble étrange qu'un homme de votre réputation, avec tous les contacts qu'il a forcément, n'ait pas d'histoire.

– Pas d'histoire ? s'étonna Harper, en s'efforçant de sourire.

– Oui… des gens qui vous connaissent. Qui parlent de vous.

– Il y a beaucoup de gens qui me connaissent, monsieur Marcus.

– Je n'en doute pas, monsieur Bernstein, mais il est tout de même bizarre de ne pouvoir mettre la main sur aucun.

– Vous n'avez sans doute pas frappé aux bonnes portes.

– Sans doute, sans doute, concéda Marcus, qui s'éclaircit la voix et se cala dans son fauteuil. Alors, parlez-moi un peu de vous… Je suis curieux d'avoir un aperçu de vos activités, là-bas, à Miami.

– Miami ?

– Oui, Miami. Votre petit territoire, c'est ça ?

– Je ne pensais pas que cet entretien avait pour but d'étaler mes affaires personnelles, monsieur Marcus, dit Harper en glissant un coup d'œil à Freiberg.

– Non, bien sûr que non, dit Marcus en souriant, puis en riant un peu. Il y a simplement que quand on entre en affaires avec quelqu'un, on aime bien savoir qui on a en face de soi.

– Ça dépend. »

Marcus fronça les sourcils et commença à se redresser.

« Mon intention n'est nullement de me montrer discourtois, monsieur Marcus, bien au contraire, mais la question de mes activités professionnelles me semble sans pertinence aucune au regard de nos préoccupations immédiates. Si vous voulez en savoir davantage sur mon compte, alors il va vous falloir demander à votre équipe de faire montre d'un peu de persévérance.

– C'est déjà fait, monsieur Bernstein.

– Et qu'ont-ils trouvé ?

– Rien de bien significatif, voyez-vous. Et c'est bien ce qui m'a étonné. Regardez, moi, par exemple. Quelqu'un souhaite apprendre deux ou trois bricoles sur mon compte, eh bien, il trouvera une multitude de gens qui auront une opinion, un point de vue à donner, quelque chose à dire, en bien ou en mal.

– Et vous n'avez trouvé personne qui ait quelque chose à vous dire au sujet de Sonny Bernstein ?

– En tout cas, c'est ce qu'il semblerait... ce qui explique que je voulais vous rencontrer ici aujourd'hui pour vous donner une chance de vous présenter.

– Ce que j'ai fait.

– En effet, vous vous êtes présenté... ou plutôt vous m'avez donné à voir un visage sans rien derrière, dit Marcus en se calant contre son dossier. Sun Tzu dit que c'est le propre du général que d'être discret et ainsi de garantir le secret... ce que vous avez manifestement réussi à faire concernant votre position et vos activités à Miami. »

Harper regarda une fois encore Freiberg.

Pense aux vigiles victimes de blessures par balle.

L'expression de Freiberg ne laissait rien transparaître. Harper se demanda ce qu'il ressentait, si tant est qu'il ressentît quoi que ce soit.

Pense aux enfants qui rentrent de l'école pour découvrir que maman a été tuée pendant qu'ils étaient en cours de maths.

Harper sourit et secoua la tête. Il se redressa lui aussi sur sa chaise, adoptant une attitude naturellement détendue.

« Ma position et mes activités sont mes affaires, monsieur Marcus, autant que peuvent l'être les vôtres pour vous. Mais je peux comprendre, au vu des circonstances, que vous ayez voulu vous renseigner sur mon compte.

– Naturellement, dit Marcus avec un sourire.

– Vous saurez alors que ma position et mes affaires ont aussi peu à voir avec Miami que les vôtres. »

La remarque provoqua chez Marcus un haussement de sourcils appuyé.

« Sun Tzu, si je ne m'abuse, poursuivit Harper, a également dit que le combattant habile se met dans une position telle qu'elle rend la défaite impossible. Nous créons des apparences, n'est-ce pas ? Nous prétendons que notre position de force est dans un lieu alors qu'elle se trouve dans un autre. Interroger des gens à mon sujet à Miami ne servirait à rien... c'est comme si, moi-même, je posais des questions sur vous à Boston.

– Walt, dit Marcus en se tournant vers celui-ci, m'a dit que vous étiez de Miami.

– Nous jouons tous à une sorte de jeu, monsieur Marcus. De Floride, oui. De Miami, non. Comme je viens de le dire, mes affaires à Miami ne comptent pas davantage que celles que vous pouvez y avoir vous-même.

– Alors, c'est que vous avez des hommes ailleurs ?

– Ce que j'ai et ce que je n'ai pas ne sont pas des points à l'ordre du jour de notre entretien », dit Harper avec un sourire.

Marcus regarda à nouveau Freiberg.

« Nous sommes tous tenus d'assurer la protection de nos associés, dit Freiberg en souriant. Tu le sais très bien. Nous ne sommes pas ici pour discuter de la position de Sonny, ni des affaires qu'il est susceptible de diriger ailleurs. Tu comprends, aussi bien que n'importe qui, que nous prenons toutes les précautions qui s'imposent, et que c'est dans la nature même de notre business. Nous sommes ici pour discuter de la seule question qui nous occupe en ce moment, et de rien d'autre. Tout ce que je peux te dire à ce sujet, c'est que Sonny est prêt à accepter des conditions raisonnables, et qu'il le fera pour son père. »

Marcus hésita un instant, une lueur fugitive passant dans ses yeux. Il regarda à nouveau Harper. Lequel lui rendit son regard sans ciller. Puis Marcus tourna la tête vers le mur contre lequel se tenaient Reiff et Neumann. Un mouvement presque imperceptible, mais bien réel. La légère inclinaison de la tête signifiant aux deux hommes que les instructions qu'il avait pu leur donner précédemment étaient désormais caduques.

Marcus s'avança sur le bord de son siège.

« Vous comprenez le fonctionnement de cet accord, bien sûr, commença-t-il.

– Ce que je comprends, c'est que nous sommes ici en tant qu'intermédiaires.

– Oui, c'est ça. Et si je comprends bien, vous êtes ici en tant que mandataire de votre père.

– Je suis ici pour m'assurer que la proposition qu'il a faite sera respectée à la lettre. J'ai été fort bien informé des termes de la vente, et je suis bien décidé à la voir exécutée en dépit des circonstances actuelles. »

Harper jeta un coup d'œil à Freiberg, qui à son tour inclina la tête de manière à peine perceptible. *Tu te débrouilles super bien, Sonny,* disait le geste. *Vraiment comme un chef.*

« Bien, dit Marcus. Inutile de dire que je me fais énormément de souci pour Edward, mais bien que son état reste critique et qu'il risque de ne pas survivre à cette épreuve, je crois aussi sincèrement que c'est là ce qu'il aurait voulu. Walter, poursuivit-il en se tournant vers Freiberg, est un homme que je connais de longue date, et même si nous avons eu des différends, je continue à respecter son statut de conseiller et de confident de votre père. Cependant, au vu de la nature de la situation, de la façon dont votre père s'est vu soudainement et brutalement mis dans l'incapacité de poursuivre cette négociation, j'accède volontiers à son souhait de voir un représentant de la famille d'Edward être présent à la conclusion de ce marché. Nous parlons ici d'une très grosse affaire, et il convient que les choses se fassent correctement, ou pas du tout. »

Harper approuva. Il avait la bouche sèche, la gorge nouée. Un moment, il crut qu'il allait perdre l'équilibre. Il appuya fortement les pieds sur le sol, au point de sentir la tension remonter dans ses genoux. Il s'éclaircit la voix et prit à son tour la parole.

« Le contrôle que mon père exerçait sur ses affaires s'est trouvé remis en question par la tentative de meurtre dont il a été victime. Il aurait été bien trop facile de lui enlever ses biens et son territoire par la force. Une armée perd tout pouvoir dès lors que tombe son chef. La confusion et le désordre s'installent. Les alliances sont rompues, et les loyautés changent de camp. Ma présence ici n'a d'autre but que la consolidation des intérêts de mon père et ma volonté d'agir en son nom. Je comprends la position de Walter, le fait que son autorité ait pu paraître discutable, mais je vous donne l'assurance que je suis moi-même en position d'agir au nom de mon père et de ses intérêts et de mener cette opération à bien.

– Et au cas où l'on échouerait à conclure cet accord de manière satisfaisante ?

– Alors, je ne passerai aucun appel à Miami, monsieur Marcus… Miami est bien le dernier endroit que j'appellerai.

– Il n'y avait ni menace ni provocation dans ma question, monsieur Bernstein.

– Je n'ai jamais rien dit de tel.

– Mais vous semblez impliquer…

– Impliquer n'est pas menacer ni provoquer, le coupa Harper. Il y a implication quand on pense percevoir quelque chose dans les paroles d'une autre personne. Nous sommes des hommes d'affaires, monsieur Marcus. Je suis ici pour mon père, et pour aucune autre raison. Cette histoire..., dit Harper en balayant le sujet d'un geste. Cette histoire de territoires à New York ne m'intéresse guère, personnellement. Ce qui m'occupe au premier chef, c'est le nom de mon père, de ma famille, et l'obligation dans laquelle je suis de veiller à ce que les influences et les moyens dont je dispose soient judicieusement employés pour garantir la réputation de cette famille. Vous réglerez votre affaire avec M. Freiberg. Vos gars et ceux de mon père travailleront ensemble demain et concluront cette mission à la satisfaction de tous. Une fois chose faite, je me chargerai de mon père, avant de rentrer moi-même en Floride. Si j'ai bien compris, vous allez vous retrouver avec les deux territoires sous votre contrôle. C'est bien ça ?

– Tout à fait, oui.

– Alors, si j'ai un conseil à vous donner, monsieur Marcus, c'est d'être fidèle à votre parole, de mener cette opération à son terme sans causer d'ennuis superflus. »

Harper se renversa sur sa chaise et sourit. Il se sentait plein d'assurance, presque maître de lui. Il savait que ce n'était qu'un faux-semblant. Il savait que dès l'instant où il quitterait la pièce, il craquerait complètement.

« C'est tout, monsieur Marcus. Ni plus ni moins, conclut-il avec un sourire engageant.

– Mais cela me suffit, dit Marcus.

– L'affaire est donc réglée, intervint Freiberg. En échange du transfert à votre profit de tous les biens, intérêts et avantages et de l'acquisition de l'ensemble du territoire préalablement possédé et contrôlé par Edward Bernstein, vous acceptez de verser la somme de sept millions et demi de dollars, qui sera remise en espèces demain soir en un lieu qui reste à déterminer.

– Vous avez mon accord, dit Marcus au bout d'un instant de silence, pendant lequel il fit le tour des visages devant lui.

– C'est bon pour toi aussi, Sonny ?

– C'est bon », dit Harper, qui sentait son cœur marteler sa poitrine.

Il aurait voulu bouger, faire n'importe quoi pour ne pas rester en face de Ben Marcus. L'homme avait quelque chose de terrifiant. Un concentré sous forme humaine de cauchemars sans fin. Un homme comme lui tuerait sans retenue, sans scrupule, sans se préoccuper des conséquences. Peut-être, se dit Harper, qu'il n'avait jamais eu d'autre intention que celle-là.

Marcus se leva, aussitôt imité par Harper. Ils se retrouvèrent au centre de la pièce. Chacun d'eux hésita un instant, puis ils se serrèrent la main pendant un long moment, tout en se fixant droit dans les yeux.

Marcus recula. Il semblait maintenant dans son élément.

« C'est vraiment regrettable, vous ne trouvez pas, que vous ne nous accompagniez pas demain dans notre petite entreprise. On aurait peut-être pu utiliser certains de vos gars, qu'en pensez-vous, Sonny ? Je pense que la 12e Ouest…

– Pas de détails, s'il te plaît, intervint précipitamment Freiberg, qui se leva à son tour. Sonny ne sera pas des nôtres sur cette opération, Ben. Inutile qu'il soit au courant de quoi que ce soit susceptible de mettre en péril l'objectivité de sa position. Il n'est ici qu'en tant que représentant de son père, et pour s'assurer que l'accord que tu avais passé avec Edward tient toujours. Ce point maintenant clarifié, il n'a plus qu'à rentrer en Floride s'occuper de ses propres affaires.

– Bien sûr, bien sûr. » Marcus sourit. « Bon, maintenant que notre affaire à nous est réglée, on va pouvoir prendre un café, échanger quelques banalités et aller préparer Noël, d'accord ?

– Absolument », dit Harper, certain de n'avoir jamais de sa vie souhaité aussi désespérément être ailleurs.

En quelques minutes, tout était terminé. Marcus serra à nouveau la main de Freiberg et de John Harper, avant de les raccompagner jusqu'à l'ascenseur. Lui et ses sbires attendirent qu'il arrive et regardèrent les deux autres y pénétrer, sans que jamais les yeux de Marcus ne quittent la personne de John Harper, pas même quand les portes se refermèrent et que l'ascenseur se mit en branle. Harper et Freiberg restèrent immobiles, chacun d'eux observant le plus grand silence jusqu'au rez-de-chaussée.

« Tu as été très bien, dit doucement Freiberg, presque dans un murmure. Tu t'es magnifiquement débrouillé, John. Edward... bon Dieu, Edward aurait été fier de toi. »

Harper, en proie au plus grand désarroi, à la plus grande confusion de sentiments qu'il ait connue, se dit qu'il n'atteindrait jamais la voiture.

Il y parvint grâce à Walt Freiberg, qui le soutint tout au long du trajet.

« Peu m'importe », dit Marcus, nerveux, irrité.

Sol Neumann était à la fenêtre et regardait dans la rue quand Walt Freiberg et Sonny Bernstein émergèrent de l'hôtel. Il les vit regagner la voiture garée le long du trottoir d'en face.

« Laisse tomber, Sol », continua Marcus.

Neumann se retourna et revint s'asseoir.

« Quand cette histoire sera terminée... une fois passé le 24 décembre, j'irai trouver Walt Freiberg et je le descendrai.

– Et Sonny Bernstein ? demanda Neumann. Qui que soit ce type... qu'est-ce qu'on en fait ?

– On en a rien à foutre, de ce connard, dit Marcus en balayant la remarque d'un geste de la main. Il retourne là d'où il vient, point barre. On a ce qu'on voulait.

– Et Lenny ?

– Lenny va clamser. S'il est pas mort d'ici Noël, on enverra quelqu'un à l'hôpital pour en finir une bonne fois pour toutes. »

Neumann acquiesça d'un signe de tête, sans un mot.

« Quoi qu'il se passe maintenant, dit Marcus, tout New York, ou presque, est à nous. Et c'est pas trop tôt... c'est comme ça que ça aurait toujours dû être. »

59

Plus tard, à 8 heures ou presque, après avoir quitté l'hôtel et marché sur une distance de quatre blocs en direction de l'ouest, Harper s'arrêta à une cabine publique et composa le numéro du portable de Duchaunak.

« Je suis allé à leur réunion, dit-il.

– Quoi ?!

– La réunion avec Freiberg et Marcus... un changement de dernière minute. Il a fallu que j'y aille aussi.

– Nom de Dieu... Mais qu'est-ce que...

– C'est fini. On passe à autre chose. Il faut que je rentre à l'hôtel.

– Alors, comment ça s'est déroulé ? demanda Duchaunak.

– La 12e Ouest, dit Harper. C'est tout ce que je sais.

– Quoi, la 12e Ouest ?

– Comment voulez-vous que je le sache, putain ? C'est tout ce que j'ai pu obtenir. Marcus a dit un moment que c'était regrettable que je ne puisse pas les accompagner demain, et c'est à ce moment-là qu'il a fait une allusion à la 12e Ouest. Freiberg l'a alors interrompu pour l'empêcher d'en dire plus.

– Vous pensez que ça pourrait être une de leurs cibles ? demanda Duchaunak.

– Le flic, c'est vous, merde. Ce que je pense, moi... j'en sais rien, peut-être qu'ils vont tous se retrouver là-bas pour choisir leurs cadeaux de Noël.

– D'accord, d'accord, concéda l'inspecteur. Je pensais tout haut, c'est tout.

– Alors, allez penser ailleurs. Il faut vraiment que je rentre.

– Monsieur Harper ?

– Quoi ?

– J'apprécie votre aide, vous savez.

– Je n'ai pas mieux à vous offrir… après ça, c'est fini. Si, encore une chose, dit-il au bout d'un moment.

– Quoi donc ?

– J'ai accepté de faire ce que me demandait Freiberg pour trois cent mille dollars. C'est le marché que j'ai conclu avec lui. Si j'acceptais, je repartais avec trois cent mille dollars en poche. »

Harper n'attendit pas la réponse ; il raccrocha et sortit de la cabine en poussant la porte du coude.

La neige tombait, drue et épaisse.

Demain, ce serait la veille de Noël.

60

8 h 42.

« Il a appelé combien de fois ? demanda McLuhan.

– En comptant cette fois, je dirais… sept. Quatre hier soir et trois ce matin.

– Et qu'est-ce qu'il dit ?

– Qu'il doit absolument vous parler, que c'est en rapport avec le fils de Lenny Bernstein. »

McLuhan resta assis sans bouger. C'était la veille de Noël. S'il y avait une chose dont il n'avait pas besoin, c'était de Duchaunak lâché dans New York, hors de tout contrôle, après avoir franchi, qui sait, la ligne de démarcation, si tant est qu'il y en eût une, entre sa raison et ses obsessions.

« Appelle Faulkner… Il y a toute chance pour que lui sache ce qui se passe.

– C'est déjà fait, répondit Oates. Sur son fixe et sur son portable, j'ai laissé des messages sur les deux. Il a de la famille dans le nord de l'État, je parierais qu'il est parti là-bas pour Noël.

– Noël en famille, hein ? C'est ce qu'on devrait tous faire. Il t'a paru comment au téléphone ?

– Duchaunak ? Dieu sait, chef… Il est comment d'habitude ? Dingo ?

– Bon Dieu, ça va pas du tout, ça. Il appelle encore une fois, tu me le passes. Ne le laisse parler à personne d'autre, tu le bascules direct sur mon poste, tu m'entends ?

– Compris, dit le brigadier Oates avant de faire demi-tour pour quitter le bureau.

– Ah, encore une chose. »

Oates se retourna.

« Pas un mot à qui que ce soit. Pas un traître mot, pigé ?

– Pas un mot sur quoi ? Sur le fait qu'il ait appelé ou qu'il soit dingo ?

– Qu'il ait appelé, bon Dieu ! répondit McLuhan, l'air exaspéré. Ne dis à personne qu'il a pas arrêté d'appeler.

– À vos ordres, chef », dit Oates, qui disparut dans le couloir en direction de l'ascenseur.

Ce n'est qu'à la quatrième tentative que la voiture démarra. C'était un break Chrysler Plymouth antédiluvien, mais le Dr Kenneth Wiltsey était bien décidé à le conduire jusqu'à ce qu'il rende l'âme. C'était un homme d'habitudes, peu soucieux des tendances et des modes, qui considérait toute tentative pour l'obliger à se remettre en question comme blessante et intolérable. Âgé de cinquante-trois ans, il était présentement directeur du département d'anthropologie et religion de l'université d'État de New York, diplômé de l'université d'Oxford, Royaume-Uni, avec mention, en études religieuses.

S'agissant de Dieu, Kenneth Wiltsey en connaissait un rayon. Il en allait différemment des voitures. D'où les tentatives infructueuses pour faire démarrer le break au terme d'une nuit de grosses chutes de neige. L'université était officiellement fermée la veille de Noël, mais – histoire de célébrer l'occasion et de saluer la donation d'un bienfaiteur privé, qui permettrait de financer la construction d'une annexe à la bibliothèque universitaire – une réception autour d'un déjeuner y était organisée. Le docteur avait été prié non seulement de présider au déjeuner, mais de prononcer l'allocution introductive. Il n'avait pas de famille à proprement parler, et aucune réunion d'ascendants et de descendants ne l'attendait le lendemain. Quand des collègues parlaient de rassemblements de ce genre, Wiltsey n'éprouvait que soulagement. Pour le réveillon de Noël, il avait été invité – et avait bel et bien accepté l'invitation – par le vice-chancelier de l'université, Robert Bryan, et, sur le chemin de la réception, il devait s'arrêter dans une petite librairie, Au Repos du Lecteur, où, entre les mains d'une très agréable jeune femme du nom d'Annie Parrish, l'attendait un exemplaire daté de 1828 de *Lettres sur les mœurs et les institutions des États-Unis* de James Fenimore Cooper. Bryan était un fan de Fenimore Cooper, et une première édition de ses *Lettres* non seulement le surprendrait agréablement, mais ne serait pas loin de lui occasionner un infarctus. Tel était l'humour de Wiltsey, telle sa générosité, tel son emploi du temps pour cet après-midi et le jour suivant.

Il passerait effectivement à la librairie et y achèterait le livre de Fenimore Cooper. Le repas, en revanche, il n'y assisterait pas, en dépit de l'attention qu'il avait apportée à la préparation d'un excellent petit discours, sardonique à souhait, truffé de savoureux mots d'esprit et de références ironiquement obscures, et ce pour la bonne raison que – quand il pénétra dans la New York Providence Bank à l'angle de la 9e Ouest et de Washington –, il fut abattu d'une balle en pleine figure par un homme cagoulé. Il était 9 h 42. La balle, une Glaser Safety Slug de calibre .45, l'atteignit sur l'aile du nez, à peut-être deux centimètres en dessous de l'œil gauche. La proximité de l'arme, pas plus de deux mètres cinquante entre elle et la cible, le fait qu'il s'agissait d'un pistolet d'une puissance hors norme et la nature de la Glaser Safety – une balle frangible conçue pour se fragmenter à l'impact et minimiser les chances de transpercer la cible visée et ainsi d'atteindre quelque spectateur innocent –, autant de facteurs qui firent que Kenneth Wiltsey, pourvu d'un nom suivi d'une kyrielle d'initiales, âgé de cinquante-trois ans et doté d'une intelligence hors du commun, était déjà mort avant même de heurter le parquet ciré de la banque.

La journée du 24 décembre venait de commencer telle qu'elle se poursuivrait.

Une fourgonnette Ford Econoline E-250 noire désossée.

Le bruit du moteur faisait penser au rugissement d'une bête sauvage, tapie à l'angle de Bethune et Greenwich. Au volant, Henry Kossoff, trente-neuf ans, membre de l'équipe de Marcus depuis onze ans, dont trois et demi passés à s'inviter chez des amis à Altona et Sing Sing. Peines purgées sans efforts ni souvenirs notables : éléments parmi d'autres de la vie et du quotidien.

Derrière lui, accroupis, cagoulés, chacun son M16 dans les mains, se trouvaient Walt Freiberg, Ray Dietz et Cathy Hollander. Des relents de lupanar de bas étage en plein été envahissaient le véhicule, et Kossoff avait entrouvert la vitre avant gauche pour faire entrer un peu d'air.

9 h 07. La banque American Investment & Loan n'ouvrait qu'à 9 h 30. Dans des moments comme celui-ci – quand on est recroquevillé sur soi, armé, en proie à la peur, mais, dans le même temps, plein de l'attente fébrile de l'action à venir, à regarder à droite, à gauche, devant soi, derrière, les yeux seuls visibles, le cœur battant à tout rompre, les boyaux tordus par l'appréhension... dans des moments comme celui-ci, vingt-trois minutes sont aussi longues que huit jours entiers.

Attendre, ils n'avaient rien d'autre à faire.

Et donc ils attendaient.

Il n'avait aucun numéro en dehors de celui de Duchaunak.

John Harper était devant la fenêtre, au dixième étage de l'hôtel American Regent, New York noyée à ses pieds sous un distant voile de neige. Il regarda sa montre : 9 h 13. Il n'avait pas pris de petit déjeuner. Pas d'appétit, peu de sommeil au cours d'une nuit agitée.

Tous – Marcus, Freiberg, Cathy Hollander, et tous ceux qui participaient à l'opération – étaient déjà en place, et il fallait qu'il le dise à quelqu'un.

À trois reprises, il avait essayé de composer le numéro de Duchaunak mais avait chaque fois raccroché avant que s'affichent les derniers chiffres. Il était pris au piège, il le savait ; pris entre l'obscurité et son ombre.

Loyauté à l'égard de son père ? Était-ce de cela qu'il s'agissait ? Pareil sentiment semblait impossible, mais c'était pourtant ce qu'il éprouvait en ce moment. N'était-ce pas plutôt une loyauté à l'égard de Walt Freiberg, ou même de Cathy Hollander, qu'il avait cru pouvoir être bien plus qu'une simple connaissance, convaincu qu'elle comprenait en partie ce qu'il ressentait. Et, bon Dieu, il y avait eu bien davantage. Il le savait pertinemment. Elle l'avait laissé s'aventurer sur un chemin qu'elle lui avait coupé en le rejetant quand elle avait jugé qu'il s'approchait trop. Il en avait conçu colère et déception, même si l'épisode avait surtout servi, semblait-il, à mettre en lumière et souligner son impression de complète solitude.

La chambre lui donnait un sentiment de claustrophobie ; il était nerveux, sur le qui-vive, inquiet. Il essaya de fumer, mais la cigarette lui donna la nausée. Il se mit à marcher de long en large, agité, frustré. Il s'en voulait de s'être laissé entraîner dans ce cauchemar, tout en étant conscient que le feu avait longtemps couvé sous la cendre avant de se déclarer. Il était tombé dans un piège, en toute connaissance de cause peut-être, car n'y avait-il pas quelque chose de fascinant dans le style de vie qui prévalait ici ? Walt Freiberg et Cathy Hollander étaient porteurs d'une promesse séduisante : une condition autre et par ailleurs cruellement absente de sa vie jusqu'ici. Il s'en était approché, tel un papillon de nuit attiré par la flamme, et ce n'était que maintenant – seul dans sa chambre d'hôtel, taraudé par l'idée que la ville allait à un moment ou à un autre être soumise au scénario conçu par Freiberg et Marcus – qu'il était vraiment confronté à la vérité sur son père.

Edward Bernstein était un gangster et un meurtrier. C'était ça, la vérité. Ça, l'héritage de Harper, ce qu'il avait reçu en partage et ce qu'il aurait, lui, à léguer une fois que le vieil homme serait mort. Il y avait pourtant une chose à laquelle il ne pouvait échapper : un certain sentiment d'allégeance. Il ne trouvait pas d'autres mots pour décrire le phénomène, le fait que d'une certaine manière il avait une dette envers cet homme, ne fût-ce que parce qu'il était son père. Juste une question de génétique, sans doute, qui ne suffisait pourtant pas à effacer le sens d'une dette. De quelque chose, là où, auparavant, il n'y avait rien.

Avec personne ni derrière ni devant vous, pas de parents pour vous précéder, ni d'enfants pour vous succéder, le monde était un endroit terriblement solitaire.

En admettant qu'il appelle Duchaunak, que pourrait-il lui dire de plus ? Il lui avait révélé la somme de ce qu'il savait : le marché, le compromis, la 12e Ouest, les trois cent mille dollars qu'on lui avait promis pour représenter son père à la réunion avec Marcus. Il ne voyait rien d'autre.

Et Freiberg, Cathy Hollander, les autres personnes concernées ? Était-il juste de jouer un camp contre l'autre, de leur avoir fait croire qu'ils pouvaient lui faire confiance, pour ensuite retourner sa veste et parler à la police ? Jusqu'à maintenant, de quoi s'étaient-ils rendus coupables ? De s'être fiés à John Harper, lequel s'était empressé de les trahir. Avaient-ils fait quoi que ce soit qui pourrait lui nuire directement ou intentionnellement ? La vérité l'obligeait à répondre par la négative.

Il continuait à arpenter la chambre, tout en maugréant et en jurant. Il finit par s'asseoir; puis se releva. Il ferma les yeux et voulut se convaincre que toute cette histoire n'était qu'une sorte d'hallucination cauchemardesque, née d'une imagination à l'œuvre sur les bribes des souvenirs qu'il gardait d'Evelyn, de Garrett, de Walt et de sa mère...

« Ah, nom de Dieu ! » s'écria-t-il, en lançant avec force un lourd cendrier en verre qui alla s'écraser contre le mur.

Sa mère avait mis fin à ses jours, sans qu'il sache pourquoi. Pour se soustraire au monde ? Ou pour démontrer que sa loyauté envers Edward Bernstein pesait plus que sa propre vie ?

Harper l'ignorait. Pensait que, si son père mourait maintenant, il ne le saurait jamais.

Et s'il mourait, qui serait encore là pour le lui apprendre ? Evelyn ? Harper estimait qu'elle ne connaissait qu'une partie de la vérité, et puis, qu'est-ce qui l'empêcherait de continuer à mentir ? À défaut d'Evelyn, alors... Walt Freiberg ?

Harper réfléchit un moment, les yeux toujours clos. Walt avait répondu à toutes les questions qu'il avait posées. Jusqu'à présent, il ne lui avait pas menti, du moins autant qu'il pouvait en juger. Ce qui n'était pas le cas d'Evelyn, laquelle semblait avoir menti sur tout, et, une fois confrontée à la réalité de ses mensonges, avait encore menti pour éviter d'en répondre.

Peut-être Walter Freiberg était-il la seule personne en vie capable de répondre, de répondre vraiment, à toutes les questions de Harper.

Et où était Freiberg en ce moment ? En route pour un endroit – la 12e Ouest, peut-être – en plein dans la ligne de mire des tireurs d'élite de la police soigneusement déployés par Duchaunak et sa hiérarchie.

Harper, hésitant une fraction de seconde, se demanda si avertir Freiberg de l'action probable de Duchaunak était la meilleure chose à faire. Mais la chose à faire, existait-elle seulement ? Si oui, il était bien la dernière personne au monde à pouvoir la reconnaître.

Il attrapa sa veste sur le bord du lit et sortit en toute hâte de la chambre.

61

9 h 16 à l'Associated Union Finance Bank sur West Broadway.

Un certain Richard Amundson laisse sa voiture au parking et tourne au coin du bâtiment pour se rendre au distributeur à pied. On y fait la queue. Il regarde sa montre, essaie de voir à l'intérieur de la banque et remarque que les files d'attente aux automates y sont nettement moins longues. Il se dépêche de faire le chemin en sens inverse et entre dans l'établissement par la grande porte.

Il est à présent 9 h 17. Amundson, qui doit être à son travail à 9 h 30, est un fonctionnaire du New York City Educational Board chargé de la gestion et de l'inspection des cantines scolaires. Ce matin, il doit se rendre à la St Mary Magdalene School dans Lispenard Street.

Il attend patiemment dans la file. Devant lui, une imposante Hispano-Américaine écoute quelque chose sur un Walkman. De temps à autre, elle prononce un seul mot d'espagnol avant de balancer doucement les hanches comme si elle dansait avec un partenaire.

Amundson sourit. Il fait partie de ces gens qui remarquent souvent les petites manies de ses congénères et apprécient cette façon qu'ont leurs particularités et leurs bizarreries de les rendre humains. Sans elles, il ne resterait pas grand-chose à aimer en eux.

L'effet se dissipe bientôt quand l'Hispano bloque le distributeur. Un agent de la sécurité, qui surveille les opérations et parle couramment l'espagnol, tente de calmer la femme à présent hystérique et d'attirer l'attention d'un des employés de la banque.

Amundson s'approche de la fenêtre et regarde dehors vers l'angle du bâtiment. La longueur des files d'attente aux distributeurs extérieurs a pratiquement doublé en son absence.

Un nouveau coup d'œil à sa montre lui indique qu'il est 9 h 21. Il pivote sur ses talons et se dirige à la hâte vers les guichets.

S'il avait utilisé les appareils à l'extérieur, s'il avait été un tout petit peu plus patient, s'il s'était souvenu que la loi de Murphy stipule que, quel que soit le changement que l'on apporte à sa position dans une file d'attente, elle sera simplement reproduite dans la suivante, il aurait quitté le parking derrière l'Associated Union Finance sur West Broadway aux alentours de 9 h 19. À l'heure qu'il est, il serait en train de tourner dans Duane pour remonter Church en direction du croisement avec Lispenard.

Mais il en est loin.

À 9 h 22, en ce matin de veille de Noël, tandis qu'il se présente au guichet, sa carte bancaire à la main, trois hommes font irruption dans le bâtiment et se mettent à hurler des ordres. Charlie Beck en tête, suivi de Lewis Parselle et de Sol Neumann. Ce dernier est chargé d'un M16 et d'un lourd tuyau en fonte enveloppé dans un chiffon. Il le fait tournoyer comme une batte de base-ball et met un garde à terre en lui assénant un coup derrière les genoux. Puis il lui enfonce la crosse du fusil d'assaut dans les côtes, avant de se baisser pour sortir le pistolet de l'homme de son étui. Le garde ne bouge pas, et ne le fera pas avant une petite vingtaine de minutes.

Quatre blocs plus à l'est, dans la 12e Ouest, une deuxième Ford Econoline noire, conduite cette fois par Maurice Rydell, avec pour passagers Victor Klein, Larry Benedict et Leo Petri, fait une embardée soudaine pour éviter une Berlinetta rouge qui débouche d'une petite rue, avant de s'arrêter dans un crissement de pneus devant la East Coast Mercantile & Savings Bank.

Victor Klein n'est plus de la première jeunesse, mais les portières de l'Econoline sont à peine ouvertes qu'il a déjà traversé le trottoir au pas de course, M16 à la main, et qu'il franchit en trombe la porte à deux battants de la banque. Il fait un pas de côté et maintient la porte ouverte pour permettre à Benedict et à Petri d'entrer à sa suite, et avant que les gardes comprennent ce qui se passe, il est derrière les deux hommes et empoigne une femme par les cheveux. Une jeune femme, du nom de Trudi Mostyn, qui a travaillé un temps au rayon onglerie du grand magasin Bloomingdale, aujourd'hui la première otage d'un vol à main armée d'une violence inouïe. Dans trois mois, elle poursuivra la banque en dommages et intérêts, à hauteur des honoraires de l'avocat qui plaidera le syndrome de stress post-traumatique. Elle sera déboutée. Un an plus tard, seule ou accompagnée, elle refusera toujours d'entrer dans une banque, quel que soit le moment de la journée.

9 h 28 à l'angle de la 9e Ouest et de Washington. Trois hommes – Joe Koenig, Albert Reiff et Karl Merrett – traversent le hall de la New York Providence Bank au pas de charge. Ils portent tous une combinaison de travail noire ; leurs bottes martèlent le marbre du sol ; on entend le bruit de respirations étouffées par les passe-montagnes, qui ne laissent voir que les grands yeux blancs de fantômes fondant sur vous dans une vision de cauchemar. Chacun est armé, toujours des M16, et Karl Merrett, déjà instable dans ses meilleurs moments, se dit qu'il a toujours rêvé d'abattre un de ces enfoirés, et qu'aujourd'hui pourrait bien être le jour ou jamais. Merrett fait partie du gang de Marcus, dont il est le joker, l'atout en réserve, et, au moment où il franchit la porte intérieure et se trouve face à un membre du personnel de sécurité, il est convaincu que son heure a bel et bien sonné.

Dans une poche de sa combinaison, il a une arme de secours, un calibre .38 au canon court. Dont il se sert pour abattre le garde d'une balle tirée à bout portant dans l'œil gauche. Le sang qui jaillit de l'arrière de la tête de l'homme asperge un sapin de Noël artificiel saupoudré de blanc juste derrière la porte.

Les gens commencent à hurler comme des sirènes de pompiers et continuent jusqu'au moment où Joe Koenig lâche une rafale dans le plafond.

La banque plonge dans un silence de mort.

« Tous à terre, bande d'enfoirés ! crie Albert Reiff. Tous à terre. Pas un bruit, pas un geste. Déjà un de moins, et beaucoup d'autres à venir ! »

Les gens s'affalent comme des quilles de bowling.

À l'écart, quelque part, une femme s'efforce de calmer un bébé en pleurs.

9 h 29. McLuhan se trouve dans les petites toilettes qui jouxtent son bureau quand il entend l'appel strident du téléphone. Dans sa hâte à remonter sa braguette, il inonde ses chaussures et les jambes de son pantalon.

« Bordel de merde ! » marmonne-t-il en sortant des toilettes.

Il se précipite dans son bureau et s'empare du combiné.

« Oui ?

– C'est lui, commissaire.

– Passe-le-moi, sacré nom de Dieu ! »

Un silence d'une seconde, puis :

« Commissaire McLuhan… j'essaie de vous joindre depuis hier soir.

– C'est ce qu'on m'a dit, oui. Alors, qu'est-ce qu'il y a de si urgent, inspecteur ?

– Des braquages.

– Quoi ?!

– Oui, des braquages de banques, commissaire… plusieurs, et simultanés.

– Qu'est-ce que c'est que cette connerie, Duchaunak ?

– J'ai pas le temps de vous expliquer. Le seul dont je suis absolument sûr doit avoir lieu dans la 12e Ouest. C'est un des braquages à main armée que Freiberg et Marcus s'apprêtent à commettre de concert et au même moment. 12e Ouest, je n'en sais pas plus. J'ai besoin de toute urgence de tous les hommes dont vous disposez.

– Bien… Tous les hommes dont je dispose, hein ?

– Commissaire, c'est pas une putain de blague. C'est vrai, ce que je viens de vous dire. Deux braquages, peut-être trois, en même temps, aujourd'hui même… la veille de Noël…

– Je sais quel jour on est, inspecteur…

– Il faut que vous envoyiez plusieurs voitures sur place… Groupes d'intervention, tout ce qui vous tombera sous la main.

– Il faut rien du tout, inspecteur, pas avant que vous m'ayez dit ce que vous savez, et comment vous avez eu l'information.

– Harper.

– Qui ?

– John Harper.

– Le fils de Bernstein ?

– Lui-même. Il a assisté hier à une réunion avec Freiberg et Marcus. Marcus rachète le territoire de Bernstein. C'était le deal qui avait été conclu avant que Bernstein se fasse descendre. Freiberg avait besoin de la présence de Harper à New York pour qu'il représente son père à la réunion…

– Bon, ça suffit maintenant, Duchaunak. Putain, on se croirait dans *Alice au pays des merveilles*. Venez immédiatement, il faut qu'on cause tous les deux. Ouais, vous posez votre cul dans une bagnole et vous rappliquez *fissa* pour me dire ce qui se passe, bordel de Dieu. Et j'ai aussi besoin de savoir où est Faulkner, parce que, Dieu m'est témoin que quand vous êtes sur une affaire tous les deux, y a forcément quelqu'un qui va en pâtir.

– Je peux pas venir, commissaire… vraiment pas. Il faut que je fasse quelque chose pour arrêter ce bazar. J'ai besoin de votre soutien…

– Mon soutien ? Allez vous faire foutre ! À qui vous croyez parler, là ? »

La communication est coupée.

McLuhan a une mimique incrédule.

« Duchaunak ? lance-t-il dans un combiné muet. Putain de merde, articule-t-il avec componction. Là, ça dépasse les bornes. »

Il repose le combiné, sort de son bureau et s'engage dans le couloir.

« Oates ! Oates ! T'es où, bon Dieu ? »

Le brigadier Warren Oates apparaît au fond du couloir.

« Envoie une voiture pie chez Duchaunak. Et une autre dans la 12e Ouest, pour voir s'il s'y passe quelque chose.

– Quelque chose ? demande Oates. Vous pourriez être un peu plus explicite, commissaire ? »

McLuhan, qui s'apprêtait déjà à rentrer dans son bureau, fait soudain volte-face et lance un regard noir à son subordonné.

« Un braquage à main armée, brigadier. Un putain de braquage, rien que ça ! Envoie un homme là-bas, et s'il se trouve qu'un braquage est effectivement en cours, dis-lui de demander à celui qui dirige les opérations si ça le dérangerait pas trop de m'appeler... à l'occasion, quoi. »

Oates ne répond rien, se contente d'un hochement de tête ; puis il se retourne et s'éloigne dans le couloir à grandes enjambées.

McLuhan s'approche de la fenêtre du bureau et regarde dans la rue. Dix minutes plus tôt, il essayait vainement de trouver un cadeau de Noël pour sa femme, et le problème semblait réclamer un considérable effort de réflexion.

À présent, il pense à Duchaunak en train de descendre la 12e Ouest, un pistolet à la main. Il ferme les yeux, baisse la tête et place tous ses espoirs dans la justice divine qui le récompensera au ciel, sinon, c'est sûr qu'il va péter un plomb.

62

9 h 30.

Quand, renonçant à joindre Faulkner, Frank Duchaunak s'agenouille près de son lit, tire à lui une boîte à chaussures qui abrite un calibre .45 antédiluvien, attrape à la volée une veste sur le dossier d'une chaise, se dirige à grandes enjambées vers la porte de son appartement, tandis que son cœur entre en mode marche forcée et qu'il commence à sentir un flot d'adrénaline lui inonder la poitrine...

Quand une fourgonnette Ford Econoline E-250, toujours le même type de véhicule, Henry Kossoff au volant, Ray Dietz courbé en deux derrière lui, les mains agrippées à l'appuie-tête du siège passager, avec à côté de lui Walt Freiberg et Cathy Hollander, tous deux cagoulés et impossibles à identifier, et entassés entre eux sur le plancher des revolvers, des M16 ainsi que trois sacs de toile ultrarésistants – quand une fourgonnette se charge d'une atmosphère aussi tendue qu'un élastique prêt à craquer...

Le lieu : carrefour de Bethune et Greenwich ; de l'autre côté de la rue, l'immeuble de l'American Investment & Loan Bank ; quand il lâche la pédale de frein, Kossoff ne fait pas que prendre la direction de l'entrée principale, il la vise littéralement avec le devant de son véhicule. Tel un missile téléguidé, l'Econoline fonce à toute allure, évitant comme par miracle les voitures qui se présentent, et avant même que les conducteurs aient une chance d'écraser leur klaxon, elle est montée sur le trottoir, a franchi les quelques mètres qui la séparent encore de l'immeuble et a défoncé un verre épais de douze millimètres pour faire irruption dans le hall de la banque.

À l'intérieur du véhicule, les trois passagers sont précipités contre le dossier de leur siège, essaient maladroitement de se raccrocher à tout ce qui leur tombe sous la main, les épaules meurtries, les muscles tétanisés, mais l'urgence du moment, la combinaison peur/énergie libérée relèguent les chocs et la douleur au second plan. Aucun d'entre eux n'est conscient de quoi que ce soit en dehors du fracas de la vitre brisée et du chuintement des pneus qui dérapent en essayant de trouver une prise sur les dalles polies du hall.

Freiberg est dehors le premier, Dietz à son côté, Hollander en dernier, et tous s'engouffrent dans les portes intérieures pour accéder à l'accueil.

Deux employés de la sécurité sont là, dont un colosse d'un bon mètre quatre-vingt-quinze, stupéfaits, terrorisés, faisant l'expérience de cette infime hésitation qui sépare le choc de la réaction. Ni l'un ni l'autre ne sont adéquatement préparés à faire face à la situation. Le plus petit réussit à sortir son revolver mais succombe sous une attaque foudroyante de Ray Dietz. Celui-ci se contente de lui faire, à la manière d'un catcheur, le coup de la corde à linge et lui brise la nuque avant de poursuivre sa course jusqu'au comptoir.

Les gens se dispersent à présent aux quatre coins de la salle, et Freiberg s'approche du garde encore debout.

« À terre ! » hurle-t-il, et l'écho de son cri ne s'est pas éteint que le garde s'abat comme un arbre. Le visage contre le sol, les mains étendues devant lui, son revolver ramassé et vidé de ses munitions. Une fois celles-ci empochées, Freiberg lance le revolver très haut à travers le hall d'entrée. L'arme va se perdre avec un cliquetis sonore quelque part hors de vue.

Cathy Hollander est rapide, davantage que les deux hommes, et les gardes ne sont pas désarmés qu'elle a déjà commencé à rassembler les clients contre le mur du fond.

Dietz accélère pour la rejoindre, mais oblique soudain sur la gauche, comme saisi d'une pensée après coup, et saute sur le comptoir qui court sur toute la largeur du hall. Hurlements des caissiers et des assistants, qui renversent chaises et bureaux pour tenter de se mettre à l'abri.

Dietz lâche une rafale au plafond ; les cris cessent, plus sous l'effet du traumatisme provoqué par le rugissement assourdissant de l'engin que pour toute autre raison.

« Tous les caissiers derrière leur guichet ! » hurle-t-il.

Un des clients sort de la rangée des personnes alignées contre le mur. Cathy Hollander lui enfonce la crosse de son M16 dans le bas-ventre. Il s'affaisse sans un mot.

« Les caissiers... tous ceux qui ont du liquide en caisse regagnent leur poste ! » répète Dietz.

Seule une jeune femme commence à s'avancer.

Freiberg saute sur le comptoir aux côtés de Dietz, avant d'atterrir de l'autre côté. Il gagne le fond de l'espace clos et, une fois près du groupe des employés, empoigne un jeune homme par le col de sa chemise et le force à se mettre à genoux. Il sort son revolver de son étui et le lui plaque sur la nuque.

Le pauvre garçon, en état de choc, se met à pleurer, à hoqueter, les yeux exorbités, le visage livide.

« Tous les employés qui tiennent une caisse rejoignent leur poste ! martèle Freiberg. Vous êtes huit en tout. Je veux voir chacun d'entre vous derrière son guichet dans les secondes qui viennent. Rien que du cash – billets de cinq, de dix, cinquante, cent – le tout bien en évidence sur le comptoir. Pas de conneries. Ne vous avisez pas de déclencher une alarme ou de faire usage de colorants pour neutraliser les billets. Tout ce qui ne consisterait pas à sortir l'argent des tiroirs et à le placer soigneusement sur le comptoir... »

Freiberg s'est interrompu, pour se pencher jusqu'à avoir le visage à une dizaine de centimètres de celui du jeune homme.

« Ton nom ? » aboie-t-il.

L'autre ne réagit pas, incapable, semble-t-il, de parler. Une tache sombre est apparue au niveau de son entrejambe et se répand autour de lui.

Freiberg secoue la tête et se tourne vers la fille qui est à côté de lui.

« C'est quoi, son nom ? lui demande-t-il.

– Steve, répond-elle d'une voix hésitante. Son nom, c'est Steve Tyler.

– Sans blague ? Steve Tyler ? »

Elle acquiesce de la tête.

« Bien, maintenant, les gars, vous coopérez comme jamais, ou le foutu Aerosmith[1] ici présent se fait défoncer le crâne dans un joli feu d'artifice couleur pourpre. »

Les huit employés s'avancent sans demander leur reste, regagnent leur poste, et s'affairent sur-le-champ à déverser le contenu de leurs tiroirs sur le plateau des guichets. Les dominant du haut de sa position, Dietz va et vient le long du comptoir, évitant de marcher sur les mains fébriles qui étalent tout l'argent en leur possession.

Cathy Hollander est restée à l'écart avec les clients, sans un regard pour Freiberg ou Dietz. Elle scrute les visages des otages devant elle, à l'affût du petit malin qui va peut-être tenter une diversion – le policier à la retraite, le vigile qui n'est pas de service ce jour-là, le cinglé de jiu-jitsu qui s'imagine pouvoir affronter trois types armés avec la seule assistance d'un journal roulé en guise de matraque et celle de son ange gardien. À intervalles rapprochés, elle surveille la rue, non seulement pour voir si d'autres personnes cherchent à entrer, mais aussi pour détecter les signes d'une éventuelle activité policière. Mais elle n'observe rien de ce genre. Son cœur bat à coups redoublés. Le nombre de ses pulsations a franchi la norme depuis longtemps. De sa vie, elle n'a eu aussi peur.

« OK, entend-elle Freiberg dire. Où est Frederick Ross, bordel ? »

1. Nom d'un groupe américain de hard-rock dont un des membres est le chanteur Steven Tyler.

Harper hèle un taxi. Debout au bord du trottoir, un pied dans le caniveau, il agite la main comme un dément, mais il se passe plusieurs minutes avant qu'une voiture s'arrête à sa hauteur.

Une fois à bord, il se penche en avant. Le chauffeur lui demande où il veut aller.

« La 12e Ouest. Vous connaissez ?

– Si je connais ? persifle l'autre. Mais, mon pote, je connais New York comme ma poche. »

Harper se redresse sur la banquette. Il est accablé d'un sentiment de panique lourd et oppressant, et persuadé que tout ce qu'il pourrait entreprendre ne suffira jamais.

Frank Duchaunak vit l'agitation qui régnait devant la East Coast Mercantile & Savings avant de quitter l'ombre de l'hôpital St Vincent. Il arrivait de l'est, après avoir emprunté Perry, traversé Bleecker, longé la 4e Ouest et remonté la 7e Avenue.

Au début, il s'était éloigné de l'hôpital dans l'incertitude la plus complète, jetant encore un œil sur la façade du bâtiment et se demandant si Lenny Bernstein était encore en vie. Il ne savait pas non plus pourquoi on avait dressé des barrières, pourquoi des Hummer noirs étaient garés derrière des rangées de chevalets, entre lesquels étaient tendues des Rubalise noir et jaune destinées à éloigner les badauds. Dans le doute aussi parce qu'il n'avait rien entendu à la radio, ni sur la ligne réservée à la police branchée sur sa voiture. Désemparé enfin, parce que rien ne semblait faire sens.

Arrivé devant les barrières, il fut arrêté par un policier armé et casqué. Du nom de Mackey, à en croire son badge.

« Qu'est-ce qui se passe, ici ? demanda-t-il après avoir montré sa plaque.

– Braquage de banque. East Coast Mercantile. Il semble qu'il y ait trois hommes à l'intérieur.

– C'est par téléphone qu'on vous a avertis ?

– On avait été tuyautés avant, répondit Mackey en secouant la tête, avant de se pencher plus près de Duchaunak. Les types du FBI sont là, figurez-vous.

– Quoi ? Mais qu'est-ce que le FBI a à foutre ici ?

– Bonne question, dit le policier en secouant la tête.

– Je peux passer ?

– Par là, non. Z-avez une voiture ? »

L'inspecteur acquiesça.

« Alors, faites le tour par-derrière, remontez la 14e direction ouest et redescendez par la 6e. Il me semble que la 12e Ouest n'est pas barrée à l'autre bout. Au fait, pourquoi vous vous intéressez tellement à ça ?

– Je suis pas de service, aujourd'hui, dit Duchaunak en haussant les épaules. Je m'ennuyais. Je me suis dit que si j'allais surveiller une ou deux banques, je pourrais peut-être m'offrir un p'tit braquage.

– C'est pas drôle, mec. Allez plutôt acheter quelques jouets à vos gosses, bon Dieu.

– Je vais juste vérifier ce qu'il en est à l'autre bout de la rue, et après, promis, je m'en vais acheter des jouets.

– Joyeux Noël », dit Mackey en levant la main.

Duchaunak recula d'un pas et pivota sur ses talons. À peine atteint le trottoir d'en face, il courait déjà.

63

9 h 42.

Kenneth Wiltsey tombe à terre. Avant même que sa tête rebondisse sur le sol, Reiff l'empoigne par son col de chemise et le tire sur le parquet, où il laisse une traînée de sang qui s'élargit à mesure qu'il avance. La couleur paraît trop vive, comme artificielle, sous la lumière des néons, et quand Reiff dresse le corps de l'homme contre le mur à droite des comptoirs, Joe Koenig sait qu'ils ont depuis longtemps dépassé le point de non-retour.

Déjà quatre morts.

Le premier, l'agent de sécurité, tué d'une balle dans l'œil par Karl Merrett. Le deuxième, un employé de banque genre héros du jour, qui, arrivant dans le dos de Koenig, armé d'une corbeille à papier, s'est imaginé pouvoir mettre ce dernier à terre. Reiff, qui était juste à côté à ce moment-là, a agi avec une vitesse à laquelle Koenig ne se serait pas attendu de la part d'un homme aussi massif. Le héros à la corbeille à papier n'a rien vu venir ni rien senti. Reiff l'a saisi par les cheveux, lui a renversé la tête en arrière avec une telle violence et en exerçant une torsion telle que son cou s'est brisé comme on brise du bois vert. Son corps inerte s'est affaissé comme une poupée de chiffon. Soudain conscient de ce qui se passait, Merrett s'est retourné, a regardé le type recroquevillé par terre et lui a écrasé le côté du visage sous sa lourde chaussure. Un visage qui a paru se replier sur lui-même comme les deux moitiés d'une pastèque. Beaucoup de sang. Beaucoup plus que dans le cas de Wiltsey.

Le troisième mort était simplement un exemple. Koenig était adossé au comptoir. Les caissiers engrangeaient frénétiquement le contenu de leurs tiroirs dans les sacs de jute. Karl Merrett était derrière les bureaux réservés aux entrevues avec les clients, en train de faire sortir le directeur de son antre et de lui faire prendre le chemin de la salle des coffres. L'endroit retentissait de cris et de hurlements. Pendant un moment, ce fut la confusion la plus totale. Reiff, qui, debout près de la porte d'entrée, surveillait la rue à l'affût du moindre signe d'activité tout en veillant à garder une bonne vue de l'intérieur, saisit le reflet dans la vitre d'une porte latérale. Un homme était tassé contre l'arrière d'un des piliers, à quelques pas seulement de l'endroit où émergerait Merrett une fois qu'il sortirait de la zone des bureaux.

Albert Reiff, économe de ses actes comme de ses paroles, fit trois pas sur sa droite, se glissa en dessous d'une plante en pot suspendue, pour se retrouver juste à côté de l'homme.

Celui-ci comprit, mais trop tard, qu'il avait été repéré. Il se tourna, croisa le regard d'Albert Reiff, puis ouvrit la bouche pour émettre un gargouillis, une éructation d'une force et d'une profondeur insoutenables quand Reiff lui planta dans le bas-ventre un poignard à dents de scie d'une quinzaine de centimètres. Au moment où l'homme s'effondrait, Reiff l'attrapa par les cheveux et le retint le temps de lui trancher la gorge.

Six minutes plus tard, Kenneth Wiltsey entrait pour encaisser un chèque.

À 9 h 46, Karl Merrett perçut le premier signe indiquant que les choses ne se déroulaient pas tout à fait comme prévu.

Ce signe, c'était le silence. Derrière les grandes vitres de la devanture, le long de la 9e Ouest et au croisement avec Washington, la circulation avait cessé, alors même qu'elle était on ne peut plus dense à ce carrefour vingt-quatre heures sur vingt-quatre, sept jours sur sept.

Le silence n'était pas bon signe.

Koenig, déjà conscient que l'opération était désormais une question de tout ou rien, retint son souffle et ferma les yeux. Quand il les rouvrit, Karl Merrett était debout à ses côtés.

« Appelle Wheland dans la fourgonnette, lui dit Koenig. Dis-lui qu'on va devoir sortir par l'arrière. »

Merrett acquiesça de la tête, sortit un gros téléphone de sa combinaison et brancha le micro.

9h51.

Le taxi de Harper est arrêté par les policiers à l'angle de la 7e Avenue et de Greenwich. Deux voitures pie nez à nez barrent la rue d'un trottoir à l'autre. Des membres de la brigade antiémeute sont accroupis contre les devantures des magasins, et, à travers la vitre arrière du taxi, Harper voit des policiers en uniforme faire sortir les gens par les portes arrière des magasins et canaliser ceux qui évacuent le centre commercial en face de lui. Seul dans la rue, un homme observe la scène, debout devant un magasin de disques sur le trottoir de gauche, ses écouteurs sur les oreilles, un énorme gobelet de Coca-Cola à la main, comme s'il sortait d'un drive-in.

« Qu'est-ce qui se passe, bordel ? dit le chauffeur de taxi, avant de baisser sa vitre et de s'en prendre à un des policiers en faction.

– Il faut que vous fassiez demi-tour, monsieur. Repartez d'où vous venez et trouvez un autre itinéraire pour parvenir à votre destination.

– Mais elle est là, ma foutue destination, rétorque le chauffeur.

– Non, plus maintenant », dit l'uniforme avec un sourire amusé.

Le chauffeur jure comme un charretier et remonte sa vitre.

« Reculez juste d'une vingtaine de mètres et laissez-moi là, dit Harper.

– Pardon ?

– Reculez jusque là-bas... le premier croisement. »

L'homme hausse les épaules, passe la marche arrière et démarre.

Une minute plus tard, John Harper revient à pied vers le magasin de disques en bas de la 12e Ouest.

McLuhan se saisit d'un coup sec du téléphone sur son bureau.

« Oui ? De qui vous parlez ? Qui n'est pas où ? »

Il secoue la tête.

« OK, OK. Rappelez-moi quand vous aurez des nouvelles de la 12e Ouest. »

Il repose le combiné et passe la tête dans le couloir.

« Oates ! » hurle-t-il.

Le sergent Warren Oates apparaît au bout du couloir.

« Il n'est pas chez lui », dit McLuhan.

L'autre fronce les sourcils.

« Duchaunak… il n'est pas chez lui. Trouve la voiture qui s'est rendue là-bas et appelle-les. Je veux savoir ce qui se passe, nom de Dieu.

– J'ai déjà appelé, répond Oates. Je venais justement vous rendre compte. »

Le commissaire ne dit rien.

« Toute la zone est bouclée.

– Quoi ?

– La 12e Ouest, aux deux bouts. La 6e Avenue et la 7e. Il y a une trentaine d'hommes sur place et une brigade du FBI.

– Il y a quoi ? reprend McLuhan, qui semble tomber des nues.

– Des fédéraux… Des types de l'ATF[1], et du SWAT[2] aussi, je crois.

– Mais putain, de quoi tu parles ?

– Je suis en train de vous le dire. Y se passe quelque chose là-bas… dans la 12e Ouest, et on vient juste de recevoir une dépêche du central. »

Oates s'interrompt comme s'il cherchait la meilleure façon de formuler quelque chose qu'il n'a aucune envie de dire.

« Et alors ? demande son supérieur.

– On dirait bien que la 12e Ouest n'est pas le seul endroit en cause. »

« M. Ross n'est pas ici, ce matin. »

Freiberg domine de sa haute taille la femme derrière son guichet. À travers les fentes de son masque, ses yeux ont l'air de deux

1. *Alcohol, Tobacco, Firearms (and Explosives)* : désigne une force spécialisée dans la mise en application de la loi sur l'alcool, le tabac, les armes et les explosifs.

2. *Special Weapons and Tactics* : unité spéciale d'intervention.

petites flaques sombres, comme si aucune lumière ne les éclairait de l'intérieur, comme si tout était éteint.

« Pas ici ? reprend-il, avec une intonation montante sur la dernière syllabe traduisant l'étonnement, voire l'incrédulité. Mon cul qu'il est pas ici ! Faites-le venir tout de suite. »

La guichetière fond en larmes. Elle s'appelle Alice Dunnett. Elle a vingt-cinq ans, et les gens n'arrêtent pas de lui dire qu'elle ressemble comme deux gouttes d'eau à Helen Hunt, en plus jeune, bien sûr, mais la ressemblance reste frappante. Avec le mascara qui lui mâchure maintenant le dessous des yeux et le haut des joues, elle a l'air de sortir d'une bamboche qui s'est mal terminée.

Freiberg se tourne vers Steve Tyler.

« Il est où, ce connard de Frederick Ross ? » lui demande-t-il.

Tyler secoue la tête. Il est blanc comme un linge. Son pantalon est trempé. Ses yeux sont rouges et gonflés tellement il a pleuré. Il ne reste pratiquement rien de l'homme qu'il était au moment où il est arrivé pour prendre son poste.

« Il n'est pas ici, répond-il, avant de s'avancer et de tendre instinctivement la main droite vers Alice Dunnett dans un geste de solidarité, peut-être même de protection. Il a appelé ce matin pour dire qu'il était malade… sans autre précision.

– Vous lui avez parlé ? demande Freiberg.

– Non, je ne lui ai pas parlé, dit Tyler d'une voix faible et angoissée. Il y a un numéro spécial réservé à ce type d'urgence. On tombe sur une infirmière. Si on ne vient pas travailler, le reste du personnel est prévenu par un message sur l'agenda téléphonique interne.

– Et Ross a appelé pour dire qu'il était malade ?

– Oui, monsieur, dit l'autre, les yeux rivés au sol.

– Alors, qui a le code d'accès à la salle des coffres ?

– On n'y a accès qu'après le déjeuner, répond Tyler, défait. Nous avons une salle annexe à laquelle M. Youngman a accès, mais jusqu'à ce que le remplaçant de M. Ross arrive, nous n'avons pas accès à la salle des coffres centrale.

– Et où est ce putain de M. Youngman ?

– Ici », dit une voix.

Freiberg se retourne et voit se lever un homme entre deux âges, vêtu d'un costume foncé.

« C'est moi, M. Youngman », dit Costume foncé, mais sa voix, pourtant claire et distincte, est couverte par le vrombissement d'un hélicoptère qui passe au-dessus de leurs têtes.

Confrontés à une prise d'otages, les gardes chargés de la sécurité à la East Coast Mercantile & Savings accédèrent sans discuter aux demandes des trois hommes armés. On les soulagea de leurs armes, et, une fois que le premier eut ligoté et bâillonné le second, Larry Benedict fit de même avec lui. On les assit dos au pilier central, de manière qu'ils restent invisibles de la rue si quelqu'un venait à regarder par la porte d'entrée, et tandis que Klein regroupait les clients dans une section du sous-sol, Leo Petri se précipitait derrière la rangée des sièges des caissiers pour débrancher le système d'alarme sous le comptoir. Sans aucune aide, il se mit à remplir des sacs avec des liasses de billets, un œil sur son travail et l'autre sur la rue. Sans raison apparente, il s'était réveillé le matin avec un mauvais pressentiment. Convaincu que quelque chose clochait. Il n'en dit rien, pas plus à Walt Freiberg qu'à Larry Benedict. Il ne voulait pas être celui qui porte la guigne et fait capoter l'opération, parce que cela lui était déjà arrivé. Il avait purgé quatre ans à Fulton après avoir porté la poisse à son équipe lors d'un braquage en 1996. À l'époque, plus de huit ans auparavant, il avait éprouvé ce même sentiment de malaise, ces mêmes crampes dans le ventre. Comme une démangeaison sourde impossible à soulager, et hors d'atteinte.

Il fourrait l'argent dans ses sacs, surveillait la rue, faisait de son mieux pour ignorer la teneur sombre de ses pensées. Il surveillait tout et tout le monde, les yeux braqués dans deux directions à la fois. Nerveux, comme un chat écorché.

64

9h31. John Harper et Frank Duchaunak tentent tous les deux de se rapprocher au plus près de la zone d'activité de la police, le premier par le bout de la 7e Avenue qui donne sur la 12e Ouest, le second par la 6e.

À 9h33, tous deux prennent conscience du bruit des hélicoptères, et au moment où ils lèvent les yeux, ils assistent au passage en mode silencieux d'un hélico noir de la police au-dessus du toit de l'hôpital St Vincent. Juste derrière lui, à moins de deux cents mètres, arrive un hélicoptère d'une station de télévision. Les deux hommes se doutent l'un et l'autre que, quels qu'aient pu être les plans originaux, l'opération est déjà en train de tourner court.

Duchaunak pense à Walt Freiberg, peut-être parce qu'il est le plus proche collaborateur d'Edward Bernstein, peut-être lui-même complice, à son insu, qui sait, du meurtre de Lauren Sachs. Il s'interroge sur un tel déploiement de forces de la part de la police, alors que son appel au commissaire McLuhan semble n'avoir rencontré que rebuffade et incrédulité.

John Harper, qui est dans un état de grande confusion, et pas trop sûr du rôle qu'il a peut-être joué dans l'arrivée inopinée des forces d'intervention, songe quant à lui à Cathy Hollander. Rien d'autre ou presque n'occupe ses pensées pour l'instant. Il se demande si elle va sortir indemne de cette histoire.

À 9h47 tombait la cinquième victime de ce qui devait plus tard être connu sous le nom de « braquages de la veille de Noël ».

Associated Union Finance sur West Broadway. Sol Neumann, Charlie Beck et Lewis Parselle étaient dans le bâtiment depuis vingt-cinq minutes. Ils avaient déjà pris du retard sur le programme. Il avait fallu jusqu'à 9 h 41 aux caissiers pour entasser les billets de vingt, cinquante et cent dollars dans les sacs – quatre en tout, chacun d'environ un mètre de long, trente centimètres de large et trente de profondeur. Le compte exact pour chacun des sacs était inconnu, mais un bilan ultérieur établirait le montant des onze caisses aux environs de deux cent quatre-vingt-cinq mille dollars. Par rapport au plan initial, une telle somme n'était qu'une mise en bouche, un hors-d'œuvre avant le plat principal. Chacune des cibles retenues renfermait largement plus de quatre millions de dollars dans ses coffres. Encore une fois, c'était la veille de Noël. Les rues étaient noires de monde, la majorité des gens ne travaillait pas ce jour-là, et ils se frayaient un chemin dans la foule pour se procurer leurs dernières provisions de bouche et leurs derniers cadeaux pour le jour J. Les banques avaient prévu qu'il y aurait une très forte demande en liquide, à peu près comme tous les ans, et les ponctions prévues par chacune des équipes avaient été estimées suffisantes pour couvrir le montant de toutes les transactions entre Ben Marcus et Walter Freiberg, tout en laissant une part plus qu'honorable aux autres membres de l'équipe de Bernstein pour leur permettre d'aller s'installer à leur compte ou de se mettre au vert.

C'est ainsi que, à 9 h 47, Charlie Beck mit sans ménagement sur ses pieds un des assistants de direction en le sortant de l'amas formé par les membres du personnel et les clients blottis à l'arrière du second hall, et lui enjoignit de désigner du doigt Thomas Delaney, directeur adjoint de la succursale de West Broadway de l'Associated Union Finance. Charlie Beck avait vu la photo de l'homme à plusieurs reprises, mais elle était d'un petit format et d'un grain épais, et de toute façon, il y avait toujours loin d'une photo à l'homme en chair et en os.

L'assistant, un employé particulièrement ponctuel et fiable du nom de William Byrde, père de deux enfants, se débattant en ce moment pour préserver un mariage passablement menacé en raison d'une tendance prononcée de son épouse à jeter l'argent par les fenêtres, fit savoir à Charlie Beck que M. Delaney était absent ce matin-là.

« Vous pouvez répéter ? demanda Beck en fronçant les sourcils.

– Il n'est pas ici. Il ne va pas bien... il a appelé ce matin pour me dire qu'il ne reviendrait qu'après les congés de Noël. »

Beck eut un hochement de tête et se tourna vers Neumann.

« En ce cas, à qui a-t-on confié le code d'accès de la salle des coffres ? » demanda-t-il.

Byrde garda le silence un moment.

Beck fit un pas en avant, leva son revolver et le pointa directement sur la poitrine de Byrde.

« Le code d'accès aux coffres..., reprit-il, qui le détient en l'absence de Delaney ? »

Les yeux de l'autre s'écarquillèrent au-delà de ce qui paraissait physiquement possible. Il se mit à secouer la tête, une réaction qui semblait davantage en rapport avec sa propre incrédulité qu'avec une quelconque réponse à la question de Beck.

« Qui ? répéta Beck.

– Le vice-président associé, Michael Roth, articula Byrde d'une voix posée, qui laissait néanmoins transparaître une terreur extrême face à la situation dans laquelle il se trouvait.

– Et il est où, ce type, bordel ? »

Une fois de plus, l'assistant secoua la tête, lentement, à la manière d'un métronome, comme s'il pensait qu'un tel geste était de nature à soulager la tension qui l'habitait.

« Il est en chemin, il ne va pas tarder, dit-il calmement.

– En chemin ? répéta Sol Neumann en avançant d'un pas et en pointant son M16 sur lui. Et il vient d'où ?

– Si le détenteur d'un code d'accès, dit Byrde en regardant tour à tour Neumann et Beck, se trouve être absent, ce code ne peut être transmis qu'à un autre vice-président ou un autre directeur.

– D'accord, d'accord, dit Beck, qui hochait la tête. Continue... et crache le morceau, nom de Dieu ! »

L'assistant déglutit de manière visible. D'un blanc crayeux, il avait le visage couvert de sueur.

« Le VP ou le directeur doit venir d'un autre district... une précaution destinée à éviter qu'un trop grand nombre de personnes à l'intérieur d'une même structure détiennent les mêmes codes.

– Et il vient d'où, celui-là, putain ? » demanda Neumann en s'avançant encore d'un pas et en levant son arme un peu plus haut.

Byrde se mit à secouer la tête avec encore plus de vigueur. Ses jambes semblaient vouloir se dérober sous lui, et, l'espace d'un moment, il donna l'impression qu'il allait s'effondrer sur place.

« Tu vas répondre, oui ? hurla Beck.

– Il vient de Long Island City, marmonna l'autre dans un murmure.

– Quoi ?

– Long Island City... D'après le règlement, il doit venir de Long Island City.

– Espèce d'enfoiré ! aboya Neumann, déjà passablement énervé. Tu racontes que des conneries. Putain, mais tu crois quoi... tu nous prends pour qui ? poursuivit-il, en s'approchant encore pour enfoncer le canon du M16 dans la poitrine de Byrde. Tu te crois dans une soirée en train de jouer à un jeu débile, ou quoi ? Donne-moi ce putain de code d'accès, et tout de suite encore !

– S'il vous plaît, commença Byrde. Par pitié, non... »

Ses jambes commencèrent à lâcher. Il fit de son mieux pour rester debout, mais il était vidé de ses forces. Il tomba sur les genoux dans une attitude de prière, le visage congestionné et ruisselant de sueur, les cheveux plaqués sur le crâne, sa veste de costume auréolée de taches sombres sous les aisselles.

Neumann recula d'un pas, pointant le canon de son fusil sur la tête de l'homme.

« Seigneur, non, supplia celui-ci. J'ai une femme... des enfants, deux, monsieur... j'ai deux gosses, et c'est Noël !

– Tu vas fermer ta gueule, oui ? » intervint Beck.

Puis il regarda Neumann, secoua la tête avant de se tourner vers les membres du personnel et les clients tassés contre le mur du fond.

« Tous ceux dont le prénom commence par un A lèvent la main », lança-t-il à la cantonade.

Deux personnes s'exécutèrent, un jeune homme, et une femme entre deux âges.

« Venez ici, aboya Beck. Tout de suite ! ajouta-t-il en les voyant hésiter. Vous rappliquez ou cet enfoiré se prend une balle dans la tronche ! »

Le jeune homme et la femme ne se le firent pas dire deux fois et accoururent jusqu'à l'endroit où se tenaient Beck et Neumann, avec Byrde toujours à genoux entre eux deux.

« Toi ! dit Beck en désignant le jeune homme. C'est quoi, ton prénom ?

– A… An… Andrew, bafouilla l'autre.

– T'as quel âge ?

– Quel âge j'ai ?

– Ben oui, nom de Dieu, j'te demande quel âge tu as. T'es débile ou quoi, c'est pas compliqué comme question.

– Vingt-… de… deux ans.

– Marié ? »

L'autre secoua la tête en signe de dénégation.

« Des enfants ? »

Nouveau geste de dénégation.

« Le code d'accès ? demanda Beck après s'être tourné pour regarder Byrde.

– Je n'ai… je ne le connais pas, dit celui-ci, les yeux écarquillés et terrifiés. Je n'ai pas le code d'accès. »

Beck acquiesça, leva son arme et tira une balle dans la tête d'Andrew. Le sang jaillit en arc de cercle et éclaboussa la femme qui se tenait à côté de lui.

Pendant un moment, celle-ci ne manifesta aucune réaction. Rien chez elle qui ne trahît l'horreur ou la stupéfaction. Plusieurs secondes s'écoulèrent avant qu'elle paraisse remuer la tête de gauche à droite, au ralenti, comme tout le reste, et fixe des yeux exorbités sur le sang qui maculait ses mains, sa jupe, ses jambes, le côté de sa veste en laine.

Elle ouvrit la bouche pour crier mais Byrde la précéda, poussant de toutes ses forces un cri semblable à celui d'un animal blessé, si puissant qu'il couvrit tout ce qui aurait pu sortir de la bouche de la femme.

« Le code d'accès ? » demanda à nouveau Beck.

Byrde commença pour la énième fois à secouer la tête.

À 9 h 48 tombait la sixième victime. Anthea Hennessy. Quarante-sept ans, infirmière, veuve sans enfant, qui, pendant les sept dernières années, s'était consacrée presque exclusivement au soin des patients âgés en phase terminale à l'hôpital St Vincent. C'était une amie intime d'Iris Piper, infirmière en chef attachée à l'unité de soins intensifs, celle-là même qui avait passé la semaine précédente au chevet d'une victime par balle de soixante-dix ans nommée Edward Bernstein. Ironie du sort sans doute, mais le fait était bien réel.

Le coup de feu fut assourdissant, mais son tonnerre en partie noyé par le vrombissement soudain d'un hélicoptère, accompagné très vite par le haut-parleur des négociateurs spécialistes des braquages avec prises d'otages, positionnés de l'autre côté de la rue.

Beck regarda Neumann. Qui resta immobile quelques secondes. Quelqu'un, quelque part, avait dû déclencher une alarme silencieuse.

« Dis à Parselle de contacter Dearing par radio, lança-t-il. On fout le camp d'ici. »

Des paroles auxquelles firent écho celles de Victor Klein tandis que, debout près de l'entrée de la East Coast Mercantile, il regardait dans la rue.

Leo Petri était juste derrière lui, un grand sac en toile dans chaque main.

« On n'a plus le temps pour rien d'autre, c'est ça ? » demanda-t-il à Klein.

L'autre s'abstint de répondre, se contentant de secouer la tête.

« Je vais demander à Benedict d'appeler Rydell pour lui dire qu'on ressort plus tôt que prévu, reprit Leo Petri.

– On file par l'arrière du bâtiment, dit Klein, et on prend un ou deux otages avec nous. »

Son compagnon hocha la tête, se retourna, comprit que quelque chose leur avait porté malheur, finalement, et se demanda s'il retiendrait jamais la leçon. Il aurait dû rester chez lui. Il aurait dû quitter New York au moment où il avait eu ce mauvais pressentiment. Trop tard, maintenant. Bien trop tard.

65

« Qu'est-ce que tu veux dire, à l'intérieur ? demande McLuhan.

– Ce que je dis. Nous avons quelqu'un à l'intérieur d'une des banques. »

Assis en face de McLuhan, dans un costume élégant, peut-être un peu trop pour l'occasion, un agent fédéral du nom de Robert Hennessy. Tout chez lui paraît lisse et raffiné, comme si toute sa vie il avait dit aux gens qu'il se passe des choses difficiles à comprendre, mais que ce n'est pas grave, puisque de toute façon elles ne sont pas censées être comprises.

McLuhan ne lui accorde aucune confiance.

« Nous avons monté cette opération avec le plus grand soin, reprend Hennessy. De toute évidence, la situation était délicate, si l'on songe au temps et à l'argent investis, et nous avions une raison bien particulière de ne pas vouloir vous informer de son déroulement jusqu'à ce que cela devienne absolument nécessaire.

– Absolument nécessaire ? demande McLuhan. Alors pour vous, c'est une heure après le début du braquage que nous informer devient absolument nécessaire ?

– Il ne s'agit pas en l'occurrence de braquage, commissaire, dit Hennessy d'un ton mielleux. Mais bien de l'opportunité pour nous d'assurer l'arrestation de Ben Marcus, Solomon Neumann, Walter Freiberg et de toute une cohorte de fauteurs de troubles qui sèment le désordre et la perturbation dans New York depuis des années.

– Mais vous êtes un agent fédéral, objecte McLuhan en secouant la tête. Il me semble que cette affaire ne dépend pas d'une juridiction fédérale, si ?

– Le braquage de banque est un délit qui relève d'une agence fédérale, commissaire. Espionnage, sabotage, enlèvement de personnes, trafic de drogue, braquage de banque...

– OK, OK, c'est bon, le coupe McLuhan. Vous êtes donc ici pour me dire quoi, au juste ? Qu'une banque est en train de se faire braquer en ce moment même ?

– Quatre, en réalité, le corrige Hennessy. La East Coast Mercantile sur la 12e Ouest, l'American Investment & Loan sur Bethune et Greenwich, la New York Providence sur la 9e Ouest et Washington, et l'Associated Union sur West Broadway. En ce moment, chacune de ces banques est encerclée à la fois par des fédéraux et des unités de la police new-yorkaise, des hélicoptères survolent les différents périmètres, et les braqueurs n'ont aucune chance de s'échapper. »

Le commissaire hoche la tête, légèrement incrédule, mais dans le même temps soulagé de ne pas avoir à gérer seul une affaire d'une telle envergure.

« Je vous suis reconnaissant de me tenir au courant de la situation, dit-il, mais pourquoi seulement maintenant ? Pourquoi avoir attendu aussi longtemps pour me dire ce qu'il en était ? C'est *mon* district, et l'un de ces sites est sous *ma* juridiction. »

Hennessy sourit à nouveau, un sourire condescendant, comme si l'autre était un gamin de cinq ans que l'on gronde pour avoir crayonné le mur avec un feutre.

« Parce que, commissaire McLuhan, vous avez un joker dans votre jeu.

– Ce ne serait pas Duchaunak, par hasard ? demande le commissaire après avoir reconnu la pertinence de l'explication.

– C'est cela, Frank Duchaunak. Vous n'auriez pas une idée de l'endroit où il se trouve, en ce moment ? »

McLuhan se lève, enfouit ses mains dans ses poches, secoue la tête et regarde Hennessy d'un air soucieux.

« Je pense... je crains bien qu'il soit en plein milieu de la bagarre.

– Où ? demande Hennessy. Où croyez-vous qu'il soit, plus précisément ?

– La 12e Ouest. Je lui ai parlé juste avant 9h30 et j'ai eu la très nette impression que c'était là qu'il avait l'intention de se rendre. J'ai envoyé une voiture vérifier s'il était chez lui, sans succès, et celle que j'ai dépêchée sur la 12e Ouest a été bloquée par une des brigades qui sont sur place.

– Vous êtes sûr de cela ? demande Hennessy en se levant.

– Sûr ? dit McLuhan en écho. Avec lui, on n'est jamais sûr de rien, jamais.

– Et cela vaut aussi pour son intégrité ? » demande Hennessy.

Le temps que Walter Freiberg et Raymond Dietz aient accès à la salle annexe des coffres et qu'ils prélèvent l'essentiel de son contenu, il est devenu évident que l'hélicoptère qui bourdonne au-dessus de leurs têtes est là pour eux. Cathy Hollander, qui se tient derrière l'un des piliers les plus proches des portes d'entrée, a déjà assisté au déploiement échelonné d'au moins quatre unités de police et d'une unité de médiation du FBI. Sur le toit du bâtiment qui fait face à la banque ont été positionnés des tireurs d'élite, chacun d'eux visible uniquement grâce à son fusil ou à l'apparition sporadique au-dessus du parapet d'une casquette de base-ball tournée sens devant derrière.

À 9h52, Cathy Hollander, habillée de noir de pied en cap, passe-montagne, gants, grosses bottes, avec sur le dos une unité radio équipée d'un émetteur ondes courtes, à l'épaule un fusil d'assaut M16 et à la hanche un Glock 9 millimètres, sort de derrière le pilier pour traverser en courant le hall principal et rejoindre l'arrière du rez-de-chaussée.

« Combien ? lui demande Freiberg, tandis qu'avec Dietz ils continuent à bourrer d'autres sacs de liasses de billets.

– Apparemment, quatre unités de la police et une des forces spéciales.

– Qu'ils aillent se faire foutre », dit-il, et bien qu'elle ne puisse pas voir son visage, elle devine à ses yeux et au ton de sa voix qu'il sourit.

Freiberg a plus de cinquante ans, combien de plus au juste, elle ne l'a jamais su, mais quand il travaille, son énergie et son endurance sont celles d'un homme deux fois plus jeune.

« Et maintenant ? demande Cathy.

– Maintenant, rien… Appelle Kossoff et dis-lui qu'on sortira par l'arrière et qu'il devrait venir à Washington depuis West. On le rejoindra à mi-chemin. Dis-lui que les flingues vont parler. »

Cathy acquiesce, fait glisser son paquetage de ses épaules et rejoint précipitamment le devant de la banque. Elle s'agenouille derrière le pilier, déboucle le sac, soulève le combiné et contacte Kossoff. Elle lui communique les instructions de Freiberg, consciente que l'unité fédérale qui s'active à l'extérieur doit savoir qu'une transmission est en cours, grâce à quelque allumé de la radio planqué dans un fourgon, qui cherche désespérément à identifier la fréquence avant que le message soit relayé à son destinataire.

Kossoff lui souhaite bonne chance, et Cathy de répondre : « Une denrée grandement surévaluée, non ? » Sur quoi, ils mettent fin à la communication.

Cathy range son matériel dans son sac à dos, puis – presque comme si elle venait tout juste d'y penser – elle arrache son passe-montagne. Transpirant comme un agneau un jour de méchoui, les cheveux plaqués sur le crâne, elle ne supporte plus le sentiment de claustrophobie qui l'envahit. Peut-être que, dans la chaleur du moment, un moment où bon sens et raison sont relégués bien au-dessous du simple instinct de conservation, elle se dit que, s'il faut fuir, autant le faire à visage découvert.

9 h 56, Cathy Hollander, alias Margaret Miller, alias Diane Sheridan, se redresse dans le hall principal de l'American Investment & Loan à l'angle de Bethune et Greenwich.

Dehors, il s'était remis à neiger, et à l'insu de Cathy Hollander – ainsi que de la plus grande partie des New-Yorkais –, les plus beaux plans de Ben Marcus et de Walt Freiberg étaient en ce moment même en train de tomber à l'eau. Sur chacun des quatre sites concernés – quatre banques censées rendre gorge et se délester d'une somme globale avoisinant les quinze millions et demi de dollars, gagnés à la sueur de leur front par l'ensemble des épargnants – étaient déployées des unités d'intervention de la police métropolitaine et du FBI, de l'autre côté de la rue, aux carrefours, près des portes à l'arrière des bâtiments, aux sorties, aux entrées, dans les passages souterrains et sur les points de vue privilégiés. Les premiers flashs d'information inondaient déjà KLMC, KMGV et Channel Nine. L'hélicoptère de reconnaissance de cette dernière chaîne, que John Harper et Frank Duchaunak avaient vu tous les deux survoler l'hôpital St Vincent, s'était trouvé au bon endroit au bon moment. L'appareil était pour cette chaîne d'informations en continu l'équivalent d'un avocat spécialisé en réclamations de dommages et intérêts, le genre qui laisse sa carte professionnelle dans les services des hôpitaux et les salles d'attente des médecins. Son pilote avait aperçu l'hélicoptère de la police balayer l'horizon et l'avait aussitôt pris en chasse. Que Channel Nine ait pu avoir une vue aérienne du braquage de la 12e Ouest au moment de son déroulement était un pur hasard. Ces images étaient vendues à trois autres chaînes avant même 10 heures du matin. Les New-Yorkais, depuis le Lower East Side jusqu'à Central Park, restèrent pétrifiés devant leur écran à l'idée que ces événements se déroulaient à deux pas de chez eux.

Mais pareils faits n'étaient pas connus de Cathy Hollander quand elle posa son poste émetteur sur le sol, se tourna à demi pour regarder encore une fois dans la rue et quitta l'abri du pilier pour rejoindre Freiberg et Dietz.

Ce qu'elle ignorait également – alors que Freiberg lui criait de se dépêcher, que Dietz était déjà près de la sortie menant au parking à l'arrière du bâtiment, et qu'ils avaient encore à courir pour atteindre le lieu du rendez-vous avec Kossoff –, c'était la facilité avec laquelle elle tomberait quand la balle l'atteindrait.

Elle fut littéralement soulevée de terre. Le bruit était aussi peu familier que difficile à décrire, et le point d'impact – au centre même de la poitrine – témoignait du genre de précision dans le tir qui donnerait lieu à maints commentaires quand son auteur rejoindrait son unité plus tard dans la journée. *Tu parles d'un carton. Nickel chrome, mon vieux.*

Et quand elle heurta le sol, sa chute avait un caractère tellement définitif, son inertie totale une telle évidence que Freiberg n'hésita qu'une seconde avant de jurer, de faire demi-tour et de se mettre à courir.

Il n'eut pas un regard en arrière.

Devant l'entrée du parking à l'arrière du bâtiment, Ray Dietz attendait. Il avait deux otages avec lui, des clients de la banque, qui portaient chacun deux sacs. Ces gens ne serviraient pas seulement de coursiers mais fourniraient également une couverture suffisante à Freiberg et à Dietz pour rejoindre Kossoff. À trois blocs au sud-ouest – leur destination – les attendaient les véhicules de rechange. Une fois à bord, ils feraient une petite prière.

« Elle est où ? » demanderait Dietz. Puis, devant le geste de dénégation de Freiberg, il ajouterait : « Ah, merde ! Elle était pas mal, cette fille. »

10 h 01. Quatre personnes émergèrent de l'arrière de l'American Investment & Loan – Ray Dietz, Walt Freiberg et les deux otages. Dès que l'on eut vérifié qu'il ne restait aucun homme armé dans le bâtiment, une unité d'assaut des fédéraux investit les lieux. À l'intérieur, ils trouvèrent l'agent de sécurité à la nuque brisée, et le corps sans vie de Cathy Hollander. Quand les lieux furent déclarés définitivement sécurisés, on fit sortir les cinquante-trois personnes enfermées : trente et un membres du personnel et vingt-deux clients. Tous choqués, certains hystériques. Ils venaient pourtant de vivre un Noël qu'ils n'oublieraient jamais. L'un des agents fédéraux s'arrêta une seconde devant le corps allongé à plat ventre de Cathy Hollander et donna du bout de sa chaussure un petit coup dans la semelle de sa botte.

« Un vrai cauchemar, murmura-t-il pour lui-même d'une voix pratiquement inaudible. Un putain de cauchemar ! »

66

Il est 10h03 quand John Harper se rend compte qu'il n'arrivera jamais à s'approcher suffisamment de la East Coast Mercantile & Savings pour comprendre ce qui s'y passe, sans parler de savoir si Cathy Hollander est à l'intérieur ou pas. Il y a des policiers partout, dans les rues transversales, le long des toits des bâtiments adjacents à la banque et de ceux qui lui font face. Des agents fédéraux vêtus d'anoraks bleu foncé courent sans arrêt d'un côté de la rue à l'autre, et des barrières sont mises en place pour écarter les badauds. Les occupants des maisons, immeubles et magasins voisins, sont rapidement évacués et rassemblés au bout de la rue, et quand Harper tente d'avancer un peu plus vers la zone interdite, il découvre que plus il s'en rapproche et plus il lui paraît insensé de poursuivre ses efforts.

Pour finir, il renonce et repart d'où il est venu. Il trouve un café à l'angle de Greenwich Avenue. De la vitre devant laquelle il s'est installé, il voit la façade de St Vincent. L'ironie de la situation lui échappe, si grande est son angoisse, si intenses sa peur et son appréhension. Il sent qu'aucun mot ne serait à même de décrire ce qu'il éprouve, et, si on lui demandait de le faire, il serait incapable de répondre autrement que par un regard fixe et vide et des hochements de tête perplexes. Il pense qu'une vie s'était ouverte à lui, une vie dont il n'avait jamais soupçonné qu'elle pourrait être la sienne, et juste au moment où il commençait à se rendre compte des bienfaits qu'elle pouvait avoir à lui offrir, elle avait implosé, s'était refermée sur elle-même, le réduisant en miettes.

L'espace d'un instant, il envisage de retourner voir son père. Il n'arrive pas à se souvenir de la date de sa dernière visite. Il décide de s'abstenir, incapable qu'il est d'affronter la situation.

Harper prend ensuite conscience d'un bruit de voix derrière lui. Il se retourne pour voir un petit groupe de gens rassemblés sous un poste de télévision placé en hauteur dans un angle du bar. Il traverse la salle, reste un moment immobile, sans pouvoir se concentrer, mais quand soudain il y parvient, il s'aperçoit qu'il regarde des reportages sur des événements qui se déroulent dans quatre endroits différents. La 12e Ouest n'est que l'un des théâtres d'opérations. Il en existe trois autres, et il sait pertinemment qu'ils ont tous quelque chose à voir avec lui.

Comment y croire, alors qu'il n'en supporte même pas l'idée.

Au bout de quelques minutes, il quitte le café et s'éloigne de la 12e Ouest, de l'hôpital St Vincent. Sans un regard en arrière. Il a trop peur.

Joe Koenig, Albert Reiff et Karl Merrett quittent le devant de la New York Providence Bank sous une pluie de balles qu'ils tirent en l'air. La fusillade est simplement destinée à désorienter les policiers et les fédéraux qui leur font face de l'autre côté de la rue. Recourant à la même stratégie que celle de Freiberg et de Dietz, ils emmènent quatre otages, deux femmes et deux hommes, et quand ils se mettent en route, ils sont littéralement encerclés par les uniformes. Aucune possibilité d'intervenir, pourtant, sinon peut-être d'en haut, et une telle tentative serait certainement jugée trop risquée. Ils ont l'intention d'atteindre le carrefour de la 9e Est et de la 5e Avenue, où les attend Ricky Wheland, qui leur fera traverser le Village jusqu'à l'endroit où se trouvent les véhicules de rechange.

Les forces d'intervention sont en *stand-by*. Aucun tireur d'élite ne reçoit l'autorisation d'entrer en action. Il y a déjà suffisamment de victimes innocentes.

Il est 10h07 quand le groupe disparate arrive au lieu du rendez-vous avec Wheland. Un seul otage monte avec eux dans la voiture, un otage et quelque chose comme six cent mille dollars. Des scènes de ce genre se répètent dans deux autres endroits : dans la 12e Ouest, où Victor Klein, Larry Benedict et Leo Petri sortent de l'arrière de la East Coast Mercantile & Savings, eux aussi accompagnés d'otages – au nombre de trois –, et se mettent à courir jusqu'à l'intersection avec Perry ; et dans West Broadway, où Charlie Beck, Sol Neumann et Lewis Parselle quittent l'Associated Union Finance avec cinq otages autour d'eux en guise de boucliers et prennent la direction du carrefour de Spring et Thompson, où les attend Ron Dearing dans son véhicule. La bouche sèche, le visage trempé de sueur, ce dernier est à bout de nerfs.

Les quatre équipes, qui transportent avec elles environ trois millions deux cent mille dollars, sont censées être de retour au hangar à bateaux du quai 46 à 10 h 22.

L'équipe de West Broadway est arrêtée net par une herse en travers de Sullivan Street. Sol Neumann, qui tentait de s'échapper, est abattu d'une balle dans la tête. Beck, Dearing et Parselle essaient d'atteindre Mac Dougal, mais le poids des sacs, le fait que leur cupidité a pesé plus lourd dans la balance que leur instinct de conservation, font qu'ils ne franchissent pas plus de deux cents mètres avant que des voitures de police bloquent la rue et qu'une dizaine de policiers armés s'interposent entre eux et leur retour au bercail.

La dernière fois que ces trois-là ont été vus, c'était par l'hélicoptère d'une autre station de télévision, cette fois-ci Channel Six : ils étaient étendus dans la rue, bras et jambes écartés, visage et mains à plat contre le sol.

Le temps que Frank Duchaunak comprenne ce qu'il se passait, il sut que Walter Freiberg n'était pas sur le site de la 12e Ouest. À 10 h 02, il avait montré sa plaque à un agent fédéral en faction, un dénommé Liam Shaner, lequel lui avait expliqué qu'ils couvraient quatre tentatives de braquage. Duchaunak avait demandé si l'on savait si l'une des équipes avait une fille dans ses rangs. Shaner, un sourire un peu équivoque aux lèvres, avait eu l'air à peine surpris.

« Elle a été la première à être emmenée, avait-il répondu.

– Emmenée d'où ?

– American Investment & Loan, Bethune et Greenwich. »

L'inspecteur ne fit aucun commentaire et se contenta de remercier l'agent de son aide avant de tourner les talons. S'il avait demandé des renseignements sur Cathy Hollander, c'était parce que, où qu'elle fût, il était certain d'y trouver aussi Freiberg.

Il arriva au croisement du bout de la rue et se mit à courir. Bethune n'était pas à plus de cinq blocs de là.

Le temps que sonne l'heure du rendez-vous avec les véhicules de rechange, il ne restait plus que deux équipes en cavale, les quatre de la 9e Ouest et Washington – Joe Koenig, Albert Reiff, Ricky Wheland et Karl Merrett – ayant été arrêtés à un barrage en bas de Cornelia par trois voitures. Koenig et Reiff avaient essuyé le feu des policiers alors qu'ils essayaient de s'enfuir après avoir abandonné leur véhicule. Le premier était seulement blessé, le second avait été tué sur le coup.

Seules arrivèrent donc au rendez-vous du quai 46 deux équipes – celles conduites respectivement par Klein et Freiberg. Il y eut peu de paroles échangées. Les hommes voyaient bien que rien ne s'était déroulé selon les plans. Dès le moment où ils avaient investi leurs cibles, les jeux étaient faits. À eux tous, ils transportaient à peine plus de trois millions de dollars. Ils étaient sept en tout : Klein, Freiberg, Maurice Rydell, Larry Benedict, Leo Petri, Henry Kossoff et Ray Dietz.

« Et la fille ? » demanda Klein à Freiberg.

Ce dernier leva une main et se passa l'index en travers de la gorge.

« Dommage, dit Klein, sans la moindre trace d'émotion dans la voix.

– On utilise les quatre voitures, dit Freiberg. On partage l'argent. Il y a huit sacs ; on en met deux dans chaque voiture, et chacune prend une direction différente. On se perd tous en plein cœur de la ville, comme on en avait convenu. On se revoit dans quelques jours pour décider de l'après, d'accord ?

– Entendu », dit Klein.

Larry Benedict et Henry Kossoff répartirent les sacs entre les véhicules.

« C'est parti », dit Walt Freiberg.

À peine une minute plus tard, quatre taxis jaune vif dûment licenciés quittaient en trombe le quai 46. Freiberg était seul dans une voiture, les autres s'étaient répartis deux par deux – Klein et Kossoff, Benedict et Petri, Dietz et Rydell. Ils empruntèrent des directions différentes à partir de West Street, s'enfonçant dans le silence au moment où arrivait la première des voitures de patrouille depuis Perry et la 11e Ouest.

Ils laissaient derrière eux leurs otages terrifiés, le visage bouffi de larmes, les mains tremblantes, les nerfs en miettes – aucun n'aurait imaginé que sa journée puisse prendre une telle tournure. Maintenant, tout était fini, et alors que les policiers s'affairaient autour d'eux, que les hélicoptères déchiraient le ciel de leurs pales au-dessus de leur tête, tous se demandaient si une chose pareille pourrait jamais être oubliée, ou si au contraire elle les hanterait jusqu'à la fin de leurs jours.

Mieux vaut être hanté que mort, songeait une personne de leur groupe – une jeune femme de vingt-trois ans du nom de Faith Duggan. Elle avait été témoin de l'épisode qui avait vu Ray Dietz briser le cou d'un agent de sécurité sans plus de cérémonie que s'il s'était agi de tirer sur un bréchet. C'était là le genre de chose qui n'arrivait qu'aux autres. Et voilà qu'aujourd'hui, justement la veille de Noël, elle découvrait qu'elle faisait partie de ces autres.

67

Le temps que Frank Duchaunak, à bout de souffle et couvert de sueur, arrive au croisement de Bethune et de Greenwich, l'affaire était pliée.

Il fut aussitôt intercepté par un agent fédéral qui demanda à voir sa plaque. Il s'exécuta, ce sur quoi l'agent lui intima l'ordre de rester exactement où il était, de ne pas faire un geste, puis il décrocha une radio de sa ceinture et passa un appel.

« On le tient », dit-il.

Duchaunak, complètement désorienté, incapable de comprendre ce qui se passait, se contentait de parcourir la rue du regard à la recherche d'un repère.

« Vous êtes armé, inspecteur ? » demanda l'agent après avoir remis sa radio en place.

Duchaunak acquiesça sans réfléchir.

« Eh bien, je vais vous demander de me remettre votre arme », dit le fédéral.

L'autre le regarda d'un air ahuri.

« Votre arme, monsieur... Il me faut votre arme.

– Vous vous foutez de moi..., commença Frank, qui vit alors un autre homme, plus âgé et impeccablement vêtu, s'approcher à grands pas.

– Inspecteur Duchaunak, dit ce dernier. Je m'appelle Robert Hennessy, et je suis responsable de la coordination entre les fédéraux présents sur le site et la police du district. Je viens de parler au commissaire McLuhan...

– Il est ici ? le coupa Duchaunak, tandis que le premier agent s'écartait, oubliant tout de l'arme de l'inspecteur.

– Non, dit Hennessy avec un sourire. Il n'est pas ici.

– Qu'est-ce qui est arrivé à la jeune femme ? J'ai entendu dire qu'elle avait été emmenée.

– La jeune femme ? reprit Hennessy, en fronçant les sourcils.

– Hollander... Cathy Hollander... la femme qui était avec Freiberg.

– Ah oui... bien sûr. Cathy Hollander.

– Elle est morte ? Et Freiberg ? Il est mort aussi ?

– Freiberg... non, inspecteur, il n'est pas mort. En ce moment, nous avons toujours sept criminels en cavale.

– Mais la jeune femme... elle est entre vos mains ?

– Calmez-vous, inspecteur. La jeune femme va très bien. On s'occupe d'elle au moment où je vous parle.

– Très bien ? s'étonna son interlocuteur, qui continuait à parcourir la rue des yeux et à les lever de temps à autre quand les rotors d'un hélicoptère attiraient son attention. Comment ça, elle va très bien ? Elle a reçu une balle. Et c'est bien un de vos hommes qui l'a emmenée, non ?

– Cathy Hollander est l'une des nôtres, inspecteur. Et Hollander n'est pas son vrai nom, ne l'a jamais été. C'est un agent fédéral. C'est elle qui nous a fourni tous les renseignements sur les braquages qui ont eu lieu aujourd'hui, elle qui est la raison même de notre présence ici, inspecteur...

– Quoi ?! explosa Duchaunak. Elle est quoi ? Mais bon Dieu, qu'est-ce que vous me racontez ? Elle a un casier judiciaire long comme le bras, qui remonte à plus de quinze ans. Elle a des noms d'emprunt en pagaille, qu'elle a utilisés dans divers États...

– Son casier a été fabriqué de toutes pièces, inspecteur, dit Hennessy en souriant. Et sa biographie n'est que pure invention. Cathy Holl... elle s'appelle en fait Ruth Delaney, mais sous le nom d'emprunt de Cathy Hollander, elle a été infiltrée il y a des années dans l'équipe de Marcus afin de nous permettre de briser les reins de ces caïds de la pègre new-yorkaise.

– Mais elle a été abattue. C'est un de vos gars qui me l'a dit.

– C'est en toute connaissance de cause qu'on lui a tiré dessus, inspecteur. Elle s'était placée délibérément dans la ligne de mire d'un de nos tireurs d'élite. Elle portait un gilet pare-balles et elle a été abattue d'une balle en caoutchouc. Rien de plus simple ensuite que de laisser les autres membres de son équipe l'abandonner. Ces gens-là n'emportent pas leurs morts avec eux, surtout pas quand ils peuvent transporter de l'argent à la place.

– Je ne comprends pas...

– Ne vous inquiétez pas, inspecteur. Venez avec moi, allons retrouver le commissaire McLuhan. Je pourrai alors vous donner les dernières nouvelles du reste de la bande. »

Hennessy tendit la main pour l'écarter du trottoir et le guider vers un véhicule qui attendait un peu plus loin.

« Et Freiberg ? demanda Duchaunak tout en marchant.

– Qui sait ? Quelque part dans la nature, je suppose, où il fait de son mieux pour rester loin de nous. Je suis sûr qu'il sera en garde à vue dans moins d'une heure.

– Et... vous connaissez John Harper ? demanda Duchaunak, qui s'arrêta net dans son élan.

– Bien sûr que nous le connaissons, dit Hennessy en souriant d'un air qui donna à l'autre l'impression d'être totalement inutile. Il est resté tout au long sous étroite surveillance, ne serait-ce que pour lui éviter de se retrouver dans une situation délicate. Nous avions même chargé certains agents à Miami d'en dire juste assez aux hommes de Marcus pour que ceux-ci se posent des questions à son sujet. Nous voulions nous assurer que Harper ne se retrouverait pas impliqué dans les événements d'aujourd'hui, en tout cas pas directement.

– Et maintenant ? demanda Duchaunak. Il est où maintenant ?

– La dernière fois qu'on l'a vu, dit Hennessy en secouant la tête, il quittait le voisinage immédiat de la 12e Ouest. Je l'aurais bien fait suivre, mais il ne craignait plus rien, et nous n'avons aucune raison de l'inquiéter davantage. Je suis sûr qu'il va regagner son hôtel. Nous lui parlerons plus tard.

– Il faut que je le voie. Il faut absolument que je voie John Harper.

– Pas tout de suite, si vous voulez bien. On va d'abord trouver le commissaire McLuhan, et après, vous pourrez aller voir M. Harper.

– Non, non, dit fermement Duchaunak. C'est maintenant que je veux le voir. Je me rends à son hôtel, je lui parle, et après je vais trouver McLuhan.

– Je ne peux vous obliger à rien, inspecteur, dit Hennessy, visiblement contrarié. Mais je préférerais de beaucoup que vous veniez avec moi voir le commissaire...

– Écoutez, l'interrompit Duchaunak en lui adressant un sourire. Ce gamin doit être terrifié. Il nous a aidés, vous savez. C'est lui qui a rencontré Ben Marcus et qui m'a informé du projet de braquage dans la 12e Ouest. C'est grâce à lui que je suis venu ici. Laissez-moi aller le voir, ne serait-ce que pour lui donner une idée de ce qui s'est vraiment passé. Et dites à McLuhan que je serai au commissariat à midi au plus tard. »

Hennessy eut un instant d'hésitation.

« Ne me dites pas que je suis en état d'arrestation ! lança l'inspecteur. Bon sang, je veux juste voir ce type une minute et m'assurer qu'il va bien.

– Entendu, dit Hennessy. Mais je compte sur vous pour être au commissariat à midi, comme vous venez de l'affirmer, d'accord ?

– Promis... ne vous inquiétez pas.

– Je vais vous faire emmener par un de mes gars.

– Merci. »

Dix-huit minutes plus tard, Frank Duchaunak franchissait la porte de l'American Regent Hotel. Il eut un coup d'œil pardessus son épaule pour l'agent fédéral assis dans la voiture garée le long du trottoir. Il passa rapidement devant le bureau de la réception, s'engouffra dans un couloir qui longeait le restaurant, prit un escalier à l'arrière qui descendait aux cuisines en sous-sol, continua sa course entre des rangées de casseroles et d'ustensiles jusqu'aux portes de service. Il montra rapidement sa plaque à un membre du personnel et lui dit qu'il devait sortir du bâtiment par l'arrière. La jeune femme s'exécuta, lui ouvrit la porte, puis le regarda remonter à grandes enjambées la rampe en béton réservée aux livraisons et gagner finalement la rue qui passait derrière l'hôtel.

Duchaunak savait que John Harper ne serait pas dans sa chambre. Pour tout dire, il aurait pu être à peu près n'importe où dans la ville, mais Duchaunak en doutait fort. Il soupçonnait, à peine mais quand même, que John Harper était peut-être bien rentré chez lui.

68

L'arme était stable dans la main de l'homme, et le resta même quand John Harper s'encadra dans l'embrasure de la porte de la cuisine. Elle semblait trop petite pour faire vraiment beaucoup de dégâts, mais c'était quand même un .38, un calibre suffisant pour tenir Walt Freiberg en respect.

« John, ça fait plaisir de te voir », dit Evelyn Sawyer d'une voix calme.

Puis elle jeta un œil vers l'homme qui se tenait dans un coin de la pièce, son arme pointée sur Freiberg.

« J'aimerais te présenter quelqu'un, reprit-elle à l'adresse de Harper. Thomas McCaffrey... Il habite avec moi depuis quelques jours. »

Harper dévisagea McCaffrey, puis se tourna vers Freiberg. Lequel était assis sur une chaise à dossier droit placée contre le mur, les mains sur les genoux, deux sacs en toile noire à ses pieds.

« Sonny, le salua Walt.

– Ne m'appelez pas comme ça, dit Harper. Arrêtez de m'appeler comme ça, d'accord ?

– Fais pas attention à lui, John, intervint Evelyn. Walt a été très occupé ce matin... pris par les activités qui sont d'ordinaire les siennes. Il s'est dit qu'il pourrait passer ici parachever son œuvre avant de quitter New York pour de bon. Je me trompe, Walter ? dit Evelyn en souriant. Il a cru qu'il pourrait venir me voir et m'embobiner, c'est bien ça, Walter ?

– Evelyn..., commença Freiberg en secouant la tête.

– Pas un mot de plus, s'il te plaît. J'en ai assez entendu de ta part pour me tenir jusqu'à la fin de mes jours. Tu n'as rien à me dire...

C'est à John que tu vas devoir expliquer certaines choses, précisa-t-elle avant de se tourner vers ce dernier et d'ajouter : Viens ici t'asseoir à côté de moi et de Thomas... viens donc écouter ce que Walter a à te dire.

– Je n'ai pas l'intention de bouger de là où je suis, objecta Harper. Mais j'aimerais bien savoir ce qui se passe ici, nom de Dieu. C'est qui, ce type ?

– Thomas ? Eh bien... c'est l'homme qui a tiré sur ton père...

– Putain de...

– Inutile de me tomber dessus, John, dit sa tante d'une voix teintée de sollicitude. Thomas a reçu un gros paquet de fric pour abattre ton père. Combien, déjà, Thomas ?

– Cent mille dollars.

– Mais Thomas n'a touché que la moitié de la somme... la moitié avant, l'autre moitié après, c'est ce qui était convenu avec Ben Marcus. Thomas a exécuté les ordres à la lettre. Il était dans le magasin quand ton père est arrivé. Il l'a abattu. Avec l'intention de le tuer, sauf que... Tu sais ce que c'est, dans ce genre d'affaire, y a toujours quelque chose qui foire. Thomas ne pouvait pas savoir... qu'Edward finirait aux urgences de St Vincent.

– John, par pitié..., voulut intervenir Freiberg.

– Ne m'interromps pas quand je parle, Walter. Tu auras tout le temps de t'exprimer, dit Evelyn avant de regarder Harper en secouant lentement la tête. Thomas a été engagé pour descendre Edward. Il connaissait Raymond Dietz. Ils se sont retrouvés en prison ensemble... Où ça, déjà, Thomas ?

– Attica. On a partagé une piaule à Attica.

– C'est ça, Attica. Et Ray et lui sont devenus amis. Tu peux pas passer tout ce temps bouclé dans la même piaule avec quelqu'un sans t'en faire un ami, pas vrai ? C'est Ray qui avait donné à Thomas l'arme qu'il devait utiliser pour tirer sur Edward... Mais il y a plus, beaucoup plus. Cette arme avait trente ans bien pesés... et c'était celle-là même qui avait été utilisée en 1974 au cours d'un braquage dont les auteurs étaient Ray et Garrett.

Renversant, non ? C'est le pistolet de mon mari, John, une arme qui avait fini dans les mains de Ray Dietz, qui a été utilisée dans l'attentat contre Edward.

– J'ai pas envie d'entendre ça…, commença Harper.

– Il va pourtant bien falloir…, rétorqua Evelyn.

– C'est une salope, une foutue salope de menteuse, intervint Freiberg.

– Ferme-la, Walter ! aboya Evelyn. Encore un mot, et Thomas te met une balle en pleine tête, pas vrai, Thomas ?

– Aussi vrai que j'm'appelle McCaffrey, bordel ! Tu la boucles, Walter, une fois pour toutes.

– J'espérais bien que tu viendrais, John… que tu te joindrais à nous pour une petite partie d'Action ou vérité. »

Harper fronça les sourcils.

« Evelyn a la tête complètement à l'envers…, commença Freiberg.

– Tu vas la fermer, oui ? Rassure-toi, ma tête va très bien. Je sais ce que je sais, y a pas à sortir de là. Tu vas me laisser finir ce que j'ai à dire, et après tu pourras parler, compris ? »

Freiberg ne répondit pas.

Evelyn observa un moment de silence, le temps de se calmer. Elle regarda Harper avec une lueur d'ironie amusée dans les yeux, avant de reprendre son récit.

« Donc, Thomas est allé trouver Raymond Dietz après la fusillade. Pour récupérer les cinquante mille dollars qu'on lui devait encore. Mais quand il est arrivé au lieu de rendez-vous, il a senti que quelque chose clochait. Il n'a pas vu Raymond, mais quelqu'un d'autre à sa place, et il a compris que Ben Marcus lui mijotait une entourloupe. Alors, qu'est-ce qu'il a fait, à ton avis ? Il s'est demandé s'il n'y avait pas quelqu'un qui pourrait lui donner un coup de main. Et il a repensé à ses années de taule à Attica en compagnie de Raymond Dietz, à certaines des conversations qu'ils avaient eues ensemble. Raymond lui avait parlé de Garrett, de moi, d'Edward Bernstein. Il s'est dit qu'il y avait une chance pour que je prenne assez bien la nouvelle qu'Edward se soit fait descendre, et il a décidé de la saisir. Il est venu me trouver. Nous avons eu une petite discussion, n'est-ce pas, Thomas ?

– En effet, Evelyn, je confirme.

– Un peu tendue, la discussion, pour ne pas dire plus. Thomas a pointé son arme sur moi tout au long, pas vrai, Thomas ?

– Oui, Evelyn, c'est vrai... mais je me suis excusé après.

– Exact, Thomas, tu t'es excusé. Donc, on a eu notre discussion, et on a conclu un accord : j'aiderais Thomas en le cachant ici chez moi, et lui me protégerait, moi, mais aussi toi, John.

– Pourquoi moi ? s'étonna Harper.

– Tu es tellement naïf, John. Tu ne voyais que ce que tu voulais voir. Tu n'avais aucune idée de ce qu'étaient ces gens... de ce dont ils étaient capables. J'ai convenu avec Thomas que, s'il t'arrivait quelque chose, John, il retrouverait Walt Freiberg, Sol Neumann, Ben Marcus, et Dieu sait qui encore, peu importe le responsable, et il les tuerait tous pour moi. »

Harper regarda McCaffrey, qui se tenait derrière Evelyn, son revolver pointé sur Freiberg. Celui-ci lança à la vieille femme un œil noir de haine.

« Walter ? C'est à ton tour de parler, à présent. Tu vois, John est là, et tu vas donc pouvoir lui dire la vérité sur ce qui s'est passé avec Anne et Garrett. Après quoi, je demanderai poliment à Thomas de t'abattre sur place.

– Elle est pas trop de bon poil, aujourd'hui, la vieille », tenta d'ironiser Freiberg.

McCaffrey fit deux pas en avant.

Harper s'écarta de l'embrasure de la porte et s'aplatit contre le mur de droite.

« Evelyn ? reprit Walt. Par pitié, Evelyn, dis-lui de ranger ce truc.

– Ferme ta gueule, Walter ! aboya Evelyn, qui se redressa sur sa chaise, presque comme si elle se préparait à encaisser elle-même le recul de l'arme quand McCaffrey appuierait sur la détente.

– Evelyn..., intervint Harper d'une voix faible.

– Tout va bien, John, l'interrompit-elle. Notre ami Walt était sur le point de partager avec nous quelques vérités désagréables mais bonnes à entendre... de nous donner quelques détails concernant l'histoire de notre famille, pas vrai, Walter ? »

L'autre secoua la tête, se tourna vers Harper, qui lut aussitôt la peur dans ses yeux. Or Walter Freiberg n'avait jamais peur, jamais. Evelyn l'avait coincé, et il refusait clairement d'affronter le sort qui lui semblait réservé.

« Alors ? le pressa Evelyn. Tu vas peut-être nous dire, pour commencer, comment il se fait que Garrett se trouvait dans la chambre d'Anne quand elle a pris tous ces cachets ?

– Quoi ? dit Harper en s'avançant dans la pièce.

– Tu devrais rester où tu es, John, l'avertit Evelyn. Inutile que tu te trouves sur la trajectoire de la balle quand Walter se fera descendre. »

Instinctivement, il recula, sentant ses genoux se dérober sous lui. Il regarda Freiberg, s'attendant peut-être à ce qu'il essaie de se défendre, mais celui-ci resta assis sans bouger, les mains sur les genoux, les deux sacs de toile toujours à ses pieds.

« Tu préfères que je continue, Walter, ou tu es prêt à prendre le relais ? » L'autre eut un geste de dénégation, ferma les yeux et appuya la tête contre le mur. « Donc, reprit Evelyn, comme Walter s'apprêtait à nous le dire, Garrett était présent quand Anne a pris ces comprimés. Elle ne voulait pas les prendre, hein, Walter ? Elle refusait carrément, mais Edward et toi aviez décidé qu'elle devenait encombrante, pas vrai ? Edward voulait lui enlever John, mais elle ne l'aurait jamais permis. Pour vous, elle était une empêcheuse de tourner en rond. Vous avez donc averti Garrett : soit il s'occupait d'Anne, soit il perdait sa femme en plus de sa belle-sœur. Vous alliez nous éliminer toutes les deux, je me trompe ? Nous tuer Anne et moi si Garrett ne s'assurait pas qu'Anne...

– John... fais pas attention à ce qu'elle raconte, dit Freiberg en levant la main comme s'il voulait signifier qu'il avait quelque chose d'important à dire.

– Laisse tes mains où elles sont ! lui enjoignit Evelyn. Ne t'avise surtout pas de bouger. »

Freiberg laissa retomber ses mains sur ses genoux.

« Tu n'es pas obligé d'écouter, John, c'est vrai, mais tu voulais connaître la vérité, eh bien tu vas l'avoir, et sans fioriture encore. »

Harper ne dit pas un mot.

« Garrett était présent ce jour-là, reprit-elle, la voix brisée sous le coup de l'émotion. Il était là, dans la chambre à l'étage. Il a dit à Anne que si elle ne cédait pas à la demande d'Edward, celui-ci te tuerait. Et il l'aurait fait. Voilà le genre d'homme qu'il est. Edward Bernstein aurait préféré tuer son propre fils plutôt que de le laisser à sa mère. Et Anne savait quel genre d'homme il était, elle connaissait les gens dont il s'entourait. Elle savait qu'Edward la tuerait ou qu'il te tuerait, toi. Elle était confrontée à un choix terrible, John : sacrifier sa vie, ou sacrifier la vie de son fils. »

Evelyn se tourna vers Harper. Elle avait les yeux gonflés de larmes.

Le revolver de McCaffrey n'avait pas dévié d'un pouce et restait résolument pointé sur la tête de Freiberg.

« Garrett a donc fait ce qu'on lui demandait. Il a attendu qu'elle avale les comprimés. Il m'a raconté ce qui s'était passé après. Comment il l'avait allongée sur le lit, posé sur elle une couverture, comment il l'avait regardée s'endormir. Elle avait l'air si paisible, si heureuse, disait-il, comme si elle savait au fond de son cœur qu'elle avait fait le bon choix. Voilà ce qu'il m'a confié, John… plus tard. Je t'ai raconté qu'à ce moment-là tu étais sorti avec Garrett, mais c'était faux. Tu étais en fait chez Francine et Grace. »

Evelyn s'interrompit. L'atmosphère était devenue irrespirable.

« Ses dernières paroles ont été pour toi, pour qu'aucun mal ne te soit fait. C'est la promesse qu'elle a arrachée à Garrett, qu'il veille à ce qu'il ne te soit fait aucun mal. Il a donc fallu qu'on te protège, qu'on te protège de ton père, et à cause de ce qu'il avait accepté de faire Garret s'est senti obligé d'empêcher Edward de t'enlever à nous. C'est pour cette raison que Garrett a été tué à son tour...

– Tué ?! s'exclama Harper presque involontairement, et quasiment pris de vertige.

– Tué, confirma Evelyn d'un ton neutre. Et nous connaissons le meurtrier, n'est-ce pas, Walter ? »

Harper se tourna vers Freiberg.

« Lui-même, dit Evelyn. Notre bon oncle Walt, sur les ordres de ton père, bien entendu, est passé à l'action et a assassiné mon mari. Après quoi, il ne restait plus que moi... moi, seule, entre Edward Bernstein et son fils. Et le comble de l'ironie, poursuivit-elle après s'être interrompue le temps d'un petit rire étouffé, fut que, deux jours après la mort de Garrett, ton père était arrêté et emprisonné pour un tout autre crime. Et il n'en était pas encore sorti quand tu es parti pour la Floride. Il aurait pu te trouver à ce moment-là, et sans se donner beaucoup de mal... très facilement même, crois-moi, mais tu sais quoi ? Il était resté absent si longtemps que tout ce qu'il avait pu avoir en tête avant ses années de prison s'était effacé de son esprit. Tu ne l'intéressais plus. Deux personnes étaient mortes, deux personnes dont il avait pensé qu'elles se dressaient en travers de son chemin, et, alors que plus rien ne l'empêchait de te retrouver, de te parler, de te dire qui il était, alors qu'il aurait été si simple pour lui de le faire, eh bien, brusquement ça ne l'intéressait plus, il n'en avait plus envie. »

Evelyn regarda Freiberg avant de poursuivre.

« Et puis Edward a confié à Ben Marcus qu'il était prêt à se défaire de son territoire. Marcus s'est dit qu'il pouvait le récupérer à moindres frais, et il a conclu un accord avec Edward, mais dès que celui-ci a commencé à préparer le terrain, à congédier ses hommes et du même coup à devenir plus vulnérable, il a payé Thomas pour le liquider. Quand Edward a été abattu, les jolis plans de Walter ont commencé à prendre l'eau de toutes parts. Il ne savait pas trop comment allaient tourner les choses. Il s'est peut-être dit qu'il devait protéger ses arrières et, entre autres, qu'il aurait intérêt à t'avoir sous la main, une fois qu'il t'aurait tiré de ton anonymat... à s'assurer aussi que je ne dirais rien à la police. »

Walter Freiberg secoua la tête et se tourna vers Harper.

« John, rien de tout cela n'est vrai...

– Combien de fois je t'ai dit de la fermer, Walter ! Je t'ai donné ta chance, et tu n'as pas su la saisir. Tu m'interromps encore une fois et...

– John, crois-moi...

– Te croire ? s'exclama Evelyn. Bon Dieu, Walter, donne-moi une seule raison pour laquelle je devrais te croire, je t'écoute.

– Crois-moi maintenant, persista Freiberg, toujours tourné vers Harper. Tu dois me croire aujourd'hui, croire que je n'ai rien eu à voir avec la mort de ta mère, et que je ne suis en rien responsable du meurtre de Garrett...

– Donnez-moi une raison », l'interrompit Harper.

Freiberg le regarda avec un léger haussement de sourcils.

« Donnez-moi une seule bonne raison... une raison valable de vous croire, Walt. »

Freiberg hésita.

« Où est Cathy ? demanda Harper à brûle-pourpoint.

– Cathy ?

– Oui, vous la connaissez, non ? Cathy Hollander. Elle est où, Walt ?

– Elle y est restée, John », dit quelqu'un du hall d'entrée.

Ils se retournèrent tous avec un bel ensemble – Freiberg, John Harper, Evelyn, et même Thomas McCaffrey, réagissant au son d'une autre voix derrière la porte de la cuisine, et, avant que quelqu'un puisse dire quoi que ce soit, Frank Duchaunak s'encadrait dans l'embrasure, son .45 à la main, et un air satisfait qui disait assez que toutes les pièces du puzzle s'emboîtaient désormais, que la boucle était bouclée, et que c'était lui qui était à l'origine de ce dénouement.

« Elle était présente lors de votre braquage, pas vrai, Walter ? demanda-t-il.

– Mais qu'est-ce que vous foutez ici ? » s'enquit Evelyn.

L'espace d'un instant, McCaffrey sembla hésiter, ne sachant plus s'il devait braquer son arme sur Duchaunak ou la garder pointée sur Freiberg.

« Eh bien, je me suis dit que c'était ici que finirait par échouer John. J'ai pensé aussi qu'il était grand temps de tordre le cou à quelques mensonges et autres inventions, dit-il en regardant tour à tour Harper, Freiberg, puis McCaffrey. Nous n'avons pas été présentés, dit-il à l'adresse de ce dernier. Vous êtes ?

– C'est Thomas McCaffrey, répondit Evelyn, l'homme que Ben Marcus a engagé pour descendre Edward Bernstein.

– Ah, McCaffrey, reprit Duchaunak en hochant la tête. Vous avez un frère et une sœur, je me trompe ?

– Oui, et alors ? s'étonna l'autre, l'air soudain nerveux.

– Ils ont passé un avis de recherche vous concernant, mentit Duchaunak.

– On était juste en train de bavarder, intervint Evelyn.

– En train de dissiper quelques pieux mensonges, c'est ça ? suggéra l'inspecteur.

– C'est exactement ça, répondit Evelyn en souriant. J'étais en train d'expliquer à John comment mon mari avait tué Anne, avant d'être tué à son tour par Walter... et tout ça à cause d'Edward Bernstein. Je ne me suis toujours pas remise du fait qu'un seul homme ait pu causer autant de dégâts, autant de peine et de souffrance dans un si grand nombre de vies.

– Ça ne me surprend pas, dit Duchaunak, qui s'avança dans la pièce, regarda sur sa gauche vers Freiberg, immobile sur sa chaise, puis sur sa droite vers Harper. Allez vous asseoir à côté de votre tante, lui dit-il en indiquant la table du canon de son revolver. En voilà une autre pour ta collection, Walter. Je suis sûr que John saura l'apprécier à sa juste valeur. »

Harper eut un regard d'abord pour Freiberg, puis pour Duchaunak.

« Je vous ai raconté deux ou trois choses à propos de Cathy Hollander, dit ce dernier en s'adressant à Harper. Entre autres, qu'elle ne s'appelait pas seulement Cathy Hollander, vous vous souvenez ? Bien sûr que vous n'avez pas oublié, poursuivit-il quand Harper eut acquiescé. Je vous ai même dit qu'elle portait à l'occasion le nom de Margaret Miller ou de Diane Sheridan. Celle qui vient, elle est pour toi, ajouta-t-il en s'adressant cette fois à Freiberg avec un sourire entendu. Il semble bien que son vrai nom soit finalement Ruth Delaney.

– Pardon ? fit Freiberg. C'est quoi, cette histoire de fou ?

– Agent fédéral Ruth Delaney, brigade antigang du FBI... Ton compte est bon, comme celui d'Edward et de Ben Marcus, et de tous les bons à rien, débiles et enfoirés que tu fréquentes. Vous êtes tous, jusqu'au dernier, faits comme des rats. On tient déjà Beck et Parselle, Ron Dearing, Joe Koenig, même si celui-là, on n'est pas sûrs qu'il s'en sorte, vu qu'il a reçu une balle dans la colonne vertébrale pendant qu'il essayait de prendre la fuite. On tient aussi Ricky Wheland et Karl Merrett...

– Foutaises ! explosa Freiberg. Un ramassis de conneries, Duchaunak, rien d'autre.

– Comme tu veux, Walter, comme tu veux. Le fait est que le château de cartes que vous avez construit avec tant de persévérance est en train de s'effondrer, et que toi, tu es là, coincé dans la cuisine d'Evelyn, bien trop terrifié pour remuer ne serait-ce que le petit doigt.

– Je l'ai vue se faire abattre, dit Freiberg, une note de colère dans la voix. Elle est tombée au beau milieu du hall de la banque.

– Bien sûr que tu l'as vue, personne ne te dira le contraire. Mais tu as vu exactement ce que tu étais censé voir. Une femme vêtue d'un gilet pare-balles touchée en pleine poitrine par une balle en caoutchouc. »

Freiberg resta pantois, clignant les yeux, regardant tour à tour ceux qui l'entouraient.

Peut-être avait-il peur, peut-être était-il désespéré, peut-être Duchaunak avait-il simplement cherché à provoquer chez lui une réaction. Peu importe la raison, Freiberg réagit effectivement, avec une rapidité surprenante.

Sans être pourtant assez rapide.

Evelyn Sawyer, hors d'elle sous l'effet de la colère, de la culpabilité, de la tension causée par ce huis clos insoutenable, arracha le revolver des mains de McCaffrey et appuya sur la détente. Le recul faillit la faire tomber de sa chaise ; elle n'avait pas l'habitude des armes à feu. Mais elle avait suffisamment bien visé, et la cible était suffisamment proche pour que la balle atteigne Walter Freiberg à la gorge et le précipite à terre.

Harper et Duchaunak, assourdis par la détonation et pétrifiés par la surprise, n'esquissèrent pas un geste.

Ils ne bougèrent pas davantage quand Evelyn se tourna vers Harper et sourit en secouant la tête, pas davantage non plus quand elle leva l'arme contre sa tempe.

Non, mima Harper, avant de réussir à articuler le mot.

« Non, Evelyn ! Nooonnn ! » cria-t-il en tendant la main vers elle.

Elle appuya sur la détente.

Elle mourut avant Freiberg, mais de quelques secondes à peine, et peut-être que les gestes incontrôlés de ce dernier, la manière dont il agrippait son cou comme pour en retirer la balle, arracher la douleur qui lui vrillait le corps, étancher le sang qui jaillissait de la blessure et se répandait rapidement sur le sol, remplissant les interstices entre les carreaux de céramique... peut-être que tous ces mouvements n'étaient que des réflexes involontaires, son cerveau continuant à lutter pour survivre, alors que la bataille était déjà perdue.

Harper finit par réagir ; il sauta d'un bond de sa chaise pour se précipiter sur Evelyn, la soutenant dans une tentative désespérée pour l'empêcher de sombrer, alors que personne ne pouvait plus rien pour elle depuis longtemps.

Duchaunak s'aplatit contre le mur, leva son .45 et le braqua sur McCaffrey. Celui-ci – toujours pétrifié sur place, sans voix, les yeux exorbités – recula et leva les mains en l'air.

Tout en gardant son arme pointée sur sa cible, Duchaunak réussit à attraper Harper par le col de sa veste, à le tirer en arrière, obligé pour ce faire de se battre avec lui, et à l'éloigner de l'endroit où il était agenouillé sur le sol.

« Non ! criait-il. John... non ! Ne les touchez pas ! Ne touchez à rien ! »

Pour finir, incapable de prendre vraiment conscience de ce qui venait de se passer, de trouver les mots pour décrire, cerner les conséquences que pourraient avoir pareils événements, John Harper se remit debout et recula contre le mur.

« Ne faites rien, répéta Duchaunak. Ne les touchez pas, ne touchez à rien. »

Harper le dévisagea, le regard vide d'émotion.

« Toi ! aboya l'inspecteur à l'adresse de McCaffrey, qui ne réagit pas. Écarte-toi sur la droite. »

Quand l'autre eut obéi, il se pencha, prit l'arme dans la main d'Evelyn et la glissa dans la poche de sa veste. Puis il se redressa, désigna du menton les deux sacs qui avaient été aux pieds de Freiberg et enjoignit à McCaffrey de les ramasser.

Ce dernier s'exécuta, sans un mot, et resta là à attendre, l'horreur peinte sur son visage.

« Tu vas venir avec moi », lui dit Duchaunak, et McCaffrey acquiesça de la tête avant de faire un pas en direction de la porte de la cuisine.

L'inspecteur regarda Harper, toujours collé à son mur.

« Allez, bougez-vous, John, souffla-t-il d'une voix presque inaudible. Walter a laissé un taxi jaune dans la rue. Malins, les gars, non ? Ils en avaient quatre... et ils avaient prévu de se noyer dans le défilé de taxis programmé pour aujourd'hui dans toute la ville. Malins, mais pas tout à fait assez quand même, cette fois-ci. »

Harper se décolla du mur et se dirigea vers la porte. Il s'arrêta une seconde, se mettant au défi de regarder derrière lui pour contempler le chaos qui régnait dans les étroites limites d'une pièce si pleine des souvenirs de son enfance.

Il en fut incapable. Il retint son souffle un moment, ferma les yeux et gagna le hall d'entrée.

Il pensa alors – et à raison – qu'il quittait la maison de Carmine Street pour la toute dernière fois.

Duchaunak fit signe à McCaffrey d'emboîter le pas à Harper.

Les trois hommes traversèrent le hall à grandes enjambées et sans mot dire, franchirent la porte d'entrée et se retrouvèrent dans la rue.

L'inspecteur obligea McCaffrey à prendre le volant du taxi et à faire un crochet par l'American Regent où ils déposèrent Harper, non sans que l'inspecteur lui précise qu'il devait monter dans sa chambre et attendre que quelqu'un vienne l'interroger. Quant à lui, il emmenait McCaffrey et l'argent au commissariat où l'attendaient McLuhan et un agent fédéral.

Une fois Harper hors de vue, Duchaunak apprit à McCaffrey ce qu'il était arrivé à sa sœur et à son frère. L'autre devint hystérique, et l'inspecteur dut le gifler à plusieurs reprises avant de lui enfoncer le revolver de Dietz dans les côtes en lui criant : « Tu vas te calmer, bordel ! Ben Marcus les a fait tuer. Il leur a envoyé deux de ses types, pour voir s'ils avaient une idée de l'endroit où tu te terrais. Ils n'en savaient rien. Quand ils ont eu fini de les interroger, ils les ont abattus, tous les deux. »

Duchaunak demanda ensuite à McCaffrey de les conduire jusqu'aux entrepôts à l'intersection de West et de Bloomfield, près du quai 53. Là, il lui fit garer la voiture de l'autre côté de la rue et désigna du doigt le premier étage du bâtiment.

« Ben Marcus est là-haut, lui dit-il, avant de sortir de sa poche le .38 de Ray Dietz et de le lui tendre. Tu devrais aller récupérer tes cinquante mille dollars et en profiter pour empocher tout ce qui te semble pouvoir compenser les meurtres de ton frère et de ta sœur. Je t'attends ici, d'accord ?

– Je ne..., commença McCaffrey en secouant la tête, l'air perplexe.

– Tu vas voir Marcus de ce pas, tu entends ? Et tu lui craches ce que tu as sur le cœur. »

McCaffrey hésita un moment avant de poser la main sur la poignée de la portière et de descendre de la voiture.

« Encore une chose », l'arrêta Duchaunak.

L'autre se retourna.

« Transmets un message de ma part à Ben Marcus, tu veux bien ? Dis-lui que Sonny Bernstein n'a jamais été qu'un banal journaliste, rien d'autre.

– Sonny Bernstein, journaliste ? répéta McCaffrey, de plus en plus désorienté. Mais ça veut dire quoi ?

– Ça n'a pas d'importance, dit Duchaunak avec un petit sourire. Ben Marcus comprendra, lui, c'est l'essentiel. Contente-toi de lui dire ça, d'accord ? En précisant bien que c'est de ma part.

– D'accord, je vais le lui dire… Et vous, vous m'attendez ici, c'est ça ?

– Absolument, je t'attends. »

Et Frank Duchaunak attendit. Quatre ou cinq bonnes minutes, et quand il entendit les trois premiers coups de feu se succéder à grande vitesse, il fit démarrer le moteur et enclencha la première.

Quand le quatrième puis le cinquième coup retentirent, il quitta le bord du trottoir et appuya sur l'accélérateur.

Il sourit devant l'ironie qui avait présidé aux événements. L'arme de Ray Dietz, qui avait un jour appartenu à Garrett Sawyer, avait servi à tuer Walter Freiberg, Evelyn Sawyer et à présent Ben Marcus.

La mort d'Edward Bernstein à ce stade viendrait comme la fameuse cerise sur le gâteau.

Frank Duchaunak jeta un coup d'œil derrière lui aux deux sacs en toile sur la banquette arrière, puis tendit la main pour allumer la radio.

69

Elle arriva un peu plus tard, Cathy Hollander, ou Ruth Delaney, peu importait son nom, désormais.

Elle vint trouver Harper à l'American Regent et resta d'abord un moment sans rien dire.

Puis elle s'efforça d'expliquer qui elle était, la nature de son travail, et comment elle avait fait pour le protéger de son mieux de la violence de tous ces gens. Elle avait usé de tous les moyens à sa disposition, ni plus ni moins, car elle avait foi en ce qu'elle faisait, et c'étaient cette même foi et son sens du devoir qui dictaient ses actes. Plus que sa sensibilité ou son humanité.

« Et moi, j'étais quoi dans l'histoire ? » lui demanda-t-il.

Elle le regarda, les yeux agrandis par la surprise, et secoua la tête.

« Vous n'avez rien à dire à ce sujet ? insista Harper.

– Que voudriez-vous que je vous dise ? »

Harper balaya la question d'un rire. Il éprouvait le désir de provoquer chez elle un sentiment de culpabilité.

« Qu'est-ce que moi, je voudrais vous entendre dire ? Mais rien, ma foi, rien du tout.

– Je vous ai laissé croire que je..., commença-t-elle, en faisant un pas en avant.

– Vous parlez de sensibilité, d'humanité. Vous pensez que de telles qualités sont l'apanage de gens comme vous ? Vous m'avez laissé croire ce que vous vouliez que je croie, dit Harper en lui lançant un regard noir. Vous m'avez mené en bateau, Cathy... Ah, merde, c'est plus votre nom. Vous m'avez appâté. Amené à penser ce que vous vouliez me voir penser, et puis, quand la situation vous a semblé devenir menaçante, vous y avez mis un terme. J'ai quelque chose à dire à propos...

– Je sais, l'interrompit-elle. Et je suis désolée...

– Je n'ai que faire de vos excuses, dit Harper en se levant et en s'approchant d'elle. Vous voulez savoir ce que je veux ? Je vais vous le dire, et sans mâcher mes mots. Je veux simplement retrouver ma vie, bon Dieu. Si vous ne pouvez pas me donner ça, alors je ne veux rien de vous. »

Ruth Delaney s'abstint de répondre.

Harper eut un sourire amer avant de se rasseoir.

« Alors, dites-moi ce qui va se passer maintenant. Et ne parlons plus que business... après tout, ça n'a jamais rien été d'autre pour vous, je me trompe ? »

Elle tenta à nouveau de s'excuser, de fournir une explication, mais Harper l'interrompit sans ménagement.

« Vous ne voulez rien entendre de ce que j'ai à vous dire ? demanda-t-elle.

– Ce que je veux savoir, c'est comment je me tire d'ici et comment je rentre chez moi, point, répondit-il sèchement.

– OK, d'accord. »

Elle lui dit alors que quelqu'un avait appelé au sujet de la maison de Carmine. Un appel anonyme. Des équipes travaillaient encore sur place et tentaient de rassembler les preuves nécessaires à une compréhension exacte des événements.

« Je sais très bien ce qui s'est passé.

– Vous n'avez pas besoin de dire quoi que ce soit pour l'instant, dit-elle. Vous aurez tout le temps de parler plus tard. »

À propos des gangs qui avaient participé aux braquages ce matin-là, elle lui révéla que tous les membres avaient été arrêtés, à l'exclusion de deux d'entre eux, Sol Neumann et Victor Klein, qui étaient morts.

Comme l'était aussi Edward Bernstein.

Décédé paisiblement, sans bruit, à 14 h 13, la veille de Noël.

Harper ne dit rien. Il n'y avait rien à dire.

Au bout d'un moment, il lui demanda si elle connaissait la vérité sur ce qui s'était passé entre sa mère, Evelyn, Garrett et les autres.

« Nous pensons que Garrett a effectivement collaboré au suicide de votre mère, lui dit-elle. Nous n'avons pas de certitude, mais d'après le peu que j'ai pu glaner auprès de Ben Marcus et de votre père, cela paraît tout à fait plausible...

– Assez, assez, dit Harper en levant la main. Je ne crois pas avoir envie d'en entendre davantage. »

Ruth Delaney se tut. Comme le firent Cathy Hollander, Margaret Miller, Diane Sheridan, et d'autres encore peut-être.

Le silence s'attarda un moment dans la pièce.

Pour finir, elle se leva, s'approcha de John Harper et lui effleura la joue.

« Rentrez chez vous, dit-elle à voix basse. Une fois que vous aurez dit tout ce que vous avez à dire, vous devriez rentrer chez vous... à Miami, et remettre un peu d'ordre dans votre vie. »

Harper leva les yeux sur elle. Eut un sourire résigné, presque philosophe.

« Ma vie ? De quelle vie parlez-vous ?

– Il faut que j'y aille, dit-elle en souriant et en retirant sa main.

– Une dernière question ? »

Elle acquiesça d'un mouvement de tête.

« Vous avez vraiment lu mon livre ?

– Oui, vraiment, je vous assure. »

Harper haussa les sourcils.

« Vous devriez en écrire un autre, dit-elle d'une voix douce. Et un autre, et encore un autre... Vous êtes doué, John Harper. »

Elle se dirigea vers la porte et s'arrêta, une main sur la poignée.

« Une question pour vous, cette fois-ci », dit-elle.

Harper se retourna.

« Frank Duchaunak. C'est lui qui vous a ramené ici depuis le domicile de votre tante ? »

Harper hocha la tête.

« Est-ce qu'il a fait savoir où il allait après ?

– Au commissariat. Il a dit que je devais attendre ici, que quelqu'un viendrait me voir. Qu'il leur dirait ce qui s'était passé dans la maison de Carmine Street, et que lui-même devait aller voir son supérieur. Pourquoi cette question ?

– Aucune raison particulière », répondit-elle en souriant.

Harper n'insista pas.

« Je vous appellerai. Pour savoir si tout va bien.

– Comme vous voudrez, dit Harper avec indifférence.

– Vous voudriez qu'on vous envoie quelqu'un pour parler de tout ça... je veux dire, en dehors des récents événements... pour parler de votre père, d'Evelyn ?

– Parler à quelqu'un ? demanda Harper en la dévisageant, incrédule. Qu'est-ce que vous voulez dire par là ?

– Nous avons des gens formés pour...

– M'aider à gérer mes problèmes ? C'est ça que vous êtes en train de me dire ? Des gens qui sont formés pour s'occuper de ce genre de conneries ? Arrêtez votre cinéma, et foutez le camp d'ici, d'accord ? »

Elle resta quelques instants près de la porte, puis elle disparut.

Immobile un moment, Harper finit par se lever lentement pour aller se poster devant la fenêtre où il posa les deux mains à plat sur la vitre et regarda la ville à travers les interstices.

New York, songea-t-il. La ville de Sinatra. Il essaya d'imaginer l'endroit comme s'il devait y vivre. Mais n'arriva à rien. Il baissa la tête, ferma les yeux.

Il lui fallut longtemps pour se remettre en mouvement.

ÉPILOGUE

C'est peut-être pour arriver jusqu'ici que j'ai voyagé toute ma vie.

Il ne ressent aucune douleur, aucun désarroi. Rien qui réclame une quelconque attention.

Aucun sentiment de culpabilité, à aucun propos ; cela plus encore que le reste.

Planté là, à regarder en direction des îlots de Fish Hawk et de Snipe, et, au-delà, de Johnston et de Sawyer – ce dernier porteur d'un nom d'une douce ironie –, John Harper se dit que, d'une certaine façon, la boucle était bouclée.

Il avait pris le Greyhound, avec ses huit arrêts entre Miami et Key West. Traversant Islamorada, Key Largo, Marathon et Grassy Key ; deux trajets – l'un partant du Florida Turnpike pour se terminer à Homestead, l'autre le long de l'I-95 qui devenait la US-1 dans la banlieue sud de Miami. Les deux parcours menaient à l'Overseas Highway. Mais cette fois-ci, il avait poursuivi sa route.

Et il y avait quelque chose de fascinant dans cet endroit – ce chapelet de trente et un grains de calcaire entouré de huit cents îlets inhabités –, quelque chose qui ne cessait de captiver son imagination. Ici, sur cette péninsule porteuse d'un improbable espoir, il se sentait à des millions de kilomètres des désillusions de New York.

Au sud et à l'est, l'Atlantique ; à l'ouest le golfe du Mexique, quarante-deux ponts, des dizaines de chaussées, une architecture rappelant ici la Nouvelle-Angleterre, là les Caraïbes – vérandas tarabiscotées, belvédères au dernier étage, balcons en fer forgé ; le John Pennekamp Coral Reef State Park avec ses étoiles de mer et ses homards, ses éponges et ses holothuries, ses pastenagues, barracudas, crabes et scalaires.

Et puis il y avait Key Largo, les bancs de thons noirs, au-dessus de vos têtes les nuées de frégates qui suivaient le parcours des poissons. Et l'odeur, cette odeur inoubliable de sel, d'algues, de poisson, d'eau croupie et de marais de la mangrove, le souvenir des pirates et de Ponce de León, les Dry Tortugas, les empreintes des tortues de mer, les récifs, l'eau limpide, les agrumes, les noix de coco…

Tout ce monde à deux cents kilomètres du petit bureau à l'arrière de l'immeuble du *Miami Herald* qu'il avait occupé un jour.

Tout ce monde qui désormais était le sien.

John Harper comprenait que ne pas se sentir coupable n'était pas un crime.

Il comprenait que le temps passerait et, ce faisant, jetterait un voile indéfinissable sur le passé, et que ce passé deviendrait une représentation de ce qu'il avait été à une époque, et non de ce qu'il était appelé à devenir.

Il n'était pas resté à New York.

Il avait répondu à des questions jusqu'à la limite du supportable – des questions des fédéraux, du commissaire Michael McLuhan, et d'autres dont il avait oublié le nom. Il avait demandé à voir Frank Duchaunak, Cathy Hollander, mais aucun d'eux ne s'était présenté. Il leur avait parlé de Thomas McCaffrey, des dernières minutes dans la maison de Carmine Street. Ils avaient fait comme si McCaffrey n'avait jamais existé, feignant d'ignorer où il se trouvait.

Ils revinrent plusieurs fois sur les derniers mots que lui avait adressés Duchaunak, voulant en connaître la teneur exacte, savoir quel air avait l'inspecteur à ce moment-là, quelles avaient semblé être ses intentions en le quittant. Harper leur dit ce dont il se souvenait, ce qui n'allait pas chercher bien loin.

Il n'assista à aucun enterrement, ne rendit aucun hommage. Il avait le sentiment que pareille hypocrisie de sa part aurait été aussi flagrante que celle dont avaient fait preuve tous les menteurs qu'on enterrait.

Il avait quitté New York le 27 décembre. Convaincu – du fond de sa tristesse et de sa désillusion – qu'il n'y reviendrait jamais.

John Harper ne travaille plus pour le *Herald*. Ne parle plus à Harry Ivens ni à aucune des personnes qui peuplaient sa vie avant son épisode new-yorkais.

Il n'a jamais reparlé à Cathy Hollander, pour la simple raison qu'elle ne l'a jamais appelé. Mais ce n'est pas forcément plus mal ainsi.

Harper est convaincu que la muse est de retour ; il retrouve son récit resserré, sa prose épurée et s'assied devant sa machine à écrire cabossée, les portes grandes ouvertes sur la véranda au plancher brut...

Il est descendu s'installer au sud, tout au bout de la péninsule, et il écrit.

Parce que c'était – et c'est encore – ce qu'il était censé faire.

Passionné, fervent, meurtri, oublié, perdu ; empoignant la vie à pleines mains, trop sans doute pour résister à la charge. Et titubant à présent, le cœur vide, se repliant sur lui-même sous l'immense poids du deuil, comme un oiseau en origami écrasé dans un poing. Un poing rageur, aux jointures blanchies sous la pression douloureuse.

Suant sang et eau, bien éveillé, sous une aube froide, d'un froid brutal, j'aspirais à la venue du matin ne serait-ce que pour savoir qu'un autre jour commençait, et m'assurer – irrévocablement – que ce jour, comme les autres avant lui, aurait une fin. Mais c'est ce jour-là, entre tous, que j'ai perdu mon père. Dans un moment de violence qui reflétait ironiquement sa propre vie, il se trouva exposé à la vérité et à la réalité du monde. Et ce fut la vérité – avant et par-dessus tout – qui finalement le tua. Une autre lumière. Dans le silence et l'indifférence... une autre lumière s'éteignit dans New York.

À la nuit tombée, John Harper va marcher le long de la plage. Il sait que Hemingway et Williams, John Hersey, James Merrill, Tom McGuane et Phil Caputo... il sait que tous, à un moment ou à un autre, se sont trouvés exactement là où il est et qu'ils ont eux aussi contemplé les Keys de Fish Hawk, Halfmoon et Little Truman. Il hésite à mettre ses pas dans ceux de ces géants, et là – au point le plus au sud du bloc continental des États-Unis –, John Michael Harper – son ironie amère et son humour triste, ses amours perdues et ses nuits solitaires, ses poings serrés et sa machine à écrire jadis silencieuse, son avenir prometteur et son potentiel encore inexploité –, John Harper sait qu'il est enfin chez lui.

Ta vraie demeure n'est peut-être pas là où est ton cœur, mais là où – enfin – tu la trouves.

Il était là depuis un mois environ quand le colis arriva.

Il avait loué une maison, rien de plus qu'une baraque en planches, pour tout dire, mais le toit était en bon état, et le bois solide. Il s'y sentait en sécurité, loin de tout, confiant en l'avenir. Il avait un peu d'argent, pas grand-chose à proprement parler, si peu qu'à un moment ou à un autre son absence de ressources réclamerait son attention. En attendant, elle lui semblait sans importance ni pertinence, une responsabilité importune propre à troubler sa joie de vivre retrouvée.

Le colis arriva par la poste, apporté par un facteur souriant qui descendit le chemin sablonneux depuis le haut de la plage et repartit en lui souhaitant une bonne journée. De la taille d'une grande boîte à chaussures, il était enveloppé dans un papier d'emballage, et quand Harper l'ouvrit, hésitant et curieux, il prit un moment pour examiner l'écriture appliquée de l'adresse. Un peu trop appliquée, comme si l'expéditeur avait cherché à la déguiser pour éviter d'être identifié.

Le paquet avait voyagé depuis un lieu inconnu jusqu'au *Miami Herald*, où quelqu'un l'avait obligeamment fait suivre à la précédente adresse de Harper. De là, il avait reçu un second souffle pour tenter, contre toute attente, d'atteindre son destinataire. Ce qu'il avait réussi à faire.

À l'intérieur de la boîte, soigneusement empilés et solidement maintenus par de larges élastiques, trois cent mille dollars en billets de cinquante usagés.

Il y avait autre chose, enveloppé dans du journal et logé dans un coin. Quand il déchira le papier, Harper ne put s'empêcher d'éclater de rire.

Une balle de base-ball.

Une balle usée jusqu'à la corde, avec un nom gribouillé le long de la couture.

Harper remit l'argent dans la boîte, qu'il cacha ensuite sous le plancher. Il n'en souffla mot à personne.

Il garda la balle en revanche sur son bureau, juste à côté de sa machine à écrire, et de temps en temps il la prenait dans sa main et pensait à Norma Jean.

Il n'eut jamais aucune nouvelle de l'expéditeur. De personne d'autre non plus, d'ailleurs. Harper se dit qu'il devait être quelque part dans la nature, en train de vivre sa vie de barjo, et que le monde l'avait englouti sans bruit, lui permettant ainsi de disparaître paisiblement.

Alors qu'il est sur la plage, en train de regarder Key Sawyer au moment où le soleil se lève, où il émerge bravement au-dessus de la ligne d'horizon, Harper se souvient de Roth et d'Auster, Selby, Styron et tous ceux avant lui qui ont écrit sur New York. Car la ville est bien le centre de tout, un microcosme représentatif de toute l'absurdité et de toute la beauté du monde.

Il ne ressent nulle honte, nulle culpabilité, nul désir de remettre en question ses choix ni la finalité de son existence. Un moment, qui ne durerait peut-être pas, il allait se contenter d'être lui-même et de vivre tout ce que suppose une telle expérience.

Le vent forcit. Le soleil étoile la surface de l'eau et éclaire le ciel en silence. L'odeur de la mer lui emplit les narines. Il repense une fois encore à Styron et à sa paraphrase si heureuse d'Emily Dickinson. Il pense à Sophie, l'héroïne de Styron, contrainte par le destin à un choix inhumain, comparable à celui auquel a jadis été confrontée sa mère.

Un choix si difficile et pourtant si simple et évident dans sa brutalité.

Et puis, Harper sourit et chasse ces sombres pensées, porteuses de souffrances et de ténèbres, dont il estime avoir eu plus que sa part.

Il sait qu'aujourd'hui n'est pas le jour du jugement – seulement un matin.

Un matin, juste et beau[1].

---

1. Nous avons traduit cet emprunt à Styron dans les dernières lignes du *Choix de Sophie (This was not Judgement day – only morning. Morning: excellent and fair*), elles-mêmes adaptées d'un poème d'Emilie Dickinson (*In it wait till judgement break/Excellent and fair*).

REMERCIEMENTS

À Jon, éditeur hors pair, complice de tous les instants.

À Genevieve et Juliet ; et à tous ceux de chez Orion.

À Euan, censeur de ma prose, gardien de mon humour.

À Robyn, d'une perspicacité et d'une patience à toute épreuve.

À mon frère, Guy ; à mon fils, Ryan.

À mon épouse, la seule personne qui m'ait dit de bien me tenir et s'en est sortie sans dommage.

MIXTE
Papier issu de sources responsables
FSC® C003309

L'éditeur de cet ouvrage s'engage dans une démarche de certification FSC® qui contribue à la préservation des forêts pour les générations futures.

Pour en savoir plus :
www.editis.com/engagement-rse/

Imprimé en France par CPI
en mai 2022
N° d'impression : 3047963
S00294/01